Laurent Botti

Toten-dämmerung

Horrorthriller

Deutsch
von Nora Schreiber

GOLDMANN

Die Originalausgabe erschien 2007
unter dem Titel »Un jour, des choses terribles ...«
bei XO Éditions, Paris.

FSC
Mix
Produktgruppe aus vorbildlich
bewirtschafteten Wäldern und
anderen kontrollierten Herkünften

Zert.-Nr. SGS-COC-1940
www.fsc.org

Verlagsgruppe Random House FSC-DEU-0100
Das für dieses Buch verwendete FSC-zertifizierte Papier
München Super liefert Mochenwangen.

1. Auflage
Deutsche Erstveröffentlichung Februar 2009

Umschlaggestaltung: Design Team München
Umschlagmotiv: Wolf Huber
KS · Herstellung: Str.
Satz: Uhl + Massopust, Aalen
Druck und Bindung: GGP Media GmbH, Pößneck
Printed in Germany
ISBN 978-3-442-46735-8

www.goldmann-verlag.de

Für Jean-Pierre Botti,

Maler von großem Talent
und ein guter Mensch, der uns fehlt.

Prolog

Eines Tages
wird nichts mehr so sein wie zuvor

Jules' Unfall stand am Anfang von allem. Er ereignete sich an einem schönen Aprilnachmittag, an einem dieser Tage, die einen überrumpeln und daran erinnern, dass der Sommer und die Ferien in greifbarer Nähe sind.

Wenige Tage zuvor empfing Caroline Moreau ihren Sohn Bastien nach der Schule mit einem Nutellabrot und einem neuen Gemälde, das auf einer Staffelei mitten in der Küche stand.

»Was hältst du davon, mein Schatz?«

Bastien war nicht überrascht. Seit der Geburt seines kleinen Bruders sechzehn Monate zuvor arbeitete seine Mutter halbtags und nutzte die Nachmittage oft zum Malen. Bastien wusste, dass sie Malerei studiert hatte, kurz bevor sie schwanger geworden war (»Unsere Schönen-Künste-Jahre«, wie sie und ihre Freundin Olga sagten, mit der sie jene Zeit geteilt hatte; sie sprachen oft darüber, und Bastien hörte gerne das reine, warme Lachen seiner Mutter, wenn Olga zu Besuch kam).

Den Schulranzen kaum abgeworfen und das Nutellabrot in der Hand, versank er einige Augenblicke in der Betrachtung der lila-gelben Komposition auf der Staffelei: ein verschwommener Fleck mit unbestimmten, leichten Konturen, der typisch war für Caroline Moreaus Stil (echt sonderbar in den Augen ihres Sohnes). Nachdem er gezögert hatte, da er sie nicht kränken wollte und vage ahnte, dass seine Reaktion doppeldeutig wirken könnte, antwortete er mit einer Frage, die ihm bereits seit mehreren Monaten auf den Lippen brannte:

»Warum malst du keine Katzen oder Fische oder Leute … wie alle anderen?«

Caroline, die neben dem Bild stand, trat einen Schritt zur Seite, um ihr Werk besser betrachten zu können, und lächelte mit dieser gewissen Miene, die ihrem Sohn vertraut war – sie schien im Raum und gleichzeitig woanders zu sein sowie Geheimnisse zu besitzen, die nur ihr allein bekannt waren …

»Aber das ist doch genau, was ich male«, antwortete sie verträumt. »Katzen oder Fische oder Leute. Es ist nur einfach wie mit den Wolken: Du siehst, was du sehen willst …«

Es ist wie mit den Wolken: Du siehst, was du sehen willst …

Dieser Satz verblüffte Bastien. Er starrte lange auf das Bild und konnte plötzlich einen in dem Fleck versteckten Baum erkennen. Eine Schaukel musste an ihm herabhängen oder ein Gummireifen … und schien auf ein Kind zu warten.

»Kannst du etwas erahnen?«, fragte ihn seine Mutter.

Er drehte sich strahlend zu ihr um.

»Ja, ich sehe etwas … da ist …«

»Pscht. Man darf es nicht sagen. Das gehört nur dir ganz allein.«

Und sie ging aus der Küche und überließ ihn seinem Erstaunen über diese magische Wahrheit: In jedes einzelne Gemälde seiner Mutter schob sich ein anderes, nämlich das Gemälde, das man beim Betrachten selbst schuf. Diese Enthüllung machte ihn euphorisch, und er sah sich plötzlich in wenigen Minuten um mehrere Zentimeter wachsen und um ein oder zwei Jahre Verstand hinzugewinnen. Mit neun Jahren war das einiges.

Später, wenn die Bilder verbrannt sein würden, wenn alles verschwunden sein würde, würde er sich stets mit zugeschnürter Kehle und Tränen in den Augen an diesen Augenblick erinnern: Seine letzte ganz genaue Erinnerung an eine Zeit, als ihr Leben noch normal war.

An dem Sonntag, der dieser Entdeckung folgte, steckte Caroline kurz nach dem Mittagessen den Kopf in das Zimmer ihres Sohnes.

»Sollen wir bei diesem schönen Sonnenschein nicht eine Runde drehen?«

Der Vorschlag seiner Mutter verwunderte ihn. Manchmal ging Bastien sonntags mit seinem Vater raus zum Inlineskaten, aber diese Momente waren seit Jules' Geburt selten geworden. Caroline Moreau nutzte die Anwesenheit ihres Mannes, um ihm den Kleinen anzuvertrauen und sich mit Leinwand und Pinsel in der Küche einzuschließen. Tatsächlich verbrachte Bastien seine Wochenenden mit Patoche, seinem Nachbarn zwei Etagen tiefer und offiziell zum »besten Freund« auserkoren. Sie spielten *Risiko*, *Magic*-Karten und, je nach der Farbe des Himmels, Tischtennis in der kleinen Grünanlage der weißen, schmucken Wohnanlage *Les Feuillades*, die ihre Dreizimmerwohnung beherbergte.

An jenem Sonntag aber war Patoche mit seiner Mutter ausgegangen (ein vollkommen außergewöhnliches Ereignis, da »Madame Patoche« in einen alterslosen rosa Morgenrock eingewickelt lebte, die Nase am Fernseher klebend), und Daniel Moreau, der im Auftrag eines großen Labors Ärzten Antidepressiva anbot, war zu einem Seminar für Pharma-Vertreter irgendwohin in die Sonne gefahren. Bastien hatte sich daher damit abgefunden, trotz des herrlichen Wetters allein zu bleiben mit seinen *Magic*-Karten, dem Fernseher, der Xbox ...

Er hatte noch nicht geantwortet, als seine Mutter noch einen draufsetzte.

»Du könntest die neuen Inlineskates ausprobieren, die dein Vater gekauft hat ...«

Wenige Minuten später stürzte er los und kostete die Freiheit, auf neuen Skates, die sich glatt, rein und metallisch anhörten, über den Asphalt zu gleiten. Hinter ihm fuhr seine Mutter Jules in einem neuen »Sport«-Buggy spazieren, der gleichzeitig mit den Skates erstanden worden war (»Dann können wir ihn sonntags mit uns zum Seineufer mitnehmen«, hatte sein Vater erklärt).

Auf dem Weg versuchte sich Bastien an ein paar Figuren, kreiste um seine Mutter und Jules – der aufgeregt mit den Füßen strampelte, da er es offenbar nicht erwarten konnte, es seinem großen Bruder nachzumachen –, fiel zu Boden, richtete sich wieder auf, führte sein Treiben fort und versuchte, sie zu beeindrucken, sie und die Spaziergänger, denen sie begegneten.

Wenige Meter vom Parc des Buttes-Chaumont entfernt, blieben sie auf Bastiens Bitte hin vor einer komplett rosaweißen Bude stehen, wo Crêpes, Eis und Zuckerwatte verkauft wurden.

In der Bude zwinkerte ihm der Mann, dessen Kleidung weiß war wie die eines Bäckerlehrlings, zu:

»Na, sag mal, du hast aber eine hübsche Mama, was?

Das kommt nicht so oft vor, dass man so eine Mama hat, was?«

Bastien schwieg. Ihm war klar, dass sich immer noch etwas anderes in diese Worte einschlich als einfache Komplimente ... Da er wusste, dass seine Mutter schön war - nicht so, wie es alle kleinen Jungen denken, sondern weil er immer und überall gehört hatte: »Wie schön deine Mutter ist ...«, »Oh, wie schön Caroline ist ...«

»Weißt du, wem deine Mama ähnlich sieht?«, fragte er und hielt ihm dabei die Eiswaffel hin. »Einer Schauspielerin. Hat man Ihnen das schon mal gesagt, Madame?«

Bastien nahm die Eiswaffel und blickte zu seiner Mutter. Sie war errötet und hatte den Kopf über ihre Tasche gesenkt, um Kleingeld herauszufischen.

Plötzlich schrie jemand:

»Ja aber wo läuft der denn hin?! He, Vorsicht!«

Bastien und seine Mutter drehten sich gleichzeitig um und entdeckten Jules, ohne den Buggy, der wie eine Eidechse dahinflitzte, wenn nicht gar rannte. Auf die Straße zu.

Caroline Moreau stieß einen Schrei aus. Sie ließ ihre Tasche fallen, aus der eine Fontäne hundert kleiner Dinge hervorquoll, die sie dort hineinstopfte, und begann zu rennen. Bastien stand da wie angewurzelt, versteinert, die Inlineskates an den Füßen, die Lippenstifte und Papiere um sich herum, und er dachte: *Jules wird von seinem Gewicht mitgerissen; und das wird ihn retten. In einer Sekunde wird er hinfallen. Direkt vor der Straße ... Er wird sich wehtun, er wird brüllen, aber er wird direkt vor der Straße hinfallen.*

Und genau das geschah auch fast. Die Straße war ein

wenig abschüssig, und Jules verfehlte den Bürgersteig. Er rollte einen guten Meter, um schließlich liegen zu bleiben. Jenseits des Rinnsteins. *Auf* der Straße.

Jules hatte noch nicht einmal die Zeit, um anzufangen zu weinen. Nicht mehr, als Bastien die Zeit hatte, zu atmen. Denn genau in diesem Augenblick tauchte er auf.

Woher er kam, wusste er nicht. Von der Kurve wahrscheinlich, auf der anderen Seite der Straße. Ein nachtblauer, glänzender, riesiger Mercedes, von der Schnelligkeit mitgerissen, der gerade aus der Tiefgarage kommen musste.

Caroline Moreau hatte gerade die Hälfte des Weges zurückgelegt, als sie das Auto entdeckte. Daraufhin geschah das Unglaubliche: Das Auto fuhr schneller, zielte in Richtung des Babys. Die Leute brüllten, und Caroline warf sich buchstäblich auf ihren Sohn. Sie fiel hin wie ein Sack, streckte den Arm aus, um Jules zu fassen, aber ihre Finger umschlossen nur Leere, etwa zwanzig Zentimeter von dem kleinen blauen T-Shirt entfernt.

Seltsamerweise kam Bastien dieser Gedanke in den Sinn: *Wenn ich Harry Potter wäre, würde ich das Auto abheben lassen. Oder Jules ... Oder ich würde auf einen Besen springen und ihn im Vorbeifliegen auffangen ...*

Stattdessen begriff er diese unerträgliche Wahrheit: Jules würde sterben. Und was noch schlimmer war, er sah in den Augen seines kleinen Bruders, dass er selbst es verstanden hatte. Denn in dem Augenblick, in dem dieser den Kopf gehoben hatte, hatte er die funkelnde, riesige Stoßstange entdeckt, die in voller Geschwindigkeit auf ihn zukam.

Als die Räder ihn überfuhren, gab der Körper mit

einem furchtbaren Geräusch nach, einer Art klebrigem Knacken ... Ein Tweety, den man in einem Cartoon platt drückt.

Danach ... verschwammen die Bilder vor seinen Augen. Man erzählte ihm später, dass das Auto noch jemand anderen verletzt hatte, dass der Fahrer geflüchtet war, aber er nahm nichts davon wahr. Er blieb unbeweglich, während die Leute um ihn herum schrien, irgendwo Sirenen angefangen hatten zu heulen und der Zuckerwattemann in seinem Haus immer wieder sagte: »Schau nicht hin, Kleiner, schau nicht hin ...«

Bastien hörte nicht auf ihn. Er sah, wie seine Mutter auf die Knie fiel, ein Gesicht machte, das er an ihr nicht wiedererkannte, die Haare zerzaust, einer ihrer Füße nackt, da sie einen Schuh verloren hatte, und mit einer blutigen Hand ungläubig das berührte, was von seinem Bruder übrig geblieben war. Er sah, wie sie aufstand mit diesem Ausdruck einer Irren, und ... sich die Haare raufte. Ja, sie raufte sich die Haare, dort, vor allen Leuten! Mitten auf der Straße! Bastien hatte immer geglaubt, dass »sich die Haare raufen« eine Redewendung war wie »seine Hand ins Feuer legen«. Niemand tat diese Dinge wirklich. Aber da waren tatsächlich Büschel in ihrer Hand. Büschel ihrer schönen glatten, schwarzen Haare. Sie riss sich die Haare aus, und sie war ... hässlich!

Er sah, wie sie mit den Fäusten auf ihr Gesicht einschlug.

Er sah, wie Krankenpfleger sich auf sie stürzten und ihr eine Spritze in die Schulter jagten.

Er sah, wie sie um sich schlug ... Und er hörte ihren Schrei. Er stieg vom Boden auf wie ein Geysir. Und flog. Bastien hob den Blick, wie um dem Schrei zu folgen.

Dann bemerkte er etwas Erstaunliches. Über ihren Köpfen hatte sich der Himmel verändert. Er hatte eine ... seltsame Farbe angenommen. Irgendwo zwischen Blau und Schwarz. Eine Farbe, die er später nicht wirklich würde beschreiben können, aber eines der Bilder seiner Mutter war in einen identischen Hintergrund getaucht: blau, gestreift mit schwarzen Schatten. Und vor seinen ungläubigen Augen nahm der Schrei seiner Mutter die Gestalt eines roten Spritzers an wie Malfarbe. Ein Rinnsal von Blut, das von den Wolken eingesaugt wurde, anschwoll und den Himmel glutrot färbte.

Genau in diesem Moment hörte er die Stimme zum ersten Mal.

Sie sprach nicht wirklich zu ihm. Sie flüsterte, sie murmelte ... Nur wenige Worte. Worte, die er kannte, die er schon einmal gehört hatte, anderswo, in einem anderen Leben - er hätte es nicht sagen können.

Ein einfacher Satz, der direkt in seinem Kopf aufblitzte: *Eines Tages werden schreckliche Dinge geschehen, und von diesem Tag an wird nichts je wieder so sein wie zuvor.* Noch nie in seinem ganzen kurzen Leben hatte Bastien Moreau je eine tiefere Wahrheit gehört.

Erster Teil

Eines Tages in Laville …

1

Man rief ihn an, um ihm die Leiche zu melden an einem Morgen, den man nicht vergessen kann: dem des ersten Nebels.

Er war in dieser Nacht Anfang Oktober aufgezogen, durchsichtige Schleier, ein zarter Hauch in der blassen Luft, denn so lautete die Regel in Laville-Saint-Jour: Der Nebel der ersten Tage ist duftig wie Tau und schwebt mit der Leichtigkeit einer Feder dahin.

Er entdeckte ihn, vor dem Wohnzimmerfenster stehend, sein gedrungener Körper in einen zu kurzen Bademantel gewickelt, seine Füße in Flipflops, und mit diesem merkwürdigen Satz im Kopf: *Diesmal besteht kein Zweifel, wir sind Laviller …*

Das war eine klare Tatsache, die sich Claudio Bertegui schon weit früher hätte aufdrängen müssen, seitdem er vor fünf Monaten mit seiner Frau Meryl und seiner Tochter Jenny von diesem niedlichen Häuschen Besitz ergriffen und er selbst in Laville-Saint-Jour seinen Dienst als Kommissar angetreten hatte. Diese fünf Monate aber hatten anscheinend nicht ausgereicht. Mitte Mai angekommen, hatten sie das Ende des Frühlings und dann den Sommer unter einem strahlenden Himmel verbracht, wobei er den manchmal irrationalen Eindruck gehabt hatte, dass sie Touristen waren, Besucher. Dass *all das* – eine recht verschwommene Bezeichnung, in der er wild durcheinander zusammenwarf: den Vorschlag, sich hier niederzulassen, den er zunächst energisch abgelehnt hatte, das Alarmsignal seines Herzens, das zehn Tage später gefolgt war, das Flehen seiner Frau Meryl, das Tempo zu drosseln, sein Leben zu ändern –, den Eindruck also, dass *all das* nur eine vorübergehende Sache war. Ein widriger Umstand, der früher oder später enden würde. Natürlich hatte er sich geirrt. Und nun verstand er die Gründe besser für dieses unerklärliche Gefühl. Während der ganzen letzten Monate hatte der Nebel gefehlt. Denn die Stadt Laville-Saint-Jour ist erst dann wirklich sie selbst, wenn sie in den Nebel gehüllt wird, der ihre Legende ausmacht.

Die Broschüre des Burgunder Fremdenverkehrsamtes kam ihm plötzlich wieder in den Sinn: Laville-Saint-Jour, das Gotik-Schmuckstück in einem Nest aus Grün. Die einzigartige gotische Architektur wurde gepriesen, die Lebensqualität, aber auch das typische Klima, das aus seiner geografischen Lage hervorgeht (die Stadt ist von Plateaus umgeben, die für die Region recht hoch sind). Von Oktober bis Ende März, manchmal sogar schon früher, ab Ende des Sommers, steht ein anhaltender Nebel über der Stadt …

Kommissar Bertegui stand nun nachdenklich da und verfolgte mit den Augen die bleichen, durchsichtigen Schleier, die das Gärtchen bedeckten – um die rote Schaukel seiner Tochter und die große Eiche herum, in deren Schatten sie einen Tisch aufgestellt hatten –, als das Handy, das ihn niemals verließ, in der Tasche seines Bademantels vibrierte. Vor sich hin fluchend, überprüfte er den Namen, der auf dem Display angezeigt wurde. Er zog eine Grimasse. Es gab nicht den geringsten Grund dafür, dass Clément so früh anrief, außer einem schlechten natürlich.

Er nahm den Anruf an.

»Ja, Clément?«

»Wir haben einen Toten am Hals. Ich meine, eine Tote.«

»Totschlag?«, fragte er.

»Ich weiß nicht so genau. Totschlag – keine Ahnung.«

Kommissar Bertegui schwieg und wartete auf Erklärungen. Seit seiner Ankunft lernte er mit der Zeit die typischen Merkmale jedes Einzelnen kennen. Lieutenant Clément, ein spindeldürrer großer Blonder, der dort mit zwei riesigen rosa Blättern ausgestattet war, wo die Menschen normalerweise Ohren haben, war eher in die Kategorie »guter Polizist, aber lange Leitung, wortkarg« einzuordnen. Ein Überempfindlicher, den man nicht brüskieren durfte.

»Das sieht nicht so ganz nach Totschlag aus«, stieß der Lieutenant schließlich hervor, »eher nach einem Herzanfall, aber ... ich hätte gerne, dass Sie herkommen, bevor wir den Fall abschließen.«

Bertegui runzelte die Stirn und hätte seinen Lieutenant fast gefragt: Ist das ein Tick?

Zehn Tage zuvor hatte man die Leiche eines vierzehnjährigen Jungen im Keller seiner Eltern gefunden. Alles wies auf einen Selbstmord hin, vor allem die leeren Schlaftablettenpackungen, die neben der Leiche gefunden worden waren, aber Clément, der als Erster vor Ort eingetroffen war, hatte, von Zweifel erfasst, seinen Chef gerufen.

»Verstehen Sie«, hatte er erklärt, »ich habe bereits Selbstmörder gesehen. Nur die Alten stecken sich den Kopf in eine Tüte, wenn sie Schlaftabletten nehmen. Alte, die's wirklich hinter sich bringen wollen. Aber die Jungen ... die machen das nie. Er aber hatte eine ... um den Hals gebunden, seine Plastiktüte, können Sie sich das vorstellen?«

Bertegui hatte eine Untersuchung angeordnet. Zur Stunde hatte sie noch nichts ergeben. Die Autopsie bestätigte den Selbstmord sowie den erwiesenen Hang des Jungen zum Morbiden, wie der Satz bezeugte, der als Bildschirmhintergrund auf seinem Computer stand, geschrieben in schönen gotischen roten Buchstaben auf schwarzem Grund: *Eines Tages werden schreckliche Dinge geschehen, und von diesem Tag an wird nichts je wieder so sein wie zuvor.*

»Chef?«

»Ja, ich bin da ... Kannst du mir ein bisschen mehr darüber sagen?«, fragte er.

»Nun ja ...« Der Mann seufzte. »Ich glaube wirklich, Sie sollten es sich selbst ansehen.«

Bertegui kratzte sich den dicken Haarschopf, der seinen Schädel zierte; schwarzes Rosshaar, von dem er immer gehofft hatte, dass es seinen Spitznamen seit den ersten Dienstjahren rechtfertigte – das Wildschwein – und nicht etwa seine gedrungene Gestalt. Er verstand, dass es zwecklos war, weiter nachzubohren.

»Gut, okay, ich komme«, brachte er, an seinen Assistenten gerichtet, hervor.

Gerade als er das Gespräch beenden wollte, sagte der Lieutenant:

»Es ist im Braquéolles-Viertel. Ein komisches Haus, eine ... eine komische Ecke. Nun ja, Sie werden's ja sehen ... direkt hinter einem Tabakladen.«

Auf diese rätselhaften Worte hin legte er auf.

Vorsichtig ließ Bertegui das Handy in die Tasche gleiten und ging sich eilig duschen.

Wenige Minuten später kam er in einem schönen Anzug und einer Armani-Lederjacke hinunter (denn so war der Mann: gedrungen wie ein Wildschwein vielleicht, aber aus dem Ei gepellt wie ein italienischer Gockel und mit einer bewussten Vorliebe für mailändische Mode).

Er steckte eilig seinen Kopf durch die Küchentür. Meryl war gerade dabei, das Familienfrühstück vorzubereiten – als Amerikanerin, zwölf Jahre jünger als er, hatte sie sich die Vorliebe für die handfesten Mahlzeiten bewahrt, wie man sie jenseits des Atlantiks serviert. Ihre Tochter Jenny wartete am Tisch auf die Bedienung, ein großes Glas Orangensaft vor sich.

»Gibt es heißen Kaffee für einen Polizisten, der es sehr eilig hat?«, fragte er.

Meryl drehte sich ein wenig überrascht um. Seit ihrer Ankunft folgte ihr Leben fast dem Bürorhythmus, und sie war jeden Tag froh darüber, hatte sie doch neun Jahre lang an der Seite eines Mannes ohne feste Arbeitszeiten und ohne Wochenenden gelebt.

»Es gibt etwas Dringendes«, erklärte er.

Ohne Erstaunen hörte er seine Tochter mit glänzenden Augen fragen:

»Gibt es einen ... einen Toten?«

Meryl und Claudio Bertegui tauschten einen kurzen verständnisinnigen und untröstlichen Blick aus. Seit einem Jahr nämlich begann Jenny, die ihrem Vater stets eine Bewunderung entgegengebracht hatte, die an Vergötterung grenzte, sich von seiner Arbeit fasziniert zu zeigen. Und jedes Mal, wenn sie Fragen stellte – »aber macht Papa das wie die Polizisten im Fernsehen mit den Toten und ... und alldem?« –, waren sie einer wie der andere vollkommen ratlos, unfähig, zu antworten und zu wissen, welche Haltung sie einnehmen sollten.

»Jenny, du weißt doch, dass dein Vater über diese Dinge nicht sprechen darf. Das ist geheim.«

Großer Seufzer der Enttäuschung.

»Kommst du spät?«, fragte Meryl und reichte ihrem Mann eine Tasse.

»Ich weiß nicht ... Ich denke nicht«, antwortete er und ignorierte dabei absichtlich die weit aufgerissenen braunen Augen seiner Tochter, die neugierig bereit waren, auch nur die geringste Information aufzuschnappen, die durch eine Geste oder einen Blick durchsickern konnte.

Meryl drehte sich, ihr Gesicht voller Fragen, zu ihm um und zwinkerte unmerklich, während Jennys Blicke misstrauisch von einem zum anderen wanderten.

»Gut, Mädchen ... Ich muss jetzt los. Ich bin schon sehr spät dran.«

Er drückte einen raschen Kuss auf den Mundwinkel seiner Frau, dann einen auf die Stirn seiner Tochter.

»Dad?«

»Ja, mein Engel?«

»Erzählst du's mir, wenn ich größer bin?«

Er lächelte, fuhr mit der Hand durch ihre hellen Haare – zum Glück hatte Jenny Meryls angelsächsisch-athletischen Typ geerbt anstelle der zweifelhaften Gene der Lijeros (Claudio Berteguis spanisch-mütterlicher Zweig).

»*Claro, hija, te diré todo-todo*!«

Dann ging er hinaus, durchquerte den Flur und öffnete die Tür.

Einen Augenblick blieb er auf der Außentreppe des Hauses stehen, oberhalb der drei kleinen Stufen, die den Rasen überragten, atmete tief die frische Luft des Tages ein, der sich langsam erhellte, und dachte: *Diesmal besteht kein Zweifel: Jetzt ist es so weit.*

Endlich *betrat* er den Nebel.

Ja, genau so hatte der Ball des Schreckens begonnen: der Nebel an seinem Fenster, Cléments Anruf, ein Kuss für seine Tochter Jenny ... und diese Worte im Sinn: *So, da haben wir's, wir sind Laviller.*

Er kam gut zehn Minuten später in Braquéolles an, fuhr in dem Labyrinth dieses Viertels neuer Wohnanlagen im Kreis, auf der Suche nach der Rue des Carmes. Dabei bog er in Alleen ein, die, ohne Anhaltspunkt, ohne Geschäft, in der Helligkeit dieser Morgen, die sich nicht zwischen dem Blau der Nacht und dem milchigen Weiß des Tages entscheiden konnten, alle identisch aussahen. Einige Minuten später erblickte er einen Tabakladen, der den kalten Lichtschein seines Neonschilds auf die Fahrbahn ergoss, in dem Nebelbänder wie Aale in einem Aquarium tanzten. Hier musste es sein. Er überprüfte den Namen der Straße rechts – Rue des Carmes – und bog in sie ein.

Er fuhr an rosa, weißen oder beigefarbenen Gebäuden entlang bis zu den Hausnummern in den Dreißigern. Er verstand nun, was Clément als »komische Adresse« bezeichnete.

Die 36 existierte nicht.

An ihrer Stelle, eingepfercht zwischen der 34 und der 38, zwei Gebäude einer Wohnanlage, tat sich ein winziger Weg auf, ein kleines moosbewachsenes Gässchen. Ein Geisterdurchgang. Ja, genauso war es: Cléments »komische Adresse« führte zu einem geisterhaften Ort.

Er parkte, überquerte die Straße und bog neugierig in den schmalen Pfad ein.

Die 36 tauchte am Ende des Durchgangs in einem mit Rasen bepflanzten Innenhof auf, eine Lichtung mitten im Beton, versehen mit einem Backsteinhaus. Dem Blick der Passanten entzogen, war es in die Höhe gebaut worden, um dem dunklen Schacht zu entkommen, in das die neuen Gebäude es gedrängt hatten, und einen Lufthauch zu erhaschen.

Während er auf das Haus zuging, bemerkte Bertegui die neuen Fensterläden, die harmonische Kombination der Blumentöpfe auf den Stufen am Eingang, die von gewissenhaften Bewohnern zeugten, von einer Existenz, die nach Reinheit roch. Und dennoch, dachte er, ging von dem Haus ein verschwommener, aber hartnäckiger Eindruck aus: Dies war kein Ort, an dem man hatte glücklich sein können ...

Er legte die letzten Meter zurück und stieß die Tür auf. Die Diele war veraltet, aber wie die Fassade feminin und auf Hochglanz poliert.

Ein Polizist empfing ihn – ein blonder, etwas massiger Kerl. Verdon, erinnerte er sich. Auch das war ein Vorteil, wenn man in einer Stadt dieser Größe arbeitete: Man lernte schnell, jedem Gesicht einen Namen zuzuordnen.

»Guten Morgen, Chef ... Lieutenant Clément ist oben im ersten Stock. Er erwartet Sie.«

»Okay, Verdon, danke.«

Bertegui ging auf die Treppe zu, legte eine Hand auf die Holzkugel. Bevor er hinaufging, drehte er sich plötzlich um und ließ seinen Blick über die Diele schweifen.

Vor Verdons Augen, der ihn interessiert beobachtete, machte er ein geheimnisvolles Gesicht, nickte und murmelte ein unhörbares Wort. Dann ging er die dunkle, schmale Treppe hinauf und ließ den Polizisten zurück, entzückt über die »Live«-Bestätigung, dass unter den Informationen, die dem Wildschwein vorausgeeilt waren (unter anderem: sein Spitzname, seine entzückende, zwölf Jahre jüngere amerikanische Gattin, seine Spaghetti-Markenkleidung, sein schweigsam-cholerischer Charakter eines Schweins, nicht eines Wildschweins, ha ha, die gesamte Abteilung machte ihre Witze darüber!), dass also neben anderen Einzelheiten sein Ruf begründet war. Der Mann schloss die Augen, wackelte mit dem Kopf und führte Selbstgespräche. Ja, Bertegui war wahrhaftig das, was man über ihn behauptete: ein Träumer, ein Poet der Ermittlungen.

Im ersten Stock tauchte Clément aus einem Zimmer auf und kam ihm entgegen.

»Ach, da sind Sie ja!«, stieß der große blonde Kerl hervor, der seinen Vorgesetzten um einen guten Kopf überragte.

»Sagst du mir, was los ist?«, fragte Bertegui.

»Sie heißt Odile Le Garrec und ... Ach, kommen Sie doch mit, das wäre einfacher.«

Ein klein wenig verärgert gehorchte Bertegui. Am Ende des Flurs blieb Clément vor einer Tür stehen und trat zur Seite, um seinen Vorgesetzten vorbeizulassen.

Das Schlafzimmer war gemütlich und feminin, ein weinrotes Nest voller wertlosen Nippes, purpurnem Samt, wattierter Kissen. Am Fuße des Bettes ruhte sie: eine Frau um die sechzig, vertrocknet wie Laub, die Haut dünn und von einem Netz aus Falten durchzogen, gelb an manchen Stellen, bläulich an anderen. In einer knotigen Hand hielt sie ein Telefon, die andere hatte sie in Gesichtshöhe erhoben, wie um sich zu schützen. Ihr Nachthemd, bis zum Bauch hochgerutscht, stellte schamlos einen halbnackten Körper zur Schau – die bleiche Schlaffheit alternden Fleisches, das durch den Tod steif geworden war.

Reglos und zutiefst erschüttert blieb Bertegui einige Augenblicke am Eingang des Zimmers stehen und verspürte Brechreiz. In fünfundzwanzig Jahren Karriere hatte er Dutzende von Toten zu Gesicht bekommen: Männer, Frauen, Kinder … erschlagen, erstochen, ertränkt. Er hatte den Anblick des Todes immer gehasst, aber mit der Zeit hatte sich seine Empörung einem unvermeidlichen Fatalismus gebeugt.

Trotzdem wurde es ihm bei Odile Le Garrecs Leiche unbehaglich, ebenso wie bei dem Haus – nicht wegen ihrer Hässlichkeit, sondern wegen dem, was sie über die Augenblicke verriet, die der letzten Sekunde vorausgegangen waren. Denn die weit aufgerissenen, wie von Visionen heimgesuchten Augen brachten ein unbeschreibliches Entsetzen zum Ausdruck; ihr Mund hatte sich zu einem stummen Schrei geöffnet. Ihr ganzes Gesicht zeigte diese Offensichtlichkeit: Der Tod war für sie eine scheußliche Erfahrung gewesen … ein Grauen.

»Guter Gott«, keuchte er.

»Ich weiß«, sagte Clément. »Deswegen habe ich Sie angerufen.«

Der Kommissar trat näher und kniete sich vorsichtig neben der Leiche hin. Mit einer methodischen, sicheren Handbewegung tastete er den steifen Leib ab, suchte nach einer Blutspur, einer Wunde, dem Mal eines Schlags … Vergeblich.

»Was denken Sie?«, fragte der Lieutenant.

»Dasselbe wie du. Sie ist vor über vierundzwanzig Stunden gestorben; sie hat sich nicht gewehrt; sie wollte anrufen, bevor sie starb, aber sie hatte nicht die Zeit dazu.«

Er schwieg eine Sekunde, bevor er abschließend sagte:

»Sie sieht aus, als habe sie ganz furchtbare Angst gehabt.«

Clément nickte.

»Also, erklärst du mir jetzt die Einzelheiten?«, fragte Bertegui und stand auf.

»Es war die Putzfrau, die die Feuerwehr gerufen hat. Das Problem ist, dass ich das Haus schon besichtigt habe ... Ich habe nichts gefunden. Kein offenes Fenster, keine Glasscherben. Die Tür war gut verschlossen, die Feuerwehr hat sie einschlagen müssen. Und wie Sie sehen, gibt es keinen Schlüssel. Es ist nur ein kleines Schloss, das man mit der Hand von innen schließt. Sie war also allein, als sie gestorben ist.«

Bertegui trat auf das Fenster zu und kontrollierte den Riegel. Clément hatte recht. Nicht die geringste Spur eines gewaltsamen Eindringens ...

Jäh von diesem Rätsel gefesselt, kehrte er zurück zu Odile Le Garrec und kniete sich hin. Ein einfacher Herzanfall? Das fiel ihm schwer zu glauben. Menschen, die an einer Schwäche der Herzkranzgefäße sterben, hinterlassen den Lebenden nicht diese Zeugenaussage, die sich tief in sie eingegraben hatte: Ich habe den Teufel gesehen, und er ist noch schlimmer, als Sie es sich vorstellen.

Er inspizierte erneut die Leiche – mit gerunzelter Stirn, gemäß einer Mimik, die seine Tochter immer ein wenig beeindruckte und die jeden Botox-Liebhaber entsetzt hätte –, auf der Suche nach einer Spur, und sei sie noch so winzig klein, die auf einen Kampf hinweisen könnte: ein Mal von Fesseln, ein schlecht platzierter blauer Fleck. Er näherte sich den asphaltgrauen, starren, glasigen, aufgerissenen Augen und betrachtete sie lange. Ja, das waren wahrlich die Augen von jemandem, der etwas zu sagen hatte ... oder nein, vielmehr: zu brüllen. Unmöglich, dass ihr Tod eine Erlösung gewesen war, egal, ob natürlich oder nicht. Unmöglich, dass Odile Le Garrec in Frieden dahingeschieden war.

»Das Telefon ...«, murmelte er.

»Wie bitte?«, fragte Clément.

»Du hast das Telefon nicht überprüft.«

Das war keine Frage. Bertegui verkündete es als eine Tatsache. Der Mann errötete.

»Ich ... ich habe auf Sie gewartet«, brachte er geistesgegenwärtig hervor.

Bertegui aber hörte ihm nicht mehr zu. Er versuchte bereits, den Hörer zu lösen. Er bog die Finger nach und nach auf, um ihn aus Odile Le Garrecs Umklammerung zu befreien. Die Hand, gekrümmt wie der Fang eines Raubvogels, gab schließlich nach einem finsteren Knarren, gefolgt von einem lauten Knacken, nach, und Bertegui legte den Arm behutsam wieder auf den Boden. Er griff nach dem Telefon und lief bis zur Basisstation auf dem Nachttisch.

Er drückte auf die Wiederholungstaste, lauschte ... und drückte noch einmal.

Er drehte sich zu Clément um.

»Du kannst den Gerichtsmediziner anrufen«, verkündete er. »Am anderen Ende der Leitung herrscht absolute Stille. Keine Störung, keinerlei Freizeichen.«

Der große Lieutenant errötete, und seine Ohren verfärbten sich fuchsiafarben, Tendenz brasilianischer Bikini. Genau wie sein Chef verstand er, was diese Stille bedeutete und dass er selbst es hätte entdecken können, wenn er diese einfache Kontrolle durchgeführt hätte. Jemand hatte die Telefonleitung durchgeschnitten. Und dieses Element zumindest hatte nichts Natürliches.

Während Clément Verstärkung herrief, legte Bertegui langsam den Hörer ab.

Er hob den Kopf und ließ den Blick über das Zimmer schweifen auf der Suche nach einem Indiz, einem Zeichen, einem Detail, einem Ausweg: der Sessel, die Frisierkommode, ein schöner Spiegel, Fotos in vergoldeten Rahmen auf einer Kommode ...

Er ging auf die Fotos zu - oft, so war ihm aufgefallen, stellten die Leute ihre gerahmten Bilder gemäß einer feinsinnigen Chronologie auf, als ob sie eine Geschichte erzählten.

Auf mehreren von ihnen entdeckte Bertegui ein anziehendes Frauengesicht in verschiedenen Lebensaltern: Brünett und abwesend, lächelte sie bei ihrer Hochzeit unergründlich in die Kamera, während ihr Mann einen vertrauensvollen, verliebten Blick auf sie warf; als junge Mutter am Strand hielt sie ein Baby mit Stoffhut im Arm und lachte - in der Sonne konnte man eine intensive Augenfarbe zwischen Grau und Schwarz erahnen, die das Kind geerbt hatte; mit ungefähr dreißig Jahren stand sie in einem schwarzen Kleid von schnörkelloser Eleganz mitten in einem Publikum. Bertegui suchte nach Ähnlichkeiten und fand keine einzige; man sah sowieso nur sie, und er verstand, dass diese Frau, obwohl sie nicht wirklich schön war mit ihrem ein wenig zu knochigen, kantigen Gesicht, auf den Bilden einen bleibenden Eindruck der Anziehungskraft hinterließ, die sie während ihres Lebens auf natürliche Weise ausgeübt haben musste.

Weiter entfernt ein eingerahmtes Männerporträt: argwöhnischer Blick, dunkelgraue Augen - der kleine Junge war erwachsen geworden und posierte unter schönem Licht. Für einen Augenblick schaute sich Bertegui mit dem unerklärlichen Gefühl eines Déjà-vu-Erlebnisses das Foto an. Kannte er Odile Le Garrecs Sohn? War er ihm vielleicht im Laufe anderer Ermittlungen schon einmal begegnet?

Damit hörte die Geschichte auf. Es fehlten zahlreiche Kapitel: Was war seit dem Hochzeitsfoto aus dem Ehemann geworden? Warum alterte der kleine Junge in nur zwei Fotos um dreißig Jahre?

»Erkennen Sie ihn wieder?«, fragte Clément hinter seinem Rücken.

Bertegui zuckte zusammen - er besaß diese Fähigkeit, sich vollkommen in etwas zu vertiefen und sich aus seiner Umwelt auszuklinken.

»Ich ... Ich bin mir nicht wirklich sicher«, antwortete er.

»Ich glaube, das ist ein Autor. Ein Schriftsteller ... Nicolas Le Garrec.«

Madeleine Rabatet war in den Fünfzigern, hatte ein sonnenverbranntes Gesicht und durch Jahrzehnte harter Arbeit rissig gewordene Hände, einen grauen Dutt, ebensolche Kleidung - sie trug eine Tunika wie ein Kittelkleid ... oder umgekehrt.

Fünfundvierzig Minuten zuvor hatte sie die Tür ihrer Chefin verschlossen vorgefunden und stand noch sichtlich unter Schock. Sie saß auf einem alterslosen Stuhl und knetete ein Taschentuch, wobei sie auf ein wenig chaotische Weise ihr Abenteuer erzählte:

»Ich habe angefangen zu putzen, direkt nachdem ihr Sohn fort war ... Und mit der Zeit habe ich nicht nur geputzt, ich habe regelmäßig die Einkäufe erledigt, denn sie hasste Supermärkte ... Und dann habe ich mich ab und zu auch mit ihr unterhalten, denn sie lebte recht zurückgezogen. Dreimal die Woche, denn obwohl sie allein gelebt hat, wollte sie, dass das Haus überall sauber war, selbst in den Zimmern, in die man nie ging. Zwanzig Jahre«, wiederholte sie, »können Sie sich das vorstellen?«

»Und heute Morgen, haben Sie da nichts Besonderes bemerkt?«, schob Bertegui während einer Pause in ihrem Bericht ein. »Dass die Eingangstür offen war, zum Beispiel?«

»Etwas Beson...?«, fragte sie überrascht. »Nein, überhaupt nichts. Ich habe das Haus wie gewöhnlich sehr früh betreten – manchmal passt es mir, früher zu kommen, dann sage ich ihr Bescheid. Aber gestern Abend, als ich versucht habe anzurufen, ertönte das Besetztzeichen ...«

Ihre Stimme erstickte bei den letzten Worten, und sie drückte sich das Taschentuch auf den Mund. Selbstverständlich, dachte Bertegui, musste sie die Leiche zu Gesicht bekommen haben, und sei es auch nur für eine Sekunde, als die Feuerwehrleute die Tür aufgebrochen hatten. Sie hatte die Augen gesehen, den Ausdruck von Grauen auf dem Gesicht. Und auch das Telefon in ihrer Hand ...

Wie zur Bestätigung fuhr sie fort:

»Sie hat wohl einen Herzanfall gehabt und wollte anrufen ...«

»Einen Herzanfall?«, fragte Bertegui.

»Ja ... Nun ja ... Ich weiß nicht. Sie hatte letztes Jahr eine Attacke. Das wäre doch möglich, oder?«

Sie richtete einen Blick voller Hoffnung auf den Polizisten.

»Ja, natürlich«, antwortete er, »ein Herzanfall ist sehr wahrscheinlich. Wissen Sie, wer einen Zweitschlüssel hat?«

»Die Schl...? Aber ... Nun ja ... Da muss ich mal überlegen. Da wäre vielleicht ihre Freundin Suzy ... Ja, bestimmt. Suzy. Keine Ahnung, ich wüsste nicht, wer sonst noch.«

Bertegui musterte sie eine Weile, und die Röte stieg ihr heftig ins Gesicht.

»Und ich natürlich, aber ...«

Ihre Worte erstarben. Sie starrte Bertegui an, als wolle sie fragen: *Glauben Sie nicht, dass sie allein war? Glauben Sie nicht an einen ... Unfall?*

Das Knirschen von Schritten auf dem Kies im Innenhof kündigte den Gerichtsmediziner an. Clément ging, um ihn zu empfangen.

Nun allein mit Bertegui, warf ihm Madeleine Rabatet ängstliche Blicke zu.

»Wissen Sie, wem man im Notfall Bescheid sagen muss?«, fragte er. »Ich meine, ihrer Familie ... ihrem Mann?«, wagte er zu fragen und dachte dabei an die Fotos.

Der Tonfall des Kommisars schien sie zu beruhigen.

»Sie ist Witwe.« Sie runzelte die Stirn. »Sie war Witwe ...«

»Ihrem Sohn vielleicht?«

Sie wandte den Blick ab.

»Ihr Sohn ... Sie sah ihren Sohn nie. Dabei wohnt er in Paris, das sind weniger als zwei Stunden im TGV, aber ... ich weiß noch nicht einmal, ob sie miteinander telefonierten. Sie sprach nie darüber.« Sie schwieg einen Augenblick, bevor sie hinzufügte:

»Er ist berühmt.«

Die Worte fielen, während über ihren Köpfen die Schritte von Clément und dem Gerichtsmediziner widerhallten, die sich im Schlafzimmer bewegten.

»Berühmt?«, fragte er erstaunt und dachte an den Mann mit den Asphaltaugen in seinem Bilderrahmen.

»Ja, er ist Schriftsteller. Es gibt hier Bücher von ihm«, erklärte sie. »Wenn Sie wollen, zeige ich sie Ihnen, sie sind im Wohnzimmer.«

»Ich folge Ihnen.«

Sie stand auf, zugleich trippelnd und schwer in ihrem unförmigen grauen Kleid, und führte Bertegui in ein Zimmer, das dem ähnelte, was er bereits von dem Haus gesehen hatte: bunt zusammengewürfelt, bestehend aus Gegenständen, Möbeln, Nippes, die sich durch die Zufälle des Lebens angehäuft hatten.

Madeleine Rabatet durchquerte den Raum, blieb vor einem kleinen Möbelstück voller billigem Nippes stehen und war außer Atem, als sei sie fünfhundert Meter gelaufen.

»Hier ist es ...«

Bertegui trat näher. Zwischen zwei Kupferengelchen zusammengedrängt einige Bücher, deren Rücken auf eine Krimireihe schließen ließen. Und ein wenig abseits ein Werk, das von vorn präsentiert wurde. Er erkannte sofort den Einband wieder: ein bläulicher Hintergrund, eine Lilie, befleckt mit einem Tropfen Blut … Und plötzlich wurde ihm alles klar: Dieses Buch hatte er letztes Frühjahr auf dem Nachttisch seiner Frau liegen sehen (Meryl war Dozentin für englische Literatur an der Uni, und seit den neun Jahren, die er sie kannte, schlief er jede Nacht ein, gewiegt von dem trockenen Rascheln der Seiten, die sie umblätterte): *Blaue Lilie* …Und das Foto auf der Kommode kannte er ebenfalls. Es war in kleinem Format auf der Rückseite des Buches abgebildet. Wahrscheinlich war das der Grund, weshalb Bertegui den Mann nicht sofort erkannt hatte. Man rechnete schließlich nicht damit, das Gesicht des Autors, dessen Bücher die eigene Frau liest, auf der Kommode der Leiche zu sehen, die einem zu Füßen liegt.

Das Foto war also tatsächlich das von Nicolas Le Garrec.

Bertegui zog ein Taschentuch aus der Tasche und nahm vorsichtig das Buch in die Hände.

»Sie war also die Mutter von Nicolas Le Garrec …«, murmelte er vor sich hin und drehte das Buch in seiner Hand.

Madeleine Rabatet nickte stolz, als ob sich durch irgendeinen mysteriösen Weg die Bekanntheit des Autors auf sie auswirkte.

Er überflog den Klappentext. Der Verleger hatte das Geheimnis bewahren wollen.

Claire liebte Lilien. Seit zwei Wochen erhielt sie jede Woche welche. Anonym … Ein heimlicher Verehrer.

Claire ist tot. Mit einer blau angemalten Lilie auf der Brust. Nackt.

Für Lieutenant Cuttoli besteht kein Zweifel: Der

Schuldige und der Mann mit den Blumen sind ein und derselbe. Nur hat Claire ein recht kompliziertes Leben: zwei Ehemänner, Liebhaber, eine Geliebte. Wer hat ihr diese Blumen geschickt? Und vor allem: Warum?

Er schloss für einen Augenblick die Augen und runzelte die Stirn. Meryl hatte etwas zu diesem Buch gesagt, aber er konnte sich nicht mehr daran erinnern.

Er las weiter.

Im Alter von achtunddreißig Jahren veröffentlicht Nicolas Le Garrec seinen fünften Roman. Mit Blaue Lilie *vollendet der Autor von* Smaragdblau *und* Unreines Weiß *sein Farbenquintett und die Abenteuer des korsischen Polizisten, der ihn berühmt gemacht hat, Lieutenant Cuttoli.*

So, jetzt kam die Erinnerung zurück. Es war eines Abends, kurz bevor er einschlief. Sie hatte ein wenig abwesend, als ob sie ihr Wildschwein bereits im Reich der Träume wähnte, hervorgebracht: »Komisch, das ist der erste Roman, den ich von diesem Autor lese, aber ich habe bereits das Gefühl, die Hauptfigur zu kennen … Er ähnelt dir nämlich, *baby*.«

Er stellte das Buch zurück.

»Es wird nicht deutlich gesagt, dass er aus Laville-Saint-Jour stammt«, bemerkte er, mehr zu sich selbst als zu Madeleine Rabatet.

»Doch, doch … Er ist wirklich von hier. Er ist in diesem Haus aufgewachsen. Er hat immer noch ein Zimmer im zweiten Stock, aber …«

Sie zögerte einen Moment.

»Aber?«

»Aber er kam nie. Ich habe ihn nie gesehen. Nicht ein einziges Mal in zwanzig Jahren. Alles, was ich von ihm kenne, ist das: die Bücher und sein Foto ...«

Ihre Stimme war leiser geworden und hatte einen Klang voller Andeutungen angenommen.

Vom Flur aus drangen die Stimmen von Clément und dem Gerichtsmediziner zu ihm herüber.

Madeleine Rabatet warf ihm nun flehende Blicke zu. Der Polizist hatte ihr jedoch noch weitere Fragen zu stellen: Hatte Odile Le Garrec Feinde? Einen Geliebten? Er verzichtete letztendlich. Ihm war nicht daran gelegen, mit anzusehen, wie ein unbegründetes Gerücht aufgebauscht wurde, denn in Laville lief man seit einigen Jahren wie auf Eiern.

»Gut, es scheint alles klar zu sein ... Verzeihen Sie, dass ich Sie aufgehalten habe. Sie können gehen. Ich denke nicht, dass ich Sie noch einmal sehen muss. Für den Fall, dass« – er tauchte seine Hand in seine Tasche – »Ihnen noch etwas einfallen sollte, man weiß ja nie, hier meine Adresse und Telefonnummer.«

Er reichte ihr eine Visitenkarte.

Sie nahm sie, als fürchtete sie, sie könnte explodieren.

»Gut ...« Sie rieb sich die Hände. »Gut, dann ... werde ich mal gehen ...«

An der Tür begegnete sie Clément in Begleitung des Gerichtsmediziners, Auberty, ein frisch ernannter, junger Arzt.

»Clément, kannst du Madame Rabatet zur Tür begleiten? Und sichergehen, dass wir auch ihre Kontaktdaten haben?«

Der Lieutenant gehorchte.

»Wahrscheinlich ein Herzinfarkt«, sagte der Arzt.

»Sind Sie sicher ... Doktor?« Bertegui hatte bei dem Titel gezögert, da es ihm immer noch schwerfiel, den jungen Mann als jemanden anzusehen, der gut fünfzehn Jahre Studium absolviert hatte.

»Nicht zu hundert Prozent, aber nach dieser ersten Untersuchung sehe ich nichts anderes!«, brachte er vergnügt hervor und ließ dabei seinen Blick zerstreut durch den Raum gleiten. »Das wäre durch eine gründlichere Untersuchung zu bestätigen, falls Sie sie anordnen, aber das bleibt Ihnen überlassen.« Er fügte ohne Übergang hinzu: »Diese Frau hatte Geschmack. Ich frage mich, ob sie kochen konnte ...«

Bertegui antwortete nichts. Er kannte diese Neigung der Fachleute in Sachen Tod, sich die Leiche ... lebend vorzustellen, ihre Persönlichkeit erfassen, ihr Leben kennen zu wollen.

»Es gibt aber nicht viele Anzeichen, die eine Autopsie rechtfertigen würden«, insistierte Auberty, immer noch genauso zerstreut.

Sein Blick fiel plötzlich auf den Einband von *Blaue Lilie*.

»He! Ich dachte mir doch gleich, dass ich den Autor auf dem Foto da oben wiedererkannt habe ... Gehört er zur Familie?«, fragte er.

»Ihr Sohn ...«, antwortete Bertegui murmelnd, bevor er bestätigte: »Ich werde trotzdem um eine Autopsie bitten.«

Der junge Arzt riss sich von der Betrachtung der Bücher los.

»Kein Problem, Sie sind der Chef. Mit welcher Begründung? Es würde mir vielleicht helfen zu erfahren, wonach Sie suchen ...«

»Na ja, sehen Sie, Doc, Clément hätte es Ihnen oben erklären sollen. Es gibt da eine Einzelheit, die Sie nicht haben bemerken können ...«

Auberty legte den Kopf schief wie ein erstaunter junger Hund.

»... und das im Grunde genommen durch unsere Schuld.« Bertegui sah den Arzt, der sich hinter einer Brille verschanzte, die ebenso rund war wie die von Harry Potter, durchdringend an: »Sie ist mit einem Telefon in der Hand gestorben ... Und am anderen Ende war die Leitung durchgeschnitten.«

Auberty regte sich nicht und antwortete nicht sofort, aber vor Berteguis Augen verkrampfte sich sein Kiefer und verlieh den runden Wangen Konturen.

»Nun ja, ich weiß nicht, ob die Autopsie uns verraten wird, wen sie anrufen wollte«, murmelte er, »aber ich bin recht neugierig darauf, zu erfahren, was uns die Mutter von Nicolas Le Garrec mitzuteilen hat ...«

2

Er tauchte aus dem Schlaf auf wie nach einem Tauchgang in großer Wassertiefe: kurzatmig und mit klopfendem Herzen. Einige Augenblicke lang ließ Bastien verwirrt den Blick durch das Zimmer schweifen: eine hohe Decke, in jeder Ecke Stuck - kleine, übermäßig verzierte Engelchen -, eine große Fenstertür, deren Läden das Licht des frühen Morgens in blassen Scheiben auf den Holzfußboden warfen. Als sein Blick auf den Kamin fiel, fasste er sich wieder. Dort, wo eigentlich ein Feuer hätte brennen sollen, erkannte er die Weidenkörbe, die sein altes Spielzeug aufnahmen – GI Joes, Batmans, Sachen, die ihm keinen Spaß mehr machten, da er sie mit fast zwölf Jahren zugunsten von Videospielkonsolen und *Magic*-Karten aufgegeben hatte.

In nur einer Sekunde gewann die Wirklichkeit wieder die Oberhand: *Jules' Unfall ... der Umzug ... Laville-Saint-Jour ... sein Zimmer*.

Er seufzte. So war es immer nach den Albträumen: eine Weile Geistesabwesenheit, eine Minute Verwirrung zwischen Wachsein und Schlaf, Nacht und Tag.

Er drehte sich zum Wecker um, einem großen bunten Designwürfel. Die Zahlen 6:35 leuchteten im hellen Halbdunkel. Er richtete sich auf und lauschte. Sein Vater und seine Mutter waren wahrscheinlich noch im Bett – der Wecker klingelte um 6 Uhr 50 bei den Moreaus, und vor 7 Uhr ließ sich niemand blicken.

Es war nicht weiter wichtig, denn er hatte nicht die geringste Lust, im Bett zu bleiben – das Bett, das Zimmer waren keine wirklichen Zufluchtsorte mehr. Außerdem kam es vor, dass ganz früh morgens Patoche auf MSN online war. Und Bastien mochte es, seinen Freund im Web zu treffen. Es war eine Verbindung zu einem ehemaligen Leben, das glücklich gewesen war, und das Versprechen, sich bald zu sehen – in den Ferien, an Weihnachten oder Ostern.

Fröstelnd sprang er aus dem Bett, zog sich ein Sweatshirt über den Schlafanzug und suchte die Pantoffeln unter dem Bettrahmen. Der Boden seines Zimmers war mit Parkett belegt, aber der Flur und mehrere Zimmer waren gefliest – und zwar mit diesen eisigen Fliesen, die man in einem Schloss findet, die aber seiner Meinung nach in einem Haus nichts zu suchen hatten, das von richtigen Leuten bewohnt wurde (vor allem von Leuten, die stets barfuß in einer Dreizimmerwohnung mit Teppichboden gelebt hatten!).

Als er aus dem Zimmer gehen wollte, hielt er inne und blieb eine Sekunde stehen.

Etwas war anders heute Morgen.

Er überlegte, drehte sich um, betrachtete den Raum, der noch ein wenig leer und sowieso zu groß war, um jemals vollgestopft zu sein. Er blieb vor den Gegenständen stehen: das nagelneue Bett – ein großes Schiff aus Holz, das wenige Wochen zuvor in einem Auktionslokal gekauft worden war –, die aus Paris mitgebrachte Kommode, angestrichen von seiner Mutter, die Poster an der Wand – Zidane hing neben einer riesigen Werbung für die Xbox 360, ein Plakat von *Herr der Ringe*, sechs eingerahmte *Star-Wars*-Bilder, von Caroline Moreau signierte Gemälde ...

Das Gefühl war verschwunden.

Er zuckte die Achseln, ging hinaus, durchquerte den Flur und betrat das Arbeitszimmer. Erneut bereitete ihm dieser vage Eindruck Unbehagen, aber er beschloss, nicht darauf zu achten, schaltete den Computer an und gab seinen Code ein. Während der Mac Os X lud, blickte er auf.

Und genau da sah er ihn.

Den Nebel.

Ja, den Nebel am Fenster. Das war es, was sich heute Morgen verändert hatte. Oder zumindest der Welt eine andere Farbe verlieh.

Der Nebel ... und das Licht: weiß, dick, wattiert.

Selbst die Helligkeit in seinem Zimmer war anders, obwohl sie durch die Fensterläden gefiltert wurde.

Er vergaß den Computer und näherte sich langsam

dem Fenster, so wie man fasziniert auf ein furchterregendes Tier zugehen würde.

Er entdeckte ihn - sinnlich, zugleich leicht und schwer -, wie er im Garten tanzte, sich um die Bäume schlängelte, sanft über die Wände des kleinen Ateliers strich, das seine Mutter in einem alten Schuppen eingerichtet hatte ... Und wie er über die Schaukel wehte. Die Schaukel-im-Garten, wie man sie im Haus nannte (als ob es eine andere gäbe), die immer hin und her schwang, morgens und abends, obwohl nie jemand darauf schaukelte (und ganz bestimmt nicht Bastien).

Er schloss einen Augenblick die Augen, wich zurück. Ein schwarzer Schleier senkte sich über ihn, und die Worte kamen ihm wieder in den Sinn: *Eines Tages werden schreckliche Dinge geschehen, und von diesem Tag an wird nichts je wieder so sein wie zuvor.*

Langsam kehrte er zum Computer zurück, denn heute Morgen hatte er entschieden das Bedürfnis zu reden. Sich mit Patoche über die letzte Erweiterung der *Magic*-Karten oder über das Tennismatch zu unterhalten, das sie live und aus der Ferne auf ihrer Xbox-Konsole austragen würden. Reden über die nächsten Ferien und über Sandra Joubert, die anscheinend nach den Sommerferien mit zwei Äpfeln in die Schule gekommen war, die ihr unter dem T-Shirt wuchsen. Reden über die Kleinigkeiten, aus denen sein altes Leben bestand. Fern von Laville-Saint-Jour. Fern vom Nebel. Fern von den Albträumen.

Auf dem Desktop blieb das MSN-Fenster zum Verzweifeln leer ... Kein Patoche.

Er wartete. Vermied es, den Kopf zum Fenster zu wenden. Und erinnerte sich wider Willen.

Sie hatten sechs Monate zuvor beschlossen, wegzugehen. Nun ja, ER, sein Vater ... wegen IHR, seiner Mutter.

Im Laufe der Monate, die dem Unfall gefolgt waren, war Caroline Moreau Patoches Mutter schließlich immer ähnlicher geworden. Auch wenn sie nicht trank wie der alkoholabhängige Drachen, der über die Erziehung seines besten Freundes wachte, lebte sie völlig zurückgezogen, im Morgenrock, die Augen vom Kummer geschwollen, sprach schwerfällig und richtete auf die Welt ihren neuen »verschlafen-offenen Blick«, wie Bastien ihn nannte. Wenn sie den Kopf wandte, reagierten ihre Augen stets mit einer oder zwei Sekunden Verspätung, als ob sie unfähig wären, einer raschen, natürlichen Bewegung zu folgen.

Sie hatte aufgehört zu leben. Sie hatte auch aufgehört zu malen. Das einzige Mal, dass sie sich daran versucht hatte, hatte ihrer aller Schicksal besiegelt. Bastien hatte den riesigen roten Fleck nicht vergessen, der die Leinwand wie eine Brühe aus Blut besudelt hatte und den er beim Betreten der Küche entdeckt hatte ... Genauso wenig wie das konzentrierte Gesicht seiner Mutter, während sie vor ihrer aller Augen – selbst denen von Patoche, der sich zufällig dort befand – eine Schere in das Bild gerammt und die Leinwand mit mechanischer Verbissenheit zerschnitten hatte.

Am darauffolgenden Tag schlug ihm sein Vater eine Runde mit den Inlineskates vor. Sie gingen gegen neun Uhr abends raus, nach dem Abendessen – die Mahlzeit war ruhig verlaufen, ohne Streit, ohne Weinen, auch ohne große Seufzer. Es war ein Freitagabend; es schwebte eine laue Luft über Paris, diese merkwürdige Mischung aus Luftverschmutzung und Pollen. Sie machten eine schöne, schweigsame Spazierfahrt bis zum Seineufer. Sein Vater geriet etwas außer Atem – er hatte den Rhythmus verloren, denn es war das erste Mal seit dem Unfall, dass sie Inlineskates fuhren, aber es war eine schöne Runde, und wider Willen, trotz der Situation, mochte Bastien diese Spazierfahrt.

Auf den Kais hielt sein Vater an, um sich auf das Steinmäuerchen zu setzen. Und ihm seine Entscheidung mitzuteilen: weggehen.

»Weggehen? Du meinst ... umziehen?«

Daniel Moreau seufzte.

»Nicht nur umziehen. Ich werde woanders Arbeit suchen.«

»Ein anderes Labor?«

»Ein anderes Labor ... in einer anderen Stadt. Wir brauchen eine Veränderung, Bastien. Verstehst du? Eine richtige Veränderung. Ein neues Leben.«

Weggehen ... Eine andere Stadt ...

Ein neues Leben ...

Er wusste nicht, wie er reagieren sollte. Er hatte mit einer Scheidung, einer Trennung gerechnet ... Und auch wenn die Welt ein furchtbar kalter Ort ist, wenn man ihn mit zwei Gespenstern teilt, so war es doch eine große Erleichterung zu wissen, dass das nicht zu ihren Plänen gehörte (im Grunde hätte er es sich denken können, denn er hatte immer gewusst, dass sein Vater verrückt nach seiner Mutter war, selbst mit ihren verschlafen-offenen Augen und in ihrem Morgenrock). Aber weggehen? Wohin? Wann?

Und Patoche? Er war wie ein Bruder, dieser Freund, der zwei Etagen tiefer lebte ...

»Was hältst du davon?«, fragte sein Vater.

Er konnte nicht antworten. Er hatte überhaupt keine Lust wegzugehen. Aber auch überhaupt keine Lust zu bleiben, zumindest nicht mit den beiden in diesem Zustand. Das, was er wollte, war unmöglich: nie die Augen seines kleinen Bruders gesehen zu haben, als er den Kopf zu dem Auto gehoben hatte; nie dieses Geräusch eines Insekts hören zu müssen, das man zerdrückt; weiterhin jeden Morgen mit den Bahbohböhs aufwachen, die sicher mit der Zeit Worte geworden wären; seine Mutter auf der Straße lachen sehen und mit seinem Vater Spazierfahrten machen, ohne dass es dafür einen Grund gab ...

Er fragte trotzdem:

»Geht es euch dann besser, wenn wir weggehen?«

Daniel Moreau schniefte und wandte den Kopf ab. Die wöchentliche Inlineskater-Versammlung kam in diesem Moment vorbei, und sie betrachteten schweigend den Anblick. Tausende inlineskatender Jungen und Mädchen, die sich lachend und kreischend unmittelbar vor den Autos überholten, die ihren Motor abgestellt hatten und, sämtliche Scheinwerfer eingeschaltet, darauf warteten, weiterfahren zu können. Bastien dachte: Momente wie diesen werden wir woanders nie wieder haben ... Es wird anders sein. Weniger gut. Und ohne Patoche.

»Es wäre so viel einfacher, wenn man den Schuldigen gefunden hätte.«

Es war das einzige und letzte Mal, dass er eine Anspielung darauf machte, und Bastien wusste nicht, ob sie sich an ihn richtete. Er spürte dennoch, wie sich eine eisige Hand auf seinen Nacken legte.

Der Schuldige war er selbst.

Natürlich war da der Kerl, der den Mercedes gefahren hatte, aber es war Bastien, der Eis essen wollte, ohne jedoch wirklich Appetit darauf gehabt zu haben. Er war es, der einer Art ... Laune nachgegeben hatte. Ohne diesen Stopp hätten sie keinerlei Grund gehabt, sich in genau jenem Moment dort zu befinden.

Ohne das Eis wäre Jules an diesem Tag drei Jahre alt geworden.

Bastien glaubte, dass sie letztendlich gar nicht weggehen würden. Monatelang schrieb sein Vater Briefe ... Monatelang hörte er ihn seufzen, wenn er die Post heraufbrachte.

Er war gerade aus den paar Tagen Urlaub zurückgekehrt, die Bastien mit »den Patoches« im Südwesten verbracht hatte, als der Brief kam: ein weißer Umschlag mit einem Hightech-Logo. Und sein Vater fuhr zu seinem ersten Termin nach Laville-Saint-Jour.

An jenem Tag ging Bastien nachmittags zu Patoche hinunter. Seine Mutter empfing ihn, die Vorhänge zugezogen, im Wohnzimmer und war noch nicht einmal im Morgenrock. Wegen der Hitze trug sie eine Art Gandura-Nachthemd, violett mit ausgefransten Stickereien, das ihre dicken Beine und die schlaff-aufgequollenen Arme nicht verbarg. Sie stank nach Wein.

»Ich habe heute Morgen deinen Vater gesehen«, murmelte sie, als er mit Patoche durchs Wohnzimmer kam.

»Meinen Vater?«

Sie bewegte den Kopf hin und her und löste die Augen von *Derrick*.

»Ja, heute Morgen. Es kann also sein, dass ihr vielleicht umzieht?«

»Ich ... ich weiß nicht. Nicht dieses Jahr, denke ich ...«

»O doch, dieses Jahr«, antwortete sie. »Na ja, heute Morgen auf jeden Fall dachte er, es sei möglich. Er hat mir sogar gesagt, dass ihr vielleicht nach Laville-Saint-Jour geht! Stell dir das mal vor! Laville-Saint-Jour ... Das ist doch wirklich eine komische Idee!«

»Warum eine komische Idee?«, fragte er ein wenig beleidigt.

Madame Patoche kniff die Augen zusammen – ein Schlitz in zwei Marshmallows –, ihr Hals spannte sich wie der einer Schlange, die den Kopf hebt.

»Kennst du denn Laville-Saint-Jour nicht?«

Ohne Grund spürte Bastien, wie er errötete, als habe man ihn bei etwas Unerlaubtem erwischt.

»Na ja, es ist ein komischer Ort ... Oh, natürlich ist es schön ... Das sagen alle Touristen, wenn sie dort vorbeikommen. Es ist schön. Es hat eine besondere Note ... Charakter ... Atmosphäre. Dein Vater wird das Gleiche denken. Es hat Atmosphäre. Selbstverständlich kann man das nicht wissen, wenn man nur auf der Durchreise ist, aber wenn man dort lebt, ist es nicht dasselbe. Überhaupt nicht dasselbe ... Es ist eine Stadt, die einen in den Nebel hüllt ...«

»In den Nebel?«

»Ja, in den Nebel ... Hast du davon etwa auch noch nichts gehört?« Sie drehte den Kopf zu *Derrick* um. Fuhr mit der Stimme eines toten Roboters fort: »Er zieht ab Ende September, Anfang Oktober auf. Am Anfang findest du das hübsch. Aber nach ein paar Wochen ... Es ist eher ein Schleier, eine dicke weiße Decke. Und das dauert, das dauert ... ganze Monate lang.«

Sie schwieg. Bastien hoffte, dass sie fertig war.

»Und dann sind da die Dinge ...«

»Die ... Dinge?«

Sie antwortete nicht sofort. Auf ihrem knallroten Gesicht - rot vom Trinken, rot von den zwei Wochen Urlaub mit ihnen - zeichnete der Fernseher leuchtende, bewegte Schatten ab. Ihre Augen blinzelten langsam, und Bastien dachte an Jabba der Hutte in *Die Rückkehr der Jedi-Ritter*.

»Ja, die Dinge ...«, sagte sie mit einer Stimme, die schleppend war wie das Bein eines Hinkenden. »Diiie Diiinge ... Es ist eine alte Stadt. Eine seeehr alte Stadt. Mit einer langen Geschichte hinter sich. Da sind Dinge, die man erzählt ... Und die, die man nicht erzählt. Wie die Morde vor ein paar Jahren. Deine Eltern werden sich daran erinnern. Morde an Kindern ... Sie haben im Fernsehen darüber gesprochen, aber nicht sehr viel ... Das ist wegen des Nebels: Die Dinge kommen nicht heraus.

Aber ... es waren sowieso nicht die Ersten. Nein, nicht die Ersten, das ist sicher (daaas ist siiicher ...). Es hat immer ... die Diiinge in Laville-Saint-Jour gegeben ... Das ist eine Stadt, die einen nimmt ... und nicht wieder loslässt. Nie wieder ...«

Sie schwieg.

Bastien und sein Freund blieben noch einige Sekunden stehen und starrten sie an: ihre Hängebacken aus rissiger Haut, ihr halb geöffneter Mund und ihre großen Augen, die sich nun überhaupt nicht mehr schlossen, die *Derrick* nicht mehr sahen ... Augen, die nie aus Laville-Saint-Jour zurückgekehrt waren.

Als Patoche eine Träne über ihre Wange laufen sah, klatschte er in die Hände:

»Na, dann mal los! Yu-Gi wartet auf uns ...«

Bastien folgte ihm wie ein Automat ins Zimmer. Bevor er die Tür hinter sich schloss, drehte er sich um.

Sie saß immer noch auf dem Sofa, eine große Puppe, eine riesige Babypuppe. Ihre Augen hatten sich nicht bewegt; sie waren nur feuchter geworden.

Am selben Abend gab er »Laville-Saint-Jour« bei Google ein – eigentlich stand er dafür nachts auf, während seine Eltern schliefen. Er hatte nicht den geringsten Grund, sich zu verstecken, aber trotzdem kam es ihm vor, als ob er einer verbotenen Handlung nachginge.

Er suchte also im Internet. Und er sah Bilder von Laville-Saint-Jour, die kleinen engen Straßen, von denen Madame Patoche gesprochen hatte, die Monumente im Nebel, die Wasserspeier ... Die Geschichte vom *Gotik-Schmuckstück in einem Nest aus Grün* ...

Und er las: die Talcot-Affäre, wie man sie nannte, die Kindesentführungen, die Skandale, die Gerüchte ...

Im Halbdunkel des Wohnzimmers, das allein vom Computerbildschirm erhellt wurde, verbrachte er mehr als eine Stunde mit Surfen. Er hätte wahrscheinlich noch viel länger weitermachen können, aber je mehr er las, umso deprimierter wurde er. Als er auf die Geschichte eines gelähmten Gerichtsmediziners stieß – der Mann, der laut des Artikels die erste Leiche obduziert und den der Schock auf unerklärliche Weise lebenslänglich gelähmt hatte –, beschloss er, den Computer auszuschalten. Er wusste genug über Laville-Saint-Jour, genug über seine Monumente und sein Klima, die Sache mit den geopferten Kindern. Genug, um zu wissen, dass eine solche Stadt weder seine Mutter noch seinen Vater würde heilen können.

Genug, um zu wissen, dass das der letzte Ort war, an dem er Lust hatte zu leben.

Genug, um zu ahnen - ohne zu verstehen, wie -, dass sie genau dorthin gehen würden.

Sie brachen zehn Tage später auf - er sah noch, wie die Gestalt von Olga, der Freundin seiner Mutter, immer kleiner wurde, während das Auto sich entfernte. Er sah erneut Patoches Gesichtsausdruck an dem Morgen, als er sich von ihm verabschieden ging, seine feuchten Augen, seine wie zugeschnürte Kehle ... und auch das eigenartige Lächeln von Madame Patoche.

Er hatte die ganze Fahrt lang geschlafen, wie betäubt.

Als er erwachte, waren sie fast angekommen. Sein Vater hatte eine Querfeldeinstrecke gewählt, um ihnen den Ort »von oben« zu zeigen, von einem Plateau aus, als ob er sie von seiner Wahl überzeugen wollte.

So tauchte sie auf, unmittelbar hinter der Biegung einer Kurve: die Stadt.

Es stimmte, dass man sie aus der Höhe für ein Schmuckstück hätte halten können, besonders in der Sonne - es war schönes Wetter -, ein kleines graues Juwel, alt, ein wenig ungeschliffen, gebettet auf grünes Moos, so weit das Auge reichte. Bastien konnte sich fast vorstellen, dass die Leute von dort ihnen von der Straße aus zuwinkten: »Hey, wir sind hier ... Wir warten auf euch ...«

Creepy.

Eine halbe Stunde später entdeckte er das Haus mit, wie sein Vater sagte, *... dem Garten und der Schaukel für dich, Bastien, und schau, du hast ein riesiges Zimmer, wir werden dir eine super Rennbahn aufbauen können – und*

Caroline, du hast ein Atelier hinten im Garten ... und ... und ... Es war ein verdammt großes Haus, und er hatte sich gefragt, wie sie sich einen derartigen Wohnsitz leisten konnten, mit Stuck und Kaminen, riesigen Zimmern wie seinem eigenen, die auf den Garten hinausgingen und auf die berühmte Schaukel, die sich sanft bewegte, obwohl kein Wind da war ... Eine Schaukel, die ihn seltsamerweise an diejenige erinnerte, die er auf dem Bild seiner Mutter entdeckt hatte, an dem Tag, an dem sie ihm die Geheimnisse ihrer Malerei enthüllt hatte.

In jener Nacht hatte er seinen ersten Albtraum. Das war vor einem Monat gewesen. Es kam ihm vor wie ein Jahr.

»Ja, träumst du denn, mein Schatz?«

Bastien blickte auf. Caroline Moreau hatte soeben den Kopf zur Tür hereingesteckt. Sie lächelte, und man musste feststellen, dass dieses Lächeln den Jungen an eine längst vergangene Zeit erinnerte. Ja, seit ihrer Ankunft in Laville-Saint-Jour ging es ihr besser. Wenn nur nicht ihr Tick gewesen wäre, sich stundenlang in den Schuppen im Garten einzuschließen - in ihr Atelier, das niemand betreten durfte -, wenn nur nicht ihr verträumter, leicht abwesender Gesichtsausdruck gewesen wäre, sogar wenn sie lächelte. Wenn nur Laville-Saint-Jour selbst nicht gewesen wäre, hätte Bastien sich über diese Besserung gefreut.

»Ich bin früh aufgestanden, ich wollte sehen, ob Patoche online ist ...«

Sie trat auf ihn zu und fuhr ihm mit einer Hand zärtlich durch die Haare - Haare, die so schwarz waren wie ihre eigenen, fast bläulich.

»Dein Vater und ich haben heute Nacht bei offener Tür geschlafen. Du hast nicht geschrien. Kein Albtraum ... Das freut mich. Du wirst dich daran gewöhnen, weißt du?«

Nein, er wusste nicht. Oder vielmehr: Er war vom Gegenteil überzeugt. Er hatte aber nicht die geringste Lust, darüber zu reden ... oder den Albtraum anzusprechen, der ihn vor allen anderen aus dem Bett geholt hatte.

»Ja, sicher«, seufzte er.

»Wie geht es in der Schule?«

»Och ... alles okay.«

Lüge. Die private Lehranstalt Saint-Exupéry ähnelte in keiner Weise dem, was Bastien bis dahin gekannt hatte. Er hatte sowieso nie über die Gabe ungezwungener Kommunikation verfügt. Aber auch über dieses Problem wollte er nicht sprechen ... zumindest nicht mit ihr. Nicht im Moment. Mit Patoche vielleicht? Und selbst mit ihm ...

»Hast du heute interessante Fächer?«

Sie strengte sich an, das musste er anerkennen. Sie öffnete sich ... knüpfte an die kleinen Dinge des Lebens wieder an. Nun war er es, der sich verschlossen hatte. Als ob sich bei seiner Ankunft in Laville-Saint-Jour ein Fenster in ihm geschlossen und zur gleichen Zeit eine Tür zu einem Keller geöffnet hätte, in dem seine Albträume nächtliche Feste feierten. Es kam jedoch überhaupt nicht in Frage, seiner Mutter mit seinen Problemen das Leben schwer zu machen ... das winzige Eckchen blauen Himmels zu blockieren, das langsam durch die Wolken brach, die sich seit zweieinhalb Jahren aufgetürmt hatten.

»Heute wird's cool, glaube ich. Es kommt ein Autor

nach Saint-Ex ... äh ... Nicolas Le Garrec. Er kommt, um einen Vortrag zu halten. Er ist ein Krimiautor, glaube ich. Kennst du ihn?«, fragte er.

Über seinem Kopf keine Antwort.

Bastien blickte auf. Caroline Moreau war mit den Gedanken woanders. Sie sah zum Fenster ... zum Nebel am Fenster.

Oder nein, eher: Ihr Augen starrten den Schuppen an.

Und sie lächelte.

Ein eigenartiges Lächeln, das er nicht mochte.

... *creepy* ...

Ein MSN-Klingeln brach das Schweigen. Bastien kehrte zum Bildschirm des Mac zurück und las die Nachricht, die angezeigt wurde. Er spürte, wie ihm ein kalter Schauer vom Kopf bis zu den Füßen glitt.

»Oh mein Gott, wir sind spät dran, Bastien!«, rief seine Mutter aus, die der Piepton aus ihrer Erstarrung gelöst hatte. »Geh schnell duschen, während ich das Frühstück mache.«

Sie verschwand in den Flur, und Bastien hörte sie undeutlich murmeln:

»Ich schlafe zu viel hier ... Wirklich, ich schlafe zu viel ...«

Dann wurde sie von der Küche verschlungen, und eine Stille trat ein, die nur von weitem durch die undeutlich wahrnehmbare Stimme seines Vaters unterbrochen wurde. Lange schaute er auf den unbeweglichen Bildschirm. Unfähig zu reagieren. Selbst unfähig zu wissen, ob er folgende Anfrage akzeptieren sollte oder nicht: *julesmoreau@hotmail.com möchte Ihr Freund sein. Dieser Person erlauben, Sie zu kontaktieren. Diese Person Ihrer Freundesliste hinzufügen.*

Jules Moreau.

Der Name seines Bruders.

Aber das war natürlich unmöglich ... Jules war zwei Jahre zuvor gestorben. Außerdem war er sowieso erst sechzehn Monate alt gewesen! Nicht wirklich ein Alter, in dem man den Umgang mit Tastatur und Maus beherrschte! Dieser Gedanke entlockte ihm ein kurzes finsteres, nervöses Lachen.

Wer also? Wie? Warum?

Wer war dieser Jules Moreau? Wie hatte er Bastiens MSN-Adresse herausgefunden? Warum wünschte er ... sein Freund zu sein?

Er dachte an die Jungs aus der Schule. Ein schlechter Scherz? Er überlegte, schloss die Augen ... zählte.

1 ... 2 ... 3 ...

Zögerte. Er hatte keine Lust, der »Freund« von *julesmoreau@hotmail.com* zu werden.

... 4 ... 5 ...

Er hatte aber genauso wenig Lust, es dabei zu belassen, ohne mehr zu erfahren.

... 6 ... 7 ...

Mit dem Gefühl, einen Pakt mit dem Teufel einzugehen, klickte er auf OK.

3

Ebenso wie Kommissar Bertegui und ungefähr zur selben Uhrzeit entdeckte Audrey Miller den ersten Nebel vom Balkon ihrer Wohnung aus. Sie befand sich in der letzten Etage der kleinen Wohnanlage *Les Vonges*, eines jener Neubauviertel, die das Zentrum von Laville-Saint-Jour leicht überragten. Einige Augenblicke lang beobachtete sie, wie die seidigen Fäden sich an den Ästen der großen Bäume zerrissen, auf die ihr großes Glasfenster hinausführte, das Herz schwer von Seufzern und beklommen vor Wut, vor Klagen ... und vor Hass. Aber auch reich an Hoffnung: ihren Sohn zurückholen und so schnell wie möglich gehen, die Stadt verlassen ...

»Mama, ich glaube, Papa hat geklingelt ...«

Sie drehte sich um. David war angezogen, fertig zum Aufbruch. Ausnahmsweise hatte Jocelyn ihn ihr eine weitere Nacht gelassen – im Prinzip übernachtete David nämlich nur einmal pro Woche bei ihr, und zwar samstags (und wie sehr hatte sie sogar um dieses Recht kämpfen müssen!). Letztes Wochenende hatte ihr Exmann sie gebeten, ihn bis Montagmorgen zu behalten. Wenn das Glück, ein paar weitere Stunden mit ihrem Sohn zu verbringen, nicht gewesen wäre, hätte sie selbstverständlich abgelehnt. Sie hatte Jocelyn nichts zu gewähren ... nichts mehr. Niemals!

»Bist du sicher, Schatz? Ich habe nichts gehört ...«

Selbstverständlich hatte sie nichts gehört, denn die Klingel erinnerte sie wie ein Totengeläut an die Situation.

Er nickte mit seinem kleinen blonden Kopf, den blauen Blouson bereits angezogen – sie hatte ihn einige Tage zuvor selbst ausgesucht. Sie kniete sich hin und richtete den Kragen des Blousons, der in die Schultern gerutscht war. David lächelte sie an – er gehörte zu jenen Kindern, die die Aufmerksamkeiten einer Mutter schätzen: die Gutenachtgeschichte, das grundlos gestohlene Küsschen, die tausendmal wiederholten Ratschläge ...

»Geht es, Spatz?«

Er richtete sich auf.

»Klar, mach dir keine Sorgen.«

O doch, sie machte sich Sorgen.

Die Klingel rief sie zur Ordnung.

»Pfff, er hat's eilig ... Wie immer«, schimpfte David vor sich hin.

Mit zugeschnürter Kehle und Zorn im Bauch, ging sie durchs Wohnzimmer bis zum Eingang:

»Er kommt!«, spie sie in die Gegensprechanlage.

Brutal hängte sie ein.

Im Morgenrock und in Pantoffeln begab sie sich in den kleinen Vorraum. Als die Türen des Aufzugs sich öffneten, küsste sie ihren Sohn.

»Vergiss nicht, David, wenn irgendetwas ist – du hast das Handy, okay? Meine Nummer ist eingespeichert, sie gehört zu den vieren, die du anrufen kannst, du kannst dich also nicht vertun. Ruf ruhig an, okay?«

Er nickte. Er kannte das alles auswendig und war noch zu klein, um seinen Überdruss gegenüber einer zu ängstlichen Mutter zum Ausdruck zu bringen.

Sie drückte selbst auf den Knopf des Erdgeschosses ... Die Türen schlossen sich. So, es war vorbei.

Sie zog sich in die Küche zurück, die auf den Parkplatz hinter dem Gebäude hinausging. Sie konnte sofort Joces Geländewagen erkennen – er hatte schon immer eine Vorliebe für auffallende Autos gehegt. Ihr fiel auf, dass am Boden der Nebel dichter wirkte als in der Höhe.

Sie konnte erkennen, wie ihr Sohn zum Auto trottete. Joce stieg aus; nicht, um ihn zu empfangen, das wusste sie, sondern um sich zu produzieren. Er drückte einen kurzen Kuss auf die Wange seines Sohnes und öffnete ihm die hintere Wagentür. Dann, während David ins Auto kletterte, hob er den Blick.

Aus dieser Entfernung und im Nebel konnte sie sein Gesicht nicht erkennen. Joce war nur noch ein in einen Mantel aus blauer Wolle gehüllter Schatten auf dem Parkplatz. Sie zweifelte jedoch nicht daran, dass sein Blick voll desselben Triumphes war, den er zur Schau getragen hatte, als sie aus der Gerichtsverhandlung gekommen waren. Voller Triumph und Herausforderung: Du wirst ihn nicht bekommen, du hast es vielleicht geschafft, eine Arbeit zu finden und dich weniger als zwei Kilometer von mir entfernt niederzulassen, aber was immer du auch tust, du wirst ihn nicht bekommen!

Auf die eine oder andere Weise irrte er sich.

Sie zog heftig die Jalousien herunter und ging ins Badezimmer, um sich fertig zu machen.

Es war acht Uhr zwanzig, als sie das Portal von Saint-Exupéry passierte, der privatesten Schulanstalt – und auch der teuersten – von Laville-Saint-Jour und wahrscheinlich von ganz Burgund. Entschlossenen Schrittes durchquerte sie den schönen, mit Rasen bepflanzten Innenhof, der von Gewölbegängen aus naturfarbenem Stein umgeben war – Überreste des ehemaligen Klosters, um das herum die Schule im Laufe der letzten Jahrzehnte ihre Gebäude erweitert hatte.

Auf dem Weg begegnete ihr niemand, denn zu dieser Stunde ertönte in Saint-Exupéry lediglich das fleißige Gemurmel der Schüler im Unterricht. Mehrere Lehrer konnten allerdings vom Katheder ihres Klassenzimmers aus die Kollegin in ihrem schönen Mantel aus Veloursleder sehen, wie sie in jenem Schritt lief, der das Klappern ihrer Absätze von den jahrhundertealten Mauern widerhallen und ihr helles Haar mit den feurigen Reflexen flattern ließ. Einige verloren sogar den Faden ihres Vortrags, während sie mit den Augen die schlanke, eilige Gestalt verfolgten und sich fragten, wohin Madame Miller denn lief, die neue Französischlehrerin, über die ganz Saint-Ex sprach, die ganz Saint-Ex heimlich beobachtete ...

Am Ende des großen Garten-Innenhofs ging sie auf eines der Nebengebäude von Saint-Exupéry zu, wobei sie sich aufrecht und stolz bemühte, die Blicke zu ignorieren, die ihr seit ihrer Ankunft wie ein kalter Schatten am Körper klebten.

Das Geräusch laufender Schritte ließ sie in ihrem Schwung innehalten. Sie drehte sich um. Eine kleine Gestalt war gerade in den Hof gestürmt. Schirmmütze, Nikes und ein Paar Inlineskates in der Hand (Inlineskaten war in Saint-Ex verboten; im Übrigen bot sich der Ort zwischen Kieselsteinen und Rasen auch kaum dafür an). Ein Lächeln huschte ihr übers Gesicht. Bastien Moreau ... einer ihrer Schüler aus der Siebten. Er war ihr von der ersten Unterrichtsstunde einen Monat zuvor an aufgefallen. Unmöglich, ihn zu übersehen, denn er passte nicht in die Schule. Er war neu, hatte sie schnell begriffen, als sie ihm unter den Arkaden begegnet war, und meistens allein ... wie sie.

Wohin lief er mit so viel Verspätung? Wahrscheinlich zum Aufsichtsbüro, um einen Eintrittsschein für Zuspätkommende zu erbetteln. Audrey war halb erstaunt. Moreau hatte die Augenringe eines Kindes, das wenig oder schlecht schlief, und das Schweigen einer Pubertät, die sich als problematisch ankündigte, trotz der ersten Hausaufgaben, die er abgegeben hatte, und die intelligent und sensibel waren. Ein talentiertes Kind, zu talentiert vielleicht. Sie hatte sich versprochen, ihn im Auge zu behalten.

Sie nahm ihren Weg wieder auf bis zu einer schweren Holztür. Ein warmer Geruch von Feingebäck empfing sie beim Eintreten.

Die Lehrercafeteria von Saint-Ex war das Ebenbild der Schule selbst: feine Harmonie von Natursteinen in Verbindung mit einem ästhetischen Sinn für Modernität. Gewölbte Decken und Bistrotische, großer Kamin und Halogenbeleuchtung, helle Fliesen und funkelnder Tresen - weit, sehr weit vom Lehrerzimmer des Descartes-Gymnasiums entfernt, wo sie ihre ersten Erfahrungen gesammelt hatte. Als Antoine Rochefort, der Direktor, ihr während des Sommers den Ort bei einer Führung gezeigt hatte, hatte er ausdrücklich gesagt: »Wir werden jeden Morgen mit Croissants und Brötchen beliefert, und wir haben sogar eine Kellnerin.«

In diesem Fall schien die Frau, die hinter dem Tresen stand, mit ihren roten, wie zu einem Kuchen aufgetürmten Haaren, einem Make-up, das von einem gewissen Geschmack für kräftige Farben zeugte, und ihrer rosa Bluse wie einem dieser *diners* entstiegen zu sein, die die amerikanischen Studenten aus der Serie *Happy days* kannten.

»Guten Morgen, Madame Miller«, rief sie mit einem strahlenden Lächeln, »einen Milchkaffee, wie immer?«

Audrey erwiderte ihr Lächeln. Sonia war wahrscheinlich die einzige Angestellte von Saint-Ex, die mit ihr sprach und sie wie jeden anderen Lehrer behandelte. Gegenwärtig mühte sie sich damit ab, ihr ein

»Madame Miller« zu präsentieren, trotz Audreys Aufforderungen, sie doch mit ihrem Vornamen anzusprechen.

»Ja, Sonia, danke ...«

Audrey stellte ihre Sachen auf einem Tisch am Fenster ab und ließ dabei ihren Blick durch den Saal gleiten. Zu dieser Stunde war die Cafeteria noch menschenleer. Sie sah lediglich einige Tische weiter Monsieur Lefèvre, einen Lehrer für Physik und Chemie. Vergoldete Brille, Militärschnurrbart und die unvermeidliche Schottenjacke mit lederverstärkten Ellbogen. Sie richtete einen stillen Gruß an ihn, den er höflich erwiderte, allerdings mit dem nötigen Argwohn, um sein Misstrauen gegenüber dieser Kollegin zu betonen, die zu unerfahren, zu ... aufrührerisch war, um ihren Platz in der Schule zu verdienen.

(*... ach, übrigens: Stimmt es eigentlich, dass sie die Geliebte des Direktors ist, Monsieur Rochefort? ... Dass sie ein Kind hat, für das man ihr wegen ihres Lebenswandels das Sorgerecht entzogen hat? ... Wegen Drogenproblemen? ...*)

Sie sah auf die Uhr: Sie war ein paar Minuten zu früh. Sie ging auf das entfernteste Fenster zu, um den Hof zu betrachten. Ein Eindruck von Déjà-vu durchlief sie wie eine Welle. Was hatte Antoine doch gleich beim Vorstellungsgespräch gesagt?

»Sehen Sie, Mademoiselle Miller, ich liebe diesen Ort. Ich habe meine gesamte Schulzeit hier verbracht, und ich war glücklich hier. Und ich möchte, dass meine Schüler hier auch glücklich sind. Sehen Sie nur diesen Hof, diese Arkaden ... Es ist ein einzigartiger Ort. Deswegen zahlen die Leute diesen Preis.«

Gemeinsam mit Rochefort hatte sie von demselben

Fenster aus die Gänge betrachtet, die von schönen Säulen aus behauenem Stein gestützt wurden, die hundertjährigen Bäume, den tadellos gepflegten Garten, und hatte daraus geschlossen, dass Saint-Ex in der Tat ein schöner, außergewöhnlicher Ort war. Sie hatte sich auch gefragt, wie »dieser einmalige Ort« wohl im Winter aussehen würde, wenn ab sechzehn Uhr das Neonlicht von den Klassenräumen in den Hof strömte und die Gestalten der Schüler gespenstisch unter den Arkaden dahinglitten, versunken in dem Nebel, der den ganzen Tag über im Hof dichter geworden war ... Heute Morgen hatte sie den Ansatz einer Antwort erhalten.

»Da hat man ein komisches Gefühl, nicht wahr?«

Sie zuckte zusammen.

Sonia hatte sich ihr, den Kaffee in der Hand, schweigend genähert.

»Der Nebel ...«, erklärte Sonia.

»Ja, da hat man ein komisches Gefühl, wie Sie sagen ...«

»Und das ist ja erst der Anfang. Ich habe mich nie daran gewöhnt. Nie. Aber nach all den Jahren ...«

Heute Morgen verstand Audrey sie, mehr als an jedem anderen Morgen. Gewiss gab es die unter Denkmalschutz stehenden gotischen Relikte. Gewiss hatte es ihr ihr Gehalt ermöglicht, gegen eine lächerliche Summe eine Wohnung zu mieten, die groß genug war für eine vierköpfige Familie; man konnte hier durchatmen und war von einer wohligen Ruhe umgeben. Was aber sollte man über die nicht greifbare Schwärze sagen, die Laville vergiftete? Die wohlhabende Beschaulichkeit guter Manieren, Familienvermögen und diskreter Bettgeschichten, die den Ort einhüllte?

Was sollte man über die jüngste Vergangenheit der Stadt sagen? Jenen Skandal, der den tadellosen Ruf eines Ortes mit Blut befleckt hatte, der vor allem für seine alten Gemäuer und sein Klima bekannt war? Mehrere Kinder waren in albtraumhaften Inszenierungen massakriert worden – damals hatten die Presseschlagzeilen für sich selbst gesprochen: DER TEUFEL IM HERZEN VON BURGUND ... DAS GOTIK-SCHMUCKSTÜCK LÄSST BLUT FLIESSEN ... IM NEBEL DIE MONSTER ... Man hatte sogar ein oder zwei Bücher gedruckt, erinnerte sie sich, und sie hatte kürzlich gelesen, dass eine Hollywoodverfilmung der Fälle, nach Neu-England verlagert, gerade geprüft wurde.

Was sollte man schließlich über diesen ständigen Nebel sagen?

Ja, meinen Sohn zurückholen und so schnell wie möglich weggehen ...

Die dunkle Gestalt eines Mannes erschien im Eingangstor zum Hof und riss sie aus ihren Grübeleien. Sie glaubte, ihn zu erkennen, und ihr Herz setzte einen Schlag aus. Dann ging der Mann weiter, und sie stieß einen Seufzer des Überdrusses aus. Wenn man jemanden liebt, glaubt man manchmal, das Objekt seiner Begierde an jeder Straßenecke zu sehen. Das stimmte noch mehr, wusste sie von nun an, wenn man jemanden hasste.

Vom Fenster aus konnte sie eine Lederjacke, eine schwarze Jeans, schwere Schuhe, dunkle Haare, die in lockeren Strähnen herabfielen und eine sportliche Erscheinung erkennen: Nicolas Le Garrec war soeben eingetroffen.

Auf halbem Weg blieb er stehen, schien einen Augenblick innezuhalten und hob den Kopf. Audrey glaubte, einen sorgenvollen Gesichtsausdruck zu erkennen, einen finsteren Blick, zwei Striche, die seine Stirn zerteilten ... Vielleicht war das aber auch nur die Wirkung ihrer Einbildungskraft.

»Mein Termin ist da«, murmelte sie ein wenig angespannt.

»Sie haben einen Termin mit Nicolas Le Garrec?«, fragte Sonia erstaunt.

Audrey nickte.

»Er kommt, um einen Vortrag für die Schüler zu halten. Ant ... Monsieur Rochefort kennt ihn, glaube ich ...«

Im Hof kam Nicolas Le Garrec immer noch nicht näher.

»Was macht er denn?«, murmelte sie.

»Er erinnert sich wahrscheinlich ...«

Sie drehte sich zu Sonia um.

»Er war Schüler hier ... zur selben Zeit wie Rochefort, übrigens. Ich glaube sogar, sie waren in derselben Klasse. Deswegen hält er wahrscheinlich auch diesen Vortrag. Ich habe immer sagen hören, dass er praktisch weder Interviews gibt noch an Diskussionen teilnimmt. Ich meine, an keinen Veranstaltungen dieser Art.« Sie schwieg, bevor sie fortfuhr: »Es ist merkwürdig, ich habe überhaupt nicht damit gerechnet, ihn wieder in Laville-Saint-Jour zu sehen.«

Audrey starrte eine Weile das Profil der Frau an ihrer Seite an – sie erinnerte sie an Shelley Winters in *Die Höllenfahrt der Poseidon*. Warum?, hätte sie fast gefragt. Warum sich über die Anwesenheit des Autors wundern, wenn er doch hier aufgewachsen war? Und warum hatte Antoine ihr nicht deutlich gemacht, dass er ihn in seiner Jugend gekannt hatte?

Sonia zog sich aber bereits wieder zum Tresen zurück. Und Nicolas Le Garrec nahm seinen Marsch in Richtung »Cafete« wieder auf.

Er war ein anziehender Mann. Er hatte schöne Hände, lang und stark, ein warmes Lächeln, das im Gegensatz zu seinem etwas finsteren Blick stand. Audrey Miller war überrascht. Da sie seine Literatur kannte, hatte sie sich eine Art Vampir mit gehetztem Gesichtsausdruck vorgestellt und nicht einen »jungen Mann« in Jeans, der von einer Art natürlicher sportlicher Eleganz geprägt war. Sie hätte es sich allerdings denken können, denn bereits am Telefon, als sie ihn angerufen hatte, um den Termin zu bestätigen, hatte er sich einfach und direkt gezeigt. Und überhaupt, ist Stephen King etwa ein Kinderschreck? Thomas Harris ein Kannibale?

Sie saßen sich seit einigen Minuten gegenüber. Le Garrec biss herzhaft in ein Croissant, und sie saß ein wenig linkisch und eingeschüchtert da; nicht wegen der Bekanntheit des Autors, sondern aufgrund seiner Tätigkeit und seines Talents – Audrey gehörte zu diesen Leuten, die Schriftstellern einen großen Respekt entgegenbringen und die Summe an Arbeit, Schmerz und Einsamkeit hinter jedem Werk erahnen.

»Also, wie läuft es ab?«, fragte er zwischen zwei Bissen.

»Es ist ganz einfach. Die Schüler werden Ihnen Fragen zu Ihrer Arbeit und Ihrer Inspiration stellen ... und zu dem Buch selbst. Es ... es hat ihnen sehr gefallen«, fügte sie hinzu.

»Werden alle da sein?«

»Es werden etwa hundert Schüler da sein, denke ich ...«

»Hm ... wie viele Schüler hat Saint-Ex heute?«

Sie spürte, wie sie errötete. Sie verstand den eigentlichen Sinn der Frage: Warum nicht alle Schüler eingeladen worden seien?

»Sie können ganz beruhigt sein, im Grunde ist das überhaupt nicht wichtig«, rettete er sie. »Ich weiß sehr wohl, dass ein Thrillerautor nicht wirklich bei allen Französischlehrern angesehen ist.«

Es schien ihn zu amüsieren. Sie nahm keinerlei Bitterkeit in seinen Worten wahr. Ansonsten hatte er recht. Die meisten von Audreys Kollegen hegten eine offene Verachtung für sein Werk und hatten Rocheforts Angebot abgelehnt.

»Ich ... ich hingegen mag gern, was Sie schreiben«, wagte sie als Entschuldigung hervorzubringen.

»Ach, wirklich? Das freut mich ...«

»Die ersten Romane eingeschlossen ...«

Vor allem die ersten Romane, hätte sie fast hinzugefügt, aber bei ihren Worten waren ihr Nicolas Le Garrecs Augen kurz ausgewichen, und Audrey machte sich Vorwürfe deswegen. War es wirklich nötig gewesen, diese nähere Erklärung anzubringen? Unter einem Pseudonym verfasst, waren die beiden ersten Romane am explosivsten ... und waren auch am wenigsten verstanden worden.

»Sie sind nicht von hier, nicht wahr?«

Die Frage überrumpelte sie. »Nein. Ich bin gebürtige Pariserin, habe aber im Süden gelebt. Ich bin vor ein paar Monaten hierhergekommen.«

»Dann ist das also Ihr erster Herbst? Ihr erster Nebel?«

Sie wandte den Kopf zum Fenster.

»Ja ...«

»Es ist schon komisch, den Süden zu verlassen, um nach Burgund zu ziehen«, fuhr er fort. »Was hat Sie nach Saint-Ex verschlagen?«

Sie überlegte. Sie hatte überhaupt nicht damit gerechnet, dass das Gespräch eine derart radikal persönliche Wendung nehmen würde. Sie nahm an, dass sie es mit schriftstellerischer Neugier zu tun hatte. Was sollte sie antworten? *Eine miese Scheidung ... Er hat das Sorgerecht für unseren Sohn – MEINEN Sohn! – durch fadenscheinige Mittel erhalten. Er wollte 700 Kilometer zwischen ihn und mich legen. Aber da ich nicht zu dem Typ gehöre, der nachgibt, bin ich ihnen hierher gefolgt. Und ich werde ihn zurückholen. Ich werde vielleicht nicht mit den Säcken dieses Mistkerls nach Hause fahren, aber mit meinem Sohn, ja, das ist sicher ...*

»Zufall.«

»Hm. Seltsam ...«

»Seltsam? Wieso?«

»Weil es nie der Zufall ist, der einen nach Laville-Saint-Jour verschlägt. Laville ist nicht Rom. Alle Wege führen nicht dorthin. Nur kleine ländliche Straßen ... Gewundene Pfade, auf denen man sich verirrt.« Er schwieg. »Und man verirrt sich niemals ohne Grund, nicht wahr?«

Sie blinzelte unbehaglich.

»Stimmt ... Laville ist nicht Rom. Aber mit dem Nebel, der Architektur ... ist es irgendwie ein magischer Ort. Und es ist oft der Zufall, der einen an solche Orte führt, oder? Aber das wissen Sie ja sowieso alles, Sie sind schließlich Schriftsteller. Und Sie sind von hier ...«

»Hat Antoine Ihnen das gesagt?«, fragte er erstaunt. »Ich meine, Monsieur Rochefort …«

Sie umging die Frage. Fasste sich ein Herz. Schließlich war er es, der dem Gespräch einen vertraulicheren Ton verliehen hatte.

»Ich war überrascht. Ich kenne Ihre Biographie. Man erwähnt darin Burgund, aber … ich kann mich nicht daran erinnern, jemals gelesen zu haben, dass Sie in Laville-Saint-Jour aufgewachsen sind. Auf jeden Fall verstehe ich jetzt Ihre Welt besser. Ich denke, wenn ich Schriftsteller wäre, würde ich manchmal zum Schreiben hierherkommen. Oder nach Inspiration suchen …«

Audrey konnte sehen, wie sich seine Augen verengten. Dann wandte er den Kopf ab.

»Aber genau deswegen bin ich ja hier …«, murmelte er.

Ein Moment des Schweigens isolierte sie. Audrey bemerkte, dass Monsieur Lefèvre und Sonia ihre Blicke auf den Autor und sie selbst gerichtet hatten. Und wahrscheinlich auch die Ohren. Sie wandte sich wieder Le Garrec zu, der in seine Betrachtung des Hofs vertieft war. Und plötzlich, während sie ihn beobachtete, erkannte sie, dass sie auf dem Holzweg gewesen war. Für einige Augenblicke zeigte sich Nicolas Le Garrec so, wie sie ihn sich vorgestellt hatte: ein finsterer, schweigsamer Mann … Ein scheuer Autor mit gehetztem Blick.

Jedes Mal, wenn er diesen Blick in den Nebel tauchte.

4

Le Garrec, Odile ...

Bertegui tippte den Namen auf der Computertastatur und wartete einen Moment. Vergeblich ... Odile Le Garrec war den Polizeidienststellen unbekannt. Zumindest, wenn man den Archiven Glauben schenkte. Nun aber - das erfuhr er mit der Zeit - waren die Archive von Laville-Saint-Jour kaum zuverlässig. Unterlagen, Akten, Zeugenaussagen waren verschwunden ... Namen waren in Missachtung jeglicher Verfahrensregeln gelöscht worden. Gehörte Odile Le Garrecs Name dazu?

Der Kommissar ließ sich in den Sessel sinken und zog dabei ratlos an seiner Zigarette (die ihm Meryls Zorn einbringen würde, wenn sie davon wüsste). Das Rätsel Odile Le Garrec machte ihm entschieden zu schaffen. Bereitete ihm sogar Unbehagen ... Mord? Natürlicher Tod?

... Gestorben vor Angst ...

Er konnte noch keine Entscheidung treffen. Nachdem der Gerichtsmediziner gegangen war, hatte Bertegui das gesamte Haus inspiziert, ohne die geringste Spur eines Einbruchs festzustellen.

Im Verlauf der Besichtigung hatte er sich in einem Zimmer länger aufgehalten. Wahrscheinlich das von Nicolas Le Garrec, das er als Kind bewohnt haben musste. Trotz der fast pingeligen Abwesenheit von Staub schien das Zimmer unberührt, als sei in ihm die Zeit stehen geblieben: An der Wand zeugten einige Poster von der Vorliebe des Autors für den *New Wave* seiner Jugend - The Cure und Depeche Mode posierten in Gothic-Kleidung. Auf den Regalen standen Romane von Stephen King neben mehreren Bänden von Agatha Christie, James Hadley Chase, Asterix ... In einer Ecke hatte man ein paar Hanteln, alte Sportschuhe und VHS-Kassetten aufgereiht: *Der Exorzist*, die Filmreihen *Das Omen* und *Halloween* ... Eigentlich nichts Anormales, falls Le Garrec tatsächlich dieses Haus als junger Mann verlassen hatte. Manchmal lässt man in diesem entscheidenden Lebensalter gerne noch einmal die Ängste der Kindheit aufleben und entwickelt eine Faszination für den Tod - ein diffuses Konzept, wenn man fünfzehn oder zwanzig Jahre alt ist.

Warum also dieses beklemmende Gefühl, als ob jede Wand, jedes Möbelstück die Spur ... von etwas anderem trüge? Bertegui konnte es sich nicht erklären. Es war etwas geschehen in diesem Haus - wenige Stunden oder Jahre zuvor, Bertegui wusste es nicht, aber das Haus Rue des Carmes Nummer 36 bewahrte die Erinnerung daran.

Kurze, heftige Schläge an seine Tür unterbrachen ihn in seinen Überlegungen, und das Dekor nahm wieder seinen Platz ein: ein moderner Tisch, auf dem Meryl und Jenny lachend in einer der wenigen von Akten befreiten Ecken posierten - die meisten betrafen Einbrüche, Delikte von geringerer Bedeutung, die Mitarbeiterführung -, zwei Ledersessel, die in einem geräumigen, aber farblosen Zimmer herumstanden, einige Pflanzen, die Glaswand, die durch Jalousien halb verschlossen war und auf einen kleinen Flur hinausging. Nichts erinnerte hier an den Erfolg eines Mannes, der, nachdem er sich für den Schutz anderer aufgeopfert hatte, einen erstklassigen Posten in der Pariser Polizeipräfektur hätte anstreben können.

Bertegui verjagte mit einer lebhaften Geste seine plötzliche Bitterkeit, als ob er das Revers aus Wollstoff seiner Armani-Jacke abstaubte.

»Herein ...«

Clément trat ein.

»Es ist bestätigt, die Kabel sind tatsächlich durchgetrennt worden. Es können unmöglich Nagetiere gewesen sein, und es gab keinen Netzunfall ... Wir haben ganz eindeutig die Stelle gefunden, an der es gemacht wurde. An der Rückseite des Hauses.«

»Spuren? Irgendwas?«

»Die Jungs sind vor Ort. Ich habe mich darum gekümmert, sie kommen zu lassen, damit sie sämtliche Analysen durchführen. Aber es besteht sowieso kein Zweifel: Man sieht deutlich die Schnittstelle der Schere, die das Netzkabel durchgeschnitten hat.«

Bertegui schloss die Augen. Jemand hatte die Kabel durchgeschnitten ... Es bestand also Vorsatz. Aber von was? Kein Einbruch ... Kein erkennbarer Diebstahl ... Nichts in dem Haus zeugte von einem äußeren Angriff. Warum hatte man Odile Le Garrec isolieren wollen?

Um sie ganz einfach daran zu hindern, im Fall einer Attacke anrufen zu können? Wer hätte ohne dieses Indiz – sie hielt im Augenblick ihres Todes ein Telefon in der Hand – etwas anderes als einen Herzinfarkt vermutet?

Eine Idee kam ihm in den Sinn.

»Dieser Name ... Odile Le Garrec ...«

»Äh ... ja?«

»Hast du den noch nie zuvor gehört?«

»Ich ... ich verstehe nicht, was Sie meinen«, stammelte der junge Mann.

Bertegui machte ein schiefes Gesicht. Clément musste wissen, auf was er anspielte ... und musste wissen, dass er es wusste. Es war für die beiden Männer an der Zeit, ein ernsthaftes Gespräch zu führen. Vielleicht hätte es früher stattfinden sollen, aber er wollte zunächst von einer Stadt, einer Gruppe angenommen werden, von der er wusste, dass sie schwer zugänglich war, anstatt seine Männer schon bei seiner Ankunft gegen sich aufzubringen. Die Zeit war gekommen, um zu ernsthaften Dingen überzugehen. Selbst wenn im Endeffekt vielleicht überhaupt keine direkte Verbindung zu Odile Le Garrec bestand.

Mit hochgezogenen Augenbrauen wies er auf einen der beiden Sessel.

»Setz dich«, befahl er.

Die Angelegenheit war acht Jahre zuvor ans Tageslicht gekommen. Bertegui hatte sie damals von Paris aus mit dem ungläubigen und empörten Interesse verfolgt, das ganz Frankreich geteilt hatte.

Man hatte die erste Leiche unter dem Laub im Parc de la Truandière gefunden, der grünen Lunge der Stadt, die man hier den »Parkwald« nannte: Der Junge war sieben oder acht Jahre alt gewesen; man hatte ihn ausgeweidet, enthauptet, kastriert ... Ein Gemetzel, Vorspiel einer makabren Serie: ein Baby, das auf einem Spielplatz gekidnappt wurde; ein Kind, das während einer Reitwanderung vom Wald verschlungen wurde ... Und noch andere, darunter ein Kind, das durch die Hartnäckigkeit eines Polizisten vor einem grauenhaften Tod während eines satanischen Rituals gerettet wurde. Denn genau darum handelte es sich: Nicht um die einzelne Tat eines Serienkillers, sondern um das

Erbe einer altüberlieferten Tradition. Nicht um das Werk eines Gilles de Rais[1], sondern wahrhaftig um das einer Gruppe - in gewisser Weise sogar um das Werk einer Stadt.

Im Endeffekt waren die Morde zum Teil aufgeklärt worden. Wer aber kannte schon wirklich die Wahrheit?

Gewiss waren die unmittelbaren Schuldigen identifiziert worden: Die Familie Talcot, die seit dem letzten Jahrhundert zu den Honoratioren der Stadt gehörte, hielt dieses ... Unternehmen in der Hand. Eine verfluchte Familie, die ihr Schicksal mit Blut besiegelt und ihren Einfluss weit über die Stadt hinaus ausgedehnt hatte - auf Burgund und sogar auf andere Orte in Frankreich, im Ausland ... Selbst heute noch, acht Jahre später, erschien ihre Motivation zumindest unklar - Dokumente und Spuren waren bei einem riesigen Großfeuer in Flammen aufgegangen; die Überlebenden des Blutbads hatten sich selbst verbrannt, um der Justiz zu entkommen. Was die wenigen Beschuldigten betraf, die vor Gericht gestellt worden waren, so hatten sie keinerlei Licht in die Angelegenheit gebracht: Stumm oder unwissend, Fanatiker oder einfache Befehlsempfänger, hatten sie weder Namen noch Orte noch Daten geliefert ... Zwei von ihnen hatten vor ihrem Prozess Selbstmord begangen (eine weitere Selbstverbrennung und eine durchtrennte Oberschenkelarterie - die Rasierklinge war bei der Routineleibesvisitation geschickt unter der Zunge versteckt worden); die wenigen anderen waren zum Großteil in Einzelhaft gesperrt worden, um den Inhaftierten zu entkommen, und unterhielten einen verrückten Briefwechsel mit Fanatikern aus der ganzen Welt.

Jedenfalls war bei der Untersuchung herausgekommen, dass die Familie Talcot - besonders unter der Fuchtel von Madeleine, die alle »Die Mutter« nannten -, bei weitem nicht allein gehandelt, sondern von internationalen Kontakten und im Inland von bedeutendem Schutz an höchster Stelle profitiert hatte. Sie hatte ungestraft Kinder entführt, vergewaltigt, geopfert ... und auch mit ihnen gehandelt. Diese Familie hatte wahrscheinlich keinerlei finanziellen Vorteil daraus gezogen - zumindest nicht direkt. Madeleine und die Ihren aber hatten die Fäden eines Imperiums gesponnen, das über die üblichen vermögenden Provinzfamilien hinausging. Wahrscheinlich hätte das Abenteuer weiterhin gut floriert, wenn die Meinungsverschiedenheiten innerhalb der Gruppe nicht zu ihrer Implosion geführt hätten.

Hatten die Talcots aus reiner Geldgier gehandelt? Aus einer mystischen Überzeugung heraus? Man wusste es nicht ... Ebenso wie man auch nicht wusste, seit wann Kinder im Nebel gekidnappt, massakriert, gefoltert wurden. Genauso wenig kannte man die Liste, die Anzahl der wahren Schuldigen. Und genau darin lag der schwindelerregende Aspekt der Affäre.

Man hatte bis heute achtunddreißig Leichen gefunden - oder zumindest den Beweis, dass die Überreste von mindestens achtunddreißig verschiedenen Kindern innerhalb der letzten vierzig Jahre in dem Wald vergraben worden waren, der die Talcotière umsäumte, das Anwesen der Familie, in dem die Rituale abgehalten worden waren. Weitere verdächtige Gebeine, die aber unmöglich zu identifizieren waren, waren auch in den Trümmern des abgebrannten Hauses aufgetaucht. Und vielleicht hätte man in der ganzen

Stadt das Unterste zuoberst kehren müssen, um den Ansatz einer Wahrheit abschätzen zu können.

Im Grunde war es Laville-Saint-Jour gelungen, sich selbst im Rampenlicht seinen Anteil an Schatten zu bewahren, der sich - vielleicht noch pulsierend - in seinem Bauch aus Nebel verkroch.

Mehrere Forscher - die Affäre hatte wahre Berufungen ausgelöst - ergründeten weiterhin. Manche wagten es, die Hypothese aufzustellen, dass diese Handlungen sich »ganz einfach« als das Erbe einer Tradition aufdrängten. Ein Teil der Bevölkerung, die sich im 15. Jahrhundert, als der Ort noch nichts weiter war als ein blasses Provinznest zwischen Hochebenen, in Laville-Saint-Jour niedergelassen hatte, kam aus Arras. Sie waren vor dem geflohen, was einer der größten Hexenprozesse der Geschichte blieb, die »Vauderie d'Arras«, und hatten im Limbus des Laviller Herbstes Zuflucht gefunden.

Der Stammbaum der Talcots reichte im Übrigen bis auf diese strengen, kalten Zeiten zurück, in denen man Menschen mit Flüchen belegte und Zaubertränke zu sich nahm. War das genug, um Schlussfolgerungen zu ziehen? Man wollte nicht daran glauben. Achtunddreißig Tote in vierzig Jahren, rechnete man. Wie viele ergab das in über vier Jahrhunderten?

Daher stieß man den Gedanken von sich ... Man begrub ihn lieber. Weit von den Fernsehstudios entfernt allerdings, abends zwischen zwei vertraulichen Gesprächen, wenn das Weiß des tiefen Winters jede Gasse unter den bleichen Fasern seiner Küsse erstickte, fiel einigen manchmal auf, dass die Stadt durch die Zeitalter hindurch dann doch ein merkwürdiges Schicksal erfahren hatte. Man erinnerte sich an eine Französische Revolution, die in Sanftheit durchlebt worden war, ohne abgeschlagene Köpfe. An charmante Deutsche, die während der Zeit der Nazi-Besetzung mit offenen Armen empfangen worden waren – einige Offiziere kamen sogar manchmal übers Wochenende, für die Ferien, als die Stadt ihren Gästen jedoch nicht wirklich die Milde ihres Klimas zu bieten hatte. Und die Zungen lösten sich ... Selbst die Statistiken bekamen einen Sinn: Wenn die Stadt auch eine gewisse Anzahl an leichten Straftaten kannte, die praktisch gleich null war, so zählte Laville-Saint-Jour hingegen einen hohen Prozentsatz an gewaltsamen Todesfällen – Selbstmorde, Morde, die innerhalb der Familie oder im Affekt begangen wurden. Ja, wenn man sich ein wenig mit den Archiven der Stadt befasste, dann entdeckte man – auf wundersame Weise von der Modernität verschont geblieben – eine Geschichte am Rande, ein Lebensweg, der ihr eigen war und dem die Bewohner von Generation zu Generation seelenruhig folgten, hier und da von unerklärlichen Dramen markiert ... Man erinnerte sich an Vater Perrodin, der eines schönen Abends im November 1968 seine Frau und seine vier Kinder in der Scheune gefesselt und vor ihren Augen dem gesamten Viehbestand – genau achtundsiebzig Kühen – die Kehle durchgeschnitten hatte, bevor er ihnen dasselbe Schicksal auferlegte. Man hatte ihn drei Tage später nackt und verstört in den Feldern bei der Talcotière gefunden, nicht weit von Laville entfernt. Das sei das einzige Mittel gewesen, sagte er, um die Stimmen zum Schweigen zu bringen ... *Nein, nicht die Stimmen ... das Flüstern ... das Flüstern der Kinder ...* Oder auch Magali Picard, die junge Kinderärztin, die von allen geschätzt wurde und die einen ihrer Patienten erwürgt hatte, während seine Mutter im Wartezimmer wartete. *Ich musste es tun ... Er wollte, dass ich es tue ...* Wer war dieser »Er«? Man hatte es nie erfahren.

O ja, wenn das Erinnerungsvermögen ausspie, was der Verstand sich bemüht hatte, in einer gut verschlossenen Schublade wegzuräumen, dann mangelte es nicht an Geschichten. Und am Ende des Abends wagten die Kühnsten zu flüstern: Und was, wenn die Alten von Arras Kinder ... geopfert hatten, um Frieden ... und Macht zu erwerben? Wenn sie einen Pakt geschlossen hatten? Wenn die Stadt ... verflucht war?

Bertegui hingegen wusste mit diesen Spekulationen und dem wirrem Gerede nichts anzufangen. Ihn interessierten allein die Fakten. Die Fakten aber waren einfach: Eine Familie von Fanatikern hatte Kinder geopfert. Vielleicht hatten sie von Kontakten profitiert ... vielleicht nicht. Es war nicht seine Aufgabe, darüber zu urteilen. Der Fall war zwei Jahre zuvor offiziell abgeschlossen worden.

Folgendes hatte er allerdings schnell verstanden: Die Stadt hütete ihre Geheimnisse. Die Laviller hatten die Jahre der Mediatisierung wie ein Trauma erlebt – eine Zeit lang hatte sogar ein regelrechtes Chaos geherrscht, das den Ort und die alten Gemäuer verunstaltet hatte. Horden von Journalisten, die Justiz und die Polizei, diese ganze Pariser High Society begegnete sich in den Cafés und Restaurants der Stadt, duzte sich, stahl sich die Informationen, handelte mit *Scoops*, Geständnissen, Beweisstücken ...

Und die Laviller hatten sich wie in einem stillschweigenden Einverständnis noch mehr verschlossen. Während der ersten beiden Jahre hatten sich, je tiefer das Licht der Kameras im Nebel vorgedrungen war, die Mienen verschlossen, waren die Fensterläden ab drei Uhr zugeklappt worden, und man hatte versteckt gelebt ... Laville-Saint-Jour war unter den Deckmantel eines alten Einsiedlers geschlüpft.

Dann hatte Marc Dutroux einen anderen Teil der Welt aus der Erstarrung geholt, und die Justizskandale von Outreau und Angers hatten die Nachfolge angetreten. Weitere würden sicherlich folgen. Im Laufe der Monate begann man in Anbetracht des Schweigens und des Ausmaßes des Grauens zu zögern - aufzugeben. Die Journalisten waren wieder abgefahren - mehrere hartnäckige Teams hatten versucht zurückzukommen, als der Wahnsinn vorbei war, aber die zerstochenen Autoreifen, die scheelen Blicke und das Schweigen hatten auch den stärksten Willen gebeugt. Manche hatten daraus geschlossen, dass man noch eher die Korsen befragen sollte! Und mit der Zeit begegnete man nur noch alten Verrückten - Forscher wagten sie sich zu nennen -, die sich in der Bibliothek verloren, um in Dokumenten die Geschichte einer Stadt nachzuschlagen, die niemals ihre Wahrheit in irgendeinen veröffentlichten Text hatte einfließen lassen.

Nun erwachte die Stadt langsam von Neuem wie aus einem Dornröschenschlaf. Unversehrt. Unveränderlich. In ihre weißen Schleier gehüllt.

Sauber.

Genau darin lag eines von Berteguis Problemen. Zahlreiche Protokolle von Vernehmungen und Anhörungen fehlten und erinnerten an die Scientology-Affäre: Eine Akte, die zwei Jahre Ermittlungsverfahren zusammengefasst hatte, war aus dem Justizministerium verschwunden, was schlicht und einfach der gerichtlichen Verfolgung ein Ende gesetzt hatte. Als ob Laville sich selbst von seinen Sünden freigesprochen hätte.

Es war nicht seine Aufgabe, die interne Aufsichtsbehörde der Polizei zu ersetzen und eine groß angelegte Untersuchung einzuleiten. Der Fall war schließlich abgeschlossen. Seine Berufung ins Hauptkommissariat von Laville-Saint-Jour aber entsprach dem Willen der Institution, die einzelnen Abteilungen wieder in den Griff zu bekommen und sie daran zu erinnern, dass sie zu parieren hatten, nun, da die Talcot-Affäre ad acta gelegt war.

»Du hast zur Talcot-Affäre ermittelt, nicht wahr?«, fragte Bertegui. »Du gehörst zu den Jungs, die das aus der Nähe verfolgt haben, oder irre ich mich?«

Der große Kerl errötete heftig, die Ohren bereit für eine unmittelbar bevorstehende Zündung.

»Ich ... Ja, ich habe die Affäre tatsächlich verfolgt ... Ich meine, wie fast jeder Polizist von hier«, beeilte er sich hinzuzufügen.

»Das habe ich mir gedacht ...es eigentlich sogar gewusst. Dann muss ich dich etwas fragen, Clément: Wo sind die Protokolle?«

Clément rutschte auf seinem Sessel hin und her.

»Die ... die Protokolle?«, stammelte er.

Bertegui bestätigte mit einem Kopfnicken.

»Da ist das, was das Justizministerium festgehalten und archiviert hat ... Aber auch, was die Polizeidienststellen hätten sichern müssen. Davon wissen wir nichts. Die Namen derer zum Beispiel, die als einfache Zeugen vernommen wurden, sind verschwunden. Im Endeffekt hat man beim Lesen der Akten den Eindruck, dass, abgesehen von den Angeklagten, niemand behelligt worden ist. Wenn ich mich aber recht erinnere, sind mehrere Dutzend Personen vernommen worden, und mehrere sind mit knapper Not einer Anklage entgangen. Wer waren diese Leute? Was ist aus ihnen geworden?«

Clément wandte den Blick ab.

»Ich weiß es nicht«, murmelte er. »Keiner von uns weiß es. Wir wissen wohl, dass ... na ja, dass da was Anormales passiert ist. Aber wir wissen weder, wer das getan hat, noch, wie es vor sich gegangen ist ...«

»Gibt es Personen des öffentlichen Lebens in Laville oder Burgund, die ein Interesse daran haben, dass Dokumente verschwinden?«

»Es gibt viele Leute, die ein Interesse daran haben ... ja. Egal, ob aus dem öffentlichen Leben oder nicht ...« Er hob plötzlich die Nase von den Schuhen, zu denen er sie gesenkt hatte. »Sie waren nicht dabei ... Sie wissen nicht ... die Leichen ... was wir gesehen haben, gehört haben ...« Er atmete tief ein. »Ich gehörte zu dem Team, das wegen des ersten Kindes ermittelt hat ...«

»Das aus dem Park?«

»Ja, aus dem Parc de la Truandière. Das war vor acht Jahren, aber ich träume immer noch davon. Wir träumen alle davon. Etwas Derartiges haben Sie noch nicht gesehen. Mindestens vier Jungs haben seitdem die Polizei verlassen, wussten Sie das? Weil das ... zu viel war, verstehen Sie? Man rechnet nicht damit, wenn man einer Dienststelle in Laville-Saint-Jour beitritt, es mit einem ... nun ja, wie soll ich es nennen ... Massaker zu tun zu haben.

Wenn Sie mich also fragen, wohin die Dokumente verschwunden sind, dann kann ich Ihnen nicht darauf antworten. Ich kann Ihnen zwar sagen, dass es bestimmt Jungs gab, die ein wenig zu schnell auf die ›Delete‹-Taste des Computers gedrückt haben, aber das kann jeder von hier oder woanders gewesen sein. Jeder von uns, der es satt hat, nicht mehr schlafen zu können und in der Nähe der Fotos, Expertenberichte und Autopsien zu arbeiten, der vergessen will ... Denn sie wollen vergessen. Wir wollen *alle* vergessen.«

Schweigen senkte sich über Berteguis Büro. Letzterer war überrascht: Er konnte sich nicht daran erinnern, Clément jemals eine derart lange Rede halten gehört zu haben.

»Odile Le Garrec«, nahm er den Faden wieder auf. »Hat dir der Name vorher schon mal was gesagt?«

»Nicht wirklich. Ich musste sie nie im Rahmen der Untersuchung verhören, wenn es das ist, was Sie wissen wollen.«

»Unter anderem, aber nicht nur ... Stand sie zu irgendeinem Zeitpunkt auf der Liste der Verdächtigen? Es ist bekannt, dass bei den Verhören Namen gefallen sind ... nicht überprüfbare Anschuldigungen, die zu nichts geführt haben. Es sind aber Namen dabei herausgekommen.«

»Ehrlich gesagt habe ich nicht die geringste Ahnung. Was bringt Sie auf die Idee, dass sie etwas damit zu tun haben könnte?«

Gute Frage, dachte Bertegui. Was sollte er darauf antworten? Er dachte nach ...

»Nichts Bestimmtes. Es war eine reine Routinefrage. Eine Möglichkeit, die man nicht ausschließen kann, wenn man hier eine Untersuchung über jemanden durchführt. Auf jeden Fall werde ich dich brauchen«, nahm der Kommissar den Faden wieder auf. »Ich will, dass du durch alle Abteilungen gehst und zu erfahren versuchst, ob Odile Le Garrec auf die eine oder andere Weise befragt wurde. Mir werden sie nichts sagen. Dir und denen, die diese ... Erfahrung geteilt haben, werden sie sich leichter anvertrauen.«

»Das kann ein wenig dauern ... Ich meine, in Anbetracht der Situation und all dem kann ich nicht einfach so von Büro zu Büro gehen und mein Anliegen hinausposaunen.«

»Wir haben es nicht eilig. Es drängt nicht. Ich verlasse mich auf dich, das ist alles.«

Clément nickte und war im Begriff, sich zu verabschieden. Er hatte bereits die Hand auf dem Türgriff, als er sich umdrehte.

»Ist es das Haus?«, schlug er vor.

»Was denn?«

»Ist es das Haus, das Sie annehmen lässt ... ich meine, dass sie vielleicht was mit den Talcots zu tun hat?«

Bertegui nahm sich Zeit zum Nachdenken.

»Das Haus vielleicht ... ja. Nicht nur. Da ist das Telefon. Telefonkabel durchschneiden bedeutet, am Reden zu hindern. Anscheinend hat niemand versucht, sie anzugreifen ... Niemand hat versucht, ins Haus einzudringen. Man wollte nur, dass sie ... schweigt.«

5

Audrey drehte sich um und sah den Jungen an: etwa fünfzehn Jahre alt, mitten in der Pubertät, lerneifriger Blick. Sie kannte ihn nicht, wahrscheinlich handelte es sich um einen Schüler aus der Zehnten von Mademoiselle Rouvet, der anderen Französischlehrerin, die über Le Garrecs Kommen nicht entsetzt gewesen war. Und er hatte soeben den Finger gehoben, um eine Frage zu stellen.

Eine Frage, endlich!

Es war eine Erleichterung, und Audrey spürte an Nicolas Le Garrecs Gesichtsausdruck, dass der Autor das ebenfalls dachte.

»Wodurch haben Sie Lust bekommen zu schreiben?«, fragte der junge Mann mit diesem ein wenig zu höflichen, fast affektierten Akzent, den man manchmal in Saint-Exupéry vernahm.

Sie befanden sich in der Schulaula – ein richtiges kleines Theater mit verstaubten Brettern, rotem Vorhang, topmoderner Verstärkeranlage und sogar vergoldetem Stuck. Ebendort pflegte Antoine Rochefort das Schuljahr mit einem seiner ellenlangen Vorträge zu eröffnen, die seine Spezialität waren und die er mit einem Ball beendete, der eher an die amerikanische Tradition der *prom* erinnerte als an ein Schulfest nach französischer Art.

Nicolas Le Garrec saß auf der Bühne an einem kleinen Tisch mit weißer Tischdecke, den Schülern und den beiden Lehrerinnen gegenüber.

Wodurch haben Sie Lust bekommen zu schreiben?

»Eigentlich war das mein erster Computer …«

Eine Welle belustigten Gemurmels wogte durch den Saal.

»Na ja, ich würde nicht sagen, dass es wirklich mein erster Mac war, durch den ich Lust bekommen habe zu schreiben, aber er war es, der mich sozusagen befreit hat. Seht ihr, ich habe immer etwas gekritzelt, habe immer Geschichten erfunden. Aber obwohl ich gerne geschrieben habe, ist mir nach ein paar Seiten die Puste ausgegangen ... Und dann habe ich mir einen Mac gekauft und entdeckt, was ihr heute wohl alle beherrscht, nehme ich an: Kopieren-Einfügen. Ich bin nur einfach aus einer Zeit, in der man diese Sachen erst entdeckt hat.

Das hat mich befreit. Ich habe eine erste Szene geschrieben, dann eine zweite ... und eines Tages - ich meine, mehrere Monate und Liter Kaffee später - war das Buch fertig ...«

Er hatte mit Offenheit und Schlichtheit geantwortet. Es zahlte sich aus: Das Eis war gebrochen. Weitere Finger hoben sich, und die Fragen, treffend, witzig oder naiv, begannen sich ohne Unterbrechung aneinanderzureihen ...

»Haben Sie Angst vor einer weißen Seite? Ich hab nämlich jedes Mal Bauchweh, wenn ich einen Aufsatz schreiben muss.« Gelächter im Saal.

»Waren Sie gut in Französisch, als Sie hier Schüler waren?«

»Sie haben Rochefort gekannt ... Wie war er denn so, als er jung war?«

»Was bei Ihrem Roman überrascht, ist die Struktur: Wie stellen Sie es an, dass Sie diese vielen Figuren beherrschen? Machen Sie sich einen Gliederung?«

»Wieso haben Sie beschlossen, Lizbeth zu töten? Ich

mochte sie gern und fand das sehr hart, als sie gestorben ist ...«

Auf diese Weise erfuhr Audrey, dass Nicolas Le Garrec Jura und Kriminologie studiert hatte, ohne genau zu wissen, wohin ihn das führen würde ... Er sah sich nicht als Anwalt, eine Zeit lang hatte ihn die Polizei gereizt, aber das Abenteuer seines ersten Romans hatte wie ein »Unfall des Lebens«, wie er sagte, den Lauf der Dinge geändert. Als das Buch beendet war, hatte er es an mehrere Dutzend Verlage geschickt. Ein einziger kleiner Verlag hatte es angenommen. Von da an hatte er, anstatt sich auf die Auswahlverfahren in der Verwaltung vorzubereiten, seinen zweiten Roman in Angriff genommen und hier und da ein paar Artikel geschrieben, um zu überleben ... Seine Bekanntheit hatte er allerdings erst mit dem ersten Opus der Abenteuer von Lieutenant Cuttoli erlangt, eine Romanfigur, die er jedoch aufgeben würde, denn *Blaue Lilie* vollendete das *Farbenquintett* ...

Während er sprach, beobachtete Audrey ihn: Le Garrec drückte sich mit Wärme aus. Und trotzdem nahm sie ... Leerstellen wahr. Unausgesprochenes. Er blieb vage, allgemein, wie eifersüchtig auf sein eigenes Geheimnis. Jenseits der Scherze (*... Na ja, um ehrlich zu sein, war Antoine Rochefort eher ein Klassenclown, wenn ihr mir den Ausdruck erlaubt!*) umging er manchmal die Fragen, entzog sich ihnen gar durch Tricks oder klischeehafte Antworten.

»Was bringt Sie dazu, Ihre Figuren auf diese Art und Weise umzubringen?«

»Ich weiß nicht ... Dieselben Gründe, denke ich, die die Leute dazu bringen, sich *Das Schweigen der Lämmer* anzusehen oder Agatha Christie zu lesen ... Das, was P. D. James *eine gewisse Vorliebe für den Tod* genannt hat, die wir im Grunde doch alle mehr oder weniger haben, oder?«

»Was inspiriert Sie?«

»Das ist nun wirklich eine Frage, auf die ich nicht antworten kann, weil ich den Vorgang nicht kontrolliere ...«

Oder aber:

»Man schreibt nicht aus einer Lust, sondern aus einem Bedürfnis heraus ...«

Sie hatte weiterhin denselben Eindruck von ihm wie bei ihrem gemeinsamen Frühstück in der Cafeteria: den eines Doppelwesens, sonnig und finster, einfach und komplex, zugänglich und distanziert. Zur gleichen Zeit ein Mann, der für seinen Nächsten offen war, und ein Autor, der vom Nebel verfolgt wurde.

Der Nebel.

Audrey wandte einen Augenblick den Kopf in Richtung Fenster. Der Schleier begann sich zu lüften, die Steine von Saint-Exupéry offenbarten erneut ihren altüberlieferten Charme. Sie war mit dem Phänomen noch nicht vertraut, aber man hatte es ihr erklärt. Die ersten Tage bildet sich der Nebel nachts und löst sich im Laufe des Vormittags nach und nach auf; erst mit der Zeit, wenn der Winter kommt, senkt er sich vollkommen herab.

Ein raschelndes Geräusch zog ihre Aufmerksamkeit auf sich. Sie bemerkte die schwarzen Flügel eines Raben, der krächzend davonflog.

Zerstreut verfolgte sie seinen Flug in Richtung Antoines Büro. Er kreiste einige Sekunden vor dem Fenster des Direktors, bevor er verschwand – seltsamerweise kam ihr das Bild eines Botenvogels in den Sinn, der dem Herrn über den guten Ablauf der Geschäfte berichtete. Dieser Gedanke amüsierte sie. Es war ein »Harry-Potter-Gedanke«, dachte sie, und sofort, während sie weiterhin den Fragen und Antworten zuhörte, entfloh ein Winkel ihres Verstandes. Die Erinnerung an Harry Potter brachte sie unvermeidlich zu ihrem Sohn David zurück. David schwärmte für diesen Helden; und obwohl er zu jung war, um die ganze Vielschichtigkeit der Handlung zu begreifen, hatte er die ersten Bände gelesen, und seine Leinwandabenteuer begeisterten ihn. Auf diese Weise war Harry zu einer Art virtuellem Familienmitglied geworden. Audrey hatte gelernt, damit zu leben. Wenn sie allein war, wenn ihr Sohn sich bei seinem Vater befand – das heißt, zwölf Tage von vierzehn Tagen –, brachte sie schon allein der Name Harry Potter, ein Filmplakat oder eine Nachricht bezüglich seiner Autorin zu ihrer Situation, der Abwesenheit, dem Schrecken der Scheidung zurück.

Hinter ihrem Rücken riss eine Mädchenstimme sie aus ihren Gedanken.

»Ich habe Ihren ersten Roman gelesen, den, den Sie unter einem anderen Namen geschrieben haben, mit Ihrem besagten nagelneuen Computer.« Gelächter im Saal. »Er ist ganz anders als *Blaue Lilie* ... viel finsterer. Im Grunde hat er mir Angst gemacht. Große Angst sogar. Man könnte meinen, es sei eine andere Person, die schreibt ...«

Audrey glaubte, die Stimme zu erkennen, und drehte sich um. Sie war es tatsächlich: Opale Camerlin.

Jedes Jahr gab es in fast jeder Klasse Schüler, die einem Lehrer nach nur zwei Unterrichtsstunden auffielen, wohingegen es manchmal mehrere Wochen dauerte, um einen Namen mit einem Gesicht zu verbinden. Es war nicht so sehr eine Frage des Aussehens, sondern eher ganz einfach die Tatsache einer Präsenz, die oft eine starke Persönlichkeit zum Ausdruck brachte.

Opale Camerlin gehörte zweifellos zu dieser »Elite«, zu denjenigen, die das Licht auserwählt hatte. Gewiss war sie hübsch. Sie hatte diese intensive rote Haarfarbe, die oft in Begleitung grüner Augen auftrat, dicke Wimpern, volle, genießerische Lippen. Weit darüber hinaus aber trug sie eine intensive, unnahbare Miene zur Schau, einen ernsthaften Gesichtsausdruck, der im Gegensatz zu ihrer Anmut und den kindlichen Sommersprossen stand, von denen ihr Gesicht übersät war.

Audrey blickte zu Nicolas Le Garrec zurück. Auf dem kleinen Podium, unter dem etwas grellen Licht, hatte sich sein Gesicht verändert, als wäre plötzlich eine Maske gefallen. Sie wusste sofort, dass der Kommentar ihm Unbehagen bereitete – denn es handelte sich sehr wohl um einen Kommentar und nicht um eine Frage: *Ich habe Ihren ersten Roman gelesen ... Er hat mir sehr große Angst gemacht ... Man könnte meinen, es sei nicht dieselbe Person, die schreibt ...*

Das Schweigen zog sich in die Länge.

Dann ertönte ein Schrei.

Er war kurz und schrecklich, ein Schrei des Entsetzens, der durch den Saal hallte, Blut gefrieren und die Schüler und die beiden Lehrerinnen erstarren ließ.

Einen Augenblick lang war Audrey, wie auch alle ihre Schüler, wie versteinert. Ihr Herz setzte einen Schlag aus, während neben ihr Martine Rouvet wie eine verängstigte Gazelle aufsprang.

Als sie sich wieder gefasst hatten, standen die beiden Frauen auf, um nach dem Urheber des Schreis zu suchen. Spontan richtete sich Audreys Blick auf den hinteren Teil des Saals, da sie aus Erfahrung wusste, dass Probleme ihren Ursprung oft in den letzten Reihen vor der Heizung nahmen. Es gab keine Heizung hinten in der Aula, aber gut, der Reflex war da ... Sie ließ ihren Blick über die Reihe schweifen, entdeckte Mendel - den aufsässigen Sitzenbleiber aus ihrer siebten Klasse -, der sie anstarrte, und sie verstand, dass er nichts damit zu tun hatte.

Sie drehte sich um, begegnete Nicolas Le Garrecs Blick - zumindest glaubte sie das -, bevor ihr auffiel, dass auch er in den hinteren Teil des Saals starrte.

Sie folgte seinem Blick. Genau da entdeckte sie ihn, tatsächlich ganz hinten, wenige Plätze von Mendel entfernt: Bastien Moreau, der einzige Schüler, der nicht sie anstarrte, sondern ...

... *die Wand*?

Ja, er hatte tatsächlich den Kopf zur Wand gedreht und schien unter Schock zu stehen.

In wenigen eiligen Schritten durchquerte sie den Saal, während Mademoiselle Rouvet im Hintergrund blieb - Bastien war einer ihrer Schüler aus der Siebten, derselben Klasse wie Mendel und Opale.

Als sie auf seiner Höhe angekommen war, drehte sich Moreau mit einem Robotergesicht zu ihr um, das sie einen Moment ratlos machte.

»Bastien, was ist los?«

Bei ihrem Anblick riss der Junge die Augen auf, als sei sie der Teufel in Person. Sie nahm vage das Klingeln eines Handys hinter ihrem Rücken wahr, aber sie achtete nicht darauf.

»Bastien?«, wiederholte sie und näherte vorsichtig ihre Hand dem Arm des Jungen, da sie ihn nicht schockieren wollte.

»Die ... Frau!«, flüsterte er.

Audrey war fassungslos.

»Die Frau?«

Der Junge drehte erneut den Kopf zur Wand. Hinter seinem Rücken wurde Hohngelächter laut. Bastien Moreau, der »komische Typ« schlechthin, war in voller Krise. Cool, zum Totlachen.

»Seid still«, befahl sie, wobei sie sich umwandte.

Schweigen senkte sich über den Saal. Als sie sich wieder Bastien zudrehte, bemerkte sie, dass der Junge erstaunt blinzelte.

»Alles okay?«, fragte sie sanft.

Er sah nach rechts, nach links, blickte mit einem plötzlichen, verlegenen Ausdruck zu ihr auf und errötete, während er all die ängstlichen, neugierigen, erregten Gesichter erblickte, die sich ihm zuwandten. Er fuhr sich mit einer Hand über die Augen, dann in seinen dicken Haarschopf und schniefte.

»Ja ... alles okay. Es ... es tut mir leid. Ich glaube, ich hatte einen Albtraum.«

Diese Erklärung löste allgemeine Heiterkeit aus.

»Uah, zu geil!«, rief César Mendel hinter Audreys Rücken aus.

Sie drehte sich um.

»Mendel, wenn ich noch ein Wort höre, dann geht's sofort zum Direktor.«

Der Sitzenbleiber murmelte etwas vor sich hin und starrte sie dabei böse an. Wenn sie die Zeit gehabt hätte, hätte Audrey seinem Blick standgehalten, aber man musste sich um Dringenderes kümmern. Da war

Bastien Moreau, Nicolas Le Garrec, hundert Schüler, die warteten ...

Sie richtete ihre Aufmerksamkeit erneut auf den Jugendlichen, wobei sie sich bemühte, sich ihre Unruhe nicht anmerken zu lassen. Denn wenn sie auch im Laufe ihrer Karriere mit einer Reihe von Situationen konfrontiert worden war (zur Auswahl standen unter anderem: epileptischer Anfall, Prügelei mitten im Unterricht ...), so hatte sie jedoch noch nie einen Schüler gesehen, der in einem katatonischen Zustand aus dem Schlaf gerissen worden war. Noch hatte sie je einen derartigen Schrei des Entsetzens während ihres Unterrichts vernommen.

»Ein Albtraum?«, fragte sie. »Bist du sicher, dass ... es ein Albtraum war?«

Bastien nickte mit unschuldiger Miene. Ja ja, machen Sie sich keine Sorgen, schien er zu sagen oder vielmehr zu flehen. Fragen Sie mich nicht noch mehr, vergessen Sie mich, machen Sie weiter ... Audrey starrte ihn an und dachte dabei schnell darüber nach, wie sie auf den Zwischenfall reagieren sollte. Moreau ins Krankenzimmer schicken? Mit Le Garrec weitermachen, als ob nichts gewesen wäre?

Dieser meldete sich gerade hinter ihrem Rücken zu Wort.

»Entschuldigen Sie ...«

Überrascht drehte sie sich um; sie hatte ihn nicht kommen hören.

»Kann ich Sie eine Sekunde sprechen?«, flüsterte er.

Ohne eine Antwort abzuwarten, entfernte er sich in eine entlegene Ecke des Saals. Audrey folgte ihm.

»Es tut mir leid«, begann er, »ich werde nicht bleiben können ...«

»Wegen dem, was gerade passiert ist?«

»Nein, nein ... überhaupt nicht.«

Er schwieg. Sie ahnte sein Zögern – ganz offensichtlich immer noch diese Vorliebe fürs Geheime.

»Es ist meine Mutter«, erklärte er schließlich mit einer seltsam ruhigen Stimme. »Ich ... ich muss gehen. Sie ist soeben gestorben.«

6

Es war eher ein Häuschen als ein Herrenhaus, aber durch den Efeu, der sich an den Mauern emporrankte, mit den alten Steinen an Stellen, wo manche gerne Gartenzwerge aufstellen, und einem weinroten, ein wenig unregelmäßigen Dach bot es dann doch den einfachen, gemütlichen Charme einer Hütte. Am Eingang, vor der kleinen vergitterten Tür, ein Kupferschild mit dem Namen »Suzy Belair« und einem rätselhaften Zeichen, das Bertegui als ein astrologisches Symbol identifizierte.

Hinter der teilverglasten Tür bewegte sich ein Vorhang. Bertegui wartete geduldig, ohne überrascht zu sein. Die Laviller gehörten nicht zu denen, die einem leicht die Tür zu ihrem Haus öffneten.

Endlich erschien sie auf der Schwelle: die weiße Frau. So zumindest nahm Bertegui sie auf der Stelle wahr. Nicht etwa ihrer Kleidung wegen – eine unbedeutende Jeans und eine ebensolche Bluse (die zu leicht war für die Jahreszeit, wie der scharfsinnige Schnüffler und der unverbesserliche Dandy, die in ihm nebeneinander bestanden, gemeinsam bemerkten), sondern wegen des hellen, leuchtenden Silbers ihrer Haare. Sie umrahmten ein Gesicht von durchsichtiger Blässe, das anscheinend frei von Altersflecken war, und zwei Augen von einem klaren Felsengrau.

Sie fragte nicht, wer er sei, womit er eigentlich gerechnet hatte, und lief bis zur Gittertür, um ihn zu empfangen.

Bevor er überhaupt die Zeit hatte, sich vorzustellen, verkündete sie:

»Sie müssen wohl der Polizist sein?«

Reflexartig richtete Bertegui seine Augen auf die Klingel: das astrologische Zeichen.

»Ich weiß Bescheid wegen Odile«, informierte sie ihn in einem neutralem Tonfall, der kaum von Traurigkeit überschattet war. »Madeleine hat mich angerufen ... Ich meine, ihre Hausangestellte.«

Sie streckte ihm die Hand entgegen, die weiß war wie Porzellan.

»Kommen Sie rein ... Ich habe gerade Kaffee gemacht.«

Er folgte ihr – ein schwungvolles, zierliches Persönchen, ein wenig autoritär, aber sympathisch und von ganz schlanker Gestalt trotz der sechzig Jahre, die er bei ihr vermutete.

Sie ließ ihn ein Wohnzimmer betreten, das in einem nüchternen, ungekünstelten Stil möbliert war, der den Komfort der Ästhetik vorgezogen hatte.

»Sind Sie Astrologin in Vollzeit?«, fragte er, während sie mit einem Kaffeetablett aus der Küche kam.

»Das Geheimnis der Planeten aufzudecken ist sicher eine Vollzeitaufgabe. Wenn Ihre Frage allerdings mit dem beruflichen Aspekt zu tun hat, so ist es für mich eine Nebenbeschäftigung ... Allerdings«, fügte sie hinzu, während sie den Kaffee servierte, »empfange ich durchschnittlich drei bis vier Personen pro Woche.«

Sie nahm ihm gegenüber Platz, trank einen Schluck Kaffee und richtete dann ihre hellen Augen auf seine.

»Also, äh ... Lieutenant?«

»Kommissar.«

»... Kommissar, was kann ich für Sie tun?«

»Zunächst einmal glaube ich zu wissen, dass Sie einen Schlüssel zu Odile Le Garrecs Haus haben.«

»Richtig. Wir waren sehr eng befreundet. Sie verstand nichts von Astrologie, aber wir hatten doch zahlreiche Gemeinsamkeiten.«

»Kannten Sie sich schon lange?«

Sie sah so aus, als ob sie überlegte.

»Ich weiß es nicht mehr. Siebzehn, achtzehn Jahre vielleicht ...«

»Sie wussten also wegen ihrer Herzprobleme Bescheid?«

»Ja, natürlich. Aber ich war überrascht. Ich dachte nicht, dass ... dass es auf diese Art passieren würde. So früh, so plötzlich.«

Sie trank erneut einen Schluck Kaffee. Sie war standhaft, entschlossen, hatte sich in der Gewalt. Bertegui verspürte plötzlich das Bedürfnis, mehr über sie zu erfahren.

»Sind Sie aus Laville-Saint-Jour?«, fragte er.

Sie zeigte keinerlei Überraschung, als sei es für sie natürlich, dass das Gespräch eine persönliche Wendung nahm.

»Nein, ich bin aus Algerien.«

»Ah ... *Pied-noire*[2]?«

»Französin aus Algier, ja,«, berichtigte sie.

»Und Sie sind zurückgekommen ...«

»62, wie alle anderen.«

»Und warum Laville-Saint-Jour? Ich meine, wenn man aus dem Süden kommt, vor allem dem richtigen, wahren Süden, kann man sich eine einfache Anpassung an ein solches Klima nur schwer vorstellen ...«

Sie machte plötzlich folgende seltsame Handbewegung: Sie rieb sich den linken Oberarm, und ein kurzes Zucken ihrer Mundwinkel, fast wie ein Tick, verzerrte ihr Gesicht.

»Wer sagt Ihnen denn, dass ich direkt nach Laville-Saint-Jour gekommen bin? Ich bin meinem Mann nach Burgund gefolgt. Er war Ingenieur ...«

»Sie sind Witwe?«

»Geschieden. Er ist jetzt in Rente. In der Sonne«, fügte sie mit einem Lächeln hinzu, das auf Bertegui verächtlich wirkte.

»Und wissen Sie, was mit Odile Le Garrecs Mann passiert ist?«

Sie war gerade im Begriff, einen weiteren Schluck zu trinken, hielt aber zwanzig Zentimeter vor ihren Lippen in ihrer Bewegung inne.

»Komisch, dass Sie mir diese Frage stellen. Im Grunde sind alle Ihre Fragen seltsam. Was hat das damit zu tun, was mit ihr geschehen ist? Ich dachte, Sie seien nur wegen der Schlüssel hier.«

»Überhaupt nichts. Nein, es hat direkt damit überhaupt nichts zu tun. Aber sehen Sie, auch wenn Odile Le Garrec anscheinend eines natürlichen Todes gestorben ist, so beunruhigen uns doch mehrere Details ...«

Sie stellte ihre Tasse ab.

»Beunruhigende ... Elemente. Ich verstehe.«

Es war emotionslos wiederholt worden. Eine einfache Bemerkung.

»Was sagten Sie eben?« Sie nahm den Faden wieder auf. »Ach ja, ihr Mann. Er ist schon vor Jahrzehnten gestorben ... vor dreißig Jahren, glaube ich. Ein Autounfall. Was die genauen Umstände, den Ort et cetera betrifft, so habe ich, ehrlich gesagt, nicht die geringste Ahnung.«

»Hat sie denn nie wieder mit jemandem zusammengelebt? Sie war doch eine junge Witwe ...«

»Es hat Männer gegeben ... Na ja, einen vor allem. Aber es war vorbei, bevor wir uns überhaupt kennengelernt haben. Sie war verschlossen. Sie war das, was man in meinem Jargon eine Plutonierin nennt: Sie liebte es, die Geheimnisse anderer aufzudecken, hütete dabei ihr eigenes aber wie ihren Augapfel.«

Er nickte.

»Ich verstehe ... Pluto ist doch der Gott der Unterwelt, oder?«

Sie lächelte belustigt.

»Das stimmt. Und das ist wahrscheinlich auch der Grund, warum ich Ihnen keine genaue Auskunft zu dem geheimen Garten in ihrem Inneren geben kann. Es war nicht wirklich ein Garten ... eher ein Park. Ein Park in der Nacht. Für die Öffentlichkeit geschlossen.«

Das Bild gefiel Bertegui. Und ärgerte ihn zugleich. Diese Frau, deren Gesicht von einer Aura aus weißem Licht umgeben war, führte das Spiel an. Verwirrte ihn. Mit dem Know-how eines Spinnentiers. Zwanzig Jahre Freundschaft, dem Opfer nahe genug stehend, dass dieses ihr seine Schlüssel anvertraut hatte, und sie wusste nichts über die Einzelheiten ihres Lebens?

»Also keinen Mann, keinen bekannten Liebhaber ... Zumindest nicht in jüngster Zeit. Aber einen Sohn.«

Suzy Belair bestätigte mit einem kurzen Kopfnicken.

»Würden Sie ihm im Notfall Bescheid sagen?«

Die Frage war reine Formsache. Er hatte Nicolas Le Garrec bereits angerufen. Und einer zumindest ungewöhnlichen Anfrage des Autors stattgegeben, den er direkt nach seinem Gespräch mit der Astrologin treffen würde.

»Sie hatte keine Eltern mehr. Sie hat eine Schwester in Paris, mit der sie immer noch Kontakt hatte.«

»Und ihren Sohn.«

»Ja, so ist es.«

»Den sie aber nicht mehr traf, nicht wahr?«

»Selten auf jeden Fall. Er kam nie hierher. Ich habe ihn nie kennengelernt.«

»Wissen Sie, warum?«

»Odile behauptete, er möge Burgund nicht.«

»Hm, ja ...«, murrte Bertegui.

»Es gab da möglicherweise ... etwas anderes. Aber ich habe nie erfahren, was«, fügte sie hinzu, bevor Bertegui ihr die Frage stellen konnte, und er hatte abermals den Eindruck, dass sie ihm den Wind aus den Segeln nahm.

»Sie wissen nicht zufällig, ob sie sich kürzlich bedroht fühlte?«, fragte er ohne Umschweife, in der Hoffnung, eine Reaktion hervorzurufen.

Es war aber vergebliche Mühe. Welchen Angriffswinkel er auch wählte, Suzy Belair blieb ungerührt. Und genau das war das Beunruhigendste. Als ob sie die Umstände des Todes »ihrer Freundin seit zwanzig

Jahren« kaum interessierten. Oder als ob sie bereits deren Einzelheiten kannte?

»Soweit ich weiß, nein, überhaupt nicht. Ich meine, sie hat nie etwas Derartiges erwähnt, und ich denke doch, dass sie trotz ihres zurückhaltenden Temperaments mit mir darüber gesprochen hätte.«

»Und die Talcot-Affäre? Wissen Sie, wie sie sie damals erlebt hat? War sie auf die eine oder andere Weise darin verwickelt?«

Die erste Röte erschien auf dem Gesicht der Astrologin. Zwei Flecken zwischen rosa und lila auf ihren hervortretenden Wangenknochen. Make-up auf einer zu trockenen Porzellanpuppe.

»Großer Gott, nein! Wie meinen Sie das, verwickelt? Ich verstehe nicht, worauf Sie hinauswollen.«

»Ist sie verhört worden? Behelligt worden? Stand sie mit Leuten in Verbindung, die aus der Nähe oder Ferne etwas mit diesem Netzwerk zu tun hatten?«

»Wenn es eine Sache gibt, über die wir fast nie gesprochen haben - ich meine, wenn, dann wie jeder andere, um sich darüber aufzuregen -, dann ist es diese ... Geschichte.«

Bertegui ließ einen Moment des Schweigens verstreichen; sie versuchte nicht, es zu brechen. Das war oft ein Test des Inspektors. Schuldige können nämlich Schweigemomente während der Verhöre nicht ertragen. Aber wessen hätte Suzy Belair schon schuldig sein können?

Des Schweigens zumindest.

»Gut, ich danke Ihnen, Madame Belair«, sagte er und stand auf. »Ich glaube, das wäre im Moment alles. Es kann sein, dass ich noch einmal auf Sie zurückkomme, falls ich Sie um eine Klärung bitten muss, aber ...

das ist wenig wahrscheinlich«, log er. »Können Sie mir bitte den Schlüsselbund geben?«

Sie stand auf, ging in Richtung Küche, kam mit einigen Schlüsseln zurück, die mit einer dünnen Schnur miteinander verbunden waren, und geleitete ihn dann bis zum Ausgang.

Er war gerade dabei, sich zu verabschieden, als er es sich anders überlegte.

»Eine letzte Frage, Madame Belair.«

»Das Columbo-Syndrom?«, erkundigte sie sich mit kühlem Humor.

Bertegui lächelte.

»Nein, eigentlich nur eine ... persönliche Frage. Sie sind nicht zufällig auch eine Plutonierin?«

Sie lächelte nicht, zuckte auch nicht wirklich mit der Wimper. Nur zusammengekniffene Augen und ein amüsiertes Zucken um die Mundwinkel.

»Nein, mein dominierendes Merkmal ist eine Saturn/Neptun-Komponente. Ich lasse Sie selbst herausfinden, um was es sich dabei handelt, falls Sie das wirklich interessiert. Könnten Sie bitte die Gittertür hinter sich zuziehen? Schönen Tag noch, Kommissar.«

Sie streckte ihm die Hand entgegen und komplimentierte ihn auf diese Weise mit der Autorität einer Schirmherrin hinaus.

Er ging auf die Gittertür zu und drehte sich um, um sie zu schließen. Sie stand immer noch auf der Außentreppe und richtete auf ihn den ruhigen Blick von jemandem, der weiß. Der Macht besitzt.

Und plötzlich fiel es ihm auf. Mit ihrer geraden Silhouette, die sich von dem dunklen Rechteck ihrer Eingangstür abhob, umrahmt von ihrer makellosen Blässe, sah Suzy Belair aus wie ein ... Geist. Ein Geist, der vielleicht in unbedeutende Straßenkleidung geschlüpft war, der aber tatsächlich ein immaterielles Wesen war. Weiß wie der Nebel.

Er kehrte zu seinem Auto zurück, holte sein Handy hervor und tätigte einen Anruf.

»Clément, ich komme gerade von einer Freundin von Odile Le Garrec ... Ich will, dass du ein Maximum an Informationen über sie sammelst und« – er zögerte –, »und dass bis auf weiteres ihr immer jemand auf den Fersen ist. Das wird die Truppen ein wenig wachrütteln ... Es gibt schließlich eine ganze Menge Jungs, die gerade im Moment im Büro schlafen.«

Sie schloss sanft die Tür, bewegte sich nicht. Sie beherrschte ihr Verlangen, den Vorhang beiseitezuschieben, um ihn besser beobachten zu können, aber im Grunde, wusste sie, war das unnötig.

»Sind Sie eine Plutonierin?«, hatte er gefragt.

Er hingegen war zweifellos ein Plutonier.

Sie erkannte die Pluto-Komponente der Menschen sofort, wenn diese ihr Geburtshoroskop dominierte. Die Scharfsichtigkeit des Blicks, dieser Funke, der auch in dem durchschnittlichsten aller Gesichter mit einem leicht finsteren, forschenden Schein leuchten und ihm eine Anziehungskraft verleihen konnte, die langweilige Gesichtszüge unfähig waren hervorzubringen.

Langweilig waren die Gesichtszüge des Polizisten nicht. Der Begriff reizlos würde besser passen, beschloss sie. Ein Gesicht, durch Falten schwerfällig gemacht, durch das sich zwei dicke schwarze Brauen zogen, die die tiefen Augenringe eines Rauchers widerspiegelten. Ein großer Kopf auf einem kurzen, gedrungenen Körper von unausgewogenen Proportionen, die auch der außergewöhnlich elegante Anzug nicht zu verbergen vermochte.

Gerade seine Kleidung verriet einen weiteren Aspekt seiner Persönlichkeit. Bertegui war bestimmt auch ein Venusier ... Ein Dandy, der unter seinem Aussehen leiden musste, denn wie alle Venusier – und davon zeugte sein gepflegtes Auftreten – liebte er es zu verführen.

Ja, schloss sie, immer noch reglos hinter dem Vorhang, Venus/Pluto, das war die astrale Unterschrift des Polizisten. Wahrscheinlich ein Skorpion Aszendent Stier ... oder Waage. Der Kontrast zwischen dem Stern der Schönheit, der Künste und des Genusses und dem Planeten der Tiefe, der Wahrheit, des Todes und der Wiedergeburt ... Ein emotionaler Verfechter der Gerechtigkeit oder ein gefühlsbetonter Psychologe. Ein Eros/Thanatos-Paradoxon, das im Allgemeinen demjenigen, der es hatte, einen gewissen Charme verlieh – und trotz seines zweifelhaften Aussehens bestätigte Bertegui die Regel.

Sie stieß einen Seufzer aus, warf einen Blick auf die Uhr. Es war an der Zeit, stellte sie fest.

Sie begab sich ins Badezimmer, öffnete einen Schrank und griff nach einer Cremetube. Dann machte sie sich mit gewissenhafter Ruhe daran, gründlich Gesicht, Hände und Dekolleté einzucremen, während sie mit unhörbarer Stimme eine Melodie vor sich hin summte.

7

Die Aula war fast leer. Martine Rouvet, die Französischlehrerin, die Nicolas Le Garrec gemeinsam mit Audrey empfangen hatte, hatte sich bereits den Mantel angezogen. Im Hof hörte man die Schüler, die an dem Vortrag teilgenommen hatten, in Richtung Arbeitssaal gehen – sie kamen eine gute halbe Stunde früher als vorgesehen aus der Veranstaltung.

»Das war ja ein merkwürdiger Vormittag«, bemerkte sie.

Audrey blickte zu ihr auf. Sie war dabei, ihre Sachen einzusammeln, und bereitete sich ebenfalls darauf vor zu gehen. Vorher allerdings hatte sie etwas Wichtiges zu tun.

»Ja, da haben Sie recht, Martine ...«

Die Lehrerin verschwand, ein rotes Hütchen auf dem Kopf, ihre Silhouette nach Art des englischen Hofes in einen passenden Mantel gegossen. Sie blieb vor der Tür stehen.

»Ich bin nicht überrascht, wohlgemerkt«, sagte sie, ohne sich umzudrehen. »Es war keine gute Idee, diesen Autor herkommen zu lassen – zumindest nicht heute. Nicht am Tag des ersten Nebels.« Sie schwieg. »Es passieren immer ... komische Dinge am Tag des ersten Nebels, wissen Sie.«

Schweigen.

»Nun ja, wir konnten es nicht vorhersehen ... Man weiß nie genau, wann er aufzieht.«

Drei Sekunden später war sie hinausgegangen.

... komische Dinge ...

Audrey erblickte den Schüler, der auf ihre Bitte hin

dageblieben war. Er wartete hinten im Saal auf sie, dort, wo er noch vor wenigen Minuten fast zeitgleich mit dem Anruf, der Le Garrec den Tod seiner Mutter angekündigt hatte, den Schrei ausgestoßen hatte.

Ebenso wie César Mendel oder Opale Camerlin gehörte Bastien Moreau zu jenen Schülern, die ihr sofort aufgefallen waren. Am ersten Schultag nach den Sommerferien hatte er mit zwei oder drei Minuten Verspätung die Tür aufgestoßen – schwarze, sanfte Augen unter einem dunklen Wuschelkopf, dicke Sportschuhe, die unter zu langen Baggypants hervorlugten, seine Inlineskates in der Hand. Mit abwesender Miene hatte er den Klassenraum durchquert, um sich einen Platz hinten bei der Heizung auszusuchen, die derjenigen gegenüberlag, die sich Mendel ausgewählt hatte.

Während des Vorstellungsrituals – »Ich bin Audrey Miller, eure Französischlehrerin« – hatte sie mehrere Male versucht, seinen Blick aufzufangen. Vergeblich ... Seine Augen glitten über sie hinweg, sahen durch sie hindurch, blieben aber nicht an ihr hängen; sie trieben dahin ... woandershin, vom ersten Tag an.

Als sie am selben Abend die Formulare studiert hatte, die sie ausfüllen ließ, um ihre Schüler besser kennenzulernen (auch das war ein Ritual des Schuljahresbeginns: einen Schüler entdecken, dessen Vater einen interessanten Beruf hatte; Probleme vorausahnen, wenn ein Elternteil verstorben war; die Handschrift ihre Geheimnisse preisgeben lassen ...), sollte sie bereits mehr über ihn erfahren: Am Jahresende geboren, war er noch keine zwölf Jahre alt – was sein noch kindliches Aussehen erklärte, besonders im Vergleich zu Jungen wie Mendel, der mit dem Schatten eines Schnurrbarts ausgestattet war – und verbrachte in dieser siebten Klasse sein erstes Schuljahr in Saint-Ex.

Ein Detail hatte sie gewiss überrascht: In der Rubrik *Hast du noch Geschwister?* hatte er geradeheraus ein JA eingetragen, bevor er es durchgestrichen und seine Meinung geändert hatte: NEIN.

Da sie ihrer Arbeit gerne eine persönliche Note verlieh, hatte Audrey schließlich ihren Fragebogen mit persönlicheren Elementen angereichert: Hast du ein Lieblingstier? Was hast du für Hobbys? In der Zeile: Wie lautet dein Motto (und es verging nicht ein Schuljahresbeginn, ohne dass sie erklären musste, um was es sich dabei handelte, was sie von ihnen erwartete), war es ihr bei Bastien Moreaus Devise eiskalt den Rücken heruntergelaufen: *Eines Tages werden schreckliche Dinge geschehen, und von diesem Tag an wird nichts je wieder so sein wie zuvor*. Das war mal etwas anderes als die unvermeidlichen *Wer anderen eine Grube gräbt* ..., die ihr die Schüler meist präsentierten, zumindest die aus der Sekundarstufe I.

Ohne genau zu wissen, von welcher Intuition sie geleitet wurde, hatte sich Audrey an jenem Abend versprochen, diesen Schüler wachsam im Auge zu behalten. Seit dem Fragebogen jedoch hatte Bastien keine besondere Schwachstelle gezeigt. Er gehörte sogar zu den Schülern, die Lehrer manchmal vergessen: Noten im oberen Durchschnitt, nicht vorhanden im Mündlichen, keinerlei Neigung zum Aufruhr ... Ein fast aalglatter Junge.

Keinerlei Schwäche also ... Bis zu diesem Schrei. Bis zu diesem Blick, als der Schüler wieder Kontakt mit der Wirklichkeit aufgenommen hatte, bis zu dem, was sie in den Pupillen wahrgenommen hatte, die so schwarz waren wie eine sternlose Nacht: einen echten Schmerz ...

In diesem Augenblick war ihre Schlussfolgerung endgültig: Moreau war ein Problemkind.

In demselben Augenblick war auch ihre Entscheidung gefallen: Sie würde ihm helfen.

Er wagte kaum, sie anzusehen.

»Ich würde mich gerne ein bisschen mit dir unterhalten, Bastien ...«

Sie setzte sich auf den Stuhl vor ihm und drehte sich leicht zur Seite, um ihm nicht unmittelbar gegenüberzusitzen. Er blickte schließlich zu ihr auf. Kleines, unnahbares, entschlossenes Gesicht. Verwirrt, auch wenn sie seine Bemühungen erriet, sich nichts anmerken zu lassen.

»Was ist los, Bastien?«

»Wie ... wie bitte?«

»Da ist etwas, das dir Kummer bereitet, nicht wahr?«

Er spielte nervös mit einem Stift herum, allerdings mit einem gewissen schauspielerischen Talent, so wie er mit gleichgültiger Miene mit einem Knobelspiel umgegangen wäre. Mit zwölf Jahren besaß er die Reflexe eines Erwachsenen, der um Haltung ringt.

»Was meinen Sie damit?«

Seine Stimme zitterte nicht. Er wirkte fast ein wenig angeberisch. Sie bewunderte ihn dafür. Gerade eben hatte er sich vor einer Versammlung von hundert Schülern, darunter seine Klassenkameraden, lächerlich gemacht, und zweifellos würde der Zwischenfall seine Beziehungen innerhalb von Saint-Ex nicht verbessern. Aber er hielt durch.

»Hör zu, ich weiß, ich bin für dich nur eine Lehrerin

... Und im Prinzip hast du überhaupt keinen Grund, mit mir über dein Privatleben oder deine Probleme zu sprechen. Oder ... oder deine Albträume. Es ist nur so, dass ich dich beobachte, Bastien ... Glaubst du, wenn du dich im Unterricht vergessen lässt, dass man dich dann *wirklich* vergisst? Das gilt für bestimmte Lehrer, aber nicht für mich. Vor allem, da ich glaube, dass du begabt bist. Du fragst dich wohl, woher ich das weiß, nicht wahr, da doch deine Leistungen passabel sind, aber nicht mehr?«

Keine Antwort.

»Es ist ganz einfach: Weil du passable Leistungen hast, obwohl du *nie* im Unterricht bist.«

Er wollte gerade protestieren, als sie ihn mit einer Handbewegung zurückhielt.

»Oh, natürlich bist du körperlich anwesend. Ich denke nicht, dass du auch nur einen Schultag versäumt hast seit deiner Ankunft - nicht bei mir zumindest. Ich spreche aber nicht von deinem Körper, sondern von dem hier.« Sie klopfte sanft mit dem Finger auf seine Stirn, einem langen Finger, an dem ein kleiner Smaragd funkelte. »Ich weiß sehr wohl, dass du nicht da bist. Du bist ... woanders. In deiner Welt ... oder ...« Sie zögerte, bevor sie fortfuhr: »Ja, in deiner Welt. Oder in deinen Albträumen.«

Keine Reaktion. Der Stift bewegte sich nicht mehr zwischen seinen Fingern. Die Augen blieben starr.

»Weißt du, es kommt manchmal vor, dass Schüler, die begabter sind als die anderen, Schwierigkeiten haben, sich anzupassen, sich mit den anderen wohlzufühlen. Sie leiden unter der Situation, da sie wie alle anderen sind - begabt oder nicht, sie wollen Spaß haben, Freunde haben ... Verstehst du, Bastien?«

Die autistische Mauer gab nicht nach. Aber er verstand natürlich. War sie ihm im Übrigen schon einmal auf dem Schulhof begegnet, wenn er nicht allein war?

»Also, dieser Albtraum ... Sollen wir darüber sprechen?«

Sein Gesicht wurde lebendig. Eine kaum wahrnehmbare Bewegung, ein Riss im Panzer. Sie beschloss, einen Nagel hineinzuschlagen.

»Haben *deine* Albträume etwas mit einem ... Bruder zu tun? Oder einer Schwester?«

Der Einfall war Audrey gekommen, während sie mit ihm sprach ... Das Bild des durchgestrichenen JA bei der Frage *Hast du noch Geschwister?* war ihr plötzlich wieder in den Sinn gekommen. Als wäre Bastien ein Schreibfehler unterlaufen, wie ein Irrtum, den er grob korrigiert hatte, anstatt ihn mit Tipp-Ex sorgfältig zu löschen ... Um die Aufmerksamkeit darauf zu lenken?

Sie sah, wie er sich anspannte, der Panzer sich wieder verhärtete. Er machte große Augen und richtete sich auf seinem Stuhl auf.

»Ich ... Nein, warum?«

Sie wollte gerade antworten, aber er kam ihr zuvor:

»Nein, überhaupt nicht ... das hat damit gar nichts zu tun. Ich bin neu hier, wissen Sie, in Laville-Saint-Jour und auch in der Schule. Das braucht immer eine Weile, bevor man sich wohlfühlt ...« Er tat so, als sähe er auf die Uhr. »Ich muss abhauen ... Meine nächste Stunde fängt in ein paar Minuten an.«

Er sprang auf.

»Und nochmals Entschuldigung, falls ich ... den Vortrag gestört habe. Wirklich.«

Er warf sich seine Tasche über die Schulter und trottete in Richtung Ausgang – eine eilige Gestalt im Halbdunkel des Theaters –, bevor sie auch nur ein Wort sagen konnte. Als er aus der Tür trat, drehte er sich um.

»Danke.«

Die Tür schloss sich sanft, vom Türschließer zurückgehalten.

Audrey blieb einige Minuten nachdenklich sitzen. Sie hatte recht gehabt. Sie hatte gespürt, dass er im Begriff gewesen war, sich ihr anzuvertrauen ... Dann hatte er sich wieder verschlossen, genauso plötzlich, wie er das JA auf seinem Fragebogen durchgestrichen hatte. Und er hatte ihr als Antwort – und in einem Zug – eine gut gelernte und zweifellos für sein Alter zu reife Lektion präsentiert: *Ich bin neu hier ... Das braucht eine Weile, bevor man sich wohlfühlt ...*

Sagte er dasselbe zu seinen Eltern, falls diese sich Sorgen machten, wenn sie nachts durch Schreie geweckt wurden? Hatten sie ihm selbst diesen Grundsatz eingeredet?

Hast du noch Geschwister? JA ... NEIN.

Sie stand auf, seufzte, sammelte ihre letzten Sachen zusammen. Es war Zeit, die Akte ihres Schülers ein wenig genauer unter die Lupe zu nehmen.

Monsieur Bonnet machte seinem Namen – Mütze – alle Ehre. Gutmütig, mit seinem wohlgenährten Bauch und mit Schultern, an denen sämtliche Jacken abrutschten, gehörte er zu der Art von Mann, den man sich in Pantoffeln in einen Schaukelstuhl versunken vorstellt, von seiner Frau bemuttert. Tagsüber gewährleistete Monsieur Bonnet mit derselben Gemächlichkeit, mit der er sich wahrscheinlich auch abends benahm, das Amt des Oberaufsehers der Sekundarstufe I von Saint-Exupéry, das heißt, er war Schulbeauftragter für Disziplinarfragen. Diese Position, sein Aussehen und sein Name hatten die Schüler inspiriert: Jeder nannte ihn BN – die Lehrer eingeschlossen –, eine Abkürzung, die glücklicher war als sein ursprünglicher Beiname: *Bonnet de Nuit* – Schlafmütze (ein Spitzname, der noch recht liebevoll war im Vergleich zu einem BC, den Audrey an ihrem letzten Gymnasium gekannt hatte: *le Balai de Chiotte* – die Klobürste).

Es machte ihm Freude, Audrey Bastien Moreaus Akte anzuvertrauen – aus seinem honigsüßen Lächeln und der schlaffen Lüsternheit, die manchmal in seinen Augen erzitterte wie eine Portion Pudding, hatte sie geschlossen, dass er eine klebrige Libido und Internetfantasien haben musste.

In dem Moment, in dem sie nach der Mappe griff, die er ihr reichte (»Die Schüler aus der Siebten haben schon immer eine rosa Mappe gehabt«, hatte sie von ihm erfahren), behielt er sie einige Sekunden lang in der Hand.

»Sie geben Sie mir doch zurück, nicht wahr?«

Schleimiges Lächeln, auf das sie, mit einer übertrieben freundlichen, unkontrollierbaren Miene, antwortete:

»Es ist nicht sehr wahrscheinlich, dass ich sie nach dem Lesen aufesse, Monsieur Bonnet. Ich mag nämlich kein Rosa …«

Er sah sie überrascht an und brach dann in Gelächter aus – ein Gelächter, das bei weitem zu laut war, um zu einem Mann zu gehören, der sich wohlfühlte.

»Im Übrigen bin ich direkt nebenan«, informierte

sie ihn. »Sie können sie in ein paar Minuten wiederhaben.«

Sie setzte sich in einen der Sessel am Empfang, ebenso unempfänglich für das Ballett der Schüler, die mal hier einen Schein für Zuspätkommende, mal dort ein »Bordbuch« abholten, wie man hier das gewöhnliche Klassenbuch nannte, wie für den neugierigen Blick der Sekretärin – was machte sie nur, Madame Miller, die *Neue*?

Obwohl sie neu war, kannte Audrey das Verfahren, um Saint-Exupéry besuchen zu können: Es genügte nicht, die horrende Summe zu zahlen, die pro Schuljahr verlangt wurde, man musste auch angenommen werden. Das heißt, die Bürgschaft zweier Familien, die ein oder mehrere Kinder in der Schule angemeldet hatten, und Leistungen vorweisen, die vom Verwaltungsrat als befriedigend befunden worden waren, außer man war selbst der Nachwuchs eines ehemaligen Schülers der Schule. Schließlich konnten einige wenige Personen darauf Anspruch erheben, unter Vorlage einer ausgezeichneten Schulakte gratis zum Hause zu gehören. Chancengleichheit in der Saint-Ex-Version.

Bastien Moreaus Akte war dünn: Aus einer Pariser Lehranstalt stammend, enthielt sie nur die Zeugnisse des letzten Schuljahres, deren Anmerkungen ihre Analyse bestätigten: *... abwesend ... Mangel an Aufmerksamkeit ... keinerlei Interesse am Unterricht ... Intelligenter Schüler, der seine Möglichkeiten vergeudet ... ein wahrer Sinn für Literatur ... Ablehnung der Mathematik ...*

Eine einzige Bemerkung zog Audreys Aufmerksamkeit auf sich: *... sehr ungleiche Leistungen, die aber manchmal einen äußerst begabten Schüler erkennen lassen ... Was ist los? Warum dieser Mangel an Beständig-*

keit? Bastien scheint immer gequälter zu werden, je näher das Ende des Schuljahres rückt ...

Die Notiz war von der Französischlehrerein unterschrieben worden, versehen mit dem Datum des letzten Trimesters. Sie schien die Einzige zu sein, die unmissverständlich ein Problem in Betracht gezogen hatte.

... *begabt* ... *gequält* ... Genauso sah Audrey ihren Schüler.

Gequält von was? Von wem?

Zahlreiche Fragen blieben offen. Um nicht zu sagen, alle. Nirgendwo wurden die Familien erwähnt, die die Bürgschaft für den Schüler übernommen hatten. Genauso wenig wie das Gutachten des Aufnahmerats, der mit der Einschätzung von Bastiens Niveaus beauftragt gewesen war. Wie hatte Bastien Moreau, anscheinend ohne offiziellen Bürgen, mit einer solchen Akte in Saint-Ex aufgenommen werden können? Wie konnten seine Eltern die Schulgebühren bezahlen, wenn sein Vater kaufmännischer Angestellter und seine Mutter Malerin war und nicht, wie die Eltern der meisten Schüler, Winzer, Notare oder Chirurgen? Es sei denn, seine Mutter war eine berühmte Künstlerin?

Sie überprüfte die Unterschrift, die seine Anmeldung für gültig erklärt hatte. Rochefort, der Direktor ... Antoine, ihr Liebhaber.

Ratlos schloss sie die Akte wieder.

Sie stand auf und klopfte an BNs Tür.

»Haben Sie gefunden, was Sie suchten?«, erkundigte er sich, während sie ihm die Akte zurückgab.

»Eigentlich nicht wirklich ... Ich habe mich gefragt, ob da nicht ein paar Informationen fehlen?«

»Wie meinen Sie das?«

»Die Bürgen werden bei der Aufnahme doch eingetragen?«

»In die Akte, meinen Sie? Ja, aber natürlich!« Monsieur Bonnet gehörte zu der Art von Mensch, die die Einhaltung von Verwaltungsverfahren mit Ekstase erfüllte. »Alles muss ganz genau aufgeführt werden: die Namen der Bürgen, das Gutachten des Aufnahmerats …«

»Gehören Sie dazu?«

»Zum Rat? Ja, vollkommen«, antwortete er stolz.

»Können Sie mir in diesem Fall sagen, ob Sie sich daran erinnern, die Akte dieses Schülers studiert zu haben?«

Er senkte den Blick auf die Mappe. Las den Namen. Öffnete sie, studierte das Foto, überflog kurz die Unterlagen, die sie enthielt. Sein Gesicht verzerrte sich – die Hängebacken und der Mund erschlafften, als ob die Erdanziehungskraft an der Stelle, an der er stand, plötzlich stärker geworden wäre.

»Ich … ich kenne diesen Schüler. Ich kenne ihn, da er oft zu spät kommt und ich ihm regelmäßig morgens im Sekretariat begegne. Wir dachten sogar schon daran, ihm eine Verwarnung zu schicken. Ja, ich kenne ihn …«

Ohne Audrey anzusehen, griff er nach seiner Brille auf dem Schreibtisch und setzte sie auf. Er entdeckte, dass Madame Miller in der Tat recht hatte. Und traute seinen Augen kaum. Es fehlten Unterlagen in dieser Akte. Nein, schlimmer: Es fehlten Unterlagen in einer *seiner* Akten!

»Sie wissen nicht, wo ich … ergänzende Informationen über Bastien Moreau finden kann?«

Er blickte auf, als erinnerte er sich plötzlich an ihre Anwesenheit.

»Er ... Ergänzende Informationen ... äh ... Das müsste natürlich zu finden sein. Es besteht kein Grund ... das ist normal. Vollkommen normal. Was möchten Sie wissen?«

»Nun ja, wer seine Bürgen sind, falls es welche gibt ...«

»Ja, aber, aber natürlich muss es welche geben!«

»Daran zweifle ich nicht, doch sie werden nicht erwähnt.«

Er tauchte erneut die Nase in die Akte.

»Ja, das sehe ich wohl«, jammerte er. »Das sehe ich wohl ... Aber, nun ja, zwangsläufig wird es Bürgen geben ...«

»Das denke ich mir«, beharrte Audrey, »denn auf der alleinigen Grundlage seiner Schulakte kann er nicht in Saint-Ex angenommen worden sein.«

Der Mann antwortete nicht - als habe man ihn bei einem Fehler ertappt.

»... da ich doch annehme, dass er seine Schulgebühren bezahlt. Er ist doch kein Stipendiat, nicht wahr?«

»Nein ... nein, nein, nein, natürlich nicht.«

Er schien nun aber von gar nichts mehr überzeugt zu sein, und ein verwirrter Schein flackerte in seinen Augen. Audrey beschloss, dass es an der Zeit war, seiner Qual ein Ende zu bereiten.

»Eine letzte Sache, Monsieur Bonnet.«

Panisches Stirnrunzeln.

»Ja?«

»Welche Unterschriften beinhaltet die Aufnahmeakte im Prinzip?«

»Nun ja, äh ...« Hopp, erneuter Blick auf die Seiten. »... äh, das kommt darauf an«, wich er aus.

»Aber im Prinzip«, bohrte sie nach, »sind es doch die vier Mitglieder des Rats, nicht wahr?«

»Äh ... Ja, im Prinzip läuft das so ab, aber ... nun ja, das kommt auf die Umstände an.«

Er hatte die Worte schnalzen lassen, wie um dem Gespräch ein Ende zu bereiten. Es spielte keine Rolle, dachte sie, während sie sich verabschiedete. Wenn sie Antworten wollte, wusste sie, wo sie zu finden waren. Und sie war in einer besseren Position als jeder andere, um sie zu erhalten.

Sie hatte bereits die Hand auf dem Türgriff, als er sie ansprach.

»Madame Miller, haben Sie Probleme mit diesem Schüler?«

Sie drehte sich um.

»Nein, keine Probleme, Monsieur Bonnet. Überhaupt kein Problem sogar, nur Fragen.«

Sie ging hinaus und überließ ihn der allergrößten Ratlosigkeit bezüglich des – unglaublichen! – Rätsels dieser Aufnahme, ebenso wie dem zärtlichen Schein, der für einen kurzen Augenblick Madame Millers Gesicht erhellt hatte, als er sie auf ihren Schüler angesprochen hatte.

8

... und das Besondere an Nicolas Le Garrecs Werdegang ist, dass er mit Büchern von geringerer Wichtigkeit Erfolg gehabt hat. Gewiss mangelt es dem Farbenquintett *nicht an Vorzügen und es stellt ein sympathisches, ehrliches Werk dar. Es sind aber die beiden Romane, die er in seiner Jugend unter einem*

Pseudonym veröffentlicht hat, die Aufmerksamkeit erregen und Bewunderung hervorrufen: Sonnenschein im Keller *und* Verlorener Schrei. *Der Erste ist ein Kurzroman, der die Faszination eines kleinen Jungen, der von einer etwas seltsamen Familie aufgezogen wird, für den Keller seines Hauses erzählt – einen Keller, in den er nicht gehen darf, aber von dem er weiß, dass dort Dinge geschehen, da seine Eltern oft nachts dort hinuntergehen ... Der zweite, etwas üppigere Roman erzählt das Abdriften in die Paranoia eines überängstlichen Jugendlichen, Prügelknabe seiner Kameraden, der sich nach und nach in einen rachsüchtigen Killer verwandelt. Äußerst verstörend zu lesen, da von einer Schwärze ohne die geringste Aufheiterung geprägt, sind diese beiden Romane unter dem Pseudonym Kris Keller verfasst worden und unbemerkt geblieben. Später hat Le Garrec mit dem* Farbenquintett *seine Handschrift durchgesetzt und von Abenteuer zu Abenteuer wachsenden Erfolg gehabt, aber man bedauert es vielleicht, dass er die furchtbare Schwärze, die seine ersten Werke geprägt hatte, dem Erfolg geopfert hat.*

Bertegui ließ sich auf den Autositz fallen. Er parkte vor dem Leichenschauhaus von Dijon, dort, wo Odile Le Garrec obduziert werden würde. Und er las diese paar Zeilen zum vierten und fünften Mal, ein Textauszug einer Internetseite, die wie so viele andere Nicolas Le Garrecs Karriere zum Thema hatte und die Berteguis Aufmerksamkeit ganz besonders erregte. Der Text unterstrich ein Ganzes, eine Gesamtheit, die wackelig, verdächtig ... schmierig war; er spiegelte auch andere Stimmen wider: die von Clément, zum Beispiel, als er ihn darüber informiert hatte, dass das Telefonkabel hinten am Haus durchgeschnitten worden war, direkt am Eingang zum Keller (*... Ein Kind, das vom Keller seines Hauses fasziniert war ... ein mörderisches Kind ...*). Oder auch die traurige Stimme des Verlegers, den Bertegui kontaktiert hatte, in dem Versuch, den Autor direkt zu erreichen: *»Es ist schrecklich ... Wenn ich daran denke, dass Nicolas gerade in Laville ist, obwohl er nun schon seit Jahren nicht mehr dort war!«*. Und letztendlich die wirklichkeitsfremde Stimme von Le Garrec selbst.

»Wo ist sie jetzt?«, hatte er am Telefon gefragt.

»Im Leichenschauhaus«, hatte Bertegui geantwortet.

»Ich will sie sehen.«

»Nun ja ... Sie ist noch nicht richtig fertig. Sie werden sie identifizieren müssen, aber wahrschei ...«

»Nein, ich will sie jetzt sehen. Es ist mir egal ...«

Die Anfrage hatte Bertegui überrascht, und er hatte vor allem aus Neugier eingewilligt.

Nun wartete er also vor dem Leichenschauhaus auf den Autor, wobei er diese vielen Einzelheiten – Kleinigkeiten, Bruchstücke – wieder und wieder durchdachte und sich bemühte, seinen Verstand nicht so sehr von seiner Intuition beeinflussen zu lassen, sondern sich auf den Rahmen zu konzentrieren. Dijon war eine hübsche Stadt, dachte er, in bestimmter Hinsicht gar nicht so anders als Laville-Saint-Jour, aber größer, heller, auch blühender und frei von Nebel.

Eine Gestalt tauchte plötzlich am Eingang zum Leichenschauhaus auf. Bertegui kniff die Augen zusammen. Der Mann war bekleidet mit einer weiten Lederjacke, Laufschuhen, einer Jeans, hatte dunkle Haare und eine getönte Pilotenbrille auf der Nase, und war eine sportliche Erscheinung.

Bertegui stieg aus dem Auto und überquerte die Straße.

»Monsieur Le Garrec?«

Der Mann blieb stehen.

»Ich bin Kommissar Bertegui. Ich bin es, den Sie am Telefon hatten.«

Nicolas Le Garrec reichte ihm die Hand, ohne die Brille abzunehmen. Bertegui konnte die Augen erahnen, aber nicht den Blick studieren. Dieses Detail verstimmte ihn.

»Ja, ja ... Freut mich.«

Mit seinem Expertenauge erkannte der Polizist die teure Kleidung: prächtiges Leder, eine Brille, die diskret mit dem Kürzel YSL versehen war ... Le Garrecs Lässigkeit war ganz pariserisch und ließ eher an ein waschechtes Saint-Germain der Literaten denken als an die hiesige Weinanbau-Ländlichkeit.

»Es ist ungewöhnlich, um was Sie mich da gebeten haben«, sagte Bertegui, um das Eis zu brechen. »Im Prinzip brennen die Angehörigen nicht gerade darauf, sich dieser Art ... Übung zu unterziehen.«

»Ich weiß ... Ich meine, ich kann es mir denken. Schriftsteller sind sonderbare Leute«, erklärte Le Garrec. »Besonders Krimischriftsteller. Wie Polizisten, nehme ich an ... Der Tod gehört zu unserem Alltag.«

Bertegui fragte sich, ob es sich da um eine humorvolle Bemerkung handelte, und schloss aus dem Gesichtsausdruck des Autors, dass er tatsächlich eine Tatsache aussprach.

»Wie ist es genau passiert?«

»Wie ich Ihnen am Telefon gesagt habe, ist es nicht

ganz klar. Anscheinend hatte Ihre Mutter einen Herzanfall. Sie wollte anrufen, da man sie mit dem Telefon in der Hand gefunden hatte, aber sie hatte nicht die Zeit dazu.«

Le Garrec nickte, wandte sich dann ab, und sein Blick verlor sich in der abwesenden Betrachtung des Bürgersteigs.

»Gut, dann gehen wir, wenn Sie wollen ...«

Der Polizist meldete sich am Empfang an, wo man ihm mitteilte, dass sich Odile Le Garrecs Leiche im vierten Stock befand. Sie gingen auf den Fahrstuhl zu.

Als die Türen sich öffneten, befand sich bereits ein junger Typ im weißen Kittel in der Kabine, der über eine Tragbahre mit Rollen wachte, auf der eine mit einem Laken bedeckte Leiche lag. Die Füße schauten hervor sowie ein Etikett, an einem Zeh befestigt, an dem der Nagellack abblätterte.

Der Mann mit der Tragbahre fuhr in den dritten Stock. Sobald sich die Türen wieder geschlossen hatten, fragte Nicolas Le Garrec, als ob er darauf gewartet hätte, dass sie allein waren:

»Warum befindet sich meine Mutter eigentlich im Leichenschauhaus von Dijon?«

Bertegui war nicht überrascht. Das war eine berechtigte Frage. Er hatte sie vorausgesehen; er war sogar erstaunt darüber, dass der Schriftsteller sie nicht früher gestellt hatte.

»Wir sind da, Monsieur Le Garrec. Gehen wir, ich werde Ihnen später antworten.«

Sie gingen ohne ein Wort den menschenleeren Gang entlang.

»Da ist es«, verkündete Bertegui.

Eine Tür, ein rundes Sichtfenster. Dahinter erwartete sie ein junger Mann, der in allen Punkten demjenigen ähnelte, den sie im Aufzug gesehen hatten.

»Wissen Sie, das ist wirklich nicht das übliche Verfahren«, wiederholte Bertegui. »Im Prinzip wird alles getan, um die Angehörigen zu schonen, und ... und ich will sichergehen, dass Sie wissen, was Sie tun, dass Sie entschlossen sind ...«

Nicolas Le Garrec lächelte traurig und müde hinter seiner schönen »Verkehrspiloten-«Brille. Er nickte als ein Zeichen der Zustimmung und wandte sich dann zur Tür.

Die Gestalt unter dem Laken hatte nicht dieselbe biegsame Unbeweglichkeit wie die Leiche, die sie im Aufzug gesehen hatten, und Bertegui wusste sofort, dass sie noch nicht für die Autopsie vorbereitet worden war. Le Garrec musste es bemerkt haben, denn beim Eintreten runzelte er die Stirn.

Bertegui wartete einige Sekunden ab – bis Le Garrec sich zu ihm umdrehte und zu fragen schien: Ja und, worauf warten wir?

Der Polizist nickte kurz zu dem Angestellten hin, der der Bitte nachkam. Mit einer brüsken, ein wenig theatralischen Handbewegung schlug er das Laken zurück, und das Wesen, das einmal Odile Le Garrec gewesen war, kam zum Vorschein.

Wider Willen wich Bertegui zurück und ahnte, wie sich Nicolas Le Garrecs Augen hinter der Brille schlossen. Denn auch wenn seine Mutter ein wenig Würde wiedergefunden hatte – man hatte sie schließlich richtig auf die Tragbahre legen müssen –, blieb die Leiche in einer Haltung voller Verkrampfung erstarrt: geballte Fäuste, offen stehender Mund ...

Dann fand Le Garrec die Kraft und trat näher. Er griff nach der Hand seiner Mutter. Bertegui hätte ihm fast befohlen, es nicht zu tun, da sie obduziert werden musste, bevor er es sich anders überlegte. Eine Minute lang erfüllte kühle Stille den Raum. Der junge Angestellte war diskret zurückgetreten, und Bertegui beobachtete weiter Le Garrec aus dem Augenwinkel, wobei er sich ein wenig im Abseits hielt. Der Schriftsteller hatte die Brille abgesetzt, und seine Augen blieben halb geschlossen. Er weinte nicht ... Er schien zu beten. Seine Lippen bewegten sich. Bertegui lauschte: »... tag ... ing ... vor ...« Unmöglich, Le Garrec war unhörbar. Er hatte das Gefühl, dass Gott mit diesem Gemurmel nichts zu tun hatte, denn sein Verhalten ließ nicht an eine Kommunion mit dem Herrn denken, sondern an einen Dialog. Empfehlungen oder die letzten Worte eines geteilten Geheimnisses ... Eine allerletzte Wahrheit ...

Eine Botschaft?

Bei dieser Vorstellung fuhr Bertegui ein Schauer über den Rücken - dieser Anblick hatte entschieden etwas Morbides an sich: Ein berühmter Schriftsteller, der die Hand seiner vom Tod unbeweglich gemachten Mutter hielt und ihr eine Botschaft zuflüsterte, die sie ins Jenseits mitnehmen sollte. Vor allem, wenn man das Haus in der Rue des Carmes gesehen hatte, die Hausangestellte einen daran erinnert hatte, dass der verlorene Sohn das Haus verlassen hatte: *Oh, über ihren Sohn sprach sie nie ...*

Sanft legte der Schriftsteller die Hand seiner Mutter wieder auf ihre Brust, setzte seine Brille auf und hüstelte, um sich zu räuspern.

»Ich glaube, wir können gehen«, sagte er zu Bertegui.

Die Stimme war ein wenig schwach, aber fest.

Der Angestellte deckte den Körper wieder zu, während die beiden Männer auf die Tür zugingen. Beim Hinausgehen drehte sich Le Garrec um.

»Warum hat man ihren Mund so gelassen?«, fragte er. »Weit geöffnet?«

Der Junge errötete leicht.

»Das ist wegen ... wegen der Autopsie. Die ... die Leiche wird so wenig wie möglich angerührt.«

Stirnrunzelnd drehte sich Le Garrec zu Bertegui um.

»Autopsie? Aber ich dachte, sie sei an einem Herzinfarkt gestorben?«

»Das ist richtig ... Aber es ist ein wenig kompliziert. Haben Sie Zeit für einen Kaffee?«

»Die Telefonkabel sind durchgeschnitten worden«, verkündete der Polizist ohne Umschweife.

Die beiden Männer hatten gerade an einem Tisch in einer Brasserie auf dem Place de la Libération Platz genommen, einem kleinen architektonischen Schmuckstück des 18. Jahrhunderts. Als Halbkreis entworfen, bestand der Platz aus einer Aneinanderreihung flacher Gebäude mit Steinbalkonen, die den Gittertoren des Rathauses gegenüberlagen.

»Ich verstehe nicht ganz.«

»Wir auch nicht. Wir haben Ihre Mutter tot und mit einem Telefonhörer in der Hand aufgefunden. Die Telefonkabel sind durchgeschnitten worden ... und ...« Er zögerte. »Und Sie haben ihren Gesichtsaudruck gesehen, nicht wahr?«

Bertegui erriet ein Blinzeln hinter der bernsteinfarbenen Brille.

»Das ist alles, was wir haben ...«

»Ist das ausreichend, um anzunehmen, dass sie nicht eines natürlichen Todes gestorben ist?«, erkundigte sich der Schriftsteller.

»Nun ja ... Sie sind doch der Romancier, nicht ich, oder?«

Schweigen, Schluck Kaffee.

»Auf jeden Fall ist es ausreichend, um Ermittlungen einzuleiten. Auf die eine oder andere Weise hat Ihre Mutter anrufen wollen und ist daran gehindert worden. Der- oder diejenige, der oder die das Kabel durchgeschnitten hat, trägt einen Teil der Verantwortung. Es ist unser Job, diese Person zu identifizieren. Und eine Untersuchung wegen Totschlags, selbst unbeabsichtigt, führt zwangsläufig über eine Autopsie.«

»Wenn ich richtig verstanden habe, sind Sie gerade dabei, mir zu sagen, dass meine Mutter in gewisser Hinsicht ... ermordet wurde.«

»Ich bin gerade dabei Ihnen zu sagen, dass sie anrufen wollte und dass die Tatsache, dass sie es nicht konnte, möglicherweise fatale Folgen hatte. Wir müssen erfahren, warum sie anrufen wollte ... und wen.«

»Alles, was Sie finden werden, ist ein Kind aus der Nachbarschaft, das einen dummen Streich gespielt hat, der schlecht ausgegangen ist.«

Bertegui versuchte, Le Garrec durchdringend anzusehen. Ohne Erfolg. Das Unbehagen bestand fort: Müsste der Wunsch des Schriftstellers, die Wahrheit zu erfahren, die letzten Momente seiner Mutter zu kennen, nicht stärker sein?

»Seit wann haben Sie Ihre Mutter nicht mehr gesehen?«, fragte er.

Ein freudloses Lächeln klemmte sich zwischen die Kiefer des Schriftstellers.

»Ist das wichtig für Ihre Ermittlungen?«

»Ich glaube zu wissen, dass Sie lange nicht mehr in Laville-Saint-Jour waren«, beharrte Bertegui.

»Ja, das stimmt.«

»Warum?«

»Ich weiß nicht genau. Der Nebel vielleicht?«

»Ich bin seit fünf Monaten hier und bemerke ihn heute zum ersten Mal, diesen berühmten Nebel. Und dann hat er auch schon ab zehn Uhr angefangen, sich wieder aufzulösen.«

»Warten Sie noch ein paar Wochen ab ... Dann werden Sie verstehen.«

»Auf jeden Fall gibt es keinen Nebel im Sommer.«

»Wenn man hier aufgewachsen ist, dann sieht man die Stadt immer im Nebel. Sommer wie Winter.«

Le Garrec unterstrich seine Bemerkung durch einen weiteren Schluck Kaffee. Berteguis Kaffee hingegen kühlte unberührt ab. Der Polizist dachte nach: Le Garrec lenkte vom Thema ab. Mit einem gewissen Talent übrigens. Ein Talent, das ein wenig an das der Astrologin kurz zuvor erinnerte.

»Sind Sie schon lange in der Stadt?«

»Seit etwas mehr als drei Wochen.«

»Drei Wochen? Aber wo wohnen Sie denn? Na ja, offensichtlich nicht bei Ihrer Mutter ...«

»Im *Clos Montdor*.«

Bertegui konnte eine Grimasse nicht unterdrücken. Das *Clos Montdor* ... Eine Art Mischung aus Boutiquehotel und Gasthaus im alten Stil, das sich auf den Anhöhen unmittelbar am Stadtrand befand. Schick, schöne Aussicht, skandalöse Preise.

»Werden Sie lange bleiben?«

»Ich weiß nicht ...«

»Hm ... sind Sie zum Schreiben hergekommen?«

»Sagen wir mal ... ich bin auf der Suche nach Inspiration hier. Ich weiß noch nicht genau, wie lange ich bleibe ... oder ob ich einen kompletten Roman vor Ort schreibe oder mir nur Notizen mache, mich von der Atmosphäre ergreifen lasse.«

»Dem Nebel ...«

»Unter anderem, ja.«

Bertegui ließ einen Moment des Schweigens verstreichen und dachte nach. Le Garrec zu fragen, ob er seine Mutter gesehen hatte, ihm also eine direkte Frage zu stellen, würde zu nichts führen.

»Seitdem Sie angekommen sind, hat Ihre Mutter da nichts von einer ... keine Ahnung ... einer Bedrohung erwähnt?«

»Ich ... Nein, zumindest nicht mir gegenüber. Wir ... wir hatten uns noch nicht gesehen.«

Das bestätigte die Worte der Haushälterin. Bertegui beschloss, ihn in die Enge zu treiben. Er war sich darüber im Klaren, dass dieses Manöver in dem augenblicklichen Stadium verfrüht war, denn der Mann war nicht verdächtig.

»Sie hatten kein gutes Verhältnis, nicht wahr?«

Le Garrec nahm die Brille ab. Im Tageslicht fiel Bertegui die Intensität des Blicks auf, diese undefinierbare, verschwommene Augenfarbe zwischen Grau und Schwarz, die ihm die Verstorbene vererbt hatte.

»Um ehrlich zu sein, Kommissar, steht mir heute nicht der Sinn danach, über die Beziehung zu meiner Mutter zu sprechen ...«

Er hätte beinahe etwas hinzugefügt – Bertegui nahm an, dass er eine genauere Erklärung abgeben wollte: nicht mit einem Polizisten, nicht am Tag ihres Todes etcetera.

Stattdessen fuhr er fort:

»Halten Sie mich über die Entwicklung der Dinge auf dem Laufenden?«

Er tauchte eine Hand in seine Jacke und zog eine Karte und einen Stift hervor. Er kritzelte etwas auf die Visitenkarte und schob sie über den Tisch. Bertegui warf einen Blick darauf: ein bläulicher Hintergrund, drei Initialen – NLG –, eine E-Mail-Adresse ... Nichts weiter: weder Adresse noch Beruf noch Telefonnummer. Die Handschrift eines Mannes, der eisern sein Privatleben schützte, der kaum beim gesellschaftlichen Spiel mitmachte. Und der es berechtigt fand, sich in drei Buchstaben vorzustellen, in gleicher Weise wie ein VGE[3] oder ein BHL[4].

Für den Polizisten hatte er in einer engen, zwanghaften Handschrift eine Handynummer hinzugefügt.

Er stand auf, schlüpfte in seine Jacke, setzte erneut die Brille auf. Bertegui stand ebenfalls auf, fischte ein paar Geldstücke aus seiner Hosentasche, die er auf den Tisch warf. Le Garrec streckte ihm bereits die Hand entgegen; er hatte es eilig, der Sache ein Ende zu bereiten.

»Ihr Zimmer in der Rue des Carmes ist immer noch intakt, wissen Sie das?«, fragte Bertegui sanft.

»Ja, ich weiß.«

Dann ging er auf die Ausgangstür zu. Ohne Grund formte sich ein undeutliches Bild im Geiste des Polizisten: das eines Vampirs, der in einer groben Bewegung seines Umhangs entkommt, verschwindet.

Bertegui betrachtete nachdenklich die eilige Gestalt, wie sie auf einen schwarzweißen Mini zulief, der etwa fünfzig Meter entfernt geparkt war und eine Sekunde später davonbrauste.

Und er wusste, dass er recht hatte: *Man* verheimlichte ihm etwas. Ob es sich nun um Suzy Belair handelte, die Astrologin, oder den eigenen Sohn des Opfers - die Gespräche beherrschte eine Regel: das Schweigen. *Man* wollte nicht, dass er nachbohrte. *Man* versuchte, die Tatsachen herunterzuspielen, sie zu erklären, sie sogar fast schönzureden. Als ob Odile Le Garrecs Leben und Tod so wenig Unebenheiten aufwiesen wie ein Kieselstein.

Er war fast an seinem eigenen Auto angelangt, als sein Handy vibrierte.

Blick aufs Display: Clément.

»Bertegui«, meldete er sich.

Am anderen Ende der Leitung eine etwas drängende Stimme, ungewöhnlich für Clément.

»Wir haben eine neue Leiche am Hals! Ein Totschlag, glaube ich, aber ich bin nicht sicher.«

»Ein neuer Mord? Guter Gott, wo denn?«

»Na ja, ich weiß nicht, ob ich Sie herkommen lassen muss, aber ... ich wollte Sie lieber vorwarnen.«

»Wo denn?«, fragte Bertegui noch einmal, mehr denn je genervt von den Ausflüchten seines Lieutenants.

»Am Stadtrand ... in Meurisson.«

»Wer ist das Opfer?«, fragte Bertegui.

»Na ja ... Eher ›was‹. Eher ›was‹ als ›wer‹ ...«

Bertegui wartete, ob die Bohnenstange ihm wohl erklären wollte, um was es ging.

Im Telefonhörer ein Seufzer.

»Pfff ... Sie werden mich für verrückt halten. Auf

dem Bauernhof der Morizots … das Opfer heißt José, elf Jahre alt. An die dreihundert Kilo schwer. Der Stier des Bauernhofs. Er ist heute Nacht … äh … ermordet worden.«

9

»Wer kann mir sagen, was Montaigne mit folgenden Worten ausdrücken wollte: ›Weil er es war, weil ich es war‹?«

Audrey würde ihre Antwort heute nicht mehr bekommen. Die Glocke ertönte, und die Schüler der Zehnten erhoben sich alle gleichzeitig und strömten in Richtung Ausgang.

»Ich erinnere euch daran, dass wir noch zwei Stunden zum Thema Freundschaft in der Literatur haben!«

Verlorene Mühe … Sie predigte tauben Ohren. Darin waren die Schüler von Saint-Ex kaum anders als die Schüler auf der ganzen Welt: Kinder, die mit dem Herannahen des Unterrichtsschlusses von einem Fuß auf den anderen traten … Spatzen, die Angst davor hatten, das Nest zu verlassen und zu fliegen.

Sie packte ihre Sachen zusammen, prüfte ihr Handy: kein Anruf, keine SMS. Dabei hatte sie Antoine zwei Nachrichten hinterlassen, denn sie wollte Antworten. Und sie wollte sie jetzt.

Entschlossenen Schrittes durchquerte sie den riesigen Schulhofgarten, unempfänglich für den Lärm und das Treiben in der Pause, grüßte einige Kollegen – es blieb sowieso nie jemand stehen – und bog auf einen kleinen steinigen Weg ein, der zu einer ehemaligen Kapelle führte, die nun das Verwaltungszentrum von Saint-Exupéry war.

Sie wurde dort von Madame Savignol empfangen, einer würdevollen strengen Alten mit Dutt, die sich um das Sekretariat des Anstaltsleiters kümmerte.

»Madame Mi ... Miller«, stammelte sie ein wenig panisch, als sie Audrey erblickte, die auf sie zukam, »ich ... kann ich etwas für Sie tun?«

»Ja, ich hätte gerne Monsieur Rochefort gesprochen.«

Die Sekretärin blinzelte hinter ihrer dicken Weitsichtigenbrille.

»Erwartet Monsieur Rochefort Sie?«

»Ja ... Ich meine, nein. Können Sie ihm bitte Bescheid geben?«

Der telefonische Austausch dauerte weniger als drei Sekunden.

»Sie können hochgehen«, verkündete sie widerwillig, als sie auflegte.

»Danke, Madame Savignol«, antwortete Audrey höflich und hielt dabei jegliche Feindseligkeit zurück, die ihr hätte herausrutschen können.

Während sie das Sekretariat durchquerte und auf die Treppe zuging, spürte sie den missbilligenden Blick der Frau in ihrem Rücken ... und vergaß ihn sofort wieder. Sie hatte wichtigere Dinge im Kopf. Und auch dringendere.

Sie stieg hinauf.

Der Raum war groß, ganz aus hellem Gestein und mit Deckengewölbe. Auf dem Boden bedeckte ein riesiger bläulicher Teppich die breiten nackten Fliesen, ganz hinten zog sich ein Holzbücherregal voller Bücher mit goldenen Rücken die Wand entlang. An seinem Schreibtisch aus Mattglas sitzend, erwartete sie ein Mann, dessen leicht vulgärer, eleganter Charme sofort an einen Frauenhelden denken ließ – eher der Typ Tennislehrer als der strenge Leiter einer Lehranstalt, die unter anderem den Nachwuchs der hundert Familien empfing, die über Burgund und manchmal sogar über seine Grenzen hinaus herrschten.

Audrey ging mit einem seltsamen aber berechtigten Eindruck eines Déjà-vu-Erlebnisses auf ihn zu: An genau diesem Ort hatte sie drei Monate zuvor ihr Vorstellungsgespräch gehabt. Damals aber hatte die Sonne, die durch die hohen Fensterscheiben hereingefallen war, den Staub vergoldet und die Steine mit einem glitzernden Puder überzogen. Jetzt ließ das graue Licht des Herbstes ihre ganze rohe Nacktheit erkennen.

Er stand auf, um sie zu empfangen, kam auf sie zu, schickte sich an, sie zu umarmen. Sie wich zurück.

»Nicht hier«, protestierte sie.

Er runzelte die Stirn. Dieser Gesichtsausdruck verlieh ihm das Aussehen eines schmollenden Kindes. Es war derselbe Ausdruck, der sie bezaubert hatte, als sie sich ihm drei Wochen zuvor hingegeben hatte. Sie hatte schon immer diese Angewohnheit – *diese Macht?* – besessen, sich das Kind vorzustellen, das ein Erwachsener mal gewesen war. Was Rochefort betraf, so musste er ein verwöhntes Kind gewesen sein, selbstbewusst, sportlich und unschlüssig, ein Kind, das wahrscheinlich schon sehr früh gewusst hatte, wie es seinen Charme spielen lassen musste.

»Ich weiß Bescheid wegen Le Garrec«, verkündete

er und wich zurück. »Es ist schrecklich, was passiert ist ...«

»Du hast die Party abgesagt, nehme ich an?«

Antoine hätte am selben Abend eigentlich eine Abendgesellschaft geben sollen, zu der Le Garrec eingeladen war – eigentlich war er sogar inoffiziell der Ehrengast. Antoine gehörte zu jenen Leuten, die von Bekanntheit fasziniert waren.

»Er hat gerade angerufen, um seine Anwesenheit zu bestätigen ... Ich habe ihm vorgeschlagen, die Party zu verschieben, aber er hat mir versichert, das sei schon okay. Allerdings wird er wohl nicht lange bleiben.«

Sie biss sich auf die Lippen. Die Aussicht darauf, Nicolas Le Garrec wiederzusehen, war eher erfreulich; die Aussicht darauf, die Bekanntschaft von Antoines Ehefrau zu machen, eher weniger.

»Ich nehme an, du bist nicht deswegen gekommen?«, fragte er und setzte sich wieder. »Was gibt es denn so Dringendes?«

Sie nahm ihm gegenüber Platz.

»Bastien Moreau.«

Er blinzelte. Sie ahnte, dass er sich unbehaglich fühlte.

»Bastien wer?«

»Moreau. Einer meiner Schüler aus der Siebten.«

»Und was hast du für ein Problem mit ihm?«

»Es gibt kein Problem. Ich hätte nur gerne gewusst, warum du ihn in der Schule aufgenommen hast. Du bist der Einzige, der unterschrieben hat. Er ist nicht von der Kommission geprüft worden.«

»Oh, ja natürlich ... Bastien Moreau.«

Er nahm einen Stift von seinem Schreibtisch und spielte damit herum, wobei er ihr ein ruhiges Lächeln zuwarf. Eine typisch männliche Geste. Bastien hatte wenige Stunden zuvor ein identisches Verhalten gezeigt.

»Warum interessierst du dich für ihn?«

Die Frage war berechtigt. Seit wann bat eine Lehrerin einen Schulleiter, Rechenschaft über seine Aufnahmemethoden abzulegen?

»Ein Gefühl«, sagte sie. »Ich glaube, der Junge ist begabt. Sehr begabt. Ich wollte seine Akte sehen. Da habe ich die ... Anomalie bemerkt.«

»Das kann ich dir bestätigen, ich denke auch, dass er begabt ist.«

»Wie bist du zu diesem Schluss gekommen?«

Er seufzte.

»Oh, das ist eine lange, persönliche ... private Geschichte«, fügte er hinzu und starrte ihr direkt in die Augen. »Auf jeden Fall wusste ich, dass er das Niveau hat. Daher habe ich ihn aufgenommen.«

Sie nickte. Das war ein Abweisungsbescheid. Und eine Bestätigung, dass »etwas« faul war, etwas, das ihren Schüler betraf.

Sie beschloss sogleich, ihre Fragen für sich zu behalten: War Rochefort mit seinen Eltern befreundet? Wenn ja, wie eng? Auf jeden Fall gefiel ihr seine Haltung kaum, denn sie war zu defensiv und letztendlich unerklärlich. Antoine hatte zwar die Vorschriften gebrochen, um den Jungen in der Schule aufnehmen zu können, aber gut ... Antoine *war* die Schule! Er war nicht nur der Leiter der Lehranstalt, sondern auch der Ehemann ihrer einzigen Aktionärin. Er konnte die Statuten ändern, wie es ihm beliebte.

Und darum dieser bestimmte Blick: *Die Angelegenheit ist erledigt, misch dich da nicht mehr ein!*

»Ich verstehe«, sagte sie und stand auf.

Sie trat zum Fenster. Die Pause neigte sich dem Ende zu – zweimal am Tag, in der Mitte des Vormittags und am Nachmittag, hatten die Schüler eine lange Pause von zwanzig Minuten.

Sie spürte hinter ihrem Rücken, wie er aufstand und sich ihr näherte. Er umschlang sie von hinten.

»Was ist los, Audrey? Stimmt etwas nicht? Du scheinst dich nicht wohlzufühlen.«

Sie zuckte die Achseln. Wie sollte sie es ihm erklären? *Mein Sohn? Der Nebel? Die Albträume eines Schülers, die mich durcheinanderbringen?*

»Gefällt es dir hier nicht?«, bohrte er weiter. »Oder ist es ... etwas anderes?«

Er hatte einen Augenblick innegehalten. *Etwas anderes*: Er hatte wahrscheinlich keine besseren Worte gefunden, um die Beziehung eines verheirateten Provinzschulleiters mit einer seiner Lehrerinnen zu beschreiben.

Ein warmer Mentholatem berührte sanft ihren Nacken. Sie fragte sich: Könnte man sie sehen, trotz der Jalousien?

In gewisser Weise war ihr das vollkommen egal. Es wussten doch sowieso schon alle, nicht wahr?«

Es war von Anfang an eine schlechte Idee gewesen. Einer jener Fehltritte, die Audrey auf ihrem Lebensweg bereits hatten straucheln lassen. Vor Antoine hatte sie weitere, schlimmere begangen. Joce zum Beispiel. Rochefort war im Vergleich dazu gar nichts, eine dumme Falle, die sie sich selbst gestellt hatte. Als sie von Joces Umzug ins Burgund erfahren hatte, hatte sie geglaubt, ihren Sohn für immer zu verlieren. Deswegen hatte sie alles auf eine Karte gesetzt, um diesen

Posten als Französischlehrerein zu bekommen - ein Geschenk des Himmels -, der gerade zu diesem Schuljahr frei wurde. Nachdem sie sich mit Rochefort am Telefon unterhalten hatte, hatte sie an seiner tiefen, ein wenig hohlen Stimme und dem langsamen, vornehmen Lachen den Charmeur erkannt und ihre Waffen dementsprechend ausgewählt - in diesem Fall ihr »Basic-Instinct-Kleid«. Oh, nichts wirklich Provokatives: ein beigefarbenes Designerkleid, kurz aber nicht mini, wenig ausgeschnitten, dafür aber mit einem großzügigen Lochmuster an den Schultern, das eine samtige, leicht gebräunte Haut und von Gymnastikstunden geformte Beine entblößte. Es war ein Risiko, denn die Internetseite von Saint-Exupéry kaschierte nichts von der klassisch-schicken Positionierung der Schule zwischen amerikanischer Universität und britischer *Public School*; ein Risiko also, das sie auf der alleinigen Grundlage ihrer Intuition eingegangen war. Und das sich gelohnt hatte.

Ohne Überraschung hatte sie anschließend von der ersten Lehrerkonferenz des neuen Schuljahres an Rocheforts verstohlene Blicke wahrgenommen. Und sie hatte ihn ohne Leidenschaft in ihrem Bett aufgenommen. Weil sie so war: eine Frau mit einer gesunden Sexualität, die vor Joce ein sogenanntes »Männerleben« geführt hatte. Weil er da war, anziehend, männlich und verheiratet, was in Audreys Augen ein Vorzug war, denn das Liebesabenteuer kündigte sich als eines ohne Zukunft an, eine vorübergehende Vereinigung zwischen einem Charmeur, der sich in seiner Provinzkleinstadt langweilte, und einer Geschiedenen auf der Durchreise, mitten in einem Anfall herbstlicher Schwermut.

Trotzdem war sie sich darüber im Klaren, dass sie diesem Fehltritt ein rasches Ende bereiten musste. Sie wollte zwar einen Mann in ihrem Bett, aber bestimmt nicht in ihrem Leben. Und vor allem kein Exemplar wie der Direktor von Saint-Ex.

Und noch weniger ihren ... Chef.

»Schau«, befahl er ihr plötzlich hinter ihrem Rücken. »Was siehst du?«

Der Eindruck des Déjà-vu-Erlebnisses verblüffte sie erneut. Und sie wusste, an was er dachte: *Ich liebe diesen Ort. Ich habe meine gesamte Schulzeit hier verbracht, und ich war glücklich hier* ... Genau das wollte er sagen. Genau das wollte er ihr zeigen. *Auch du müsstest eigentlich Saint-Ex mögen ... Wie kann man es nicht lieben?*

Sie betrachtete nachdenklich einen Sonnenstrahl, der wie ein goldener Pfeil durch die Wolken brach, und lächelte, als sie unten die Silhouette entdeckte, die in sein Licht getaucht war.

»Bastien Moreau.«

Sie spürte, wie er sich hinter ihrem Rücken verspannte.

»Wie bitte?«

»Ich sehe Bastien Moreau. Da«, erklärte sie und zeigte auf das helle Sweatshirt des Jungen, der auf der Bank neben dem kleinen Brunnen saß.

Und plötzlich erschien es ihr wie eine Selbstverständlichkeit: Indem sie ihrem Schüler »half«, half sie sich selbst. Mit seinen ein wenig runden Augen und dem Wuschelkopf erinnerte Bastien sie an David, ihren eigenen Sohn ... Ein Kind, das zwischen Vater und Mutter, die sich stritten, hin und her gerissen wurde (oder eher zwischen einer liebenden Mutter und einem unsensiblen Mistkerl, der ihn benutzte, um sie zu quälen!). Ein Junge, der später in die Flucht vor der Wirklichkeit abgleiten könnte, anstatt auf gesunde Art und Weise sein Schicksal zu vollziehen ... Der vielleicht auch Albträume haben oder eine Vorliebe für Shit ... oder Koks ... entwickeln würde, unbewusst verfolgt von den Jahren des Umherirrens zwischen seinen beiden Eltern. An diesem Tag, sollte er denn eintreffen, hätte sie gerne, dass ihr David einer Lehrerin begegnete, einer Audrey Miller, die ebenfalls bereit war, ihn zu unterstützen, zu begleiten, zu warnen.

Rochefort oder nicht, sie würde alles daransetzen, um ... das Geheimnis um Bastien Moreau aufzuklären.

»Man könnte meinen, er ist nicht allein«, murmelte Rochefort.

Audrey erblickte das junge Mädchen, das sich gerade neben ihn gesetzt hatte.

Und ganz ohne Grund war das Bild der beiden jungen Schüler, die sich da ein wenig abseits unter einer großen Eiche den Hof machten, für sie wie eine kleine Sonne des Glücks an einem Tag, der die Farbe von Blei hatte.

10

Bastien hatte sich ein wenig abseits hingesetzt. Seit Beginn des Schuljahres war diese Bank zu seinem Platz geworden, neben einem kleinen Brunnen in Halbmondform, der direkt in das Gestein einer moosbedeckten Mauer gehauen worden war. Tag für Tag war er hergekommen, um dort seine *Magic*-Karten auszubreiten, sie zu sortieren ... Er hatte noch nie zu den Jugendlichen gehört, die sich leicht in eine Gruppe einfügten, wahrscheinlich weil er die Inlineskates dem Fußball, die Xbox dem Rugby und die *Magic*-Karten dem Monopoly vorzog. Er hatte angenommen, dass es in Saint-Ex ein paar Fans dieses Spiels geben würde, das Strategie und Sammelkarten in einer Welt von Zauberwesen – Elfen, Kobolde – miteinander verband, so wie es auch welche in seiner Pariser Schule gegeben hatte.

Aber Laville war nicht Paris. Hier kannten sich die Schüler seit eh und je, ihre Eltern luden sich gegenseitig zum Abendessen ein, trafen sich am Wochenende im Tennisklub und während der Ferien in schicken Skiorten. Gewiss waren ein paar Schüler näher gekommen und hatten einen Blick darauf geworfen. Einige hatten sogar den Tausch von Karten vorgeschlagen, aber sobald das Geschäft abgeschlossen war, hatte ihm niemand eine Partie angeboten, weder vor noch nach dem Unterricht, und die meisten beschränkten sich von nun an darauf, ihn gelegentlich zu grüßen.

Mit Fatalismus hatte Bastien daraus folgende Wahrheit geschlossen: Wenn man in Saint-Ex kein Laviller war, war man ein Niemand.

Heute war das sowieso unwichtig. Die Einsamkeit belastete ihn nicht, im Gegenteil. Mehr denn je hätte er unsichtbar sein wollen. Nach seiner ... Szene – er fand kein anderes Wort dafür – während des Vortrags hatte er keinen Zweifel mehr: Man würde ihm das Etikett des »Bescheuertsten Typen von Saint-Ex« verpassen ... »Der Verrückte, der Schreie ausstößt« ... oder auch »Der Neue – der Streber.« Irgend so was in der Art, denn nicht genug, dass er sich auf die glanzvollste aller Arten hervorgetan hatte, er war auch noch von Madame Miller in der Aula zurückbehalten worden.

Nur war Madame Miller nicht irgendjemand, sondern die hübscheste Lehrerin der Schule. Bastien war sich sicher, dass mehrere Schüler von Madame Miller »träumten« (und vielleicht sogar auch einige Lehrer) und dass das Interesse der jungen Frau für seinen Fall Eifersüchteleien hervorrufen würde.

Es gab nichts Schlimmeres, als in einer Schule wie Saint-Ex als Sozialfall zu gelten ... Außer ein Sozialfall zu sein, der auch noch von der beliebtesten Lehrerin gehätschelt wurde. Er war soeben in ein Loch der Scham gefallen.

Ganz zu schweigen von diesem Satz, der nicht aufhörte, in seinem Kopf aufzublinken wie ein Warnfenster auf einem Computerbildschirm: *julesmoreau@hotmail.com will Ihr Freund sein.*

Ganz zu schweigen auch von dem ersten Nebel ...

Er saß also mitten in der Nachmittagspause auf dieser Bank, vom Rest von Saint-Ex isoliert und verschlossen für die Welt - für den Lärm der Schüler, die Fußball spielten oder sich abmühten, in den Ecken des Schulhofs und hinter den Säulen heimlich zu paffen; für die »großen Mädchen«, die sich in den Toiletten drängten, um sich neu zu schminken und dabei über Jungs redeten; und für die Kleinen, die versuchten, die Großen nachzuahmen. Und er machte folgende bedrückende Feststellung: Es gab keinen Ausweg. Zum Zeitpunkt von Jules' Tod und während der Monate, die gefolgt waren, hatte er geglaubt, sein Leben könnte nicht schlimmer sein. Er hatte sich geirrt. Auch wenn es seinen Eltern besser ging, war er heute Gefangener einer Schule, zu deren Gespött er werden würde. Es war nur eine Frage von Tagen (er hatte seit heute Morgen im Vorbeigehen bereits Gekicher und Geflüster mit angehört) ... Gefangener eines Zimmers, in dem Gipsengelchen in allen vier Ecken an der Decke tanzten. Geisel einer Stadt, die ihn von Patoche fernhielt. Blockiert in einer Geschichte, in der der Geist eines sechzehn Monate alten Babys in seinem Internetmailsystem auftauchte ...

Im Klartext: Nachts hatte er Albträume. Tagsüber erlebte er weitere, im Wachzustand.

»Hallo ...«

Die Stimme unterbrach abrupt seinen finsteren Gedankengang. Er blickte auf, blinzelte, ohne wirklich sicher zu sein, die Gestalt vor ihm zu erkennen – denn das war doch ganz unmöglich, oder?

Und doch, sie war es tatsächlich.

Panik beschleunigte seine Herzschläge. Opale Camerlin war das Schülerpendant zu Madame Miller, das heißt, Bastiens Meinung nach das hübscheste Mädchen der Schule. Egal was sie tat, sie fiel einem auf. Das kam vielleicht von ihrer ein wenig stolzen, selbstbewussten Miene, einer Art natürlichen Klasse, die sie reifer machte (wohingegen das, was ganz offensichtlich unter dem T-Shirt wuchs, eher Radieschenspitzen ähnelte als Pampelmusen), oder auch ihre Haarfarbe ... Er konnte es nicht sagen. Sie war ... genial. Punkt.

Einen Augenblick warf er einen misstrauischen Blick umher. War jemand gerade dabei, sie zu beobachten? *Los, Opale, zeig's diesem Bekloppten ...*

Er dachte sofort an César Mendel – auch er war Bastien von der ersten Unterrichtsstunde an aufgefallen. Schwer, ihn zu übersehen. Jede Schule hatte ihren kleinen Anführer, und zumindest was das betraf, war Saint-Ex da keine Ausnahme. Obwohl. Er hatte bei dem Sitzenbleiber mehr als Dummheit wahrgenommen, die normalerweise die Hirne der Pausenschrecks steuerte, nämlich eine echte Boshaftigkeit … Etwas Dunkles, das er nicht hätte beschreiben können. Aber nein, Mendel war mit seiner Bande beschäftigt (Philibert de Brysis und Christian Massiac, zwei Mitläufer, die an der Furcht und der Bewunderung erkennbar waren, die beim Anblick ihres Idols in ihren Augen wetteiferten), wobei er all jene terrorisierte, die versuchten, nach dem Ball auf dem kleinen Fußballfeld zu schnappen.

Er wandte sich wieder … *ihr* zu, die in der Sonne stand, die Fäuste in die schmalen Hüften gestemmt, die Lippen appetitlich wie eine Kirsche und den grünen Strahl ihrer Augen auf ihn gerichtet.

Er spürte, wie er so rot wurde wie ihre Haare.

»Hallo …«

Sie setzte sich unaufgefordert.

»Hast du denn heute deine Karten nicht rausgeholt?«

Er schüttelte den Kopf.

»Warum nicht?«

Er zögerte … und entschied sich für eine Halbwahrheit.

»Na ja, ich glaube, *Magic*-Karten kommen hier nicht so gut an …«

In dem Augenblick, in dem der Satz herauskam, wusste er, was sie antworten würde: *Du bist eher derjenige, der nicht so gut ankommt, Mann. Das hat mit deinen Karten nichts zu tun.*

»Nein, du hast recht … *Magic*-Karten laufen hier nicht so gut. Spielst du oder sammelst du?«

Bastien drehte sich verblüfft zu ihr um. Sie sah ihn nicht an, sondern starrte auf einen Punkt, und er war einen Moment lang gerührt von dem runden, hübschen Profil, der cremigen Haut, die frei war von den hässlichen Spuren der Pubertät. Er kannte nur sehr wenige Mädchen, die sich für dieses Spiel begeistern konnten. Und die wenigen Besagten sahen bestimmt nicht so aus wie Opale Camerlin - eher wie der Typ Pizzagesicht/Stacheldrahtlächeln ...

»Ich spiele vor allem.«

»Verdammt. Ich hätte wetten können, dass du Sammler bist, weil ich dich die ganze Zeit dabei sehe, wie du deine Karten sortierst - wie meine Mutter ihren Schmuck!«

Sie brach in ein Gelächter aus, das ihm unangenehm war, ein Gelächter ohne Wärme.

»Spielst du?«, wagte er zu fragen.

»Online, im Web. Normalerweise langweile ich mich mit Typen, die dieses Spiel mögen, ich finde sie« - sie verzog das Gesicht, als ob sie nach einem Wort suchte - »nicht witzig. Ich mag keine Nerds.«

Er wusste nicht, wie er darauf reagieren sollte. Er hätte gerne richtiggestellt: *Ich bin kein Nerd ... Ich spiele nicht im Netz ... Informatik langweilt mich. Und im Übrigen bin ich weder ein Nerd noch sonst irgendetwas Bekanntes. Ich weiß im Grunde nicht so genau, was ich eigentlich bin.*

»Ich spreche nicht von dir«, erklärte sie. »Ich kenne dich nicht. Und außerdem kann ich dich nach dem Schrei, den du während des Vortrags ausgestoßen hast, kaum langweilig finden.« Sie kicherte. »Ich habe deinetwegen noch nicht einmal eine Antwort auf meine Frage gekriegt, dabei war es die Einzige, die ich Nicolas Le Garrec stellen wollte.«

»Was war das noch mal für eine Frage?«

»Ich wollte wissen, warum sein erstes Buch Angst gemacht hat ...«

Sie hatte den letzten Satz gedankenversunken, mit einem abwesenden Gesichtsausdruck ausgesprochen. Mit sanfter Stimme fragte sie plötzlich, wobei sie sich diesmal zu ihm umdrehte:

»Was war eigentlich los mit dir?«

Das ist es also, dachte er. Neugier ... Erneut dieser Zweifel. War sie von den Jungs aus der Klasse geschickt worden? Die schönste Amazone der Schule auf der Jagd nach Infos?

»Nichts Besonderes. Ich bin eingeschlafen ... Ich hatte einen Albtraum.«

»Hm ... Ich verstehe. Ich habe auch Albträume, ich weiß, wie das ist.«

Nein, dachte er, sie konnte nicht wissen, wie das war. Aber trotzdem: Ihre Antwort verwunderte ihn. Eigentlich kam er seit fünf Minuten aus dem Staunen gar nicht mehr heraus.

»Oft?«

Sie zuckte die Achseln.

»Ich weiß nicht ... Ja, oft.«

Er hatte das seltsame Gefühl, als ob sich sein Herz in seiner Brust bewegte, als ob ein kleines Tier, dessen Existenz ihm unbekannt war, soeben erwacht war. Opale Camerlin und er hatten Gemeinsamkeiten. Mehrere sogar: *Magic* ... und die Albträume.

Und die Traurigkeit.

Es war ihm gerade erst aufgefallen, die heisere Stimme, ihr Blick. *Das* war es vielleicht, was ihr den Ausdruck einer erwachsenen Frau verlieh. Die Traurigkeit.

Er hätte sie fast gefragt, wovon sie träumte, aber sie

ergriff vor ihm das Wort. In einem leichten Tonfall, als ob sie über ihre Pläne fürs Wochenende spräche.

»Weswegen sind deine Eltern nach Laville-Saint-Jour gekommen?

»Ach, weiß ich nicht so genau. Um ein neues Kapitel aufzuschlagen ...«

»Um ein neues Kapitel aufzuschlagen«, wiederholte sie. »Komisch, manchmal redest du wie ein Erwachsener. Das ist mir schon im Unterricht aufgefallen. Dabei kann man nicht gerade sagen, dass du viel redest!«

Erneut lachte sie. Diesmal konnte er keinerlei Spott wahrnehmen, und er hatte das Gefühl, dass Opale Camerlin immer so war, dass sie auf einer Schaukel hin und her schwang, ohne dass man jemals wusste, auf welche Seite sie fallen würde: Gelächter oder Tränen, Freude oder Niedergeschlagenheit.

»Rauchst du?«, fragte sie ohne Umschweife.

»Zi ... Zigaretten?«

Sie nickte.

Er nahm an, dass er »Ja« antworten musste, um cool zu sein, ... und »Nein« der Ehrlichkeit halber.

Nein, ich rauche nicht. Nein, ich bin noch nie auf einer Fete gewesen. Nein, ich habe noch nie mit der Zunge geküsst – im Übrigen habe ich noch nie wirklich ein Mädchen auf den Mund geküsst – na ja, außer ein Mal, aber das zählt nicht, glaube ich. Nein, ich bin kein cooler Typ und werde nie einer sein ... Am besten, du weißt es gleich sofort ...

Die Glocke rettete ihn. Das Ende der Pause. Die Organisation der Wahlfächer würde sie trennen.

Sie sprang auf und machte Anstalten wegzurennen.

Sie hatte bereits etwa zehn Meter zurückgelegt, als

sie sich umdrehte – später würde er sich noch lange an diese Bewegung, dieses erste Mal mit einem täuschenden Eindruck von Zeitlupe erinnern. Sie erstarrt in ihrem Lauf, führt eine Art anmutige Pirouette aus, ihr Zopf fliegt in der Bewegung, enthüllt ein strahlendes Gesicht.

»Meine MSN-Adresse ist clarabelle6@hotmail.com.«

»Clarabelle? Wie die Disney-Kuh?«

»Ja, wie die Disney-Kuh ... mit der Zahl 6.«

Sie sah ihn an. Ein weiteres Mal hatte sich ihr Gesicht verändert, und er konnte nicht erraten, was es erzählte.

»... die 6«, wiederholte sie. »Wie in 666.«

Er sah ihr nach, wie sie sich entfernte – er hatte es nicht eilig, in seinen Unterricht zu gehen – und genoss den Augenblick ... Und dachte dabei, dass die Welt entschieden voller Überraschungen war. Man war nichts, ein Niemand, und plötzlich interessierten sich die beiden hübschesten Wesen der Schule innerhalb von nur wenigen Stunden für einen.

Sein Blick fiel daraufhin auf César Mendel, der an einer der Säulen lehnte, und dieser Mendel gab ihm einen starren Blick zurück, präzise wie ein Nadelstich. Ein Blick, in dem Bastien Wut, Zorn erahnte ... nichts Positives zumindest.

Ja, eine recht seltsame Welt, wiederholte er sich und stand auf, um in seinen Unterricht zu gehen. Die beiden schönsten Wesen der Schule ... und das schlimmste Wesen ebenfalls. Als ob das Leben im Grunde einer Partie *Magic*-Karten ähnelte.

11

Der Anblick war ergreifend: Ein Typ auf einem Hocker – einer dieser Kerle vom Land, gebaut für Rugby und die Jagd, die Haut gegerbt von den Tagen an der frischen Luft und den Abenden in Gesellschaft einer Flasche des örtlichen Erzeugnisses –, das Gesicht von Schmerz gezeichnet, der vor den sterblichen Überresten eines Muskelbergs umhüllt mit schwarzem, seidigem Haar saß. Der Körper war von oben bis unten geöffnet, und die Eingeweide quollen hervor, eine riesige Wunde, ein Magma aus freiliegendem Fleisch und Blut.

Der Stier ruhte noch auf seiner Weide, dort, wo er wahrscheinlich von Philippe Morizot aufgezogen, gehätschelt und gehütet worden war. Philippe Morizot war der Chef des kleinen landwirtschaftlichen Betriebs und Ehemann der Frau, die Bertegui zum »Ort des Verbrechens« gefahren hatte. Wenn die unmittelbar auf dem Gras verstreuten Gedärme nicht gewesen wären, hätte ein Malerei- oder Fotografieliebhaber sich an der Perfektion der Farben und der Gewaltigkeit der Szene ergötzt: das ebenholzschwarze Fell, das rote Fleisch, der grüne Rasen ... Ein Bild von Bacon, dachte Bertegui kurz, nicht weit von einer anderen morgendlichen Szene entfernt: Die Mutter von Nicolas Le Garrec, erstarrt zur Goya-Hexe.

»Wann haben Sie ihn gefunden?«

Der Mann blickte auf. Bertegui begriff, dass er einen Teil des Tages damit verbracht hatte, auf diesem Hocker zu sitzen und über seinen Stier zu wachen, der auf dem Bauernhof eine wichtigere Rolle gehabt haben musste als die des einfachen Zuchtbullen.

»Heute Morgen.«

»Haben Sie sofort die Polizei alarmiert?«

Clément mischte sich ein.

»Ja, man hat uns heute Morgen Bescheid gegeben, aber zunächst einmal sind die Schupos da gewesen. Dann, als sie das ... das Ding gesehen haben, haben sie die Sache nach oben weitergeleitet.«

»Haben Sie eine Idee, Monsieur Morizot?«

Der Mann aber war bereits wieder in seine Traurigkeit versunken, hatte den Kopf in die Hände gestützt, die Ellbogen auf den Knien, und starrte vor sich hin.

»Er liebte José«, teilte ihm Madame Morizot traurig mit.

Bertegui drehte sich zu ihr um. Eine robuste Frau, von Silbersträhnen durchzogenes Haar, einfach gekleidet, wie es sich auf dem Land gehörte – Jeans, Pulli –, mit einem ausgeprägten, ein wenig männlichen Kiefer und deren verträumter, umherschweifender Blick einer anderen Frau zu gehören schien.

»Ja, er liebte ihn ... Ich werde Ihnen natürlich nicht sagen, dass er wie ein Sohn für ihn war, aber einen Sohn hatten wir eben nicht. Nur eine Tochter ...«

Sie machte eine Handbewegung, als ob es sich dabei um eine unbedeutende Sache handelte, was eine spontane und definitive Abneigung bei Bertegui auslöste, der Jenny auf Händen trug.

»Es ist also nachts passiert«, fuhr Bertegui fort.

»Ja. Gestern Abend war noch alles Ordnung. Zumindest hat er mir das gesagt ...«

Er, er ... Sie schien unfähig zu sein, ihren Gatten »Philippe« oder »mein Mann« zu nennen.

»Und Sie haben heute Nacht nichts gehört? Ich meine, um sich einem solchen Vieh zu nähern, braucht man schon ein Minimum an Material. Und Vorsichtsmaßnahmen.«

Ihr heller Blick wich einen Moment aus - eine Sekunde des Umherschweifens, das Bertegui nicht entging. Ein winziger Blick zu »ihm«, dem Ehemann.

»Nein. Aber das Haus ist nicht direkt nebenan, sehen Sie?«

Sie zeigte auf den etwa hundert Meter entfernten Wohnsitz, ein robustes einstöckiges Steinhaus. Er ließ den Blick über die Umgebung schweifen. Es war ein schönes Anwesen inmitten von weiten Feldern und gepflegten Gebäuden.

»Haben Sie eine Idee, wer das gewesen sein könnte? Und warum?«

»Überhaupt keine«, erwiderte sie. »Ich wüsste nicht, wer einen Stier würde töten wollen, nicht ein so schönes Tier wie José. Ein ... ein Wunder«, beharrte sie mit einem fast mütterlichen Lächeln auf den Lippen. »Wir haben immer ein gutes Verhältnis zu jedem gehabt. Alle Kinder aus der Gegend kennen ihn ...«

Bertegui wechselte einen Blick mit Clément.

»Haben wir um die Weide herum Proben genommen für die Fußabdrücke?«

»Ja, die Jungs sind schon da gewesen.«

»Man hat ihm bestimmt Drogen verabreicht. Wie hätte man sich ihm sonst nähern können?«

Er stellte sich vor, wie er den Gerichtsmediziner anrief und ihn über das besondere Wesen seines nächsten Kunden informierte. Gewiss hatten ihn die Jahre auf dem Pariser Asphalt kaum auf die Realität eines solchen Geländes vorbereitet.

»Sie haben ihm das Herz weggenommen ...«

Bertegui drehte sich um. Philippe Morizot hatte gerade zum ersten Mal den Mund aufgemacht.

»Wie bitte?«, fragte er.

»Sie haben ihm das Herz weggenommen«, stieß er erneut hervor, als würde er ausspucken. »Diese Dreckskerle haben ihm das Herz ...«

»Jetzt mach mal langsam! Das wissen wir doch nicht!«, rief Madame Morizot aus.

Bertegui hatte den Eindruck, dass das ihre Art war, ihm das Schweigen zu befehlen.

»Halt die Klappe! Ich weiß, was ich sage. Sie haben ihm das Herz weggenommen!«

Er schniefte kräftig und zuckte die Achseln.

»Verzeihen Sie, Monsieur Morizot, aber woher wissen Sie das?«

Von seinem Hocker aus, unter einem Himmel, der unter den letzten Herbstsonnenstrahlen erzitterte, die an diesem späten Nachmittag langsam durchbrachen; gegenüber der stillen kleinen Gruppe, die irgendwo in den goldbraunen Wiesen Burgunds diese mächtige Fleischmasse betrachtete, hob der Mann ungläubig seinen Blick, als wäre dies die dümmste Frage, die er jemals gehört hatte.

»Weil ich nachgesehen habe«, erklärte er schlicht.

Sie gingen den schlammigen Weg hoch bis zum Eingang des Bauernhofs, wobei Bertegui sich zwang, nicht seine Paar Church's zu opfern, die er erst vor zwei Tagen geputzt hatte. Neben ihm blieb Clément still, und der Kommissar ahnte, dass er trübsinnig und besorgt war.

»Kennst du die beiden?«, fragte er.

»Ein wenig. Sie hatten vor etwa zehn Jahren einen sehr schlimmen Unfall. Einen Autounfall ... Und sie ist in der Gegend zu einer Art Berühmtheit geworden.«

»Wegen des Unfalls?«

»Sie hat was Komisches erlebt ... Sie nennen das ... Nahtoderfahrung, glaube ich.«

»Der Tunnel, das Licht und diese Sachen?«

»Ja. Wenn ich recht verstanden habe, hat das Paar seitdem einige Probleme ... Und sie hat sich auch verändert.«

Bertegui erinnerte sich an den hellen, abwesenden Blick. Die Augen von jemandem, der von seiner Begegnung mit dem Licht nicht vollkommen zurückgekehrt ist?

»Wie verändert?«, fragte er.

»Ach, eine Zeit lang hat sie ein wenig die Heilpraktikerin gespielt und Rückenschmerzen, Hexenschüsse und solche Sachen behandelt ... Das gefiel ihm nicht besonders.«

»Was denkst du über diese Angelegenheit?«, erkundigte sich Bertegui, dem die einheimischen Bräuche entschieden über den Verstand gingen. »Findest du es normal, dass er das ... die Anwesenheit des Herzens überprüft hat? Ich weiß, ich bin nicht von hier und kenne nicht alle Sitten, aber ...«

Clément blieb stehen.

»Nein, das ist nicht normal ... Aber es ist nicht überraschend, wenn man die Gegend kennt.« Er schwieg eine Weile, und fuhr dann fort: »Was überraschender ist, ist die Tatsache, dass das Herz nicht mehr da ist.«

Das klang wie ein endgültiger Satz, und Bertegui geleitete Clément in einem düsteren Schweigen bis zu ihren jeweiligen Autos. Die Bohnenstange ging gerade auf seines zu, als Bertegui ihn ansprach.

»Warum hast du mich hierhergebracht, Clément?«

Sein Kollege erstarrte.

»Ich weiß es nicht. Ich wollte, das Sie das sehen ...«

Morizots starrer Blick kam dem Kommissar wieder in den Sinn.

... sie haben ihm das Herz weggenommen ...

»Diese Leute«, bohrte er nach. »Sind sie in der Talcot-Affäre behelligt worden?«

Cléments Blick verlor sich in Richtung der Wiesen, die sich in der Ferne erstreckten.

»Möglich«, sagte er. »Ich erinnere mich nicht mehr, ich bin mir nicht sicher ... Was ich weiß, ist, dass ... sie ihre ›Aktivitäten‹ nach dieser Sache eingestellt hat. Daran kann ich mich ganz genau erinnern.«

»Gibt es bestimmte Gründe dafür? So weit du dich daran erinnerst natürlich ... Denn anscheinend hast du ja vieles aus dieser Zeit vergessen.«

Clément ignorierte die Ironie.

»Meine Frau hat sie ein- oder zweimal aufgesucht. Arthritis«, erklärte er. »In den Händen. Sie verschaffte ihr Linderung. Zumindest gab sie vor, dass es funktionierte. Als die Talcot-Affäre ans Licht kam, ist Sylvie einmal bei ihr vorbeigegangen und hat in gewisser Weise die Tür verschlossen vorgefunden. Sie ist sogar eher schlecht empfangen worden. Die Morizot hat sie fast vor die Tür gesetzt.«

»Wolltest du deswegen, dass ich komme und mir den Stier anschaue? Glaubst du, dass eine Verbindung zu unserer Kundin von heute Morgen besteht?«

»Ich weiß es nicht.« Clément seufzte. »Ich denke,

nein, aber ... Sie sind der Boss ... Bericht oder nicht, es ist normal, dass ich Sie auf dem Laufenden halte.«

Bertegui nickte, ohne sich täuschen zu lassen. Clément sah darin zwangsläufig eine Verbindung. Eine feine, unaussprechliche ... Er hätte aber seinen Vorgesetzten nicht darum gebeten herzukommen, wenn er die Angelegenheit nicht für bedeutsam gehalten hätte.

»Ich fahre noch mal bei Odile Le Garrec vorbei«, verkündete er. Als er den überraschten Blick seines Kollegen sah, erklärte er: »Ich bin heute Morgen um das Haus herumgegangen, aber ich würde gerne noch zwei, drei Sachen überprüfen. Ich werde ganz bestimmt nicht im Büro haltmachen.«

Clément nickte, bevor er wieder ins Auto stieg. Er war bereits am Ende des Weges angelangt, als Bertegui den Zündschlüssel umdrehte. Als er den Motor anließ, erregte eine kurze Bewegung zu seiner Linken seine Aufmerksamkeit.

Ein kleiner Junge ... sechs oder sieben Jahre. Er stand an der Absperrung - ein paar Holzbretter, die den Eingang zum Grundbesitz der Morizots abgrenzten. Er wand sich, hin und her gerissen zwischen Schüchternheit und Neugier.

Bertegui schlug die Wagentür zu und lief zurück.

»Hallo, kleiner Mann«, sagte er fröhlich, »wie heißt du denn?«

Der Blondschopf, der ein Batman-Sweatshirt in etwas verblassten Farben trug, verrenkte sich immer noch mit faszinierter Miene.

»Gérard. Bist du Polizist?«

»Jawoll, ich bin Polizist. Und du, Gérard?«

Der Junge schüttelte den Kopf, offensichtlich entzückt darüber, dass man ihn mit einem würdigen

Vertreter der Gesetzeshüter hatte verwechseln können.

»Hast du eine ... Knarre?«

Bertegui lächelte.

»Manchmal ...«

»Bringst du damit die Bösen um?«

Bertegui zog ein schiefes Gesicht. Durch das Fernsehen setzten Kinder, allen voran seine Tochter, jeden Polizisten mit einem potenziellen Killer gleich.

»Wie alt bist du denn, kleiner Mann?«

»Sechs Jahre und zwei Monate ...«

Die genaue Angabe brachte den Polizisten zum Lächeln. Gérard gehörte anscheinend zu diesen Kindern, die ungeduldig darauf warteten, der Welt der Großen beitreten zu können. Er stieß einen bewundernden Pfiff aus.

»Du bist aber kräftig für einen Jungen in deinem Alter, sag mal! Und du wohnst hier in der Gegend?«

Der Junge drehte sich um und zeigte mit dem Finger auf den Bauernhof.

»Bei den Morizots?«

»Ja, meine Omama und mein Opapa.«

»Deine Großeltern?«

Er nickte.

»Wo sind denn deine Eltern?«

»Weiß nich'.«

Diese Art von Antworten deprimierte Bertegui noch mehr als Leichen, unnötige Gewalt und Elend: verlorene, verlassene, unglückliche Kinder. Der schwierigste Teil des Jobs, gegen den er sich nie hatte abhärten können.

»Lebst du dort das ganze Jahr über?«

»Na klar ...«

»Und deine Eltern sind nie da?«

Der Junge schüttelte mit ernsthafter Miene den Kopf.

Bertegui seufzte.

»Sag mal, Gérard, du läufst doch bestimmt gerne auf dem Bauernhof herum, oder?«

Schneidezahnloses Lächeln.

»Bist du gestern Abend spazieren gegangen?«

»Ja.«

»Und du hast nichts Komisches gesehen? Oder gehört ... später? Weißt du, wie das Geräusch von jemandem, der herumschleicht ... oder ... ich weiß nicht ... die Tiere ...«

»Ja, doch, die Tiere waren ganz schön aufgeregt gestern Abend. Aber das ist normal.«

»Normal?«

»Ja klar, es war der erste Nebel. Das ist immer so, wenn der erste Nebel kommt. Auch wenn er bei uns nicht wirklich anhält.«

Er zeigte ihm die Hänge ringsumher, und Bertegui verstand: Der Nebel vermittelte den Eindruck, von den Hochebenen herunterzukommen, um sich in den Straßen von Laville-Saint-Jour zu verkriechen. Der Bauernhof der Morizots befand sich außerhalb, und der Nebel »wanderte« bis in die burgundische Stadt weiter.

»Du hast also nichts Komisches gesehen?«

Misstrauische Miene des Jungen.

»Fragst du mich das wegen José?«

»Na ja, ich habe mich halt gefragt, ob ein kleiner Kerl wie du beim Herumlaufen nicht ... jemanden bemerkt haben könnte. Einen Nachbarn, zum Beispiel.«

Der Junge zuckte die Achseln.

»Nee. Aber das war sowieso kein Nachbar, der das Ding gedreht hat.«

Es war bekräftigend herausgekommen und in diesem etwas mechanischen Redefluss von Kindern, die ihrer Sprache Sätze beimischten, die sie im Fernsehen gehört hatten.

»Ach, und wer war es dann?«

»Ich darf's nicht sagen ...«

Bertegui spürte, wie ein Schauer ihm die Haare auf den Unterarmen aufstellte.

»Ich verspreche dir, dass ich es nicht weitersage ...«

Gérard biss sich auf die Lippen und verdrehte dabei die Augen.

»Wenn ich's dir sage, zeigst du mir dann deine Knarre?«

Man hätte die Bemerkung witzig finden können, aber sie ließ Bertegui gefrieren. Er zögerte. Dann öffnete er langsam seine Jacke, sein Holster kam zum Vorschein. Fasziniert machte der Junge große Augen, als er den Griff erblickte. Und Bertegui fragte sich, ob er jemals einen solchen Blick bei einem Kind wahrgenommen hatte, dem man einen todbringenden Gegenstand präsentierte. Auch wenn der Moment schlecht gewählt war für Abschweifungen, so dachte er doch daran, wie zerbrechlich die Kindheit war, wie leicht eine Kleinigkeit sie in den Horror der Erwachsenenwelt abgleiten lassen und verderben konnte.

Er machte seine Jacke wieder zu.

»Du sagst es doch nicht weiter, oder?«, bohrte das Kind nach.

»Versprochen, ich schwöre es. Ich werde nie sagen, dass ich es von dir weiß.«

»Okay.«

Er atmete tief ein, näherte sich dann Bertegui, um ihm zuzuflüstern:

»Es ist der Geist.«

Der Kommissar runzelte die Stirn.

»Der Geist?«

»Ja, der Neue ...«

Bertegui spürte plötzlich, wie die Temperatur um einige Grad fiel. Oder aber sie war gerade eben erst gesunken – der Abend brach herein, die Sonnenstrahlen fielen waagerecht über die Hügelspitzen, und die Schatten zu ihren Füßen wurden länger.

»Der neue Geist also«, nahm er das Gespräch lässig wieder auf. »Willst du mir davon erzählen?«

»Ach, ich weiß nicht, was ich darüber sagen soll, ich kenne ihn nicht. Omama kennt ihn. Sie kennt sie alle ...«

»Die Geister?«

Leicht verärgerte Miene angesichts des langsamen Verständnisses seines Gesprächspartners.

»Na klar, die Geister ... Sie kennt sie, mit ihr sprechen sie. Seit ihrem Unfall ... hört sie sie. Aber es gibt kein Problem«, fügte Gérard hinzu, als erriet er, dass seine Worte ungewöhnlich waren. »Das sind nette Geister, verstehst du. Das sagt sie immer. Auf dem Bauernhof haben wir immer nur nette Geister gehabt. Deswegen fühlen wir uns wohl hier ...«

»Aber es gibt einen Neuen?«, fragte Bertegui, der sich in dem Moment nicht wirklich sicher war, dieses Gespräch im wahren Leben zu führen.

»Ja«, hauchte der Junge mit besorgten Augen. »Ein Neuer ... ein Neuer in der Bande, nur dass er nicht zur Bande gehört, weil er böse ist.«

»Und wie heißt er, dieser Geist?«

»Seinen richtigen Namen kenn' ich nicht ... Omama nennt ihn ... den Schatten. Ja, genau: den Schwarzen Schatten ...«

Bertegui schwieg, bevor er weiterfragte:

»Und weißt du, seit wann dieser Geist da ist?«

»Nee ... Aber nicht lange, das ist sicher. Na ja, ich glaube, Omama hat ihn vor ein paar Wochen entdeckt. Mehrere Male habe ich sie gesehen, wie sie mit sich selbst gesprochen hat. Das macht sie manchmal ... Man glaubt, sie spricht mit sich selbst, aber sie spricht mit ihnen ... den Geistern.«

Gérard redete wie ein Wasserfall. Bertegui nahm an, dass dieses Geheimnis für die schwachen Schultern eines kleinen Kerls von sechs Jahren etwas belastend sein musste.

»Aber diesmal hat sie ihm gesagt, dass er gehen soll, dass es zu spät ist, dass alles vorbei ist. ›Du bist allein ... Es ist jetzt vorbei. Es ist vorbei ...‹ Ich erinnere mich daran, weil sie es mehrere Male wiederholt hat, und als sie mich gesehen hat, war sie sauer. Ich hab nicht verstanden, warum, weil sie mich normalerweise bei ihr bleiben lässt, wenn sie mit ihnen redet. Und da hat sie mir gesagt: ›Es gibt einen Neuen ... Einen Schatten ... einen Schwarzen Schatten. Und falls du den Schatten mal siehst, Gérard, dann rufst du sofort Omama!‹ ›Nicht Opapa?‹, hab ich gefragt. ›Nein, Omama und niemanden sonst.‹«

»Siehst du die Geister denn auch?«, fragte Bertegui erstaunt.

»Ach was, nie. Aber sie will nicht mehr, dass ich abends rausgehe. Deshalb habe ich nicht gesehen, was mit José passiert ist.« Er schwieg, bevor er traurig fortfuhr: »Ich mochte ihn gern, José ... Vielleicht wird er ja auch ein Geist.«

Daraufhin dachte Bertegui, dass Gérard mit verdammt viel Gepäck ins Leben startete.

Er war gerade im Begriff, das Kind zu entlassen, als ihm etwas einfiel.

»Und wo wohnen die Geister, die zu euch auf den Bauernhof kommen?«

»Oh, überall, aber vor allem in den Bäumen, glaube ich. Omama hat mir gesagt, dass sie vorher im Winter im Stall geschlafen haben, aber sie haben die Pferde scheu gemacht, also hat sie *ihnen* geboten, dass sie weggehen sollen, und jetzt sind sie mehr oder weniger überall.«

»Und der Neue ist bei ihnen?«

Gérard zuckte die Achseln.

»Ich bin mir nicht sicher. Als sie ihm gesagt hat, dass es vorbei ist, hat sie ihm ...«

Gérard hatte sich abgewandt und zeigte mit seinem Finger.

»... das da gezeigt.«

Bertegui betrachtete lange den dicken Bau aus geschwärztem Stein, der sich auf den Anhöhen von dem dunklen Blau des Himmels und den stumpfen Brauntönen des Herbstes abzeichnete, ungefähr fünf- oder sechshundert Meter Luftlinie entfernt. Er wusste, dass er vor dem Brand eines der eindrucksvollsten Anwesen von Burgund gewesen war und Laville-Saint-Jour überragte: der Grundbesitz der Talcotière ... der Wohnsitz der Familie Talcot. Er war nun nur noch ein Haufen verkohlter, fast noch rauchender Ruinen – zumindest vermittelten sie diesen Eindruck –, ein etwas verrücktes Bauwerk, das an das Lächeln eines Zahnlosen erinnerte, mit eingestürzten Türmchen, freiliegenden Balken, unregelmäßigen und trostlosen Formen ...

Sie verblieben einen Augenblick so, die Augen auf das Aschenschloss gerichtet, als ein Angstschrei sie aus ihrer Erstarrung riss.

»Gééérraaaaard! Wo bist duuuuu?«

Madame Morizot erschien plötzlich in der Ferne, die Haare zerzaust und außer Atem. Bertegui spürte, wie der Junge sich anspannte.

»Ich muss gehen!«

»Die« Morizot hatte sie allerdings schon bemerkt. Selbst aus dieser Entfernung konnte Bertegui es erahnen. Die Angst hatte sich soeben in Wut verwandelt.

»Himmel Herrgott noch mal, Gérard!«, brüllte sie. »Lauf nie wieder einfach so weg. Du bleibst bei mir! Du musst bei mir bleiben, hörst du? Du läufst nicht allein auf dem Bauernhof herum!«

Gérard rannte hundert Meter Hals über Kopf auf sie zu. Bertegui sah, wie sich die Großmutter hinkniete und ihren Enkel bei den Schultern nahm, nach Art einer Mutter, die eine Lektion erteilte, aber er war zu weit entfernt, um etwas anderes wahrnehmen zu können als undeutliche Stimmen. Sie richtete sich wieder auf, nahm Gérard fest bei der Hand und zog ihn in Richtung Bauernhaus.

Auf halbem Weg drehte sie sich um und erstarrte zwei oder drei Sekunden lang.

Und es schlug ihm plötzlich ganz überraschend wie der eisige Atem einer bösartigen Kreatur entgegen: der Hass.

12

Der beste Moment des Tages: die Rückkehr nach Hause. Nicht dass Bastien darauf brannte, in sein Zimmer zurückzukehren, oder sich auf den Abend, die Nacht freute, die vor ihm lagen. Aber sein Nachhauseweg führte den Cours du Parc entlang: vier Kilometer mit prächtigen Häusern aus cremefarbenen Steinen und Schieferdächern, hundertjährigen Bäumen und vor allem einem Asphalt, der so glatt war wie eine Eisbahn. Saint-Exupéry befand sich am Ende der berühmten Allee, direkt gegenüber vom Parkwald, einem kleinen Wald mit Trimm-dich-Pfad und großen Rasenflächen, wo sich die Laviller am Wochenende begegneten, während am Beginn des Cours du Parc der Place Washington seine 18.-Jahrhundert-Architektur und seine schicken Gebäude darbot. Der Cours bildete somit eine unvermeidliche Durchfahrt zwischen dem Zentrum und den bürgerlichsten Vierteln der Stadt, und Bastien musste beinahe den gesamten Weg auf Inlineskates zurücklegen, um nach Hause zu kommen – ihr Haus befand sich in dem Netz kleiner Gassen, das sich hinter dem Cours erstreckte.

Ein Genuss also, denn für einen Kenner rollte sich dieser Asphalt, der sich zwischen zwei Rasenalleen spannte, wie ein Teppich aus, ohne eine Unebenheit oder ein Loch ... Trotz der Bäume, die ein Pflanzengewölbe bildeten, nicht einmal ein Zweiglein, als ob eine unsichtbare Hand selbst das geringste Blatt verjagte, sobald es herabfiel. *Darauf zu fahren*, hatte er Patoche auf MSN geschrieben, *ist, wie auf einer Wolke zu skaten: Du treibst dahin.*

Er setzte sich auf eine Bank vor dem großen Portal von Saint-Exupéry, schlüpfte in seine Skates - klickklack, zwei kleine heftige Schläge, um sie gut am Knöchel festzuziehen dank eines neuen Modells von Schnellbindungen - und steckte sich die Hörer seines iPods in die Ohren. Im Gegensatz zu anderen Kindern seines Alters schwärmte er nicht für die Sternchen der *Star Ac'*[5], Justin Timberlake und Co. Er hörte lieber Rock. Wahrscheinlich hatte ihn sein Vater, der jahrelang am laufenden Band sämtliche Nirvana-Stücke gehört hatte, definitiv vor der haarsträubenden Mittelmäßigkeit bewahrt, die die Radiosender überflutete.

Die Red Hot Chili Peppers füllten ihm den Kopf. Den Rucksack über die Schulter geworfen, atmete er tief ein und holte Schwung.

Der Nachhauseweg war sein kleiner Moment des Ruhmes. In diesem Augenblick war die Allee voller Saint-Ex-Schüler - diejenigen, die ganz in der Nähe wohnten, gingen zu Fuß, andere fuhren mit dem Fahrrad, aber die meisten legten den Weg von Beaune, Meursault oder Vougeot aus mit dem Auto zurück (was zu einer Parade blauer und schwarzer Limousinen führte, die manchmal von einem Chauffeur gefahren wurden - Limousinen wie jene, die eines Tages auf den Körper eines sechzehn Monate alten Babys zugerast war und für die er eine offene Feindseligkeit empfand). Nun wurde Bastien auf den Inlineskates aber ... ein anderer. Sein Vater hatte ihm schon Skates über die Füße gezogen, als er noch ganz klein war, und er beherrschte ihre sämtlichen Geheimnisse: vorwärts, rückwärts, Pirouetten, Sprünge, Schleudern ... Er war nie arrogant gewesen und bildete sich normalerweise nichts darauf ein, aber hier auf dem Cours du Parc konnte er all sein Talent, seine Gelenkigkeit und seine Erfahrung unter Beweis stellen. Das hatte er den Pariser Jahren zu verdanken, die er in Begleitung von zehn Jahre älteren Typen mit Slalomfahren auf dem Place du Palais Royal verbracht hatte. Im Klartext: In den Augen all dieser Schüler, die ihn seit einem Monat ignorierten, konnte er ... *existieren.* Eine kleine Freude. Eine kleine Revanche.

An diesem Abend allerdings brauchte er die Blicke nicht, die seinen Kunststücken galten. Er fuhr geradeaus im Rhythmus eines Satzes, der nicht aufgehört hatte, ihn während seiner letzten Unterrichtsstunde zu verfolgen: *Meine MSN-Adresse ist clarabelle6 ... Meine MSN-Adresse ist clarabelle6 ...* Wegen dieses Satzes war die Stunde eine Qual gewesen und er hatte alles, oder fast alles, vom Rest des Tages vergessen: Schluss mit den Albträumen, dem Schrei während des Vortrags, *julesmoreau will Ihr Freund sein ...* Das kleine Tier in seinem Herzen, dessen Existenz er gerade erst entdeckt hatte, war nicht nur erwacht, es hatte angefangen zu rennen, so wie er auf seinen Skates in genau diesem Moment ... Und einen Monat vor seinem zwölften Geburtstag entdeckte Bastien seine unglaubliche Macht: Wenn dieses kleine Tier in voller Geschwindigkeit loslegte, konnte nichts es aufhalten. Es hatte die Kraft von Pferden, das unzähmbare Wesen von Panthern.

In genau diesem Moment hatte das kleine Tier nur eine einzige Idee im Sinn: Sich in MSN einloggen und Clarabelle6 seiner Freundesliste hinzufügen. Und eingeloggt bleiben, bis sie in dem kleinen Fenster erscheinen würde ...

Meine MSN-Adresse ist clarabelle6 ... Meine MSN-Adresse ist clarab ...

Der Schlag traf ihn am Schenkel und schnürte ihm die Luft ab. Er verlor das Gleichgewicht, stürzte kopfüber in voller Geschwindigkeit, spürte einen heftigen Schmerz in seinem ganzen Körper. Bei dem Sturz flog der Rucksack wie eine Frisbeescheibe durch die Luft, der iPod ging in die Brüche, und die Hose zerriss zur gleichen Zeit wie die Haut.

Er schüttelte den Kopf, nahm sich zusammen ... Noch unter Schock auf dem Asphalt sitzend, betrachtete er ungläubig seine blutigen Handflächen. Tastete sein Knie ab. Dort, wo die Hose nachgegeben hatte, war die Haut aufgeschürft, fast verbrannt, aber er hatte das Schlimmste verhindert: einen Bruch oder ein Trauma, auch wenn Nadelstiche im Kniegelenk pulsierten. Zumindest hoffte er es.

Immer noch sitzend - seine Beine schienen ebenso abgeschnitten zu sein wie sein Atem -, richtete sich sein Blick auf den Zweig, der ihn getroffen hatte. Er war ... aus dem Nichts aufgetaucht und mit ausreichend Kraft geworfen worden, um ihn aus dem Gleichgewicht zu bringen.

Er wollte sich gerade aufrichten, als er die Erklärung für das Rätsel erhielt. Drei Gestalten, bis dahin gut versteckt, wurden in seinem Blickfeld deutlich, und Bastien hatte das Gefühl, als ob plötzlich ein kalter Wind durch den Cours du Parc fegte.

César Mendel und seine Komplizen.

Damit hätte er rechnen müssen: Der Sitzenbleiber würde nicht innerhalb des Schulgeländes handeln. Er war vielleicht ein Rebell, aber er überschritt nicht die Grenzen, die von Saint-Ex festgelegt worden waren. Seine Frechheit gegenüber den Lehrern entsprach eher einer allgemeinen Haltung als einer offenen Unhöflichkeit, und er gehörte zu denen, die von hinten zuschlugen, so wie es auch sein unsteter Blick und seine Augen zum Ausdruck brachten, die so schräg waren wie Schlitze.

»Hi, Bekloppter.«

»Bekloppter« ... Es war das erste Mal, dass Bastien ihn dieses Wort benutzen hörte. Anscheinend wartete er auch damit bis Schulschluss ...

Hinter ihm kicherten seine beiden Kumpanen.

Bastien vergaß seine Prellungen und richtete sich innerhalb einer Sekunde wieder auf. Er durfte ihnen nicht den Vorteil überlassen, und trotz seiner geringen Größe war er durch die Inlineskates mit ihnen auf gleicher Höhe.

»Monsieur hat also Albträume«, fuhr Mendel fort.

»Yeah, du Schwuchtel, du schreist wie ein Mädchen ...«

Das war Philibert de Brysis. Die Verbindung zwischen den beiden Jungen erinnerte an eine schlechte Mischung: Mendels milchiger, fader Blondheit - seltene blonde Wimpern, blasse Augen mit rosiger Lederhaut - und seinem nervösen Aussehen mit langen Beinen und Füßen entsprachen die breiten Schultern seines Komparsen und die Schwärze seiner Haare, die ihm das Aussehen eines kleinen türkischen Ringkämpfers verliehen.

»Oh, Madame Miller, ich hatte einen Albtraum ... Ich hatte ganz doll Angst, ich glaub, ich fang gleich an zu heulen ...«

Christian Massiac, der nichts schuldig bleiben wollte, hatte soeben mit einer Fistelstimme das Wort ergriffen und wackelte dabei mit dem Hintern. Diesen Jungen, ein wenig pummelig, aber gebaut wie ein Metzger, kannte Bastien weniger gut als die anderen beiden, da er in eine andere Klasse ging, in die Achte.

Allgemeines Gekicher.

»Was willst du, Mendel?«

Er hatte sich absichtlich an den Größten der drei gewandt. Er war der Anführer.

»*Ich* will gar nichts ... Aber du willst mir, glaube ich, einen blasen.«

Das war nicht die Antwort, mit der Bastien gerechnet hatte, und plötzlich kam es ihm vor wie eine Selbstverständlichkeit. Mendel war ein Perverser. Das war es, was ihn in den Augen des anderen überrascht hatte, ohne es erkannt zu haben.

Ein winziger Blick umher: Sie hatten ihren Coup gut vorbereitet. Sie standen in einem Winkel des Cours, einer kleinen Nische, geformt wie ein Schnabel und leicht abseits gelegen.

In jedem Fall gab es nur eine Lösung: keine Furcht zeigen.

»Was soll das?«, fragte er in ruhigem Tonfall. »Willst du dich schlagen? Wozu? Um vor deinen Freunden zu zeigen, dass du der Stärkere bist? Weil ich doch annehme, dass du dir nicht helfen lassen wirst ... ansonsten beweist du nämlich gar nichts.«

Mendel blinzelte.

»Was bringt es dir denn im Endeffekt, zu zeigen, dass du der Stärkere bist? Wir haben fast zwei Jahre Altersunterschied. Was ist also das Ziel?«

Ein kurzes Flackern in ihren Blicken. Mechanisch drehten sich die beiden Mitläufer zu ihrem Chef um.

»Gibt kein Ziel.« Mendel riss sich zusammen. »Wir mögen dich nicht. Wir mögen hier keine Schwuchteln ... Schwuchteln dissen wir. Wir zeigen ihnen, wie man sie behandeln muss. Willst du wissen, was wir mit ihnen machen?«, fragte er mit scheinheiliger Stimme.

»Nein ... Ich kenne sowieso keine Schwuchteln ...«

Er hätte fast hinzugefügt »abgesehen von dir«, aber er hielt es für vorsichtiger, würdig zu bleiben und dabei bescheiden aufzutreten.

»Wir werden es dir trotzdem zeigen.«

Ein einziger Blick des Chefs genügte: Innerhalb von einer Sekunde waren die beiden Hunde aufgesprungen, bevor Bastien sich befreien konnte. Sie packten ihn, jeder an einer Seite, mit dem Ziel, ihn in die Knie zu zwingen, um Tritte mit den Skates zu vermeiden. Bastien wehrte sich, und es gelang ihm, De Brysis an der Wade zu treffen, aber leider nicht am Schienbein. Er war gerade dabei, seinen Fuß wieder auszurichten, um stärker zuzutreten, als eine Faust ihm die Luft abschnitt: Mendel hatte ihn soeben in den Bauch geboxt.

Mehr noch als der Schmerz ließ der Sauerstoffmangel seine Beine einknicken. Er spürte, wie er zur Seite gezogen wurde. Er wehrte sich noch mit der wenigen Kraft, die ihm sein wild klopfendes Herz und seine Atemversuche ließen, und er hatte den plötzlichen, furchtbaren Eindruck, er würde ersticken. Und ein kurzer Gedanke: Mendel hatte nicht alle Tassen im Schrank. Diese Art vorzugehen war nicht ... normal: Der Schlag, während man ihn festhielt, die Vorbereitung des Hinterhalts. Das alles erinnerte eher an Mafiamethoden als an einen Vergeltungsakt zwischen Teenagern. Nein, irgendetwas stimmte nicht ... sogar überhaupt nicht.

»Ich hab dir nämlich was zu sagen, Moreau. Nur eine Sache. Je mehr du dich bewegst, umso länger wird es dauern, um es dir zu sagen, und umso mehr wirst du darunter leiden, es zu hören. Denn du wirst es sowieso hören, okay?«

Er antwortete nicht, da er sich auf seine Atemversuche konzentrierte, überrascht von dem Röcheln, das aus seiner Kehle kam. Als Mendel ihn für unbeweglich genug hielt, näherte er sich langsam seinem Ohr. Bastien wartete auf den Schlag, das Täuschungsmanöver, die Falle, aber er nahm lediglich einen süßsauren Atem wahr.

»Das ist 'ne Warnung, Moreau. Das nächste Mal schlag ich nicht auf die Leber. Und das nächste Mal ist es auch nicht meine Faust. Nur ein kleiner Vorgeschmack auf den Horror, der dich erwartet, solltest du dich ihr noch einmal n …«

»Bastien?«

Die Stimme ließ César Mendel zusammenzucken und unterbrach abrupt seine Anwandlung. Mit einem Satz drehte er sich um.

Madame Miller.

Die beiden Jungen ließen Bastien sofort los, der ein wenig schwankte, bevor er sein Gleichgewicht wiederfand.

»Gibt es ein Problem?«, fragte sie in eisigem Tonfall.

Bastien warf einen Blick hinter sich. Ihr blauer Clio war in der zweiten Reihe geparkt – hingeworfen worden wäre der exakte Ausdruck –, die Tür stand offen. Sie musste vorbeigekommen sein und die Szene beobachtet haben, oder es waren einfach nur die verstreuten Sachen gewesen, die ihre Aufmerksamkeit erregt hatten.

»Nein, nein«, gelang es ihm zu sagen, aber es war nicht wirklich seine Stimme. »Kein Problem.«

Die einzige annehmbare Antwort. Wenn man sich Respekt verschaffen wollte, durfte man sich nie, NIE bei den Lehrern ausheulen.

»Bastien ist mit seinen Inlineskates gestürzt, Madame. Wir kamen zufällig vorbei, haben seine Sachen gesehen und waren gerade dabei, ihm wieder auf die Beine zu helfen.«

Bei Mendels Geistesgegenwart und Dreistigkeit blieb Bastien der Mund offen stehen. Ja, ganz bestimmt ein Perverser, der wusste, wie man's machte. Das Wahre und das Falsche miteinander vermengen, um die Spuren zu verwischen, seine Lüge wahrscheinlich erscheinen lassen. Sein Tonfall, sein Wortschatz, selbst seine Stimme hatten sich verändert. Der kleine Gauner hatte sich soeben die adrette Maske des Sohnes aus gutem Hause übergezogen.

Die Lehrerin warf Mendel einen vernichtenden Blick zu, und Bastien dachte, dass man besser Madame Millers Freund als ihr Feind sein sollte.

»Beruhige dich, Bastien«, sagte sie ruhig und ging auf seine Sachen auf dem Boden zu, die sie einsammelte und in den Rucksack schob. »Ich fahre dich nach Hause ...«

»Nein, nein, ich danke Ihnen, aber das ist nicht nötig, es ist alles okay ...«

»Nein, gar nichts ist okay«, gab sie bestimmt zurück.

Sie reichte ihm die Tasche, allerdings ohne ihn anzusehen, denn ihre Augen waren immer noch auf Mendel gerichtet.

Sie wandte sich wieder ihm zu.

»Du bist nicht in der Lage, so nach Hause zu gehen ... deine Hose ist ganz zerrissen, und ... und du siehst ein wenig zugerichtet aus. Steig ins Auto.«

Bastien hielt einen Augenblick inne, aber Madame Miller würde sowieso keinerlei Protest dulden.

Vor den Augen der drei Jungen und der Lehrerin gehorchte er.

Sobald er Platz genommen hatte, ging Audrey Miller auf César Mendel zu und ballte dabei die Fäuste, um ihn nicht zu ohrfeigen – denn mehr noch als Gewalt hasste sie Lügen, scheinheiliges Lächeln und Feigheit. Schwächen, die sie bei ihrem Schüler stets vermutet hatte.

»Zur Information, Mendel: Während meiner Laufbahn war ich an einigen schwierigen Schulen, an denen es Typen gab, die noch viel größer und härter waren als du. Und man hat mich nie für eine Vollidiotin gehalten. Ja, du hast ganz richtig gehört, und du brauchst gar nicht dreinzuschauen wie eine verschreckte Jungfrau, nur weil eine Lehrerin ein Schimpfwort gesagt hat: ja, für eine Vollidiotin.«

Sie kam noch näher.

»Also, ich kann dir eines sagen, mein Junge: Du hast überhaupt kein Interesse daran, mich wütend zu machen, da du wohl keine Lust hast, dass dein zweites Jahr in der siebten Klasse zur Hölle wird. Hast du mich verstanden?«

Entrüsteter Blick, Augenbraueneffekte.

»Aber, Madame, ich ...«

»Ja«, schnitt sie ihm das Wort ab. »Ich denke, du hast mich vollkommen verstanden. Das gilt auch für dich, Philibert de Brysis.«

Es herrschte Schweigen im lieblichen Halbdunkel

des Abends, der gerade über die großen Bäume des Cours du Parc hereinbrach.

Audrey ging zu ihrem Auto zurück.

»Ich versichere Ihnen, dass es wirklich nicht nötig ist, mich nach Hause zu fahren«, wiederholte Bastien hartnäckig zum Empfang. »Außerdem ist es ganz in der Nähe, ich war schon fast da.«

Sie ließ den Motor an; die Stimme von Beyoncé erfüllte plötzlich den Fahrgastraum - noch eine Überraschung: Madame Miller hörte R'n'B!

»Ich weiß«, sagte sie ruhig. »Ich kenne die Adresse. Ich war nämlich gerade auf dem Weg zu dir.«

13

Der Abend schien über die Rue des Carmes Nummer 36 noch schneller hereinzubrechen als über die Stadt selbst. Bertegui blieb in dem kleinen halbkreisförmigen Hof vor dem Eingang des Hauses stehen. Dieser Ort bereitete ihm entschieden eine Gänsehaut. Er fragte sich, wann die Gebäude ringsumher gebaut worden waren und ob Le Garrec hier aufgewachsen war, in diesem Hinterhof versteckt hinter den Gebäuden gespielt hatte, oder ob damals die Nummer 36 noch auf die Straße hinausging.

In der Hand hielt er eine große Beißzange. Er hatte bereits das Haus besichtigt, ohne etwas Anormales bemerkt zu haben - das Haus, aber nicht den Keller.

... ein Kind, das vom Keller seines Hauses fasziniert war ...

... die Kabel sind tatsächlich durchgetrennt worden ... Direkt an der Rückseite, am Eingang zum Keller ...

Er würde wahrscheinlich nichts finden, aber das *ganze* Haus genau unter die Lupe zu nehmen lag in der Ordnung der Dinge. Am Telefon hatte ihm Clément mitgeteilt, dass eine dicke, von einem Schloss gehaltene Kette die Kellertür verriegelte. Er hatte auch Berteguis folgende Bitte mit eisiger Überraschung aufgenommen.

»Kannst du Erkundigungen darüber einziehen, wer heute Besitzer der Talcotière ist?«

»Sie haben doch nicht etwa vor, die Ermittlungen wiederaufzunehmen?«

»Nein. Ich konzentriere mich immer noch auf den Tod von Odile Le Garrec ... Und auf den des Stiers«, hatte er hinzugefügt und war sich dabei nicht sicher gewesen, ob wirklich er, Kommissar Bertegui, der eine strahlende Zukunft bei der Pariser Polizeipräfektur gehabt hätte, gerade dabei war, diese Worte auszusprechen. »Ich prüfe alle Spuren, das ist alles ...«

Er ging den kleinen steinigen Weg hoch und um das Haus herum. Der Keller befand sich auf der rechten Seite. Es handelte sich weniger um eine Tür als mehr um eine Falltür, die direkt in den Boden eingelassen war. Bestimmt hätten sie ohne die Recherchen zum Ursprung des durchgeschnittenen Telefonkabels ihre Existenz nicht einmal bemerkt, denn sie wurde halb von den Steinen und einer kleinen Blumenrabatte versteckt, die das Haus umgab.

Bertegui kniete sich hin und schob den Kies beiseite. Clément hatte recht: Die Tür war durch eine Kette und ein dickes Schloss gesichert.

Der Kommissar klemmte die Kette zwischen die Backen seiner Beißzange und richtete sich wieder auf. Er drückte mit aller Kraft zu ... geriet außer Atem ... begann von Neuem, stellte sich diesmal mit einem Fuß darauf und drückte zu, als wollte er mit einem Nussknacker eine riesige Haselnuss knacken. Immer noch nichts.

Schließlich legte er sich buchstäblich auf den Griff der Zange und belastete sie mit seinem ganzen Gewicht, wobei er den Druck durch Nachfedern noch verstärkte.

Die Kette gab mit der ruckartigen Bewegung einer Schlange beim Angriff nach. Bertegui wäre fast hingefallen, richtete sich mehr schlecht als recht wieder auf. Er löste die Kette, schob sie zur Seite und klappte die Tür hoch, die nun an der Wand lehnte.

Ein düsteres, viereckiges Loch zeichnete sich auf dem Boden ab. Eine steile Treppe tauchte in die Finsternis ein. Ein feuchter Grabgeruch entwich wie ein Flaschengeist, den man aus seinem Gefängnis befreite.

Bertegui knipste seine Taschenlampe an und suchte die Treppe ab: Der Keller schien tiefer zu sein, als er es sich vorgestellt hatte, und man musste sich bücken, um sich nicht den Kopf anzustoßen, so eng war der Durchgang. Er entdeckte auch einen Lichtschalter, der aber nicht funktionieren dürfte. Vom Eingang aus konnte er auf halbem Weg von der Treppe entfernt ein herabhängendes Stromkabel mit einer leeren Fassung am Ende erkennen. Es waren diese Details, die seine Neugier weckten. Eine Glühbirne, die nicht mehr funktionierte, hatte nichts Erstaunliches an sich. Keine Glühbirne hingegen ließ eine Geste, ein menschliches Handeln erkennen: Man hatte die Glühbirne entfernt, aber nicht ausgewechselt. Warum? Um den Keller in Dunkelheit getaucht zu lassen? Oder handelte es sich nur um ein Zusammentreffen von Umständen?

Er zuckte die Achseln. Egal, ob Licht oder nicht, er musste auf jeden Fall hinabsteigen. Und er hatte ja seine Taschenlampe.

Er verrenkte sich, um mit dem Kopf hindurchzukommen, begann seinen Abstieg auf den schmalen Stufen, die Lampe in einer Hand, die andere gegen die unebene Wand gestemmt, um nicht abzurutschen.

Es waren diese steilen Treppen, die einem beim geringsten Sturz das Kreuz brachen.

Er war fast unten, als ein Detail seine Aufmerksamkeit erregte: ein paar Flecken. Nein, nicht wirklich Flecken, eher ein Spritzer ... Schwärzliche Flecken auf dem Gestein der Wände, die an eine Stammesmalerei in einer Höhle erinnerten.

Blut?

Er trat näher heran, richtete die Lampe auf die getrockneten Tropfen.

Unmöglich, etwas zu sagen. Nur eine Analyse konnte das bestätigen. Sollte das der Fall sein, dann befanden sich diese Flecken auf jeden Fall schon seit einer Ewigkeit dort.

Er setzte seinen Abstieg bis zum Boden des Kellers fort. Hob den Kopf zu dem Lichtstrahl, der durch das Kellerfenster fiel. Er schätzte die Tiefe auf etwas mehr als ein Stockwerk, und aufgrund der geschraubten Form der Treppe gelangte nur ein schwacher Schimmer Tageslicht bis nach unten. Und dann war es auch kein wirkliches Tageslicht, sondern eher ein Dämmerlicht ... Undeutliche, undefinierbare Formen, kaum erkennbar, hoben sich hier und da ab.

Er erblickte einen Lichtschalter, betätigte ihn. Ohne

Wirkung. Richtete die Taschenlampe an die Decke: zwei Stromkabel hingen herab, ohne Glühbirne. Das ist ja ein Tick, ärgerte er sich.

Er ließ den Lichtstrahl der Lampe über jede Wand schweifen, versuchte, jeden Winkel abzuleuchten, um den Ort besser erfassen zu können.

Der Keller der Rue des Carmes Nummer 36 war klein, kleiner, als er gedacht hätte. Gewölbt, erinnerte er an diese Keller, die man in älteren Gebäuden, in alten Wohnsitzen fand. Sichtbare Steine unter einer schönen hohen Decke, ein Boden aus fest gestampfter Erde, zwei Kellerfenster, die den Raum mit Tageslicht erhellen sollten. Es war ein Keller, aus dem man ein kleines Gäste- oder Spielzimmer hätte machen können, aber Odile Le Garrec, oder wer auch immer, hatte alte Matratzen hineingestellt, ein aufgeschlitztes Sofa, verrostetes Gartenmaterial, einen alten Werkzeugkasten, Kartons ... Und genau wie oben in Nicolas Le Garrecs Zimmer störte Bertegui etwas. Der Geruch? Die Spuren an der Wand unten an der Treppe? Die herausgerissenen oder nie ersetzten Glühbirnen, als ob die Hausherrin den Ort für immer verriegelt hätte? Allerdings hatte er bemerkt, dass das Schloss und die Kette oben neu waren. Wenn man die Erde und den Kies entfernte, die sie bedeckten, entdeckte man funkelndes Chrom ...

Er ging vorwärts – ein leichtes Gefühl von Klaustrophobie, ausgelöst durch das Halbdunkel, die reduzierten Ausmaße, den Geruch nach alter Erde und Schimmel –, die Lampe immer in Bewegung. Der weiße Strahl schweifte noch einmal über die Kartons, zwei Schaufeln, einen Schlauch, in die Ecke geworfen wie der Kadaver eines Reptils, ein Fahrrad ohne Sattel mit vollkommen platten Reifen. Die verlassenen Spuren eines Lebens, erfasst in einem Lichtstrahl.

Die Einrichtung des Kellers. Seine Anordnung. Das war es, was nicht stimmte.

Er überlegte, kratzte sich am Kopf.

Seine Augen verengten sich, während der weiße Lichtkreis auf einer Wand haltmachte. Eine Wand, die in ihrer ganzen Höhe vollkommen bedeckt war. Man hatte Matratzen gegen sie gelehnt, Schranktüren, Regale, auf denen Einmachgläser verfaulten - Einmachgläser, die geordnet waren, im Gegensatz zum restlichen Keller, der mit tausend Sachen vollgestopft war, die aufs Geratewohl in die Ecke geworfen worden waren, und so eng aneinandergedrängte, aufgestapelte Konservendosen, dass kein Mauerstein mehr zu sehen war.

Man hatte diese Wand ganz einfach dem Blick entzogen.

Bertegui ging darauf zu - das Gefühl, keine Luft mehr zu bekommen, wurde drängender. Er dachte an das Gesicht des Jungen vom Bauernhof: *Es ist der Geist ... der Neue ... Er ist böse ...*

Klebrige Fäden berührten leicht sein Gesicht.

»Scheiße!«, keuchte er.

Und seine eigene Stimme ließ ihn zusammenfahren. Ein Spinnennetz! Er war gerade durch ein Spinnennetz gelaufen. Angewidert fuhr er sich mit einer raschen Handbewegung über Gesicht und Mund, um sich von den seidigen Fäden zu befreien, die ihm in den Haaren und auf der Haut klebten.

Himmel! Dieser Ort konnte einem wirklich Angst einjagen. Selbst ihm ... Es war wie ein Abtauchen in eine andere, unterirdische Welt. Sein Auto und die

Straße erschienen ihm nun, da die Nacht fast hereingebrochen war und seine Lampe die einzige Lichtquelle darstellte, fern ... hoch ... unerreichbar.

Er ging auf die Wand zu, oder vielmehr auf die Gegenstände, die sie verdeckten, und machte sich daran, einige von ihnen zur Seite zu räumen, um bis zum Gestein vorzudringen. Vergeblich, eine Matratze versperrte die Sicht.

Da musste etwas dahinter sein. Zwangsläufig. Niemand würde Schränke, Matratzen, Regale auf diese Weise aufstapeln, dass jede Schicht den nächsten Gegenstand unzugänglich machte, wohingegen andere Wände leer waren, an denen man das eine oder andere hätte abstellen können.

Ein Geräusch hinter seinem Rücken. Er drehte sich abrupt um, die Lampe nach vorn gerichtet.

Leere. Bläuliche Finsternis zwischen schwarzer Nacht und Dämmerung.

Rasch suchte mit der Lampe den Boden nach einer Ratte ab. Nichts. Wenn es tatsächlich eine Ratte war, dann hatte sie sich aus dem Staub gemacht. Es war Bertegui sowieso so vorgekommen, als ob das Geräusch nicht aus dem Keller käme ... sondern von draußen.

Still wartete er weiterhin regungslos.

Dann zuckte er die Achseln. Zurück zur Inspizierung. Gut, er hatte keinen Durchsuchungsbeschluss ... Zur Stunde war eine Untersuchung wegen Totschlags noch nicht einmal eingeleitet worden, denn offensichtlich war Odile Le Garrec nicht ermordet worden. Zumindest nicht auf direktem Weg. Und das Haus wurde nicht als ein Tatort betrachtet.

Dennoch hatte er bereits rechtswidrig gehandelt, da

er den Eingang zum Keller aufgebrochen hatte. Also kam es auf etwas mehr oder weniger auch nicht mehr an.

Er legte die Lampe so ab, dass sie die Stelle erleuchtete, an der er sich befand, und kehrte dann zu den Einmachgläsern zurück.

Er begann, sie in einer Ecke aufzustapeln, um die Regale freizumachen, und war nun gleichgültig gegenüber den schweren, feuchten Staubwolken, die er bei jeder Bewegung aufwirbelte. Anschließend würde er das Regalmöbel verschieben, dann die Matratze, dann das, was sich dahinter bef …

Eine Bewegung hinter seinem Rücken unterbrach ihn; nein, es war weniger als eine Bewegung: ein Lufthauch.

Er drehte sich um.

Die schwarze Gestalt zeichnete sich kaum im Halbdunkel ab. Sie hielt etwas in der Hand, das ein Stock oder ein Hammer zu sein schien, und war bereit zuzuschlagen.

Mit einer Schnelligkeit, die überraschend war für einen Mann seiner Korpulenz, warf sich Bertegui auf die Taschenlampe und rollte über den Boden – er spürte etwas Klebriges unter seinem Gesäß. Der Hammer fiel wenige Zentimeter neben ihm zu Boden und brachte seinen Angreifer aus dem Gleichgewicht.

Bertegui richtete seine Taschenlampe auf ihn, die Hand bereits im Holster.

»Polizei! Keine Bewegung!«

Der Mann ließ den Stiel fallen und wandte den Kopf. Im Lichtstrahl der Lampe kamen zwei Augen von einer einzigartigen Farbe zwischen Grau und Schwarz zum Vorschein, mit dicken Wimpern, die vor Überraschung blinzelten. Oder vor Angst.

Nicolas Le Garrec.

»Können Sie mir sagen, was Sie hier machen?«

Sie waren hinaufgegangen und standen am Kellereingang. Le Garrec hatte die Tür - eigentlich eher ein Deckel als eine Tür - verärgert zugeschlagen, sichtlich gereizt.

»Ich wollte Ihren Keller sehen«, erklärte Bertegui.

Er hatte die kühle Luft mit Erleichterung aufgenommen, aber die schlechte Atmosphäre schien ihm immer noch die Lungen zu füllen, der Staub an seiner Lederjacke zu kleben.

»Das habe ich wohl verstanden, aber warum? Ich habe den Keller offen stehen sehen, die Kette aufgebrochen ... Ich dachte, es wäre ein Dieb. Sie hätten sich einen schönen Schlag mit der Schaufel einfangen können.«

»Ich wollte alles nachprüfen ...«

»Was hat der Keller mit dem Tod meiner Mutter zu tun?«

Das war eine Fangfrage. Was sollte er darauf antworten? Ihr erster Roman erzählt von einem Kind, das vom Keller seines Hauses fasziniert war ...

»Direkt nichts. Ich wollte ein paar Dinge überprüfen. Die Telefonkabel sind hier durchgeschnitten worden ...« Bertegui zeigte darauf.

Le Garrec folgte seiner Bewegung nicht mit dem Blick, sondern starrte ihn weiterhin mit einem Gesichtsausdruck an, in dem Misstrauen und Empörung miteinander wetteiferten.

»Und Sie, was machen Sie hier?«, fragte der Kommissar, der sich nicht gerne rechtfertigte, selbst wenn er wusste, dass er juristisch gesehen im Unrecht war.

Nicolas Le Garrec riss die Augen auf.

»Das soll wohl ein Witz sein, hoffe ich! Meine Mutter ist gestorben. Es ist durchaus gerechtfertigt, dass ich ... ich weiß nicht ... Lust habe, zu mir nach Hause zurückzukehren.«

Bertegui hätte ihm antworten können, dass das gerade eben nicht selbstverständlich sei, da er einen solchen Wunsch zu ihren Lebzeiten anscheinend kaum zum Ausdruck gebracht hatte, aber er enthielt sich jeglichen Kommentars. So wie er sich auch zurückhielt, ihn daran zu erinnern, dass er jemanden mit Schaufelschlägen hätte töten können, wegen eines Einbruchs in einen Keller, in dem es nichts zu stehlen gab außer Einmachgläser ohne Datum und ein sattelloses Fahrrad. Die Reaktion schien zumindest unangemessen. Ganz zu schweigen von den Risiken, wenn die Angelegenheit schlecht ausgegangen wäre.

»Haben Sie die Schlüssel?«, fragte er trotz allem.

»Ja«, murmelte der Schriftsteller. »Es sei denn, sie hat die Schlösser ausgewechselt ...«

Er besaß also die Schlüssel. Diejenigen, die ihm von Suzy Belair, der Astrologin, zurückgegeben worden waren, und die der Haushälterin waren demnach nicht die einzigen Schlüssel, die im Umlauf waren.

Berteguis Blick blieb einen Augenblick an dem Haus haften. Der Keller, den er gerade besichtigt hatte, deckte nicht die gesamte Bodenoberfläche ab. Er versuchte mühsam, sich an die Anordnung des Raumes zu erinnern. Gab es eine tragende Wand an der Stelle, die mit Gegenständen und Matratzen vollgestopft war?

»Stört es Sie, wenn ich schnell eine Runde mache?«

»Im Haus?«, fragte Le Garrec erstaunt.

»Ja, im Haus ...«

Der Mann seufzte. Er schien plötzlich niedergeschlagen – schwarzbraune, schwere Augenringe und zwei Falten der Verbitterung um den Mund verrieten seine Müdigkeit.

»Nicht jetzt ... Morgen, wenn Sie möchten, aber heute Abend würde ich gerne ... allein sein. Hier.«

Bertegui nickte.

»Wir sehen uns noch, Monsieur Le Garrec«, verkündete er als Abschiedsgruß.

»Ich weiß.«

Die beiden Männer wechselten einen Blick. Bertegui erforschte den des Schriftstellers, aber er konnte nichts darin erkennen ... nicht einmal Feindseligkeit, die hätte gerechtfertigt sein können. Nichts außer vielleicht den finsteren Schein eines Mannes, der Geheimnisse hatte.

14

Sie trug eine Latzhose voller Farbspritzer, ein Herrenhemd mit hochgekrempelten Ärmeln und einfache Spangen, um ihre langen Haare zurückzuhalten. Und trotzdem: Die Frau, die soeben die Tür geöffnet hatte, war von umwerfender Schönheit. Große schwarze Augen, so tief wie ein See, ein symmetrisches und fein geschnittenes Gesicht, ein purpurroter Mund, hohe, schräge Wangenknochen wie bei einem Katzengesicht ... Ja, eine echte Schönheit, vom Kummer getrübt, fast verschwommen, eine stolze und tragische

Madonna. Bastiens Mutter ließ einen an all das denken und bewegte einen vom ersten Blick an wie eine italienische Schauspielerin in einem Drama von Commencini oder Visconti, eine schwankende, verletzte Bellucci. Das zumindest verspürte Audrey.

»Hast du schon wieder deine Schlüssel vergessen, Bastien?«, fragte sie als Begrüßung.

Dann hob sie den Blick zu der Lehrerin, wandte sich erneut ihrem Sohn auf der Eingangstreppe zu und erblickte seine Kleidung, die zerrissene Hose.

»Gibt es ein Problem? Was ist denn los?«

»Guten Tag, Madame Moreau. Ich bin Audrey Miller. Bastiens Französischlehrerin. Ich kann Ihnen versichern, dass es nichts Schlimmes ist. Bastien hatte eine ... Auseinandersetzung mit einigen Schülern, und ich war gerade auf dem Weg. Ich habe ihn nach Hause gefahren.«

»Eine Auseinandersetzung? Ich verstehe nicht ganz. Bastien hatte nie ... Probleme.«

Ihr Redefluss war ein wenig seltsam, und obwohl sie Audrey anstarrte, spürte Audrey nicht, dass der Blick der jungen Frau an ihr haften blieb. Er ging durch sie hindurch, sah über sie hinweg, woandershin ... wie bei ihrem Sohn manchmal im Unterricht.

»Ich glaube nicht, dass er in irgendeiner Weise für dieses kleine Abenteuer verantwortlich ist, und außerdem habe ich ihn nach Hause gefahren, weil ich Sie sprechen wollte ... Er hätte sich bestimmt ganz gut allein aus der Affäre gezogen. Nicht wahr, Bastien?«

Der Junge nickte mit halbüberzeugter Miene.

»Mich ... sprechen? Ich ... Aber weswegen denn?«

»Das ist hier ein wenig schwierig zu erklären ...«

Caroline Moreau blinzelte nervös, als ob sie sich gerade wieder fasste.

»Äh ... O ja, natürlich, kommen Sie rein, wir werden ja wohl nicht an der Tür stehen bleiben.«

Sie trat zur Seite, um sie hereinzulassen.

Audrey erblickte ein schönes, nach alter Tradition im Schachbrettmuster gefliestes Vestibül, eine hohe Decke, an der Friese aus Gips entlangliefen, Wände, an denen sich ausgedehnte Farbflecken, entstellte Wolken mit undeutlichen, verschwommenen Formen in dunklen Metallrahmen ausbreiteten – Fenster, die sich zu einer anderen Welt hin öffneten.

»Es tut mir leid, dass ich Sie so empfangen muss«, erklärte Caroline Moreau hinter ihrem Rücken, »ich war gerade beim Malen.«

»Dann sind Sie also die Künstlerin?«

Audrey drehte sich um. Die junge Frau lächelte – ein sanftes, verletzliches Lächeln ... und stets dieses tragische, nicht fassbare Wesen. Eine Sternennacht als Blick.

Sie nickte und forderte Audrey auf, ihr zu folgen.

»Sie wollten mich also sprechen? Ich werde mir ...« Sie zeigte ihre Hände voller Farbe. »... die Hände waschen. Ich lasse Sie bei Ihrem Schüler, ich bin sofort wieder zurück. Du kümmerst dich gut um deinen Gast, nicht wahr, mein Sohn?«

Sie blieben alle beide linkisch im Wohnzimmer stehen. Der Raum war groß, ein wenig leer, mit Mobiliar, das weder für seine Dimensionen noch für seine Epoche (Parkett, Stuck, ein großer Kamin, der die kleinen, wahrscheinlich von der Schöpferin der Gemälde an die Wände gemalten Möbel erdrückte) vorgesehen war. Zwei einfache Diwane mit bunten Kissen, von da und dort zusammengetragene Nippes in einem Stil, den Audrey für sich als »Schöne Künste« bezeichnete.

Es war auf jeden Fall ein großes Haus, vor allem, wenn sie nur zu dritt darin lebten. Von dem kleinen Torbau aus, als sie die Mauern aus Quadersteinen, den Balkon im ersten Stock und sein schönes schmiedeeisernes Geländer entdeckt hatte, hatte sie sich gefragt, ob die Moreaus vielleicht wirklich die Mittel hatten, um die Schulgebühren ihres Sohnes zu bezahlen. Konnte die junge Frau ihre Bilder gut verkaufen? Gehörte ihr Mann zu jenen kaufmännischen Angestellten, die kleine Vermögen anhäuften? Der Kontrast zwischen der Ausstattung und dem Haus selbst ließ an einen erst kurz zurückliegenden Umzug denken.

»Ihr habt aber ein schönes Haus, sag mal, Bastien.«

»Ja, ich weiß.«

Er schien nicht überzeugt.

Sie zögerte. Sie wollte nicht als Eindringling erscheinen, aber sie wollte die Lebensbedingungen ihres Schülers selbst überprüfen.

»Zeigst du mir dein Zimmer?«

Ein Lächeln – dieselbe Sanftheit wie seine Mutter, dieselben milchigen Nachtaugen.

»Ja, natürlich ...«

Sie folgte ihm ans Ende des Flurs, ihre Absätze hallten auf dem schwarz-weißen Schachbrettmuster wider, wobei die blassen Wolken an der Wand jeden ihrer Schritte begleiteten, und entdeckte einen Raum, der dem Wohnzimmer ähnelte: das Parkett, der Stuck ... die Leere, über die Weidenkörbe, das große Schiffsbett und die Poster an den Wänden hinwegtäuschten.

»Ein schönes Haus und ein schönes Zimmer«, verkündete sie mit einem Lächeln.

Sie trat ein, ließ ihren Blick über Spielzeug gleiten, das für Bastiens Alter ungeeignet war, über eine große Autorennbahn, die den Boden bedeckte, die Regale ... Sie blieb vor einer Buchreihe stehen: Stephen King, Dean Koontz, Graham Masterton ... zum größten Teil angelsächsische Autoren, Spezialisten des Fantastischen und Morbiden.

»Liest du das?«, fragte sie.

»Ja, ich mag so was gern. Besonders Stephen King ... na ja, die Ersten ... die, die nicht so dick sind.«

Audrey konnte ein Lächeln nicht unterdrücken und wandte sich wieder dem Regal zu.

Das war reifer Lesestoff für sein Alter.

Eine weitere Regalreihe: *Der Herr der Ringe* und Low-Fantasy-Romane, zumindest nahm sie das an. Sie kannte die Autoren nicht, aber die Einbände, die Drachen und Einhörner darstellten, ließen keinen Zweifel an ihrem Inhalt.

Sie trat auf die große Fenstertür zu und erblickte den kleinen Garten, der sich fast ebenerdig erstreckte, wenig instand gehalten, aber reizend, grün, dicht ... Dann erstarrte sie.

Die Schaukel.

Sie hob sich vom wachsenden Halbdunkel des Abends ab: ein Gerüst, das einmal rot gewesen sein musste und nun rostig und abgeblättert war, zwei quietschende Ketten, ein Sitz aus hellem Holz ... Etwas vollkommen Normales. Und trotzdem: Sie schwang im Abendwind hin und her. Eine langsame, aber präzise Bewegung, fast die Regelmäßigkeit eines Metronoms, und diese Bewegung, diese Präsenz mitten in diesem kleinen Eckchen Natur ließ sie erschaudern.

Sie beobachtete noch eine Weile. Ja, genau das war

es. Man hätte meinen können, dass ... gerade jemand dabei war, darauf zu schaukeln. Sanft, langsam, denn der Sitz blieb starr, wie auch die Ketten. Als ob sie ein Gewicht trügen.

»Wir mögen dieses Haus sehr ...«

Audrey zuckte zusammen.

Caroline Moreau hatte die Latzhose ausgezogen, war in eine Jeans geschlüpft und hatte ihre Haare gelöst – sie fielen ihr nun auf den Rücken, glatt und glänzend wie die einer Asiatin –, und Audrey dachte, dass Bastiens Mutter einen exotischen, insularen Typ darstellen musste, wenn ihr Porzellanteint in der Sonne bräunte.

»Gehen wir wieder ins Wohnzimmer?«

Als sie den Raum verließen, begegnete Audrey Bastiens Blick: ein wissender, fast verständnisvoller Blick. Er hatte ihr Gefühl beim Anblick der Schaukel erraten. Denn auch er, verstand sie, verspürte dieselbe Furcht, wenn er sie sich im Garten bewegen sah.

»Ja, wir wissen über seine Albträume Bescheid.«

Sie saßen im Wohnzimmer, zwei Tassen Tee mit Kirscharoma vor ihnen auf dem Couchtisch.

»Wissen Sie, wir haben ein wenig auf die Schnelle beschlossen, uns hier niederzulassen. Das war sehr plötzlich ...«

Audrey hörte zu, nachdem sie ihren Bericht dargelegt hatte, ohne dass es ihr gelang, sich zu konzentrieren. Caroline Moreaus Schönheit sowie ihre Geistesabwesenheit und die Gemälde an der Wand stellten so viele Hindernisse für jede Form von Aufmerksamkeit dar.

»Und die Albträume hat er erst seit kurzer Zeit. Sie

haben angefangen ... um ehrlich zu sein, in der ersten Nacht unserer Ankunft hier.«

Sie seufzte.

»Ich denke, dass es vorübergehend ist, seit ein paar Tagen ist es besser.«

Audrey nickte, kaum überzeugt. Der Schrei, den sie während Le Garrecs Vortrag gehört hatte, ließ nun überhaupt nicht auf eine Besserung schließen.

»Auf jeden Fall kann ich Ihnen sagen, dass er vorher noch nie diese Art von Probleme gehabt hat. Es muss also damit zu tun haben, mit der Veränderung. Bastien war schon immer ein wenig ... verschlossen. Er führt gerne sein eigenes kleines Leben. Und er hing sehr an seinem alten Freund, unser Nachbar in Paris. Nun ja, das alles hat einen ... Schock ausgelöst, denke ich.«

»Ich verstehe.«

»Und dann muss ich Ihnen auch sagen, dass da auch seine Bücher sind ... Geschichten von Vampiren und Monstern und all diesen Dingen, die Angst einjagen. Er hat das immer gemocht, selbst als er noch ganz klein war. Sich Angst einjagen ... Angst haben! Im Übrigen war er ein sehr feinfühliges Kind, die Hexe aus Schneewittchen machte ihm furchtbare Angst, wissen Sie, der Zeichentrickfilm von Walt Disney?«

Sie brach in ein kleines, gerührtes Gelächter aus – diese Art Gelächter von Müttern, die eine glückliche Erinnerung ansprachen, eine dieser Besonderheiten, die aus ihrem Kind ein einzigartiges Wesen machten, zumindest für sie selbst ... Dasselbe Gelächter wie bei Audrey, wenn sie sich an die Wutanfälle erinnerte, die ihr Sohn als Baby bekommen konnte und bei denen er knallrot wurde, oder der Schreckensschrei bei seinem ersten Bad im Meer, oder seine Forderungen nach »Tintin«, denn mit drei Jahren hatte er eine Leidenschaft nicht für Hergés Helden[6], sondern für die Gratins seiner Mutter entwickelt – es war seine Art, nach ihnen zu verlangen, indem er die Backofentür aufmachte ...

Sie seufzte. Kam darauf zurück, was sie in erster Linie alarmiert hatte.

Hast du noch Geschwister? JA ... NEIN ...

»Madame Moreau, ich erlaube mir, Ihnen eine Frage zu stellen ... Bastien ist doch Einzelkind?«

Caroline Moreau rührte sich nicht, blinzelte nicht. In der Nacht ihrer Iris erloschen die Sterne plötzlich, und der Schatten der Augenringe, die das Strahlen ihres Blicks betonten, schien sich tiefer einzugraben.

»Dürfte ich wissen, warum diese Frage?«

Audrey erklärte es ihr.

Die junge Malerin stieß einen Seufzer aus – oder vielmehr ließ einen dünnen Lufthauch entweichen wie eine Klage.

»Wir haben einen Sohn verloren ... Vor ... ich weiß nicht mehr. Ich will nicht mehr zählen. Ein Unfall ... Bastien war dabei. Er hat es gesehen ...«

Schweigen. Es war diese Art von Situation, in der jedes Wort, selbst ein mitfühlendes, lächerlich klingen musste.

»Ich denke, es war hart für ihn. Nicht nur der Tod seines Bruders – er war sechzehn Monate alt –, sondern auch ... Nun ja, es war hart für die ganze Familie, verstehen Sie.«

Selbstverständlich verstand sie. Sämtliche Auswirkungen eines solchen Dramas, sämtliche Veränderungen im Alltag, die dadurch ausgelöst wurden, die Last des Kummers – sein eigener und der seiner Eltern – für ein Kind. Nach und nach lüftete sich der Schleier. Audrey ahnte einen Zusammenhang, Neurosen, Komplikationen, aber wahrscheinlich nichts Unüberwindbares. Zumindest nicht für Bastien, denn sie zweifelte nicht daran, dass die Frau ihr gegenüber bis zu ihrem Tode trauern würde. Und das war es vielleicht, was sie noch schöner machte.

Es war an der Zeit, sich zu verabschieden, an sich selbst zu denken und an die Party bei den Rocheforts, wo sie erwartet wurde. Sie stand bereits, als sie einen Schlüssel in der Eingangstür hörte.

»Ah, das wird wohl Daniel sein ...«

Wenige Sekunden später betrat ein großer Kerl das Wohnzimmer: sportliches Aussehen trotz des Regenmantels und des Aktenkoffers in der Hand, so blond wie seine Frau dunkel war. Er erinnerte eher an einen Abenteurer als an einen kaufmännischen Angestellten, und Audrey schloss daraus, dass sie ein perfektes Exemplar des Bourgeois-Bohème-Ehepaares vor sich hatte. Sie erriet an der Art und Weise, in der er seine Frau küsste, auch die unendliche Zärtlichkeit, die er ihr entgegenbrachte.

Caroline Moreau stellte sie einander vor, fasste die Angelegenheit zusammen.

»Es ist sehr freundlich von Ihnen zu kommen, um mit uns darüber zu sprechen, wirklich. Meine Frau muss Ihnen die Situation erklärt haben, und um ehrlich zu sein, hatten wir schon in Erwägung gezogen, einen Therapeuten aufzusuchen, wenn es nicht vorbeigeht.«

Audrey beschloss, sich nicht länger aufzuhalten, ließ sich zur Tür begleiten, schüttelte Hände und entschied, dass sie nett und warmherzig waren, in vielerlei Hinsicht anders als die (wenigen) Personen, die sie bis dahin in Laville getroffen hatte ... und dass sie ihren Sohn liebten. Das war alles, was zählte, alles, was sie wissen wollte.

Oder fast.

Auf der Türschwelle wagte sie eine allerletzte Frage:

»Ich habe vergessen, Sie zu fragen ... Wer war eigentlich Bastiens Bürge für Saint-Exupéry?«

Sie wechselten einen überraschten Blick.

»Sein Bürge? Wie meinen Sie das?«, fragte Caroline Moreau.

»Wir hatten keinen wirklichen Bürgen«, verkündete ihr Mann. »Nun ja ... Es ist meine Stelle.«

»Ihre Stelle?«

»Ja ... Es war ein unverhoffter Posten, wissen Sie ... Ich hatte bereits monatelang gesucht ... die Hecticon Labors. Kennen Sie sie?«

Sie nickte. Audrey gehörte zu den Frauen, die sich gerne an deprimierenden Samstagen bei Douglas verirrten, und nun reihten sich diese schon seit einigen Monaten aneinander, Woche für Woche. Hecticon (»Man sagt Hektikonn«, hatte sie von der Vorführerin erfahren) war eine bekannte Marke für Schönheitsprodukte der Spitzenklasse, die um Wein, Quellwasser, Antioxidantien, verjüngende Produkte etc. herum entwickelt wurden.

»Sie haben mich ... ach ... zwei Wochen vor Ende der Schulferien angerufen?«

Er drehte sich zu seiner Frau um.

»Und sie haben mir diese Stelle angeboten ... und unser Haus dazu, ich meine, *dieses* Haus, es ist eine Dienstwohnung. Und vorgeschlagen, Bastien in Saint-

Ex anzumelden. Nachdem ich nachgeforscht und gesehen habe, was die Schule für einen guten Ruf hat, habe ich natürlich nicht gezögert.«

»Oh, ich verstehe«, sagte Audrey.

»Ja ... ein unverhoffter Posten«, wiederholte Daniel Moreau. »Sie waren es, die alles, aber auch wirklich alles gemanagt haben. Sie haben sich sogar um die Anmeldeformalitäten gekümmert.«

»Und sie sind es, die das finanzieren?«

»Ja ... Ich weiß noch nicht einmal, wie viel das kostet, aber ... anscheinend haben sie die richtige Wahl getroffen, da ... Sie ja hier sind.«

15

César Mendel ging die Allee hoch, die Zähne aufeinandergepresst, zornig, unempfänglich für diese Umgebung, die seine Kindheit geprägt hatte: das eindrucksvollste Anwesen des Cours du Parc, ein echtes kleines Schlösschen, restauriert, neu verputzt, dessen Gittertore direkt in den Parkwald führten.

Unempfänglich, denn er war ... gedemütigt worden! Er, Mendel ...

GEDEMÜTIGT!

Von dieser ... Schlampe! Er hatte kein anderes Wort: dieses dreckige Miststück von Lehrerin mit ihren nervigen Pariser Gebaren ... Wer glaubte sie denn, wer sie war, dass sie es wagte, ihn vor seinen Freunden zu DEMÜTIGEN?

Er stieß heftig die Eingangstür auf und hätte dabei fast Antoinette umgerannt, die philippinische Haushälterin, die ihren Tag damit beendete, die Bilderrahmen im Vestibül abzustauben. Es waren große, furchtbar hässliche Gemälde, Jagdszenen und blöde alte Schnepfen aus dem 18. Jahrhundert in bescheuerten Kleidern; Schrullen, von denen man ihm vage mitgeteilt hatte, dass sie zur Familie gehörten (aber er hatte davon nie ein Wort geglaubt; das war eine Marotte seiner Mutter, die einer alten, ruinierten Aristokratie angehörte, in allen Ecken des Hauses Klatschzeitschriften aufstapelte und sich all diese Vorfahren ausdachte, die namhaft genug waren, um von irgendeinem Spinner gemalt zu werden ...).

»Oh, Monsieur, ich hatte Sie nicht gesehen!«

Hohe, erkältete Entenstimme, kleine weiße Schürze, die seine Mutter verlangte, als ob man in den großen Adelshäusern asiatische Dienstmädchen hätte (und dann noch als Theater-Kammerzofe verkleidet – der Gipfel des Lächerlichen!)!

Er grunzte ein undeutliches »'tschuldigung« und ging auf die Treppe zu, bereit, direkt in sein Zimmer hinaufzugehen.

GEDEMÜTIGT!

Aber da ein Glück selten allein kam, unterbrach ihn eine Stimme.

»Ja aber wo laufen wir denn hin, ohne unsere Mutter zu begrüßen! Und dabei auch noch die Haushälterin umzustoßen ...«

Er zuckte zusammen. Schloss die Augen. Atmete tief ein.

»Guten Tag, Mama«, sagte er und drehte sich um, ein Lächeln auf den Lippen. »Geht es Ihnen gut heute?«

Kein Zweifel, dass es diesem Ober-Stück-Scheiße gut ging: Sie hatte ein schönes Kristallglas in der Hand, breit, schwer, in dem eine kleine bernsteinfarbene

Pfütze unruhiges Licht auf ihren zerknitterten Hals warf, einen Hals, an dem Perlenreihen hingen. ... *alte Perlen, César, sie gehörten deiner Ururgroßmutter und haben nie den Hals einer einzigen ältesten Tochter der Familie verlassen.* (Eine Bemerkung, die César Mendel unweigerlich dazu gebracht hatte, sich seine Mutter auf allen vieren vorzustellen, geritten von seinem Vater, und die ehrwürdigen Perlen, die auf den Kissen des elterlichen Bettes hin und her rollten.) Sie stand einfach nur am Eingang zum Wohnzimmer, was bedeutete: Ich habe mich heute den ganzen Tag tödlichst gelangweilt und soll es mal langsam angehen lassen mit dem Gesöff, da der Doktor Ferot darauf bestanden hat, also habe ich bis achtzehn Uhr gewartet, um mir meine erste Dosis zu verabreichen, und ganz ehrlich, mein lieber César, habe ich keine Lust, überhaupt keine Lust, sie mir ganz allein reinzuziehen wie ein armes Schwein ...

Er ging auf sie zu, drückte ihr brav einen Kuss auf die Wange.

Sanfte Düfte nach Puder, Zucker und Alkohol stiegen ihm in die Nase, und er unterdrückte das heftige Verlangen, ihren Hals zu schnappen, jetzt sofort, und ihn zuzudrücken, bis ihre Augen – diese Augen, die man in der Familie »porzellanblau« nannte, eine der würdigen (und einzigen?) Erbschaften der Morsans de Calignon –, bis diese Augen also aus ihren Höhlen quollen wie Kugeln, mit diesem kleinen Plopp einer Flasche, die man entkorkte.

»Also, wie war dein Tag?«

Sie betrat das Wohnzimmer (er kannte jede Geste ihres Rituals), und er folgte ihr. Anstelle eines Wohnzimmers ähnelte der Ort eher einem Empfangsraum. Sein

Vater, der eine Bank für die ganze Region leitete, war sehr stolz darauf, dieses Haus erworben zu haben, das sehr begehrt war mit seinen zwölf Zimmern, seinem Garten, seinem unverbaubaren Blick auf den Parkwald. Selbstverständlich war das Mobiliar stilecht; seine Mutter liebte es vorzugeben, dass all diese ... Sachen, die zufällig bei Antiquitätenhändlern und Auktionen in ganz Frankreich erstanden worden waren, die Jahrhunderte im behaglichen Schoß der Morsans von und zu Blablabla überdauert hatten, dabei hatten besagte Morsans wahrscheinlich schon vor etwa zweihundert Jahren alles verbrannt, um nicht zu erfrieren.

Wie war dein Tag also?, hatte die alte Schachtel gefragt.

Sehr gut, Mama ... Ich habe der schlimmsten Szene meines Lebens zugesehen: Dieser kleine schmächtige Pariser Scheißkerl, der Casanova spielt bei dem, was man wohl DIE heiße Schnitte der Klasse nennen muss, die auf seine Avancen mit den Seufzern einer Schauspielerin antwortet.

»Sehr gut, Mama. Wir haben Besuch von einem Schriftsteller gehabt ...«

»Berühmt?«, fragte sie.

César Mendel starrte seine Mutter mit einem kalten Lächeln an. Ein berühmter Schriftsteller befand sich auf ihrer sehr persönlichen Werteskala nicht auf derselben Interessensstufe wie der Erbe einer ehrenwerten Familie; aber gut, auf jeden Fall stand er höher als ein anonymer Schriftsteller, ha ha ha ...

»Nicolas Le Garrec, kennen Sie ihn?«

Floriane Mendel suchte die Antwort auf dem Grund ihres Glases, fand dort nur zwei Eiswürfel und schwieg.

»Kurzum, ja, der Tag war ... interessant.«

»Nun ja, für mich auch, stell dir vor.«

Er konnte es zwar kaum glauben, aber er hörte ruhig die Neuigkeit des Tages an: Sein Vater war für einen Posten in Saudi-Arabien vorgesehen.

»Natürlich gibt es ... nun ja, steht ein kleines Vermögen in Aussicht, aber trotzdem, kannst du dir vorstellen, dass wir nach Saudi-Arabien ziehen? Ich frage mich, ob ich einen Schleier oder so etwas tragen soll ... Kannst du dir das vorstellen?«

Nein, er konnte es sich nicht wirklich vorstellen, zumindest konnte er sich IHN nicht dort vorstellen (dafür dachte er kurz, dass seine Mutter ihre Visage eines betrunkenen Rochens unter einer ... äh ... Djellaba oder so etwas in der Art verstecken könnte, das wäre ENDLICH einmal eine nützliche Geste für die Menschheit!). Und die Schlampe hatte recht: Das war eine verdammte Neuigkeit.

Während sie ihm die Begleitumstände eines solchen Projekts erklärte – »und er hat mir das alles vorhin am Telefon verkündet ... Aber ich kann mich einfach nicht mit dieser Idee anfreunden« –, dachte César an die Folgen eines Umzugs. Dann fragte er sich, ob er im Fall eines *unerwarteten* Ablebens der Erbe seines Vaters wäre und ob das Erbe es ihnen ermöglichte, ihren Lebensstandard aufrechtzuerhalten (das hieß, vor allem seinen eigenen, denn mit seiner sechsjährigen Schwester hatte er nichts zu schaffen, und noch weniger mit diesem ... Ding, das auf seinem Louis-Quinze-Sessel saß, seine Dosis schlürfte und dabei an seinen Perlen herumfummelte – eine Geste, die so nervig war an ihr, dass er kein Mädchen mehr ausstehen konnte, das denselben Tick mit seinen Haaren hatte).

»... Himmel, was soll nur aus uns werden?«

Sie unterbrach plötzlich seine Überlegungen. Das Verlangen, sich auf sie zu werfen, sie bei den Haaren zu packen, bis zur Kloschüssel zu schleifen, um sie ihre Scheiße fressen zu lassen, war so heftig, dass es ihm einen Schauer entlockte.

Wirklich, was würde im Fall eines ... *unerwarteten* Ablebens geschehen? Das war ja nun mal eine interessante Frage, die er drehen, wenden, auseinandernehmen konnte wie einen Frosch im Biounterricht ...

»Machen Sie sich keine Sorgen, Mama«, beruhigte er sie gelassen. »Ich bin mir sicher, dass wir nicht weggehen ...« Er näherte sich und küsste sie, wie man ein kleines Mädchen tröstete. »Absolut sicher.«

16

Madame Miller war gerade gegangen, Bastien hatte gehört, wie sich die Eingangstür geschlossen hatte. Unter anderen Umständen wäre er bestimmt zu seinen Eltern in die Küche gelaufen, um zu erfahren, was in der Verschwiegenheit des Wohnzimmers zwischen ihnen und seiner Französischlehrerin besprochen worden war. In diesem Augenblick aber war das seine geringste Sorge.

Er saß im Arbeitszimmer vor dem Computerbildschirm. Madame Miller hatte seinem Zimmer kaum den Rücken zugedreht, da hatte er auf MSN seine Anfrage vorgebracht: Clarabelle6 seiner Freundesliste hinzufügen.

Im Moment war Clarabelle6 nicht online ... oder hatte noch nicht akzeptiert.

– wie heißt sie denn? *g*

Auf dem Bildschirm war Patoche online.

Bastien hatte ihm gerade kurz die Abenteuer des Tages erzählt. Er hatte besonders die Episode César Mendel betont, aber auch kurz die Begegnung mit Opale angesprochen. Sehr kurz sogar, denn aus einem unbestimmten Grund schien ihm dieses Ereignis zu ... persönlich. Zu privat. Was das merkwürdige Tier betraf, das nicht aufhörte, in seiner Brust herumzuspringen, so kam es noch weniger in Frage, darüber zu sprechen. Im Übrigen hätte er nicht einmal gewusst, wie er es hätte zum Ausdruck bringen sollen.

– Opale
– ^^ komischer name. stehst du auf sie?
– na ja sie ist schon nicht übel ;–)
– fotografierst du sie mal mit deinem tel?
– ich hab kein tel mit cam.
– mist wusste ich nicht. musst du dir zu weihnachten wünschen ich will die Tussi sehen! ;–)

Die Tussi! Der Begriff ärgerte Bastien. Opale war keine Tussi! Im Gegenteil!

– aber ich schnall nicht ganz: warum wollte sie mit dir reden?

Er hatte auch den Albtraum und den Schrei verschwiegen ... Außerdem hatte er sowieso keine wirkliche Antwort auf die Frage seines Freundes. Sie wollte mit mir reden ... weil ich einen Albtraum hatte? Weil ... sie meine Freundin werden will?

– kA ...
– steht sie auf dich?
– na ja vllt
– strange. ich hab den eindruck, du verheimlichst mir was ^^

– und du, wie geht's dir sonst so?
– yeah cool … aber ich langweile mich so, seitdem du weg bist –
– pfff ich langweile mich jeden tag

Pling … Ein MSN-Klingeln.

Clarabelle6 hatte sich soeben eingeloggt. Clarabelle6 hatte soeben seine Anfrage angenommen.

– bist du da?

Und Clarabelle6 fragte ihn, ob er eingeloggt war!

Himmel, das kleine Tier hatte gerade wieder angefangen, sich zu bewegen – und diesmal war es weder ein Panther noch ein Pferd … eher ein Hamster, der in seinem Rad lief.

– ja … 1 sec

Dann eine Nachricht an Patoche:

– G2G meine Mutter ruft mich
– bist du l8r online?
– ja k

Dann versetzte er sich in den Status *abwesend*, um sich ganz Clarabelle6 widmen zu können.

– re
– cool was machst du so
– ich warte auf dich

Er hatte es spontan geschrieben … Es war ihm einfach so herausgerutscht. In der Einsamkeit des kleinen Arbeitszimmers errötete er wegen seiner Kühnheit.

– :-)) bist du gut nach Hause gekommen?

Er zögerte … Sollte er ihr von der Auseinandersetzung erzählen? Er fasste zusammen, verschwieg den Besuch von Madame Miller.

– pass auf

– Y? worauf? ^^
– César … Er rennt mir hinterher. seit letztem jahr *augenroll* dabei waren wir da noch nicht in derselben klasse.

Bastien las den Satz dreimal durch und spürte, wie das Rad mit dem Hamster das Weite suchte: Er rennt mir hinterher … und ist eifersüchtig. Er ist eifersüchtig, da ich mich für dich interessiere … genau das war es, was er zwischen den Zeilen las.
– und er ist gefährlich
– wie meinst du das? o_O
– kA er ist gefährlich ich spüre es …

Erneut dieses komische Gefühl: Mit Opale wechselte man ständig von Leichtigkeit zu Ernst in nur wenigen Sekunden, in nur einer Zeile. Er versuchte, sich das Licht des Bildschirms auf ihrem Gesicht vorzustellen, auf ihrem süßen, mit Sommersprossen besprenkelten Gesicht … Befand sie sich in ihrem Zimmer? Surfte sie auf ihrem eigenen Computer?
– sag mal spürst du oft solche dinge? lol

LOL … Er hatte dieses kleine Wort hinzugefügt – *laughing out loud* – in dem Versuch, wieder zu etwas mehr … Fun zurückzukehren.
– ja

Diesmal war er es, der eine Zeile ausließ. Dann:
– ich auch

Ihr, das ahnte er, konnte er es sagen.
– seitdem du hier bist, oder?

Woher wusste sie das? Er fragte sie.
– normal: so ist das hier … man spürt die dinge es ist die stadt sie hat schwingungen

– gute schwingungen meinst du?
– nein keine guten schwingungen hier aber das ist normal
– warum normal?
– es ist die stadt sie ist verflucht

Das Tier blieb abrupt in seinem Lauf stehen wie ein Eichhörnchen auf einem Zweig. Bastien dachte plötzlich an Patoches Mutter ... ›Und dann sind da die Dinge ... *die Diiiiinge* ...‹

– sie sorgt dafür, dass die leute komische sachen machen ... sie MACHT komische sachen mit den leuten. du spürst es oder?

Ja, er spürte es. In jedem Stein, unter dem Schatten jedes Baumes hatte er etwas Böses gespürt. Etwas unsagbar Finsteres. Undurchsichtiges. Schweres. Und Ansteckendes ...

Mechanisch verließen seine Augen für einen Augenblick den Bildschirm. Am Fenster sah er, wie die ersten Nebelschwaden den kleinen Garten trotz seiner Beleuchtung verblassen ließen, als ob die Nacht anfinge, schwache, weiße Seufzer auszustoßen.

... die Diiiinge ...

– du hast mir nicht wirklich gesagt, warum ihr hergekommen seid ... Ein neues kapitel aufschlagen ... aber welches kapitel war denn davor?

Er wusste es: MSN, das Internet eben, das Schreiben ließ den Worten freien Lauf. Sie hatte in Saint-Ex nicht wirklich nachgefragt, und sie hätten diesen Austausch von Angesicht zu Angesicht wahrschcinlich nicht gehabt. So war es aber: Er würde in zwanzig Minuten MSN mehr erfahren und mehr erzählen als während eines zweistündigen Spaziergangs.

Er fasste den Unfall zusammen … die Notwendigkeit der Veränderung.

– mein Bruder ist auch gestorben

Er glaubte seinen Augen kaum: immer noch mehr Gemeinsamkeiten …

– wie?

– er hat sich vor kurzem umgebracht, kurz vorm ende der ferien

Eine leere Zeile. Bastien gingen die Antworten aus. Er hatte nicht mit einem Chat von solchem Inhalt gerechnet, sondern mit einer auf alltägliche Weise charmanten Konversation zweier Teenager, die sich gegenseitig entdeckten: Welchen Film magst du? Was hörst du für Musik? Treffen wir uns Samstagnachmittag? Echt bescheuert, die Geschilehrerin mit ihren Blumenkleidern, die sehen aus, als wären sie aus Vorhängen ausgeschnitten … Er hätte es sich allerdings denken müssen: Was Opales Besonderheit ausmachte, war nicht nur ihr Anmut eines Teenagers. Sondern auch der Ernst …

– Y?

– kA … er hat nur eine notiz hinterlassen.

– und er gibt keine erklärungen ab?

– nein er hat nur so was geschrieben wie: eines Tages werden schreckliche dinge geschehen, und …

Eine Leerzeile. Bastien wagte nicht mehr zu schreiben, nicht mehr zu tippen. Seine Finger fühlten sich an wie gelähmt. Sie selbst schien am anderen Ende der Verbindung zu zögern, als ob sie erraten hätte, dass sie, indem sie ihm derartige Geheimnisse enthüllte, durch einen Pakt mit ihm verbunden war, der stärker war als sämtliche Liebesschwüre.

– … und von diesem tag an wird nichts je wieder so sein wie zuvor.

In genau diesem Augenblick ließ MSN seine kleine Login-Musik erklingen: Auf dem Bildschirm war *julesmoreau* soeben in einem neuen Dialogfenster erschienen.

17

Audrey blieb vor dem Spiegel stehen. Sie trug das berühmte beigefarbene Basic-Instinct-Kleid – dasselbe, das es ihr ermöglicht hatte, wie sie glaubte, die Stelle an Saint-Ex zu erhalten –, diesmal kombiniert mit einem Paar goldener Pumps, Schmuck, raffinierten Accessoires ... Sie hatte Make-up und Puder aufgetragen, ihre Lippen mit Gloss betont, ihre Lider mit Ocker schattiert und die Wangenknochen mit Rouge hervorgehoben. Eine gute halbe Stunde Schminken mit den ruhigen Handbewegungen einer Koketten, die sich dabei gerne Mühe gibt. Es war ihr vollkommen gelungen, was ihr allerdings keine Befriedigung gab. Der Tag war anstrengend gewesen, der Abend würde es wohl nicht weniger sein. Das Zusammentreffen mit der Frau ihres Liebhabers ... das »Wiedersehen« mit Le Garrec nach dem Tod seiner Mutter – Himmel, was sollte sie nur zu ihm sagen? Und diese Worte, diese Sätze, die ihr weiterhin durch den Kopf spukten: »Es ist Hecticon. Die Labors ... Kennen Sie sie? Sie kümmern sich um alles.«

Seit ihrer Begegnung mit den Moreaus hatten die Hecticon Labors nicht aufgehört, ihren Weg zu kreuzen. Eine Werbung auf der Rückseite einer Zeitschrift, die in ihrem Auto herumlag ... Eine Cremedose, die ihr ins Auge gesprungen war, als sie ihre Schatzkiste geöffnet hatte, wie sie das kleine Möbelstück nannte, in dem sie ihr Schminkzeug aufbewahrte – darunter eine Menge fast unberührter Dosen, Tuben und Sprays, und unter ihnen das Extrol Renew 6 der Hecticon Labors.

Sie hatte Daniel Moreaus Information wie eine Ohrfeige aufgenommen. Sie hatte sofort verstanden, dass ... etwas nicht stimmte. Zwar konnte man die Großzügigkeit des Labors gegenüber seinem Personal einräumen – obwohl Audrey seit ihrer Ankunft an Saint-Ex noch nie etwas von dem besonderen Status der Kinder der Hecticon-Angestellten gehört hatte. Was aber sollte man zu den Anmeldeformalitäten sagen, die das Labor so eifrig übernahm? Und warum hatte Antoine ihr die Situation nicht einfach erklärt?

Ihre Augen wandten sich vom Spiegel ab und blieben einen Moment auf einem Foto haften: Sie selbst und neben ihr ein kleiner Junge mit hellen Augen, der schallend lachte, vor einem Weihnachtsbaum, von dessen Zweigen goldene, mit roten und grünen Schleifen verzierte Päckchen herabhingen. Joce hatte dieses Foto gemacht; ihr letztes glückliches Weihnachten, zwei Jahre zuvor ... Unmittelbar, bevor ihr Leben sich verändert hatte.

Sie seufzte, kehrte zu der aktuellen lächerlichen Sorge zurück – der Party – und ging in die Küche. Sie wusste nicht wirklich, wie die »Fete« gedacht war: ein Abendessen? Ein Büfett? Petits Fours? Auf jeden Fall kam es nicht in Frage, dass sie sich den Bauch vollschlug. Sie nahm einen Apfel aus der Obstschale, öffnete den Kühlschrank, um sich einen Joghurt auszusuchen, und trat auf das Fenster zu, das auf die Rückseite der Wohnanlage und den kleinen Parkplatz unten hinausging.

Der Nebel begann aufzuziehen, und am Abend war der Anblick fast schön. Der Parkplatz war nun in Dunst gehüllt, in dem das orangefarbene Licht der Straßenlaternen tanzte, wie von einem Lampenschirm aus Rauch überdeckt. Die Formen der Autos verschwammen - der täuschende Eindruck einer schlummernden Herde großer friedlicher Tiere -, und die Bäume, einfache Kastanien, die zum Beginn des Winters ihre Blätter verloren, erhoben sich wie geheimnisvolle, exotische Wesen ...

Der Nebel und die Nacht, beobachtete sie, ließen den Beton verblassen und betonten die Vegetation, aber der Anblick konnte sie in keiner Weise begeistern, verdarb ihr gar den Appetit. Sie hörte auf, in den Apfel zu beißen.

Vorsichtig drang sie in die Stadtmitte von Laville-Saint-Jour vor. Sie war mit den manchmal komplizierten Richtungen wegen der kleinen Straßen des Stadtzentrums noch nicht vertraut, genauso wenig wie mit dem Fahren in einem so dichten Nebel. Sie bemühte sich, unempfänglich zu bleiben für den Anblick, der sich ihr bot: Eine dösende Provinzstadt an einem Herbstabend, die leicht verschwommenen Formen der Gebäude in der Dunkelheit, die intensive Helligkeit der Scheinwerfer, die die Mauern aus behauenem Stein anstrahlten, das feuchte Kopfsteinpflaster. Dort spiegelte sich an Stellen, die vom Nebel verschont waren, das ausgeklügelte Lichtspiel wider, das von der Stadtverwaltung eingerichtet worden war, um die Besonderheiten des Klimas zu nutzen - kurzum, eine ganz eigene geheimnisvolle, betörende Welt außerhalb von Raum und Zeit mit ihren Bogen, überdachten Gängen, den Wasserspeiern der Saint-Michel-Kirche, dem hohen, gezackten Turm des Rathauses, dem Fachwerk der Gebäude ...

Sie entfernte sich vom Zentrum, erreichte die Anhöhen, und der Nebel wurde leicht und verblasste. Die Rocheforts wohnten in einem schicken Vorort – so nannten sie es hier; ein Begriff, der sie auf jeden Fall überraschte, da es ihr unter Berücksichtigung der Größe der Stadt schwerfiel, die Realität irgendeines »Vorortes« zu begreifen.

Sie erreichte Wohngebiete, die aus jenen modernen Blocks bestanden, die so wie ihre eigene Gruppe von Mietshäusern im Grün versanken, fuhr dann noch weiter hoch ... Die Stadt zählte nicht mehr als dreißigtausend Einwohner, doch sie erstreckte sich weit und tief ins Land hinein, zu beiden Seiten der Plateaus, in deren Tal sie sich geschmiegt hatte.

Die Mietshäuser wurden nun seltener, wetteiferten mit Bürgerhäusern, die mit denen des Cours du Parc vergleichbar waren – größer wahrscheinlich, aber weniger entzückend ...

Sie verfuhr sich ein wenig in dem Viertel oder vielmehr in dem »schicken Vorort«, fuhr in leeren, dunklen Straßen im Kreis, die nicht mehr als vier oder fünf Häuser zählten. Dann bog sie in eine Gasse ein, die von einer Reihe blauer und schwarzer Autos vollgeparkt war, die schön aufgereiht neben dem Bordstein standen. Ein weit geöffnetes Portal, ein Weg und am Ende dessen, was eher einem Park als einem Garten ähnelte, eine Art kleines Schloss – so zumindest nahm es die ehemalige Pariserin wahr –, das wie in einem leuchtenden Feuerwerk auftauchte. Das Haus der Rocheforts.

Sie parkte den kleinen Clio, der von den Audis, Saabs und anderen deutschen, schwedischen oder englischen Autos fast erdrückt wurde, und warf im Rückspiegel des Autos einen letzten mechanisch-kritischen Blick auf ihr Make-up.

Sie stieg aus, ging den Weg zu dem undeutlichen Stimmengewirr hinauf, in das sich eine entfernte Melodie brasilianisch-jazziger Musik mischte. Sie war gut eingekuschelt in einen Nerzmantel; ein Pelz, der ihr von ihrer Mutter vermacht worden war und den sie so gut wie nie trug, der aber seine kleine Wirkung erzielte. Ihr Herz klopfte bei der Aussicht, die Ehefrau ihres Liebhabers kennenzulernen, und plötzlich dachte sie an die junge, ein wenig verlorene Literaturstudentin in Röhrenjeans und spitzen Stiefeln, bis zum Äußersten geschminkt und sich vor den gierigen Blicken der Jungs windend, feierlustig bis zu einem Punkt, an dem das Partyleben sie fast für immer verloren hätte. Sie dachte daran, dass jenes junge Mädchen, Audrey mit zwanzig Jahren, nur noch eine ferne Erinnerung war, nun, da sie sich im Nerz zu einer spießigen Abendgesellschaft in den schicken Vororten einer Kleinstadt in Burgund begab ...

Sie stieg die wenigen Stufen empor, die zum Eingang führten, klingelte. Der schrille Ton einer Türglocke drang durch das erstickte Stimmengewirr.

Zwei Sekunden später öffnete ihr ein Mann, gekleidet wie ein Butler, und sie fragte sich, ob die Rocheforts in Vollzeit mit Hausangestellten lebten, oder ob »Nestor« eine Ausnahme war.

»Audrey Miller«, verkündete sie ein wenig linkisch.

Sie ging normalerweise nicht auf diese Art von Partys und verdankte ihre Einladung wahrscheinlich nur

Le Garrec, da sie es gewesen war, die den Vortrag organisiert hatte.

»Sie werden erwartet, Madame …«

Er führte sie in eine große Eingangshalle, die dem entsprach, was sie sich vorgestellt hatte: Kronleuchter, breite Treppe … Einige Gäste standen da, ein Glas in der Hand, und wandten den Kopf, um die Ankommende zu begutachten. Die Stimmen und die Musik erreichten sie von der rechten Seite, wo sich wahrscheinlich der Empfangsraum befand.

Sie war gerade dabei, ihren Nerz auszuziehen, als eine Frau plötzlich aus dem Nichts auftauchte und auf sie zukam.

Das Erste, was Audrey auffiel, war ihre Figur … die ganz einfach perfekt war: groß, rank und schlank, voller dynamischer, fester Kurven, mit jener Feinheit der Gelenke, die ihr das Aussehen eines Models verlieh. Ein Körper, von dem man erriet, dass nicht die geringsten Anzeichen von Zellulite seine Oberhaut wellten – und dabei, dachte Audrey, trug sie auch noch ein weißes Kleid, eng und … o mein Gott, *lang*, während meine eigenen Knie entblößt sind!

Das Zweite, was ihr auffiel, war nicht weniger bemerkenswert: strahlende Zähne, die so weiß waren wie ihr Kleid, entblößt durch ein Lächeln, das die gesamte Intelligenz dieser Frau zum Ausdruck brachte, die es wie einen Schmuck im Gesicht trug … Ein Gesicht, das einmal harmonisch gewesen sein musste, heute aber ein wenig trocken und von Fältchen durchzogen war – Krähenfüße, Oberlippe –, was von einer herannahenden oder knapp überschrittenen Vierzig zeugte.

Die Frau machte ein paar Schritte und streckte ihr

entschlossen eine Hand entgegen, während Audrey sich unter dem erbarmungslosen Licht des Kronleuchters, die Arme und den Kopf zwischen Nerz, Schal und Kettenriemenhandtasche, verhedderte. Sie hatte plötzlich den Eindruck, fünfzehn Jahre jünger zu sein, ein Teenager, dem man eine Filmschauspielerin oder die Ehefrau des Staatschefs oder sonst jemanden Wichtiges vorstellte.

»Sie müssen Audrey Miller sein, nicht wahr?«

»Ich ... ja«, stammelte sie und drückte ungeschickt ihre Hand (und verletzte sich nebenbei an einem Ring, der groß war wie ein Kieselstein).

»Das dachte ich mir ... Ich habe mir sofort gedacht, dass Sie es sind. Ich bin Cléance Rochefort.«

Keinerlei Feindseligkeit, nicht einmal Kälte. Nur ein ironischer Schimmer in den Augen, ein verächtlicher Zug um den Mund, während sie lächelte. Ein Nichts.

Sie weiß es, dachte Audrey. Sie weiß alles; sie hat nicht den geringsten Zweifel.

Und sie beschloss sofort, dieses dumme, hoffnungs- und ziellose Verhältnis noch am selben Abend zu beenden.

18

Er spürt die Feuchtigkeit auf seiner Haut ... und auch den Geruch. Er macht das Licht an, um die Schäden abzuschätzen, wirft einen Blick unter die Laken. Also wirklich, selbst wenn er nach sechs Uhr abends nichts mehr trinkt, hilft es nicht.

Vom Erdgeschoss aus hört er die üblichen Schreie.

Er fährt aus dem Bett. Er kennt ganz genau jede Geste, denn es sind dieselben jede Nacht, oder fast.

Er durchquert das Zimmer, öffnet die Tür.

»... Mülltonne, du, aber echt! Miststück!«

»Nein, Henri, nein, bit ...«

Er trottet in den Flur, taub für die Schreie, die über die Treppe nach oben dringen, geleitet von dem gelben Lichtkegel, der von seinem Zimmer aus auf das Parkett fällt – taptaptap auf den Latten wie ein kleines achtjähriges Gespenst, ganz klebrig vor Urin. Im Bad wischt er sich den Körper mit einem Handtuch ab und läuft dann wieder zu seinem Zimmer ...

»Du bist doch nichts als eine Hure!«

... schließt die Tür, reißt das durchnässte Laken vom Bett, das er schön flach auf einem Stuhl ausbreitet (seine Mutter hat ihm erklärt: Wir können nicht jeden Tag die Laken wechseln, man muss sie trocknen lassen, wenn du so feucht aufwachst), wirft ein großes Frotteehandtuch über den Matratzenschoner, um nicht unmittelbar auf dem Plastik zu schlafen. Er schiebt den Kopf unter die Kopfkissenrolle, um die Stimmen zu ersticken. Er hat es sich angewöhnt, im Halbwachzustand dieser Nächte der Inkontinenz mit dem Kopf unter einer solchen Bedeckung zu schlafen.

Genau da fällt es ihm auf. Unten herrscht Stille. Kein einziges Geräusch mehr.

Sein Herz beginnt zu klopfen. Diese Stille ... Das ist überhaupt nicht normal. Er hat das Gefühl, als stecke ihm ein erstarrter, erstickter Schrei in der Kehle. Warum brüllt sein Stiefvater nicht mehr?

Er schiebt die Kissenrolle, die ihm auf dem Kopf liegt, zur Seite und lauscht.

Nichts. Leere.

Und was, wenn er sie umgebracht hat?

Die Stille erscheint ihm plötzlich furchterregend – er hat oft gedacht, dass der Vorteil, mit Menschen zu leben, die herumschreien und sich schlagen, darin besteht, dass er die Angst vor finsteren Nächten nicht kennt. Bei ihnen zu Hause lebt man still am Tag, und man schlägt sich in der Nacht. Die Monster, die sich in den Schränken oder unter den Betten verstecken, kommen erst hervorgekrochen, wenn alle schlafen. Nun wird bei ihm zu Hause allerdings nicht viel geschlafen ...

Aber gerade in jener Nacht: die Stille. Kaum unterbrochen durch den Regen, der in die Dachrinnen tropft ...

Er richtet sich in seinem Bett auf. Das Zimmer ist in Dunkelheit getaucht, aber ein feiner gelber Lichtstrahl dringt vom Flur aus unter der Tür hindurch. Man erahnt ein wenig Staub, der auf dem Parkett zum Vorschein kommt.

Und was, wenn er sie umgebracht hat?

Sein Herz klopft heftig; er hat schon von diesem Augenblick geträumt, oder? Oder von einem anderen, ähnlichen ... Mitten in der Nacht aufstehen. Seine Mutter irgendwo tot im Haus vorfinden. Er fasst sich ein Herz, steigt aus dem Bett, tritt auf den Flur – nicht mehr trottend, sondern auf Zehenspitzen.

Er geht die Treppe hinunter, dicht an der Wand entlang. Vierzehn Stufen – er nimmt sie seit eh und je. Sie sind ihm noch nie so zahlreich vorgekommen.

So, jetzt ist er im Erdgeschoss. Die Fliesen sind wie Eis unter seinen Füßen ... Während er lauscht, scheint es ihm, als ob er im Wohnzimmer Geräusche wahrnähme.

Er hält den Atem an. Die Zunge klebt ihm am Gaumen, er hat Gänsehaut.

Was erwartet ihn da drinnen? Was, wenn er sie wirklich umgebracht hat? So sanft er kann, nähert er sich der Wohnzimmertür, stößt sie ein wenig auf, genug, um einen Blick ins Zimmer werfen zu können. Er bemerkt einen nackten, glatten Knöchel, einen rosa Fuß. Ein Bein seiner Mutter. Sie liegt auf dem Boden. Er hat sie tatsächlich umgebracht!

Er erstarrt, und sein Körper weigert sich, auch nur irgendeiner Anweisung zu gehorchen.

Durch den Spalt der angelehnten Tür sieht er, wie der Knöchel zum Leben erwacht; der Fuß bewegt sich.

Seine Mutter ist also am Leben! Eine Welle der Erleichterung durchflutet seinen Körper.

Am Leben, aber sicher verletzt oder ... Oder was?

Ein Knurren. Hinter der Tür.

Der Fuß verschwindet. Ein Schuh erscheint an seiner Stelle. Der Fuß eines Mannes.

Er zuckt zusammen.

Er will es nicht wissen.

Er muss es wissen.

So sanft er kann, stößt er die Tür auf, gewinnt einige Zentimeter an Blickwinkel.

Und er sieht die beiden: sie, ausgestreckt, nackt, eingeklemmt zwischen dem Sofa und dem Couchtisch, ihre Haut auf dem verblassten Teppich. Sie windet sich unter ihm; er ist halbnackt, hat die Hose heruntergezogen. Sie keuchen.

Er bleibt einige Augenblicke sprachlos vor diesem Anblick stehen. Er weiß ganz genau, was sie da gerade tun, er hat es oft genug im Fernsehen gesehen (selbst wenn es in den Filmen überhaupt nicht so aussieht). Sie schlafen miteinander ... Sie *bumsen*, wie Franck Vidal gesagt hätte (der wahrscheinlich noch tausend andere Ausdrücke gehabt hätte, um die Sache zu beschreiben, denn Franck Vidals Wortschatz ist der reichste der ganzen Schule).

Er bleibt sprachlos. Steht unter Schock. Diese Vorstellung - sein Stiefvater und seine Mutter ... *bumsen* - war ihm noch nie in den Sinn gekommen.

Ohne zu verstehen, warum, spürt er eine unendliche Traurigkeit über sich hereinbrechen; er hat niemals gedacht, dass sie ... das tun. Weil man mit acht Jahren noch glaubt, dass es Menschen sind, die sich lieben, die ... das tun. Bumsen.

Er hat unrecht gehabt. Sie bumsen, und sie mag es. Sie hat die geschlossenen Augen von jemandem, der genießt.

»Ahrgl ...«

Der erstickte Schrei seiner Mutter entreißt ihn dieser Entdeckung.

Das kleine, steife Gespenst kehrt in sein Zimmer zurück.

Er dreht sich um, und so still, wie er sie hinuntergestiegen ist, steigt er die vierzehn Stufen der alten Treppe mit dem Holzgeländer wieder hinauf, durchquert den Flur.

Er betritt sein Zimmer, meidet einige Latten, von denen er weiß, dass sie knarren. Er gleitet ins Bett und drückt sich die Kissenrolle über den Kopf. Nicht, um wie in den anderen Nächten den Schreien zu entkommen, sondern dem Regen in den Dachrinnen. Dem kleinen feuchten Seufzer, den er gerade gehört hat. Seiner Mutter mit halb geschlossenen Augen.

Und in diesem Zimmer, das unmittelbar über dem Wohnzimmer liegt, wo sie *bumsen*, die Nase voll von dem Uringeruch des trocknenden Lakens, gibt er sich an diesem Tag seines achten Geburtstags ein Versprechen: *weggehen* ... Was immer auch später geschehen mochte: *weggehen*. Und nie mehr wiederkommen.

... hoch und heilig ...

Nie mehr wiederkommen. Oder zur Hölle fahren.

Nicolas Le Garrec öffnete die Augen. Der an die Wand geheftete Robert Smith starrte ihn mit seinen runden geschminkten Augen einer Poppuppe an und schien zu sagen: Also, war es gut, dieses kleine Nickerchen?

Er fuhr sich mit der Hand übers Gesicht und schüttelte den Kopf wie ein schnaubendes Pferd. Der Schlaf hatte ihn übermannt, kaum dass er sich auf das Bett in seinem Zimmer gesetzt hatte. Er hatte den Erinnerungen noch nicht einmal Zeit gelassen, wieder aufzutauchen. Er hatte sein Zimmer betreten, wie man einen Zeittunnel nahm, der einen in die Kindheit zurückversetzte, hatte sich hingesetzt, um sich von sämtlichen Empfindungen erfüllen zu lassen, und war ... eingeschlafen.

Erinnerungen aber fanden immer ein Mittel, bis ins Gewissen vorzudringen, einen Weg, bis an die Oberfläche zu finden: flüchtige Bilder, Neurosen aller Art oder verzerrte Träume ... Besonders an einem Ort, an dem sie so zahlreich anwesend waren: Nichts hatte sich verändert, *sie* hatte alles intakt gelassen. Und gewissenhaft abgestaubt. *Sie* war oft hier drin gewesen, schloss er. Mechanisch drehte er den Kopf zur Tür, als stieße *sie* sie gerade auf.

Nicolas, es gibt Essen. Wie war dein Unterricht heute? Wir gehen heute Abend aus, aber du hast Nudeln und Hühnchen zum Aufwärmen. Hast du schon wieder ins Bett gemacht?. Deine Leistung lässt nach im Moment. Schließ nicht ab. Er ist tot, jetzt ist es vorbei. Warum willst du weggehen? Geh nicht ...

Er hätte gerne geweint, aber es gelang ihm nicht.

Er stand auf und ging auf das Fenster zu. Der Nebel war gerade dabei einzufallen – ja, einzufallen: Genau so hatte Nicolas das Phänomen wahrgenommen, als er jünger war. Als ob der Himmel nachts seine Wolken über Laville-Saint-Jour ausschüttete, indem er sie über die Spitzen der umliegenden Plateaus spie.

Er dachte plötzlich an den Keller – an seine Überraschung, als er Bertegui entdeckt hatte. Auch an seine Furcht ...

Bertegui. Unter anderen Umständen hätte Nicolas ihn sympathisch finden können. Mit seinem großen Kopf voller widerspenstiger Haarbüschel und der eitlen Sorgfalt, mit der er sich seiner Kleidung widmete, hätte er ein Cousin von Kommissar Tarchinini sein können, die Kultfigur von Exbrayat, gemischt mit dem scheuen Charakter und der psychologische Feinheit von Lieutenant Cuttoli, Ermittler aus dem *Farbenquintett*. Dieser Zufall, diese Verwandtschaft mit Tarchinini und Cuttoli, hätte ihn sogar amüsieren können.

Bertegui verdächtigte ihn, den Sohn ... Aber welcher Tat? Wie? Warum? Er hatte wahrscheinlich keine klare Antwort, aber er hatte das Geheimnis gewittert, wie ein Tier Blut erschnüffelte. Er würde nicht nachgeben. Erst einmal brauchte er dringend ein neues Schloss, das war das Wichtigste. Dann ... ja, dann würde er sich etwas einfallen lassen müssen: Den Keller zumauern? Alles verkaufen? Gab es Spuren, die niemals verblassten?

Er sah auf die Uhr. Es war Zeit, sich zu den Rocheforts zu begeben; mehr als Zeit, denn er war bereits spät dran, dabei musste er noch im Hotel vorbei, um sich umzuziehen. Zum Glück befand es sich in der Nähe von Cléances Familienanwesen. Diese Party, dachte er, als er den Flur entlangging und dann die Treppe hinunterstieg (vierzehn Stufen genau! Allerdings war die Tapete anders; das Haus hatte an Schlichtheit und vor allem an Helligkeit gewonnen), kam ihm zwar wie eine lästige Pflicht vor, aber eine fast willkommene, unterhaltsame Pflicht ...

Zieh deinen Schal an; Das ist Henri ... Henri Vilbois ... sagst du ihm guten Tag? Ich glaube ... ich glaube, er wird einige Zeit bei uns bleiben. Warum hängst du mit Leuten wie dieser Cléance herum? Du gehörst nicht zu derselben Welt wie deine Freunde, Nicolas; Nein, Henri, nein!; Er ist tot, Nicolas ... hörst du? Tot!; Geh niemals in den Keller hinunter ... NIEMALS!

Sie war da, überall! An der Küchentür, in der Diele, in einem Sessel sitzend – er erkannte das Chesterfield-Sofa wieder, aber nicht seinen neuen Bezug. Überall das Gesicht, die Gestalt, der Schatten seiner Mutter. Ein Schrei wäre ihm fast aus der Kehle entwichen, ein Schrei, der für die Gespenster bestimmt war. Lasst mich ... Das ist Vergangenheit ... Ihr existiert nicht mehr!

Aber das war falsch, das wusste er, und diese Bitte kam ihm nie über die Lippen ... Denn seit eh und je – ob er nun in der 36 Rue des Carmes war oder nicht, ob er nun in Trauer war oder nicht – lebten sie mit ihm und hatten ihn *niemals* verlassen.

... Und nichts wird je wieder so sein wie zuvor ...

Ja, genauso wie es seine Mutter gesagt hätte: NIEMALS!

19

Die Rocheforts wussten Gäste zu empfangen. Audrey war von Cléance Rochefort selbst aufgefordert worden, den »großen Salon« zu betreten, und sie hatte sie direkt in die Arme ihres Mannes geworfen.

»Sieh mal, wer gerade gekommen ist, mein Liebling!«

Sie schubste sie fast mitten in den Raum, der mit sicherem Geschmack eingerichtet war, was der unmenschlichen Größe der Fläche eine menschliche Dimension verlieh. Die Wärme eines großen Feuers wetteiferte mit indirekter Beleuchtung - Kerzen, kleine getönte Lampenschirme. Der Raum war voller Sessel, Kissen und Sofas verschiedener Stile und Epochen, die ebenso viele typische kleine Salons, Boudoirs und »Spieleecken« bildeten, die die meiste Zeit frei blieben. Die vierzig oder fünfzig Personen, schätzte sie, die sich im Raum befanden, standen lieber, unterhielten sich in kleinen Gruppen, ein Glas in der Hand, manchmal ein Petit Four in der anderen, herausgepickt von einer der Platten, die hier und da auf den vornehmen Händen von Kellnern in Livree herumgereicht wurden. Eine beruhigende Musik schwebte durch die Luft und entkam durch ein offenes Fenster, während eine riesige Fenstertür an der Rückseite des Hauses einen unverbaubaren Blick auf Laville-Saint-Jour bot.

Antoine sah sie an. Er hatte sein Gaunerlächeln aufgesetzt und war mit einem Smoking bekleidet, der seine Schultern zur Geltung brachte und ihm das Aussehen eines Hollywoodschauspielers verlieh.

»Oh, Madame Miller!«, rief er aus. »Sie machen uns eine große Freude ...«

Sie war einen Moment sprachlos, so falsch klangen die Worte und der Tonfall. Der Mann vor ihr hatte nichts mehr mit ihrem Liebhaber gemein. Er besaß auch keine Ähnlichkeit mehr mit dem Direktor von Saint-Exupéry. Alles an ihm brachte den mondänen Playboy zum Ausdruck, eine Art hüpfendes, impulsives Wesen.

Sie nahm sich zusammen. Antoine hatte sich gerade mit drei oder vier Personen unterhalten, und sie hatte ihr Gespräch unterbrochen.

»Um nichts auf der Welt hätte ich mir diese Party entgehen lassen, Monsieur Rochefort ...«

Das war alles, was ihr auf die Schnelle eingefallen war, und sie hatte sich bemüht, jede Spur von Sarkasmus zu verwischen.

»... da die Umstände, unter denen ich Nicolas Le Garrec heute Morgen kennengelernt habe, etwas frustrierend waren, und ich erfreut darüber bin, ihm mein Beileid aussprechen zu können.«

Ein dummer und unangebrachter Satz. Da hätte sie auch gleich sagen können: Ich bin nur wegen Nicolas Le Garrec hergekommen, ausschließlich seinetwegen. Sämtliche Blödmänner drum herum, du mit eingeschlossen, sind mir vollkommen egal.

Sie spürte, wie die kleine Gruppe sich verkrampfte und kurze Blicke austauschte.

»Madame Miller hat Nicolas heute Morgen empfangen. Und sie war anwesend, als er die Neuigkeit erfahren hat ...«

Eine »Aaahhh«-Welle erhob sich, gefolgt von einigen Seufzern.

»Es ist schrecklich …« – »Wie ist es denn passiert?« »Ein Herzanfall?«

»Also, Audrey – ich darf Sie doch Audrey nennen?« Sie konnte es kaum glauben, dass Antoine diese Worte tatsächlich ausgesprochen hatte! »Ich stelle Ihnen …«

Er war Anwalt, er war Notar … Sie war die Gattin von … Die Frau-von … Keine Menschen, sondern Ämter, Status. Das gesellschaftliche Spiel, dem sich zu beugen ihr schon immer schwergefallen war.

Antoine kümmerte sich eine Weile um sie, stellte ihr weitere Dekane, Weinbergbesitzer und Frauen-von vor, die sie mit kühlen Mienen und Höflichkeitslächeln (die Frauen) oder kaum wahrnehmbaren abschätzenden Blicken (die Männer) musterten, denn ihr Basic-Instinct-Kleid war für diesen Ort zu ausgeschnitten, ihre Schuhe wahrscheinlich zu golden. Sie musste in der Tat eher eine entfernte Ähnlichkeit mit einem Pariser Callgirl haben als das würdevolle Aussehen einer Provinzehefrau, auch wenn sie, scharfsinnig und ein wenig desillusioniert, was die menschliche Natur betraf, keinen Zweifel an der sexuellen Wirklichkeit hegte, die die Gäste miteinander verband. Sie hatten bereits alle mehr oder weniger miteinander gevögelt. Im Übrigen ging ihr die Vorstellung durch den Kopf, dass Antoine wahrscheinlich die eine oder andere flachgelegt haben musste, zumindest die Hübschesten, denn wenn man sich seine Frau so anschaute, war er ein Mann, der Schönheit liebte. Schwierig, solchen Gedanken zu entkommen. Er berührte manchmal mit aufreizender Leichtigkeit ihren Arm, und es gefiel ihm, ihr derbe Worte zuzuflüstern, wenn sie für ein paar Sekunden allein waren. »Ich hab deinetwegen schon einen Ständer, so wie du angezogen bist … Ich hab Lust auf dich … Jetzt, hier …« Er mochte sexuelle Spielchen, das wusste sie, und die Situation musste ihn ebenso erregen, wie sie sie anekelte.

Folglich fing Audrey mehrere Male Cléances kühl amüsierte Blicke auf, während sie von Grüppchen zu Grüppchen flatterte mit diesem tollen Lächeln, das noch strahlender war als das ihres Mannes, sowie die neugierigen, interessierten, misstrauischen Blicke weiterer Gattinnen-von. Cléance Rochefort war also nicht die Einzige, die es wusste. Alle wussten Bescheid … oder dachten es sich bestenfalls. Einschließlich einiger Eltern ihrer Schüler, denn unter den Gattinnen-von befanden sich mehrere, die ihr mitteilten, dass sie ihre Kinder unterrichte – eine Information, die mit zusammengekniffenen Lippen und einer kaum wahrnehmbaren aber wirksamen Verachtung hervorgebracht wurde. Sie stehen uns zu Diensten … Wir sind es, die Sie bezahlen …

Auf diese Weise machte sie die Bekanntschaft von Opales Eltern, dann die von Floriane Mendel, Césars Mutter – eine Gestalt, dürr wie ein Hexenbesen, Neunziger-Jahre-Frisur à la Catherine Deneuve, dazu ein langes schwarzes Kleid plus Bolerojäckchen, auf dem sich eine wahre Perlenzucht in der knochigen Furche ihres Dekolletés tummelte. Von ihr erfuhr sie, dass »César das Schuljahr wohl nicht in Saint-Ex beenden wird, da Roland-mein-Mann vielleicht einen sehr großen Posten in Saudi-Arabien annimmt, aber denken Sie, dass das wirklich ein Problem darstellt für César, so mitten im Schuljahr zu wechseln?«

Jene Madame Mendel hatte die Antwort nicht abgewartet, und während sie sich zu der Gruppe umdrehte, der sie sich genähert hatte, und dabei Audrey glatt den Rücken zudrehte, rief sie ihren beiden Gefährten zu:

»Also wirklich, ich kann mich nun gar nicht in einer – wie nennen sie das dort unten? Djellaba? – vorstellen! Ha, ha, ha ...«

Das war der Augenblick, den Cléance gewählt hatte, um ihren Mann zu rufen: »Ich würde dir gerne jemanden vorstellen ...«, sodass sich Audrey vor Madame Mendels Rücken wiederfand wie eine vollkommene Idiotin (zumindest kam sie sich so vor), mit einem Glas in der Hand und Leere in ihrem Magen, eine Leere, die dabei war, sich erneut mit einem wilden Hass zu füllen.

Joce ... Es war seine Schuld, dass sie sich dieser Maskerade ausliefern musste. All diese Machenschaften, um ihr David wegzunehmen ... ihn ihr zu stehlen. Ihn ihrer Liebe zu berauben.

Himmel, gab es einen Ort, an dem sie hoffen konnte, ihrer Geschichte zu entkommen? Ihrem Exmann? Dem Horror dieser Situation?

»Sie haben mir nicht geantwortet, glaube ich.«

Audrey blinzelte. Die kleine Gruppe von Floriane Mendel hatte sich soeben gemäß dem unvermeidbaren Spiel der gesellschaftlichen Orgie aufgelöst. Die zukünftige Saudi-Araberin stand ihr nun allein gegenüber.

Audrey fügte sich dieser Übung: Elternabend beim Cocktail. Das traf sich jedoch schlecht, denn César Mendel war kein Thema erster Wahl ... vor allem nicht heute.

»Ich glaube nicht, dass das eine gute Sache ist.«

Floriane Mendel starrte sie mit einem kleinen abwesenden und – dem leicht glasigen Schleier ihrer Augen nach zu urteilen – alkoholisierten Lächeln an.

Ein Moment des Schweigens isolierte die beiden Frauen.

»Er ist kein einfaches Kind …«, begann Césars Mutter.

Sie betrachtete mit bekümmerter Miene kurz den Boden ihres fast leeren Glases.

»Oh, er ist sehr lieb!« Sie riss sich zusammen. »Ja, sehr lieb. Aber nun ja … Man weiß nie, was er denkt … Er gibt nicht viel von sich preis …«

Audrey musterte die Mutter ihres Schülers einen Augenblick misstrauisch: War sie denn schon wesentlich betrunkener, als es schien, dass sie so plötzlich den Ton wechselte?

»Warum hat er wiederholt?«, fragte sie.

»Aus demselben Grund wie alle Sitzenbleiber, nehme ich an … Nicht genügend gearbeitet. Er ist ein intelligenter Junge, wissen Sie …«

Daran zweifelte Audrey nicht. Mendels Bösartigkeit hatte überhaupt nichts Dummes.

»… Und er hat immer sehr gute Noten gehabt … zumindest bis zur fünften Klasse. Ja, er ist immer Klassenerster gewesen, und dann … hat er sich verschlechtert. Das ärgert Roland selbstverständlich – er war auf der HEC[7], verstehen Sie? Aber wir sind ein wenig hilflos. Es ist ja nicht so, dass wir kein Vermögen für Nachhilfestunden ausgegeben hätten, aber … Er hat diesen seltsamen Charakter …«

Sie hatte die letzten Worte in einem fast ängstlichen Ton gesagt. Ja, einen Augenblick lang nahm Audrey mehr als nur die natürliche Besorgnis einer Mutter wahr, die sich mit den Schulproblemen ihres Sohnes auseinandersetzte.

»Und dann ... hat er diese seltsame Leidenschaft für Tiere ...«

»Tiere?«

Floriane Mendel blinzelte, schüttelte sich fast, als ob sie gerade begriffen hätte, dass sie zu viel gesagt hatte.

Ein Mann kam auf sie zu.

»O Floriane, du bist gekommen? Roland hatte mir gesagt, du seist unpässlich!«

Sie wandte den Kopf, und ihre Perlen bewegten sich in ihrem Knochengefängnis.

»Jacques, was für eine Überraschung! Solène hatte mir gesagt, du seist in Tokio, um mit einer Restaurantkette zu verhandeln.«

Jacques zog Floriane mit sich, und Audrey fand sich allein wieder. Mit leerem Glas. Desillusioniert.

Sie erblickte einen Kellner und fragte nach den Toiletten.

Man zeigte sie ihr - die Eingangshalle, dann der Flur. Die Tür war allerdings verschlossen - besetzt. Zwei oder drei Personen unterhielten sich in der Nähe, und sie dachte nicht daran, Schlange zu stehen. Beschloss entgegen sämtlichen Anstandsregeln, dass sich im ersten Stock weitere Toiletten befinden mussten.

Sie stieg die breite Treppe hinauf, ließ das Stimmengewirr hinter sich, das nun, je leerer die Gläser wurden, die Musik vollkommen übertönte, bog in einen großen Gang ein. Eine Tür, noch eine ... Schlafzimmer, Arbeitszimmer ...

Auf dem Weg fiel ihr ein kleines Foto auf einer Kommode auf. Sie erkannte den fast unveränderten Schulhof von Saint-Ex wieder, in dessen Mitte eine Gruppe Oberstufenschüler posierte. Fünf oder sechs Jungen und Mädchen ... in der Mitte stand Cléance Rochefort zwischen zwei Jungen - eine Cléance von verheißungsvoller Schönheit, deren hinreißendes Lächeln durch die Frische ihrer siebzehn oder achtzehn Jahre noch verschönert wurde. Ein Lächeln, das sie nicht an den Kameraden zu ihrer Rechten richtete - den braun gebrannten, sportlichen Jungen, der damals beliebt gewesen sein musste und der ihr Ehemann werden würde -, sondern an den Jungen links neben ihr mit dem nachdenklichen Gesichtsausdruck, dem abwesenden Blick und den dicken, dunklen Haarsträhnen, um dessen Hals sie ihren Arm gelegt hatte: Nicolas Le Garrec.

»Erkennen Sie sie wieder?«

Audrey drehte sich um. Die Frau auf dem Foto, um gut zwanzig Jahre gealtert, stand direkt hinter ihr in ihrem tadellosen elfenbeinfarbenen Kleid, mit dieser wahnsinnigen Eleganz, dieser rassigen Distanz, die zu brüllen schien: Sie schlafen vielleicht mit meinem Mann, aber täuschen Sie sich nicht, das ist alles, was Sie und ich gemeinsam haben ...

»Es tut mir leid«, stammelte Audrey. »Ich habe nach anderen Toiletten gesucht ... Sie sind unten besetzt.«

Cléance Rochefort schüttelte den Kopf.

»Das ist so lange her«, seufzte sie, als habe sie sie nicht gehört. »Es kommt mir vor wie Jahrhunderte.«

Verunsichert nickte Audrey schweigend.

»Folgen Sie mir«, befahl die Frau im langen Kleid plötzlich.

Sie geleitete Audrey zu einem luxuriösen Badezimmer.

»Das ist meine persönliche Ecke«, sagte sie amüsiert.

Und tatsächlich ließ alles hier an die Koketterie einer Frau denken, die sich mit großer Sorgfalt ihrer Schönheit widmete.

»Wenn Sie sich die Nase neu pudern wollen, greifen Sie ruhig zu ...«

Sie wies auf eine riesige Frisierkommode, die mit Dosen, Tuben, Fläschchen beladen war. Audrey erkannte vor allem die zahlreichen Etikette der Hecticon Labors wieder.

»Ach, Sie benutzen auch diese Marke?«

Cléance Rochefort musterte sie überrascht.

»Wissen Sie es nicht?«

Audrey blinzelte.

»Hecticon, das bin ich.«

Woraufhin sie die Tür schloss.

20

Suzy Belair blickte auf: über ihrem Kopf drei Serien tadellos aufgereihter Monster. Die Wasserspeier der Saint-Michel-Kirche.

Die Astrologin blieb eine Sekunde stehen und betrachtete sie. Die Kirche war ein Modell gotischer Architektur, aber sie wusste, dass es vor allem die Wasserspeier waren, die ihren Ruf begründet hatten. Über die gesamte Breite der Fassade und auf drei Ebenen aneinandergereiht saßen die Vampire, Kobolde und kleinen Drachen nicht einfach nur auf dem Frontgiebel, sondern sie schienen bereit, sich auf jeden Kirchenbesucher und sämtliche Passanten des kleinen Platzes zu stürzen, den die Kirche überragte. Satans Legionen, hatte sie gedacht, als sie sie bei ihrer Ankunft entdeckt hatte ... Abends vermittelte diese Ansammlung von Bestien – gemäß den Launen des Nebels und gehüllt in die neue Beleuchtung der Stadtverwaltung, die mit den Schatten spielte, um das Relief zu betonen – sogar die Illusion einer kleinen Welt in Bewegung.

Wie immer, wenn sie ein wenig angespannt war, rieb sie sich am Arm, dort, wo sie zunächst die Ablation und dann die Strahlentherapie vorgenommen hatten – das war Jahrhunderte her, aber die Vorstellung lebender Krebszellen in ihr hatte sie seitdem nie mehr verlassen. Dann warf sie einen Blick nach rechts und links mit der misstrauischen Miene von jemandem, der im Begriff ist, von allen unbemerkt eine Untat zu begehen.

Sie hob erneut den Blick und konnte durch einen Nebelschleier einen Vampir und einen Kobold sehen, die sich ins Fäustchen lachten. Ein Bein des Koboldes, beobachtete sie nüchtern, war noch im Stein gefangen, als ob das Erz, die Kirche selbst diese Wesen hervorbrachte.

Sie fröstelte: die feuchte Kälte des Herbstes, die Befürchtungen, die Ereignisse der letzten Tage.

Dann ging sie bis zur Tür, die sie ohne Überraschung trotz der Uhrzeit offen vorfand.

»Segnen Sie mich, Vater ...«

Auf der anderen Seite des Beichtstuhlgitters herrschte Schweigen.

»Was ist los?«, fragte die Stimme in einem leicht rauen Flüstern.

»Ich glaube, es hat angefangen ...«

Erneutes Schweigen.

»Warum haben Sie auf diese Weise Kontakt zu mir aufgenommen? Sie hätten doch anrufen können.«

»Ich hatte heute Besuch. Ein Kommissar ...«

Auf der anderen Seite wartete man auf Erklärungen.

»Ich glaube, er ist schlau. Ich wollte Vorsichtsmaßnahmen treffen.«

»Fürchten Sie, abgehört zu werden?«

In dem vergitterten und erdrückenden Halbdunkel des Beichtstuhls zeichnete sich ein schmales Lächeln auf Suzy Belairs Lippen ab. Ein Plutonier, Vater ... damit haben wir es zu tun. Wir dürfen ihn nicht unterschätzen. In keiner Weise ... Aber selbstverständlich war das nicht die Art von Wahrheit, die er zu hören bereit war. Die meisten Kirchenmänner verstanden nichts von Astrologie. Allein der Glaube sprach sie an. Das Irrationale. Nun konnte man aber an die Astrologie nicht »glauben«, sondern nur ihre Auswirkungen feststellen. Ohne es zu wissen, erkannten sogar Polizei und medizinische Versorgungseinrichtungen ihre Gültigkeit jedes Mal an, wenn sie es in Vollmondnächten massenweise mit Selbstmorden, Verkehrsunfällen und Vergewaltigungsopfern oder Mord im Affekt zu tun hatten ...

»Ich fürchte viele Dinge im Moment ...«

Ein kurzes Husten. Er rauchte zu viel, das wusste sie. Es war auch seine Art, seine Ungeduld zu bezeugen.

»Was lässt Sie glauben, dass es angefangen hat?«

Er trank auch zu viel. Seine Stimme drückte sich durch ein Keuchen aus, sein Atem wehte mit Scotchgeruch zu ihr hinüber und vermischte sich mit dem

Staub des Beichtstuhls und den Weihrauchfäden, die durch die Kirche zogen.

»Odiles Tod.«

»War es denn kein natürlicher Tod?«

»Das dachte ich auch. Aber dieser Polizist ist vorbeigekommen ... Er hat Fragen gestellt, die zu verstehen geben, dass er nichts ... Natürliches hat.«

Schweigen.

»Woran genau ist sie gestorben?«

Sie dachte an die Beerdigung, das Grab. Plötzlich kam ihr der Beichtstuhl fürchterlich bedrückend vor.

»Da sind Sie eher in der Lage als ich, es herauszufinden ... Er hat mir nichts darüber gesagt. Aber er hat mir von ihrem Sohn erzählt ... von eventuellen Drohungen.«

Ein tiefes Einatmen hinter dem Gitter - mit dem kleinen Pfeifen des zukünftigen Schwindsüchtigen.

»Wir wussten, dass das passieren würde, nicht wahr? Ich meine, ich spreche nicht von Odile, aber ...«

»Ja«, bestätigte sie.

»Man ist Ihnen doch nicht gefolgt?«

Verärgert schloss sie die Augen. Er dachte nur an seinen eigenen Schutz. Was würde der Bischof dazu sagen, wenn er das wüsste? Aber wusste er es im Grunde nicht? Schließlich wohnte das Böse schon seit eh und je in Laville-Saint-Jour ... Und die Kirche hatte immer weggeschaut, als ob sie stillschweigend verstanden hätte, dass man ihm Ausdrucksfelder überlassen musste, Bereiche, die wie Tore zur Hölle waren. War Laville-Saint-Jour mit der Unterstützung des Klerus die Antwort auf Lourdes und Fátima? Notwendig zum Ausgleich der Kräfte?

»Ich glaube nicht, nein. Ich habe es überprüft, ich

bin um die Ecke gebogen ... Mir ist nichts aufgefallen.«

»Gut, sehr gut. Was haben Sie vor?«

Suzy Belair atmete ruhig ein. Es war an ihr, die Situation zu bestimmen. So hatte Odile es gewollt ... So forderte es sogar ihr eigenes Geburtshoroskop. Sie kannte jede kleinste Linie, jeden geringsten Grad ... den mindesten Aspekt. Ein Schicksal, das sie voll und ganz akzeptiert hatte von dem Tag an, an dem man ihr das Melanom angekündigt hatte: »Die Sonne kann Ihnen zum Verhängnis werden ... ständig Sunblocker auf der gesamten Haut, die der Sonne ausgesetzt wird ... selbst im Winter ... nie auch nur den geringsten UV-Strahl heranlassen.« Welcher Ort war da günstiger zum Leben als Laville-Saint-Jour, wo das Licht durch den Nebel gefiltert wurde?

»Ich werde mich um das Dringendste kümmern«, sagte sie schließlich. »Das Kind finden.«

In der Stadt ertönte eine Glocke. Selbstverständlich nicht die der Saint-Michel-Kirche.

21

Audrey stand fröstelnd auf der Terrasse und war sich darüber bewusst, dass ihr Hals und ihre bloßen Schultern, selbst in einen Schal gehüllt, im Hinblick auf die radikal fallende Temperatur gefährdet waren. Als sie von ihrer Badezimmer-Expedition zurückgekehrt war, hatte sie sich ein wenig mit Martine Rouvet unterhalten, die ihr einige Personen vorgestellt hatte, die etwas geselliger waren als Antoines »Freunde« bisher, und Audrey hatte das Vergnügen eines banalen, harmlosen

Austauschs mit einem Journalisten genossen. Dann hatte man sich den Mann geschnappt, Martine Rouvet war anderweitig beschäftigt, und Antoine schien sie mit gieriger Miene und vom Alkohol geweiteten Pupillen zu suchen. Sie hatte sich deswegen vorsichtig auf die Terrasse zurückgezogen, indem sie durch die Fenstertür geschlüpft war, die man angelehnt hatte, um ein wenig Luft in den immer stärker verrauchten Salon zu lassen.

Seit einigen Minuten betrachtete sie den See aus Nebel, der über der Stadt lag, dachte erneut, immer noch, an David – wie hatte er wohl diesen »weißen« Tag erlebt? – und beobachtete dabei das Phänomen aus der Höhe: der Mondschein, vom Nebel absorbiert, der dessen Weiß noch verstärkte, als eine Stimme sie aus ihrer Träumerei riss:

»Ist Ihnen nicht kalt?«

Sie zuckte zusammen, drehte sich um: Nicolas Le Garrec.

Sie hatte ihn ein paar Minuten zuvor bemerkt – man konnte ihn nicht übersehen, da sich eine Art elektrische Welle in seinem Umkreis gebildet hatte. Sie hatte dabei an die Ankunft eines Künstlers bei einer umjubelten Vernissage gedacht, und das war wahrscheinlich auch das Ziel von Antoines Party (oder der seiner Frau?) gewesen. Allerdings hatte Letzterer, als er die Einladung ausgesprochen hatte, wohl nicht die mitleidigen Mienen und zuckersüßen Beileidsbezeugungen der Gäste an den Autor vorhergesehen. Audrey hatte sich nicht zu ihnen gesellt, da sie es vorgezogen hatte, einen günstigeren Moment abzuwarten.

Sie spürte, wie sie errötete und war froh über das

schwache Licht auf der Terrasse. Sie zeigte ihr Glas in der einen, ihre Zigarette in der anderen Hand.

»Ich wärme mich auf«, sagte sie.

Er blieb vor ihr stehen in seiner perfekt geschnittenen Jacke und einer Jeans, die in Falten auf schicke Schuhe fiel – eine typische Künstlerkombination, dachte sie –, und lächelte sie an. Ein gutes, gesundes Lächeln, das ihr sofort Vertrauen einflößte.

»Sie sind mutig. Auf jeden Fall bin ich mir sicher, dass der Direktor von Saint-Exupéry es Ihnen verzeiht, wenn eine Erkältung, die Sie sich auf seiner Party zugezogen haben, ihn für einige Tage um Ihren Unterricht bringt ...«

Sie lachte, dann nahm sie sich zusammen. Wie sollte sie unter solchen Scherzen die Beileidsbezeugungen unterbringen?

»Sagen Sie nichts«, unterbrach er sie sanft, als sie loslegen wollte. »Ich habe gerade ungefähr zweihundertfünfzigmal ›Es tut mir ja so leid‹, ›Was für ein Unglück‹, etc. gehört. Und bei Ihnen bin ich mir sicher, dass es Ihnen wirklich leidtut. Das genügt mir.«

Es war fast ein Befehl. Sie gehorchte.

Sie lehnten sich gemeinsam an das Steingeländer. Ein Bild ging ihr durch den Kopf – wie immer ihre Filmverweise: Jack und Rose auf dem Deck der Titanic. Es war nicht der Atlantik, sondern Laville-Saint-Jour, nicht das Meer, sondern der Nebel ... und sie waren beide aus dem Alter heraus. Und trotzdem: die Feier in ihrem Rücken, der Vollmond über ihnen und eine unsichtbare Welt zu ihren Füßen – die Atmosphäre war da.

»Wie geht es Ihrem Schüler? Was war passiert?«

Sie war gerührt, dass er daran dachte.

»Er hatte einen Albtraum. Ich glaube, er ist ein Problemkind. In Wirklichkeit macht mir das Sorgen. Ich hatte nicht mit dieser Art von Fällen in Laville gerechnet. Ich meine, an Saint-Ex ...«

»Sie meinen, ein Sozialfall?«

»Nein, nein, kein Sozialfall, sondern ... Ich weiß auch nicht. Wenn man immer an Schulen mit mehr oder weniger schwierigen Schülern unterrichtet hat, stellt man sich ganz naiv vor, dass Anstalten wie Saint-Ex voller gesunder, blonder, rosiger Kinder sind, deren einziges Problem darin besteht zu wissen, wer sie zur Prom begleitet – denn wenn ich richtig verstanden habe, gibt es eine Feier dieser Art hier ...«

»Sie haben recht ... Das ist ein wenig naiv.«

Sie warf ihm einen Blick zu. In der getönten Helligkeit, die vom Salon bis zu ihnen drang, zeigte sein Profil eine männliche Linie: scharf geschnittener Kiefer, eine gerade, betonte Nase. Und stets dieser gequälte Gesichtsausdruck, als ob er nie vollständig die Anspannung der Stirn und der Augenbrauenlinie lockerte.

»Die Jugendzeit ist, wie alles andere auch, angenehmer mit Geld, als wenn man mittellos ist. Saint-Ex ist da genau wie andere Schulen, mit ihren Cliquen, ihren Rivalitäten, ihren beliebten und ausgestoßenen Schülern, ihren Anführern und denen, die sie quälen ... Denen, die gute Eltern haben, und denen, die nicht dieses Glück haben. Natürlich ist die Wahrscheinlichkeit geringer, dass die Kids sich schlecht entwickeln; sie werden betreut und wenn nötig von klein auf Kindermädchen und nicht der Straße anvertraut ... aber im Endeffekt ist der Schmerz derselbe. Oder fast ...«

Sie hätte ihn fast gefragt, auf was er seine Behauptung stützte, besann sich dann aber eines Besseren. Überhaupt keine Lust, heute Abend zu polemisieren ... Überhaupt keine Lust, diesen Moment zu verderben. Diesen angenehmen Moment.

»Sie kennen sie seit eh und je, nicht wahr?«, fragte sie.

Er drehte sich zu ihr um, selbst auf der Terrasse erahnte man die seltsame Farbe seiner Augen.

»Wen denn?«

»Ich habe das Foto gesehen ... Oben, auf einer Kommode. Sie mit den Rocheforts ... Und anderen Freunden.«

»Ach, die! Ja, das könnte man so sagen, ich kenne sie seit eh und je. Ich habe nicht wirklich damit gerechnet, aber Antoine hat mir eine Art Pennäler-Wiedersehen organisiert! Wissen Sie, so in der Art ›Wir treffen uns in zehn Jahren genau hier zur selben Zeit am selben Ort wieder‹ ...«

»Sie war in Sie verliebt, nicht wahr?«, fragte sie, überrascht von ihrer eigenen Kühnheit. »Cléance ...«

Er drehte sich erneut zu ihr um, ein amüsiertes, fast spitzbübisches Lächeln auf den Lippen.

»Wissen Sie, Schriftsteller lieben es, Fragen zu stellen, aber sie hassen es, darauf zu antworten. Man muss sich auf ihre Bücher beziehen, um zu verstehen ... um SIE zu verstehen.«

Sie hielt seinem Blick stand, um zu zeigen, dass sie nicht nachgab.

»Um ehrlich zu sein, waren wir es, die in sie verliebt waren ... Unsterblich verliebt. Sie hatte uns alle betört, ganz einfach, weil sie ein betörendes junges Mädchen war. Ja, alle, die ganze Bande.«

Er hatte die letzten Worte in einem verträumten Tonfall ausgesprochen.

»Waren Sie mit ihr zusammen?«

Schiefer Blick und ein ebensolches Lächeln, dann drehte er sich ein wenig um, einen Ellbogen immer noch auf der Balustrade, aber ihr mehr zugewandt.

»Wie du mir, so ich dir«, sagte er.

»Wie meinen Sie das?«

»Sie sagen mir, weshalb Sie nach Laville-Saint-Jour gekommen sind, und ich erzähle Ihnen alles über mein Abenteuer mit Cléance Rochefort ... obwohl ich nicht ganz verstehe, inwiefern Sie das interessiert!«, fügte er lachend hinzu.

Sie seufzte. »Wie du mir, so ich dir ...«

Diesmal drängte sich ihr eine andere Filmszene auf: Hannibal Lecter, der mit Clarisse Starling ein Geschäft abschließt. *Quid pro quo* ...

Sie fand ihn plötzlich zu witzig für einen Mann, der gerade seine Mutter verloren hatte. Andererseits – seit wann hatte sie sich nicht mehr so wohl gefühlt mit jemandem? Sie verspürte Empathie. Das ist eine Schriftstellerfalle, dachte sie kurz.

Die Worte aber kamen aus ihr heraus, ohne dass sie versuchte, sie zurückzuhalten.

Sie hatte Joce in einer Sporthalle kennengelernt ...

»Nichts weiter als eine ganz alltägliche Geschichte ... Und eine dumm romantische dazu. Ich wusste, dass es Liebe auf den ersten Blick war, weil ich mich ihm gegenüber wie gelähmt fühlte. Allerdings machten die Männer mir damals keine Angst. Nein ... Nichts machte mir Angst.

Ich war dabei, mein Studium zu vernachlässigen. Ich bin viel ausgegangen, habe Drogen genommen, alles Mögliche. Joce hingegen verkörperte für mich Ausgeglichenheit und Reife – er ist acht Jahre älter als ich. Und er hat mich in gewisser Weise gerettet. Ich habe lange geglaubt, ich sei an den Richtigen geraten ... Wissen Sie, Sie werden mir sagen, dass ich naiv bin«, scherzte sie, »denn ich habe mir damals gesagt: Die Liebe hat mich gerettet! Der Kuss des Prinzen hat mich aufgeweckt ...

Ich bin wieder auf den rechten Weg gekommen, habe meine Examen geschafft, wir haben geheiratet und sind in den Süden gezogen ...«

Sie schwieg. Er drängte sie nicht, wartete ab.

»Er wollte keine Kinder ... Ich habe mir immer welche gewünscht, vor allem von ihm. Ich habe ohne sein Wissen die Pille abgesetzt und bin schwanger geworden. Ich habe gedacht, dass er es akzeptieren würde, habe nicht nachgegeben und das Kind behalten. Ich habe mir gesagt: Er wird sein wie alle anderen ... Wenn es erst einmal da ist, wird er es abgöttisch lieben.

Und ich habe daran geglaubt – mehr oder weniger zumindest. Ich habe wohl gesehen, dass das Baby ihn nicht begeisterte – aber man sagt sich, ach, die Männer sind eben nicht so empfänglich für solche Dinge ... Das kommt erst später.«

»Und es ist nie gekommen.«

Le Garrec stellte nicht wirklich eine Frage. Sie bestätigte.

»Nein ... Es war aber auch nicht tragisch. Er wurde zwar reizbarer, hat sich ein wenig zurückgezogen, aber ... er machte eine gute Figur. Er hat die Zähne zusammengebissen und das Spiel mitgespielt. Die Wochenenden verbrachte er von Zeit zu Zeit mit David, ein paar Minuten hier und da, um mit ihm zu spielen ...«

»Was hat Sie dazu veranlasst wegzugehen?«

»Der Hass«, sagte sie. »Nun ja ... ein Blick. Ein einfacher Blick, den ich eines Tages zufällig bemerkt habe, als ich mit David gebadet habe. Ein Blick des reinen Hasses, den er seinem eigenen Sohn zugeworfen hat. Ein Blick, wie ich ihn noch nie zuvor gesehen hatte, weder bei ihm noch bei sonst jemandem. Als ob er für einen kurzen Augenblick lang sein wahres Gesicht gezeigt hätte. Und ich habe ihn sofort verachtet. Ein einfacher Blick hat alles vollkommen verändert ... Seltsam, oder?«

Le Garrec lächelte sie sanft an.

»Eifersucht? Er konnte es nicht ertragen, Sie mit dem Kind zu teilen ...«

»Das habe ich auch so verstanden. Und Eifersucht ist schrecklich, oder? Ihretwegen geschehen die schlimmsten Gräueltaten. Also bin ich gegangen. Mit David natürlich ...«

Sie schwieg.

»Und Laville-Saint-Jour?«

Sie seufzte.

»Der Richter hatte mir das Sorgerecht für David anvertraut. Und Joce wusste, dass er ihn mir wegnehmen musste, wenn er mich quälen wollte ... Und schlimmer noch: David musste ihm anvertraut werden. Er hatte selbstverständlich ein Besuchsrecht am Wochenende, und nach ein paar Monaten schien er den Dialog wiederaufnehmen zu wollen. Ich bin in die Falle getappt. Einen Samstag kam er, um David abzuholen, und ist mit in die Wohnung hinaufgekommen ... Drei Tage später hat eine Hausdurchsuchung bei mir stattgefunden –

er hat Freunde bei der Polizei. Man hat Kokain gefunden ... Nicht genug für eine ernsthafte Strafverfolgung, aber genug, um die sozialen Einrichtungen zu alarmieren. Ich habe zwar gekämpft, aber bei meinem Vorleben ... Ich nehme an, dass Joce ihnen dabei geholfen hat, meine Spur in meine Studentenzeit zurückzuverfolgen. Ich habe das Sorgerecht verloren ... Joce hat sich David zurückgeholt und sich hier niedergelassen. In Laville-Saint-Jour ...«

Sie schloss einen Augenblick die Augen und fröstelte. Sie spürte, wie Nicolas ihr seine Jacke über die Schultern legte. Sie verschwieg die Angst, die sie seit Monaten umklammert hielt: *Ich glaube, er ist zum Schlimmsten fähig, um mich zu zerstören.* Sie unterdrückte mühsam die Tränen und das Verlangen, ihren Kopf an seine Brust zu lehnen.

Sie blieben schweigend so stehen.

Audrey hörte nicht einmal mehr die Musik, die Stimmen ... Ihre Frage - Waren Sie mit Cléance Rochefort zusammen? - erschien ihr plötzlich zum Weinen lächerlich ...

»Es tut mir leid«, murmelte er. »Ich wollte Sie nicht dazu zwingen ...«

»Nein. Sie haben mich nicht gezwungen. Ich bin froh, dass ich es Ihnen erzählt habe.«

Erneutes Schweigen. Sie betrachteten die bauschigen kleinen Nebelfetzen, die über Laville-Saint-Jour lagen.

Audrey ließ sich von dem Anblick einlullen, hob den Blick, um nachdenklich ein bleiches Band zu verfolgen, das sich in Richtung Himmel auflöste. Sie erblickte eine schwarze, dunkle Masse, die sich auf dem gegenüberliegenden Hang gegen die Landschaft abhob.

»Was ist das?«, fragte sie. »Das ist mir noch nie zuvor aufgefallen. Es sieht aus wie ein Gebäude ...«

»Es ist ein Haus«, sagte er. »Ein sehr altes Haus ... Zumindest was davon übrig geblieben ist. Es ist abgebrannt.«

»Oh! Und ich bin mir sicher, dass es dort angeblich spukt ... Sie sind bestimmt als Kind dorthin gegangen, um Angst zu bekommen ...«

Er warf ihr einen seltsamen Blick zu.

»Ich bin dorthin gegangen, ja«, sagte er finster. »Aber damals war es noch bew ...«

»Ah, da bist du ja, Nicolas!«

Sie zuckten zusammen wie zwei Kinder, die bei etwas Unerlaubtem erwischt wurden.

Cléance Rochefort stand direkt hinter ihnen.

»Du verlässt uns, Nicolas!«, rief sie mit dem ganzen Strahlen ihres Lächelns aus. »Drinnen verlangen alle nach dir.«

Nicolas warf Audrey, die Anstalten machte, ihm seine Jacke zurückzugeben, einen Blick zu.

»Nein, behalten Sie sie ruhig, wenn Sie hier draußen bleiben. Ich komme in ein paar Minuten mit einem neuen Glas zurück.«

Er ging und folgte Cléance Rochefort, die Audrey nicht eines Blickes würdigte, nach drinnen. Diese beobachtete den Schriftsteller nachdenklich durch die Fensterscheibe, während er sich mit dem einen oder anderen unterhielt. Und es durchdrang sie wie eine süße Selbstverständlichkeit – sie würde Nicolas Le Garrecs Geliebte werden, vielleicht sogar noch besser: Sie würde ihn lieben, sich in ihn verlieben. Von heute Morgen an hätte sie es an ihrem eigenen Stammeln und ihrer Befangenheit ihm gegenüber begreifen müssen. »Etwas« hatte sich ereignet. Eine Alchimie. Es war ein warmer, heiterer, von Harmonie geprägter Gedanke. Ja, Nicolas Le Garrec lieben: eine süße Selbstverständlichkeit. Heute Abend, morgen oder in einem Monat ... Das war nicht weiter wichtig, denn sie hatte keinerlei Zweifel.

Im Halbdunkel zeichnete sich ein fast mütterliches Lächeln auf ihren Lippen ab, das sie nicht verlor – selbst dann nicht, als sie die finstere Miene des Autors erblickte, während er sich ein wenig abseits mit Rochefort, dessen Frau und zwei weiteren Personen unterhielt, die sie nicht kannte.

Sie wandte sich erneut der Stadt zu, zündete sich eine weitere Zigarette an. Genau in diesem Augenblick sah sie in der Ferne, in den Ruinen der Talcotière, für einige Sekunden ein Licht flackern.

22

Er streckte sich auf dem Bett aus, schob den Kopf unter die Decken und legte die Kopfkissenrolle darüber. Die Geräusche kamen von unten. Aus dem Inneren, dem tiefsten Inneren des Hauses.

Geräusche oder ... Klagen? Geflüster?

Er wollte es nicht wissen. Er musste es wissen. Was war in dem Keller? Dieser Keller, der immer verschlossen war, dessen Eingang sich nicht im Haus sondern außerhalb befand, wie ein Loch, ein Brunnen ... Dieser Keller, von dem seine Mutter mehrfach wiederholt hatte: »Geh nicht dort hinunter, Frédéric ... Er muss verschlossen bleiben. Dort sind Tiere, glaube ich, und die Tür muss wirklich verschlossen bleiben, damit die Tiere nicht reinkommen. Vor allem: Geh NIEMALS dort hinunter. Es sind keine bösen Tiere, im Übrigen haben dein Vater und ich einen Kammerjäger gerufen ...«

»Einen was?«, hatte er gefragt.

»Einen Kammerjäger ... Das ist jemand, der sich um solche Orte wie den Keller kümmert. Dort, wo Tiere sind, die nachts Nahrung suchen, wie zum Beispiel Ratten ... Aber gut, ich glaube, du hättest dann doch Angst.«

Aber Ratten hatten doch keine ... Stimmen, oder?

Er fragte sich ...

»Ich sehe dich nicht oft lesen, bevor du ins Bett gehst, *honey* ...«

Bertegui hob den Blick. Seine Frau war im Nachthemd, fertig für die Nacht.

Sie trat ins Wohnzimmer, setzte sich auf das Sofa, auf dem er saß, legte ihren Kopf auf das Armpolster und die Füße auf die Knie ihres Mannes.

Außergewöhnlich, dachte er. Nach all den Jahren hatte der Überdruss nie ihr Verlangen abstumpfen können. Er sah sie immer noch so vor sich, wie er sie an dem Tag kennengelernt hatte, an dem er sie als Zeugin bei einem Fall von Vergewaltigung vernommen hatte, deren Opfer eine ihrer Freundinnen gewesen war. Eine schmale Blondine mit sinnlichen Zügen, halb Kalifornierin, halb Hippie, ebenso verloren wie exotisch in der grauen Metropole, die Paris in seinen Augen geworden war. Doch die Frage blieb bestehen: Was hatte dieses kleine Juwel, das noch den Duft eines Beach-Boys-Songs auf der Haut trug, in die Arme des Wildschweins getrieben; Arme, die sie seitdem nicht mehr verlassen hatte?

»Ist das für deinen Fall?«, fragte sie und zeigte auf das Buch.

Ein Roman von Kris Keller, in dem es um einen kleinen Jungen, einen Keller, ein Geheimnis ging ...

»Ja. Ich weiß nicht, was ich davon halten soll. Hast du es gelesen?«

»Ja.«

»Kannst du dich daran erinnern, was der Kleine entdeckt?«

»Es ist komisch, dass du mich das fragst ... Ich habe mehrere seiner Romane gelesen, vor allem die mit seiner Kultfigur ... Wie heißt er doch gleich?«

»Cuttoli ... Lieutenant Cuttoli.«

»Ja, genau. Also, ich finde sie unterhaltsam, gut gemacht ... Aber wenn du mich drei Monate später bittest, dir die Handlung zusammenzufassen, dann ist es verworren. Ich kann mich an einige Figuren erinnern, denn das ist wahrscheinlich seine größte Stärke ... aber der Rest ist im Großen und Ganzen recht banal. Wohingegen ich dieses Buch hier vor Jahren gelesen habe, und, ja, ich kann mich daran erinnern ... Sehr gut sogar.«

»Und?«

»Willst du es denn nicht selbst herausfinden?«

Er runzelte mit einem gespielt strengen Gesichtsausdruck die Stirn, als wolle er sagen: Glaubst du wirklich, ich will Katz und Maus spielen?

»Okay. Seine Eltern haben eine Art eingerichteten Keller. Sie empfangen dort Paare, um ... na ja, du weißt schon.«

Er nickte.

»Eine dieser Sitzungen geht schlecht aus. Ich erinnere mich nicht mehr an die Einzelheiten, aber der Mann wird getötet. Und sie beschließen, die Frau in dem Keller gefangen zu halten. Monatelang ...«

Bertegui verzog das Gesicht.

»Morbid …«

»Ja, ich weiß! Denn da ist einmal die Freiheitsberaubung, zugleich aber missbrauchen sie sie. Na ja, auf jeden Fall ist das Ganze sehr sexuell, sehr düster und recht beängstigend, da es aus der Sicht eines Kindes geschildert wird.«

Das Wildschwein schloss einen Moment die Augen. Was befand sich in Odile Le Garrecs Keller hinter den Matratzen, den Schranktüren und Regalen mit Einmachgläsern ohne Etikett?

»Glaubst du, das ist autobiografisch?«

Meryl Bertegui richtete sich auf und unterdrückte ein Gähnen, bevor sie aufstand.

»Wenn es autobiografisch ist, dann ist es ebenso übertrieben wie schrecklich. Mein Instinkt würde mir eher sagen: Der Autor hatte sicher keine glückliche Kindheit, wenn nicht gar eine gestörte, und er hat sie auf diese Weise sublimiert.«

Bertegui nickte. Er war nicht besonders literarisch veranlagt, aber feinsinnig genug, um den Mechanismus zu begreifen, der jeder Wertschöpfung zugrunde lag.

»Und es ist aus dem Bauch heraus geschrieben«, fügte sie hinzu. »Daran habe ich keinen Zweifel. Le Garrec hat in diesen Roman viel mehr von sich eingebracht als in die Abenteuer des Lieutenants … auch wenn man bestimmte Gemeinsamkeiten wiederfindet.«

»Zum Beispiel?«

»Die Wichtigkeit der Sexualität. Figuren, die nach außen hin vollkommen normal wirken, aber eigentlich wahre Perverse sind. Die Allgegenwärtigkeit des Doppellebens, der zwei Gesichter, verstehst du?«

Er nickte.

»Ein wenig wie deine Frau!«, schloss sie mit einem kleinen Lachen, das ihrem Griesgram von Ehemann ein breites Lächeln entlockte.

Sie war bereits an der Tür, als sie mit einem leicht schelmischen Ausdruck fragte:

»Kommst du nach?«

Und sich dann entfernte, ohne die Antwort abzuwarten.

Er blieb einige Momente allein, den Blick auf das Buchcover gerichtet, ein Lächeln auf den Lippen. Dann sah er den Tanz des Nebels vor dem Fenster, in dem kleinen Garten.

... Wir sind Laviller ...

Sein Lächeln erstarrte. Mit einem Seufzer stand er auf, durchquerte den Flur in Richtung Bad, blieb dann aber vor dem Zimmer seiner Tochter stehen.

Er schob sanft die Tür auf.

Jenny schlief. Er konnte die Masse blonder Haare sehen, die sich von dem Kissen abhob. *Ein Entzücken in jeder Minute* ... Und es überkam ihn erneut, wie schon etwas früher am Tag: das Gefühl eines ... Waffenstillstands. Eines Waffenstillstands während der Unruhen. Aber warum? Er musste sich irren, das waren nur die natürlichen Ängste eines Mannes, der seit einigen Jahren mit der Furcht lebte, das Glück zu verlieren, das er aufgebaut hatte und nicht verdiente oder glaubte, nicht zu verdienen. Ja, er musste sich irren ... Denn welche Unruhen? Diese Stadt war doch trotz allem sehr ruhig.

Er schloss die Tür und begab sich in die Arme seiner Frau, um alles zu vergessen.

23

Er landete ein wenig plump mit einem erstickten Murren. Er schüttelte sich, fast überrascht darüber, mit einer derartigen Leichtigkeit über das Gittertor geklettert zu sein und sich unversehrt auf der anderen Seite wiederzufinden.

»Das wird sooo geeeeiiil!«, sagte zu seiner Rechten Bruno Mansard mit einem falschen Vorstadtakzent, der von unschönen quäkenden Tönen verändert wurde, die die Hormone ankündigten. Neben ihm bestätigte sein zwei Jahre jüngerer Bruder Tipierre genau zum richtigen Zeitpunkt:

»Ja, so geil!«

»Also, war's doch nicht so schwer?«, fuhr Bruno fort, wobei er seinen Bruder ignorierte.

Als Antwort hob Christophe Dupuis den Kopf. Das Gitter erhob sich hinter ihm wie eine Herausforderung, stieß seine Spitzen in den Himmel, schöne Spitzen aus gedrehtem Eisen, an denen der Nebel zerriss ... Mindestens zehn Meter, schätzte er. Die Nase nach oben gerichtet, stellte er sich das schwammige Schmatzgeräusch der in seinen Körper eindringenden Zacken vor, wenn er abgerutscht wäre, und wandte dann den Kopf in Richtung Wald.

Im Halbdunkel erstreckte sich der Parkwald mit seinen Bäumen und Büschen, zeichnete ein Flechtwerk von leeren, geteerten Wegen. Zu dieser nächtlichen Stunde schien er von der Welt abgeschnitten. Eine ländliche Stille lag in der Luft. Das Geräusch einer Hupe störte die Ruhe – die Stadt, die doch so nah war, schien kilometerweit entfernt zu sein ...

»Also, Jungs, auf geht's!«, rief Bruno Mansard.

»Psst«, machte Christophe. »Sonst werden wir geschnappt.«

Der Park, der schon tagsüber für Boards und Skater verboten war, war nachts für die Öffentlichkeit geschlossen. Das hatte Mansard, dem es an verschrobenen Ideen nie mangelte, genügt, um ihnen diese nächtliche Expedition vorzuschlagen. Ein cooler Nachttrip mit Taschenlampen ... uah, zu genial, oder?

»Du siehst nicht gut aus, Alter. Man könnte meinen, du hättest gerade deine Unterhose gefressen ... Und als wär die nicht super sauber gewesen!«

Tipierre brach in lautes Gelächter aus – Tipierre war Fan Nummer 1 seines Bruders und seiner billigen Witze.

»Ich hab keine Lust erwischt zu werden«, erklärte Christophe. »Ich pass nur auf, ob uns auch wirklich niemand sehen kann.«

Der andere zuckte die Achseln.

»Ach was, das Einzige, was dir hier über den Weg laufen kann, ist ein Gespenst ...«

Christophe wechselte einen kurzen Blick mit Tipierre.

»Was meinst du damit?«, fragte das Kind zögernd.

»Na, du weißt schon ...« Er setzte plötzlich eine Verschwörermiene auf. »Du weißt doch, was man erzählt, oder? Dass es im Parkwald spukt ...«

Erneuter Blick zwischen den beiden Angsthasen.

»Weil sie hier das erste Kind der Talcot-Affäre gefunden haben ... Du kannst dich da nicht dran erinnern, ich weiß nicht mal, ob du da überhaupt schon laufen konntest. Aber *du* weißt das doch noch, oder?«

Christophe antwortete nicht.

»Die haben ganz schreckliche Sachen mit dem Jungen angestellt. Und anscheinend ist seine Seele hier immer noch irgendwo in der Ecke. Nun ja, nur im Winter ... Im Nebel. Er und die anderen ... Weil die Kinder, die umgebracht werden, immer da bleiben, wo sie gestorben sind. Und manchmal, wenn du dich nachts hier in der Gegend rumtreibst und am Parkwald vorbeikommst, dann steht er da hinter dem Gitter. Vor allem an Abenden wie heute, wo der Mond schön hell ist und der Nebel fast ... leuchtet. Da kannst du ihn sehen. Er ist wie ein Schatten ... aber ganz weiß. Ja, ein Schatten, der blutet ... der blutet und auch lächelt. Und wenn er dich anlächelt, darfst du ihn nicht anschauen. Sonst bist du geliefert! Er will nämlich, dass du mit ihm spielen kommst. Das Problem ist nur, dass er keine Augen mehr hat, weil sie ihm die damals herausgenommen haben. Nur zwei rote Löcher. Also muss man ihn führen ... Deshalb will er immer jemanden bei sich haben.«

Schweigen.

»Wusstest du das etwa nicht, Kleiner?«

Bruno brach in lautes Gelächter aus, holte, ohne sich um die anderen zu kümmern, das Material aus der Tasche: die Lampe zum Befestigen an der Schirmmütze und eine Taschenlampe für die Hand.

»Okay, Kumpels, geht's los?«

Er wartete die Antwort nicht ab, stieß ein »Yeeeaaahhh!!!!« aus und sprang auf sein Skateboard, um auf den Wegen des Parkwalds zu verschwinden.

Tipierre riskierte einen Blick zu Christophe, beschloss dann, seinem Bruder auf dem Fuß zu folgen, indem er ordentlich loslegte, um ihn einzuholen – der

Große hatte solide Schenkel und ein sicheres Gleichgewichtsgefühl.

Innerhalb weniger Sekunden fand sich Christophe allein wieder.

Er warf einen letzten Blick umher. Düster und nebelig. Es gab ihm plötzlich einen Stich, als er an seine Mutter dachte, die ihn beim Monopolyspielen bei den Mansards wähnte oder gar schlafend, im Hinblick auf die Uhrzeit. Es widerstrebte ihm, sie anzulügen, und er fühlte sich schuldig.

Vor ihm, etwa zwanzig Meter jenseits der Kurve, zeigte ihm das Geräusch der beiden glatt rollenden Boards den Weg. Es war Asphalt erster Klasse, ohne Risse, einwandfrei wie der vom Cours du Parc.

Schließlich fand er sich damit ab, oder beschloss vielmehr, dass er sich lieber zu seinen Freunden gesellte, als allein am Gitter zu warten (*Ja, manchmal steht er am Gitter, und wenn er dich anlächelt mit seinen beiden roten Löchern, bist du geliefert.*) Er befestigte die Lampe an einem Helm, setzte das Ganze auf, atmete tief ein und fuhr los.

Er folgte seinen Freunden, ließ sich berauschen und einige köstliche Minuten lang von seinen Empfindungen mitreißen – das Adrenalin, das in seinen Adern floss, löste in ihm wie jedes Mal, wenn er ein wenig *hardcore* skatete, eine unbeschreibliche Euphorie aus. Als Oval angelegt, war der Park von Fahrradwegen umgeben und von kleineren Pfaden von schlechterer Qualität durchzogen, die durch den Wald führten. Und Bruno hatte recht: Es war wirklich etwas ... Besonderes, all dieser Raum, der ihnen zur Verfügung stand. Selbst die Dunkelheit, die wenige Minuten zuvor noch ein wenig beklemmend gewesen war, regte die Empfindungen an. Er bereute das Abenteuer nicht. So in der Nacht zu skaten, das war mal was anderes ... Ein »Trip«, der ganz anders war als ein Slalom oder gar eine schöne Wanderfahrt.

Zu seiner Rechten hörte er das Gelächter der beiden Brüder. Guter Gott, wo waren sie nur langgefahren?

Er erblickte einen Weg, der durch den Wald führte und dessen Asphalt ein wenig unregelmäßig war. Über diese Abkürzung müsste er zu ihnen gelangen, denn das war schließlich diese Art von Kick, die man wahrhaftig Lust hatte zu teilen.

Unbeschwert bog er aufs Geratewohl in den Weg ein, beschleunigte das Tempo ... Die Lichtkegel sprangen herum, stachen durch den Nebel, um kurz einen Baumstumpf, Laub, einen großen Stein anzuleuchten, dem er ausweichen musste ... Unglaublich, so was mitten in der Stadt genießen zu können, oder?

Die Fahrt ging ganz plötzlich zu Ende: eine scharfe Kurve, zu steiniger Asphalt, eine Rille auf der Straße ... Er rutschte bei voller Geschwindigkeit aus, stolperte über Kies und landete am Fuß einer Steinbank, einer dieser kleinen Bänke, die die Spazierwege säumten. Die Lichter flogen in den Himmel ... Und die Dunkelheit brach mit einem dumpfen Geräusch herein.

Der Schmerz strahlte zunächst von der Hüfte aus, auf die er gefallen war, und fuhr ihm dann durchs Bein. Auch sein Handgelenk schmerzte, ganz zu schweigen von seinen Handflächen, die aufgeschürft waren und bluteten. Tastend versuchte er, den Nebel zu durchbrechen, der am Boden stets dicker war, um die Lampen wiederzufinden. Vergeblich.

Mühsam hievte er sich auf die Bank, um sich wieder zu fassen. Er blickte sich um. Er befand sich auf einer

Art Lichtung, eine Lücke mitten in dem kleinen Wald. In der Dunkelheit hörte er Mansards freudiges und selbstbewusstes »Yeaaaaahhhh!«.

Er versuchte herauszufinden, wo seine Freunde waren – er hörte zwar undeutliches Gelächter, das Knirschen der Rollen auf dem Asphalt ... Aber wo?

»Eeeh?«

Er rief mit unsicherer Stimme, denn da war nach wie vor diese Sorge, erwischt zu werden.

Keine Antwort. Er fröstelte. Der Aufprall hatte in ihm jede Begeisterung gefrieren lassen. Ihm war kalt.

Er musste um jeden Preis die Lampen wiederfinden. Er wartete einen Moment, um sich an das Halbdunkel zu gewöhnen, dieses merkwürdige helle, weiße Halbdunkel, das einen in Vollmondnächten wie dieser sanft berührte.

Gut. Versuchen zu laufen, das Skateboard suchen ... Er dachte nach, bemühte sich, nicht in Panik zu geraten. Nach dem Sturz war das Skateboard ... nach links gerutscht! Ja, in der Verwirrung erinnerte er sich, dass das Board direkt mitten in die Bäume geflogen war. Egal, ob Taschenlampe oder nicht, er musste UNBEDINGT dieses Skateboard wiederfinden. Es war neu. Es hatte ihn mehrere Monate Taschengeld gekostet, plus einen Geburtstagsbonus, denn er hatte das Beste haben wollen, die besten Kugellager, Anti-Stoß-Rollen ... Es kam nicht in Frage, es bis morgen hierzulassen.

Er fasste sich ein Herz, verließ den Weg. Mit unsicheren Schritten drang er in den Wald, in die Dunkelheit ein – dort, wo der Nebel keinen Mondschein mehr durchließ. Zweige knackten unter seinen Füßen, und er zuckte zusammen. *Fuck*, wenn er doch zumindest eine der beiden Lampen wiedergefunden hätte!

Er kniff die Augen zusammen und versuchte, etwas zu erkennen - ein knallbuntes Skateboard (es war neu, seine Füße hatten noch nicht das Muster abgerieben), so was müsste man doch eigentlich sehen, oder?

Plötzlich erregte eine rote Scherbe auf dem Boden seine Aufmerksamkeit.

Rot. War Rot auf dem Skateboard?

Auf dem Boden funkelte die Scherbe, als ob der Mondschein durch den Wald gedrungen wäre, um einen scharlachroten, kalten Strahl auf sie zu richten.

Nein, das war nicht sein Board. Aber angetrieben von einem Willen, den er nicht mehr kontrollierte, ging Christophe in die Hocke, um zu verstehen. Wenige Meter entfernt knackte ein Zweig.

Ihm krampfte sich das Herz zusammen. Ein übler Scherz der anderen beiden? Er war wie erstarrt, lauschte, wandte den Kopf ... Niemand. Keine Augen, die in der Dunkelheit leuchteten, kein Grimassen schneidendes Monster. Ein leichtes Rascheln eines Zweiges zu seiner Linken hielt ihn in Alarmbereitschaft, ließ aber nichts erkennen. Ein Eichhörnchen vielleicht ...

Schließlich streckte er die Hand aus.

Der Gegenstand fühlte sich kalt, hart und scharfkantig an. Immer noch in der Hocke, untersuchte er ihn. Es war nur eine Spiegelscherbe. Spitz, wie ein Dolch geformt - er hätte sich sogar daran verletzen können - und ... feucht.

Blut?!

Er spürte, wie sich Körper- und Haupthaare aufrichteten, und eine unaussprechliche Angst umklammerte plötzlich sein Herz.

Ein Kind, das tot im Park aufgefunden worden war … Die Erinnerung, die wenige Minuten zuvor noch verworren gewesen war, zeichnete sich nun in klaren Konturen ab und nahm ihm den Atem. Wie alt war er damals gewesen? Sechs Jahre vielleicht? Er verstand, warum der Parkwald in ihm dieses diffuse Unbehagen auslöste. Jedes Mal, wenn er hierhergekommen war, hatte er sich monatelang nicht davon abhalten können, an diesen kleinen Jungen zu denken, der unter dem Laub gefunden und qualvoll gestorben war (wie, hatte er nie gewusst, aber die schlimmsten Gerüchte waren im Umlauf gewesen: ausgestochene Augen, man habe ihm die Organe herausgenommen, um damit zu handeln, wie bei den kleinen Südamerikanern!). In der Verschwiegenheit seiner Kinderängste hatte er immer, wenn er den Ball holen gegangen war, der sich bei Volleyballpartien im Gestrüpp verirrt hatte, gefürchtet, das bleiche, augenlose Gesicht eines Geistes zu entdecken – denn konnte man in Frieden ruhen, wenn das Leben einem einen derartigen Tod zumutete? Er stellte sich nicht ohne einen gewissen masochistischen Genuss diesen kleinen Jungen vor, wie er ganz verdreckt im Wald auf ihn wartete, das Gesicht bleich und die Augenhöhlen leer, und eine Hand ausstreckte, um nach dem Ball zu greifen. In gewisser Weise hatte Mansard Unrecht. Diese Gespenstergeschichte hatte nie kursiert. Christophe hatte sie noch nie zuvor gehört – diese weißen Formen im Nebel und all das … Dabei pulsierte sie im Gedächtnis jedes Kindes von Laville-Saint-Jour, ohne dass auch nur eines von ihnen sie je erzählt hätte. Ebenso wie auch die Bilder ihrer erschütterten Eltern vor dem Fernseher, während die Kameras das eine oder andere Viertel von Laville-Saint-Jour zeigten, mit der Leblosigkeit einer Leiche in ihrem Gedächtnis ruhten; die Schlagzeilen der Zeitungen, die auf dem Schulweg zur Schau gestellt wurden, die schockierten Gesichter der Lehrerinnen, wenn man erfuhr, dass eine Untersuchung an der Schule durchgeführt wurde ...

Eine tödliche Kälte hüllte ihn plötzlich ein. Er wähnte eine Präsenz hinter sich.

Bruno? Tipierre? Ein weißes Gesicht mit zwei blutigen Löchern?

... sie haben mir meine Augen weggenommen ... willst du nicht mit mir spielen?

Stille. Kein einziges Geräusch belebte mehr den Park, nicht einmal das seiner lachenden Freunde in der Ferne. Er wartete noch ein paar Sekunden, fast im Gleichgewicht trotz der Schmerzen in seiner rechten Seite. Ein frischer Windstoß bewegte die Büsche, die Bäume erzitterten, der Nebel bewegte sich ... Dann nahm alles wieder seinen Platz ein wie ein Bühnenbild.

Wie versteinert, immer noch in der Hocke und zur geringsten Bewegung unfähig, betrachtete er die Scherbe in seiner Hand.

Und er verstand, dass sie sich alle geirrt hatten. Denn der Schatten, der hinter ihm stand, war nicht weiß ... sondern so schwarz wie die finsterste Nacht.

Der Schrei erhob sich wenige Minuten später. Er kam von dem Gittertor, das den Parkwald jeden Abend um 19 Uhr 30 schloss, wickelte sich um einen der Stäbe, bereit zu entkommen, blieb an einem Nebelschleier hängen, schwoll in den Lüften an, wirbelte eine Weile zögernd herum und bog dann in die menschenleere, tadellose Allee des Cours du Parc ein. Er flatterte von Haus zu Haus, schrill und kristallklar, denn er gehörte zu einem vierzehnjährigen Jungen im Stimmbruch, der in diesem Augenblick nicht älter als fünf Jahre war. In Saint-Exupéry schwoll er auf dem Schulhof an, durchquerte die verschlafenen Klassenzimmer, hallte in den Innenhöfen und den Gängen des ehemaligen Klosters wider, das ein Gymnasium geworden war ...

Von dort aus nahm er Anlauf in Richtung Innenstadt, glitt auf den Nebelschleiern wie ein Surfer, drehte auf dem Place Washington, flog Slalom zwischen den Wasserspeiern, die sich auf dem Frontgiebel von Saint-Michel unter ihrer schönen weißen Beleuchtung aneinanderreihten. Er durchquerte auf diese Weise Laville-Saint-Jour wie ein Glühwürmchen, springend und hastig, in den ruhigen, leeren Straßen, unter den orangefarben leuchtenden Straßenlaternen und kleinen dunklen Grünanlagen. Einige hörten ihn - oh, gar nichts, nur ein Hauch, eine unterschwellige Explosion in ihrem Schlaf -, andere nahmen ihn nicht einmal wahr. Dennoch war dies ein Schrei absoluten Entsetzens.

Im Parkwald betrachtete Bruno Mansard, einer ordentlichen Nervenkrise ausgeliefert, den Körper seines Freundes, auf den Gitterspitzen unter einem silbernen Mondschein aufgespießt, hoch oben in zehn Metern Höhe. Irgendwo wiederholte ein kleiner Teil seines Bewusstseins: *Er lebt noch! Er lebt noch!*, denn der Körper wurde von Krämpfen geschüttelt, und Mansard hörte ein schleimiges Röcheln und bekam Spritzer des Blutes ins Gesicht ... Er schrie vor Entsetzen, aber auch vor Unverständnis: Wie war diese ... diese Sache möglich – der Körper seines Kumpels Christophe, durchbohrt von vier Spießen?! Was war passiert? Welche Kraft hatte ihn auf diese Weise hochheben können? Früher oder später hätten sie sich begegnen, sich irgendwo wiedertreffen müssen ...

Also?

Also schrie Mansard unten am Gitter, schrie, schrie, wie um sich die Stimme für immer zu brechen, und verstand vage, dass er nie wieder über dieses Gitter klettern konnte, um aus dem Park herauszukommen, dass er gefangen war mit diesem Körper über seinem Kopf ... Und, guter Gott, wo steckte denn eigentlich Tipierre?

Währenddessen träumte Bastien von einem Bildschirm, auf dem Worte entlangliefen, DIE Worte, die Enthüllungen – die Wahrheiten? – von *julesmoreauwillihrfreundsein ...*; und in der Stille des kleinen Ateliers, in dem Caroline Moreau malte, befleckte ein roter Spritzer ihre letzte Wolke. Eine Wolke so schwarz wie die finsterste Nacht ...

Währenddessen stieß Bertegui den Seufzer eines Mondsüchtigen aus – *ein Waffenstillstand* –, der seine Frau sanft aus dem Schlaf riss und sie überraschte, denn ihr Wildschwein sprach nie im Schlaf, schnarchte nicht einmal. Und Suzy Belairs Bleistift brach entzwei, während sie gerade einen Aspekt zwischen zwei Planeten auf einem Geburtshoroskop zeichnete.

Währenddessen erschauderte Audrey auf der Terrasse der Rocheforts, und während sie die riesige schwarze Ruine betrachtete, die ihr gegenüberlag und kurz von einem gelben Licht beleuchtet wurde, durchfuhr sie eine irrationale Panik – *wenn David etwas zustieße, würde ich daran zugrunde gehen* ... Und auf der Party selbst brach die Musik plötzlich ab und zwang zu ein paar Sekunden Stille. Ja, überall waren die Laviller unruhig in ihren Betten, in ihren Träumen und Albträumen, drehten sich herum, murmelten vor sich hin ... Und flüsterten sich selbst im Dunst ihres Schlafs, in ihren eiskalten Körpern trotz der Wärme der Laken zu: Im Grunde hatten wir es immer gewusst ... Etwas war nicht tot ... Nein, etwas hat ... überlebt.

24

César erstarrte auf halbem Weg - er hatte etwas gehört.

Einen Schrei?

Ja, es hörte sich an wie ein Schrei. Und die Person, die ihn ausgestoßen hatte, war nicht weit weg, schätzte er. Und es ging weiter und weiter. Man könnte glauben, dass die Tussi - das war doch eine Frauenstimme, oder? - gerade dabei war, langsam, ganz langsam bei lebendigem Leibe ausgenommen zu werden. Hier, ganz in der Nähe ... Als ob es im Parkwald passierte, also praktisch vor seiner Tür.

Er wartete einen Moment in der Dunkelheit - er hatte das Licht nicht angemacht -, für den Fall, dass jemand im Haus aufgewacht wäre (jemand, das heißt, seine Schwester oder die kleine irische Hure, die eine Etage über ihnen unterm Dach schlief und damit beauftragt war, auf die Kleine aufzupassen. Die Eltern befanden sich nämlich beim Empfang der Rocheforts, beziehungsweise beim Empfang von Madame Rochefort, da jeder wusste, dass nach dem Bankrott von Vater Rochefort sie diejenige war, die die Kohle hatte und die Schule für ihren Versager von Ehemann gekauft hatte.).

Das Haus blieb still ... Draußen erstarb der Schrei.

Ach, ist sie schließlich doch noch krepiert, dachte er, und dieser Gedanke entlockte ihm ein nervöses Lachen.

Er wartete weiter. Kein Geräusch mehr: keine schlaffe Strohblonde mit Sommersprossen ... keine sechsjährige Rotznase, die ein Kuscheltier hinter sich her zog, das nach saurer Milch stank ... kein Benz der Eltern, der aus der Ferne kam. Überhaupt nichts ... alles tiptop. Denn heute Nacht hatte er sowieso keine Wahl. Unmöglich zu schlafen. Seine Lust darauf war zu groß.

Er nahm seinen leisen Abstieg wieder auf, die Füße warm in seinen Filzpantoffeln, ein dickes Sweatshirt über seinem Pyjamahemd und eine Jogginghose.

Er durchquerte das Vestibül, ging in die Küche, deaktivierte die Alarmanlage, bevor er auf die Außentreppe der Dienstbotentür hinaustrat.

Im Gegensatz zum Haus war der Garten mit diesen komischen hässlichen Dingern beleuchtet, die seine Mutter bei einer dieser nervigen Auktionen erstanden haben musste. Zu aufgeregt, um die Kühle zu spüren, und zu nervös, um die Dichte des Nebels zu bemerken, ging er um das Haus herum und lief bis zum Ende des Gartens auf der rechten Seite, zu diesem alten Landschuppen, in dem der Gärtner seine Geräte unterstellte und der in Dunkelheit getaucht war ...

In seiner zitternden Hand ein kleiner Schlüssel. Er wartete ein paar Sekunden, die Ohren gespitzt. Er glaubte, rötliche, blinkende Lichter auf der anderen Seite des Parks zu erkennen, aber es war schwer zu sagen, denn von dieser dunklen Seite des Gartens aus versperrte ihm das Haus den Blick. Er konnte nichts als den stolzen Wohnsitz erkennen und den Schatten der Bäume, die der Nebel auflöste. Er schob den Schlüssel in das große Schloss, entfernte mit einem raschen Schlag die Klappe und schlüpfte durch die Tür, ohne das Licht anzumachen.

Er erkannte sofort den Geruch, der ihn empfing. Das Blut. Unter seinem Pyjama regte sich etwas.

Er knipste die Taschenlampe an, die er in seinem Zimmer versteckte, richtete den Strahl auf die Hobelbank, trat atemlos näher, sein ganzer Körper in einer bebenden Erektion angespannt.

Die Katze lag direkt auf dem Holz. Ihre Beine waren so angenagelt, dass sie sich nicht befreien konnte – dicke Nägel, die in die rosa Ballen geschlagen worden waren – beziehungsweise die rosa gewesen waren, bevor sie die Farbe rohen Fleisches angenommen hatten. Die Beine waren darüber hinaus angebunden, um jeglichen Ausweg zu verhindern, da sie sich zwei Tage zuvor beim Versuch zu fliehen glatt den Teil einer Tatze abgerissen hatte. Um ihr Maul herum war eine Schnur gerollt, um das Miauen und die Schreie zu ersticken, während zwischen den Ohren ein Blutödem an der Stelle verkrustete, wo er sie betäubt hatte.

Sie lag seit drei Tagen da, im Blut, in der Pisse und in der Scheiße – César hielt sie mehr schlecht als recht mit Milchspritzen am Leben, die er ihr ins Maul schob, und das Tier saugte gierig, ein Reflex, der ihn mit Ekstase erfüllte.

Als es den Geruch seines nährenden Henkers wiedererkannte, wurde das Ding, das einmal eine Katze gewesen war, die sich daran erfreute, Schmetterlinge zu jagen und vor der Heizung zu schnurren, von Zuckungen geschüttelt, und Césars Herzschlag beschleunigte sich noch.

Die Idee war ihm ganz plötzlich einen Monat zuvor gekommen – ein harmloser Satz seiner Mutter: »Man darf Katzen keine Angst machen, César, weißt du das? Wenn sie sehr große Angst haben, kann ihre Leber sieben Mal wachsen, und sie können daran sterben!« Seine Mutter hatte immer sehr bescheuerte Sachen zu allem und jedem zu sagen. Sie redete auch die ganze Zeit mit ihm über Tiere (das hatte ihn im Übrigen hellhörig gemacht. Hatte die Schlampe trotz ihrer Gläser Scotch etwa ... was gemerkt?).

Auf jeden Fall hatte César beschlossen, dass das eine interessante Erfahrung sein könnte. Er hatte auch gehört, dass Katzen neun Leben hatten und eine außergewöhnliche Widerstandsfähigkeit beweisen konnten. Welche der beiden Legenden hielt sich an die Wirklichkeit? Hatte seine Mutter recht?

Er hatte nun keinen Zweifel mehr. Ein weiterer Schwachsinn, den man ihr zugutehalten musste.

Immer noch schweigend, am Rande der Ekstase, je mehr sich das Knäuel wand und ein wenig mehr das Fleisch zerriss, stellte er seine Lampe ab und griff nach der Spritze. Das war der beste Moment: die Macht ... die totale und absolute Macht über die Kreatur. Diese Sache mit der Katze war das Beste, was er bisher getan hatte. Gewöhnlich »spielte« er ein wenig mit ihnen, bevor er dem Ganzen ein Ende bereitete. Nun hatte er mit der Erfahrung Fortschritte gemacht. Drei Tage ... Verdammt, ja, dieser Trip mit der Katze war wirklich top.

Zumindest, solange sich nichts Besseres ergab ...

Er füllte die Spritze auf, indem er sie in eine Milchtüte tauchte, die dort herumstand – die Milch war wahrscheinlich jetzt schön sauer, so sehr, dass das Vieh sich auch noch den Dünnpfiff einfing! –, legte eine Hand auf die Katze, um sie ruhig zu stellen (oh verdammt, die Ekstase zu spüren, dass sie noch widerstandsfähig genug war, um sich wie ein Wurm an seiner Haut zu winden!), richtete die Spritze auf das Maul des Tieres ...

Ein Geräusch.

Da, direkt draußen.

Das Rascheln einer Pflanze, die man im Vorbeigehen berührt.

Atemlos hielt er inne. Verlor seine Erektion, ohne es überhaupt zu bemerken.

Noch ein paar Sekunden. Ja, wie die Geräusche von Schritten! Oder aber ... Kaum die Geräusche von Schritten. Fast ein Gleiten eigentlich. Er hatte ein feines Gehör, und außerdem waren mehrere Löcher in dem Schuppen. Man hörte alles, was ihm Garten vor sich ging, als befände man sich dort (und umgekehrt, daher die Vorsichtsmaßnahme des »Maulkorbs«, denn auch wenn sich seine Mutter nie hierherverirren würde – von seinem Vater ganz zu schweigen! –, denn sie hätte ja etwas hören können, während sie einen Blick auf die Rosenstöcke warf.).

Bernard, der Gärtner?

Bei diesem Übergeschnappten war alles möglich. Er hatte die Schlüssel ... Er könnte sogar klammheimlich zum Schlafen herkommen, dazu wäre er fähig. Egal, ob Katze oder nicht ... Vielleicht erregte ihn das ja sogar. César hatte keine Ahnung, und es war ihm egal. Sie hatten sich ohnehin gegenseitig in der Hand: Zwei Jahre zuvor hatte ihn Bernard im Schuppen dabei überrascht, wie er gerade »Sachen« mit einer Ratte machte ... Und César hatte getan, was getan werden musste, um sich sein Schweigen zu erkaufen. Mit elf Jahren hatte er bereits ein sexuelles Bewusstsein gehabt, das weiter entwickelt war als bei anderen Kindern seines Alters, und er hatte mehrere Male Bernards eigenartigen Blick aufgefangen. Also hatte César gehorcht, und zwar mit erstaunlicher Leichtigkeit und dem Eindruck, das vor sehr langer Zeit schon einmal gemacht zu haben, auch wenn er keine genaue Erinnerung daran zurückbehalten hatte.

Falls es Bernard war, bestand keine Gefahr. Auch wenn César gerade überhaupt nicht der Sinn danach stand, auch nur irgendwem »Lust« zu bereiten außer sich selbst (eine Lust, die so intensiv war, dass, so glaubte er, niemand nirgendwo eine derartige Ekstase erleben konnte).

»Du bist da, nicht wahr?«

Er verkrampfte sich. Sein Herz setzte einen Schlag aus. Er spürte, wie sich seine Hoden zusammenzogen und unterdrückte ein heftiges Verlangen, Wasser zu lassen.

Das war nicht Bernards Stimme, sondern die ruhige, tiefe Stimme eines Wesens, das sich vollkommen beherrschte.

»Ich weiß, dass du da bist ... Du brauchst noch nicht einmal aufzumachen.«

Wie konnte es flüstern und zugleich so zu ihm sprechen, fast als ob es sich hier mit ihm im Schuppen befand?

Unter seiner Hand hatte sogar die Katze aufgehört, sich zu bewegen. César spürte jetzt nur noch das Pochen des Herzens unter dem Fell.

»Es tut gut, nicht wahr?«

... bum ... bum ...

Es war nämlich nicht das Herz der Kreatur. Es war sein eigenes Herz, das da pochte. Ein rotes Pulsieren, das ihn daran hinderte, auch nur irgendeine Form in dem Raum erkennen zu können, so sehr überstürzten sich die Emotionen: Schrecken ... Panik ... Man hat mich entdeckt ... Die Eltern ... Das Gefängnis ...

»... hab keine Angst, ich weiß, wie gut es tut. Was ist es denn diesmal? Eine Katze? Ein Hund?«

... bum ... bum ...

»... du brauchst nicht aufzumachen ... Ich kann sowieso hereinkommen, wenn ich will.«

... bum ... bum ...

»... aber du wirst mir zuhören.«

Die Sanftheit in der Stimme verdeckte in keiner Weise die Autorität des Tonfalls. Es war ein Befehl. Unwiderruflich.

»... wir brauchen dich.«

Und César hörte zu. Eine Minute, zehn ... Er hätte es nicht sagen können. Die Hand auf der Brust der Katze, die Spritze zwanzig Zentimeter von ihrem Maul entfernt. Er hörte zu und hörte zu.

Und als die Stimme diese letzten Worte ausgesprochen hatte: »... schreckliche Dinge geschehen, und von diesem Tag an wird nichts je wieder so sein wie zuvor ... Weder für dich, noch für sonst jemanden hier ...«, wusste er, dass sich ihm eine neue Welt eröffnete und dass sein Leben wunderbar werden würde.

Zweiter Teil

Eines Tages im Nebel ...

25

Sie waren nicht gerade zahlreich erschienen, um Odile Le Garrec zu ihrer letzten Ruhestätte zu begleiten, dachte Bertegui. Von seinem Beobachtungsposten aus – er hielt sich im Hintergrund – schätzte er die kleine Gruppe auf etwa zwanzig Personen. Zwanzig Gestalten und ein Priester um ein Grab herum, dunkel gekleidet, die sich von der Stille eines Friedhofs abhoben, der mit großen Bäumen hundertjähriger Erhabenheit bepflanzt war. Es war einer dieser typischen Laviller Tage, an denen sich das Grau des Himmels mit den schmutzigen Weißtönen eines Nebels vermischte, der an diesem Morgen jedoch dünn war.

Trotz der Entfernung und der ein wenig verschwommenen Sicht erkannte er Nicolas Le Garrec wieder, Suzy Belair, die Putzfrau … Und er glaubte die Schwester des Opfers zu erkennen, ein schwarzes Tuch über dem Kopf – obwohl man immer noch nicht mit Sicherheit wusste, ob es sich tatsächlich um ein »Opfer« im juristischen Sinn des Wortes handelte. Die anderen Gesichter waren ihm unbekannt, nur eine Frau mit orangefarbenem Dutt zog sein Augenmerk auf sich, denn die Farbe ihrer Haare schien bei diesem Anlass eine Beleidigung zu sein.

Um die Schwester, Sophie Mcrichon, zu treffen, befand sich Bertegui dort. Suzy Belair, die Astrologin, hatte ihm ihren Namen und ihren Wohnort genannt, und Bertegui hatte sie zwei Tage zuvor angerufen. Er hatte aus ihrem kühlen Empfang geschlossen, dass die Beziehung zu ihrer Schwester nicht von großer Zärtlichkeit geprägt gewesen war. Sie hatte im Übrigen keinerlei Kommentar abgegeben, als Bertegui mit ihr hatte sprechen wollen, hatte noch nicht einmal Überraschung gezeigt. »Ich komme nur zu der Beerdigung und fahre danach direkt wieder zurück ... Ich bleibe nicht. Wir können uns nach der Zeremonie treffen, wenn Sie wünschen. Bevor ich meinen Zug nehme ...« Woraufhin sie aufgelegt hatte. Kein Wort zu den Umständen des Todes. Nicht der geringste Zweifel an ihrem möglichen Beitrag zu der Ermittlung.

War es denn eigentlich eine Ermittlung? Nicht wirklich. Genauso wenig wie die Schritte, die bezüglich des Stierkadavers unternommen worden waren ... Oder wie die Vernehmungen nach dem Unfall im Parkwald – man hatte Bertegui mitten in der Nacht benachrichtigt, und er würde diesen Anblick so schnell nicht vergessen: das rote und blaue Blinken der Krankenwagen und Polizeiautos, die aus dem Nebel auftauchten wie die Scheinwerfer eines Ufos, das dort eine Notlandung gemacht hatte ... Die ausgefahrene Leiter der Feuerwehrleute im Ansturm auf die Gitter, um den Gemarterten herunterzunehmen ... Dieser Satz einer Schaulustigen im Morgenrock, als er an ihr vorbeiging: »Mein Gott, das ist wie bei dem Sohn von Romy Schneider!« ... Schließlich die Schreie der Mutter, die man zu früh benachrichtigt hatte.

Bisher hatten sich seine Schritte als erfolglos herausgestellt. Man hatte den oder die »Scherzkekse«, die Odile Le Garrecs Telefonkabel durchgeschnitten hatten, nicht identifiziert, und selbstverständlich hatte die Autopsie den verhängnisvollen Infarkt bestätigt. Im Übrigen gab es nichts, was in irgendeiner Weise eine Beschuldigung ihres Sohnes gestattete: Das Erbe belief sich auf das Haus und einige Barmittel – Lappalien im Vergleich zu den Tantiemen von Le Garrec, an dessen finanzieller Gesundheit kein Zweifel bestand.

Suzy Belair, die zwei Tage lang beschattet worden war, hatte sich ebenso wenig verdächtig verhalten.

Der Stier hingegen war eindeutig getötet worden. Zunächst durch einen Pfeil betäubt, das hatten die Experten bestätigt, hatte man ihn mit einer Art großem Messer ausgenommen, wahrscheinlich eine Art Jagdwerkzeug mit gezackter Klinge. Trotzdem befand sich der Kommissar, während er auf weitere Analysen der Bodenproben wartete (eine Anfrage von Bertegui, die einiges Stirnrunzeln hervorgerufen hatte – es war schließlich »nur eine Kuh mit Säcken!«, wie es ein Lieutenant im weißen Kittel formuliert hatte, der von Dijon hergeschickt worden war), in einer Sackgasse.

Blieb Christophe Dupuis oben auf den Gittern des Parkwaldes. Die Vernehmung seines Freundes Bruno Mansard war auch nicht beweiskräftiger gewesen als Berteguis sämtliche anderen Versuche. Was seinen kleinen Bruder betraf, so hatte das Wildschwein ihn noch nicht einmal anhören können: »Lassen Sie ihm ein paar Tage!«, hatte die Mutter gefleht. Er hatte nicht weiter darauf bestanden.

An was klammerte sich der Polizist also? An ein vages Gefühl ... und an wenige Einzelheiten. Kleinigkeiten wie eine Verschiebung zwischen zwei Stufen einer vollkommen geraden Treppe; die Distanziertheit und das Desinteresse der Astrologin, ihre scheinbare Gleichgültigkeit; Le Garrecs Schweigen, sein mangelndes Interesse an der Identität derer, die das Telefonkabel durchgeschnitten hatten; der entzückte Blick eines sechsjährigen Jungen beim Anblick seiner Knarre, der ihm ins Ohr flüsterte: »Es ist der Geist ... der Neue ...« und ihm dabei ein großes Bauwerk, das in Trümmern lag, auf einem Hügel zeigte.

Da waren auch Mansards Worte bezüglich seines Freundes: »Ich verstehe das nicht ... Er hatte ›Angst‹, da hinaufzusteigen. Er wäre niemals allein über das Gitter geklettert ... Ohne auf uns zu warten!«

Im Endeffekt kam es ihm vor, als ob all diese Fälle mit Laville selbst verschmölzen: Jenseits des Charmes der alten, neu verputzten und gepflegten Gemäuer, des strahlenden Grüns der Gärten, der schmucken, glatten Alleen erahnte man – im Nebel mitten in der Nacht, wenn man eine krumme Gasse entlangging oder auf ein paar schiefen Stufen ausrutschte, als seien sie von einem betrunkenen Architekten gezeichnet worden – Geheimnisse, die hinter den Mauern pochten, Schätze, die auf Dachböden schliefen, eine Geschichte, die dabei war, unten in den Kellern zu vermodern ...

Die kleine Gruppe begann sich aufzulösen. Nicolas Le Garrec nahm die Beileidsbezeugungen in Begleitung einer älteren Frau entgegen, wahrscheinlich seine Tante, dieselbe, die Bertegui in ein paar Minuten treffen würde. Le Garrec trug eine für den Anlass zu sportliche Kleidung zur Schau, wie er fand: schwarzes Leder, schwarze Jeans, Sonnenbrille ...

Ein letztes Schulterklopfen, einige Worte ins Ohr geflüstert. Von seinem Beobachtungsposten aus konnte Bertegui sehen, wie die Tante einen langen Blick mit ihrem Neffen wechselte. Sie waren nur noch zu dritt:

er, sie und im Hintergrund Suzy Belair, die Blässe ihres Gesichts kaum erkennbar in dem Nebel - man musste fast die Augen zusammenkneifen, um die Linie ihres weißen Haars nachziehen zu können.

Einen Augenblick glaubte das Wildschwein, die Tante würde ihren Neffen ohrfeigen, aber sie entfernte sich wortlos, ohne sich umzudrehen, und ließ Le Garrec allein an dem Grab stehen, die Astrologin hinter ihm. Kannten sie sich?, fragte er sich plötzlich. Sollte das der Fall sein, so widersprach das Belairs Worten ...

Die Frau, die Sophie Merichon sein musste, kam den Weg entlang und war im Begriff, ihr Kopftuch abzunehmen, um die grauen Haare zu lösen, als Bertegui sie ansprach.

»Madame Merichon?«

Sie erstarrte und betrachtete ihn mit schneidender Kälte. Im Gegenzug musterte er sie: grauer Regenmantel, das schwarze Kopftuch in der knochigen Hand ... Auf den ersten Blick ähnelte sie ein wenig ihrer Schwester - zumindest vermutete das der Kommissar anhand der Fotos, die er bei dem Opfer gesehen hatte: derselbe kräftige Kiefer, dieselbe unbestimmte Augenfarbe ... Während aber Odile Le Garrec mit ihren hohen Wangenknochen und ihrem halb geschlossenen Blick einen etwas geheimnisvollen Charme gehabt haben musste, brachte an Sophie Merichon hingegen alles Bitterkeit, Fantasielosigkeit und einen bescheidenen Alltag zum Ausdruck ...

»Ich bin Kommissar Bertegui. Wir haben gestern am Telefon miteinander gesprochen.«

Ein kurzes Kopfnicken.

»Haben Sie ein paar Minuten?«

Blick auf die Uhr.

»Ich höre ...«

Er folgte ihr in Richtung Gittertor.

»Ich wollte mit Ihnen über Ihre Schwester sprechen ... Wissen Sie, wie sie gestorben ist?«

»Ich weiß, was ihr Sohn mir darüber gesagt hat ...« »Ihr Sohn« und nicht »mein Neffe«, stellte der Kommissar fest. »... ein Infarkt. Ein verhängnisvoller diesmal.«

»Hat er Ihnen erklärt, dass sie zum Zeitpunkt ihres Todes das Telefon in der Hand hielt?«

»Nein.«

»Und dass die Telefonkabel durchgeschnitten wurden? Außerhalb des Hauses ...«

Ein kurzes Schweigen. Er warf ihr einen Blick zu. Sie hatte eines dieser hart geschnittenen, schroffen Profile, ähnlich dem ihres Neffen, die Männern Charakter und Frauen ein männliches Aussehen verliehen.

»Nein.«

»Das scheint Sie nicht zu wundern ...«

Sie blieb plötzlich stehen und sah den Polizisten durchdringend an.

»Ich weiß weder, worauf Sie hinauswollen ... Kommissar, richtig? Noch, warum Sie mich sprechen wollten. Aber ich werde Ihnen eines sagen: Ich wundere mich schon lange über gar nichts mehr, was meine Schwester betrifft. Sie hat nie wirklich wie andere Leute gelebt. Und ich bin nicht überrascht zu erfahren, dass sie auch nicht wie andere Leute gestorben ist.«

»Was meinen Sie damit?«

Sophie Merichon wandte den Blick ab und richtete ihn etwa hundert Meter weiter auf die Stelle, an der ihre Schwester von nun an ruhte. Neben dem Grab waren Nicolas Le Garrec und Suzy Belair verschwunden. Sie mussten den anderen Ausgang genommen haben, schloss Bertegui.

»Was wollen Sie genau wissen? Stellen Sie mir direkte Fragen, das ist einfacher.«

»Ich versuche, ihren ... Lebensweg zu rekonstruieren. Das ist nicht leicht, wenn man die Leute hier befragt, hat man fast den Eindruck, dass sie nie eine Vergangenheit hatte.«

Kurzes, heftiges Lachen.

»Sie hatte eine, das kann ich Ihnen bestätigen.«

»Dann fangen wir noch mal von vorn an: Was ist aus Nicolas Le Garrecs Vater geworden?«

»Er ist gestorben ... Vor über dreißig Jahren. Nicolas muss vielleicht ... fünf Jahre alt gewesen sein?«

»Wie?«

»Ein Autounfall. Die Bremsen haben versagt, und er ist gegen einen Baum geprallt.«

Ein Warnschild blinkte plötzlich vor dem geistigen Auge des Kommissars.

... die Bremsen haben versagt ...

»Hat es eine Untersuchung gegeben?«, fragte er.

Ein kurzes Kopfnicken in der grünen Stille des Friedhofs.

»Und?«

»Sie ist ein wenig ... behelligt worden. Damit war die Sache erledigt. Es war ein Unfall.«

»Hm ...« Er rieb sich das Kinn. »Sie hat danach wieder mit einem Mann zusammengelebt, nicht wahr?«

Erneutes Kopfnicken.

»Wie viel Zeit danach?«

»Ein Jahr, glaube ich.«

»Das ist kurz ...«

»Ja, das ist kurz.«

»Was ist aus dem Mann geworden?«

Sie schloss die Augen, und Bertegui konnte plötzlich spüren, wie eine große Traurigkeit über sie hereinbrach.

»Ich weiß es nicht ... Wir haben uns jahrelang aus den Augen verloren, ungefähr zwanzig Jahre, fast die gesamte Zeitspanne, die sie mit ... Henri verbracht hat. Das war sein Name ... Henri Vilbois.«

»Warum?«

»Er mochte mich nicht ...«

»Hat Ihre Schwester den Kontakt abgebrochen?«

»Ja.«

»Weil er Sie nicht mochte?«

»Das ist das, was ich glaube. Er mochte sowieso niemanden. Er hatte sie von allem abgeschnitten ...«

Bertegui erinnerte sich an das Foto auf der Kommode: Odile Le Garrec schick angezogen, von Partygästen umgeben. Das war nicht das Bild, das man sich von einer Frau machte, die von der Welt abgeschnitten war.

»Sie muss ihn sehr geliebt haben.«

Sie seufzte tief.

»Das habe ich lange Zeit geglaubt ... Heute weiß ich es nicht genau. Ich hatte ... Ich hatte das Gefühl, als ich mich vor kurzem mit ihr unterhalten habe – wir führten fast nie persönliche Gespräche, wissen Sie, das war weder ihre Art noch meine –, kurzum, ich hatte das Gefühl, dass sie vielleicht gezwungen wurde.«

»Wieso glauben Sie das?«

»Wegen eines Satzes eines Abends, als sie diese Funkstille zwischen uns, diese zwanzig Jahre, ansprach. ›Ich hatte ohnehin keine Wahl ...‹« Die bekümmerte Miene machte ihre Stimme und ihren Blick weicher. »Ich weiß nicht, was sie damit meinte. Weil Sie ihn wahnsinnig liebte? Weil er sie zwang? Ich weiß es nicht …«

»Und Sie wissen nicht, wie diese Geschichte zu Ende gegangen ist?«

Sie schüttelte den Kopf.

»Sie werden Sie wohl danach gefragt haben …«

»Ja. ›Er ist verschwunden.‹ Das war ihre Antwort.«

»Verschwunden?«

»›Er ist aus meinem Leben verschwunden.‹ Das waren ihre genauen Worte, die sie verwendet hat, als sie zurückgekommen ist. Ich meine, als sie den Kontakt wieder aufgenommen hat. Wir haben seitdem nie wieder über ihn gesprochen. Es war eine längst vergangene Zeit, die für uns beide unglücklich gewesen war.«

Er ist aus meinem Leben verschwunden … Diese Worte waren eigenartig: Nicht »Ich habe ihn verlassen«, »Er hat mich verlassen« oder gar »Er ist gestorben«. Sondern er ist »verschwunden«.

»Wussten Sie, was er beruflich machte?«

»Er war Spieler.«

»Spieler?«

»Ja, er lebte vom Spiel. Ein … merkwürdiges Individuum: Er nahm naive Leute an privaten Pokertischen aus … Und er gab einen Großteil des Geldes sofort wieder im Casino aus. Das habe ich zumindest in den ersten Monaten, in denen sie mit ihm zusammen war, so verstanden. Ich weiß natürlich nicht, was aus ihm geworden ist. Ob er seine … Aktivitäten fortgeführt hat.«

Bertegui dachte nach.

… Er ist aus meinem Leben verschwunden …

Konnte er wieder auftauchen?

... ein schwarzer Schatten ...

Und eine Einzelheit kam ihm wieder in den Sinn: Die Worte des kleinen Jungen auf dem Bauernhof, als er ihm von dem Gespräch seiner »Omama« mit ... dem Geist berichtete. *Geh ... Es ist jetzt vorbei ... Es ist zu spät ...* Diese Art Sätze richtete man an jemanden, den man kannte, jemanden aus Laville-Saint-Jour vielleicht, der eine Zeit lang hier gelebt hatte.

Bertegui konnte fast das Knarren der Rädchen in seinem Schädel hören.

»Madame Merichon, wissen Sie, was sich im Keller des Hauses Ihrer Schwester befindet?«

Keinerlei Überraschung.

»Nein ...«

»Wissen Sie, ob sie etwas mit der Talcot-Affäre zu tun hatte?«

»Nein, das weiß ich nicht.«

Sie hatte es nicht für nötig gehalten, sich erklären zu lassen, was die Talcot-Affäre war. Und auch nicht, welche Verbindung wohl zwischen dem Tod ihrer Schwester und der Opferung von Kindern bestehen konnte. Sie band sich wieder das Kopftuch um - eine künstliche Geste im Hinblick auf die Situation und die Temperatur - und sah auf die Uhr.

»Es gibt vieles, was ich nicht weiß, Kommissar. Und bestimmt vieles aufzudecken, um das Leben meiner Schwester nachzuvollziehen. Aber in Anbetracht unserer gemeinsamen Geschichte kann ich Ihnen nicht mehr dazu sagen. Sie hatte dieses Leben gewählt ...«

Sie hatte die letzten Worte mit widersprüchlichen Gefühlen ausgesprochen: Missbilligung, Mitleid ... Verachtung, Traurigkeit. Bertegui sah, wie ihre Augen feucht wurden und ihr Kiefer sich verkrampfte.

»Welches Leben?«, drängte er sie.

Sie warf ihm ein untröstliches Lächeln zu, ein Gesichtsausdruck, der zu sagen schien: Wir wollten etwas anderes, es ist bedauerlich, unsere Eltern hätten das nicht gemocht ...

»Ja, es gibt wahrscheinlich vieles zu finden«, sagte sie. »Aber nützt das denn heute noch etwas?«

Sie ging fort, ohne sich zu verabschieden.

Nicolas Le Garrec sah die Frau an, die ihn am Abend zuvor im Hotel angerufen hatte, und konnte einen Schauder nicht unterdrücken. Alles an ihr brachte den Tod zum Ausdruck. Der verschwommene Glorienschein ihrer weißen Haare, die trockene, bleiche Haut, die knotigen, arthritischen Hände ... Selbst die Augen, die klar waren wie Wasser, drückten eine Ruhe, eine kalte Ausgeglichenheit aus, die nur der Tod bieten konnte, wenn das Leben aus Qualen, Leidenschaften, Kämpfen und Leiden besteht.

»Es war eine schöne Zeremonie«, sagte sie.

Er bestätigte mit einem traurigen Lächeln, er, der das Wort nicht ergriffen hatte. Der Pfarrer von Saint-Michel hatte in der Tat eine mitreißende Predigt gehalten und von einem vorbildlichen Lebensweg gesprochen.

Sein Blick folgte nachdenklich der langsamen Bewegung des Nebels durch den Friedhof. Nichts hat sich hier verändert ... Nichts außer meiner Mutter. Die, die ich gerade zu Grabe getragen habe, ist eine andere. Eine Frau, die einen vorbildlichen Lebensweg hatte ...

»Ich hätte Sie gerne unter anderen Umständen kennengelernt«, fuhr die Frau – Suzy irgendwas – fort.

Was sollte er darauf antworten?

»Sie wollten mich sprechen?«, erkundigte er sich schließlich, da ihm nichts Besseres einfiel.

»Ja. Ich glaube, dass Ihre Mutter ... wusste, was mit ihr passieren würde.«

Er verkrampfte sich.

»Sie hat mit mir darüber gesprochen. Sie hat lange mit mir gesprochen, wissen Sie ...«

Er errötete.

»In gewisser Weise hat sie mich ... mit ihrer Testamentsvollstreckung beauftragt, wenn man so will. Als sie erfuhr, dass ... schreckliche Dinge geschehen würden ...« Sie hatte es ausgesprochen, wie man die Farbe des Himmels kommentierte, aber Nicolas' Herzschlag beschleunigte sich. »... hat sie mich damit beauftragt, Ihnen das hier zu übergeben.«

Sie machte ihre Tasche auf, zog einen großen braunen Umschlag hervor, den sie ihm übergab. Er griff danach, ohne sie anzusehen, ohne seine Ungeduld zu zeigen.

»Sie wusste«, fuhr sie fort, »dass ... die Vergangenheit an die Tür klopfen würde. Früher oder später. Sie wusste auch, dass Sie vor einigen Wochen zurückgekommen waren.« Er sagte nichts. »Sie wollte Sie anrufen. Sie sehen ... Nun ja ... Vielleicht die Dinge beenden, ich weiß nicht. Sie hat sich nicht getraut.«

Er spürte, wie die Tränen seine Wimpern berührten. Was hätte er nicht alles gegeben, um diese Worte nicht hören zu müssen ... In diesem Augenblick nicht hier zu sein. Niemals hier, in Laville-Saint-Jour, gelebt zu haben. Wie oft hatte er sich gefragt, ob anderswo die

Dinge anders gewesen wären? Oder nein, eher: Auf welche Weise sie anders gewesen wären?

»Was werden Sie tun?«, fragte sie nach einem Moment des Schweigens.

»Ich habe die Dinge nicht in der Hand.«

»Ist es das, was Sie glauben?«

Er seufzte.

»Ich kann nichts tun. Ich habe keine Macht ... Niemand hat sie. Was hier passiert ... Was an diesem Ort zum Ausdruck kommt, ist unkontrollierbar. Wenn meine Mutter tatsächlich mit Ihnen gesprochen hat, werden Sie das wohl wissen, nehme ich an.«

Sie nickte.

»Ich weiß es in der Tat. Aber deswegen glaube ich es noch lange nicht. Hören Sie auf, die Dinge hinzunehmen. Bringen Sie es so schnell wie möglich zu Ende. Und dann gehen Sie. Sie werden hier nie glücklich sein. Je früher Sie Laville verlassen, umso besser wird es Ihnen gehen. Weit weg ... frei ...«

Er betrachtete sie. Ihr Benehmen einer alten Dame trog nicht. In ihrem Blick lagen die unbarmherzige Intelligenz und die Entschlossenheit derer, die nichts mehr zu verlieren hatten.

»Ich habe die Dinge nicht unter Kontrolle ...«

»Das ist das, was Sie glauben. Sie haben Unrecht.«

»Was werden Sie tun?«

»Was Ihre Mutter gewollt hätte – das Kind finden.«

»Das Kind?«, fragte er. »Welches Kind?«

Sie runzelte die Stirn. Zeigte dann mit einem krummen Finger auf den Umschlag, den er in der Hand hielt.

»Das Kind ... Ich glaube, dass es durchaus die Macht hat, die Sie nicht haben. Lesen Sie ... Was dort drinsteht, müsste eigentlich das Feuer des Schützen erwecken, der Sie sind ...«

Er betrachtete den Umschlag einen Moment lang und hob den Kopf. Suzy Belair ging weg. Er verfolgte mit den Augen die zierliche Gestalt, wie sie zwischen den Grabkreuzen hindurch ihres Weges zog. Dann wurde sie vom Nebel verschluckt.

Bevor er sich abwandte, warf er einen letzten Blick auf die Inschrift, die den Grabstein zierte:

Odile Le Garrec-Clairnois
1944–2006
WIR WERDEN NIE VERGESSEN ...

26

– wer bist du?
– Ich habe es Dir schon gesagt, Bastien, Jules, Jules Moreau.
– das ist unmöglich
– Warum?
– jules ist tot. und jules war erst 16 monate alt. er konnte weder lesen noch schreiben noch sprechen ...
– Ich weiß, dass Jules tot ist. Ich bin Jules. Ich bin unter ein Auto gekommen. Einen Mercedes ... Marineblau. Ich bin mir sicher, dass Du jedes Mal, wenn Du einen siehst, an mich denkst. Ich bin mir sicher, dass Du Dir sagst: Wenn ich doch nur etwas hätte tun können. Und im Grunde hast Du recht. Ich bin nicht wirklich Jules. Ich bin Jules' Geist. Ich bin wie alle Kinder, die sterben. Die kleinen Kinder. Ein Teil von mir lebt weiter.
– wo bist du?

– Ganz nah ... bei Dir. In Dir. Überall. Und ich bin bei den anderen.
– den anderen? welchen anderen?
– Den anderen. Denen aus Laville-Saint-Jour. Wir sind zahlreich. Ich dürfte eigentlich nicht da sein, aber ... Es musste sein. Ich musste kommen. Mit den Kindern aus Laville-Saint-Jour.
– warum bist du da?
– Deinetwegen. Ich musste deinetwegen kommen.
– versteh ich nicht.
– Ich glaube doch, Du verstehst.
– wie kann ich wissen, dass du jules bist?
– Lass mich überlegen. Ja, genau: Als Du zwei Jahre alt warst, ist Mama mit Dir im Arm im Badezimmer hingefallen und hat sich das Schlüsselbein gebrochen. Das hat Dich wahrscheinlich gerettet ... Ansonsten hättest Du Dich am Kopf tödlich verletzen können. Und noch etwas: Dein Weltranglistenplatz bei Top Spin ist 680. Du spielst allerdings nicht mehr, seitdem ich tot bin ... Nun ja, fast nicht mehr. Du hast unter Deinen Magic-Karten zwei sehr seltene Karten, die viel wert sind. Die eine ist Roxx. Die andere ... kann ich mich nicht mehr dran erinnern. Ich habe es vergessen. Mama hat nach meinem Tod aufgehört zu malen. Das einzige Mal, als sie etwas gemalt hat, hat sie alles zerrissen. Jetzt aber geht es besser. D. h. sie malt wieder. Du hast eine neue Freundin in der Schule. Sie heißt Opale. Sie ist hübsch. Sehr. Du sitzt in einem Raum, in dem fünf Bilder von Mama an der Wand hängen. Auf dem Schreibtisch vor Dir liegt Papas Montblanc-Füller, den Du nicht anrühren darfst. Bist Du da? Immer noch online?
– ja
– Willst Du noch mehr Beispiele?

– NEIN!
– Reg Dich nicht auf. Ich will Dich nicht verärgern. Ich bin bei Dir. Ich werde immer bei Dir sein. Ich und die anderen.
– Y bist du zurückgekommen? Y willst du mit mir sprechen?
– Du bist mein Bruder. Und um Dir Dinge zu sagen …
– welche Dinge?
– Du gehörst Laville-Saint-Jour. Deshalb bist Du da. Du weißt es, nicht wahr?
– nein
– Ich glaube schon. Du gehörst der Stadt. Laville-Saint-Jour will Dich. Und es wird Dich bekommen. Aber hab keine Angst. Alles wird gut werden. Lass die Dinge sich entwickeln. Lass Dich von Deinem Instinkt leiten. Er wird Dich stets an einen sicheren Ort bringen …

»… und ich bin mir sicher, dass Opale uns noch einmal sagen kann, warum Marius gegangen ist und Fanny verlassen hat … NICHT WAHR, MADEMOISELLE CAMERLIN?«

Die Schülerin zuckte zusammen. Obwohl sie gerade ihren Unterricht abhielt, verfolgte Audrey ihr Treiben nun schon seit gut zehn Minuten. Sie hatte sie zunächst dabei erwischt, wie sie Bastien eine Notiz in Form einer über den Boden gerollten Papierkugel zuschob, der, nachdem er die Notiz gelesen hatte, den Kopf schüttelte. Opale aber hatte mit großen Augen und einem drängenden Gesichtsausdruck darauf bestanden. Bastien hatte nachgegeben. Er war seinerseits unter das Pult getaucht und hatte ihr zweifach gefaltete Papierbogen zugeschoben. Opale las sie seit zwei Minuten gierig, wobei sie sie schlecht hinter einem Buch verbarg.

Plötzlich in ihrer Lektüre unterbrochen, errötete die Schülerin wie eine gekochte Tomate – irgendwo in jener Farbskala, wie sie nur Rottöne erreichen konnten.

»Äh ... ich ...«

Audrey kam ruhig auf sie zu – sie bemerkte im Vorbeigehen Bastiens entsetzte Miene und Mendels prüfenden Blick.

»Kann ich mal sehen, was du da gerade studierst und was anscheinend viel spannender ist als Pagnols Trilogie?«

Opale riss ihre schönen grünen Augen auf, und Audrey erriet eine Panik, die ihre Neugier noch mehr anstachelte und sie in Wirklichkeit beunruhigte. Der Blick des jungen Mädchens richtete sich erst auf die Blätter, die aus dem Buch hervorragten, dann auf Bastien: Was soll ich machen?, schien sie zu fragen. Es war jedoch unnötig, auf eine Antwort zu warten: Er war am Boden zerstört.

»... Oder möchtest du es uns lieber laut vorlesen, damit auch die ganze Klasse etwas davon hat?«, fragte Audrey, ohne die Stimme zu erheben.

Tiefer Seufzer. Ein Blick, der Revanche versprach. Zuknallen des Buchs. Sie reichte ihr die Zettel.

Audrey faltete sie kurz auf. Von den ersten Zeilen an sprangen ihr die Worte ins Gesicht: ... jules ist tot. und jules war erst 16 monate alt. er konnte weder lesen noch schreiben noch sprechen ...

... ich weiß, dass Jules tot ist. Ich bin Jules. Ich bin unter ein Auto gekommen. Einen Mercedes ... Marineblau. Ich bin mir sicher, dass Du jedes Mal, wenn Du einen siehst, an mich denkst ...

Weiter unten:

Es musste sein. Ich musste kommen. Mit den Kindern aus Laville-Saint-Jour.

Audrey kämpfte mit sich, um nicht noch mehr zu lesen. Und auch um ihre Verwirrung nicht zu verraten. Sie hatte erkannt, dass es ein ausgedruckter MSN-Dialog war. Ein morbider Dialog; nicht die Art von Gespräch, die ein zwölfjähriges Kind normalerweise in einem Chatroom im Internet führte.

Ich bin Jules. Ich bin unter ein Auto gekommen.

Was hatte Caroline Moreau doch gleich über den Tod ihres Sohnes gesagt? *Er war Opfer eines Unfalls ...* Ein Autounfall? Handelte es sich um ... Bastiens Bruder?

jules war sechzehn Monate alt. er konnte weder lesen noch schreiben.

Ein Schauder durchfuhr sie. Sie faltete die Zettel zusammen, drehte sich kurz zu Bastien um – ein Blickaustausch von einer Sekunde, der ihr erneut die Verzweiflung zeigte, die sie in seinen Augen wahrgenommen hatte, als er aus dem Albtraum erwacht war.

Sie kehrte zu ihrem Schreibtisch zurück. Zwang sich, ihren Vortrag wieder aufzunehmen. »... Ich erinnere euch also an die Gründe, die Marius dazu veranlasst haben zu gehen ...« Aber sie war nicht mehr wirklich bei der Sache. Normalerweise leidenschaftlich engagiert in ihrem Beruf – sie hielt sich zwar an das Programm, zog dabei aber die Untersuchung großer Themen wie Freundschaft, Krieg oder Kindheit einer kühlen Analyse des einen oder anderen Textes vor, um ihre Schüler an die Literatur heranzuführen –, ging sie nun jedoch mechanisch vor.

... jules ist tot ... Ich bin Jules ...

Während sie weiter erörterte, fing sie erneut Mendels

Blick auf. Ein Blick, der von einer Ruhe geprägt war, die im Gegensatz zu der Nervosität stand, die sie normalerweise darin wahrnahm. Ein Blick, der starr auf sie gerichtet war, mit der Selbstverständlichkeit von ... jemandem, der wusste.

Was ging in der Klasse vor?

Audrey erriet Details, die sich ihrem Verständnis entzogen. Und zwar nichts Harmloses. Sie hatte bisher keine Erklärung für die Übernahme von Bastiens Schulgebühren durch die Hecticon Labors gefunden, aber offengestanden hatte sie auch kaum danach gesucht, da ihre einzige Spur zu Antoine führte. Sie ging Antoine aber aus dem Weg und hatte weder auf Anrufe noch auf Nachrichten geantwortet, in der Hoffnung, dass er es leid werden und begreifen würde. Mehr als je zuvor jedoch musste sie die Gründe für Bastiens Anmeldung in Saint-Ex verstehen.

Die Glocke ertönte, und Audrey reagierte ausnahmsweise einmal mit Erleichterung darauf.

Während auch sie ihre Sachen zusammenpackte, beobachtete sie die beiden Jugendlichen aus dem Augenwinkel. Opale schien verlegen, als sie auf Bastien zuging, der die Augen auf seine Schultasche gerichtet hielt, während er Bücher und Hefte hineinstopfte, als wollte er der Lehrerin nichts von seinem Gemütszustand verraten.

»Bastien?«

Er war bereits an der Tür. Er blieb stehen, Opale ging hinaus. Der Klassenraum war fast leer, und Audrey bemerkte die Bewegung seiner Schultern, die sich in einem tiefen Seufzer hoben. Dann schlurfte er bis zu ihrem Schreibtisch, als schreite er zu seiner Hinrichtung. Er war fast komisch mit seinen Baggyjeans, die groß genug waren, um einen Erwachsenen darin unterzubringen, den schlenkernden, herunterhängenden Armen. Audrey war jedoch nicht nach Lachen zumute.

Sie nahm die Blätter, die auf ihrem Schreibtisch lagen.

»Ich glaube, das gehört dir.«

Keine Antwort.

»Willst du mit mir darüber sprechen?«, fragte sie.

Er schüttelte den Kopf, ohne zu versuchen, sie hinters Licht zu führen oder es »cool« zu nehmen. Sie hatten den Punkt überschritten, an dem das gesellschaftliche Spiel Lässigkeit erforderte, auch wenn diese fehl am Platz war.

Sie reichte ihm die Blätter. Er wollte gerade danach greifen, als sie ihre Hand zurückzog. Sie konnte sich nicht damit abfinden, ihn einfach so gehen zu lassen.

»Jules ... Ist das der Vorname deines kleinen Bruders?«

Wider Willen nickte er.

»Aber es ist natürlich nicht er, der da schreibt.«

Er blickte endlich zu ihr auf und starrte sie lange an.

»Ich weiß es nicht«, sagte er schließlich.

Und er streckte die Hand aus, um seine Ungeduld zu zeigen.

Audrey gab nach, von der Antwort aus der Fassung gebracht.

Er nahm die Blätter und ging hinaus, ohne sie anzusehen, sich zu bedanken, sich zu verabschieden. Dann beobachtete sie vom Fenster aus, wie er sich entfernte und zu Opale auf der kleinen weißen Bank zuging, auf der sie sie wenige Tage zuvor überrascht hatte.

Ich weiß es nicht ... Was hatte er damit gemeint? Der Gesprächspartner dieses Dialogs konnte natürlich kein ... Baby sein! Nicht einmal ein Teenager in Bastiens Alter. Audrey war keine Anhängerin dieser ganzen Messaging-Systeme, MSN, Yahoo ... Dadurch aber, dass sie sich seit Jahren mit Schülern herumschlug, die die Großbuchstaben aus ihrer Rechtschreibung verbannt hatten und nichts über Zeichensetzung wussten (ganz zu schweigen von dem Tick, ständig einen neuen Absatz zu beginnen), beherrschte sie mehr oder weniger deren literarische Subtilitäten. Deshalb hatte selbst ein kurzes Überfliegen der Antworten der Person, die sich *julesmoreau* nannte, sie mit der Offensichtlichkeit konfrontiert: Es war ein Erwachsener, der vor der Tastatur saß, wenn Bastien mit ihm chattete. Ein Erwachsener, der sich in einer korrekten, fehlerlosen Sprache ohne Abkürzungen ausdrückte ... und dessen perverse Spielchen damit ein Ziel verfolgten, das ihr vollkommen unverständlich war.

27

Bastien ging eher wütend als niedergeschlagen auf die Bank zu. Wütend auf Madame Miller, auf sich selbst, auf Opale.

Sie war es, die darauf bestanden hatte, seine Sicherheitskopie des Chats mit *julesmoreau* zu lesen. Und er hatte nachgegeben. Warum hatte er ihr davon erzählt?, schalt er sich selbst, während er seine Sportschuhe, seine Tasche, seine Wut und seine Niedergeschlagenheit zu der Schuldigen schleifte. Die Antwort umfasste vier Worte: unfähig, ihr zu widerstehen.

Ihre »Freundschaft« (aber Bastien erhoffte sich einiges mehr) hatte sich wie eine Art Selbstverständlichkeit aufgedrängt. Nicht nur verbrachten sie die meisten Pausen miteinander (vor den argwöhnischen Blicken von Opales Freundinnen, von denen Bastien überzeugt war, dass sie Bemerkungen machten wie: Wie kann die bloß mit diesem Loser rumhängen?), sie trafen sich auch jeden Abend auf MSN bei Chats, die wesentlich persönlicher waren als ihre Gespräche in Saint-Ex.

Auf diese Weise hatte sie ihm von ihren Eltern erzählt (*... ständig auf Reisen, um ihren Wein überall auf der Welt zu verkaufen ...*), ihrer Tante (*sie lebt bei uns, und im Großen und Ganzen wird sie dafür bezahlt, dass sie während deren Abwesenheit auf mich aufpasst, das heißt fast die ganze Zeit ...*) und natürlich von ihrem Bruder. Es war Opale selbst, die ihn in der Garage gefunden hatte. Und seitdem von Schuldgefühlen zerfressen wurde. »Es stimmt schon, dass er verschlossen war, aber andererseits haben wir viel Zeit miteinander verbracht. Also verstehe ich nicht, warum er das gemacht hat. Warum er mich allein gelassen hat, ohne mir was zu sagen ...«

Zeile für Zeile hatte sie sich ihm ohne Umschweife, ohne Befangenheit geöffnet, sodass Bastien sich Vorwürfe gemacht hatte, weil er seine Geheimnisse so gut hütete. Denn er gab im Gegenzug nichts preis.

Am Vorabend hatte Opale ihn wegen seiner lakonischen, fast abwesenden Antworten beim Chatten schließlich gefragt, ob es ihm gut gehe. Aus einem Impuls heraus, vielleicht auch weil ihn die Einsamkeit langsam erstickte, hatte Bastien die Wahrheit losgelassen – zumindest *eine* Wahrheit – und die folgenden unwahrscheinlichen Worte getippt: Mein seit zwei Jahren toter Bruder hat vor ein paar Tagen auf MSN Kontakt zu mir aufgenommen ...

Und natürlich hatte er heute Morgen die ausgedruckte Sicherheitskopie des Chatgesprächs mitgebracht, da Opale darauf bestanden hatte, sie zu lesen. Er hatte allerdings nicht ihre Ungeduld vorausgesehen, deren Gründe er nicht verstand. Und noch weniger natürlich diesen Zwischenfall mit Madame Miller - noch einer!

»Eh! Hast du mal zwei Sekunden?«

Bastien wandte den Kopf. César Mendel lehnte gegen einen der Stützpfeiler des Gewölbeganges. Allein, was nicht seine Gewohnheit war; er, der sich nie ohne seine beiden Schergen, wenn nicht gar ohne einen kleinen Hofstaat in seinem Umkreis fortbewegte.

Bastien blieb stehen. Seit dem Zwischenfall vom Cours du Parc gingen sich die beiden Jungen aus dem Weg. Bastien zweifelte allerdings nicht daran, dass sein Feind die geringste Gelegenheit nutzen würde, sie sogar auslösen würde, um sich zu rächen. Wachsam warf er einen Blick umher auf der Suche nach den beiden Handlangern. Er stellte sich vor, dass sie sich nicht weit entfernt versteckt hielten. Aber nein, er fand sie damit beschäftigt, eine Gruppe Mädchen unter dem überdachten Gang zum Glucksen zu bringen. Mendel kam näher.

»Ich wollte nur sagen, dass es mir leidtut wegen kürzlich ...«

Bastien spitzte die Lippen vor Überraschung.

»Ja, ich weiß, das wundert dich, aber ... es ist ernst gemeint«, hauchte Mendel und streckte ihm die Hand entgegen.

Bastien starrte sie an, als sei sie eine Falle, und wandte sich dann wieder Mendel zu: blonde Haare, blasse Augen mit selten langen Wimpern ... Das Gesicht eines Kommunikanten. Oder eines Modells für Nazipropaganda. Und er lächelte ihn an.

Wortlos ergriff Bastien sie, da man eine ausgestreckte Hand nicht ausschlug. Mendel hielt sie ein paar Sekunden fest, drückte sie.

»Mir geht's nicht so toll«, flüsterte er (zumindest nahm Bastien es über den Pausenlärm hinweg als ein Flüstern wahr). »Ich meine, im Moment ... Wir gehen vielleicht ins Ausland und ... na ja, deswegen bin ich ein bisschen genervt.«

Bastien traute seinen Augen und seinen Ohren nicht. Mendel sprach in vertraulichem Tonfall über seinen Gemütszustand. Wo war die Falle?

»Na ja, gut, also, reden wir nicht mehr darüber, okay?«, drängte Mendel.

Dann zwinkerte er ihm zu.

»Ich weiß, dass der Nebel gut schmeckt, aber bist du sicher, dass du nicht den Mund zumachen willst?«

Bastien blinzelte, riss sich zusammen.

»Kein Problem«, brachte er lässig hervor.

»Sind wir quitt?«

Er nickte.

»Cool. Alles okay? Gab's keinen Stress mit der Miller?«

Jetzt *rief* Mendel Vertraulichkeiten *hervor* – seine Mutter hätte gesagt: Er versucht, dir die Würmer aus der Nase zu ziehen.

»Äh ...«

Ein Zwinkern von Mendel in Richtung Bank. Opale war dabei, sie zu beobachten.

»Okay, wir sprechen ein anderes Mal darüber ... Sie wartet auf dich, glaube ich.«

Er ließ seine Hand los, und Bastien bemerkte erst in diesem Moment, dass er sie während ihres Austauschs die ganze Zeit festgehalten hatte. Eine kühle und gleichzeitig ein wenig feuchte Hand.

»Gut, wir sehen uns später«, rief Mendel im Weggehen, kurz bevor er verkündete: »Ich füge dich meinem MSN hinzu, okay?«

»Was wollte er?«, fragte Opale.

Bastien zuckte die Achseln. Unmöglich, ihr die Wahrheit zu sagen. Sie wusste nichts von seinem Inlineskate-Abenteuer mit Mendels Bande.

»Meine MSN-Adresse ...«

»Deine MSN-Adresse ist ja ganz schön begehrt ...«

Bastien setzte sich neben sie, wobei er den Sarkasmus ignorierte. Die kleine Bank unter dem Baum war zu ihrem privaten Eckchen geworden. Wenn er sich in Opales Gesellschaft befand, schien Saint-Ex um ihn herum zu verblassen; das Stimmengewirr, die Rufe, das Klingeln drang wie ein undeutliches Brummen durch den Nebel bis zu ihm. Heute Morgen aber war ihm nicht nach Romantik zumute.

»Es tut mir leid«, sagte Opale mit einer sanften Stimme, die es wiedergutmachte.

Er betrachtete ihr hübsches rundes Profil – die gewölbte Stirn, der geschwungene Puppenmund – mit dem unwiderstehlichen Verlangen, ihr mit der Hand durchs Haar zu streichen, nur um zu sehen, ob der Kontakt sich als so elektrisch erweisen würde wie in seinen Träumen. Er spürte, wie seine Wut schwand und sich seine Lunge von einer Last befreite. Er vergaß seine Zweifel bezüglich Mendels Entschuldigung.

»Ich ... ich habe nicht daran gedacht«, fuhr sie fort und starrte auf die Pumas an ihren Füßen, »verstehst du, wegen Madame Miller ... Hat sie nichts gesagt?«

Sie warf ihm einen schiefen, reuevollen Blick zu. Bastien seufzte.

»Nicht wirklich, nein ... Sie hat verstanden, dass da was nicht stimmt. Und sie hat verstanden, dass es was mit meinem Bruder zu tun hat.«

»Sie hat recht«, entschied Opale in einem entschlossenen Tonfall. Das war wieder die andere Opale: die Opale, die fünf Jahre älter als Bastien zu sein schien und die dafür sorgte, dass er sich entsetzlich kindisch vorkam.

»Recht weswegen?«, fragte er.

»Dass da was nicht stimmt. Und zwar wirklich überhaupt nicht.«

»Hast du alles gelesen?«

»Ja ... Es ist *creepy*.« Sie hatte seinen Ausdruck übernommen. »Am Anfang habe ich gedacht, das ... sieht aus wie ein schlechter Scherz. Aber ... ich habe es ein paar Mal durchgelesen. Er gibt Einzelheiten an, sehr genaue Einzelheiten sogar. Denn alles, was er sagt, stimmt doch, oder?«

Bastien bestätigte durch ein Kopfnicken.

»Und dann spricht er auch von mir ...«

Das war Bastien natürlich nicht entgangen.

Du hast eine neue Freundin in der Schule. Sie heißt Opale. Sie ist hübsch. Sehr.

»Wo ist der Rest?«, fragte Opale.

»Der Rest? Welcher Rest?«

»Von deinem Chat!«

»Es gibt keinen Rest.«

Opale drehte sich direkt zu ihm um.

»Wie, es gibt keinen Rest?«

»Nein. Ich habe abgebrochen. Ich habe das Gespräch abgebrochen. Und ich habe ihn blockiert. Er kann mir nicht mehr schreiben.«

»Du hast abgebrochen? Aber warum denn?«

Er hatte ganz einfach Angst gehabt. Während immer mehr Worte von *julesmoreau* durch das MSN-Fenster zogen, hatte ihn ein eisiger Schrecken erfasst. Widerwillig hatte sich nach und nach ein Bild vor seinem geistigen Auge geformt: ein sechzehn Monate altes Baby in einem Keller (Warum ein Keller? Er wusste es nicht.), das auf einer Computertastatur tippte, den Schein einer reinen, kalten Urintelligenz in den Augen. *Sein* Bruder wiedergeboren als ... Kreatur. Alle beruhigenden Worte der Welt konnten nichts daran ändern. Denn seit seiner Ankunft war es genau das, was ihn quälte. Eine Bedrohung ... Das Gefühl einer Bedrohung, das drängend und, seitdem der Nebel aufgezogen war, allgegenwärtig war.

Laville-Saint-Jour will dich ... Und es wird dich bekommen.

In einer amerikanischen Serie hätte er bestimmt einen Computerfreak als Freund gehabt, der die Spur von *julesmoreau* von MSN aus mit seiner IP-Adresse oder dieser Art elektronischer Zaubertricks zurückverfolgt hätte. Bastien hingegen stand kein solcher Trumpf zur Verfügung. Nichts ... als Albträume, von denen beim Erwachen nichts übrig blieb außer der Erinnerung an einen Schatten, einen schwarzen Schatten mit bleichem Gesicht, der in jedem Traum anwesend war und von nun an mit ihm lebte. Auch das Gefühl, Laville-Saint-Jour zu kennen. Auf eine unbestimmte, immaterielle Art - nicht wie eine konkrete Erinnerung, sondern wie ... eine Vorstellung. Oder ein Bild.

Eine Vision?

Nichts Angenehmes auf jeden Fall.

Das war aber nicht etwas, das er Opale gegenüber hätte zugeben können, nicht wahr? Also wich er aus, wie er es wider Willen so oft tat seit dem ersten Tag mit ihr - und sowieso seit Monaten, Jahren überall und bei jedem.

»Ich wollte ihm diesen Gefallen nicht tun - ihm zuhören.«

»Das war ein Fehler«, entschied sie.

Bastien bat nicht um eine weitere Erklärung - das verstand sich von selbst. Jede Verbindung zu *julesmoreau* abzubrechen bedeutete, sich um die Möglichkeit zu bringen, seine wahre Identität herauszufinden.

Aber war das denn so wichtig?

»Warum wolltest du dieses Gespräch unbedingt lesen?«, fragte er plötzlich.

Ein schmerzliches Lächeln verzerrte die Züge seiner Freundin.

»Kurz vor seinem Tod hat mein Bruder viel Zeit im Internet verbracht ... Vor allem auf MSN - ich weiß es, da ich vom Computer in meinem Zimmer aus gesehen habe, dass er online war.« Bastien nahm an, dass Opales Eltern bestimmt viel Geld haben mussten, wenn sie sich einen PC in jedem Zimmer leisten konnten! »Und ich weiß, dass er komische Nachrichten bekommen hat, weil er mir einmal davon erzählt hat. Na ja, nicht direkt. Er hat mir nur so was gesagt wie: ›Pass auf mit dem Internet, Kleines, manchmal erfährst du Sachen, die du niemals ... niemals wissen willst.‹ Und er hat es nicht als Witz gesagt. Er sah sehr traurig aus. Untröstlich sogar.

Als er gestorben ist, hat man nichts gefunden außer dieser merkwürdigen Notiz auf seinem Computer ... na ja, dieser Satz, weißt du. Aber wir haben es nicht verstanden ... Ich glaube sogar, dass meine Eltern gar nicht wirklich versucht haben zu verstehen«, fügte sie leise hinzu. »Als du mir also von dieser Geschichte erzählt hast, habe ich gedacht, dass da vielleicht ... ich weiß nicht ... eine Verbindung besteht. Es war, als wäre bei mir der Groschen gefallen. Der PC ... MSN ...«

Sie schwiegen, bis die Glocke ertönte, bevor sie wortlos in den Klassenraum gingen, der eine so niedergeschlagen wie die andere, sowohl von ihrem Gespräch, als auch von der Aussicht auf eine Stunde Mathe mit Monsieur Dupuis - ein verrückter Wissenschaftler, der die Abschrift jeder Übung verlangte, als handelte es sich um eine Französischhausaufgabe, und der seinen Unterricht mit unterdrückten Rülpsern und mit einem unbeschreiblichen Atem untermalte.

Die Gespräche mit Opale hatten wirklich nie mit der *Star Ac'* oder dem letzten Teil der *X-Men*-Trilogie zu tun, dachte Bastien, als sie eine Arkade entlanggingen.

Sie hatten fast die Tür erreicht, als seine Freundin sich plötzlich zu ihm umdrehte und ihn beim Arm nahm.

»Es ist vielleicht wirklich dein Bruder!«, flüsterte sie, und in ihren Augen funkelte ein religiöser Eifer. »Ja, er ist es vielleicht wirklich, und es gibt eine Möglichkeit, es herauszufinden!«

Bastien starrte sie stumm vor Überraschung an.

»Heute Abend ... fragen wir *meinen* Bruder.«

»Ja, aber ... ich dachte, du hättest nur einen Br ...«

Sie legte ihm einen Finger auf die Lippen, um ihn zum Schweigen zu bringen.

»Psst ... heute Abend. Warte bis heute Abend.«

Dann stürzte sie in den Klassenraum.

28

Bertegui empfand eine spontane Abneigung gegen den Mann ihm gegenüber: das Aussehen eines zweitklassigen Schauspielers, der kaufmännische Händedruck, der Blick ohne Wärme. Allein sein Anzug fand Gnade vor den Augen des Kommissars: Der Wollstoff passte sich perfekt der athletischen Gestalt an (was ihn natürlich noch mehr ärgerte; ihn, der hier und da erweitern, ändern, einsäumen lassen musste, um Schulterbreite und Bauch unterzubringen).

»Ich verstehe Ihre Fragen nicht ganz«, wiederholte Antoine Rochefort. »Warum wollen Sie Informationen über Odile Le Garrec?«

Bertegui saß in einem Büro von vorgetäuschter Nüchternheit, das ihm genauso missfiel wie sein Gesprächspartner.

»Ich meine, ich verstehe Ihre Anwesenheit nicht ganz ... Ich wusste nicht, dass die Polizei wegen Odile Le Garrecs Tod ermittelt. Ich dachte, sie sei Opfer eines Infarkts gewesen.«

»Das ist richtig«, bestätigte Bertegui unbehaglich, da er wusste, dass er in dieser Angelegenheit allein und eigenmächtig handelte. »Wir haben allerdings trotzdem ein oder zwei undurchsichtige Punkte zu klären ...«

»Und was hat das mit Saint-Ex zu tun?«

Bertegui schniefte. Immer noch verärgert. Auch ratlos. Zeugen, die Fragen stellten, anstatt zu antworten, endeten oft als Verdächtige. Die Enthüllungen ebenso wie die Geheimnisse von Odile Le Garrecs Schwester hatten ihm kaum eine konkrete Spur geliefert. Er hatte allerdings erfahren, dass Odile Le Garrec zum Großteil in dieser Schule gearbeitet hatte ...

»Ich glaube nicht, dass da auch nur irgendeine direkte Verbindung besteht. Ich brauche nur Informationen über Ihre ehemalige Angestellte. Über ihre Vergangenheit, um genau zu sein ...«

Erneutes Stirnrunzeln. Glattstreichen der Krawatte durch zwei sehr gerade Finger. Zweifelnde Miene.

»Ach herrje ... Ich weiß noch nicht einmal, ob wir eine Akte hier haben. Sie hat uns schließlich schon vor Jahren verlassen. Gut zehn Jahre, denke ich. Ja, genau: ein oder zwei Jahre, nachdem ich hier angefangen habe. Sie arbeitete Teilzeit, wenn ich mich recht erinnere, aber ich könnte es nicht beschwören. Im Übrigen gehörte sie zwar zum Verwaltungspersonal, war mir aber nicht direkt unterstellt.«

»Wissen Sie nichts über ihr damaliges Leben?«

»Ihr Leben? Großer Gott, nein! Nicolas - ich meine, ihr Sohn - war ein Klassenkamerad, und ich habe sie in diesem Zusammenhang kennengelernt ... und de facto auch hier.«

»Ich verstehe. Können Sie mich in diesem Fall dann trotzdem mit einem damaligen Kollegen oder Kollegin von ihr in Verbindung bringen?«

»Nein.«

Bertegui spürte, wie sich Kälte zwischen den vier Steinwänden niederschlug.

Rochefort stand auf, strich seine Krawatte glatt.

»Wissen Sie«, begann er und ging zum Fenster, »viele Dinge haben sich seit meiner Ankunft in Saint-Exupéry verändert. Kommen Sie ...«

Wider Willen trat Bertegui zu ihm ans Fenster.

»Sehen Sie, Saint-Ex ist ein einzigartiger Ort, den ich über alles liebe. Wahrscheinlich weil er mich an meine Jugend erinnert ...«

Noch zwei Sekunden, dachte Bertegui mit Humor, und er nimmt mich bei der Hand, nennt mich Claudio und redet mit mir über die gute alte Zeit.

»Ich war sehr glücklich hier ... Und ich wollte, dass meine Schüler es auch sind. Sehen Sie? Wir haben alles neu verputzt ... Die ganze Schule gereinigt. Wir haben auch vergrößert: Auf der anderen Seite des Hofes gibt es Sportanlagen. Wir haben Tennisplätze dort, direkt hinter diesem Gebäude ... und ein überdachtes Schwimmbad. Kurz und gut ... Saint-Ex ist nicht mehr die Schule von früher.«

Bertegui trat von einem Fuß auf den anderen.

»Tatsächlich ... habe ich auch das Personal ausgewechselt. Da sind natürlich diejenigen, die in Rente gegangen sind. Und diejenigen, die ... eine andere Stelle gefunden haben.«

Rochefort schwieg, wie um dem Polizisten die Zeit zu lassen, sich für die tolle Arbeit zu begeistern, die hier geleistet worden war.

»Wollen Sie damit sagen, dass niemand von damals mehr hier ist? Kein einziges Mitglied des Personals, als Sie die Leitung der Schule übernommen haben? Sind Sie im Übrigen Direktor, oder ... wem gehört die Schule?«

»Meiner Frau«, stieß Rochefort in einem Zungenschnalzen hervor, das sowohl Befriedigung als auch Verärgerung ausdrücken konnte. »Und, nein, ich kann es Ihnen bestätigen: Es ist niemand mehr hier ...«

Rochefort ging auf die Tür zu. Das ist eine Kunst, sagte sich Bertegui kühl. Der Direktor von Saint-Ex lenkte nicht nur mit seinen Erinnerungen vom Thema ab, sondern komplimentierte ihn mit derselben Anpassungsfähigkeit hinaus, mit der er ihn auf eine Gartenparty einladen würde. Seine Haltung bestätigte das Gefühl, das Bertegui seit seiner Ankunft hatte: Niemand wollte über Odile Le Garrecs Vergangenheit sprechen. Oder vielmehr, in Laville-Saint-Jour wollte niemand über die Vergangenheit im Allgemeinen sprechen.

Der Mann mit der Modelgröße legte die Hand auf die Türklinke.

»Ich verstehe. Sagen Sie mir, Monsieur Rochefort, falls ich Ihre Register aufmerksam durchsehen würde, könnte ich da feststellen, dass die meisten der ... *Gegangenen* ... mehr oder weniger zur Zeit der Talcot-Affäre verabschiedet wurden?«

Rochefort blinzelte nicht, behielt sein Lächeln bei.

»Sollte das der Fall sein, dann sehe ich nicht den geringsten Zusammenhang zwischen Saint-Ex, oder eher der Art und Weise, in der ich diese Anstalt leite, und ... und dem, was Sie gerade angesprochen haben.«

Bertegui nickte.

»Nein, das kann ich mir gut vorstellen«, murrte er. »Das kann ich mir gut vorstellen ... Auf jeden Fall, da Sie keine alten Angestellten mehr zur Hand haben, haben Sie ja vielleicht die Spur einiger ... *Gegangener*? Ich nehme an, sie haben nicht alle unmittelbar nach ihrer Entlassung Laville-Saint-Jour verlassen, oder doch?«

Ich werde sehen, was ich tun kann ... Ich werde Ihnen eine Liste bringen lassen ... Rocheforts eisige Antwort verfolgte Bertegui, während er in den Hof zurückging. Als er hinaustrat, tat er so, als ob er die Tür des Sekretariats zuknallen würde, aber die schwere Flügeltür, durch einen Türschließer zurückgehalten, leistete Widerstand, und seine Laune kletterte eine weitere Stufe auf einer Skala von Rottönen hinauf. Er bog in die kleine Allee ein, die zum unterhalb gelegenen Haupthof führte, und schimpfte dabei über das Gesetz des Schweigens, das in dieser Provinz gültig war, und betrat dann den Hof selbst, blind für den Anblick, der sich ihm bot. An Saint-Ex konnte ihn sowieso nichts begeistern.

Er hatte bereits den halben Weg zurückgelegt, als ein Farbfleck hinter dem Fenster seinen Blick auf sich zog – so zahlreich waren die nämlich nicht in Saint-Ex!

Ein ... orangefarbener Fleck. Eine Farbe, die er ... zwei Stunden zuvor bereits gesehen hatte!

Er reckte den Hals, konnte kurz einen lustigen orangefarbenen Dutt sehen und blieb stehen.

Eine Kellnerin hinter einer Bar. Eine Cafeteria. Die Frau, die bei Odile Le Garrecs Beerdigung gewesen war? Ohne zu zögern stieß er die Tür auf. Als er den karottenroten Dutt und das knallrosa Make-up erblickte, musste Bertegui kurz an Dr. Ruth denken, die amerikanische Sexologin, die eine Zeit lang im Fernsehen aufgetreten war und mit einem köstlichen New Yorker Jiddisch-Akzent großzügig Ratschläge über Penis und Klitoris erteilt hatte.

Ja, das musste die Frau vom Friedhof ein. Wie viele Frauen gab es denn schließlich in Laville-Saint-Jour, die eine Frisur wie eine Beleidigung gegen sämtliche L'Oréal-Versprechen zur Schau trugen – eine Art Kreuzung zwischen der Sängerin Régine und Dr. Ruth?

Die Kellnerin lächelte ihn an, während er auf sie zuging und dabei einen Blick auf die drei besetzten Tische warf. An einem von ihnen hatten vier Männer mitten in ihrer Unterhaltung plötzlich geschwiegen, an einem anderen blickte ein streng aussehender Herr mit Schnurrbart von seiner Zeitung auf; am letzten Tisch saß eine modebewusste junge Frau, die ihm keine Beachtung schenkte und sich weiterhin auf den Bildschirm des Laptops vor ihr konzentrierte.

Bertegui setzte sich an die Bar und bestellte einen Kaffee.

»Wollen Sie nicht ein Stück Kuchen? Ich mache ihn selbst, wissen Sie ...«, informierte ihn Dr. Ruth und zeigte auf mit buntem Zuckerguss überzogene Kuchen unter Glasglocken.

Mit Bedauern lehnte Bertegui das Angebot höflich ab. Hinter seinem Rücken hatte man das Gespräch wieder aufgenommen. Es ging um die französische Nationalmannschaft, um Zidane, um Trainer Domenech; der Oberst im Ruhestand starrte nun die Tischrunde mit einem missbilligenden Schnurrbartzittern an, und die junge Frau tippte weiter auf ihrer Computertastatur. Charmant, dachte Bertegui. Ein naturfarbener Pulli zeichnete die hübschen Kurven einer kleinen Brust nach, und ihr honigblondes Haar, mit einer lockeren aber einstudierten Bewegung zurückgestrichen, brachte helle Augen zutage, die er sich funkelnd vorstellte.

»Bitte sehr ...«

Bertegui drehte sich um. Eine dampfende Tasse stand vor ihm.

»Sind Sie der Vater eines Schülers?«

Bertegui lächelte. Saint-Ex war eine geschlossene Welt, und jeder Eindringling rief zwangsläufig Neugier hervor.

»Vielleicht ein zukünftiger«, sagte er. »Meine Tochter ist erst acht.«

»Oh!«

Ausdruck der Überraschung, der bedeutete: Ja aber wer sind Sie dann?

»Sollten Sie sich für Saint-Ex entscheiden, dann kann ich Ihnen versichern, dass sie sich hier wohlfühlen wird. Ich habe noch in keiner Schule von solcher Qualität gearbeitet ...«

»Waren Sie denn an vielen Schulen?«

Dr. Ruths Augen erstarrten einen Moment, dann lachte sie aus vollem Hals, was rosagefleckte Zähne mit schlampig angepassten Inlays erkennen ließ.

»Da haben Sie mich aber erwischt! Im Grunde nein, es ist die einzige ...«

»Dann arbeiten Sie also schon lange hier!«

»O ja ... seit über fünfundzwanzig Jahren!«

Bertegui lächelte innerlich und spürte, wie ihm Vampirzähne im Mund wuchsen und zur gleichen Zeit ein heftiges Verlangen, sie in Rocheforts Hals zu stoßen.

»Ich dachte, das gesamte Personal habe weniger als zehn Jahre Betriebszugehörigkeit ...«

»Wer hat Ihnen das gesagt?«

»Nun ja ... Monsieur Rochefort. Zumindest hatte ich das so verstanden.«

Bei Rocheforts Namen wurde Dr. Ruth mutiger. Wenn ihr Gesprächspartner das Vertrauen des Direktors genoss, dann konnte sie geradeheraus sein.

»Er hat Sie nicht angelogen. Es stimmt, dass sich viele Dinge verändert haben, seitdem er hier ist, die Leute mit eingeschlossen. Im Grunde bin ich das einzige Überbleibsel ...«

»Und wie haben Sie das geschafft?«, erkundigte sich der Kommissar.

»Meine Kuchen! Niemand wollte darauf verzichten. Als es darum ging, die Cafeteria zu schließen oder zumindest ihre Funktionsweise zu ändern, gab es, wie man im Fernsehen sagt, eine Welle der Solidarität! Eine gefährliche Waffe, der Kuchen ...«

Bertegui lachte mit ihr.

»Und außerdem, haben Sie mal mein Gesicht gesehen? Ich bin eine Legende hier ... Ein wenig die Seele von Saint-Ex!« Sie amüsierte sich.

Bertegui aber war nicht mehr nach Lachen zumute. Er hatte es plötzlich erkannt: Dr. Ruth war ein trauriger Clown. Es war Zeit, zu den ernsten Dingen überzugehen, entschied er. Er nahm innerlich Anlauf und wählte aus seiner Lügen-Schublade den scherzhaftesten Ton seiner Sammlung.

»Dann haben Sie also Odile Le Garrec gekannt?«

Dr. Ruths Gesichtsausdruck veränderte sich, als habe man ihr plötzlich eine Strumpfmaske übergezogen.

»Sind Sie Journalist?«

»Polizeikommissar.«

»Ah ...«

Seltsamerweise schien sie das zu erleichtern.

»Sie ermitteln wegen Odile Le Garrec? Haben Sie deswegen mit Monsieur Rochefort gesprochen?«

»Nein«, log Bertegui. »Nicht nur. Aber ich arbeite gerade an einem Fall, der sie indirekt betreffen könnte.

Oder, um genauer zu sein, ihren ehemaligen Lebensgefährten ...«

Dr. Ruth nickte wissend, als wolle sie sagen: Das wundert mich kaum.

»Ich hätte sie ja gerne selbst befragt, aber ... nun ja, wie Sie ja wissen ...«

»Ja. Ich war heute Morgen da ... bei der Beerdigung. Dabei hatte ich ein ganz komisches Gefühl«, sagte sie nachdenklich.

»Sie haben sie also gut gekannt?«

»Sagen wir mal, wenn man sich fast jeden Tag sieht, dann entsteht eine gewisse Bindung. Wir haben uns gegenseitig altern sehen, verstehen Sie ... Und sie kam jeden Tag: ein Kaffee und manchmal ein Stück Kuchen.«

»Und ihr Freund?«

»Welcher Freund?«

»Der Spieler ...«

»Ach, der ...« Finsterer Blick. »Der Spieler ... Ja, ich weiß, um wen es sich handelt. Ich habe ihn nicht gekannt. Ermitteln Sie gegen ihn? Ich weiß nicht, was ich Ihnen dazu sagen soll.«

»Haben Sie hier gearbeitet, als sie ihn kennengelernt hat? Oder vielleicht haben Sie ihren Mann gekannt?«

Sie warf ihm einen vorsichtigen, zögernden Blick zu.

»Ich weiß es nicht mehr ... Es ist verschwommen. Ich meine ... Ich glaube, ich hatte gerade hier angefangen.«

»Ciao, Sonia!«

Bertegui wandte kurz den Kopf. Die junge Frau mit dem Computer ging hinaus, bekleidet mit einem Veloursledermantel, der entschieden zu schick war für diesen Ort. Dr. Ruth hingegen schenkte ihr nicht die geringste Beachtung. Sie wartet auf meine Fragen, dachte der Polizist. Vollkommen konzentriert.

»Ich weiß schon, dass ... na ja, dass das wohl nicht einfach für Sie ist, mit mir darüber zu sprechen, aber ich versuche ... die Dinge zu verstehen. Die Art der Verbindung, die zwischen ihnen bestand.«

Kopfnicken. Keine Antwort.

»Woher wissen Sie, dass ihr Freund ein Spieler war?«, bohrte Bertegui nach.

»Laville-Saint-Jour ist keine Großstadt. Und Saint-Ex ... ist wie ein Mini-Laville innerhalb der Stadt. Er hatte Umgang mit der High Society, aber er war ein Gauner. Damals haben die Leute gedacht, dass er nicht geschnappt wurde, weil er geschützt wurde ... Von hochgestellten Leuten. Und ich neige dazu, das zu glauben.«

Bertegui runzelte die Stirn, um seine Überraschung auszudrücken.

»Ich habe einen Cousin, der sich seit Jahren in Dijon herumtreibt«, erklärte sie. »Die Art von Typ, die Sie bestimmt von Zeit und Zeit in Ihren Dienststellen zu Gesicht bekommen ... Kurz und gut, er kannte den Kauz.«

»Ich verstehe. Ich nehme an, dass sie mit ihm nicht besonders glücklich war.«

»Das weiß ich nicht ... Sie war manchmal bedrückt.«

»Und wissen Sie, was aus ihm geworden ist?«

Dr. Ruth starrte ihn plötzlich mit einem seltsamen Schimmer in den Augen an.

»Nein.«

»Ihr Cousin auch nicht?«

»Ich sehe meinen Cousin selten, und wenn das mal vorkommt, dann reden wir nicht über die Leute, mit denen er verkehrt.«

Zwei Personen betraten die Cafeteria und gaben ihre Bestellung auf.

»Ich habe zu tun«, sagte sie, bevor sie sich zur Kaffeemaschine umdrehte. Bertegui wurde einen Augenblick nachdenklich und ratlos wegen ihrer Redseligkeit und diesem plötzlichen Sinneswandel. Auf jeden Fall war der Besuch nicht umsonst gewesen. Wenn Odile Le Garrecs Lebensgefährte wirklich zur örtlichen Unterwelt gehört hatte, dann konnten die Informanten der Region - oder vielmehr Cléments Informanten, da Bertegui sich als neu Hinzugezogener noch kein eigenes Netz hatte aufbauen können - ihm mehr darüber erzählen.

Er zog zwei Geldstücke aus der Tasche, als sein Handy vibrierte. Er legte das Geld auf den Tresen und nahm den Anruf im Hinausgehen an.

»Kommissar Bertegui ...«

»Äh ... ja, guten Tag, hier ist ... äh ...«

Eine Frauenstimme. Weich und ängstlich zugleich.

»... Hier ist Anne-Laure Mansard ...«

Bertegui konnte sich nicht erinnern.

»Wissen Sie? Sie haben mir Ihre Telefonnummer gegeben, falls eines meiner Kinder sich an etwas erinnert ...«

Natürlich, jetzt konnte er sie einordnen: die Mutter der beiden Jungen, die das Opfer vom Parkwald bei dem Skateboardausflug begleitet hatten.

»Ja, ich höre, Madame ...«

»Nun ja ... Ich glaube, Sie müssten herkommen ... Der Kleine hat nun schon seit drei Nächten Albträume ... und ... ich weiß nicht ... ich glaube, er hat etwas gesehen ...«

»Was hat er Ihnen gesagt?«

»Ich ... Am Telefon ist es ... schwierig.«

»Ich komme«, seufzte Bertegui.

Er war bereits gut zehn Meter gelaufen, als ihn das Geräusch eiliger Schritte hinter seinem Rücken alarmierte. Dr. Ruth lief ihm hinterher.

»Ich weiß nichts«, stieß sie hervor, als sie ihn eingeholt hatte. »Überhaupt nichts. Aber wenn Sie Informationen über den besagten Henri suchen, dann gehen Sie da hin ...«

Sie reichte ihm einen Zettel. Wenige hastig hingekritzelte Worte: Pierre Gionelli. Café *La Guérande*. Montchapet-Viertel. Dijon.

»Das ist mein Cousin«, erklärte sie. »Er wird Ihnen helfen können. Er ist zwar jetzt mehr oder weniger solide, mag aber Polizisten nicht besonders, also sagen Sie ihm, dass Sie von mir kommen. Sonia ... von Saint-Ex.«

Bertegui starrte sie an.

»Was hat Sie dazu bewegt?«, fragte er.

Sonia/Dr. Ruth setzte eine düstere Miene auf, die jegliche Farbe verwischte und sie fast grau erscheinen ließ. Ihr Blick folgte dem Weg der Arkaden den Hof entlang, rollte sich um die Bäume und verlor sich in Richtung der Dächer.

»Ich weiß nicht, in welcher Sache Sie ermitteln«, sagte sie, ohne ihn anzusehen, »oder, gegen wen ... Aber es passieren komische Dinge hier. Ich meine, in Laville-Saint-Jour. Ja, komische Dinge. Das müssen Sie wissen ... Ich glaube, dass Odile Le Garrec in gewisser Weise ... eines dieser komischen Dinge war.«

29

Die Tür schloss sich sanft hinter Audrey. Eilig lief sie in den Hof, etwas überrascht darüber, dass Sonia ihr nicht Auf Wiedersehen gesagt hatte. Das war nun schon das zweite Mal, dass Audrey Sonias gequältes Wesen auffiel, das die alltägliche Sonia, immer gutgelaunt und heiter, nicht verriet. Am Tag des »Großen Weiß'« angesichts des ersten Nebels und heute Morgen, während sie sich mit diesem Unbekannten mit dem großen Hundekopf unterhalten hatte, der elegant gewesen war wie ein alter Römer, der zur Zeit des Spaziergangs die Via Condotti hinunterschlendert.

Sie sah auf die Uhr. Ihr blieben etwa vierzig Minuten bis zu ihrer nächsten Unterrichtsstunde. Genügend Zeit vielleicht, um mit den Recherchen zu beginnen, die sie in der Cafeteria nicht hatte durchführen können, da ihr PC sich geweigert hatte, sich ins WiFi-Netz einzuloggen.

Während ihr Blick Rocheforts Fenster mied, betrat sie einen kleinen überdachten Hof, wo die Schüler manchmal Squash spielten, und stieg dann einige wenige Treppenstufen hinunter. Die Sportanlagen von Saint-Ex erstreckten sich zu ihren Füßen – zugleich ein Park mit Bäumen und ein Sportplatz, um den herum sich Tennisplätze, eine Turnhalle und ein überdachtes Schwimmbad gruppierten, dessen Dach man im Sommer öffnen konnte. Mehrere Klassen waren gerade bei der Arbeit. Man konnte die fast militärischen Anweisungen von Monsieur Pellegrin hören, der eine Gruppe Fußballer anfeuerte. Dabei übertönte er die Stimmen seiner Schüler sowie wie die von Mademoiselle

Lacoste, die nun die Trillerpfeife betätigen musste, um eine Schar junger Mädchen, verschreckt von der Höhe der Latten, die man ihnen zumutete, zum Hochsprung zu animieren.

Etwas weiter, halb von Pappeln verdeckt, zeichnete sich die letzte Etage der Bibliothek ab, ein Gebäude, das von wildem Wein bewachsen war, was ihm das Aussehen eines kleinen Lustschlosses verlieh.

Eben dorthin begab sich Audrey, wobei sie die verstohlenen Blicke und Rippenstöße einiger Großer ignorierte, die unter den Shorts ihre behaarten Beine zur Schau stellten.

Sie betrat die Bibliothek, in der Grabesstille herrschte, die kaum von Monsieur Pellegrins Gebrüll – es war wirklich ein Gebrüll! – draußen gestört wurde. Audrey begrüßte Madame Blanchard (die die verkniffene Miene eines Huhns hatte) und begab sich in einen der *Computer-* (nicht Rechner!) Räume (Saint-Ex war einer dieser Orte, in denen das Schwimmbad *pool* und der Sportplatz *field* hießen ...).

Sie erblickte einen Computer – der letzte Schrei von PC, ausgestattet mit Kopfhörern, Webcam und einer ultraschnellen Verbindung – warf Mantel und Umhängetasche in eine Ecke und rief Google auf.

In das Suchfenster gab sie folgende Worte ein: Jules Moreau, Unfall.

Die Idee war ihr nach dem Gespräch mit Bastien gekommen. Ihr Schüler hatte furchterregende Albträume, die vielleicht (wahrscheinlich) mit dem Unfall zusammenhingen. Er erhielt auch Nachrichten ... aus dem Jenseits (?!) in Verbindung mit dem Drama. Sie wusste nicht, was das Internet ihr mitteilen könnte, aber um Bastien zu helfen und eventuell die empörenden Absichten eines Erwachsenen zu vereiteln (unmöglich, beim Lesen des Dialogs nicht an die Machenschaften eines Pädophilen zu denken oder an die einer Person, die sich Bastien auf die eine oder andere Weise nähern und ihn zu sich nach Hause locken wollte, wenn die Person es auch auf eine unerklärliche Art anstellte), um ihm also zu helfen, musste sie zum Ursprung zurückkehren. Zu dem Unfall selbst.

Google warf ihr gut zehn Seiten aus, ohne überzeugendes Ergebnis.

Sie beschloss, die Suche zu verfeinern, ignorierte den Vornamen des Opfers und gab ein: Moreau + Unfall + Auto + Paris.

Sie wartete eine Sekunde. Nur zwei Seiten.

Sie las die Zusammenfassungen. Ein Artikel in der Zeitung *Le Parisien* lenkte ihr Augenmerk auf sich.

Ein empörender Unfall
vorm Parc des Buttes-Chaumont

Ein schrecklicher Unfall hat gestern eine Familie vor dem Parc des Buttes-Chaumont im 19. Arrondissement von Paris in Trauer gestürzt. Während Caroline Moreau in Begleitung ihrer beiden Kinder an einem Stand ein Eis kaufte, wurde der kleinere der beiden Jungen, sechzehn Monate alt, vor ihren Augen und denen seines neunjährigen Bruders von einem Auto überfahren und auf der Stelle getötet.

Ursache des Dramas: einfache Nachlässigkeit oder das schlechte Funktionieren eines dieser Sportbuggys, die gerade bei den Bobos, die gerne sonntags im Familienkreis am Seineufer spazieren gehen, ganz groß in Mode sind. Anscheinend ist es dem Kleinen nämlich gelungen, aus dem Buggy zu klettern oder den Sicherheitsgurt aufzumachen und bis zur Straße zu laufen, während seine Mutter das Eis bezahlte.

Trotz ihrer Versuche, ihren Sohn zu retten, konnte die Mutter, die die Verfolgung des Kindes aufgenommen hatte, das Schlimmste nicht verhindern: Ein Mercedes, der mit hoher Geschwindigkeit vorbeifuhr, hat den Kleinen mit voller Wucht erfasst, wobei er die Mutter um nur wenige Zentimeter verfehlte und im Vorbeifahren noch eine weitere Person anfuhr, die sich im Krankenhaus befindet (sie schwebt nicht in Lebensgefahr). Der dunkelblaue Mercedes ist anschließend um die Ecke gebogen und hat Fahrerflucht begangen, wobei er die sprachlosen Passanten hinter sich zurückließ.

Alles sei innerhalb weniger Sekunden geschehen, erklärten die Zeugen, und niemand habe daran gedacht, das Kennzeichen zu notieren, auch wenn mehrere von ihnen behaupten, das Auto sei im Departement 91 zugelassen. Außerdem ist man bei zwei Zeugenaussagen perplex: Sie behaupten, das Auto sei im Schritttempo gefahren und habe ganz plötzlich beschleunigt, als das Kind auf der Straße erschien.

Audrey las den Artikel zweimal und schloss dann einen Moment die Augen. Plötzlich drängte sich ihr die Realität des Unfalls auf, nahm Gestalt an. Sie stellte sich die furchtbare Gewalt der Szene vor, die Hilflosigkeit der Mutter, den Schock für Bastien. Der Tod eines Kindes war ein unüberwindbares Drama. Das war für jeden klar, und seit kurzem für Audrey noch mehr, die ohne David lebte. Es verging nicht ein Tag, an dem sie sich nicht beruhigen musste, wenn plötzliche Panik in ihr hochstieg. Und was, wenn sein Vater ihn mit Streichhölzern spielen lässt? Und wenn er den Topf nicht richtig auf den Herd stellt? Und wenn er vergisst, ihn im Schwimmbad im Auge zu behalten? Und wenn er ihn über die Straße gehen lässt, ohne nach rechts und links zu schauen?

Und was, wenn er wirklich beschlossen hat, mich zu zerstören?

Ja, Audrey lebte mit dieser unbestimmten Angst, die sich manchmal - oft - öffnete wie eine schwarze, giftige Blume. Das Unglück aber, das den Moreaus zugefügt worden war, war schlimmer als ein Unfall. Sie spürte, wie eine unendliche Traurigkeit auf ihr lastete sowie ein tiefes Mitleid für diese Familie - diese Frau, deren Schönheit von Kummer gezeichnet war, diesen großen verliebten Kerl und ihren Jungen, verloren in seinen Albträumen und allein gelassen mit Problemen, die seine Eltern unfähig waren zu lösen.

Erschüttert wandte sie sich wieder den Links zu. Die Website verwies sie auf einige kurze Zeitungsnotizen: *Die Polizei sucht immer noch den Mercedes*; *Keine Spur in dem Fall der Fahrerflucht vom Buttes-Chaumont* ...

Nichts weiter. Es wurde nirgendwo ein Schuldiger, eine erfolgreich abgeschlossene Ermittlung erwähnt. Wenn sie der Zeitung traute, war der Urheber des ... *Verbrechens?* ... nicht gefunden worden.

Sie dachte nach. Konnte es sein, dass er es war, der Bastien die Nachrichten geschickt hatte?

Ich weiß, dass Jules tot ist. Ich bin Jules. Ich bin unter

ein Auto gekommen. Einen Mercedes … Marineblau. Ich bin mir sicher, dass Du jedes Mal, wenn Du einen siehst, an mich denkst …

Dieser Gesichtspunkt war entsetzlich, aber die Worte … *Ich bin mir sicher, dass Du jedes Mal, wenn Du einen siehst, an mich denkst* … Wer hätte so etwas Grauenhaftes schreiben können, wenn nicht jemand, der ihm nahe genug stand, um an das Auto zu denken? Jemand, der sogar von diesem Auto *betroffen* war? Und wenn das der Fall war: Warum? Zu welchem Zweck?

Sie blickte auf die Uhr. In wenigen Minuten würde die Glocke ertönen. Ängstlich und voller Unbehagen packte sie ihre Sachen wieder ein. Sie war sich darüber bewusst, dass sie weitermachen und eine Möglichkeit finden musste, um noch mehr zu erfahren.

Sie befand sich an der ersten Tür, als ihr Handy klingelte – ein diskretes Läuten in ihrer Tasche. Draußen schrie sich Monsieur Pellegrin mit ungebrochener Energie immer noch die Stimme heiser, und sie beschloss, den Anruf in dem kleinen Vorraum entgegenzunehmen, eingeklemmt zwischen zwei Türen – es war sowieso unmöglich, bei einem solchen Lärm draußen auch nur irgendetwas zu verstehen.

»Hallo?«

Sie erkannte die Stimme sofort wieder: Nicolas Le Garrec. Sie wusste, dass er heute seine Mutter beerdigt hatte, und sein Anruf überraschte sie. Störte sie auch ein wenig. Sie hatte die letzten Tage auf einen Anruf gehofft, aber nach ihrer Lektüre waren ihre kleinen egoistischen Wünsche und Erwartungen plötzlich lächerlich geworden, fast erbärmlich. Als wenn man sich Sorgen darum machte, ein Kilo zugenommen zu haben, während die Welt verhungerte.

»Guten Tag ...«

»Ich störe Sie doch nicht?«

»Nein ... nein, nein, gar nicht.«

Schweigen.

»Ich habe Sie doch nicht geweckt? Sie wirken ...«

»Nein, ich saß gerade am Computer. Ein wenig vertieft ...«

»Gut. Umso besser. Hören Sie, ich hatte einen schwierigen Vormittag, und ... ich habe mich gefragt, ob Sie nicht vielleicht heute Abend Zeit hätten? Zum Essen ...«

Sie antwortete nicht.

»Ich glaube, ich habe ganz dringend das Bedürfnis, ein ... freundschaftliches Gesicht zu sehen. Das nicht aus Laville-Saint-Jour kommt.«

Kurzes Schweigen. Ein Zögern – das war nicht der richtige Moment, dachte sie. Weder die richtigen Umstände, noch der geeignete Ort für ein Treffen mit Nicolas Le Garrec. Oder sonst jemandem. Dennoch bestand dieses Gefühl fort, dass ihre Schicksale sich kreuzen würden, obwohl sie wusste, dass es vollkommen irrational war.

»Ich verstehe«, sagte sie endlich. »Ja, natürlich, mit Vergnügen ...«

Sie trafen eine Verabredung – er würde sie vor ihrer Wohnanlage abholen.

»Sie können mein Auto gar nicht übersehen«, erklärte er. »Ich habe einen Mini. Schwarz mit weißen Streifen und voller Scheinwerfer überall. Im Grunde ist er ein wenig auffällig, um nicht zu sagen vulgär, aber manchmal mag ich's gerne protzig.«

Er brach in ein ungezwungenes Gelächter aus, bevor er murmelte:

»Sollten Sie bis dahin einen Anfall von Müdigkeit haben, können Sie mir ruhig absagen. Tun Sie sich bei mir keinen Zwang an ...«

Sie lächelte leicht im Halbdunkel zwischen den beiden Türen. Er hatte zwar gerade erst seine Mutter beerdigt, zeigte sich aber trotzdem eifrig bemüht.

»Das wird nicht passieren«, beruhigte sie ihn.

Sie legte auf. Immer noch ein wenig bedrückt, auch wenn dieser zweiminütige Austausch die Emotionen, die in ihr brodelten, gedämpft hatte.

Sie legte das Handy in die Tasche und öffnete die Tür. Er stand auf der Außentreppe, seine breiten Schultern versperrten ihr jeglichen Blick nach draußen. Aufrecht und stolz in einem anthrazitgrauen Anzug.

Antoine.

»Du gehst mir aus dem Weg ...«

Das war keine Frage, sondern eine Feststellung. Bitter und sogar, so kam es ihr vor, leicht aggressiv.

»Du verfolgst mich«, gab sie zurück.

»Sei nicht grotesk. Woher hätte ich denn wissen sollen, wo du dich befindest?«

Es gab zehn Antworten auf diese Frage, aber sie hatte überhaupt keine Lust, darüber zu diskutieren.

»Was willst du, Antoine?«

»Dich ...«

»Das geht nicht, und das weißt du ...«

»Und warum nicht, bitte schön?«

»Glaubst du wirklich, das ist jetzt der Moment, um darüber zu reden? Der Ort dafür?«

Sie machte Anstalten wegzugehen, aber er wich nicht einen Millimeter zur Seite. Unmöglich, einen Skandal zu verursachen oder zurückzugehen – man musste die erste Tür öffnen, um in den Raum zu kommen. Sie saß fest. Kein einziges Geräusch drang mehr vom Sportplatz zu ihr her. Die Lehrer hatten die Schüler zur Umkleidekabine zurückgebracht, und die Stille wirkte bedrückend auf sie.

»Das ist die einzige Möglichkeit, um dich zu sehen«, stellte er kühl fest. »Du nimmst meine Anrufe nicht mehr an.«

»Hör zu ... Es geht ganz einfach nicht, verstehst du?« Wider Willen nahm ihre Stimme den Tonfall eines Erwachsenen gegenüber einem Kind an. »Du bist schließlich Direktor der Schule, ich bin deine ... deine Angestellte. Es war ein Fehler, das wussten wir alle beide, als ... es passiert ist. Und wir wussten auch, dass es nicht lange dauern würde, dass es ...«

»Ist es Le Garrec?«, fragte er.

Sie starrte ihn an, von der Frage überrascht, und erriet am Zittern des vom Bart bläulichen Kiefers die Wut, die plötzlich in ihm hochstieg wie eine abgehobene Rakete.

»Was soll denn diese Frage?«

»Er ist es, nicht wahr? Ich weiß, dass er es ist. Ich habe euch auf der Party gesehen.«

»Aber du bist ja verrückt. Ich habe deine Frau kennengelernt, und diese Situation ist unerträglich! Ich will keine Affäre mit einem verheirateten Mann ... Ich will mich nicht in eine Beziehung einmischen, und Nicolas Le Garrec hat mit unserer Situation nichts zu tun!«

Aber sie verstand, dass er ihr nicht zuhörte – sie konnte fast die roten und schwarzen Punkte einer wahnsinnigen Eifersucht vor seinen Augen tanzen sehen. In einer Sekunde drohte er die Kontrolle zu verlieren. Was würde passieren, wenn es zu einem Skandal kam? Was würde das für ihre Karriere bedeuten? Für David? Sie musste vom Thema ablenken, irgendetwas finden, jetzt, sofort!

»Was macht ihr mit Bastien Moreau, deine Frau und du?«

Er blinzelte mehrere Male nervös, und sie konnte spüren, wie sich seine Anspannung, die Verkrampfungen seines Körpers lockerten. Ein Ballon, aus dem man die Luft herausließ.

»Was?«

»Warum habt ihr Bastien hier angemeldet? Erzähl mir keine Geschichten, Antoine, ich weiß, dass die Hecticon Labors nichts damit zu tun haben, dass sie nie auch nur irgendeines der Kinder ihrer Angestellten unterstützt haben. Also, warum?«

Seine Augen weiteten sich – schöne graue Augen, umrandet von den dicken schwarzen Wimpern eines Latinos. Dann packte er sie mit einer flinken Bewegung beim Handgelenk. Audreys Tasche rutschte ihr von der Schulter und hing mit ihrem ganzen Gewicht an ihrem Unterarm.

»Kümmere dich nicht um die Art und Weise, in der ich diese Schule leite, Audrey.«

Er umklammerte ihr Handgelenk. Ein wenig fest …

»Hörst du? Misch dich nicht in die Anmeldungen ein. Versuche nicht zu verstehen, wie ICH arbeite …«

… immer fester …

»Du hast dabei nichts zu gewinnen. Aber alles zu verlieren …«

… viel zu fest! Ein feuchter Schleier trübte Audreys Sicht. Ein Geräusch hinter ihrem Rücken! Schritte! Innerhalb einer Sekunde würde jemand aus der Bibliothek kommen.

Er ließ augenblicklich ihr Handgelenk los. Die Tasche fiel auf den Boden.

»Also, ich verlasse mich auf Sie, Madame Miller ...«, sagte er.

Audrey hörte die Tür hinter sich aufgehen.

»Sie halten mich auf dem Laufenden!«, fuhr er mit einem strahlenden Lächeln fort, bevor er zur Seite trat.

Die Schnelligkeit, mit der er soeben seine Maske aufgesetzt hatte, machte sie sprachlos. Ihre Panik war allerdings zu groß, um über seine Fähigkeiten zur Heuchelei erschüttert zu sein. Die Situation ausnutzend, hob sie ihre Tasche auf und entkam. Sie drehte sich nicht um, um zu erfahren, wer sie soeben gerettet und die Bibliothek nach ihr verlassen hatte, oder ob er sie gerade beobachtete, ein freudloses Lächeln auf den Lippen und sein Blick eines kaltblütigen Tieres auf sie gerichtet.

Klopfenden Herzens durchquerte sie das stille, menschenleere *field*, wobei sie sich zwang, ihre Muskeln zu kontrollieren, um nicht zu rennen, und die Tränen, die ihr in die Augen stiegen, zurückzudrängen.

Die Glocke ertönte in der Schule, und sie konzentrierte sich auf das endlose Klingeln, das bald von den Rufen der Schüler begleitet wurde, um wieder zu Atem zu kommen.

Als sie oben auf den Treppenstufen ankam, begriff sie, und es versetzte sie in einen Schockzustand: Bastien ... Hecticon ... der Mercedes!

Sie machte eine abrupte Kehrtwendung – sie konnte den Eingang zur Bibliothek nicht mehr sehen, nur die letzte Etage, die zwischen den Zweigen der Bäume zum Vorschein kam, aber sie stellte ihn sich vor: eine athletische Gestalt in einem seidigen Wollanzug, immer noch vor der Tür. Sie blieb eine Minute so stehen, wobei sie das Gedränge der Schüler ignorierte, die zum Sportunterricht liefen, versunken in die Einzelheiten, die sich in ihrem Kopf schonungslos zusammenfügten.

Antoine hatte Bastien ungeachtet sämtlicher in Saint-Ex gültiger Regeln angemeldet. Mit dem Einverständnis seiner Frau?

Antoine war gewalttätig - eine Gewalt, die sie nicht einen Moment vermutet hätte (aber seit wann konnte sie denn Männer überhaupt einschätzen?).

Antoine fuhr einen Mercedes. Nachtblau. Was hatte er ihr einmal gesagt? »Ich bin dieser Marke schon seit Jahren treu ... Und immer blaue. Sie haben ein einzigartiges Blau, weder Marineblau noch Schwarz.«

Sein Auto war nicht im Departement 91 zugelassen, sondern im Departement 21. Hatte man das in der Panik verwechseln können?

Letztendlich hatte Antoine ... Angst gehabt. Ja, wenn man darüber nachdachte, war es genau das, was sie wahrgenommen hatte. Seine Reaktion, seine Drohungen trugen das tierische Merkmal der Angst.

Angst bei diesen einfachen Worten: Bastien Moreau.

30

Die Wohnung war mit einfachen Dingen möbliert – Möbelhaus-Sofas, Regale, Fotos und einige an die Wand gepinnte Kinderzeichnungen. Ein Wohnblock mit Sozialwohnungen, wie es sie überall auf der Welt gab, selbst in Laville-Saint-Jour, im Vrésilles-Viertel – nicht wirklich ein gefährlicher Vorort, aber eine dieser Provinzgegenden, die entfernt an ihre Cousinen der Großstädte erinnerten: Les Mureaux bei Paris, La Castellane in Marseille ...

Anne-Laure Mansard war Berteguis Meinung nach kaum älter als dreißig und ähnelte ihrem Wohnzimmer: gewöhnlich, mitgenommene Blässe wie am Ende des Winters, Augenringe, die von einem Leben zeugten, das sich aufteilte zwischen einer wenig befriedigenden Arbeit und dem freudlosen Alltag einer Singlefrau, die zu früh Mutter geworden war.

»Was ist passiert?«, fragte er.

Sie saß vor einer Tasse Tee und hatte vergessen, ihm eine Tasse anzubieten.

»Ich ... ich weiß es nicht. Ich meine, ich bin mir nicht sicher ...«

»Am Telefon sagten Sie mir, dass der kleine ...«

»Tipierre«, korrigierte sie. »Wir haben ihn immer so genannt.«

»Dass Tipierre was gesehen hat?«

»Ich weiß nicht mal, ob ich Ihnen davon erzählen soll, aber ... oh, ich habe solche Angst!«

»Angst? Angst wovor?«

Sie schloss die Augen.

»Ich weiß nicht. Alles, was sie mit den Kindern gemacht haben … vorher! Verstehen Sie? Wenn sie wissen, dass man sie gesehen hat …«

»Madame Mansard«, begann er sanft, »beruhigen Sie sich, und erzählen Sie mir, um was es geht.«

Sie nickte wie ein Kind, das die Lektion verstanden hatte.

»Tipierre hat seit drei Nächten Albträume. Ich fand das normal, verstehen Sie, nach dem, was sie erlebt haben … Und dann arbeitet Christophes Mutter auch noch im gleichen Krankenhaus wie ich! Sie ist Krankenschwester, und ich bin Pflegehelferin, und … ich bin mir sicher, dass sie mich feuert. Es ist meine Schuld, wissen Sie? Sie sind rausgegangen, ohne es mir zu sagen, aber … aber ich war an dem Abend nicht da. Ich habe sie allein gelassen … Alle drei. Meine beiden und Christophe. Oh, ich mache das selten, aber …«

Sie fuhr fort, und Bertegui nickte geduldig. Er kannte den Ablauf: Anne-Laure Mansard lebte mit dem dumpfen Schuldgefühl, ihrer Aufgabe als Mutter nicht gewachsen zu sein. In der Zeit, als er noch Streife gefahren war – wie viele solcher Menschen waren ihm da begegnet: Eltern, die mit ihrem straffälligen Nachwuchs überfordert und durch die Last des Lebens, den Geldmangel und ihre Hilflosigkeit erschöpft waren? Zwar waren die Mansard-Kinder keine »Haudegen«, eher kleine Möchtegern-harte-Kerle, aber ihr Spiel hatte in einem Drama geendet, die Familie ins Rampenlicht gerückt, einem Kameraden unter grauenhaften Umständen das Leben gekostet und das Versagen der Mutter ans Licht gebracht.

Sie beruhigte sich, und Bertegui nutzte die Gelegenheit, um die Maschine wieder in Gang zu bringen.

»Sie haben mir von den Albträumen erzählt …«

»Ja, ja ... Die Albträume. Ich fand das also normal, aber heute Nacht ist er aufgewacht und hat geschrien: ›Er wird es mir wegnehmen! Er wird es mir wegnehmen!‹ Also habe ich ihn gefragt, wovon er redet – Tipierre ist ein feinfühliger Junge, verstehen Sie? Und da hat er zu mir gesagt: ›Da war jemand bei uns, M'ma! Da war jemand im Parkwald. Aber das war nicht so, wie Bruno gesagt hat ... Das war nicht der Junge ohne Augen. Das war ein Gespenst, aber nicht in Weiß. Ein Gespenst ganz in Schwarz ...‹«

Sie schwieg.

»Ist das alles?«, fragte Bertegui, wobei er seine plötzliche Erregung verbarg.

»Ja, das ist alles, was er mir sagen wollte. Ich habe heute Morgen gezögert, ob ich Sie anrufen soll. Ich weiß nicht, was das alles zu bedeuten hat, aber« – sie begann zu flüstern –, »aber die einen da, die haben wohl schwarze Sachen getragen! Als sie die Kinder umgebracht haben. Deshalb hatte ich Angst, verstehen Sie?«

Bertegui antwortete nicht.

»Wo ist Ihr Sohn?«, fragte er.

»Nebenan.«

»Bringen Sie mich zu ihm?«

Ein Seufzer.

»Warten Sie hier auf mich ...«

Eine Minute später kam sie in Begleitung ihres Sohnes zurück. Ungefähr zehn Jahre alt, ähnelte er ihr – dasselbe kleine spitze Gesicht, denselben Hang zu Augenringen –, aber es funkelte in seinen Augen ein Licht, das das Leben in denen von Anne-Laure Mansard bereits gelöscht hatte.

»Hallo«, sagte Bertegui.

»Hallo.«

»Ich bin es, der sich um die Sache im Parkwald kümmert.«

»Ja, ich weiß, mein Bruder hat mir von Ihnen erzählt.«

»Wir haben uns das letzte Mal nicht gesehen, aber ... Ich glaube, du hast mir etwas zu sagen.«

Der Junge drehte sich zu seiner Mutter um. Sie nickte kurz.

»Du hast von einem Typen in Schwarz gesprochen«, bohrte Bertegui nach.

»Hören Sie, ich weiß nicht genau.«

»Ach, sag mir einfach alles, auch wenn du dir nicht sicher bist.«

»Okay ... Als wir ankamen, wollte mein Bruder uns Angst machen. Er hat uns Sachen über den Parkwald erzählt und ... Geschichten von Kindern, die dort gestorben sind, Gespenstern ... Ganz ehrlich, ich hatte Schiss. Klar wusste ich, dass das nur Witze waren, aber trotzdem. Als wir angefangen haben zu skaten, habe ich überall geguckt. Eigentlich konnte man nicht viel sehen, aber wir hatten Taschenlampen. Also habe ich es gesehen, oder eher, habe ich geglaubt, etwas zu sehen. Etwas ... das ich schon mal gesehen hatte.«

»Was?«

»Einen Schatten ... Ich meine, einen Typen wie einen Schatten ... oder einen Schatten wie einen Typen. Ich kann's nicht sagen.«

»Hast du eine Beschreibung, irgendetwas?«

»Schwierig. Plötzlich war ich mir nicht mal sicher – bei dem Nebel und all dem sah man überhaupt nichts. Aber einmal haben wir eine Abkürzung zwischen den Bäumen hindurch genommen, und meine Lampe hat einen Teil vom Wald durchleuchtet. Und mitten zwischen den Bäumen habe ich gesehen, wie sich was bewegt hat. Etwas, das aussah wie ein Mann in Schwarz. Und ich hatte das Gefühl, dass er uns beobachtet hat, denn gerade in dem Moment, als der Strahl von meiner Lampe über ihn drüber ist, hat er aufgehört, sich zu bewegen. Er wäre mir wahrscheinlich nie aufgefallen, wenn ich im Licht nicht was Glänzendes gesehen hätte ... Ich glaube, das waren seine Augen.«

»Hast du es deinem Bruder gesagt?«

»Bruno war schon weit weg ... Dann wollte ich auch nicht da bleiben, um es herauszufinden, und ich hatte auch keine Lust, dass er mich auslacht.«

»Und Christophe, wo war der?«

»Keine Ahnung ... Weiter, viel weiter weg, weil er ein bisschen gebraucht hat, um loszufahren.«

»Und wo hast du dieses ... diese Gestalt gesehen?«

Tipierre nannte ihm die Stelle. Genau dort hatte man am darauffolgenden Tag Christophe Dupuis' Skateboard gefunden, als sie ihre Nachforschungen angestellt hatten. Die beiden Mansards waren ihrem Freund also auf demselben Weg vorausgefahren. Sie hatten aber nicht angehalten ... Oder zu zweit zu fahren hatte sie gerettet.

Aber vor was denn eigentlich? Was ist passiert? Hatte sich ein Typ auf Christophe Dupuis gestürzt? Oder hat er etwas gesehen und wollte wissen, woran er war?

»Du hast gesagt, du hast ihn zweimal gesehen«, erinnerte Bertegui Tipierre.

»Ja«, sagte das Kind mit finsterer Miene. »aber das ist mir erst« - kurzer Blick zu seiner Mutter -, »erst heute Nacht wieder eingefallen. Heute Nacht hab ich's kapiert.«

»Was denn?«

»Letzten Samstag ... Samstagabend. Bei den Belonots.«

Bertegui drehte sich zu seiner Mutter um.

»Das sind Freunde«, erklärte sie. »Samstags verbringen die Kinder manchmal den Abend und die Nacht dort ...«

»Was hast du gesehen?«, fragte Bertegui, der sich wieder Tipierre zuwandte.

»Mehr oder weniger das Gleiche – einen großen Typen in Schwarz. Von dort aus, wo ich war, konnte ich sein Gesicht nicht sehen, aber ... es kam mir so vor, als ob da was Komisches war.«

»Wie ist das vor sich gegangen?«

»Na ja, ich bin halt in die Küche gegangen, um mir eine Cola zu holen, und ihr Kühlschrank steht neben dem Fenster. Sie wohnen im letzten Stock, und gegenüber ist so eine Art leerer Garten mit nur einem einzigen Haus, keinem anderen Gebäude ...«

Der Herzschlag des Wildschweins beschleunigte sich plötzlich.

»Wo wohnen diese Leute?«, fragte Bertegui Anne-Laure Mansard.

»In Braquéolles.«

»Ja, aber wo genau?«, drängte er sie.

»Rue des Carmes. Nummer 34, glaube ich. 34 oder 32?«, fragte sie ihren Sohn.

Bertegui hörte nicht mehr auf die Antwort.

Ein schwarzer Schatten bei dem Stier ... ein schwarzer Schatten im Waldpark ... und ein schwarzer Schatten neben Odile Le Garrecs Haus!

Die Worte drängten sich Bertegui auf, Worte, die ohne sein Wissen diejenigen widerspiegelten, die einen anderen Polizisten Jahre zuvor verfolgt hatten.

Es hängt alles zusammen ... Es hängt alles zusammen!

»Und was machte der Typ in Schwarz?«

»Er ging weg ... Ich meine, er ging über den Hof. Recht schnell. So schnell, dass man hätte meinen können, er gleitet. Und sein Mantel flatterte wie ein Umhang ... Aber ich konnte es nicht gut sehen. Dieser große Hof ist superdunkel.«

Bertegui nickte. Er erinnerte sich an das bedrückende Halbdunkel von Odile Le Garrecs Keller und die Dunkelheit, die herrschte, als er in Begleitung ihres Sohnes wieder an die Oberfläche gekommen war.

»Hast du sein Gesicht nicht gesehen?«

»N ... nein.«

Ein Zögern.

»Bist du dir da sicher?«, hakte der Polizist nach.

Der Junge nickte.

»Du verheimlichst mir doch nicht etwas, Tipierre? Du kannst alles sagen, weißt du, niemand wird dich verurteilen.«

Ein Seufzer.

»Plötzlich ist er stehen geblieben. Und da bin ich vom Fenster weggegangen. Als ich wieder geguckt habe, war da nix mehr. Insgesamt hat das vielleicht, weiß nich', fünf Sekunden gedauert ...«

»Und warum bist du vom Fenster weggegangen?«

»Och ...«

Jetzt waren sein Blick und seine Haltung die eines Kindes. Er wand sich, als sei er eingeschüchtert.

»Ich wollte sein Gesicht nicht sehen«, sagte er schließlich.

Bertegui schwieg, da er das Gefühl hatte, dass sein Zeuge im Begriff war, sich ihm anzuvertrauen.

»Nein, ich wollte sein Gesicht nicht sehen, weil ...

ich wusste nicht wirklich, ob das ein Mensch war, was ich gesehen hatte. Ich war mir nicht mal sicher, ob ich ihn gesehen hatte. Aber ich habe gespürt, dass da was komisch war.«

»Wie meinst du das?«, fragte der Polizist.

Tipierre schaute wieder zu seiner Mutter, dann sagte er widerstrebend:

»Als ich ihn gesehen habe, war mir ... kalt, ganz ... unnormal kalt.«

Er schwieg, seufzte.

»Deswegen habe ich bis heute Nacht nicht mehr daran gedacht. Im Grunde wollte ich nicht mehr daran denken. Weil, dieser Typ, na ja ... dieser Schatten, das war wie irgendwas Nicht-Lebendiges. Irgendwas ... das schon tot ist. Und eiskalt.«

Bertegui stieg in das Auto, zugleich erschüttert von den Enthüllungen des Mansard-Sohnes und zufrieden darüber, eine Verbindung zwischen den unterschiedlichen Fällen hergestellt zu haben.

Er saß bereits am Steuer und war im Begriff, die Vorstadt zu verlassen, als er Clément anrief.

»Es gibt was Neues«, verkündete er der Bohnenstange mit den großen Ohren. Und er fasste sein Gespräch vom Vormittag zusammen, ohne jedoch ausführlicher auf die düsteren Angaben seines Zeugen einzugehen.

»Ich will, dass die Jungs von der Spurensicherung genau an die Stelle geschickt werden, wo man das Skateboard gefunden hat. Es muss alles durchgekämmt werden. Wenn der Typ da war, muss er etwas hinterlassen haben. Fingerabdrücke, Fasern, egal, was. Und wenn wir auch nur irgendetwas finden, dann schickst du die Jungs zu dem Kerl auf dem Bauernhof mit dem Stier.«

»Das ist schon ein paar Tage her«, erinnerte ihn der Lieutenant. »Um die Weide herum wird nicht mehr viel sein. Es ist ein Bauernhof ...«

»Wir versuchen es trotzdem. Ich brauche ein Indiz, irgendetwas, um eine Verbindung herzustellen. Das Gleiche gilt für das Le-Garrec-Haus. VOR ALLEM für das Haus ... Wenn der jüngere Sohn wirklich am Samstagabend diesen ... Schatten gesehen hat – das mit den Belonots bleibt zu überprüfen –, dann liefert uns das ein Schlüsselelement, das die Einleitung offizieller Ermittlungen rechtfertigt. Eine Gruppe Kinder, die sich einen Spaß daraus macht, Telefonkabel durchzuschneiden – das ist bedauerlich, aber das macht noch keinen Mord, schlimmstenfalls einen beklagenswerten Unfall. Ein Kerl hingegen, der dort das Telefonkabel kappt, wo man später eine Leiche findet, der neben einem ... äh ... ermordeten Stier herumläuft und dann in einem Wald, in dem ein vierzehnjähriger Junge aufgespießt wird, gesehen wurde – das ist mehr als ausreichend, um nach einem wahren Verdächtigen zu suchen.«

»Sie denken also, dass da eine Verbindung besteht?«

»Ja. Und du denkst es auch.«

Er wollte gerade auflegen, als er es sich anders überlegte.

»Eine letzte Sache – und das ist eine persönliche Bitte.«

Vorsichtiges Schweigen am anderen Ende der Leitung.

»Ich bin mir sicher, dass du jemanden kennst, der über die Rituale Bescheid weiß, die hier stattgefunden haben. Ich will, dass du mich mit dieser Person in Kontakt bringst.«

»Die Rituale?«

»Ja, du hast mich schon verstanden, Clément. Ich kenne die Fakten: die Talcots, die ... Opferungen. Aber es fehlen mir Einzelheiten. Welche Hexerei- oder Schwarze-Messe-Rituale waren die genaue Ursache dieses Blutbads? Was waren das für ... Praktiken?«, erklärte Bertegui, mit dem schwindelerregenden Eindruck, mitten in die Dreharbeiten des Films *Der Exorzist* hineingeraten zu sein.

»Darf ich Sie fragen, warum?«

»Ich will verstehen, warum man diesem Stier das Herz herausgenommen hat. Was das bedeutet. Was das eventuell ... ankündigen könnte.«

31

Die Glocke läutete sechzehn Uhr, und Bastien reagierte mit Erleichterung. Er hatte in den letzten Unterrichtsstunden nichts aufnehmen können, da er sie in einem geschlossenen Universum verbracht hatte, das vollkommen undurchlässig war für die Welt und diese Worte: *Eines Tages werden schreckliche Dinge ... Laville-Saint-Jour will dich ...* Und schließlich: *Wir werden meinen Bruder fragen ...* Den ganzen Tag hatte er auf diesen Moment gewartet: Saint-Ex verlassen, auf seine Inlineskates springen, sich die iPod-Hörer in die Ohren stecken und skaten, bis seine Schenkel blau waren vor Müdigkeit. Weggehen ... vergessen ...

Er bewegte sich auf den Ausgang des Klassenraums

zu, als Opale ihm zuflüsterte, während er gerade durch die Tür ging:

»Geh mir unauffällig nach ... Und versuch mal, diese Muschel loszuwerden, die am Felsen klebt ...«

Seit heute Morgen kam er aus dem Staunen nicht mehr heraus. Nach ihrem Gespräch auf *ihrer* Bank war Opale ihm aus dem Weg gegangen, ohne eine weitere Erklärung abzugeben, weder zu ihren letzten rätselhaften Worten noch zu ihrem Verhalten. Dafür hatte sie alle ihre Fünfminutenpausen dazu genutzt, wie wild SMS auf ihrem Handy zu schreiben ... César Mendel hingegen war ihm vor den verblüfften Blicken der anderen Schüler, vor allem seiner beiden alten Kumpane, auf Schritt und Tritt gefolgt: ›*Was hast du denn für* Magic-*Karten? Welche Ausgabe magst du am liebsten? Ah, du hast eine Xbox 360? Ich steh ja mehr auf die PS2, aber stimmt schon,* Top Spin *ist echt cool ...*‹

Mendel hatte ihm das gesamte Sortiment des zukünftigen besten Freundes aufgetischt.

Die Muschel war, so verstand Bastien, er, Mendel – und diese Vorstellung löste in ihm trotz seiner inneren Anspannung, oder sogar ihretwegen, das unwiderstehliche Verlangen aus, in Gelächter auszubrechen, das er sofort unterdrückte. Falls er nun auch noch anfing, allein vor sich hin zu kichern, dann würden ihm die Schüler seiner Klasse schließlich eine Zwangsjacke schenken!

Er musste dann doch komisch ausgesehen haben, als er in den Hof trat, denn die Peroneau-Zwillinge, zwei identische und unwahrscheinliche Wesen – Brillen so groß wie ein Flaschenboden und Gazastreifen-Zahnspangen –, warfen ihm einen entsetzten Blick zu. Die »Größere« spuckte sofort ihr Zitronenbonbon wieder aus, während die »Kleine« ihr Orangenbonbon sofort hinunterschluckte (die Peroneau-Zwillinge waren in der Klasse berühmt für ihre recht beunruhigende Fixierung auf Süßigkeiten aller Art, welche ihr doppeltes Lächeln im Bauzustand erklärte).

Die Peroneau-Zwillinge tauchten hinab zu ihren Taschen auf der Suche nach einem Maoam, und Bastien verschmolz mit der Masse der Schüler, die zum Ausgang oder zu ihrem Unterrichtsraum strömten. Er entdeckte Opale, die eilig zu einer Arkade lief, die zu einem weiteren, kleineren Hof führte – Saint-Ex war voller verwinkelter Ecken, die von ihm noch unerforscht waren. Er drehte sich um: Kein Mendel in Sicht. Der Weg war frei.

Sein Verlangen zu lachen war nun verflogen, und er folgte seiner Freundin, angetrieben von der Neugier und dem rätselhaften Verhalten des jungen Mädchens.

Er bog nach ihr in den zweiten Hof ein – dort reihten sich um einen französischen Garten mit Baumgruppen und Blumenbeeten die Naturwissenschafts- und Sprachlabore der Schule sowie die Informatikräume aneinander – und suchte sie. Ein Kopf mit Feuerhaaren erschien unter einem Steinbogen.

»Hier lang«, hauchte sie.

Er ging auf sie zu, sie verschwand aber sofort in Richtung Treppe. Die Toiletten?, fragte er sich. Was machen wir denn in den Toiletten vom kleinen Hof?

Ratlos ging er unter dem Bogen hindurch und betrat ein offenes Vestibül. Tatsächlich wartete Opale dort auf ihn. Neben den Toiletten. Er vermutete aber, dass sie über die Treppe im Vestibül nach oben gehen wollte.

»Warum hast du mich hierhergebracht?«

»Du wirst es in einer Minute erfahren!«, sagte sie.

Sie wühlte in ihrer Tasche, um zwei rostige Schlüssel hervorzuziehen, die mit einer Schnur zusammengehalten wurden. Ohne ihm auch nur die geringste Aufmerksamkeit zu schenken, ging sie mit verschwörerischer Miene auf eine Tür zu, die er nicht bemerkt hatte – eine alte Tür, hinter der sich ein Besenschrank oder ein altes verriegeltes Waschbecken oder so etwas in der Art befinden musste.

»Komm, wir müssen uns beeilen, bevor man uns sieht.«

»Beeilen womit?«

Als Antwort drehte sie den Schlüssel zweimal herum. Die Tür führte nicht zu einem Schrank, sondern zu einer winzigen gewundenen Treppe.

Von den Toiletten aus drang das Geräusch einer Wasserspülung zu ihnen.

»Schnell!«, wiederholte sie.

Ihre Augen waren ihm noch nie so groß vorgekommen. Ohne zu überlegen, stürzte er ihr nach. Sie schloss sofort wieder die Tür hinter ihm.

Einen Finger auf den Lippen, befahl sie ihm zu schweigen. Legte das Ohr an die Tür. Wartete eine Minute.

»Okay«, sagte sie.

Und sie begann die Treppe hinaufzusteigen.

Sie erklommen zwei Etagen auf einer Wendeltreppe mit unebenen Stufen und in einem Licht, das aus den Ritzen hier und da in der Wand fiel, bis zu einer zweiten Tür. Erneutes Schlüsseldrehen. Opale stieß die Tür auf.

Bastien reckte den Hals. Es war zu dunkel, um

die Größe des Zimmers einschätzen zu können. Es schien weiträumig, aber seltsam geschnitten, ein wenig verwinkelt mit schweren Holzbalken, die von vorn bis hinten durchzogen wie einen riesigen Dachboden.

»Was ist das hier?«, fragte er.

Sie zuckte die Achseln.

»Keine Ahnung ... Man hat mir gesagt, dass die Nonnen zur Buße hierherkamen ... Vorher hat die Theater-AG hier Sachen untergestellt, aber seitdem sie die Schule renoviert haben, kommt hier niemand mehr her. Ich meine ... außer uns.«

»Uns?«

»Los, komm schon rein!«

Er folgte ihr nach drinnen, ein wenig beunruhigt, aber auch entzückt darüber, dass sie ihre Geheimnisse mit ihm teilte.

»Man kann nicht viel sehen«, stellte er fest.

»Mach dir keine Sorgen, ich kenne den Weg.«

Sie führte ihn mitten in eine Ansammlung bunt zusammengewürfelter Gegenstände – Möbel, die grau waren vor Staub, Stofffetzen, ein ganzes Durcheinander an Kartons, Verkleidungen und Kleiderständern, an denen verwaiste Kleiderbügel oder alte Lumpen hingen.

Ganz hinten im Raum empfingen sie durchgesessene Sessel und ein großer Karton als Tisch, gut verborgen hinter dem, was ein sehr altes Puppentheater zu sein schien.

»Das ist meine Ecke«, verkündete sie stolz und machte sich zu schaffen, als empfinge sie ihn bei sich zu Hause: Sie zündete eine Kerze in einem Glas an und räumte auf (sie verteilte ausgeschnittene Buchstaben auf Papierquadrate, die um ein Glas herumlagen, warf eine alte Coladose in die Ecke …).

»Aber woher hast du denn den Schlüssel?«, fragte er und verfluchte sich für diesen Tonfall des erstaunten Kindes, das nichts von der Welt wusste.

Sie drehte sich mit einem kleinen traurigen Lächeln zu ihm um.

»Mein Bruder … Er kam oft hierher. Er … und andere.«

»Und woher hatte er den Schlüssel?«

»Oh, das ist eine lange Geschichte … Komm schon, setz dich.«

Er ließ sich in einen Sessel fallen, dessen Sprungfedern ihm direkt in den Po piksten.

»Kommst du oft hierher?«

»Jedes Mal, wenn ich mit ihm sprechen will.«

»Mit ihm sprechen? Aber mit wem denn?«

Das Licht der Kerze, gestreichelt von dem Luftzug, der durch ein zerbrochenes Fenster wehte, zitterte einen Augenblick auf seinem Gesicht. Sie zeigte ihm die Buchstaben.

»Mit meinem Bruder …«

Er schwieg, da er nicht wusste, was er darauf antworten sollte.

»Sie werden bald kommen«, verkündete sie.

Eine Zigarette war soeben in ihrer Hand erschienen. Sie nahm sie in den Mund und bewegte sich zu der Kerzenflamme vor. Atmete ein. Aus einem unbestimmten Grund wurde Bastien von einer großen Traurigkeit erfüllt. Er wusste, dass es anormal war, sich davon überwältigt zu fühlen, aber er konnte es nicht verhindern. Er hatte soeben verstanden, dass Opale zu der Art von Mädchen gehörte, die sich vielleicht ... schlecht entwickeln konnten, wie man sagte.

Sie hüstelte. Hielt ihm die Zigarette hin.

»Willst du?«

Er nickte. Er nahm sie ungeschickt zwischen die Finger und schob sie sich zwischen die Lippen. Zögerte.

»Du ziehst daran, als würdest du an einem Fläschchen saugen!«

Etwas Heißes und Beißendes füllte ihm den Mund aus, aber er atmete nicht ein. Nach zwei Sekunden blies er das Ganze aus, und der Qualm brannte ihm in den Augen. Er hielt durch, hustete nicht, und gab ihr die Zigarette mit dem doppelten Stolz zurück, einen Sprung um mehrere Jahre nach vorn gemacht und ein wenig die Distanz überdeckt zu haben, die ihn von ihr trennte.

Er enthielt sich jeglichen Kommentars. Auch sie gab keinen ab. Er verstand, dass er soeben den Test bestanden hatte.

»Warum hast du mich hierhergebracht?«

Sie zog erneut an der Zigarette – er ahnte ihr Vergnügen, sich für eine Frau zu halten, aber ihre Handbewegungen waren zögerlich. Sie rauchte so, wie kleine Mädchen in den Schuhen ihrer Mutter liefen.

»Also, Opale, erklärst du m ...«

Ein Geräusch an der Tür ließ ihn zusammenzucken und aufspringen.

»Keine Panik. Das sind sie.«

»Sie?«

»Ja, sie. Die *Chowder Society*.«

Einen Augenblick später erschienen sie: ein Mädchen mit Locken und ein dunkelhaariger, ein wenig magerer Junge.

»Bastien, das sind die beiden engsten Freunde von meinem Bruder ... Anne-Cécile und Jean-Robin ...«

Bastien musterte sie: Jean-Robin, erinnerte er sich, hatte er schon mal in der Schule gesehen. Es war im Übrigen schwierig, ihn zu ignorieren, denn er trug eine Erscheinung zwischen Dandy und Grufti zur Schau, wie ein Wesen aus einem Clip von Mylène Farmer. Mit seinen schwarz umrandeten Augen und den androgynen Zügen war er ebenso unpassend in Saint-Ex wie die aufreizende Blondine Clémence Dupale, die im ganzen Gymnasium für ihre Miniröcke und ihren Baywatch-Busen berühmt war. Anne-Cécile hingegen hielt sich eher an die örtlichen Standards: genau die richtige Jeanslänge, marineblauer Pulli, adrette Locken und metallumrandete Brille. Sie ähnelte Dutzenden von Schülerinnen aus der zehnten oder elften Klasse, Abbilder der Mütter, die am Ausgang auf sie warteten.

»Hallo!«, rief der Junge und warf seine Tasche in eine Ecke. »Jean-Robin, das bin ich. Ich sag das nur, falls du Zweifel gehabt haben solltest ...«

Er reichte Bastien die Hand, und Bastien drückte sie verblüfft. Seine Verblüffung wurde noch größer, als er präzisierte:

»Jean-Robin du Mercelac.«

Noch nie zuvor hatte Bastien einen Schüler getroffen, der sich ihm mit seinem Familiennamen vorstellte.

»Jean-Robin ist in der Zehnten«, erklärte Opale, während dieser sich in eine Ecke des Sofas fallen ließ. »Eigentlich, wenn mein Bruder nicht ... na ja, dann wären sie in derselben Klasse. Was Anne-Cécile angeht, so ist sie die Älteste der Gruppe, sie ist in der Elften. Und sie ist eine sehr mächtige Hexe ...«

Bastien drehte sich zu Opale um, da er nicht sicher war, richtig verstanden zu haben.

»Ja, eine sehr mächtige Hexe«, stimmte Jean-Robin zu. »Sie stammt von einer langen Ahnenreihe ab. Sie ist eine Noblet ... mit der Familie Talcot verwandt. Und sie ist sehr begabt. Vor allem für die Unterhaltung mit Toten. Nicht wahr, Anne-Cécile?«

Doch das junge Mädchen hörte ihm nicht zu. Sie starrte Bastien wortlos an.

Schließlich nahm sie die Brille ab, und der Junge war von der Intensität ihres Blicks überrascht. Langsam kam sie näher, und Bastien vermutete anhand des respektvollen Schweigens der beiden anderen, dass Anne-Cécile die Seele der Clique war.

Sie blieb vor ihm stehen – sie war kaum größer als er –, sah ihn weiterhin prüfend an, und er hatte das unangenehme Gefühl, als ob ihre braunen Pupillen zwei empfindsame Fangarme entwickelten, die in der Lage waren, auch die intimsten Geheimnisse zu ergründen.

Dann setzte sie die Brille wieder auf und verkündete: »Er hat die Macht ... Ja, er hat die Macht. Eine sehr erstaunliche Macht sogar.«

32

Der Wirt des *La Guérande* hatte die harte Visage eines ehemaligen Knastbruders, den man im Café-Tabakgeschäft des Viertels umgeschult hatte, und er warf Bertegui seit einer guten Stunde, die dieser vor seinem zweiten Espresso saß (der fünfte an diesem Tag), misstrauische Blicke zu.

Das Wildschwein war im *La Guérande* vorbeigegangen, um Dr. Ruths Cousin zu treffen, nachdem er sich von Clément eine kurze Zusammenfassung von dessen Strafregister und ein anthropometrisches Foto hatte schicken lassen. Der Chef des Hauses hatte ihn zunächst mit der Ratlosigkeit empfangen, die ein Mann mit einem großen Kopf voller buschiger Haare, einer Tenorbrust und kurzen Beinen, im hellen Anzug und Hugo-Boss-Mantel auslösen konnte, und dann mit der dem Anlass entsprechenden, verschlossenen Miene und mit Feindseligkeit, als Bertegui sich vorgestellt hatte.

Dieser hatte mit offenen Karten gespielt.

»Ich glaube, Gionelli kommt oft zu dir. Nein, ich bin nicht hier, um ihm Schwierigkeiten zu machen ... Und dir auch nicht. Seine Cousine schickt mich«, hatte der Polizist erläutert. »Sonia ... in Laville-Saint-Jour ... Ich wollte ihn nur um ein oder zwei Informationen bitten, und es betrifft ihn nicht direkt. Es ist fast ein ... Gefallen unter Verwandten«, hatte er plädiert.

»Würd mich wundern, wenn er Lust hätte, Ihnen den zu tun«, hatte der Wirt geantwortet und dabei heftig ein Glas poliert, wie um über das Verlangen, zuschlagen zu wollen, hinwegzutäuschen. »Bullen füttern war nämlich noch nie sein Ding, wissen Sie?«

»Das kann ich mir denken, aber vielleicht hat er ja Lust, seiner Cousine zu helfen?«

Widerwillig hatte der Mann erwidert:

»Er kommt oft zwischen vier und fünf vorbei ... Nicht immer, aber oft.«

Gegen 16 Uhr 45 stieß Gionelli tatsächlich die Tür auf. Er ähnelte zwar dem Kerl auf dem Foto, aber sein graues Rauchergesicht und seine schmächtige

Gestalt zeugten von zahlreichen durchwachten Nächten, seitdem das Bild gemacht worden war. Ein nervöser Mensch, ausgezehrt vom Tabak und dem Stress, schloss Bertegui, der wusste, dass Spieler mit dem Alter entweder der Kategorie der Abgestumpften oder derjenigen der atemlosen Sanguiniker zuzuordnen waren.

Ein paar Stammkunden riefen »Hallo, Pierrot«, während er zur Theke ging. Kurzer Austausch mit dem Wirt, dann ein Blick in Berteguis Richtung.

Der Mann kam direkt auf ihn zu, einen Pastis in der Hand.

»Ich frag mich schon, was in Sonia gefahren ist, dass sie mir die Bullen hierherschickt«, sagte er zur Begrüßung, ein Blitzen der Missbilligung und Erheiterung in dem wachen Blick.

Die »Bullen«, der Pastis ... Wie der Wirt des *La Guérande* gehörte Gionelli einem Milieu an, das heutzutage überholt war: Es war eher das Umfeld der Kleinganoven als das des Vorstadtgesindels – eher Glücksspiel und Dirnen als Dope und Gruppenvergewaltigungen.

»Sie hat mir gesagt, du könntest mir ein paar Tipps geben ...«

»Wenn du mich duzt, dann duze ich dich auch ... Äh ... Ich hab deinen Namen nicht ganz verstanden?«

»Bertegui.«

»Lieutenant? Kommissar?«

»Kommissar.«

»Kommissar! Dann ist es also was Ernstes! Obwohl, Kommissar in Laville-Saint-Jour, ich weiß nicht, ob das besser ist als Lieutenant in Paris ...«

Bertegui ignorierte den Sarkasmus.

»Henri Vilbois.«

Der Mann erstarrte einen Augenblick und beschloss dann, sich einen Stuhl zu nehmen.

»Jetzt fange ich an zu verstehen, was Sonia damit zu tun hat«, sagte er. »Du ermittelst gegen Vilbois? Ich weiß nicht, was ich dir dazu sagen soll, ich habe ihn seit« - er stieß einen kleinen Pfiff aus - »gut zwanzig Jahren nicht mehr gesehen.« Schweigen, dann: »Im Übrigen wüsste ich nicht, warum ich ...«

»Deine Cousine hat so etwas gesagt wie: Es passieren komische Dinge in Laville-Saint-Jour. Das muss doch eines Tages mal aufhören ...«

Gionelli nickte.

»Ich verstehe.«

Seufzer, Schluck Pastis, Zungenschnalzen.

»Na dann mal los, Kommissar, ich höre ...«

»Ich suche nach Informationen über Vilbois. Er war ein Spieler, oder?«

»Ja.«

»Wenn ich richtig verstanden habe, war das seine hauptsächliche Tätigkeit?«

»Nicht wirklich. Das war es eine Zeit lang, weil er eine Glückssträhne hatte. So was hatte ich noch nie zuvor gesehen. David Copperfield ist dagegen Winnie the Pooh. Wenn du mit ihm an einem Tisch im selben Team warst und er gegeben hat, dann hat er dir die vier Asse ... pfff ... so zugesteckt.« Gionelli schnipste mit den Fingern.

»Dann hast du ihn also gut gekannt? Wenn du sogar mit ihm gespielt hast ...«

»Das ist gut dreißig Jahre her. Ich war damals ein Knirps. Er auch. Wie alt waren wir denn? Fünfundzwanzig, dreißig vielleicht? Wir ›verkehrten miteinander‹, wie man sagt. Einige Zeit haben wir hier gemeinsam gespielt und auch in Paris – dort sind wir ab und zu hingefahren und haben Material gekauft …«

Bertegui nickte. Zahlreiche Berufsspieler bezogen ihren Bedarf in Geschäften für Zauberkünstler, besonders in einem, das in ganz Frankreich berühmt war und das sich im 5. Arrondissement von Paris befand.

»Und?«

Der Mann zögerte, drehte ein wenig das Glas in den Händen – lange schmale Finger, die über Klaviertasten hätten gleiten können anstatt über gefälschte Karten.

»Und er hat nach und nach mit dem Spielen aufgehört – das passte mir nicht gerade besonders … Wir haben zusammen einiges an Kohle gemacht. Auch wenn wir am nächsten Tag alles im Kasino von Santenay wieder ausgegeben haben«, erklärte er mit bedauernder Miene. »Vor allem, was ich nicht kapiert habe … Als wir einmal ein bisschen was getrunken hatten, habe ich ihn gefragt, warum er sich von den Spieltischen entfernt habe. Und wie er es anstelle, dass er sich weiterhin Dior-Hemden und Renoma-Anzüge kaufen könne. Da hat er mich angeschaut. Lange – oh, diesen Blick werde ich so schnell nicht vergessen, weil … weil Vilbois die kältesten Augen hatte, die ich je in meinem Leben gesehen habe. Und er hat mir gesagt: *Du glaubst doch nicht etwa, Pierrot, dass man mit seinen Händen macht, was man will? Talent allein reicht nicht,* hat er erklärt. *Das hilft, aber das reicht nicht. Also lässt man sich helfen. Da gibt es jemanden, der die Karten an deiner Stelle verteilt. Kapierst du? Jemand, der sehr mächtig ist. Sehr, sehr mächtig …*

Ich habe überhaupt nichts kapiert, aber er hat mir ein bisschen Schiss gemacht. Habe mich im Grunde nie vollkommen wohlgefühlt mit ihm. Man sagte, das sei die Art von Kerl, der dir lächelnd einen Dolch in den Rücken stoßen und dir dabei in die Augen sehen könne.

Kurzum, er hat mir gesagt: *Hast du schon mal von Faust gehört? Es ist eben wie bei Faust. Es gibt eine Schuld zu begleichen. Ich habe gespielt, ich habe gewonnen ... jetzt diene ich IHM in Vollzeit ...*

»Diene IHM?«, fragte Bertegui. »Wem denn?«

Der Cousin zuckte die Achseln.

»Lies *Faust*, Kommissar ...«

Bertegui ignorierte den Ratschlag.

»Also ist er in die Sache verwickelt, die vor sieben Jahren ans Licht gekommen ist?«

»Die Talcot-Affäre?«

»Ja.«

»Wenn man so will. Er war zu dem Zeitpunkt schon nicht mehr in der Gegend, aber das musst du ja schließlich wissen. Er hat eine dicke Akte bei euch, der Vilbois ...«

Bertegui informierte ihn nicht darüber, dass das nicht der Fall war, da fast jede Spur von Henri Vilbois' Existenz aus ihren Archiven verschwunden war.

»Sagen wir mal, er *hätte* darin verwickelt sein können ... Er war ein Handlanger der Familie Talcot, verstehst du?«

»Ein Handlanger?«

»Ja, ein Handlanger. Nur weil die Affäre vor sieben Jahren ans Licht gekommen ist, heißt das nicht, dass man nicht seit eh und je wusste, was in der Gegend passierte. Die Talcots kontrollierten alles. Eine richtige eigene Mafia. Die Sache mit den Kindern, die sie umgebracht haben, das war der Wahn perverser Bonzen. Ja, wie Vilbois gesagt hätte, um IHM zu dienen. Aber da waren auch ihre anderen Aktivitäten, die weit über Burgund hinausgingen. Wieso, glaubst du, sind die Kerle aus dieser Stadt so stinkreich? Nur durch den Wein? In dem Fall hätten alle Leute aus Beaune, Nuits-Saint-Georges und so weiter genauso dicke Bankkonten in der Schweiz. Denn in Laville-Saint-Jour - ich weiß nicht, ob du darüber Bescheid weißt -, da macht sich keiner Sorgen wegen der kalifornischen oder australischen Weine ... egal, ob Golfkrieg oder nicht, es gibt immer genügend Kohle.

Und du weißt ja, wie das läuft. Man braucht Typen, die die Drecksarbeit machen. Einschließlich dafür, sich von überallher die Kinder zu schnappen ... oder sogar, um sie sich aus dem Ausland schicken zu lassen, wenn du verstehst, was ich meine. Um das Päckchen in Empfang zu nehmen ...«

Bertegui unterdrückte eine Grimasse des Ekels.

»War das Vilbois' Rolle?«

»Ich weiß es nicht. Ich weiß nicht genau, was er für sie gemacht hat oder nicht. Ich weiß nicht, ob auch er mit den Kindern *gespielt* hat - aber ehrlich gesagt: Ja, ich glaube es, weil er, wie er an dem Abend gesagt hat, IHM dienen musste. Er steckte da mit drin. Bis zum Hals.«

Die Mafia-Version der Schwarzen Messe, fasste Bertegui im Geiste zusammen. Seiner Kenntnis nach eine Vereinigung, die neu war im Verbrechermilieu. Abscheulich. Grauenhaft ...

»Hast du seine damalige Lebensgefährtin kennengelernt?«

Der Mann erstarrte, dann hellte sich sein Gesicht auf.

»Das ist es also, was dich interessiert! Okay, jetzt kapier ich ... Mach nicht so 'n Gesicht, ich bin wie jeder Kerl über fünfzig: Ich schau jeden Tag in die Todesanzeigen, um zu sehen, ob sich nicht ein alter Kumpel dorthin verirrt hat. Und da habe ich sie gesehen ... In der Zeitung, vor drei oder vier Tagen. Ja, ich habe sie gekannt. Nicht gut, da müsste ich lügen, aber ich habe sie gekannt. Denn manchmal sind wir zu ihm – ich meine, zu ihr – spielen gegangen, einfach nur, um die Nacht zu beenden. Und da haben wir sie morgens aufkreuzen sehen, frisch herausgeputzt und fertig für die Arbeit. Und auch den Kleinen ... Daran kann ich mich noch gut erinnern. Zwei-, dreimal habe ich ihn frühstücken sehen, direkt daneben, wo wir gerade unsere Spielenacht beendeten. Er war komisch, dieser Junge, der kein Wort sagte, uns nicht ansah und dabei seinen Kakao trank, obwohl man kaum atmen konnte, so viel hatten wir geraucht in der Nacht.

Auch sie machte einen komischen Eindruck auf mich ... Ich habe mich sogar gefragt, ob sie es war, die ihn da mit reingezogen hat. Oder andersherum. Sie passten auf jeden Fall nicht gut zusammen, und er hat sie ständig angebrüllt – er war ohnehin brutal, der Vilbois. Ruhig beim Spiel, mit Nerven aus Stahl, aber gewalttätig im täglichen Leben. Trotzdem hat er sie nicht verlassen. Als ob sie ... aneinandergekettet wären. Er interessierte sich kaum für andere Mädchen, wenn wir mal auf die Pirsch gingen, dabei konnte er leicht aufreißen. Eines ist sicher: Ich bin nie gerne in dieses Haus gegangen. Ich habe mich dort nicht wohlgefühlt ... War eine komische Stimmung dort.«

Bertegui schwieg. Er dachte an einen kleinen Jungen, der morgens früh aufstand, um zur Schule zu gehen, und der das Familienesszimmer zur Spielhölle umfunktioniert vorfand, mit Tabak- und Whiskygestank. Was hatte Nicolas Le Garrec sonst noch mit angesehen? War er zurückgekommen, um sich zu rächen? Um sich an einer Mutter zu rächen, die nicht in der Lage gewesen war, ihm eine normale Kindheit zu bieten? Und welche Spuren hatten diese … Vergangenheit hinterlassen? Genügten die Bücher, um das Trauma wiedergutzumachen? Um es zu »sublimieren«, wie Meryl gesagt hätte?

»Wann hast du ihn aus den Augen verloren?«

»Das ist nach und nach passiert, sagen wir mal, als er angefangen hat, immer öfter schwarze Sachen zu tragen, wenn du kapierst, was ich meine. Ich bin ihm aber weiterhin ab und zu begegnet, einfach so, von weitem. Denn auch wenn wir nichts mehr miteinander zu tun hatten, kam es schon mal vor, dass … seine Aktivitäten und meine uns an dieselben Orte geführt haben.«

»Und was ist aus Vilbois geworden?«

Kleines rätselhaftes Lächeln.

»Ich geb dir 'ne Runde aus, wenn du's mir sagen kannst. Es gibt welche, die behaupten, er wurde abgefackelt …«

»Abgefackelt?«

Überraschter Blick von Gionelli.

»Du musst deine Hausaufgaben machen, Kommissar … Die Talcots und ihre Freunde, wenn man sie hintergangen hat, haben sie einen abgefackelt. So läuft das eben – jede Familie hat ihre Regeln, nicht wahr? Wenn man seine Pflicht nicht gut erfüllt hat – hopp, ein bisschen Benzin, und das war's. Direkt ab in die Hölle über den kürzesten Weg: die Flammen.

Andere sagen, dass er untertauchen musste, weil die Bullen anfingen, sich die Sachen mit den Talcots ein bisschen zu genau anzusehen, und dass er lieber abgehauen ist, als noch Zeit war, mit einem hübschen Sümmchen.«

»Du scheinst nicht besonders überzeugt ...«

»Nein. Denn zu der Zeit, als er von der Bildfläche verschwunden ist, standen die Bullen im Sold bei den Talcots.«

»Was ist also deine Idee?«

»Ich habe keine ... *genaue* Idee. Ich weiß nur, dass ich ihn eines Tages – es war vielleicht ein Jahr her, seit ich ihm zuletzt begegnet war – im *Embassy* getroffen habe. Das kannst du nicht kennen, das ist eine Disco in Dijon, wo mehr oder weniger alle hingingen, die Stinkreichen und die Huren, die Chirurgen und die Zuhälter ... Kurzum, ich habe ihn also gefragt, wie es so gehe, das Leben und all das ... Er war allein an der Bar und hat mir gesagt: ›ER hat mich fallenlassen, Pierrot ... Ja, ER hat mich wirklich fallenlassen.‹ ›Was meinst 'n damit?‹, habe ich ihn gefragt. Da hat er mir nur geantwortet: ›Tu dich nie mit 'nem Mädchen zusammen, das einen Knirps hat, der nicht von dir ist, denn der Knirps wird eines Tages ein Mann.‹ Und da, an der Bar in der Disco, mitten in den Lichtern und der Musik, habe ich komische Schatten auf seinem Gesicht gesehen. Was ich gesehen habe, war im Grunde« – er zögerte – »wie eine Maske. Eine Totenmaske.«

Der Cousin schwieg. Wie sollte man das verstehen?, fragte sich Bertegui.

»Hast du später noch weiteren Kontakt zu ihm gehabt?«

»Nein. Das war das letzte Mal, dass ich ihn gesehen habe, und das war auch gut so, denn dieses eine Mal« – er zog eine Grimasse – »werde ich nicht so schnell vergessen. Dabei muss das über zwanzig Jahre her sein ... Allerdings ist das mit Vilbois wie mit dem King: Alle zwei Jahre triffst du einen alten Kumpel, der dir sagt, dass er jemanden kennt, der jemanden kennt, der jemanden kennt, der ihn gesehen hat ... Hier in der Gegend, auf den Balearen oder auf dem Mond, das hängt von den Tagen und vom Zufall ab.«

»Wann hat man dir das das letzte Mal aufgetischt?«

»Ich weiß nicht ... Vor sechs Monaten vielleicht.«

»Kannst du mir sagen, wer?«

Der Cousin zuckte mit seinen mageren Schultern.

»Nein. Zunächst einmal denke ich, dass einige meiner ... Bekannten wohl keine große Lust hätten auf deinen Besuch. Und dann vergeudest du auch deine Zeit.«

»Warum?«

»Weil sich der Vilbois, wenn man ihn ab und zu trifft, nicht so einfach schnappen lässt. Meiner Meinung nach ähnelt er heute mehr diesem Schatten, den ich für zwei Sekunden an der Bar vom *Embassy* gesehen habe, als dem Typen, den ich vorher kannte, mit seinen Smalto-Anzügen, wenn du verstehst, was ich meine ...«

Nein, Bertegui verstand nicht wirklich ... oder wollte es nicht verstehen. Jenseits von Gionellis angeberischer Gleichgültigkeit erriet er eine etwas irrationale Beunruhigung, die im Gegensatz zu seinem Realismus als Polizist und den verstandesbetonten Überzeugungen standen, die sein Leben bisher geleitet hatten. Er wurde sich plötzlich der Stille in dem Café bewusst, die nur von dem elektronischen Pulsieren des Flipperautomaten ganz hinten und dem Zischen des Dampfs der Espressomaschine gestört wurde.

»Eine letzte Sache«, sagte er. »Sonia war heute Morgen auf Odile Le Garrecs Beerdigung ...«

»Wundert mich nicht«, murmelte Gionelli. »Sonia ... hat als Kind eine Schwester verloren. Ihre Zwillingsschwester, um genau zu sein. Die Kleine ist am Stadtrand verschwunden. Es gab so eine Art Picknick mit einer ganzen Bande Wölflinge, und ... sie ist nie zurückgekommen. Das ist im Herbst passiert, ungefähr zur selben Jahreszeit wie jetzt – Oktober, November, an einem Tag mit starkem Nebel. Und man hat bestimmt nichts gemerkt, da die beiden Mädels genau gleich aussahen und gleich angezogen waren. Eine dieser bescheuerten Ideen von damals, weißt du? Kurzum, man hat nie erfahren, was mit ihr passiert ist. Aber gut ... man hat sich natürlich was gedacht. Auf jeden Fall ist Sonia nie darüber hinweggekommen. Deswegen hat sie sich auch nie mit 'nem Mann zusammengetan: Sie wollte keine Kinder. *Kinder bedeuten zu viele Ängste, Pierrot*, hat sie zu mir gesagt. *Immer hast du Angst, dass ihnen was passiert*. Und trotzdem ist es komisch ... Sie hat die Stadt nie verlassen. Als ob der Nebel sie ... Ach, ich weiß es auch nicht.«

»Was hat das mit Odile Le Garrec zu tun?«

Kleines trauriges Lächeln von Gionelli.

»Meiner Meinung nach ist Sonia nicht zur Beerdigung gegangen, um ihr Blumen zu bringen, sondern eher, um sich zu vergewissern, dass sie wirklich da endet, wo sie enden sollte nach all den Jahren, die sie ... IHM gedient hat. Und um auf ihr Grab zu spucken ... Aber das hat sie sich wohl nicht getraut, dir zu sagen ...«

33

Sie saßen um die Kartons herum, auf dem »Dachboden« von Saint-Ex. Eine kleine Rauchdecke begann sich über ihren Köpfen unter der tiefen, erdrückenden Balkendecke zu bilden. Draußen ging der Tag zur Neige.

»Die *Chowder Society* gibt es seit eh und je«, erklärte Jean-Robin hinter der Rauchspirale, die er gerade erzeugt hatte. »Zumindest seitdem es Saint-Ex gibt. Es ist eine ... Bruderschaft. Sie zählt nur etwa dreißig Mitglieder, und man muss im Prinzip mindestens vierzehn sein, um aufgenommen zu werden, na ja, außer bei Ausnahmen ... wie Christophes Tod, zum Beispiel. Normalerweise kannst du der *Chowder Society* nur beitreten, wenn andere Mitglieder für dich gebürgt haben, wenn du Laviller bist, dann reicht es natürlich nicht, an Saint-Ex zu sein. Und man braucht ... eine Familie. Und noch andere Sachen ...«

Eine Familie?, wunderte sich Bastien. Welchen Sinn konnte dieser Satz wohl haben? Aber das war nur ein Detail. Seit seiner Ankunft vor der Tür neben den Toiletten hatte nichts mehr wirklich einen Sinn. Oder war das schon seit seiner Ankunft in Laville-Saint-Jour so?

»Aber ... aber wozu ist das denn gut? Was macht ihr eigentlich?«

Bastiens Frage wurde mit Schweigen aufgenommen.

Ein leicht verächtliches Schweigen, erkannte er, angesichts seiner Unwissenheit bezüglich sämtlicher Bräuche, die in der Stadt sowie an der Schule üblich waren.

»Was weißt du über Laville-Saint-Jour?«, fragte Anne-Cécile plötzlich.

Sie saß ebenfalls vor dem Kartontisch, aber ein wenig abseits, als führte sie den Vorsitz bei dieser kleinen Versammlung.

»Ich weiß nicht genau ... Ich verstehe nicht einmal die Frage.«

Aber das war eine Lüge. Er erriet vage die Antwort, die sie erwartete. Genauso wie er nach und nach bestimmte verwirrende Einzelheiten begriff, auf die er nicht geachtet hatte – zum Beispiel Opale, die ihm erklärt hatte: *»meine MSN-Adresse ist clarabelle6 ... 6 wie in 666.«*

»Ich weiß, dass hier komische Sachen passiert sind. Vor ein paar Jahren ...«

»Das ist falsch«, entschied Anne-Cécile mit der gelehrten Attitüde eines Professors. »Nicht seit ein paar Jahren. Seit eh und je. Laville-Saint-Jour ist ein ... besonderer Ort«, erklärte sie. »Deswegen gibt es den Nebel, verstehst du? Weil bestimmte ... Taten geheim bleiben müssen.«

In ihre Stimme hatte sich plötzlich ein etwas künstlicher geheimnisvoller Ton geschlichen.

»Ja, ein besonderer Ort ... Die ganze Stadt, aber besonders die Schule. Die Schule ist eine Tür ... eine Tür zwischen zwei Welten. Der Welt, die du kennst ... unserer Welt. Und der anderen ... der Welt der Magie, der Hexerei, der Toten ... und noch anderen Dingen.«

Nach und nach geriet sie in Erregung, und die Kerzenflammen warfen Schatten auf ihr hochrotes Gesicht, die ihr das Aussehen einer bösartigen Puppe verliehen.

»Was die *Chowder Society* macht, ist ... die Tür aufstoßen, verstehst du?«

Er verstand, allerdings ohne den unangenehmen Eindruck loszuwerden, in einer Gruppe von Kindern gefangen zu sein, die »Erwachsene spielte« ... Nur dass die Erwachsenen von Laville-Saint-Jour ihre Abende anscheinend nicht mit denselben Aktivitäten verbrachten wie die übrige Welt.

»Und der Schulleiter? Und die Verwaltung? Wissen sie, dass ihr ... hier seid? Ich meine, wer ihr seid und was ihr macht?«

»Rochefort?«, höhnte JR. »Natürlich weiß er, dass es die *Chowder Society* gibt. Er weiß wahrscheinlich nicht, aus welchen Mitgliedern sie sich genau zusammensetzt, und das ist ihm bestimmt völlig egal ... aber er war eines ihrer Mitglieder! Vor über zwanzig Jahren!«

Bastien gab keinerlei Kommentar ab, denn keine einzige neue Information konnte ihn noch überraschen. Er war bereit, alles von ihnen zu hören, wenn nicht gar zu glauben: dass die Vampire von Laville-Saint-Jour abends auf den Friedhöfen Hip-Hop tanzten oder dass die Werwölfe beim letzten Vollmond im Juni in einer Parade vor Saint-Michel vorbeizogen ...

»Habt ihr nicht gesagt, ihr seid etwa dreißig? Wo sind denn die anderen?«

»Wir haben ihnen von dem Treffen doch nichts erzählt!«, empörte sich JR. »Das ist im Übrigen hier kein Versammlungsort, das ist inoffiziell ...«

Inoffiziell ... die Art von Wort, die Bastien nie benutzen würde ... nicht einmal mit achtzehn Jahren, vermutete er.

»Wir sind lediglich als Christophes – und damit Opales – Freunde hier. Um euch zu helfen. Um dir zu helfen.«

»Dein Bruder schreibt dir im Internet, nicht wahr?«, fragte Anne-Cécile.

Bastien drehte sich heftig zu Opale um und verspürte einen Stich im Herzen: Verrat. Das war also die wilde SMS-Schreiberei des Tages gewesen. Sie hatte die beiden kontaktiert und ihnen seine Geschichte zusammengefasst.

»Ich ... glaube nicht, dass das ... mein Bruder ist«, stammelte er.

»Da stehen aber komische Sachen in diesen Nachrichten, Bastien«, mischte sich Opale ein.

Er gab keinen Ton von sich.

»Er kann es durchaus sein«, behauptete Anne-Cécile, »hier sind die Toten überall. Sie erscheinen den Lebenden oft in der einen oder anderen Weise. Jedes ... Kommunikationsmittel, jeder Kanal ist recht. Wenn du diese Nachricht bekommen hast, dann deshalb, weil du Macht hast ... Ansonsten wäre die Nachricht nicht bis zu dir gelangt.«

»Es sei denn, es ist nicht mein Bruder«, betonte Bastien.

»Willst du wissen, ob es wirklich dein Bruder ist, der dir schreibt?«, fragte sie und ignorierte seine Bemerkung – und Bastien glaubte den honigsüßen Ton eines Dealers zu hören, der ihm Drogen anbot.

Er zögerte, drehte sich zu Opale um. Er erriet ihre plötzliche Bewunderung – *er hat Macht* –, und war er schließlich nicht bereit, alles zu tun, um sie zu erobern?

Eine letzte Frage quälte ihn, und er stellte sie seiner Freundin direkt:

»Du hast mir gesagt, du wüsstest nicht, warum dein Bruder ... das gemacht hat. Aber wenn ich recht verstehe, dann ... nimmst du hier Kontakt zu ihm auf. Also?«

»Sie sagen uns, was sie wollen«, mischte sich Anne-Cécile ein. »Manchmal antworten sie auf deine Fragen, und manchmal reden sie von was anderem. Manchmal wissen sie nicht, dass sie tot sind. Sie wissen es sogar *oft* nicht. Und manchmal sind diejenigen, die dir antworten, nicht diejenigen, die du gerufen hast ... Also, was machen wir?«, fragte sie, diesmal mit einem Hauch von Ungeduld, als sei es untragbar, dass er die Ehre ablehnte, die man ihm erwies.

Ein letzter Blick zu Opale, deren Gesicht von einer etwas irrationalen Hoffnung erleuchtet wurde.

»Okay. Los geht's ...«

Sie saßen im Kreis auf dem Boden, jeder im Schneidersitz auf einem Kissen. Vor ihnen unter dem Kartontisch, der in eine Ecke des Dachbodens geworfen worden war, befand sich ein mit abblätternder schwarzer Farbe direkt auf den Boden gezeichneter Kreis, der von den vielen Jahren einschlägiger Aktivitäten zeugte, in ihm ein seltsamer Stern mit fünf Zacken. Bastien wusste nicht, was ein Pentagramm war, aber dieses Zeichen war ihm vertraut ... Vielleicht hatte er es schon einmal in einem Film gesehen?

Schön aneinandergereiht, wurde das komplette Alphabet als aus Papier ausgeschnittene Buchstaben rund um den Kreis herum verteilt. In der Mitte ein Stielglas – von ungewöhnlicher Größe, wie es Bastien schien –, das vor zwei weiteren Papierrechtecken stand: JA – NEIN.

Jeder der vier hatte einen Finger auf den Rand des Glases gelegt. »Du machst gar nichts«, hatte Anne-Cécile befohlen. »Du berührst es nur leicht und lässt dich von uns führen.«

Sie saßen seit ein paar Minuten so da, und Bastien war hin und her gerissen zwischen einem unterdrückten Lachanfall und Unbehagen. Lachanfall, weil er sich lächerlich vorkam, Unbehagen, weil er ein Junge war, der in seinem Kopf Stimmen gehört hatte – oder zumindest *eine* Stimme –, der am Tag des Unfalls seines Bruders einen blutrot gefärbten Himmel gesehen und mit einem Toten auf MSN gechattet hatte, sodass in ihm bereits eine Tür zum Irrationalen geöffnet war. Nur hatte das Irrationale ihm bis dahin nichts Gutes gebracht.

»Es ist da«, verkündete Anne-Cécile. »Es kommt …«

Er spürte es auch. Das komische Kribbeln in seinem Zeigefinger auf dem Glas und vor allem die Raumtemperatur, die spürbar gesunken war.

»Wer bist du?«, fragte Anne-Cécile.

Keine Antwort. Das Glas blieb reglos, aber die Kälte schien zuzunehmen. In einem Winkel seines Bewusstseins, der weiterhin nüchtern die Szene beobachtete, bemerkte er, wie die Flammen der Kerzen von einem Luftzug bewegt wurden.

»Wer bist du?«, wiederholte sie mit lauter Stimme. »Wer immer du auch bist, stell dich vor. Er befiehlt es dir! Gehörst du zu seinen Legionen? Bist du an seiner Seite? Wer bist du?!«

Das Glas … zuckte! Bastien glaubte, es zittern zu sehen, wie auch die Kerzen. Und plötzlich eine winzig kleine

Verschiebung ... Ein Zögern. Und zack – glitt das Glas zu einem Buchstaben ... dann zu einem anderen ... und noch einem ...

J ... U ... L ...

Bastiens Herz machte einen Satz, und der Raum verdunkelte sich noch mehr. Er schien in Finsternis getaucht, als ob der Kreis auf dem Boden jedes Licht auf sich konzentrierte.

I ... E ... N ...

Erleichterung. Enttäuschung.

»Julien wer?«

Das Glas antwortete langsam, wobei es sich Zeit nahm.

O ... P ... F ... E ... R ...

Anne-Cécile warf JR einen Blick zu.

»Wie lautet dein Name?«

... W ... E ... I ... S ... S ... E ... R ... S ... C ... H ... A ... T ...

NEIN

Das Glas war soeben zu dem Nein-Rechteck geglitten. So schnell, dass kein Finger ihm hatte folgen können. Gleichzeitig war die Raumtemperatur weiter gesunken. Da wusste Bastien, dass sie definitiv nicht allein waren. Das war so offensichtlich, dass er es problemlos akzeptierte. Und die Präsenz, die soeben erschienen war, war bösartig. Furchterregend.

Anne-Cécile warf JR erneut einen Blick zu, dann drehten sie sich gemeinsam zu dem Jungen um.

»Normalerweise geht das nicht so schnell, und ... es ist komisch, man könnte meinen, sie sind zu zweit!«

Aber kaum hatte sie diese Worte ausgesprochen, und obwohl ihre Finger nicht mehr auf dem Glas lagen, erschien.

T ... A ... L ... NEIN ... C ... O ... T ... Das Glas bewegte sich von allein – spontan waren sie zurückgewichen. Eine einfache Berührung mit dem Kristall rief eine fast schmerzhafte eisig-brennende Empfindung hervor, als ob die Energie anfinge, sie zu verbrennen.

»Julien, wer bist du, Julien? Warum bist du heute Abend zu uns gekommen?«, fuhr Anne-Cécile mit scheinbar selbstsicherer Stimme fort und wandte sich weiterhin an den ersten ihrer »Gäste«.

M ... A ... R ... I ... E ... S ... O ... P ... H ... NEIN O ... P ... F ... NEIN W ... E ... I ... S ... S ... E ... R ... S ... C ... H ... NEIN.

»Irgendwas stimmt da nicht, JR«, sagte Anne-Cécile. »Sie ... sind zu viele, ich weiß nicht, was sie wollen. Und da ist einer, der sie am Reden hindert!«

Bastien sah sie an und ahnte, dass sie Angst hatte, dann fing er Opales verängstigten und JRs misstrauischen Blick auf.

W ... E ... I ... S ... S ... E ... R NEIN NEIN NEIN. Das Glas schrieb nun die ganze Zeit. Es tanzte vom Nein-Rechteck zu den Buchstaben N ... E ... I ... N ...

»Wir schaffen es nicht, Anne-Cé, wir ... wir müssen aufhören, glaube ich ...«

Die Temperatur war gefallen; es herrschte eine tödliche Kälte, und ihr Atem begann sich in Dampf zu verwandeln.

»Wir machen weiter«, entschied sie, »das ist ... einzigartig ...«

O ... P ... F ... NEIN

... E ... R ... S ... C ... H ... A ... T ... T ... E ... N

NEIN ... N ... E ... I ... N ... NEIN ...

Das Glas glitt nicht, es flog fast. In einer Schnelligkeit, die ihnen kaum Zeit ließ, die Buchstaben zu Wörtern zusammenzusetzen. ... pfft ... pfft ... pfft ... Weniger als eine halbe Sekunde pro Verschiebung. Ein klares, deutliches – unwirkliches – Gleiten.

J ... E ... A ... N ... D ... U ... P ... U ... I ... S

O ... P ... F ... E ... R ... W ... E ... I ... S ... S ... E ... R ... S ... C ... H ... A ... T ... T ... E ... N ... T ... A ... L ... C ... NEIN.

»Ich ... ich hab Angst!«, rief Opale. »Das hat es vorher noch nie gem ...!«

Das Glas zersprang, und sie stießen alle einen Schrei aus.

Jean-Robin sprang auf.

»Wir müssen aufhören, Anne-Cécile!«

Anne-Cécile hatte nicht einmal Zeit zu nicken. Die Buchstaben auf dem Boden begannen sich von allein zu bewegen. Um ihren Singsang, ihren Kampf um die Macht weiterzuführen.

L ... A ... V ... I ... L ... L ... E ...W ... I ... L ... L ... D ... I ... C ... H ... ... V ... I ... L ... B ... O ... I ... S ... G ... E ... H ... H ... A ... U ... A ... B

N ... EINNNNNNNNNNNNEINNN

»Mach, dass sie aufhören, Anne-Cécile!«

Es war Jean-Robins Stimme, aber Bastien hörte sie kaum. Genauso wenig nahm er Opales Weinen oder die hilflose Miene von Anne-Cécile wahr, die beim Aufspringen ihre Brille verloren hatte. Er sah fasziniert dabei zu, wie die Buchstaben um ihn, der nun allein im Schneidersitz dasaß, herumtanzten.

F ... R ... A ... N ... C ... I ... S ... M ... A ... R ... T ... I ... N ... W ... E ... I ... S ... S ... E ... R ... NEIN N ... E ... I ... N

»Sie wollen, dass Vilbois geht«, verkündete Bastien in einer Art Trance. »Vilbois ist der, der sie am Reden hindert. Er heißt Vilbois ... Er heißt Vilbois! Und es sind die Kinder, die uns schreiben ... Ja, die Kin ...«

»Anne-Cécile!«, schrie JR. »Hör sofort auf damit! SOFORT!«

»Ich kann nicht! Er ist es! Er macht das!«, rief sie und zeigte auf Bastien.

1 ... 2 ... N ... O ... V ... E ... M ... B ... E ... R ... ... W ... E ... I ...

NEIN ... NEIN ... NEIN ... NEIN ...

1 ... 8 ... 7 ... 9 ... P ... H ... I ... L ... I ... P ... P ... E ... E ... M ... I ... L ... E ... F ... E ... U ... E ... R ...

W ... E ... I ... S ... S ... E ... R ... S ... C ... H ... A ...

»Das sind die Opfer!«, erklärte Bastien begeistert. »Ja, das sind die Kinder, die hier geopfert wurden, und ...«

»Bastien! Hör auf! Sag ihnen, sie sollen gehen!«

1 ... 0 ... D ... E ... Z ... 1 ... 9 ... 8 ... 8 ... O ... P ... F ...

»Bastien, du musst die Tür schließen! Sonst bleiben sie für immer bei dir!«

Anne-Cécile schrie sich heiser, JR schwieg wie vor den Kopf geschlagen, Opale hatte sich in eine Ecke des Dachbodens geflüchtet und weinte. Und die Buchstaben führten ihren makaberen Tanz fort. Und Bastien las, hörte die Wörter auf dem Boden, die Stimmen, die sich in seinem Kopf überstürzten, die Schreie der Empörung. Und der Raum begann zu zittern ... Jedes Möbelstück, jeder Gegenstand trug in sich die Energie, die die Kinder aus Laville mit sich führten. Und derjenige, den sie Vilbois nannten ... Und die anderen, all die anderen, die seit eh und je im Schatten und im Nebel von Laville-Saint-Jour arbeiteten. Alle wurden sie nun in ein verrücktes Spektakel mitgerissen: die Opfer und die Henker, die Geopferten und die Verdammten ...

»Sie bekämpfen ihn!«, verkündete Bastien. »Sie bekämpfen ihn!«

Die Kissen begannen zu vibrieren ... sich zu bewegen ... Dann ein Stuhl ... ein Kleiderständer ... Kleidung ...

»SCHLIESS DIE TÜR, BASTIEN! DU DARFST IHNEN NICHT HELFEN! DU DARFST IHNEN NICHT HELFEN! HÖR NICHT AUF SIE!«

Aber er hörte sie nicht. Er hörte Stimmen, Weinen ... ein Weinen in seinem Kopf, und Schreie. Und die Bilder nahmen vor seinen Augen Gestalt an. Der Parkwald ... und ein großes Haus auf den Anhöhen. Und auch dieser Raum, in dem die »inoffiziellen« Versammlungen der *Chowder Society* abgehalten wurden. Finger, die über eine Tastatur rasten ... Nein, nicht die seines Bruders, sondern Finger wie Narben, weiß, tot, zum Teil verkümmert, in Fetzen ... und Blut ... und Leichen ... und umgedrehte Kreuze ... Fackeln in der Nacht ... und erneut eine Stimme, dieselbe, die er bei dem Unfall gehört hatte ... *Laville-Saint-Jour will dich ... Genau das ist mit den Kindern passiert ... Sie warten auf dich in Laville-Saint-Jour ...*

Worte, Bruchstücke, Orte – aufgelöst, überschäumend in ein und derselben magmaartigen, bildhaften, akustischen Umarmung.

...V... I L L L B B B O O O O I I I I S S S

A A U A B B O P P F F E R R W W E I S S S E R R S C C H H A T T E N N N D D A A S S F F E E U U E E R R

VVVIIILBBBBBOOOOOIIIIISSSSS ...

»BASTIEN!«

Anne-Cécile ging auf ihn zu, schickte sich an, ihn am Arm zu packen, um ihn zu ihnen zurückzuholen. Ein Stuhl flog durch den Raum und traf ihre Stirn. Mit einem Schmerzensschrei brach sie auf dem Boden zusammen.

WWWEEIISSSSEEEERRRRSSSCCCHHHAATT-TEENNNOOPPPPFFFFEEERRRRVVVIIILLLLBB-BOOOIIIISSSTTTAALLLCCCOOTTTTDDDIIEEANNDD

Opale stieß einen Schreckensschrei aus, der JR aus seiner Erstarrung riss, in der er sich seit den zwei Minuten befand, seit denen sich das Zimmer um sie drehte. Innerhalb einer Sekunde sprang er bis zu Bastien und schlug zu, wobei er nur knapp den Marionetten ausweichen konnte, die ihn bestürmten.

Der Schlag traf Bastien ins Gesicht.

Die Buchstaben lösten sich plötzlich vom Boden und zerrissen in der Luft wie von einer verrückten Wut gepackt. Und plötzlich hörte alles auf. Benommen drehte Bastien sich um. Er saß immer noch, nun in der Mitte des Pentagramms - wie er dorthin gekommen war, wusste er nicht. Im orangefarbenen Halbdunkel des Dachbodens und dem Wirbelsturm der Gefühle konnte er Opales tränenüberströmtes Gesicht und ihren entsetzten Gesichtsausdruck erkennen; Jean-Robins vampirische Gestalt mit erhobener Faust, bereit, erneut zuzuschlagen; die blutige Stirn von Anne-Cécile, die mit vollkommen abgestumpfter Miene ihre blutbefleckten Finger anstarrte; das Chaos um sie herum; die Buchstabenfetzen, die immer noch als ein langsamer Regen wie Federflocken herabsanken. Er spürte eine warme Flüssigkeit auf seinen Lippen; hob die Finger zu seiner Nase; zog sie voller Blut wieder zurück.

Das Letzte, was er hörte, bevor er das Bewusstsein verlor, war Anne-Céciles Stimme, die sagte:

»Schafft mir diesen Vollidioten hier raus!«

34

César Mendel saß am Schreibtisch vor seinem ausgeschalteten Computer.

Mit geschlossenen Augen bemühte er sich seit fünf Minuten abzuschalten. Ja, abschalten. Das war wichtig, wie er begriffen hatte.

Was hatte Moreau bloß bei der Chowder Society *zu suchen?*

Nein, im Sitzen funktionierte das nicht. Was er zu tun hatte, erforderte jedoch Ruhe und Beherrschung. Er musste es anders anstellen.

Er stand auf und überprüfte mechanisch und ein wenig pingelig die letzten Details: die mit Büchern und Heften gut gefüllte Sporttasche, um täuschen zu können, falls nötig; in der rechten Seitentasche der Zettel mit der Adresse; hinten in einer Art Geheimfach eine Schirmmütze und eine Brille. Und sogar Kleidung zum Wechseln - die Art großer, weiter Jeans, die er nie tragen würde, mit unwahrscheinlichen Sportschuhen. Er sah auf die Uhr ... Es war Zeit zu gehen.

Sich beruhigen ...

Er schielte zum Computer mit dem heftigen Verlangen, ihn anzumachen, um einen letzten Blick darauf zu werfen.

Wie hatte dieses Stück Scheiße zur Chowder *eingeladen werden können?*

Er öffnete die Tür seines Zimmers einen Spaltbreit.

Oh, die ... Sachen, die er mit ihm machen würde, wenn man ihm die Macht dazu gäbe!

Und er knallte heftig die Tür zu, als er in den Flur hinaustrat. Er zuckte sofort zusammen. Wie ein ertappter Dieb erstarrte er. Er dürfe sich nichts anmerken lassen, hatte die Stimme gesagt. Überhaupt nichts. Keinerlei Zweifel erwecken. SICH BERUHIGEN!

Zunächst einmal waren da die Bilder, die er per E-Mail erhalten hatte – *Sachen*, die er nicht für möglich gehalten hätte. Weit jenseits dessen, was er mit den Katzen oder den Eidechsen machte, wenn er in ihrem Haus auf Korsika mal eine fing. Sachen, von denen man ihm gesagt hatte: Auch du wirst ein Recht darauf haben ... Auch du wirst diese Macht haben. Und seit einigen Tagen konnte er deswegen nicht mehr schlafen, denn er verzehrte sich mit verrücktem Verlangen danach, zum Beispiel Opale ... *Sachen* ... zuzufügen wie auf den Fotos und sogar noch Schlimmeres!

Anschließend waren da die unmittelbar bevorstehenden Tage und Wochen. Die Kraft der Versprechen. Und die Ungeduld. Bald, dachte er, bald würde er frei sein. Die Stimme hatte sich klar ausgedrückt – und er hatte an dem herrischen Tonfall und der Ausdruckskraft der Bilder, die man ihm hatte zukommen lassen, geahnt, dass die Stimme ihre Versprechen hielt.

Nie würde er diesen Satz vergessen: *Brauchst du wirklich deine Eltern?* Seine Wünsche würden in Erfüllung gehen. Aber wann? WANN?

Schließlich musste er diese Wut in sich unterdrücken, diesen Zorn, der ihm innewohnte – woher er kam, wusste er nicht, und es war ihm auch völlig egal. Aber er musste gegen diese glühende Kugel angesichts der kleinen Niete von Moreau ankämpfen, der ihm den ganzen Tag mit der Miene eines verlorenen Kindes supernervige Kommentare über seine *Magic*-Karten auferlegt hatte – ja, ein richtiger Knirps! Er, César, war ja soooo weit davon entfernt ... Lichtjahre. Weit entfernt und vor allem, darüberhinaus! Er stand ja soooo weit über ihm! Also, diese Fresse eines zurückgebliebenen Fötus ertragen und DARÜBER HINAUS ohne aufzumucken akzeptieren, dass er in die *Chowder Society* aufgenommen worden war – ja, das alles zu ertragen war eine wahre Meisterleistung. Denn dorthin hatte ihn diese rothaarige Schlampe gebracht, oder? Sie hatte geglaubt – armes, kleines, naives Mädchen, das bald für die Verachtung, die sie ihm seit der Grundschule entgegenbrachte, bestraft werden würde –, sie hatte geglaubt, sie habe ihn an der Nase herumgeführt, ihn, César Mendel. Natürlich irrte sie sich. Er war ihnen von weitem gefolgt, beziehungsweise er war Moreau nachgegangen, der dabei gewesen war, *ihr* zu folgen. Wenn man Saint-Ex kannte, war es leicht, sich fortzubewegen, ohne gesehen zu werden. Und César kannte jeden Winkel der Schule. Er hatte das immer gemocht: dunkle, vor Blicken geschützte Orte aufsuchen, die Leute dabei beobachten, wie sie niederträchtigen Handel mit ihrer Mittelmäßigkeit betrieben ... Das Treiben eines Jungen verfolgen, der gerade ein Päckchen Shit in die Hosentasche eines Kumpels gleiten ließ, oder dieses Luder Clémence Dupale, die ihre Unterhose und ihre dicken Titten jedem zeigte, der sie sehen wollte, das heißt, jedem, ha ha ha! Und er wusste auch, 1., was die *Chowder Society* war, und 2., wo sie sich befand, vor allem dank eines entfernten Cousins aus der Elften – ein Ableger der Morsans de Calignon, der manchmal vor César die *Chowder* erwähnt und dabei wichtig dreingeschaut hatte.

Warum war Moreau zur *Chowder* eingeladen worden? Wieso besaß Opale diese Macht, ihn dort einzuführen, während Florent von-und-zu-über-und-unter

Calignon ihm gegenüber behauptet hatte, dass niemand unter vierzehn Jahren jemals in der *Chowder* angenommen wurde? ... *auch wenn keine einzige Satzung das je genau angibt ... da die* Chowder *eigentlich nicht existiert, und im Übrigen, César, dürftest du das gar nicht wissen, ich hätte dir das nicht erzählen dürfen ...* (ist nicht schlimm, Stück Scheiße, eines Tages schneide ich dir die Zunge ab, brate sie und esse sie vor deinen Augen! Ha ha ha ...).

KURZUM! So viele Gründe dafür, am Ende des Tages Lust zu verspüren, die Tür zuzuknallen! Trotzdem durfte er es nicht tun! Er durfte nicht!

Erstarrt lauschte er, die Nerven zum Zerreißen gespannt, bei der Vorstellung zu hören, wie die Stimme seiner Mutter irgendwo im Haus widerhallen, sich unter den hohen Decken, den Kronleuchtern und dem Stuck verlieren könnte ... Oder gar das klimpernde Geräusch der Perlen auf ihrem Dekolleté, wenn sie lief und die Dielen dabei mit dieser unausstehlichen Handbewegung streichelte ... aber nein, kein einziges Geräusch. Das war zumindest der Vorteil, in einem großen Haus zu wohnen.

Er stieg geräuschlos die Treppe hinunter, durchquerte das Vestibül. Immer noch niemand in Sicht.

Gut gelaunt lief er bis zur Tür. Seine Hand lag auf der Klinke, als die widerliche Stimme hinter seinem Rücken ertönte und das flüchtige Triumphgefühl zerbrach, das er soeben gekostet hatte.

»Ja, aber ... wo gehst du denn hin?«

César schloss die Augen, stellte sich innerhalb einer Sekunde das Gesicht vor, das er machen musste, um ihr zu antworten, und setzte die passende Maske auf.

»Ich habe es Ihnen bereits zuvor gesagt, Mama. Ich gehe zu Philibert. Zum Lernen ...«

Die Olle blinzelte und streichelte dabei nervös die Schlange aus grauen Kugeln, die auf ihrer Brust lag, die so trocken war wie ein Diätzwieback (dabei war sie Gott weiß wie vollgesogen, ha ha ha ...).

»Du hast es mir gesagt?«

César konnte ein kühles Lächeln nicht unterdrücken Sie hatte es vergessen. Sie daran zu erinnern bedeutete, ihr den Kopf noch ein bisschen tiefer da hineinzustecken, wo Floriane de Morsan de Calignon seit eh und je schwamm: in der Scheiße.

»Aber ja doch, Mama. Vor knapp dreißig Minuten ...«

Mit künstlich-überzeugter Miene nickte sie mit ihrer Föhnfrisur.

»Ja, natürlich ... jetzt fällt es mir wieder ein! Natürlich. Ich weiß nicht, wo mir der Kopf steht. Ich bin völlig durcheinander wegen dieser Arabien-Geschichte. Dein Vater fliegt übrigens morgen für ein paar Tage dorthin. Als Dienstreise ... wird es genau darum gehen!«, fügte sie mit einem hohen Seufzer oder einem geflüsterten Schrei hinzu, das war nicht ganz klar.

»Morgen? Um wie viel Uhr?«, fragte César.

»Wie, um wie viel Uhr?«

»Nimmt er das Auto?«

»Ja, du weißt doch, dass dein Vater Züge auf den Tod nicht ausstehen kann. Er fährt bis Paris und lässt das Auto dort vor dem Apartment in Saint-Germain. Abends nimmt er den Flieger nach ... oh, wie heißt das doch gleich? Riad!«

»Wissen Sie, um wie viel Uhr er losfährt?«, bohrte

César mit einem Hauch von Erregung in der Stimme nach.

»Gegen acht Uhr, nehme ich an ... Recht früh zumindest, das ist sicher.«

»Nach Paris also?«

»Ja ... Nach Paris. Sag mal, César, warum stellst du mir all diese Fragen?«

»Ich habe mich gefragt, ob er in Paris nicht etwas für mich erledigen könnte. Nun ja, es ist etwas für meinen iPod. Falls er die Zeit hätte ...«

»Oh, ich verstehe«, rief sie erleichtert aus. »Nun, du wirst heute Abend mit ihm darüber sprechen, nehme ich an. Um wie viel Uhr ungefähr bist du zurück?«

Sie erhielt nie eine Antwort. Er hatte die Tür hinter sich zugeschlagen, ohne das Ende des Satzes anzuhören. Mehrere Minuten lang blieb sie allein und reglos vor der verschlossenen Tür, unter ihrem »Familienkronleuchter« stehen. Ein wenig kurzatmig und ratlos fragte sie sich, ob sie nicht doch eine etwas strengere Kontrolle über ihren vierzehnjährigen Sohn ausüben sollte. Und vor allem, wie sie das anstellen sollte, wenn dieser sich verhielt, dachte und sich ausdrückte, als sei er zwanzig Jahre alt. Und manchmal sogar noch älter ...

Die Tasche in der Hand, durchquerte César den Garten und erreichte dann den Schuppen ganz hinten. Unnötig, die Schlüssel hervorzuholen: Der Riegel war offen geblieben. Er trat ein.

Die Katze war von der Hobelbank verschwunden – César hatte ihr noch am selben Abend *der* Begegnung den Bauch aufgeschlitzt, da er gezwungen gewesen war, keinerlei Risiko einzugehen (eine langsame, geduldige und – er musste es anerkennen – recht genüssliche Hinrichtung). An ihrer Stelle wartete auf dem Holz der Hobelbank Bernard, der Gärtner.

»Es hat dich doch niemand gesehen?«, fragte dieser.

Der Jugendliche warf dem schlecht rasierten, dickbäuchigen Mann – er selbst war ja soooo weit davon entfernt und stand sooo sehr über ihnen allen! – einen verächtlichen Blick zu, sodass dieser nicht weiter nachhakte. Der Gärtner wusste besser als jeder andere, dass man sich vor den Kräften in Acht nehmen musste, die sich hinter diesem schmalen Gesicht mit der furchtlosen Miene verbargen.

Bernard ging auf einen kleinen Kühlschrank zu, der schon Museumswert hatte, und zog ein Päckchen hervor.

»Was ist das doch gleich?«, fragte César.

Der Mann trat näher und warf es auf die Hobelbank, wo es mit einem schmatzenden Geräusch in sich zusammenfiel. César faltete das Zeitungspapier auseinander, in das es eingewickelt war, betrachtete einen Augenblick das große Stück bläulichen Fleisches.

»Das ist ein Herz«, erklärte Bernard. »Ein Stierherz.«

César nickte und faltete das Papier wieder zusammen. Einige Einzelheiten verstand er noch nicht ganz, aber bald ... würde er eingeweiht werden!

»Es gibt auch das hier«, erklärte Bernard.

Der Junge entdeckte drei fein ziselierte Nadeln, die alt zu sein schienen.

»Weißt du, was du zu tun hast?«

Ein weiterer verächtlicher Blick – und Bernard wäre fast vor der Intensität des Feuers, das ihn durchfuhr, zurückgewichen.

»Ich weiß, was ich zu tun habe. Ich weiß, wie. Ich

weiß, wo. Und ich glaube sogar zu wissen, warum. Ich habe die Adresse und sämtliche Anweisungen.«

»Und solltest du nicht ... später hingehen?«

»Zu dieser Uhrzeit ist *er* beschäftigt. Und *sie* joggt. Entweder jetzt oder nie. Auf jeden Fall weiß ich ganz genau, wie ich es anstellen muss.«

Bernard nickte. Unnötig, weiter nachzubohren. Er kannte die Leier schon. Jahre zuvor, als César ein Kind gewesen war – aber war er wirklich je eines gewesen? –, hatte er sich für das Gesicht mit den feinen Zügen und der blassen Blondheit begeistert, die man normalerweise der Unschuld zusprach, und sich dabei sehnsüchtigen Träumereien hingegeben. Dann hatte er eines Tages César dabei überrascht, wie er mit dem kalten Sadismus eines Vivisektierers einem Schmetterling die Flügel herausriss. An jenem Tag waren sich ihre Blicke begegnet. Und Bernard hatte verstanden: Das Herz des Kindes barg eine wilde Natur, eine Perversion so rein wie ein ungeschliffener Diamant. Ein ganz und gar bezauberndes Paradox, nach Meinung des Gärtners.

»Mein Vater geht morgen auf Geschäftsreise«, verkündete César. »Morgen ...«

Er schob die beiden Beutel – das Fleisch und die Nadeln – in seine Tasche und wog sie dann mit abschätzender Miene ab.

»Warum sagst du mir das?«, fragte der Gärtner.

»Es kann doch nützlich sein, die Einzelheiten bezüglich seiner Reise zu kennen, oder?«, erklärte César mit einem ärgerlichen Zungenschnalzen.

»Ah ...«

Er fügte nichts weiter hinzu. Seit einigen Tagen behandelte ihn der Junge mit noch mehr Verachtung als in der Vergangenheit, und er begann sich zu fragen, ob das alles eine gute Idee war. Aber natürlich war es nicht an ihm, das zu entscheiden.

»Heute Nacht komme ich hierher«, verkündete César. »Ich meine, heute Nacht oder früher, sobald ich kann. Ich gebe dir alle Einzelheiten. Einschließlich die Adresse des Apartments in Saint-Germain.«

Er schickte sich an, hinauszugehen und drehte sich dann um.

»Es gibt Dinge, die können nicht warten ... Nein, wirklich nicht.«

35

Schweigsam liefen sie Seite an Seite den Cours du Parc entlang – Bastien konnte sich nicht daran erinnern, den Weg seit seiner Ankunft jemals zu Fuß gegangen zu sein. Mit seiner noch geschwollenen Nase, dem völlig erschöpften Körper, dem Kopf voller Schuldgefühle, wogen die Skates schwer in seinen Armen. Er hatte aber nicht die Kraft, sie anzuziehen, und es kam ohnehin nicht in Frage, Opale allein nach Hause gehen zu lassen. Sie hatte seit seinem Erwachen nicht einen Ton gesagt, oder fast, aber er spürte das nervöse Zittern, von dem sie weiterhin geschüttelt wurde.

»Es tut mir leid«, murmelte sie, nachdem sie gut fünf Minuten gelaufen waren.

Bastien antwortete nicht. Er atmete tief ein – eine Luft, die bereits gut mit Nebel gefüllt war, eine Luft, die man ... sehen konnte – es war schließlich nicht so geläufig, dass man Luft sehen konnte, nicht wahr? Eine Luft, die ihn fast freudig begrüßte, als ob der Nebel sich freute, zurück zu sein. Als ob er entzückt darüber wäre, ihn den Cours entlanglaufen zu sehen, schweren Herzens und mit eingezogenem Kopf, neben dem reizendsten Mädchen von Saint-Ex, und sicher aus ganz Laville-Saint-Jour, wenn nicht gar der Welt, welches zitterte wie Espenlaub ... seinetwegen.

»Es ist meine Schuld«, sagte Opale. »Ich hätte dich niemals da mit hineinziehen dürfen. Ich weiß nicht, was mit mir los war ... Und Anne-Cécile ... Was für ein Miststück!«, stieß das junge Mädchen hervor.

Ein Punkt für sie, beglückwünschte sich Bastien. Falls Opale und JR auf sie gehört hätten, wäre er irgendwo mitten in Saint-Ex, wenn nicht gar auf dem Cours selbst aufgewacht. Zum Glück war er weniger als eine Minute, nachdem er in Ohnmacht gefallen war, verwirrt und den Kopf noch voller undeutlicher Bilder wieder aufgewacht. Anne-Cécile hatte sich bereits aus dem Staub gemacht, was ganz offensichtlich ihre Aura von Macht über die kleine Gruppe getrübt hatte.

»Aber wir konnten es nicht voraussehen«, fuhr Opale fort – und Bastien unterbrach sie nicht, denn diese Opale, die wirkte, als sei sie erst zehn Jahre alt und die eine leise, reuevolle Stimme hatte, war ihm am liebsten. »Wir konnten ja nicht ahnen, dass du eine solche Macht hast!«

Sie liefen die Gitterzäune des Parkwalds entlang, und er verzog noch etwas mehr das Gesicht. Drei Tage zuvor hatte er Polizisten hinter dem Gitterzaun wahrgenommen.

Ein seltsames Unbehagen hatte ihn traurig gemacht, weil der Parkwald mehrere Male seine Nächte vergiftet hatte. Und auch, weil er sich an einen der Artikel über die Morde erinnerte, kurz bevor er hierhergekommen war: *Grausam verstümmeltes Kind im großen Laviller Park gefunden.*

War das eines von denen, die sich ihm zuvor auf dem geheimen Dachboden von Saint-Ex gezeigt hatten?

Er wandte den Blick ab und schaute auf eine entzückende Gestalt im himmelblauen Body beim Joggen. Schlank und athletisch, mit ihrem blonden Pferdeschwanz, der auf ihrem Rücken hin und her schwang, und einem iPod um den Hals, schien die junge Frau irgendeiner amerikanischen Serie entkommen zu sein. Dieser kurze, reizende Anblick mit einem Hauch von Exotik erinnerte ihn an eine Welt, die außerhalb der Nebel von Laville weiterlebte.

»Ich habe überhaupt keine Macht«, behauptete er.

»Wie meinst du das, überhaupt keine Macht?«

»Nein. Von welcher Macht sprichst du? Von der, die ... Toten anzurufen?«

»Ja. Für den Anfang. Und vielleicht auch noch von einer anderen.«

Bastien blieb stehen.

»Opale, hör mir zu ...«

Und zum ersten Mal nahm er ihre Hand. Er fühlte sich stark, viel stärker als sie. Was auf dem Dachboden der *Chowder Society* geschehen war, hatte ihn, als der Schock einmal überwunden war, aus der Erstarrung geholt, in der er seit seiner Ankunft versunken war. Sie sah ihn mit ihren großen grünen Augen an, hin und her gerissen zwischen Verwunderung und Angst, als ob auch sie die sich vollziehende Veränderung spürte.

»Ich habe überhaupt keine Macht, hörst du? Was

passiert ist, ist ... ich weiß auch nicht, eine Anomalie. Irgendetwas Unerklärliches, das aber nichts mit Macht zu tun hat. Ich wüsste noch nicht einmal, wie ich es nennen sollte.«

»Aber ... aber du hast doch selbst geseh ...«

»Macht ist etwas, das man kontrolliert und das einem hilft. Macht ist ein Vorteil.«

Er schwieg, suchte nach Worten. Einen kurzen Augenblick lang fuhr ein Fahrrad an ihnen vorbei. Bastien erhaschte flüchtig eine Schirmmütze, eine Brille und eine sehr weite Jeans, und trotzdem: Er hatte das Gefühl, den Typen zu kennen. Diese Blondheit, die Steifheit des Körpers, selbst auf dem Fahrrad ... Mendel? Nein, also wirklich, durch den Nebel und den ... ganzen Rest war er nicht mehr er selbst.

»Nein, es ist weder Macht noch ein Vorteil. Wenn das der Fall wäre, wüssten wir heute zum Beispiel, warum dein Bruder ... das gemacht hat.«

»Aber was ist es dann?«

»Das ist ... Energie. Nichts als Energie. Es sind Dinge hier passiert. Ereignisse. Das weißt du ...«

Sie seufzte auf eine merkwürdige Art, und er fragte sich, ob sie ihm alles von sich verraten hatte, wie er zunächst geglaubt hatte.

»Und weißt du noch, was du mir auf MSN gesagt hast, als wir das erste Mal online waren? Dass Laville dafür sorgt, dass die Leute komische Sachen machen ... und zwar keine guten Sachen.«

Sie nickte sanft.

»Du hast es also schon verstanden, ohne es zu wissen. Nicht ich habe Macht, sondern die Stadt selbst. Und Macht wollen wir doch sowieso nicht. Weder du noch ich ...«

Er zögerte, und mit der ganzen Naivität seiner zwölf Jahre fragte er sich, ob er mit ihr über psychische Kraft, den Kampf der guten und bösen Mächte und all diese Konzepte sprechen konnte, die er nicht erklären konnte, aber von denen er ahnte, dass sie sich im Herzen der Wahrheit, dem Ursprung von Laville-Saint-Jour befanden.

»Eines ist sicher. Ich glaube, dass es die Stadt ist, die diese komischen Sachen kontrolliert.«

Als sie das sagte, blickte sie sich um – die Dunkelheit war nun fast hereingebrochen –, mit dem Gefühl, dass die Straße, die Bäume, die Häuser und die Gitterzäune des Parkwaldes ... lebendig waren. Sich zu ihnen herunterbeugten, ihre Worte in sich aufsogen.

»Ich weiß«, sagte sie seufzend mit düsterer Miene. »Erst vor ein paar Tagen« – sie streckte ihren Zeigefinger aus und drehte sich um – »haben sie einen Jungen auf dem Parkwaldgitter aufgespießt gefunden.«

Bastien schloss einen Augenblick die Augen – die Polizisten im Wald ...

Er entschied, dass der Zeitpunkt gekommen war, um ihr alles zu sagen: Madame Patoche und die *Diiiiiinge*, eines Tages werden schreckliche Dinge ... die Albträume und die Schaukel. Er zog sie bis zu einer Bank und sprach fünfzehn Minuten lang ohne Unterbrechung. Als er geendet hatte, schloss er:

»Auf die eine oder andere Weise müssen wir verstehen, was hier passiert. Wir haben keine Wahl. Frag mich nicht, warum, aber ... ich weiß, dass wir es müssen.«

»Aber wie sollen wir das anstellen? Ich ... ich habe Angst. Was soll aus uns werden, falls ... falls die Tür in der *Chowder* schlecht geschlossen wurde?«

Bastien hatte auch daran gedacht, da er das Gefühl hatte, dass die weißen Schatten ihnen, seit sie gegangen waren, folgten. Aus der Ferne, ohne dass es den Anschein hatte ... Wie die Intensität eines Blicks.

»Ich weiß es noch nicht. Zunächst einmal werde ich *julesmoreau* wieder erlauben, mir auf MSN zu schreiben ... Und ich werde mit meinem Vater und meiner Mutter sprechen.«

»Deine Eltern? Aber warum denn?«

»Ich glaube, ich bin schon mal hier gewesen. Ich weiß nicht genau, wovon ich träume – ich vergesse es beim Aufwachen ... aber einige Orte bleiben mir im Kopf. Orte, die ich kenne. Ich habe ständig Déjà-vu-Erlebnisse, wenn ich hier herumlaufe. Verstehst du, wie der Parkwald eben. Oder vor der Kirche mit den Wasserspeiern. Ich kannte diese Kirche nicht ...«

»Saint-Michel?«

»Kann sein. Ich kannte sie nicht, aber als ich sie gesehen habe, ähnelte sie der Kirche in einem meiner Träume. Eine Kirche voller Wasserspeier am Eingang ...«

»Und du hast keine andere Erinnerung, wenn du aufwachst? Nur ... ein Gefühl?«

Er zögerte.

»Ich glaube, dass da in fast allen Träumen jemand ist. Und manchmal habe ich den Eindruck, dieser Jemand ... bin ich.« Er zuckte die Achseln. »Oder vielleicht werde ich ja auch langsam verrückt.«

Ein Grübchen erschien auf Opales rosa Wange, als sie ihn anlächelte, und ihre sommersprossige Nase machte eine witzige kleine Bewegung, wie Samantha in *Verliebt in eine Hexe*.

»Nein, du bist nicht verrückt. Du machst mir ein

bisschen Angst, Bastien, aber ... du bist nicht verrückt. Da bin ich mir sicher, Bastien Moreau.«

Daraufhin geschah etwas Wunderbares und vollkommen Unerwartetes. Dort, in der nebelverhangenen Abenddämmerung von Laville, unter dem Bogen der Bäume und in der majestätischen Anwesenheit der Häuser des Cours, strich Opale ihm mit einer Hand über die Wange, umarmte ihn dann und legte ihren Kopf an seine Schulter. Bevor sie schließlich seine Lippen suchte.

36

»Magst du eigentlich den Nebel?«

Eine hässliche Grimasse verzerrte Rosy Menironds dickes Gesicht, die ihrem Namen alle Ehre machte (»Stark wie ein Menhir und rund wie ein Reifen!«, fasste ihr Mann zusammen, wenn er gut gelaunt war, das heißt, im Schnitt zwei Tage im Jahr). Sie hob den Kopf von dem Bräter, in dem sie pochierte Eier in Rotweinsoße köchelte, und drehte sich um. Jenny Bertegui stand auf Zehenspitzen vor dem Fenster, die Hände auf das Spülbecken der Küche gestützt, und sie reckte ihr blondes Köpfchen, um den Nebel dabei zu beobachten, wie er über dem Garten aufzog.

Jenny Bertegui war Rosy Menironds Meinung nach das haarsträubendste Kind, das sie jemals hüten musste, und bei gut dreißig Jahren Haushalt, Bügeln, Kochen und »Hüten« aller Art hatte sie schon einen Haufen Rotznasen zu Gesicht bekommen!

Zunächst einmal war sie hübsch. Nicht, dass Rosy nie auf diejenigen eifersüchtig gewesen wäre, die mehr

Glück gehabt hatten als sie (ungefähr neunundneunzig Mädchen von hundert), aber »die da« war auf ärgerliche Weise hübsch: ein »spitzes Gesichtchen«, da gab es kein anderes Wort. Und dann war sie *die Bullentochter*, wie Rosy sie nannte. Sie hatte die Ordnungshüter noch nie übermäßig verehrt, da *Probleme* sich sehr gut ... anderweitig lösen ließen! Die Bullentochter also gehörte zu dieser Art von neugierigen Kindern, die ständig Fragen stellten: Warum haben wir schönes Wetter? Und schlechtes? Und was genau sind Wolken? Fragen, Fragen, Fragen ...

Schließlich hatte Jenny Bertegui die unangenehme Angewohnheit, einen zu duzen, ohne dass man sie dazu aufgefordert hatte. Was hatte sie doch gleich wieder gefragt? Ach ja! Der Nebel ...

»Weder mag ich ihn, noch mag ich ihn nicht«, murmelte Rosy. »Hab immer mit dem Nebel gelebt. Das ist, als ob du mich fragen würdest, ob ich die Saint-Michel-Kirche oder den Cours du Parc mag.«

Jenny Bertegui drehte sich um und starrte sie an – zunächst erstaunt, dann mit einem seltsamen Blick.

»Weil, ich zum Beispiel mag die Sonne lieber als den Regen«, erklärte sie mit größter Ernsthaftigkeit (und ihrer Entenkükenstimme). »Auch wenn ich mit beiden lebe, verstehst du?«

Oh, wie durchtrieben sie war! Ja, es war sicher, dass Rosy nicht lange in diesem Haus würde arbeiten können! Man würde eine Lösung finden müssen. Einmal war da das Kind ... dann musste man sich mit der Mutter auseinandersetzen. Ihr Jane-Birkin-Akzent, ihre schönen glatten, blonden Pferdeschwänze und ihre kleinen Gymnastikanzüge in allen Farben. Seit wann heirateten Bullen Miss Gymtonics?

O nein! Das konnte nicht funktionieren ... überhaupt nicht funktionieren!

»Hör mal, deine Mutter hat mir gesagt, du hättest Hausaufgaben zu machen. Müsstest du in diesem Moment nicht in deinem Zimmer sein?«

Jenny Bertegui zuckte die Achseln.

»Los, los ... Was soll ich ihr denn sagen, wenn sie von ihrem ... Jogging nach Hause kommt?«, stieß sie hervor, als ob *Jogging* kein Wort wäre, sondern eine Kröte.

Sie verfolgte die Kleine mit den Blicken, wie sie schlurfend im Flur verschwand.

Zufrieden sah Rosy auf die Uhr: nach achtzehn Uhr. Sie musste noch eine gute halbe Stunde warten. Heute war einer der schlechten Tage. Zweimal pro Woche kam Miss Gymtonic ein bisschen später aus Dijon zurück, wo sie Lehrerin war (und man fragte sich, wo das alles hinführen sollte, wenn Lehrerinnen aussahen wie Pamela Anderson). Da es nicht in Frage kam, das Jogging auch nur für einen Tag auszulassen, schlüpfte sie, kaum dass sie zu Hause war, in ihren Anzug und haute gleich wieder ab, die Diätbesessene (»Sie kochen sehr gut, Madame Menirond, aber ein bisschen gehaltvoll ...« Ach, na so was, da habe ich dir doch glatt pochierte Eier in Rotweinsoße gemacht nach der Anstrengung heute Abend, hi hi hi!).

Magst du eigentlich den Nebel?

Oh, da konnte man mal sehen, selbst wenn die Göre nicht da war, vergifteten ihre Fragen einen weiterhin!

Ohne darüber nachzudenken, ging Rosy Menirond auf das Fenster zu. Draußen war das Gärtchen nicht erhellt, sodass man nur die Formen der kleinen Baumgruppen, des Schaukelgerüsts, eines Strauchs und den

Nebel erkennen konnte, der in milchigen Schwaden dahinglitt, und ...

Hat sich da was bewegt?

Rosy Menirond kniff die Augen zu. Ja, sie war sich sicher, gesehen zu haben, wie sich da etwas gerührt hatte. Sie zögerte nicht lange. Wenn sie nicht nachsehen ging, würde ihr das stundenlang im Kopf herumgehen und sie wäre zu nichts zu gebrauchen. Und dann gehörte sie, Rosy-stark-wie-ein-Menhir, nicht zu denen, die sich beeindrucken ließen. Eher im Gegenteil: Jede Gelegenheit war gut genug, um die grenzenlose Wut zum Ausdruck zu bringen, die sie das Leben wie ein Schlachtfeld durchlaufen ließ.

Sie griff nach einem großen Küchenmesser und bewegte ihre große Gestalt mit der Geschmeidigkeit eines Sturmpanzers vorwärts.

Sie schaltete das Licht im Garten ein. Die Strahlen der kleinen Scheinwerfer glitten knapp über die Hecke und den Rasen, und der unverhältnismäßig große Schatten des Baumes bedeckte einen Teil des Hauses. Auf der Außentreppe atmete sie tief die weiße Luft ein und richtete ihren Blick auf den Strauch, der sich eine Minute zuvor vor ihren Augen bewegt hatte.

»Ist da jemand? Ich kann Sie nämlich sehen!«

In Wirklichkeit sah sie überhaupt nichts. Aber sie konnte es spüren. Rosy hatte nicht unbedingt einen regen Verstand, aber wenn man seit über fünfzig Jahren in den Nebel gebettet gewesen war, entwickelte man einen sechsten Sinn, um diejenigen zu erkennen, die sich darin versteckten. Kein Zweifel, da war jemand. Umso besser, denn sie war in miserabler Stimmung – eine Stimmung, die kaum eine Besserung erfahren hatte, seitdem der Rechtsradikale Le Pen die Präsidentschaftswahlen von 2002 nicht gewonnen hatte, sodass sie von der verrückten Hoffnung aufgepeitscht wurde, sich »Gesindel« zu schnappen, das gerade in das Haus eines Polizisten eindrang.

Sie stieg die drei Eingangsstufen hinunter und ging auf die Baumgruppe zu, wobei sie in dem Versuch, etwas erkennen zu können – ein Gesicht hinter den Blättern, zum Beispiel –, mit den Blicken den Garten rechts und links von sich absuchte. Sie befand sich gerade auf halbem Weg, als ein Detail ihre Aufmerksamkeit erregte ... dort, bei dem Schaukelgerüst der Kleinen. Es war in einem Winkel ihres Auges wie ein piksendes Staubkörnchen. Rosy wechselte die Richtung, die Lampe immer noch in der Hand, entschlossener als je zuvor.

Aber je näher sie kam, je mehr die grau-rosa Masse auf der Schaukel Gestalt annahm, umso beklommener fühlte sie sich und spürte, wie ihre draufgängerische Energie sie im Stich ließ. Es war, als ob Rosy, die Kriegerin, auf der Außentreppe geblieben wäre und das achtjährige Kind aus ihren Erinnerungen – das Kind, das von seinem Vater Schläge mit dem Koppel erhalten und dem die Mutter verboten hatte, nach sechs Uhr in den Nebel hinauszugehen – allein ans Messer lieferte.

Das konnte doch nicht etwa ... *das* sein?

Eine Zeit lang, die ihr unendlich vorkam, war Rosy Menirond zu keiner Reaktion mehr fähig, ihre Augen auf das ... Ding auf der Schaukel gerichtet. Dann ließ sie eine eisige Angst vom Kopf bis zu den Füßen gefrieren.

Sie hatte es gewusst! Sie hatte geahnt, dass etwas im Gange war! Sie lebte schon zu lange hier, um es nicht bemerkt zu haben. Dieses Jahr hatte der Nebel eine besondere Beschaffenheit. Sehnig ... fast lebendig. Wenn der Nebel derart zu pulsieren, fast zu murmeln anfing, dann, weil etwas ... erwachte. Etwas, das einem den Schlaf vergiftete und einen frieren ließ. Und einen daran erinnerte, dass kleine Kinder nie mit Unbekannten sprechen durften.

Ein Etwas, das im Nebel lebte - es war weiß und tot, aber auch untot, und wimmelte wie das Untergeschoss eines Friedhofs ...

Ein Etwas, das soeben ein Stierherz auf die Schaukel der Berteguis gelegt hatte - oder nein, auf die Schaukel der Rotznase. Es hatte es auf das Kind abgesehen.

Ein Etwas, das immer noch da war, irgendwo in dem Garten des Bullen ...

Sie machte eine Kehrtwendung.

O ja, es war da! Und *es* trug einen Namen: das Böse.

Das Böse, nur wenige Meter von ihr entfernt!

Wie versteinert neben dem kleinen roten Schaukelgerüst, mit hart und dumpf klopfendem Herzen, ließ Rosy ihren Blick über die Sträucher, die Baumgruppen und die großen Wasserbecken voller Pflanzen gleiten, die Miss Gymtonic sorgfältig pflegte. Sie blickte auf, suchte in den Zweigen - unmöglich, der Nebel und die Dunkelheit webten eine tödliche Falle. Und trotzdem: *Es* war da!

Rosy konzentrierte sich darauf, sich wieder zu fassen - sie würde sich sowieso in Bewegung setzen müssen! Sie konnte schließlich nicht einfach so neben der Schaukel und diesem bläulichen Ding stehen bleiben, in das man Nadeln gesteckt hatte und das vielleicht in einer Minute zu pulsieren anfangen würde, dort, wo die Kleine ihren hübschen Rotznasenhintern draufsetzte ... bumm bumm ... bumm bumm ...

Man hatte es nicht auf sie persönlich abgesehen. Da war sie sich sicher. Ohne im Übrigen auch nur eine Sekunde darüber nachgedacht zu haben, hatte der Winkel ihres Bewusstseins, der nicht gelähmt war, beschlossen – und das von dem Moment an, in dem der Anblick des Herzens ihr ins Gesicht gesprungen war –, dass sie niemandem ein Sterbenswörtchen von ihrer Entdeckung erzählen würde. Nicht einmal ihrem Maurice. Nicht einmal den Eltern – zunächst einmal war das nicht ihre Sache; und dann, falls *es* diesen Winter sich tatsächlich etwas holen sollte, dann doch am ehesten diese Göre. Tja, so war das eben, wenn man sich in die Angelegenheiten der Laviller einmischte!

Dennoch beobachtete *es* sie in gerade diesem Moment von irgendwoher. Was tun?

Sie beschloss weiterzugehen. Langsam, ganz leise, als ob normales Gehen ein Ereignis auslösen könnte – ein bleiches Ding, das plötzlich mit roten Augen hinter einem Busch auftauchte –, kehrte sie um in Richtung Haus, die Lampe wie eine Waffe nach vorn gerichtet. Auf halbem Weg drehte sie sich plötzlich um, um sicherzugehen, dass sie nicht verfolgt wurde. Hinter ihrem Rücken war der Garten immer noch in reglose Dunkelheit getaucht. Die Umgebung hatte sich nicht verändert ... zumindest fast nicht. Der Nebel, der am Boden immer dichter wurde, erhob sich stellenweise, verschwommene Arme ragten langsam empor.

Rosy fröstelte, wartete, spähte. Und überhaupt, dachte sie, was mache ich denn, falls ich *etwas* sehe? Wenn die Arme sich ein wenig zu weit ausstrecken?

Nichts, war die Antwort, die ihr in den Sinn kam. Ihr Körper gehorchte ihrem Gehirn nicht mehr, und sie war sich sowieso nicht sicher, ob ihr Gehirn auch nur irgendetwas steuerte. Sie musste um jeden Preis zum Haus zurück, sich einschließen, alles verlassen. Und Miss Gymtonics Rückkehr abwarten, bevor sie erneut durch die Tür gehen würde.

Sie ging weiter, von nun an fest entschlossen, jegliche Konfrontation zu vermeiden, das Messer in der rechten Hand – aber wozu sollte das schon gut sein?

Nur noch zehn Meter ... fünfzehn Schritte, das war doch gar nichts. Fünfzehn Schritte waren fünfzehn Sekunden. Höchstens zwanzig. *Es* wird mich doch wohl nicht jetzt holen! Und hier!

Sie zählte sie ... neun ... acht ... Guter Gott, der Türgriff war in Reichw ...

Genau da entdeckte sie es. Bei sieben. In einem der großen Büsche: eine Strähne von glitzerndem Blond ... und die beiden blassesten, kältesten Augen, die Rosy Menirond je gesehen hatte!

37

Bertegui wartete nicht lange an der Bar des *Clos Montdor*. Fünf Minuten nachdem er sich an der Rezeption des Hotels angekündigt hatte, gesellte sich Nicolas Le Garrec zu ihm, der ausdrücklich darum gebeten hatte, ihn in der Jazzbar und nicht in seinem Zimmer zu treffen. Die Idee missfiel Bertegui nicht, denn der Ort strahlte den gemütlichen Charme eines Londoner Clubs für adlige Herren aus und eignete sich sehr gut für vertrauliche Mitteilungen.

»Trinken Sie etwas?«, fragte das Wildschwein als Begrüßung.

Nicolas Le Garrec wuchtete sich auf den benachbarten Barhocker. Er betrachtete die bernsteinfarbene Flüssigkeit in dem schweren Kristallglas, das vor dem Polizisten stand.

»Ich dachte, Polizisten trinken nicht im Dienst.«

»Sie sollten sich mehr mit der Polizei beschäftigen. Das könnte Ihnen für Ihre Bücher nützlich sein. Im Übrigen ist mein Dienst unmittelbar nach unserem Gespräch zu Ende ... Und ich hatte einen harten Tag.«

»Das sieht man«, sagte Le Garrec mit größter Ernsthaftigkeit. »Sie sehen mies aus.«

Bertegui warf ihm einen Blick zu.

»Das Gleiche gilt für Sie.«

»Ich habe heute meine Mutter beerdigt. Das trägt nicht gerade zu einem guten Aussehen bei.«

Er gab dem Barkeeper ein Zeichen und bestellte einen Manhattan.

»Wie fanden Sie die Zeremonie?«, fragte er ironisch.

Bertegui ignorierte die Frage.

»Ich kenne eine Frau, die heute auch nicht gut aussieht. Sie hat heute Nachmittag ihren Sohn beerdigt. Er ist tot im Parkwald aufgefunden worden. Oder eher ... über dem Wald. Er war auf den Gittertoren aufgespießt ...«

Nicolas Le Garrec nickte kurz und beobachtete dabei, wie der Barkeeper seinen Cocktail zubereitete.

»Ich habe davon gehört ... Ein tragischer Unfall.«

Eine herzzerreißende Klage von Billie Holiday schwoll plötzlich in der Bar an.

»Sind Sie in den Parkwald zurückgekehrt?«, fragte Bertegui.

»Nein. Das ist eine Pilgerreise, die ich noch nicht gemacht habe. Hier im Hotel sind wir sowieso von Wald umgeben. Man hat eine tolle Aussicht beim Joggen. Man kann die ganze Stadt sehen, wissen Sie ...«

Das war Bertegui bei der Ankunft aufgefallen sowie folgende strukturelle Besonderheit: Um die Hochebenen herum, die Laville-Saint-Jour umgaben, zeichneten sich vier Punkte ab. Das *Clos Montdor* lag der Talcotière gegenüber ... Auf der entgegengesetzten Achse trat das sehr schicke Montcerneaux-Viertel der Arbeitervorstadt Les Vrésilles gegenüber. Laville-Saint-Jour schien am Treffpunkt der beiden Linien zu pulsieren. Was noch seltsamer war: Auf der Karte befand sich der genaue Schnittpunkt auf dem Cours du Parc, und zwar in dem Teil, in dem der Parkwald und die Saint-Exupéry-Schule ihre jeweiligen Gitterzäune errichtet hatten.

»Ich werde offiziell eine Untersuchung wegen des Todes Ihrer Mutter einleiten.«

»Ich bin nicht überrascht. Sie scheinen darauf zu bestehen.«

Er ließ sein Glas gegen das des Kommissars erklingen – *Prost* –, bevor er es an seine Lippen führte und mit einer lobenden Geste in die Richtung des Barkeepers hob.

»Darf ich Sie fragen, was Sie zu dieser Entscheidung geführt hat?«

»Zeugenaussagen.«

»Ich verstehe ...«

Der Schriftsteller starrte einen Augenblick in sein Glas. In dem goldenen Licht der Bar glaubte Bertegui fast, Nicolas Mutter zu sehen, die sich vor seinen Augen materialisierte. Der flüchtige Eindruck verschwand, als Le Garrec sich ihm zudrehte.

»Sie werden mir wahrscheinlich nicht mehr sagen, nehme ich an.«

»Im Augenblick nicht ... Ihnen dagegen muss ich ein paar Fragen stellen. Wo waren Sie in der Nacht zum Dritten?«

Ein lustloses Lächeln zeichnete sich auf Le Garrecs Lippen ab.

»Ich war nicht dabei, die Telefonkabel meiner Mutter durchzuschneiden, wenn das Ihre Frage ist.«

»Nein, meine Frage ist: Wo waren Sie genau?«

Berteguis Tonfall drückte den Gedanken aus: Jetzt wird nicht mehr gespielt.

»Ich war hier ... in meinem Zimmer.«

»Lässt sich das überprüfen?«

»Ich denke, Sie können an der Rezeption fragen.«

»Hm ...«

Bertegui nippte ein wenig an seinem Whisky und rieb sich das Kinn.

»Sie wissen genauso gut wie ich, dass man an Orten wie diesem kommt und geht, wie man will. Es genügt, an der Empfangstheke vorbeizuschleichen, ohne den Schlüssel abzugeben, wenn der Rezeptionist gerade beschäftigt ist, oder durch die Küche zu gehen. Ich bin sicher, dass ich mehrere unauffällige Ausgänge finde, falls ich eine Runde mache.«

»Sie haben recht. Aber das ist alles, was ich für Sie tun kann ...«

Le Garrec schien in keiner Weise verunsichert, sondern betrachtete den Polizisten eher verärgert.

»Und wo waren Sie am Fünften? Ich meine, am Abend des Fünften gegen dreiundzwanzig Uhr.«

»Am Fünften?«, fragte der Schriftsteller verwundert. »Warum denn am Fünften?«

»Das ist der Tag des ... Unfalls. Im Parkwald.«

»Sie denken, dass ... *ich* so was hätte tun können?! Und was denn sonst noch? Ich habe gelesen, dass es ein Unfall war. Sie haben doch gerade selbst ...«

»Ich denke überhaupt nichts Bestimmtes, Monsieur Le Garrec. Ich tue nur meine Arbeit.«

»Ich verstehe. Ich werde Sie sicherlich enttäuschen: Am Fünften war ich auf einer Party bei ehemaligen Schulfreunden. Den Rocheforts.«

»Der Direktor von Saint-Ex?«

»Derselbe. Kennen Sie ihn?«

»Ich habe ihn getroffen. Ihretwegen ... Ich war auf der Suche nach Informationen über die Vergangenheit Ihrer Mutter.«

Er wartete auf eine Reaktion – vergeblich. Der Schriftsteller wandte nur ein wenig den Kopf zu der einzigen anderen Person, die am Tresen saß: eine reizvolle und ein wenig auffallende Brünette.

»Ich glaube nicht, dass Sie das besonders berührt, wenn ich Ihnen sage, dass ich überhaupt keine Lust dazu habe, in der Vergangenheit herumzustochern«, murmelte Le Garrec.

»Das kann ich Ihnen bestätigen. Im Übrigen denke ich, dass das eine Lüge ist. Sie sind nicht nach so langer Abwesenheit hergekommen, um einen Roman zu schreiben, der in Brasilien spielt. Ich beherrsche zwar nicht die Geheimnisse des literarischen Schaffens, aber es ist die Vergangenheit, die Sie hier suchen.«

»Man könnte meinen, sie hat mich gefunden«, betonte Le Garrec humorvoll, bevor er einen großen Schluck Manhattan nahm.

»Ich muss Ihnen auch ein paar Fragen zu Ihrer Familie stellen.«

Nicolas Le Garrec blieb still, aber seine Miene verfinsterte sich unmerklich.

»Fangen wir mit Ihrem Vater an.«

»Das habe ich befürchtet«, klagte der Schriftsteller, wobei er sich zwei Finger gegen die Lider drückte. »Ich habe mir schon so etwas gedacht, als man mir Ihre Ankunft mitgeteilt hat. Was soll ich Ihnen über meinen Vater sagen?«

»Wie alt waren Sie, als er gestorben ist?«

»Vier oder fünf ...« Er runzelte die Stirn. »Ich ging in mein fünftes Lebensjahr, glaube ich.«

»Haben Sie Erinnerungen daran?«

»Verschwommene ... sehr verschwommene. Ich weiß noch nicht einmal, ob es Erinnerungen sind oder Fotos, um die herum ich ... kleine Geschichten erfunden habe. Wie alle Kinder, die ein Elternteil verloren haben, als sie noch sehr klein waren, nehme ich an.«

»Und der Unfall, was wissen Sie darüber?«

Le Garrec drehte sich wieder Bertegui zu, nach dem Motto: Ich habe Ihnen was zu sagen, von Mann zu Mann.

»Hören Sie, Kommissar, ich weiß nicht, warum Sie sich für Ereignisse interessieren, die über dreißig Jahre zurückliegen, ich ... ich verstehe nicht ganz, nach was Sie suchen. Aber meine Mutter ist vor ein paar Tagen gestorben ... Und ich erinnere Sie daran, dass ich die Leiche *gesehen* habe. Das ist kein Anblick, den ich so schnell vergessen werde, ehrlich gesagt. Ich habe sie heute beerdigt. Ich bin erschöpft, und um mir über diese ungeheure Müdigkeit hinwegzuhelfen, bin ich in« – ein Blick auf seine Armbanduhr – »weniger als einer Stunde mit der reizendsten aller jungen Frauen verabredet, die ich seit Jahren getroffen habe. Können wir das nicht auf wann anders verschieben? Morgen, zum Beispiel?«

Bertegui beugte sich ein wenig zu seinem Gesprächspartner hinüber – seinem Gegner im Grunde, denn das war genau die Einstellung, mit der er an ein Verhör mit einem Verdächtigen heranging. In demselben Tonfall männlicher Vertraulichkeit sagte er:

»Wissen Sie was, Monsieur Le Garrec? Ich bin überzeugt davon, dass Sie einiges vor mir verheimlichen, was ich wissen sollte. Zudem haben sie so eine Seite ›Showbiz-Künstler, der zu Talkshows eingeladen wird‹, die recht haarsträubend ist. Trotz allem finde ich Sie sympathisch. Fragen Sie mich nicht, warum, weil ich es selbst nicht weiß. Es ist fast gegen meinen Willen, aber es ist so.

Sehen Sie, das Problem ist, dass es in dieser ganzen Geschichte Dunkelzonen gibt. Dunkelzonen so groß wie Landstriche. Ich werde Ihnen also sagen, was ich wirklich denke: Es stimmt zwar, dass Sie heute Ihre Mutter beerdigt haben. Aber wenn Sie noch genug Energie haben, um sich in weniger als einer Stunde die Libido anzuheizen, dann werden Sie auch die Kraft finden können, um meine Neugier zu befriedigen.«

Die beiden Männer musterten sich gegenseitig von Kopf bis Fuß.

»Im Übrigen«, fuhr Bertegui fort, »ist es mir hier lieber als morgen ... auf der Wache.«

Le Garrec gab als Erster auf, mit dem Lächeln des Geschlagenen.

»Der Unfall – was soll ich Ihnen dazu sagen? Ich

weiß nicht viel darüber. Mein Vater ist mit dem Auto gefahren, und die Bremsen haben versagt. Er ist gut zwanzig Meter tief abgestürzt. Das Auto hat Feuer gefangen. Das war's ...«

»Und Vilbois?«

Le Garrec zuckte zusammen. Eine winzig kleine Bewegung – ein Blinzeln, eine plötzliche Anspannung –, aber Bertegui hatte den Blick auf ihn gerichtet, den Verstand auf der Lauer. Er hörte Sarah Vaughn nicht mehr, genauso wenig wie er die Brünette sah, zu der sich gerade eben ein Geschäftsmann mit den roten Wangen eines Winzers gesellt hatte. Er befand sich in einem dunklen Raum, dessen einzige Lichtquelle direkt auf das Gesicht seines ... *Gegners* fiel. Ein weiches Licht vielleicht, aber ein erbarmungsloses.

»Vilbois«, wiederholte Le Garrec. »Was wollen Sie wissen?«

»Ihre Mutter hat ihn kurz danach kennengelernt, wenn ich recht verstanden habe?«

»Sie haben gute Arbeit geleistet, Kommissar. Vor allem, wenn man weiß, wie diskret die Leute aus der Gegend sind. Aber nein ... Alles weist darauf hin, dass sie schon vorher seine Geliebte war.«

»Deswegen haben Sie sich mit Ihrer Mutter entzweit.«

Jetzt versuchte Le Garrec nicht mehr, seine Niedergeschlagenheit zu verheimlichen. Er starrte die Olive auf dem Grund seines Glases an

»Ich mochte Vilbois nicht ... Ich habe ihn danach natürlich noch weniger gemocht. Aber selbst vor dieser Episode hatten wir ein gespanntes Verhältnis zueinander, sie und ich. Immer ...«

»Und mit ihm?«

»Überhaupt kein Verhältnis. Wir haben nicht miteinander gesprochen ...«

Bertegui erinnerte sich an die Worte von Gionelli, Dr. Ruths Cousin: *Er war komisch, dieser Junge, der frühstückte, ohne ein Wort zu sagen.*

»Aber er liebte Ihre Mutter, nicht wahr?«

»Ich glaube, ja.«

»Und sie?«

»Ich habe lange Zeit geglaubt, dass sie bei ihm blieb, weil er brutal und gefährlich war. Dass sie Angst vor ihm hatte. Und eines Tages habe ich ... habe ich verstanden. Dass das Ganze komplizierter war.«

»Wie kompliziert?«

»Sie liebte ihn auch ... auf ihre Weise. Auf ihre Weise haben sie sich geliebt, ja.«

Die Stimme war fast neutral, aber Bertegui erriet die Bitterkeit, die in diesen einfachen Worten angehäuft war. Und verstand sie. Eigentlich war das der Grund, weshalb Le Garrec trotz seines Aussehens eines ein wenig finsteren Künstlers – Suzy Belair hätte ihn bestimmt als Plutonier bezeichnet – das Wildschwein nicht gegen sich aufgebracht hatte. Am Anfang war da ein kleiner Junge mit einer unglücklichen und strukturlosen Kindheit gewesen. Das war immer noch eine Angabe, die den Polizisten berührte.

Es war aber auch eine Komponente in den Lebensläufen zahlreicher Krimineller.

»Ich verstehe ... Und Vilbois' Aktivitäten, was wissen Sie darüber?«

»Nicht viel. Ich werde Sie nicht anlügen: Er war ein Spieler und ein Gauner. Das werden Sie sowieso schon wissen. Ein sehr geschickter Gauner übrigens.«

»Vilbois arbeitete für die Talcots, nicht wahr?«

Le Garrec warf dem Wildschwein einen Blick zu.

»Ist es das, was Sie glauben? Wirklich?«

Der übertrieben freundliche Ton brachte den Polizisten ein wenig aus der Fassung.

»Ich glaube überhaupt nichts, wie ich Ihnen zuvor gesagt habe. Ich ermittle.«

»Hm ... ich weiß nicht genau, was er gemacht hat oder nicht ... für sie oder mit ihnen. *Ich* habe sie nie bei uns zu Hause gesehen, das ist alles, was ich Ihnen sagen kann.«

Bertegui war halb überzeugt, aber der Schriftsteller wurde zur Stunde als einfacher Zeuge unter mehr oder weniger inoffiziellen Umständen befragt. Unmöglich, ihn acht Stunden, eine Lampe auf die Augen gerichtet, weichzukochen, damit er schwach wurde. Noch weniger, als es möglich war, ihn eine Zeugenaussage unterschreiben zu lassen.

»Können Sie sich an Vilbois' ... Weggang erinnern? Oder an sein Verschwinden?«

»Nein. Ich war nicht da. Ich war in Ferien bei meinen Großeltern im Süden. Als ich zurückkam, hat mir meine Mutter gesagt, dass er gegangen sei und sie sich getrennt hätten. Diesmal für immer ... Ich muss etwa sechzehn gewesen sein.«

»Und haben Sie danach noch mal von ihm gehört?«

»Nie mehr.«

»Hm ... Sagen Sie, Monsieur Le Garrec, warum sind Sie so lange von Laville-Saint-Jour ferngeblieben? Warum so viel Distanz zu Ihrer Mutter?«

»Ihre Fragen sind seltsam«, bemerkte Le Garrec plötzlich. »Wenn ich über all das rede, habe ich eher den Eindruck, mit meinem Therapeuten zu sprechen als mit einem Polizisten, der mit einer ... Ermittlung über den Herzanfall beauftragt ist, der meine Mutter dahingerafft hat.«

Der Sarkasmus entging dem Ermittler nicht.

»Hat Ihre Mutter an schwarzen Messen teilgenommen?«, fragte er ohne Umschweife.

Nicolas Le Garrec warf einen flüchtigen Blick durch die Bar, wie um sicherzugehen, dass niemand die Frage gehört hatte. Dann wandte er sich wieder Bertegui zu und starrte ihn mit dem härtesten Gesichtsausdruck an, den dieses Gesicht eines gut aussehenden Dunkelhaarigen hervorbringen konnte.

»Ich werde so tun, als ob ich diese Frage nicht gehört habe, Kommissar. Nicht an einem Tag wie heute. Es hat fast etwas Unmenschliches, eine solche Abscheulichkeit zu vermuten ... und mich dann nach meiner Meinung darüber zu fragen. Zu Ihrer Orientierung: Wenn Sie in dieser Richtung suchen, wenn Sie wirklich die Vergangenheit so ... tief aufwühlen wollen, nur weil man Telefonkabel zur falschen Zeit am falschen Ort durchgeschnitten hat, dann ist das nicht eine Mauer des Widerstands, auf die sie in dieser Stadt stoßen werden, sondern ein Berg.«

Bertegui blinzelte nicht und fuhr in gleichbleibendem Ton fort:

»Was befindet sich in Ihrem Keller, Monsieur Le Garrec?«

Der Schriftsteller sah auf die Uhr und sprang vom Barhocker.

»Ich möchte meine Freundin nicht warten lassen«, sagte er sanft. »Ich denke, wir werden später weitermachen müssen.«

»Verlassen Sie sich auf mich, Monsieur Le Garrec, verlassen Sie sich auf mich. Ich habe das Haus versiegeln lassen. Weder Ihnen noch sonst jemandem ist der Zutritt gestattet ...«

Der Schriftsteller fischte ein paar Scheine aus der Tasche, die er unter sein Glas schob. Mit derselben beherrschten Stimme sagte er:

»Ich glaube, Sie wissen nicht, wohin Sie den Fuß setzen, Kommissar. Sie können sich nicht einmal vorstellen, was die Realität dieser Stadt ist und zu was sie fähig ist. Wenn ich an Ihrer Stelle wäre, würde ich mich absichern. Ganz ehrlich.«

»Ist das eine Drohung?«

Le Garrec schenkte ihm ein trauriges Lächeln, das voller Bedauern war.

»Sicher keine Drohung, das ist nicht meine Art. Nein, keine Drohung, aber ein Versprechen. Und eine Gewissheit ...«

38

Sie hat mich geküsst ...

Sie hat mich geküsst, und es war köstlich.

Das wiederholte sich Bastien seit fünf Minuten, seitdem sein und Opales Weg sich getrennt hatten. Fünf Minuten, die er in einem fast mystischen Glücksgefühl zurückgelegt und sich dabei die Ereignisse noch einmal wie ein Film vor Augen geführt hatte: die Überraschung seiner Lippen, als Opale sie gekostet hatte, die zarte Wölbung ihres Mundes, das Klopfen in der Brust, ihre zögerlichen Zungen, die dann ein wenig drängender wurden, aber auch nicht viel mehr, aus Scham oder Unerfahrenheit, sodass sie sich von ihren Körpern leiten ließen, ohne darüber nachzudenken, ohne zu wissen, wohin mit ihren Händen, Armen, Beinen ... Ja, sie hatten sich geküsst (und sogar ein wenig mit der Zunge!), und diese Tatsache trieb Bastien in einen verrückten Taumel. Nach einem schmerzhaften Abflug schwebte das kleine Tier in seinem Herzen von nun an weit oberhalb der Welt mit der Erhabenheit eines Albatrosses ... Und Bastien ritt auf ihm, die Luft zerbarst in einem reinen, wundervollen Duft, und er erinnerte sich an Opales kleinen Körper, während sie ihm zuflüsterte: »Ich habe solche Angst, Bastien ...«, und an die beruhigenden Worte, die er gefunden hatte, seine Überzeugungskraft ...

Und es war köstlich ... und es war zauberhaft ... und ...

... und da ist meine Straße!

Er blickte auf sein Haus in fünfzig Metern Entfernung, mit dem plötzlichen Gefühl, von seinem Reittier abgeworfen worden zu sein. Es war dunkel und seine Mutter musste verrückt sein vor Sorge. Er dachte nach, betastete seine Nase. Sie fühlte sich noch ein wenig geschwollen an (»*Das ist das erste Mal, dass ich Mister Potato küsse*«, hatte Opale gescherzt, und sie hatten gelacht - ein Lachen, das die Ängste und die Unruhe vertrieben hatte.). Ach, er würde einfach eine neue Auseinandersetzung mit Mendel vorgeben ... Ja, das war eine gute Idee, dachte er und ging aufrecht und stolz auf das Haus zu. Dennoch bemerkte er überrascht, dann leicht beunruhigt, je näher er kam, dass die Fenster nicht erleuchtet waren. In der Dunkelheit und im Nebel wirkte das Haus fast unheimlich.

Er erhielt die Bestätigung, als er eintrat: Der Flur war in Dunkelheit getaucht, ebenso wie die Küche, die direkt rechts lag. War seine Mutter ausgegangen? Sein Vater war heute Abend nicht da, erinnerte er sich - ein dreitägiger Lehrgang –, aber sie hätte ihm bestimmt eine SMS hinterlassen, wenn sie hätte weggehen müssen.

Er knipste das Licht an.

»Mama?«

Keine Antwort. Der geflieste Flur, der mit Caroline Moreaus Wolken tapeziert war, erstreckte sich in einer Stille, die nur eine menschenleere Provinzstraße an einem Oktoberabend bieten konnte. Einziges Lebenszeichen: der süße Duft eines Kuchens, der das ganze Haus erfüllte.

Er warf seine Schultasche und die Inlineskates hin und machte einen Rundgang: vergeblich.

Seine Laune verfinsterte sich, und er fühlte sich beklommen. Der schwebende Albatros kauerte sich zusammen, bis er die Form eines Raben annahm. Ein Rabe, der sich mit einem finsteren Krächzen auf einem der Bäume im Garten niederließ. Denn dort befand sie sich, oder nicht?

Er ging bis zu seinem Zimmer, öffnete die Fenstertür, ignorierte absichtlich die Schaukel, und reckte den Kopf, um die Ecke des Gartens auf der rechten Seite erkennen zu können.

Er hatte recht gehabt: Seine Mutter befand sich in ihrem »kleinen Atelier«. Er konnte sie nicht hören, aber das Licht fiel in gelben Rechtecken durch die Fenster des Schuppens auf den Rasen; hohe, schmale Öffnungen wie Schießscharten, aber der Länge nach gezeichnet. Er hätte sich darüber freuen sollen. Schließlich malte sie wieder.

Es gelang ihm nicht.

Selbst in den schlimmsten Stunden ihrer Depression war seine Mutter trotz allem aus dem Schlafzimmer gekommen und hatte ihn mit einem traurig-abwesenden Lächeln gefragt, wie sein Tag verlaufen sei (sie war oft unfähig gewesen, einer Antwort zuzuhören, die länger als zwei Minuten dauerte, aber das war ein anderes Problem.). Und in der Zeit, als sie viel gemalt hatte – meistens in ihrer beider Abwesenheit –, hatte das Haus bei ihrer Rückkehr immer von einer unbestimmten Freude vibriert. Als ob Caroline Moreau ihren Pinsel nicht in Farbe tauchte, sondern in Glückspulver, das sie auf den Wänden und auf denen, die sie beherbergten, verteilte. Ja, einige Zeit lang hatte die Malerei seiner Mutter ein kleines Glück für sie alle dargestellt.

Außerdem – und das war nicht gerade Bastiens geringste Sorge – war bisher noch kein Gemälde aus dem Atelier herausgekommen. Kein einziges, während sie sich früher beeilt hatte, sie nach ihrer Meinung zu fragen und mit fast kindlicher Begeisterung einen Platz für jedes neue Werk zu finden. Und nun: nichts, kein einziges Gemälde, keine Bitte um eine Meinung ... Sie zog sich nun schon seit über einem Monat dorthin zurück und hatte ihnen noch nichts gezeigt. Genauso wenig wie sie sie gebeten hatte, zu ihr zu kommen. Bastien wusste noch nicht einmal, wie der Raum eingerichtet war.

Was machte sie bloß da drin?

Er zögerte: Sollte er anklopfen? Ihr Bescheid sagen, dass er zurück war? Wie sollte man sich erklären, dass sie sich noch nicht einmal Sorgen gemacht hatte? Erneutes Krächzen. Der Rabe war dabei, ihn zu verspotten.

Enttäuscht und nachdenklich zog er sich in sein Zimmer zurück. Er blieb lange Minuten dort auf dem Bett sitzen und fühlte sich unbehaglich. Opales Kuss hatte den Zwischenfall auf dem Dachboden von Saint-Ex vertrieben, aber nach und nach kamen ihm die Bilder wieder in den Sinn. Die verrückt gewordenen Buchstaben, der fliegende Stuhl ... die weißen Schatten ... Vilbois ... NEIN ... NEIN ... NEIN ...

Etwas war erwacht. Nicht in der *Chowder*, dachte er, aber vorher – die Séance war nur die Gelegenheit für eine direkte Äußerung gewesen.

Ja, etwas. Was, wusste er nicht. Aber dieses Etwas lebte nun bei ihm, mit ihnen. Auf dem Dachboden der *Chowder* ... und auf seiner Schaukel ... und vielleicht auch im Schuppen seiner Mutter. Sie waren hier bei ihnen: die weißen Schatten und die anderen. Er konnte sie überall erahnen. Bösartige, klebrige Präsenzen wie der Schweiß seiner Albträume. Vielleicht befanden sich in genau diesem Moment sogar welche bei ihm in diesem Zimmer. Widerwillig richtete sich sein Blick auf die Gegenstände, die sein Zimmer möblierten: die Kommode, die Regale, die Körbe mit den alten Spielsachen, die hier nicht mehr ihren Platz hatten. Alles kam ihm lebendig vor. Bewohnt. Er kämpfte, um die Vorstellung von sich zu weisen, denn sie war absolut ... furchterregend!

Er sah auf die Uhr. Zwanzig Minuten waren bereits seit seiner Rückkehr vergangen. Und sie war immer noch da drin. Er sprang auf. Entschlossenen Schrittes ging er erneut in den Garten hinaus. Als er bei der Schaukel vorbeikam, hatte er den Eindruck, eine eisige Luftblase zu durchlaufen. Widerwillig drehte er sich einen Augenblick um, blieb stehen. Der Nebel pulsierte langsam und unregelmäßig, wobei er wechselnde – *menschliche?* – Formen zeichnete ...

Ein kleines Mädchen? Ein kleines Mädchen, das auf der Schaukel saß und sich an den beiden Seilen festhielt, wie um Schwung zu holen ...

Die Täuschung dauerte zwei Sekunden - lange genug, um ihm die Nackenhaare aufzustellen und seine Hoden zu verkrampfen.

Anne-Céciles Stimme kam ihm wieder in den Sinn: Bastien, du musst die Tür schließen! Sonst bleiben sie! Für immer! Bei dir!, und er musste plötzlich an die Dementoren denken, jene Unheil bringenden Wesen, die das Gefängnis Azkaban bewachten und jegliche Lebenskraft derer aufsaugten, die sich ihm näherten. Um ihre Macht zu vereiteln, verankerte sich Harry Potter in der glücklichsten Erinnerung, die ihm in den Sinn kam.

Er schloss die Augen.

Opale ...

Opales Bild formte sich vor seinen Augenlidern. Er kämpfte gegen die Furcht an, die ihm die Eingeweide zuschnürte - vor allem nicht daran denken, dass das »kleine Mädchen« von der Schaukel aufstehen und bis zu ihm laufen könnte! Opale streichelt ihm die Wange, nähert ihre Lippen ... Die Erinnerung kosten, die schneidende Kälte des Gartens vergessen, den Garten selbst vergessen ...

Ein Geräusch im Atelier brachte ihn wieder in die Wirklichkeit zurück. Er öffnete die Augen: nichts mehr. Der Nebel hatte seinen abstrakten, absurden Tanz wieder aufgenommen. Eine Täuschung, es war nur eine Täuschung ... nichts weiter als ein Klecks auf einem Bild seiner Mutter. Ein Dementor in einem Kinderbuch.

Er ballte die Fäuste. Es war ein kleiner Sieg: Die weißen Schatten konnten, selbst wenn sie existierten, ihm nicht mehr anhaben als eine einfache Wolke.

Er ging weiter auf den Schuppen zu, zögerte. Seine Hand war zehn Zentimeter von der Tür entfernt, als die Stimme seiner Mutter die Stille durchbrach - eine Stimme, die vom Holz der Tür gedämpft wurde, aber deutlich war. Er drückte sein Ohr an die Tür.

»... da bist! ... dich spüren ... überall ...«

Erneut Stille. Schluchzen?

»... schau, was ich ...? ... schau ... ich mache deinetwegen ...«

Kein Wort mehr. Er wartete noch einige Minuten, verängstigt diesmal - nicht von den Schatten oder den geträumten Schatten, sondern von dieser Tatsache. Seine Mutter führte Selbstgespräche, indem sie sich an jemanden richtete, der nicht im Raum war.

Er geriet in Panik. Das waren Verrückte, die das taten, nicht wahr? *Echte* Verrückte!

Aber war sie wirklich allein?

Er hob den Kopf. Die Fenster waren entschieden zu hoch, um etwas sehen zu können. Er musste hinaufklettern. Er suchte nach einem Gegenstand im Garten - einer Leiter, einer ziemlich großen Kiste. Sein Blick blieb an einem Baum haften. Obwohl er in der Stadt aufgewachsen war, hatte er ein wenig Übung dank der Kastanienbäume in seiner alten Wohnanlage. Er konnte es versuchen. Dieser hier streckte ein paar tiefe Zweige aus, die leicht zugänglich waren.

Ohne zu überlegen ging er einen Gartenstuhl holen und stieg darauf. Auf der Höhe der ersten Zweige überprüfte er die Stabilität. Er hielt sie für widerstandsfähig genug, um sein Gewicht auszuhalten.

Er begann seinen Aufstieg. Es genügte zunächst,

sich daranzuhängen – und nicht, sich an den Baumstumpf zu klammern, wie man es in Comics sehen konnte –, dann den Körper hochzuziehen, um sich mit den Beinen festzuklammern und so weiter ...

Er brauchte eine oder zwei Minuten, um in eine ausreichende Höhe zu gelangen, aber von dort aus, wo er sich befand, konnte er aufgrund der schmalen Fenster nicht erkennen, was geschah. Er musste ... sich auf dem Ast nach vorn bewegen. Was gefährlich war, da er nach vorn hin dünner wurde.

Er rutschte nach vorn, indem er sich wie eine Raupe bewegte.

Nach und nach kam das Haar seiner Mutter an einem der Fenster zum Vorschein, dann die Gemälde an der Wand in einem grellen, ein wenig gelblichen Licht – Gemälde, die er kannte, »Krusten«, wie sie sagte. Sie hatte sie also weiter bearbeitet ...

Er schob sich noch weiter vor – der Zweig begann zu schwanken.

Sie malte tatsächlich. Er konnte nun den Rand eines Gemäldes auf der Staffelei erkennen – wo befanden sich die anderen neuen Bilder?, fragte er sich. Er brauchte noch ein paar Zentimeter, gut zwanzig vielleicht, um vollständige Sicht zu haben.

Mit klopfendem Herzen zog er die Beine ein wenig an und schob sich langsam nach vorn.

Der Ast bewegte sich, senkte sich herab. In unsicherem Gleichgewicht reckte er sich und erblickte flüchtig ein schwarzes, mit einem roten Spritzer durchzogenes Bild ... Ein Bild, das in keiner Weise denen ähnelte, die zuvor aus dem Pinsel seiner Mutter hervorgegangen waren. Und er hatte die Bestätigung, dass sie tatsächlich allein war.

Caroline Moreau musste eine Präsenz hinter ihrem Rücken gespürt haben – oder einen sich bewegenden Schatten oder die plötzlich abstruse Form eines Asts, der an ihre Mauer stieß, wahrgenommen haben.

Mit erhobenem Kopf drehte sie sich um. Bastien wollte überstürzt zurückweichen. Der Zweig gab nach.

Er lag noch auf dem Boden, als sie aus dem Schuppen kam. Sein Kopf schmerzte. Er fror.

»Aber was ist denn mit dir los?«, rief sie aus. »Hast du dir wehgetan? Du hast dir doch nichts gebrochen?«

Bastien rührte sich. Der Aufprall war ein wenig unsanft gewesen, aber er konnte keine bestimmten Schmerzen ausmachen. Es sei denn, der Kopf. Er fuhr sich mit der Hand durch die Haare. Eine Beule so groß wie ein Ei war gerade dabei, auf seinem Schädel zu wachsen.

»Nein, es geht schon«, sagte er.

»Ich glaube, wir sind reif fürs Röntgen, junger Mann«, sagte sie zwischen Sanftheit und nervösem Gelächter.

Sie strich mit der Hand über seine Wange, und in diesem Augenblick fand Bastien sie noch schöner. Wahrscheinlich verschleierte das bläuliche Halbdunkel, das von den wenigen Lichtern des Gartens durchbrochen wurde, die herzzerreißende Traurigkeit, die sie ruiniert hatte, um lediglich die Feinheit der Züge erkennen zu lassen, die symmetrische Harmonie ihres Gesichts mit den hohen Wangenknochen und ihren tintenschwarzen Blick.

»Himmel, hast du mir Angst gemacht! Du hast dir doch wohl nicht die Nase gebrochen? Sie ist ein bisschen …«

Ihre Worte erstarben, und sie blieb still, während ihr Blick sich der Schaukel zuwandte. Ihr Gesichtsausdruck veränderte sich, als ob sie plötzlich etwas verstanden hätte – eine tiefe Wahrheit, deren Sinn ihr große Erleichterung verschaffte.

»Ich weiß nicht, was du in diesem Baum gemacht hast, Bastien. Und ich will es auch gar nicht wissen. Aber du sollst dir um mich keine Sorgen machen, okay?«

Es war ziemlich beruhigend, sie so sprechen zu hören – mit beherrschter Stimme.

»Brauchst dir überhaupt keine Sorgen zu machen ... Mir geht es besser; nein, mir geht es gut ...«

Er hätte ihr gerne geglaubt, dieser beruhigenden Miene vertraut, die er lange nicht mehr an ihr gesehen hatte. Die Miene von jemandem, dessen Ruhe von keiner Ängstlichkeit beeinträchtigt wurde. Denn nun verstand er: Es war nicht die Helligkeit des Gartens; heute war ihr Gesicht *wirklich* das von eh und je, erfüllt von dieser sanften, undurchdringlichen und zerbrechlichen Schönheit. Wie aber sollte man diesen Kontrast zwischen ihrem Gesicht, ihren Worten und denen, die sie zuvor im Schuppen ausgesprochen hatte, erklären? Und die finsteren Qualen des Gemäldes auf ihrer Staffelei?

»Es ist alles in bester Ordnung. Ich bin glücklich hier«, behauptete sie mit verträumter Stimme. »Und ich weiß, dass du hier auch glücklich sein wirst. Ja, sehr glücklich. Daran habe ich keinen Zweifel. Es ist ein bisschen schwer im Moment, aber du bist ein Junge mit einer ... ungeheuren Kraft. Weißt du das, Drache?«

Sie trat näher und drückte ihm einen Kuss auf die Stirn – er konnte ein blumiges Parfüm riechen, das ihm in den Nasenlöchern kitzelte und sich mit einem entfernten Geruch nach Farbe verband. Eine vertraute, beruhigende Mischung.

»Du bist etwas Besonderes für mich, Bastien«, flüsterte sie. »Das wird mir jeden Tag mehr bewusst. Du bist mein ... sehr starker, sehr besonderer kleiner Junge. Und ich liebe dich mehr als alles andere auf der Welt. Vergiss das nie ... Was immer auch eines Tages passieren mag, vergiss das nie: Du bist ein mutiger kleiner Junge. Und besonders für mich. Und du wirst es immer bleiben ...«

Ein letztes Streicheln, bevor sie aufstand, ein letztes Lächeln.

»Morgen lassen wir das trotzdem röntgen, um zu sehen, ob es keine Schädelverletzung gibt.«

Mit einer schrecklichen Scharfsinnigkeit begriff Bastien allerdings, dass er morgen genauso wenig zum Röntgen gehen würde wie übermorgen. Denn morgen würde seine Mutter es vergessen haben. Genauso wie an dem Tag, an dem sie ihm das Geheimnis der Kleckse auf ihren Bildern anvertraut hatte, und zwei Stunden zuvor, als er aus der *Chowder* gekommen war, hatte er eine Eingebung gehabt: Seine Mutter lebte nicht mehr bei ihnen. Auch nicht bei sonst jemandem. Deshalb lief sie mit dieser heiteren (und *creepy*) Miene herum. Nach den schwarzen Gewässern der Depression hatte Caroline Moreau auf dem Höhepunkt der Selbsttäuschung Zuflucht gefunden. Sie lebte in einer Welt, in der nichts mehr tragisch, ja noch nicht einmal mehr wichtig war. Wo alles nur noch Ordnung und Schönheit war ... Eine Welt, die ihre geworden war und die sie allein bewohnte, sie und diejenigen, mit denen sie im Schuppen sprach.

»Hast du denn wenigstens den Kuchen gerochen, den ich für dich gebacken habe?«

Sie entfernte sich und ließ ihn im Gras sitzen, den Tränen nahe. Das Tier in seinem Herzen wurde von dem Gewimmer eines verlassenen Welpen geschüttelt, und er war sich mehr als je zuvor sicher, dass die Mutter seiner neun Jahre sich soeben definitiv von ihm verabschiedet hatte.

Was würde aus ihnen werden?, fragte er sich.

Blieb sein Vater ... und er selbst. Sie waren alle in Gefahr. Wie, warum – er kannte die Antworten nicht. Aber er musste fliehen ... und Opale zurücklassen? Oder er musste auf jeden Fall verstehen. Mit seinem Vater sprechen. Die Lösung finden. Nun war es aber *julesmoreau*, der die Lösung kannte.

39

Schick oder nicht schick? Steif? Trendy? Gab es denn überhaupt Szenelokale in Laville-Saint-Jour? Das war sicher eine äußerst wichtige Frage ... Wohin würde Le Garrec sie einladen?

Audrey hatte gerade ein Bad genommen – ein sehr warmes, fast heißes Bad, in dem sie sich gut dreißig Minuten lang aufgeweicht hatte, mit einer Kerze als einziger Lichtquelle, um sich zu entspannen. Vergeblich: Genauso wenig wie das Bad hatte auch die kalte Dusche, die ihm gefolgt war, sie beruhigen können. Seit ihrem Austausch mit Antoine vor der Bibliothek war sie nervlich angespannt und stellte die verrücktesten Theorien auf, um schließlich immer wieder zu derselben Schlussfolgerung zurückzukehren: Antoine war nicht unbeteiligt an dem Unfall, der Bastiens Bruder das Leben gekostet hatte; nachdem er den Jüngeren ermordet hatte, griff er den Älteren an.

Warum?

War Antoine Caroline Moreaus Liebhaber gewesen? Nein. Caroline Moreau hätte ihren Sohn nicht in der Schule angemeldet, die von ihrem ehemaligen (und gefährlichen) Liebhaber geleitet wurde ... Und der gesunde Menschenverstand hätte ihr ebenfalls davon abgeraten, sich Laville-Saint-Jour im Allgemeinen und den Hecticon Labors im Besonderen zu nähern.

Vor dem beschlagenen Spiegel drückte sie sich Daumen und Zeigefinger auf die Augen. Himmel! Warum führte sie die Ereignisse auf eine Bettgeschichte zurück? Was hatte das mit diesem Chat-Gespräch zu tun? Was waren Antoines Pläne?

Konnte sie es sich im Übrigen leisten, die Pläne ihres Chefs zu durchkreuzen, auf die Gefahr hin, die Arbeit zu verlieren, die es ihr ermöglichte, in der Nähe ihres Sohnes zu bleiben?

Ja, aber genau das war es. Von nun an war sie an der Angelegenheit beteiligt, dachte sie und schlüpfte mechanisch in einen Bademantel. Sie hatte geglaubt, eine Ablenkung zu schaffen, indem sie während ihrer Auseinandersetzung vor der Bibliothek Hecticon ansprach; sie hatte ihn aus der Fassung bringen wollen, um zu fliehen. Doch sie hatte sich ihm – im Gegenteil – vollkommen ausgeliefert. Antoine kannte nun den Verdacht, den sie hegte. Wie weit würde er gehen, um seine Geheimnisse zu wahren? Ihr Hirn jonglierte mit den Theorien wie die Farben eines Rubik's Cubes, die unmöglich zusammenzufügen waren.

Im Bademantel blieb sie plötzlich vor ihrem Kleiderschrank stehen und begriff, dass nichts, absolut nichts sie von dieser Sache würde ablenken können. Und ganz bestimmt nicht ihr Abendessen mit Le Garrec.

Schick oder nicht schick? Was für eine lebenswichtige Frage!

Sie nahm sich ein einfaches schwarzes, leicht enganliegendes Kleid, das sowohl von Lagerfeld als auch aus dem Otto-Katalog stammen konnte. Sie warf den Bademantel mit einer heftigen Bewegung aufs Bett, schlüpfte in das Kleid, verrenkte sich ein wenig, um den Verschluss am Rücken einzuhaken ... Zurück ins Badezimmer: ein ungezwungenes, klares Make-up, im Einklang mit den Gefühlen, die sie von so lächerlichen Tätigkeiten abhielten wie Wimpern tuschen, Gloss auftragen, um die Lippen voller erscheinen zu lassen, oder ihren Blick zu den Schläfen hin samtiger zu machen. Zwei Minuten später beugte sie sich nach vorn und stellte den Föhn auf die höchste Stufe – die glatte Veronica-Lake-Frisur war nicht für heute Abend! – und legte dann Armbänder, Ketten und Ohrringe an, die ihr aufs Geratewohl in die Hände fielen.

Im Schlafzimmer umhüllte sie ihren Hals mit einem cremefarbenen Seidenschal, schlüpfte in ein paar schwarze (und übermäßig hohe und spitze) Pumps, legte sich einen Mantel um die Schultern.

Sie warf einen Blick in den Spiegel, fand sich ... annehmbar, auch wenn ihr schonungsloses Auge ihr nicht die verdächtige Bewegung ihrer Haare im Stil »aufgewühlte See« verzieh. Annehmbar ... und plötzlich ein wenig lächerlich. Sich derart auf ein Date vorbereitet zu sehen, holte sie in eine ziemlich konkrete Wirklichkeit zurück – eine Welt, in der es vollkommen unwahrscheinlich erschien, dass ihr ehemaliger Liebhaber eine so schreckliche Tat begangen haben konnte, wie ein Kleinkind zu überfahren, um anschließend dessen Bruder psychisch zu quälen. Eine Welt, die von vernünftigen Stimmen bewohnt war, die ihr zuflüsterten, dass sie ganz einfach im Begriff war, den Verstand zu verlieren, und dass die übermäßige Emotionalität, die sie seit der »Entführung« ihres Sohnes entwickelt hatte, ihre Vorstellungskraft anregte. Ja, die annehmbare und in Wirklichkeit gar nicht schlecht aussehende Frau im Spiegel riet ihr Folgendes: Du musst dich beruhigen; die Situation nüchtern analysieren; zunächst versuchen, plausible Erklärungen zu finden, bevor du dich in einen Mary-Higgins-Clark-Krimi stürzt.

Sie blieb eine oder zwei Minuten so stehen und starrte die Frau im Spiegel an. Dann beschloss sie, ihr recht zu geben.

Sie machte fast alle Lichter in der Wohnung aus und ging in die Küche, zu dem Fenster, das auf den Parkplatz hinausführte. Sie suchte nach einem schwarzen Mini. Nein, er war noch nicht unten. Die Uhr sagte ihr, dass Le Garrec bereits fünf Minuten Verspätung hatte. Umso besser. So konnte sie ein wenig verschnaufen und sich wieder fassen nach den letzten Stunden, die dem anstrengenden Verlauf einer Achterbahn der Gefühle gefolgt waren, bei der Bedauern, Sorge, Wut, Befürchtungen aber auch Entschlossenheit die Gipfelpunkte, Abfahrten und Loopings dargestellt hatten.

Sie zündete sich eine Zigarette an, und ihr Blick verfolgte die Rauchlinie – weder an Antoine, noch an Joce noch an David denken, an all diese Männer, große oder kleine, die ihr Sorgen bereiteten.

Eine Hupe ertönte in der Ferne. Automatisch warf sie einen Blick nach unten. Kein Mini in Sicht, aber eine dunkle Gestalt, deren Gesicht undeutlich blieb, stand auf dem Parkplatz und hob den Kopf zu ihrer Wohnung.

Sie zögerte. Le Garrec?

Sie zuckte die Achseln. Er musste den Mini etwas weiter entfernt geparkt haben.

Ohne zu überlegen griff sie nach einer Tasche und ging hinaus.

Während der Aufzug nach unten fuhr, wurde sie von Zweifel gepackt: Warum sollte Le Garrec auf diese Weise unten auf sie warten? Warum hatte er nicht geklingelt?

Die Aufzugtüren öffneten sich in die Eingangshalle der Wohnanlage – Spiegel, helle Fliesen auf dem Boden, ein schmeichelndes Licht und Kübel mit Grünpflanzen. Alles sehr gewöhnlich. Dahinter drängte sich der Nebel gegen die Glastüren. Aber Audrey ging nicht in Richtung Haupteingang. Sie folgte einem kleinen Gang – das Klappern ihrer Absätze hallte unangenehm wider und erinnerte sie an Bilder aus Filmen, in denen Frauen in Parkhäusern überfallen wurden – und trat durch eine Tür hinaus, die zur Rückseite der Wohnanlage führte.

Draußen wartete niemand auf sie. Sie befand sich allein unter den Straßenlaternen mit dem grellen, spärlichen Licht, das verschwommene, orangefarbene Flecken auf die Autos warf; eingehüllt in eine Stille, die von keinem Fernseher, keinem Kinderschrei, keinem Hundebellen gestört wurde.

Sie ging weiter über den Parkplatz – klack, klack – und suchte vergeblich einen Mini.

Drehte sich um. Glaubte, dort ein Geräusch zu hören ... oder hier ... irgendwo.

Joce? Würde Joce es wagen, nachts hierherzukommen? Ja, er könnte es sein ... Denn genau dort stand er nämlich sonst, wenn er David abholte. Und die Gestalt passte – sie hatte geglaubt, einen schlanken Mann in einem Mantel zu sehen.

Sie versuchte, mit ihrem Blick die Dunkelheit zu durchdringen. Jeder konnte sich hinter einem dieser Autos verstecken.

Nervös nahm sie ihr Handy aus der Tasche und tätigte einen Anruf, während sie sich zur Tür zurückzog – mitten auf dem Parkplatz stehen zu bleiben wäre ihr so vorgekommen, als ob sie sich wie eine zu leichte Zielscheibe anbieten würde. Ein, zwei, drei Freizeichen. Sie lauschte: Kein Klingeln in der Nähe, das dem entsprach, das sie im Hörer wahrnahm. Oder aber Joce hatte sein Handy auf Vibration umgestellt ... Oder aber er befand sich nicht hier, und sie fantasierte.

Wer war dann der Mann, der seinen Kopf zu den Fenstern ihrer Wohnung gehoben hatte?

Eine Mailbox unterbrach ihre Überlegungen: die Stimme ihres Feindes. Sie legte auf. Frustriert. Sie beschloss, die Festnetznummer ihres Exmannes zu wählen. Zumindest würde sie dann wissen, ob er zu Hause war.

»Hallo?«

Es war die Stimme eines jungen Mädchens, und Audrey zuckte zusammen. Hatte er Besuch? Ein ... Mädchen? Während sich sein Sohn in der Wohnung befand!

Eine Sekunde lang durchfuhr sie eine verrückte Hoffnung: Anruf bei ihrer Anwältin, Feststellungsprotokoll des Gerichtsvollziehers, eine unverzügliche einstweilige Verfügung: Er empfängt junge Mädchen unter seinem Dach - schädlicher Einfluss. Euer Ehren, ihm muss das Sorgerecht entzogen werden!

»Kann ich bitte mit Joce sprechen?«, fragte sie mit eisiger Stimme.

»Er ist ausgegangen. Kann ich etwas ausrichten?«

»Wer ist am Apparat?«

»Die Babysitterin ...«

Eine Pause zwischen Enttäuschung (es war kein »Mädchen«) und Beunruhigung (es war vielleicht wirklich Joce auf dem Parkplatz).

»Hier ist Davids Mutter. Ist mein Sohn schon im Bett, oder kann ich mit ihm sprechen?«

Zehn Sekunden später rief eine kleine Stimme:

»Hallo, Mama, wie geht's? Ist irgendwas los?«

Audrey lächelte ... und unterdrückte die Tränen, die ihr in die Augen stiegen. Jeden Abend gegen neunzehn Uhr rief sie David an - das Gespräch dauerte nie besonders lange, aber sie legte Wert darauf, denn es waren Minuten, eine Bindung, die sie ebenso brauchte wie er.

»Nein, nein, mein Schatz, alles in Ordnung«, zwang sie sich in einem heiteren Tonfall zu sagen. »Ich wollte nur mit deinem Vater sprechen!«

David schwieg einen Augenblick - seine Mutter und sein Vater redeten nicht mehr miteinander, außer um sich gegenseitig zu beschimpfen.

»Er ist weggegangen ...«

»Um wie viel Uhr ungefähr?«

»Och, so um sieben ... ein Kollege ist vorbeigekommen. Ich glaube, sie sind ins Kino gegangen ...«

»Hast du den Kollegen gesehen?«, hakte sie nach.

Erneut Schweigen am anderen Ende der Leitung.

»Nee, ich hab nur das Auto gesehen, ich meine, als sein Freund gehupt hat.«

»Ach, das ist nicht weiter wichtig, mein Herz. Ich rufe ihn morgen an.«

Sie nahm die Erleichterung am anderen Ende der Leitung wahr. David hielt sich lieber so weit wie möglich von den Kämpfen seiner Eltern fern.

»Ist die Babysitterin nett?«

»Ja, die ist super! Sie heißt Saphir ... Witzig, oder?«

Sie sprachen noch eine Minute, dann legte Audrey auf. Die Uhrzeit, die auf dem Display angezeigt wurde, sagte ihr, dass Le Garrec fünfzehn Minuten Verspätung hatte.

Vielleicht hatte sie sich geirrt. Es waren nicht ihre Fenster gewesen, die man beobachtet hatte. Ihr Küchenfenster war schließlich nicht das einzige, das auf den Parkplatz hinausging, oder?

Ein Motor brummte zu ihrer Rechten und eilte dem Strahl zweier Scheinwerfer an der Ecke des Gebäudes voraus. Wenige Sekunden später bog ein Mini auf den Parkplatz ein und bremste vor ihr. Le Garrec erschien am Fahrerfenster.

»Ich wollte Ihnen gerade Bescheid sagen, dass ich unten bin! Wenn ich gewusst hätte, dass Sie draußen auf mich warten, hätte ich Sie angerufen! Tut mir leid.«

Er sprang aus dem Mini, um ihr die Tür aufzumachen.

»Alles okay?«, fragte er, während sie näher kam. »Sie sehen etwas ...«

»Ich bin nur etwas durchgefroren, aber es ist alles in Ordnung, ja ...«

Immer noch ein wenig kurzatmig, aber fest entschlossen, sich nichts anmerken zu lassen, ließ sie sich auf die Wangen küssen und wurde plötzlich aufgeheitert durch den pfeffrig-frischen Parfümduft, der von seinem Schal ausging. *Habit Rouge* von Guerlain, wie es ihr schien.

»Es tut mir wirklich leid … Mir ist was dazwischen gekommen und …« Misstrauisch runzelte er die Stirn. »Sind Sie sicher, dass alles okay ist?«

Ohne zu antworten setzte sie sich ins Auto – dort herrschte eine sanfte, durch die Heizung erzeugte Wärme, und elektronische Musik, Craig Armstrong vielleicht, war zu hören.

»Ja, alles in bester Ordnung«, betonte sie. »Und wissen Sie was? Wir schließen einen Vertrag ab. Ich gebe keinen Kommentar zu Ihrem Auto und seinen Scheinwerfern ab. Und Sie sagen mir nichts zu meinen Haaren.«

Er brach in Gelächter aus.

»Abgemacht …«

Er legte den ersten Gang ein, bevor er sich zu ihr umdrehte.

»Ehrlich gesagt, sind Sie mir lieber so … Ich meine, ich habe wirklich geglaubt …«

Sie zog ein verärgertes Gesicht. Er verstand die Botschaft.

»Ihre Haare sind nämlich sehr gut so, wie sie sind!«, sagte er lachend.

Er startete und fuhr einen Moment an ihrem Gebäude entlang. Als er um die Ecke bog, drehte sie sich automatisch zum Parkplatz um. Genau da sah sie ihn: Seine wogende Gestalt im Nebel. Sie glaubte ihn zu erkennen und unterdrückte einen Schrei: die große Statur, die schwarzen Haare, die Schultern so gerade wie ein Bügel ... Obwohl sein Gesicht verschwommen, fast farblos blieb, hatte sie keinerlei Zweifel. Auf dem Parkplatz unter ihren Fenstern und im Nebel stand – Antoine!

40

Bertegui knallte die Tür zu. Es war nach zwanzig Uhr, und er fühlte sich müder, als er seit Monaten gewesen war. Heute Abend würde er den Fall für eine Weile vergessen, hatte er beschlossen, nachdem er im Büro mit den Jungs eine letzte Bilanz gezogen hatte. Ja, heute Abend würde er sich einen dieser Familienabende gönnen, deren Freuden er seit seiner Ankunft in Burgund genoss. Er hatte zwar eine schwache – Verbindung zwischen den Ereignissen der letzten Tage hergestellt (ohne allerdings eine eindeutig kriminelle Handlung nachweisen zu können, außer dem »Mord« an dem Stier), aber je weiter seine Ermittlungen vorankamen, umso mehr schien sich die Wahrheit zu entfernen und sich in übersinnlichen Betrachtungen zu Schatten, unerklärlichem Verschwinden von Personen und Ritualen aufzulösen. Die Lösung hatte sich ihm folglich aufgedrängt: eine Pause einlegen.

Während er sich in der Diele auszog – Regenmantel, Jackett, Holster –, fiel ihm der Geruch nach gekochtem Wein auf, der das Haus berauschte, und er erkannte die Musik des Nachspanns der Serie *Star Ac'*, die durch die Wohnzimmertür drang. Jenny durfte sich die tägliche Sendung aufnehmen und sie sich anschauen, bevor es ins Bett ging. Das war für sie ein großes Vergnügen – zum Leidwesen ihrer Eltern, auch wenn heute Abend die unerträgliche Musik wie eine süße Melodie in Berteguis Ohren klang; eine von denen, die an ein gemütliches Heim und die kleinen Glücksmomente des Familienalltags erinnerten.

»Ich bin's!«, rief er und ging auf die Küche zu.

Er wusste auf den ersten Blick, dass sie verstimmt war: Meryl schenkte ihm nicht ihr bonbonsüßes Lächeln, das sie ihm normalerweise bei seiner Rückkehr zuteilwerden ließ.

»Alles okay?«, fragte er und ging auf seine Frau zu.

Sie stand vor dem Spülbecken und machte wütend einen großen Kochtopf sauber. Er fuhr mit einer Hand durch ihr Haar und drückte ihr einen raschen Kuss auf den Mund.

»Ja, alles okay ...«

Ihre besorgte Miene aber konnte ihn nicht täuschen.

Er warf einen Blick auf den Tisch, suchte nach Töpfen und Tellern.

»Ich weiß nicht, was los ist, aber ... das Haus duftet, und trotzdem habe ich den Eindruck, dass es nicht viel zu essen gibt.«

»Das kann ich dir bestätigen. Heute Abend gibt es *Take-away*-Pizza.«

Er setzte sich, von dem entschlossenen Tonfall seiner Frau verblüfft.

»Also, erklärst du mir, was los ist?«

Sie ließ den Schwamm fallen, zog die Plastikhandschuhe aus und lehnte sich an die Kante der Bar.

»Es ist Madame Menirond ...«

»Wer?«

»Menirond ... Die, die sich um das Haus und Jenny kümmert, wenn ich nicht da bin.«

Bertegui nickte. Das undeutliche Bild einer Kreuzung zwischen weiblichem Drachen und Warzenschwein mit roter Schürze erschien vor seinem geistigen Auge.

»Sie ist gegangen ...«

»Gegangen?«

»Sie hat gekündigt, wenn dir das lieber ist.«

»Und deswegen regst du dich so auf? Wir werden natürlich jemand anderen finden!«

Meryl zuckte die Achseln.

»Ich weiß nicht, Claudio, vielleicht spinne ich ja, aber ... Es ist etwas passiert.«

»Wie, passiert?«

»Sie war seltsam. Verstehst du? Sie hat mich mit diesem komischen Gesichtsausdruck angeschaut – man hätte meinen können, sie hätte ein Gespenst gesehen. Und sie wusste etwas, was ich nicht wusste ... und was ich hätte wissen sollen. Auf jeden Fall war ihr der Teufel auf den Fersen!«

Bertegui warf seiner Frau einen misstrauischen Blick zu. Meryl war eine sensible Frau – das heißt, empfänglich und mit einer ausgeprägten Intuition ausgestattet –, aber ebenfalls vernünftig und klar denkend. Ihre Worte entsprachen aber dem Verhalten der Laviller, denen er seit ein paar Tagen begegnete. Offensichtlich, schloss er zwischen Belustigung und schlechter Laune, blieb niemand vom Nebel verschont. Jeder verlor hier jeglichen Sinn für das rechte Maß.

»Ich weiß, dass das komisch klingt, aber sie hat sich bisher noch nie so verhalten. Sie hat mir einfach irgendwas erzählt, eine unbestimmte Familienangelegenheit und etwas von Uhrzeiten, die nicht zu meinen passten, aber ... ich hatte sie eine Stunde zuvor gesprochen, und sie hatte nichts davon gesagt. Nicht ein Wort!«

Er nickte. Das war in der Tat verwirrend. Aber auch lächerlich.

»Sie hat mir ... fast Angst gemacht, verstehst du? Ich habe das übrigens weggeworfen, was sie vorbereitet hat.«

»War es das, was so gut gerochen hat?«, rief er plötzlich aus, die Augen feucht vor frustrierter Naschhaftigkeit.

»Pochierte Eier in Rotweinsoße. In deinem Fall sowieso ausdrücklich verboten. Und dann« – sie zögerte –, »du wirst mich für verrückt halten, aber ich fand sie so seltsam, dass ich von ihrem Essen nichts hätte anrühren können.«

Das Wildschwein blinzelte und schüttelte unmerklich den Kopf. Der Nebel ... der Nebel holte sie alle, ohne Ausnahme. Selbst seine Frau, die die Putzfrau quasi des Vergiftungsversuchs beschuldigte!

»Ich bin auf jeden Fall froh, dass sie gegangen ist!«, sagte eine leise Stimme.

Sie drehten sich gemeinsam um.

»He, mein Engel! Ist das Gequäke der ›Akademiker‹ vorbei?«

Jenny Bertegui zog ein enttäuschtes Gesicht, bevor sie ihrem Vater auf die Knie sprang.

»Ich find's gar nicht mehr so toll ... Cyril gewinnt sowieso ... Das ist total doof.«

Bertegui brach in Gelächter aus.

»Das ist doch eher eine gute Nachricht, *hija* ...« Dann an seine Frau gewandt: »Hat sie gegessen?«

»Nein, ich habe alles weggeworfen. Sogar den Salat und das Obst!«

Bei dieser Antwort war er sprachlos. Er wollte sich gerade nach weiteren Einzelheiten erkundigen, als das Telefon in seiner Tasche vibrierte. Er stellte seine Tochter auf den Boden und überprüfte den Namen auf dem Display: Clément.

Mit einer Grimasse nahm er den Anruf entgegen und zog sich in den Flur zurück.

»Sie können sich freuen ... Sie haben tatsächlich was gefunden.«

»Das Labor?«

»Ja. Wir bekommen die Einzelheiten morgen, aber ich hatte Clovis ausdrücklich gesagt, dass er mich bei dem geringsten verdächtigen Element auf dem Laufenden halten soll. Und er hat mich gerade angerufen. Es besteht tatsächlich eine Verbindung - oh, nichts Besonders - zwischen dem Stier und dem Parkwald: Seide ...«

»Seide?«

»Ja. Ein paar Fasern. Fast nichts, anscheinend. Erinnern Sie sich noch an die Spiegelscherbe, die wir neben dem Skateboard gefunden haben?«

»Die mit dem alten Blut? Natürlich erinnere ich mich daran. Wir hatten angenommen, dass der Junge sie in der Hand gehalten hatte, da wir auch ein bisschen von seinem Blut gefunden haben und die frische Schnittwunde an seiner Hand diese Möglichkeit bestätigt.«

»Sie haben also ein paar Seidenfasern gefunden, eine besondere Seide ... Ich meine, sie wurde auf besondere Weise gewebt. Dieselbe, die wir bei dem Stier gefunden haben - sie haben sie nicht sofort gesehen, da das Fragment winzig ist, aber sie sind sich sicher. Es ist tatsächlich dieselbe Herkunft. Seide, die für Strümpfe verwendet wird.«

»Strümpfe? Strumpfhosen, meinst du?«

»Ja, genau. Damenstrümpfe. In beiden Fällen hat jemand an den Orten des ... des Verbrechens, wenn man so sagen kann, Seidenstrümpfe getragen.«

Bertegui dachte nach.

»Es würde mich wundern, wenn eine Frau allein gehandelt hätte ... bei dem Stier zumindest. Man braucht Kraft, um ein solches Fleisch zu zerschneiden.«

»Da stimme ich Ihnen zu, aber ... ein Transvestit vielleicht?«

»Ja ... oder ein Komplize. Ich meine, eine Kompliz*in*«, verbesserte sich Bertegui, der, wenn auch an die verschrobensten Situationen gewöhnt, sich schwer einen Nicolas Le Garrec vorstellen konnte, der mit blonder Perücke und in Schuhen mit Absätzen in Größe 43 ein Rindvieh quälte, um ... ja, warum eigentlich? Um Satan ein Geschenk zu machen? Im Übrigen hatte der junge Mansard von einer Männergestalt bei der Rue des Carmes Nummer 36 gesprochen.

»Morgen haben wir mehr Einzelheiten, aber ... das geht doch in Ihre Richtung, oder?«

»Ja«, seufzte der Kommissar. »Ja, und ich hatte keinerlei Zweifel daran.«

»Das ist nicht alles ...« Clément hielt einen Augenblick inne. »Ich will nicht mal darüber nachdenken, so verrückt erscheint es, aber sie haben DNA-Tests an dem Spiegel durchgeführt.«

Berteguis Herz setzte einen Schlag lang aus. Bei Cléments Tonfall erahnte er ein Schlüsselelement.

»Nach den ersten Analysen entsprachen die vertrockneten Blutkrusten ... Ich meine, sie haben die Analysen der Datei eingegeben und ... der Name Madeleine Talcot ist herausgekommen.«

Bertegui schloss die Augen und spürte, wie eine elektrische Welle ihm die Nackenhaare aufstellte.

»Sie werden die Untersuchungen weiter vorantreiben«, fügte Clément hastig hinzu. »Im Moment hat Clovis mich gebeten, dass die Information *off* bleiben soll. Sie wird erst zur Akte gelegt, wenn sie sich sicher sind. Ich ... ich glaube, dass ihm das auch unsinnig erscheint.«

Bertegui drehte kurz den Kopf zum Fenster. Der Nebel, dachte er und erblickte die blassen Schwaden, die sich der Finsternis darboten. Der Nebel, in dem sich jegliche Wahrheit auflöste ... Wie konnte die Talcot-Affäre so plötzlich wieder ans Tageslicht kommen? Sieben Jahre später? Und in einer so merkwürdigen Form als ein paar Spuren getrockneten Blutes auf einem Spiegel ... gefunden an dem Ort eines Nicht-Verbrechens?

»Sind Sie noch dran?«

»Ja ... ich denke nach.«

»Ich weiß«, sagte Clément mit düsterer Stimme. »Das ist ein Schock. Eine letzte Sache ... Ich habe nachgeforscht, an wen sie sich wenden können für ... hm ... Ihre Recherchen zu ... den Ritualen und alldem. Ich wusste erst nicht - ich wollte Ihnen schon sagen, dass Sie nach Paris fahren und einen Spezialisten treffen sollen, aber heute Abend, nachdem ich Clovis am Telefon hatte, ist mir ein Name eingefallen: Lieberman.«

»Kenn ich nicht«, murrte Bertegui.

»Er ist damals im Rahmen der Ermittlungen verhört worden. Eigentlich habe ich selbst ihn getroffen. In ... in einem miesen Zustand. Anscheinend hatte er mit den Talcots zu tun, bevor er ihnen genau hier erneut begegnet ist. Er weiß alles über sie und Laville und noch über viele andere Sachen. Er war Leiter der gerichtsmedizinischen Abteilung von Dijon, als die ersten vorläufigen Festnahmen stattgefunden haben.«

»War? Was macht er denn jetzt?«

Verlegenes Schweigen am Telefon.

»Nichts. Ich meine ... Er kann nichts mehr machen außer lesen und im Internet surfen. Heute ... vegetiert er nur noch vor sich hin.«

41

»Du hast ja gar nichts angerührt, mein Herz. Alles okay?«

Opale schaute auf ihren Teller, wo drei Fleischbällchen in einem Brunnenschacht aus Püree herumtollten. Sie stieß ihn mit einem Seufzer von sich.

»Ich habe keinen Hunger«, sagte sie zu ihrer Tante.

Javote du Soulac presste die Lippen zusammen. Seit dem Tod ihres Neffen und der Abreise von Opales Eltern - drei Wochen nach dem Selbstmord - zogen sich die Mahlzeiten wie eine Art Totenwache in die Länge. Das Esszimmer war mit sehr alten, sehr teuren und vollkommen trostlosen Gegenständen möbliert, außer wenn ein Dutzend Kinder, die aus einem Roman der Comtesse de Ségur zu entstammen schienen, ihm anlässlich der jährlichen Gartenparty der Familie ein wenig Leben einhauchte.

»Du hast doch kein Problem, hoffe ich?«

Opale schüttelte flüchtig den Kopf, eine Geste, die ihre Tante ganz offensichtlich nicht überzeugte. Diese schwieg jedoch - eine Reaktion, die Opale folgendermaßen übersetzte: Man kann von diesem »armen Kind« nicht erwarten, auf dem Tisch zu tanzen, während sein Bruder sich einen Monat zuvor eine Tüte um den Kopf gebunden hatte und ihre Erzeuger das Weite gesucht hatten, kaum dass der Sarg verschlossen war.

»Josepha hat Pudding zum Nachtisch gemacht«, informierte Javote sie mit einem kleinen hoffnungsvollen Geschnüffel, das bedeutete: Willst du nicht ein bisschen bei mir bleiben?

»Stört es dich, wenn ich rauf in mein Zimmer gehe?«, fragte Opale.

Ihre Tante lächelte traurig.

»Natürlich nicht. Aber ...«

Sie beendete ihren Satz nicht. Opale verstand: Auch für sie waren die letzten Wochen anstrengend gewesen. Javote hatte ihren Neffen geliebt, und diese finsteren Mahlzeiten allein mit ihrer Nichte erinnerten sie jedes Mal an ein Leben, das so fröhlich gewesen war wie ein Korridor ohne Türen, seit ihre Jugendliebe, auf die sie mit Schleppe und Blumenstrauß vor dem Altar gewartet hatte, wenige Minuten vor der Zeremonie beschlossen hatte, eine Packung Zigaretten kaufen zu gehen.

»Ich werde eine Stunde lernen ... Ich komme nachher wieder runter, wenn du willst.«

Sie wartete keine Antwort ab, zu glücklich, von ihrem Stuhl aufspringen zu können, trotz allem ein Band voller Schuldgefühle hinter sich her ziehend, während sie vier Stufen auf einmal nehmend die Treppe hinaufeilte. Sie knallte die Tür zu ihrem Zimmer zu, ein kleines rosa Boudoir, das sie liebte – auch wenn sie sich seit einiger Zeit schlecht mit dem Widerspruch abfinden konnte, in einem Barbie-Zimmer zu schlafen, während sie sich gleichzeitig den Vergnügungen eines »jungen Mädchens« hingab: rauchen, Jungen küssen ... sich mit Toten unterhalten.

Kaum war die Tür geschlossen, durchquerte sie das Zimmer, um die Vorhänge zu schließen, alle Lichter anzumachen, die Schränke abzusuchen und einen Blick unters Bett zu werfen. Mit der gleichen Energie hatte sie kurz zuvor dieselben Überprüfungen im Wohnzimmer und in allen Räumen ausgeführt, von denen sie wusste, dass es unvermeidlich war, sie im Laufe des Abends aufzusuchen. »Aber nach was suchst du denn?«, hatte Javote sie mit von Misstrauen geprägter Ruhe gefragt. Opale hatte nicht geantwortet. Sie suchte nichts. Sie fürchtete nur, hinter einem Sessel oder in der Ecke einer Wand das grimassenschneidende Gesicht eines Kindes mit scharlachroten, zornigen Augen auftauchen zu sehen.

Denn so war es: Seit ihr Weg sie von Bastien getrennt hatte, wirkte der Charme des Jungen nicht mehr. Zwar hatte er sie davon überzeugt, dass er für die »Erscheinungen« in der *Chowder* nicht verantwortlich war - dennoch fragte sie sich, warum bei den vorangegangenen Séancen nie ein solcher Aufruhr stattgefunden hatte. Trotzdem hatte sie nichts, o nein, überhaupt nichts von der Szene vergessen, von der sich jede Einzelheit in ihr Gedächtnis gebrannt hatte: das zerspringende Glas, die fliegenden Buchstaben, der kleine Flockenregen, als alles vorbei war. Und die Worte »die weißen Schatten« ... Ebenso wie der Junge hatte sie ihre Gegenwart gespürt. Und ihre Unbändigkeit. Und ihre Angst ... Und sie hatte auch die anderen gewittert. Im Wirbelsturm ihrer Gefühle hatte sie den Kampf erahnt, der in dem Raum zwischen den

Kindern aus Laville-Saint-Jour und ... *ihren Henkern?* stattgefunden hatte.

Es waren auf jeden Fall Erwachsene. Mit Schrecken und trotz Bastiens Worten konnte sie von nun an nicht mehr aufhören, sich den Kampf vorzustellen, der irgendwo im Jenseits stattfand – die einen rachsüchtig, die anderen darauf brennend, dem Ganzen ein Ende zu bereiten. Der Gedanke löste in ihr eine Angst jenseits des Erträglichen aus, die ihr stoßweise die Beine lähmte und ihr wie eine Schlange wiederholt die Eingeweide verknotete. Eine Frage quälte sie bis zur Besessenheit: Wie soll ich mit dieser ewigen Angst in mir leben, nun, da ich es *weiß*, nun, da ich es *gesehen* habe?

Die Durchsuchung ergab nichts. Keine Schatten, weder weiße noch schwarze ... noch grüne.

Sie atmete tief durch und zwang sich, das stechende Gefühl von Einsamkeit zu verjagen, das ihr die Brust einschnürte. Ihr Blick fiel auf den Computer.

Sie setzte sich an den Schreibtisch, schaltete ihren PC ein und startete MSN. Bastien war nicht online. Sie war enttäuscht, aber auch erleichtert. Sie hatte Lust, mit ihm zu reden, ohne genau zu wissen, was sie ihm schreiben sollte. *Bastien, ich habe große Angst. Bastien, ich liebe dich*. Diese Informationen waren beide wahr, aber ... das war doch nicht die Art von Dingen, die man Jungs gestand, oder? Vor allem nicht, wenn sie die beiden Seiten ein und derselben Wahrheit darstellten.

Oh, sie machte sich Vorwürfe! Es war ihre Schuld, dass sie sich in dieser Situation befanden.

Ein »Pling« informierte sie über eine neue Nachricht. Kleine Erschütterung am Herzen. Bastien?

Sie überprüfte die Nachricht, erstarrte. Las sie erneut, um sicherzugehen, dass sie nicht träumte – dass sie nicht in einen Albtraum abgeglitten war, wo Freddy Krueger jeden Moment aus dem Bildschirm hervorspringen konnte.

Dann spürte sie, wie ihre Beine unter ihrem Stuhl nachgaben, und verlor jegliches Körpergefühl.

Sie las die Nachricht noch einmal und unterdrückte einen Schrei des Entsetzens.

Auf dem Bildschirm standen die einfachen Worte: *tofk@msn.com ist online.*

TofK ... das heißt, Christophes Login.

Ihr Bruder hatte sich soeben in MSN eingeloggt.

42

Nicolas Le Garrec hatte den Ort gut ausgewählt: ein gemütliches Restaurant, das versteckt in einer winzigen Gasse der Innenstadt lag. Sie waren zu Fuß hingelaufen - ein Teil der Altstadt war Tag und Nacht für Autos gesperrt -, gefolgt von dem feuchten Widerhall ihrer Schritte auf dem unebenen Pflaster, den alten Steinen und kleinen Treppen, die wie aus dem Nichts auftauchten.

»Deswegen wollte ich Sie abholen«, hatte der Schriftsteller gesagt, als er in die Gasse eingebogen war. »Sie haben es bestimmt schon gemerkt: das Zentrum ist zwar klein, aber ein wahres Labyrinth.«

»Ich dachte, dass sei eine Taktik, um mich hinterher auch wieder zurückbringen zu können«, hatte sie gespöttelt, überrascht von ihrer eigenen Kühnheit. »Eigentlich ist es doch nur, weil Sie glauben, dass ich zu blöd bin, um einen Stadtplan zu lesen!«

Sie hatten gemeinsam gelacht, mitgerissen von einer

guten Laune, die ebenso gespielt und vollkommen trostlos war wie die Scherze, die sie während der Fahrt ausgetauscht hatten. Es konnte gar nicht anders sein, hatte Audrey gefolgert: Le Garrec hatte gerade seine Mutter beerdigt, und sie selbst hatte Antoine fünfzehn Minuten zuvor auf ihrem Parkplatz überrascht. Wer hätte unter diesen Umständen Lust, sich zu amüsieren?

Dennoch versprach sie sich, diese Überlegungen außen vor zu lassen und die Vertrautheit wiederzufinden, die sie beide auf der Terrasse der Rocheforts überrumpelt hatte. Sie schätzte die dicken alten Holzbalken, die moderne Einrichtung und das weiche, leicht orangefarbene Licht, das einem einen gesunden Teint verlieh.

»So ändern sich die Dinge«, flüsterte er, als sie das Restaurant durchquerten. »Nach und nach ... die Stadt selbst hat sich dieses unveränderliche Etwas bewahrt, das sicher ihren Reiz ausmacht, aber sie modernisiert sich trotzdem, auf ihre Weise.«

Audrey nickte und nahm Platz. Die Gäste zeigten in der Tat typisches Pariser Verhalten, das mit dem Restaurant - irgendwo zwischen Szenelokal und schickem Bistro - übereinstimmte. Sie hätten sich genauso gut in irgendeiner Hauptstadt - London, Madrid oder Berlin - befinden und dort ihren Salat essen und dabei an einem *Absolut Citron* nippen können.

»Woher kennen Sie diese Adresse, da Sie so lange weg waren?«, fragte sie, während ein spindeldürrer Kellner ihnen diskret die Speisekarte reichte.

»Man könnte meinen, ich habe nie wirklich den Kontakt zu der Stadt abgebrochen«, sagte er mit einem vertraulichen (und falschen!) Augenzwinkern. »Nein, in Wahrheit hat Antoine es mir empfohlen.«

Sie zuckte bei dem Namen des Direktors von Saint-Ex zusammen, ließ sich aber nichts anmerken. Sie beobachtete ihn einige Augenblicke, während er die Speisekarte überflog – beziehungsweise, sie starrte auf einen fiktiven Punkt, da die große weiße Karte von seinem Gesicht nur die hohe Stirn und die bläulich-schwarzen Haare erkennen ließ.

»Nicolas«, sagte sie sanft und bestimmt zugleich.

Er kam an der Seite der Karte zum Vorschein wie ein Spaßvogel an einer Mauerecke.

»Ja?«

»Nicolas, ich möchte Ihnen zwei Dinge sagen. Zunächst einmal werden wir aufhören, uns zu siezen, denn das hat überhaupt keinen Sinn. Und dann ... dann will ich nicht, dass du heute Abend ein Spiel mit mir spielst.«

Er ließ die Karte sinken und nahm mit sorgenvoller Miene, ein wenig in der Defensive, eine normale Haltung ein.

»Ich meine ... du hattest heute einen harten Tag, glaube ich. Und ... nun ja, nach dem, was wir uns an dem einen Abend gesagt haben, was *ich* gesagt habe, wäre es mir lieber, wir würden die Masken ablegen. Zwing dich nicht dazu, die Stimmungskanone zu spielen ... Und zwing mich nicht dazu, so zu tun, als würde mir das gefallen. Ich habe diese Essenseinladung heute Abend nicht angenommen, um einen draufzumachen.«

Einige Sekunden lang sah er sie mit einem unergründlichen Blick an, dann nickte er.

»Du hast recht«, sagte er ernst. »Ich werde genauso finster und wortkarg sein, wie man sich einen Krimischriftsteller vorstellt, der im Nebel von Burgund nach Inspiration sucht ...«

Sie runzelte die Stirn, verärgert durch diese neue humorvolle Bemerkung ohne Grundlage.

»So habe ich das nicht gemeint …«

»Ich weiß, wie du es gemeint hast«, unterbrach er sie sanft. Er holte tief Luft. »Siehst du, Audrey, ich lerne dich zum schlechtesten Zeitpunkt meines Lebens kennen. Oder sagen wir mal, es ist nicht eine Phase, die sich für derart charmante Begegnungen eignet. Aber« – er warf einen Blick ringsumher, offensichtlich verlegen –, »aber du gefällst mir sehr. Und es ist ohnehin schon schwierig genug, ich meine, es ist immer etwas verunsichernd, jemanden kennenzulernen, der einem sehr gefällt. Selten … und verunsichernd. Und das ist es noch mehr, wenn die Situation so heikel ist.«

Er schwieg, suchte nach Worten.

»Dabei hatte ich wirklich Lust, heute Abend mit dir essen zu gehen, gerade heute Abend, auch wenn dich das vielleicht überrascht. Und es stimmt: Wir sind nicht hier, um einen draufzumachen, sondern nur um uns kennenzulernen … Oder nein, eher um einfach nur ein paar Momente gemeinsam zu verbringen und den Rest der Welt ein wenig zu vergessen … oder auf jeden Fall den Rest von Laville-Saint-Jour zu vergessen.«

Schweigen und ein rascher Blick zu einer Fensterscheibe.

»Ja, das ist es – gemeinsam den Nebel vergessen …«

Sie gab keinen Ton von sich; das Blut pochte ihr angenehm in den Schläfen. Wie lange hatte sie keinen Mann mehr getroffen, der sich mit so viel Aufrichtigkeit ausdrückte und ihr mit einfachen, spontanen Worten sein Herz darbot?

»Willst du denn nicht irgendwas sagen? Oder zumindest lächeln oder so aussehen, als würdest du aus allen Wolken fallen oder schockiert sein? Irgendwas, denn ich komme mir gerade ziemlich dumm vor und habe den Eindruck, auf meinem Stuhl dahinzuschmelzen.«

Sie lächelte. Es gab sicher tausend Dinge zu antworten und auch Fragen zu stellen, Punkte zu klären: Warum war es so heikel? Warum war diese Zeit so hart? Nur wegen des Todes seiner Mutter?

Aber das war jetzt nicht der Moment – nein, definitiv nicht. Daher sprach sie das einzige Wort aus, das ihr in den Sinn kam:

»Danke.«

43

Sie picknickten vor dem Fernseher, wie Daniel Moreau sagen würde, und zwar schweigend. Mutter und Sohn. Caroline Moreau starrte in seliger Abwesenheit vor der Wettervorhersage einen Punkt auf dem Bildschirm an, während Bastien sie aus dem Augenwinkel beobachtete. Sie hatten gerade einen Joghurt hinuntergeschlungen, als sein Vater anrief. Vom Wohnzimmer aus lauschte Bastien, konnte die undeutliche Stimme seiner Mutter hören, dann ihr Lachen. Nachdem sie ein paar Minuten gesprochen hatte, rief sie ihn, um ihm das Telefon zu übergeben.

»Alles okay, Sohnemann?«

Bastien fühlte sich erleichtert, seine Stimme am Telefon zu hören.

»Yeah, P'pa, alles klar …«

»Wie ist deine Mutter?«

Er warf einen vorsichtigen Blick in Richtung Wohnzimmer, ohne sich über die Frage zu wundern. Nicht, wie *geht* es deiner Mutter, sondern, wie *ist* deine Mutter ...

»Sie ... Es scheint ihr gut zu gehen.«

»Du kümmerst dich um sie, wenn ich nicht da bin, kleiner Mann, das weißt du doch?«

Bastien wurde traurig. Er stellte sich den großen blonden Kerl vor, allein in einem anonymen Hotelzimmer, fern von seiner Familie. Und er erriet seine Sorge. Und seine Hoffnungen ...

»Ja, ich weiß.«

»Was sind denn das für Geschichten mit dem Baum? Anscheinend hast du wohl deine Leidenschaft fürs Klettern entdeckt?«

»Ich ... Ich wollte sehen, was Mama malt.«

Daniel Moreau nahm die Antwort schweigend auf.

»Du sollst dir um deine Mutter keine Sorgen machen, Bastien, weißt du?«, sagte er schließlich. »Es geht ihr viel besser. Sie ist fast ...«

Bastien wartete: Wiederhergestellt? Wie vorher? Geheilt?

»Ich bin mir sicher, dass sie sich im Moment an die Malerei erst wieder neu herantastet. Sobald sie mit sich zufrieden ist, wird sie uns das alles zeigen, okay?«

»P'pa ...?«

»Ja, mein Sohn?«

»Wenn du zurück bist, müssen wir mal reden.«

Erneutes Schweigen.

»Ich muss dich ein paar Sachen fragen.«

»Sind es die Albträume? Hast du immer noch welche?«

»Ja ... ab und zu. Aber es ist nicht nur das ... Ich

habe das Gefühl, als ob ich schon mal in Laville-Saint-Jour gewesen wäre.«

»Hier?!«, rief sein Vater aus, und Bastien wusste, dass er sich nicht verstellte.

»Na ja, äh ... ja, ich habe so ein komisches Gefühl.«

»Hör zu, Bastien, ich kann verstehen, dass die Albträume schwer zu ertragen sind und dass die Veränderung schwer zu ertragen ist. Wir haben alles so schnell entschieden, wir sind fast wie Diebe davongeschlichen. Aber du darfst dich nicht unterkriegen lassen, verstehst du?«

»Kennst du die Weißen Schatten?«, bohrte Bastien nach.

»Die was?«

Erneute Überraschung.

»Nein, nichts ...«

»Bastien, ich weiß nicht, was mit dir los ist. Wenn ich zurück bin, werden du und ich uns mal ausgiebig unterhalten. Ich will nicht, dass mein Sohn ... ich meine, dass du dich wegen allem, was passiert ist, mit seltsamen Gedanken herumquälst. Ich will, dass ihr glücklich seid, deine Mutter und du. Das ist alles, was zählt. Und was immer du mir zu sagen oder mich zu fragen hast – du kannst immer zu mir kommen. Ich werde alles tun, was ich kann, um dir zu helfen. Du bist mein Sohn, und ich liebe dich, das weißt du doch? Auch wenn deine Mutter und ich in letzter Zeit vielleicht ein wenig vergessen haben, es dir zu sagen, so ist das etwas, das du nie, nie vergessen darfst!«

Bastien nickte schweigend, als ob sein Vater ihn sehen könnte.

»Bis dahin vertraue ich dich deiner Mutter an. In

zwei Tagen bin ich wieder zu Hause. Und alles wird gut werden. Zwei Tage ist doch nicht lange, oder? Und dann erzählst du mir alles. Denn du kannst mir alles sagen, okay?«

»Ja«, hauchte Bastien, und er spürte, wie das kleine Tier in seinem Herzen sich aufrichtete und wieder Mut fasste.

Er war nicht mehr allein, entschied er, als er auflegte. Bestimmt war er nie zuvor hierhergekommen. Sein Vater hatte es ihm ausdrücklich bestätigt, und er glaubte ihm. Die Wahrheit lag ... woanders. Und sein Vater kannte sie nicht. Aber das war nicht weiter wichtig. Wenn er zurückkam, würde er ihm nichts verheimlichen, weder die Stimme in seinem Kopf, noch die *Chowder Society* ... Noch nicht einmal *julesmoreau*, von dem er kein Wort gesagt hatte, um ihm den Schock zu ersparen. Zu zweit würden sie sich damit auseinandersetzen, und gemeinsam würden sie eine Erklärung sowie eine Lösung für seine Mutter und die unsichtbaren Gemälde finden.

Erleichtert zog er sich ins Arbeitszimmer zurück, wobei er die von *julesmoreau* erwähnten fünf Bilder an der Wand und den Mont-Blanc-Füller seines Vaters in dem ledernen Stifteköcher ignorierte.

Er setzte sich an den Computer und startete MSN. Patoche war online. Opale auch - vor allem! -, und die Anwesenheit des jungen Mädchens auf dem Bildschirm zerstreute wieder einmal sämtliche Qualen. Während er eine Nachricht an Opale schickte, empfing ihn sein alter Freund herzlich.

– hi alter hab auf dich gewartet

– alles klar?

– du fehlst in der penne und auch am we les feuillades

ist echt ätzend ohne dich, aber es gibt coole news: hab abgenommen lol

– du hast abgenommen? *g*

– yeah 4 kilo stell dir vor! und dann wachs ich auch noch wie n pilz 3 cm in 2 mo, irre was?

Bastien lächelte. Er stellte sich den Patoche vor, den er kannte - rundlich, gedrungen, mit einem runden, weichen, leicht rosigen Gesicht –, und führte im Geiste mit ihm ein Morphing-Verfahren durch, um ihn größer und schlanker werden zu lassen, ohne großen Erfolg allerdings: Das Bild, das dabei herauskam, ähnelte Patoche überhaupt nicht ... Es war offen gestanden noch nicht einmal vollkommen menschlich!

– pfff so was wird mir wohl nicht passieren, die cm mein ich lol

Vom anderen Ende der Verbindung schickte ihm Patoche einen riesigen blinkenden Smiley, und Bastien begriff, wie sehr sein Freund ihm ebenfalls fehlte, auch wenn sich sein »Leben davor« seit ein paar Tagen auf ein paar abgestumpfte Aufnahmen des Glücks tief unten in einer Erinnerungskiste beschränkte. Mit Erleichterung entdeckte er, dass die Magie der Freundschaft dem Bann des Nebels nicht so leicht nachgab. Ein einfacher strahlender Smiley auf dem Bildschirm genügte, um neun Jahre Vertrautheit wiederaufleben zu lassen: Lego-Abende, Tischtennispartien, Monopoly, 1000 Meilen, Spazierfahrten mit den Inlineskates oder dem Fahrrad, Tauschhandel mit Murmeln und *Magic*-Karten, aufeinanderfolgende Begeisterung für Dragonball Z, Yu-Gi-Oh!, Darth Vador, Harry Potter. Alles, im Grunde alles hatte er in Patoches Begleitung erlebt, einschließlich der düstersten Stunden in der Geschichte der Moreaus.

– wie läufts denn so bei dir so da drüben?
Bastien zögerte.
– strange
– ist es die tussi. Wie heißt sie noch mal?
– Opale
Bastien schielte zu dem Fenster der Nachricht, die er seiner Freundin geschickt hatte. Keine Antwort. Dabei war Opale online.
– nein mit ihr läuft alles gut glaub ich zumindest
– geht ihr miteinander? *g*
– yeah
– hast du sie geknutscht?
– äh ... ja lol nee eigentlich hat sie mich geknutscht
– wow du bist echt cool. wie wars denn?
– öh ... komisch!
– mit der zunge also?
– ein bisschen ... glaub ich ... ist nicht grade so, dass ich im einzelnen untersucht hab, was da abging!
– lol wann schickst du mir ein foto?
– kA muss sie erst um eins bitten
Er nutzte die Gelegenheit und schickte eine weitere Nachricht an Opale:
– haste kein gescanntes foto von dir? hätte gern eins auf meinem mac
Er wartete. Immer noch keine Antwort. Er wurde unruhig.
– wenn's also nicht die tussi ist, was ist dann das problem?
– ach np eigentlich, hier passieren komische sachen
– wie komisch?
– na ja ... hab mich mit toten unterhalten
Es war ganz spontan herausgekommen – wozu sollte er Patoche die Wahrheit verheimlichen? Die Geheim-

nisse wurden auf jeden Fall zu schwer, um sie für sich zu behalten.

– WIE BITTE??? Was soll das denn heißen??!!

– ich hab an so ner spiritistischen sitzung teilgenommen

– aber wozu denn? das ist doch gar nicht dein ding ^^

Bastien hätte fast geantwortet, dass das seines Wissens nach niemandes Ding war. Dann erinnerte er sich an Opales Eifer, als sie ihm ihre Freunde vorgestellt hatte. Wie sollte er Patoche erklären, dass hier in Laville-Saint-Jour die Zugehörigkeit zu der und der Clique einem nicht die Türen zu den besten Feten oder die Arme der hübschesten Mädchen öffnete, sondern den Zugang zu privaten Sitzungen, wo seltsame Praktiken gang und gäbe waren? Er sprach kurz den Besuch seines Bruders auf MSN an, Opales Einladung, das tanzende Glas, und zwar in einem scherzhaften Tonfall, als ob im Grunde keines der Ereignisse auch nur die geringste Wichtigkeit besaß.

– creepy

– ich weiß

Er spürte eine enorme Erleichterung, aber zwei leere, unbeschriebene Minuten lang blinkte der Cursor in Patoches Fenster wortlos. Mit leicht klopfendem Herzen wartete Bastien und fragte sich, ob sein Freund sich nur kurz eine Cola holen gegangen war oder ob die Eigenartigkeit seiner Worte ihn sprachlos machte. Endlich sah er einen kleinen Bleistift in einer Ecke auftauchen: Patoche schrieb wieder.

– ich hab dich angelogen bastien

– was?? wovon redest du?

– meine mutter

Eine Leerzeile.

– erinnerst du dich, als du meine mutter einmal bei uns

zu hause gesehen hast, kurz vor deinem umzug? Als sie dir alles mögliche über den nebel und so gesagt hat
– ja
– na ja … sie hat gestern einen anruf bekommen
– einen anruf?
– ja. aus laville sjour
– woher weißt du das? und wer war das?
– kA wer das war. weiß nur, dass es eine tussi war, und zwar keine junge, weil ich abgenommen hab. auf jeden fall war sie sauer, meine mutter mein ich. Ich habe sie am telefon reden hören, sie hat gebrüllt – du weißt ja, wenn sie brüllt, kann man sie nicht überhören. vor allem abends nicht.

Bastien enthielt sich jeglichen Kommentars.
– was hat sie gesagt?
– so was wie: ich weiß nicht, wovon Sie sprechen … ich bin nie in laville sj gewesen … ich kenne niemanden dort.
– aber das stimmt doch nicht! Sie kennt uns doch
– ja ich weiß … und das ist noch nicht alles
– wie meinst du das
– na ja meine mutter kennt laville sj
– ich dachte, du hättest mir gesagt, sie wär noch nie da gewesen? Ich hatte dich gefragt, warum sie von den … den diiingen gesprochen hat
– wie ich dir gerade gesagt habe, ich hab dich angelogen. frag mich nicht, warum, ich weiß es nicht. es ist, als ob ich keine wahl gehabt hätte. als ob es besser gewesen wär, dir das zu sagen. Gestern hab ich mir gedacht, ich muss dir die wahrheit sagen. Nach dem anruf.
wann ist sie hierhergekommen?
– nicht, seitdem ich auf der welt bin, da bin ich mir sicher, es ist also lange her … aber ich weiß, was ich sage.

Denn auch wenn sie nie drüber spricht, hab ich's auf ihrem ausweis gesehen.

– auf ihrem ausweis? wie das denn?

– checkst du's denn nicht, mann? Meine mutter wurde in laville sj GEBOREN!

Genau in diesem Augenblick ertönte der Klingelton einer eingehenden Nachricht. Bastien suchte Opales Fenster, aber es war nicht ihres, das sich öffnete. Er las:

– Also, Bastien, bist Du endlich wieder da?

Und Bastien konnte fast den scheinheiligen, ironischen Ton der Person hören, die diese Worte schrieb. *julesmoreau* hatte soeben ein Chat-Gespräch begonnen.

44

– haste kein gescanntes foto von dir? hätte gern eins auf meinem mac

Bastiens Nachricht wurde gerade auf dem Bildschirm angezeigt, aber weder die Worte noch die Musik, die sie begleiteten, konnten Opale von dem Bild vor ihren Augen ablenken. Sie starrte es seit ein oder zwei Minuten an, den Rücken gekrümmt, den Nacken angespannt, konzentriert. Bastien, Saint-Ex, Javote allein irgendwo unten, die *Chowder Society*, der Selbstmord ihres Bruders, ihre Eltern in Italien, ihre Ängste, ihre Hoffnungen, ihre Zweifel stellten nur noch eine weit entfernte Erinnerung dar – die flackernden Leuchtpunkte der realen Welt in der dunklen Nacht eines Albtraums, eine Nacht, die soeben über sie hereingebrochen war, seitdem ihr »Bruder« diese Worte geschrieben hatte:

– Ich weiß, dass Du über die Chowder Society versucht hast, Kontakt zu mir aufzunehmen. Und ich weiß – selbstverständlich! –, dass es Dir nicht gelungen ist. Du willst verstehen, nicht wahr? Schau ...

Und er hatte ihr einen Link geschickt, den sie anklicken musste, um zu einer Website zu gelangen.

Sie hatte gezögert, denn im Grunde wusste sie, dass das »Wesen«, das sich an sie wandte, nicht *ganz* ihr Bruder sein konnte. Ihr Bruder hätte sich niemals so ausgedrückt: »Es ist dir nicht gelungen« anstatt »Du hast es nicht geschafft«, ganz zu schweigen von der fehlerlosen Rechtschreibung. Aber das war nicht weiter wichtig: Das »Wesen« wusste einiges, denn das Wesen gehörte nicht dieser Welt an, sondern einem Universum, in dem allein das Wissen einen Wert hatte – im Übrigen machten diejenigen, die sie in der *Chowder Society* kontaktierten, nie Fehler. Und selbst wenn es in irgendeiner Weise ihr Bruder war, so war er es auch wieder nicht, sondern nur sein wirklichkeitsfremder, kalter und toter Geist, der in der harten, abstrakten Vorstellung des Jenseits überlebte ...

Dennoch hatte sie, angetrieben von einer Kraft, die ihr nicht mehr gehörte, mit weichen Knien und Nadelstichen im Bauch, den Link angeklickt. Und dieses Foto war erschienen – ein einfaches Foto und keine Website, die aus Menüs und anderen Links bestand, kein Blog oder Podcast, nichts, womit sie gerechnet hätte.

Auf dem Bildschirm befand sich nun eine kleine Versammlung von etwa zehn schwarz gekleideten Personen, die Hand in Hand im Kreis standen. Ihre Gesichter waren von schwarzen Halbmasken verdeckt, und durch das Halbdunkel – anscheinend waren die

Fackeln an der Wand die einzige Lichtquelle - konnte sie weder die Gesichter noch den Ort (eine Art Krypta?) genau erkennen. Trotzdem fröstelte Opale, während sie flüchtige Details untersuchte - Zeichen an der Wand, ein paar Statuen, deren seltsame Formen ihr verdächtig vorkamen. Sie vermutete ein Ritual, stellte sich ein riesiges Pentagramm auf dem Boden vor und ein Geheimnis, das demjenigen ähnelte, das die Mitglieder der *Chowder Society* vereinte. Der Anblick von Erwachsenen allerdings, die sich denselben Praktiken hingaben, hatte irgendetwas Beängstigendes - wie zu wissen, dass Eltern miteinander schliefen wie alle anderen.

– Ich weiß, dass Du es angeklickt hast … Also schau hin.

Ein zweiter Link erschien in dem MSN-Fenster.

Sie führte dasselbe Verfahren durch, ohne die geringste Frage zu stellen.

Ein zweites Bild erschien. Diesmal musste der Fotograf gezoomt haben, denn der Kreis war nur noch zur Hälfte zu erkennen. Opale kniff die Augen zusammen und riss sie dann auf, von Entsetzen gepackt: In einer Ecke hatte sie soeben eine Statue entdeckt. Sie stellte die Jungfrau Maria dar - allerdings eine Jungfrau Maria mit offenem Umhang und nackten Brüsten, deren Baby aus Stein, das sie in ihren Armen hielt, blutete - ja, es blutete! Man hatte seine Augen mit Blut beschmiert, als ob es sich um zwei Wunden handelte, aus denen der Tod floss!

– Du hast es gesehen, nicht wahr?

Der Geist ihres Bruders wartete die Antwort nicht ab.

– Schau noch mal hin.

Neuer Link, neues Anklicken – Himmel!, fragte sie sich sofort, warum habe ich nur darauf geklickt? Weil sie die Wahrheit wissen wollte, verstehen wollte. Sie wünschte sich nichts anderes, seitdem Christophe das Schlimmste getan hatte. Und auch, weil die weißen Schatten sie von nun an bis zu ihrem letzten Atemzug verfolgen würden … oder zumindest bis zu dem Letzten, den sie in Laville-Saint-Jour ausstoßen würde. Die einzige Möglichkeit, dem zu entgehen, dachte sie, war, auf die andere Seite des Spiegels zu gelangen. Auf die Seite derer, die Bescheid wussten …

Ein Film wurde langsam auf den Bildschirm geladen – je mehr sich der Ladebalken füllte, umso schneller schlug Opales Herz. Sie wartete – eine Minute, drei …, und der Film startete von allein im Fenster ihres Browsers.

Er war anscheinend mit versteckter Kamera oder von jemandem gedreht worden, der besonders ungeübt war. Das Bild wurde von Zuckungen geschüttelt, die beim Zuschauer Übelkeit hervorriefen, und es war körnig-verschwommen wie alte Filme einer Super-8-Kamera.

Der Ort schien derselbe zu sein; vielleicht gehörte der Film zu den Fotos. Die Kamera schwenkte die Wand entlang, verharrte einen Augenblick auf der nackten Jungfrau und dem Baby in ihren Armen … Entfernte sich, um bei einem großen umgedrehten Kreuz anzuhalten … noch eine Statue weiter hinten, die einen Teufel oder einen Satyr darstellte, ausgestattet mit einem erigierten Penis von spektakulärer Größe, bevor sie sich entfernte, um an Tiefenschärfe zu gewinnen und die gesamte Szene zu erfassen.

Es war also derselbe oder ein ähnlicher Ort, auch

wenn nun ein großer Steintisch wie ein Altar in seiner Mitte stand und die Teilnehmer sich nicht mehr an den Händen hielten. Ein weiteres Detail fiel ihr auf: Einige kleinere Gestalten standen neben den Erwachsenen.

Auf dem Altar bewegte sich ein Körper hin und her – der eines Kindes. Eines nackten Kindes. Es schien groggy zu sein, denn es wehrte sich gegen die Ketten, die seine Hand- und Fußgelenke fesselten. Sie erriet, dass es weinte, obwohl der Film ohne Ton war, was ihn seltsamerweise noch grauenhafter machte.

Eine Gestalt löste sich aus der kleinen Gruppe ... eine Frau. Die Kamera zoomte auf sie. Ja, es handelte sich tatsächlich um eine Frau in einem gewissen Alter hinter einer Halbmaske. Sie trat auf den Altar zu, und ihre Lippen formten Worte, mit einer Inbrunst, von der Opale spürte, dass sie auch die anderen befiel. Beschwörungsformeln, begriff sie. Selbst hinter der Halbmaske konnte man ihre Besessenheit spüren, die Intensität ihres Blicks, die mystische Tobsucht.

Mehrere Minuten lang konzentrierte sich die Gruppe. Dann gab die Frau jemandem außerhalb des Bildausschnitts ein Zeichen, und die Ketten des Kindes spannten sich. Langsam wurde es an den Füßen hochgezogen, bis es in der Luft hing – mit dem Kopf nach unten wie ein Fleischereistück an einem Haken – und sich vergeblich wand.

Nein!, brüllte Opale innerlich. *Nein, ich will das nicht sehen!*

Auf dem Bildschirm stellten zwei Männer eine riesige goldene Schale unter den Kopf des Kindes – eine Art großen Kelch.

Die Frau packte das Kind bei den Haaren – eine unnötige Geste angesichts seiner offensichtlichen Schwäche. Ihre Lippen bewegten sich immer schneller. Opale stellte sich Worte auf Latein vor, eine rückwärts gelesene Messe, und der ergreifende Eindruck eines Déjà-vu-Erlebnisses ließ sie vor Übelkeit schlucken: Sie hatte ... das schon einmal miterlebt, in einem dieser Albträume, einem von denen, die ein- oder zweimal pro Monat wiederkehrten. Eine Minute lang quoll das Blut aus der Wunde, um sich in den Kelch zu ergießen. Die Frau griff danach, hob den Kelch über ihren Kopf und streckte ihn wie eine Opfergabe aus dem Bildausschnitt, bevor sie ihn an die Lippen führte. Die Kamera zoomte darauf und konzentrierte sich auf ihr Gesicht, und als sie den Kopf wieder hob, stellte sie einen blutbefleckten Mund zur Schau, der weiterhin besessene, tonlose Worte formte. Mit einer raschen Handbewegung riss sie sich die Halbmaske vom Kopf, um sich mit einem blutigen Finger das Zeichen eines umgedrehten Kreuzes auf die Stirn zu malen. Die Kamera zoomte noch näher heran, während Opale sich immer wieder sagte: Ich darf nicht hinschauen! Ich darf nicht hinschauen! Wenn ich hinschaue, bin ich tot! Bin ich tot!

Sie schaute hin: Madeleine Talcots Gesicht auf dem Bildschirm des PCs, ihre scharlachroten Lippen, ein Satanskreuz auf der Stirn und ihre blaugrauen Augen flackernd von der Inbrunst einer Wahnsinnigen ... Madeleine Talcot, deren Züge sie kannte, da sie sie als Kind auf Fotos in den Zeitungen gesehen hatte ... Madeleine Talcot, wegen der Opale ihre Mutter gefragt hatte: ›Mama, ist das nicht die Frau, bei der wir ein- oder zweimal waren?‹ Madeleine Talcot, deren einfache Erwähnung im Haus Schweigen und schiefe Blicke auslöste ...

Madeleine Talcot, die soeben den Kelch an einen ihrer Schüler weitergereicht hatte, der wie sie seine Maske vom Kopf riss, ein Kreuz zeichnete und dabei unhörbare Worte aussprach ... Dann reichte er seinerseits den Kelch weiter ...

Opale drückte sich die Hände auf die Lippen, um den Schrei zu unterdrücken, der in ihr hochstieg. Sie erkannte sie wieder. Nicht alle, aber einige, und die Wahrheit erschien ihr plötzlich wie ein Vorhang, der sich auf einer Bühne hob: Madeleine Talcot, die Albträume, die weißen Schatten, ihre Eltern »im Urlaub« und »auf Geschäftsreise«, und Christophe natürlich! Alles bekam einen Sinn.

Auf dem Bildschirm trat ein weiterer Mann nach vorn. Groß, elegante Schlankheit: Opale erkannte ihren Vater, noch bevor er die Maske abnahm! Ja, ihr Vater! Die Haare, die dichter waren als heute und von einem Blond, das noch nicht von Silber durchzogen war, seine porzellanblauen Augen – er hatte von den Camerlins diese seltene, helle und zugleich intensive Augenfarbe geerbt –, die von einem Fieber brannten, dessen sie ihn nicht für fähig gehalten hätte, denn sie hatte den »Geschäftsmann« immer für ein distanziertes, unzugängliches Wesen gehalten.

Nun kam eine sehr rothaarige, etwas rundliche Frau an die Reihe – ihre Mutter, ungefähr zehn Jahre jünger. Opale hatte keine Erinnerung an sie zu dieser Zeit, mit ihren zu vielen Kilos auf der Waage, die sie seitdem losgeworden war. Sie trat näher, Hand in Hand mit einem Kind – ein kleiner, etwa fünfjähriger Junge, dessen Foto, mit einem schwarzen Band um eine Ecke des Rahmens gespannt, immer noch auf dem großen Geschirrschrank in der Diele des Hauses stand. Opale konnte kaum ihren Gesichtsausdruck erkennen, da der Tränenschleier vor ihren Augen die Szene auflöste, sodass die Gesichter verschwommen blieben - und das war noch nicht einmal eine Erleichterung. Wenigstens konnte sie - welch ein widerwärtiger Trost - feststellen, dass das Kind nicht aus der Schale getrunken hatte; seine Mutter - ihre Mutter! - hatte ihm nur dieses lächerliche Zeichen aufgemalt und ...

Ein Geräusch hinter ihrem Rücken entriss ihr einen Schrei. Heftig drehte sie sich um.

»Ich habe dich jammern hören ... Ich dachte, du wärst eingeschlafen und hättest einen Albtraum.«

Javote du Soulac stand am Eingang des Zimmers, und Opale begriff, dass sie sich bereits seit mehreren Minuten dort befand. Die Haare zu Zöpfen geflochten, um ins Bett zu gehen, steif an der Tür stehend, die Hände auf ihre Schenkel gedrückt, kreidebleich. Die Augen der Tante glitten vom Bildschirm zu Opale, von Opale zum Bildschirm. Eine Träne floss, folgte der trockenen Furche der Falten, eingerieben mit einem altmodischen Puder, das das junge Mädchen seit ihrer Kindheit begleitete, verlor sich in der Falte der Lippen, die zitterten, ohne das ein Wort herauskam.

Schließlich schloss sie die Lider und stieß seufzend mit der Stimme einer Toten hervor:

»Jetzt weißt du's ...«

Auf dem Bildschirm wurde eine letzte Nachricht angezeigt:

– Eines Tages werden schreckliche Dinge geschehen, und von diesem Tag an wird nichts je wieder so sein wie zuvor.

45

Es war auf erstaunliche Weise sanft, obwohl miteinander zu schlafen Audrey wie das unvermeidliche Ergebnis dieses Abends vorgekommen war. Es war sanft und genau so, wie sie es sich vorgestellt hatte. Nicht die unsicheren Anfänge Fremder, ein Herantasten zwischen Unbekannten, sondern die eindeutige Intimität zweier Liebender, die sich wiederfanden und ihre Körper nach einer langen Trennung zwischen Entzückung und Befriedigung, Geduld und Ungeduld wiederentdeckten. Dann war es intensiv. Sie wurden beide von einer Welle mitgerissen, und sie gab sich ihm hin, wie man sich dem Mann seines Lebens darbot; er liebte sie im Gegenzug mit einem fast lebenserhaltenden Hunger, einer ungeschliffenen, kompakten Energie, die sie beide erschöpfte - zwei feuchte Körper, die lange, schweigsame Minuten miteinander zusammengewachsen schienen. Auf diese Weise ruhten sie sich aus und ließen den Verstand die Oberhand über den Körper gewinnen, ihr Bewusstsein erwachen, ihren Puls den langsamen Rhythmus eines tiefen Wohlgefühls wiederfinden.

Audrey löste sich als Erste. Sie stieß einen langen Seufzer aus, stand ohne Scham vom Bett auf, suchte in der kleinen Kommode nach Zigaretten.

»Stört es dich?«, fragte sie.

Im Halbdunkel sah sie ihn lächeln und seinen Körper recken wie eine Katze.

»Nein ... Das ist von nun an sogar die einzige Zigarette, die ich mir gönne.«

»Die Zigarette danach?«

»Ja ... Und heute Abend könnte ich, glaube ich, sogar mehrere rauchen.«

Er lächelte weiterhin und fuhr sich mit einer Hand durchs Haar. Sie beobachtete ihn und dachte, wie seltsam es war, mit einem Autor zu schlafen, dessen Bücher man gelesen und dessen ein wenig gequälte Welt man erforscht hatte ... Hielt deswegen dieses hartnäckige Gefühl an, ihn zu kennen?

Ein Gedanke führte zu einem weiteren. Es war der zweite Mann, den sie in Laville-Saint-Jour in ihrem Bett aufnahm, aber eigentlich der dritte, seitdem man ihr David weggenommen hatte. Nach dem Gerichtsurteil, das das Sorgerecht seinem Vater zugesprochen hatte, hatte sie eher die Gesellschaft ihres Sohnes als die der Männer gesucht. In gewisser Weise hatte Joce sie von seinen Geschlechtsgenossen entfernt, als ob jeder Penisträger von nun an im besten Fall eine Bedrohung, im schlimmsten Fall einen zu vernichtenden Dreckskerl darstellte.

Der Dritte also ... der Zweite in Laville. Eine Addition, die sie unweigerlich zu Antoine zurückbrachte.

Als ob er ihre Gedanken gelesen hätte, fragte Nicolas, während sie mit zwei angezündeten Zigaretten zurück zu ihm ins Bett glitt:

»Du hast es mir übrigens nicht gesagt.«

»Was denn?«

»Nun ja ... wegen Antoine ... Ich meine, ob da wirklich was ist ...«

Sie verkrampfte sich nicht, sondern fragte sich nur, ob er eine eifersüchtige Bemerkung hatte fallenlassen oder ob es sich um einfache männliche Neugier handelte. Sie erinnerte sich daraufhin an das wutverzerrte Gesicht des Direktors von Saint-Ex vor der Bibliothek bei der Erwähnung seines ehemaligen Klassenkameraden und entschied sich für die erste Annahme. Mit Bedauern verstand sie ebenfalls, dass die Erinnerung an Antoine soeben das verzauberte Intermezzo beendet hatte, das sie für ein paar Stunden von der Wirklichkeit abgesondert hatte. Kurz war sie Nicolas sogar böse gewesen, weil er nicht eher so abgedroschene Worte gesagt hatte wie: Es war wunderbar ...

»Du hast mir auch nichts gesagt«, stellte sie im Gegenzug fest.

»Worüber?«

»Was es mit Cléance Rochefort auf sich hatte ... erinnerst du dich an die Party? *Quid pro quo*.«

Er hingegen verspannte sich, richtete sich ein wenig auf, sodass sie ihren Kopf anheben musste, der auf seinem Oberkörper geruht hatte, wobei sie fast den Aschenbecher umgeworfen hätte.

»Cléance ...«, murmelte er und stieß einen Schwall Rauch aus.

»Ja. Ich habe schließlich nie bekommen, was mir zustand.«

Er nickte und streckte einen Arm aus, damit sie sich an seine Schulter schmiegen konnte.

»Das ist sehr lange her. Cléance und ich und Antoine ... Und noch andere. Einige von ihnen hast du auf der Party kennengelernt oder auf jeden Fall gesehen. Ich habe sie kennengelernt, als ich in die sechste Klasse gekommen bin. Na ja, die meisten von ihnen kannten sich schon wesentlich länger, seit der Grundschule ... Ich war ein Sonderfall, da meine Mutter in Saint-Ex gearbeitet hat. Deswegen konnte ich in der Schule aufgenommen werden.«

Audrey informierte ihn nicht darüber, dass von nun

an von Antoine vermutlich über die Hecticon Labors weitere »Sondergenehmigungen« eingeräumt wurden.

»Wir gehörten nicht zu derselben Bande ... Cléance stammte aus einer der vermögendsten Familien Burgunds, den Noblets, und Antoines Vater war ein renommierter Unternehmer. Die anderen – Jeremy, Domitylle ...« Er zögerte, und Audrey spürte, dass noch andere Namen folgen mussten, die er schließlich verschwieg. »Sie waren aus demselben Holz geschnitzt, darauf programmiert, mit der High Society zu verkehren, alles Söhne-von, Töchter-von ...

Ich habe mich während der ersten Jahre nur sehr schwer integriert ... Ich hatte keine Freunde und fühlte mich nicht wohl in meiner Haut. Und dann habe ich zufällig Cléance kennengelernt. Ein reiner Zufall, denn wir waren nicht einmal in derselben Klasse, ich bin ein Jahr älter als sie. Im Krankenzimmer, stell dir vor.« Ein kurzes wehmütiges Lächeln.

Sie schloss die Augen und lauschte seinen Geständnissen.

»Natürlich wusste ich, wer sie war. Jeder wusste es, weil es im Übrigen schwierig war, sie nicht zu bemerken – dir ist bestimmt aufgefallen, dass sie auch heute noch eine schöne Frau ist, eine wahre Erscheinung. Aber heute ist sie eine Frau ... wirklich eine Frau«, betonte er, und Audrey verstand, was er ausdrücken wollte. Jede Spur von Frische war aus Cléance Rocheforts Gesicht verschwunden. Bestimmte Frauen konnten, selbst wenn sie auf die vierzig zugingen, sich über die Fältchen hinaus ein jugendliches Aussehen bewahren. Cléance Rochefort war mit jener kühlen Schönheit ausgestattet, die sehr schnell die sinnlichen Rundungen der Jugend beeinträchtigte.

»Kurz und gut, wir waren also alle beide in der Klinik und warteten auf unsere Behandlung. Und so hat es angefangen. Von da an haben sich viele Dinge verändert: Ich wurde von den Leuten an Saint-Ex akzeptiert - natürlich nicht innerhalb eines Tages, aber letztendlich war ich so eine Art Auserwählter … Der Auserwählte der Cléance. Der Hübschesten. Einer der Reichsten …

Im Laufe der Zeit habe ich festgestellt, dass ich vieles mit ihnen gemeinsam hatte … Ich meine, mit einigen von ihnen. Dinge, die ich niemals vermutet hätte. Aber das ist wohl eine der typischen Eigenschaften des Nebels, oder? Er versöhnt in ein und derselben Umarmung diejenigen, die nichts je dafür bestimmt hat, sich zu vereinen …«

Sie spürte, dass das Worte waren, die nicht wirklich an sie gerichtet waren und die eine Frage hervorriefen:

»Was hattet ihr denn gemeinsam?«

Ein Seufzer.

»Wir hatten alle eine etwas besondere Kindheit … Ich meine, komplizierte persönliche Lebensgeschichten.«

Sie verstand, dass er nicht mehr darüber sagen wollte, und respektierte seine Diskretion.

»Ich bin also dieser Clique beigetreten. Und einer Art Geheimbund …«

Sie öffnete die Augen.

»Ein Geheimbund?«

Er lächelte ungezwungen, aber sie erriet seine Unruhe.

»Ja, weißt du, so ähnlich wie die *fraternities* an den amerikanischen Universitäten. Wir trafen uns, haben herumgealbert …«

»Das hatte also nichts Geheimes an sich?«

»Eigentlich doch, schon. Wir tranken ... Wir rauchten früher als alle anderen! Wir ... wir haben auch zum Spaß ein bisschen gezaubert.«

»Gezaubert?«

»Wenn man das so nennen kann ... Die Laviller waren schon immer abergläubische Leute, weißt du.«

Er schwieg, bevor er fortfuhr:

»Wie auch immer, es war eine verrückte Zeit. Und, ja, wie ich dir gesagt habe, war ich all diese Jahre lang sehr verliebt in Cléance. Wir waren alle sehr verliebt. Ich glaube, zu einem bestimmten Zeitpunkt haben wir ein gefährliches Spiel gespielt – fast ein Experiment.«

Schweigen. Sie biss sich auf die Lippen, um ihn nicht mit Fragen zu bestürmen. Er war wirklich ein Schriftsteller. Er konnte erzählen. Je länger er sprach, je mehr er auswich, umso dunkler wurde das Geheimnis. Sie brannte darauf, mehr zu erfahren. Welches gefährliche Spiel hatten sie getrieben? Warum?

»Cléance war ebenso schön, wie sie verloren war ... Sie war erst mit mir zusammen, dann mit Arnaud, Jeremy, dann wieder mit mir, dann mit anderen ... Sie hat uns ein bisschen wahnsinnig gemacht. Sie war auch kurz mit Antoine zusammen, aber nicht lange genug, um uns vermuten zu lassen, dass sie ihn eines Tages heiraten würde. Ich denke, dass wir uns bestimmt alle insgeheim gesagt haben: *Tief in ihrem Herzen bin sowieso ich ihre große Liebe, und zu mir wird sie zurückkommen, wenn alles vorbei ist!*«

Er stieß ein kleines Lachen aus, das von einer Zärtlichkeit geprägt war, die von weither kam.

»Zu mir ist sie nicht zurückgekommen. Zu niemandem eigentlich ... Zumindest zunächst einmal nicht.

Sie ist zum Studieren weggegangen, das Leben hat uns alle voneinander entfernt. Ich habe einige Jahre später erfahren, dass sie Antoine geheiratet hat – ich werde wahrscheinlich nie begreifen, warum, denn ... denn selbst heute noch glaube ich nicht, dass er es war, den sie am meisten geliebt hat. Vielleicht hat der Bankrott von Antoines Eltern ihr ein Ziel gegeben ... Ein Ziel für ihr Vermögen, ihren gesellschaftlichen Rang?

Sie hatten mich eingeladen. Zur Hochzeit, meine ich. Ich bin nicht hingegangen. Laville-Saint-Jour kam mir damals sehr weit weg vor. Ich hatte gerade meinen ersten Roman angefangen und lebte in einer Art Pariser Überschwang, der mir weit aufregender erschien als die Rückkehr in den Nebel ...

Schließlich habe ich weder sie noch ihn wiedergesehen, bis zu diesen letzten Wochen, als ich Antoine getroffen habe ...«

Schweigen.

Er hatte ihr die Geschichte mit Auslassungspunkten erzählt. Warum diese lange Abwesenheit von Laville-Saint-Jour? Warum erwähnten die Biographien nicht seine Kindheit hier? Und dieses Spiel, beziehungsweise das Experiment, war es nicht ... perverser gewesen als das? Die Perversion eines jungen Mädchens, das zu schön, zu reich war und zu sehr vergöttert wurde, und das seine Macht auf Kosten anderer auskostete?

»Du hast mir nicht alles gesagt, nicht wahr?«, fragte sie, den Kopf immer noch an seine Schulter geschmiegt.

»Hätte ich das tun sollen?«

»Ist Antoine deswegen eifersüchtig auf dich?«, fragte sie anstatt einer Antwort. »Wegen Cléance? Glaubst du, dass sie lieber dich geheiratet hätte?«

»Warum sagst du das?«

Sie biss sich auf die Lippen.

»Er hat mir eine Szene gemacht. Deinetwegen.«

Erneut spürte sie, wie sein Körper sich anspannte, und er schickte sich an, sich zu lösen. Sie ließ es nicht zu.

»Dann hast du also was mit Antoine?«

»Ich war seine Geliebte, ja«, gab sie mit Bedauern zu. »Ein ... kurzer Irrtum. Eine große Dummheit sogar.«

»Weil er dein Chef ist?«

»Weil er kein Mann für mich ist. Weil er verheiratet ist. Weil ich nichts für ihn empfinde.« Sie zögerte. »Weil ich denke, dass er in etwas Zwielichtiges verwickelt ist.«

Er reagierte nicht darauf, und trotzdem hatte sie den Eindruck, dass seine Herzschläge sich beschleunigten.

»Es ist aus«, fügte sie hinzu. »Und als ich es ihm gesagt habe, hat er mir eine Szene gemacht. Eine Szene deinetwegen.«

Sie wartete auf eine Reaktion. Vergeblich. Sie zögerte. Sollte sie ihre Zweifel bezüglich Antoines Anwesenheit auf dem Parkplatz kurz zuvor erwähnen? Nein, entschied sie. Antoines Aura war schwarz und unheilvoll. Schließlich spürte sie, wie ihr eine Hand beruhigend übers Haar strich, die sie zum Weiterreden ermutigte und die Anspannung vertrieb.

»Ist es deine Jugendzeit mit ihnen, über die du hier schreiben wolltest?«, fragte sie.

»Unter anderem, ja ... Diese Momente damals. Und noch andere«, fügte er mit kaum hörbarer Stimme hinzu.

»Dann werde ich also alles erfahren, wenn ich es lese«, sagte sie erfreut. »Ich kann's kaum erwarten ...«

Er ließ ein kleines Lachen vernehmen.

»Ja ... Ich denke, du wirst dann mehr darüber erfahren. Obwohl ich, je mehr ich schreibe, mich frage, ob das wirklich interessant ist.«

»Ich weiß, dass du mir wohl nicht mehr sagen wirst, aber ... Hast du schon einen Titel?«

Er schien zu zögern.

»Eines Tages werden schreckliche Dinge ...«

»Wie bitte?«

»Das ist mein Titel. Oder Untertitel, ich weiß es noch nicht genau. *Eines Tages werden schreckliche Dinge ...* Das stammt von einer meiner Erinnerungen, ein Ausdruck: Eines Tages werden schreckliche Dinge geschehen ...«

»... und von diesem Tag an wird nichts je wieder so sein wie zuvor?«

Diesmal löste er sich wirklich und drehte sich um, um ihr direkt in die Augen zu schauen.

»Woher kennst du diesen Satz?«

Sie starrte ihn an. Sein Gesichtsausdruck hatte sich verändert – er wirkte fast *erschreckt*? Zutiefst erschüttert zumindest.

»Ja, ich ... ich kenne ihn«, stammelte sie. »Es ist ... sogar merkwürdig, da ich ihn noch nie zuvor gehört und durch Zufall entdeckt habe. Einer meiner Schüler hat ihn Anfang des Schuljahres auf seinen Fragebogen geschrieben.«

Sie sah, wie sein Gesicht blass wurde. Und auf einmal wurde auch sie von Nicolas' Aufregung erfasst. Sie blinzelte, plötzlich von einer Entdeckung überrumpelt.

»Ja, sehr eigenartig«, wiederholte sie. »Denn es ist gerade dieses Schülers wegen, weshalb ich glaube, dass Antoine in eine miese Sache verwickelt ist. Und ... Oh! Aber du kennst ihn ja: Es ist der Junge, der während deines Vortrags geschrien hat!«

Mit zusammengepressten Lippen fuhr er sich mit der Hand durchs Haar, ein wenig außer Atem. Schließlich fand sie, dass es Zeit war, ihm ihre Zweifel anzuvertrauen.

»Nicolas, ich glaube, dass ... dass Antoine uns heute Abend hat zusammen wegfahren sehen. Ich glaube, er hat sich versteckt. Auf dem Parkplatz.«

46

- Du wolltest nicht mehr mit mir sprechen, Bastien, nicht wahr?
- kA. wozu?
- Ich bin Dein Bruder ...
- ok du bist mein bruder ... na und?
- Mama geht es schlecht, glaube ich.
- ich weiß
- Du weißt, dass es ihr schlecht geht, aber Du weißt nicht, warum.
- weil du tot bist. das ist ein guter grund, findest du nicht?
- Ich bin nicht wirklich tot. Das ist der Beweis ... Kinder sterben nie vollkommen. Vor allem nicht die Kinder aus Laville-Saint-Jour.
- du bist kein kind aus laville
- In gewisser Weise schon.
- ich check gar nichts. aber ich hab eine frage: wenn du

mein bruder bist, Y schließt du nicht deine webcam an, jetzt sofort …

- Ich bin Jules, aber ich bin nicht nur Jules. Ich bin ALLE Kinder, die nicht so gestorben sind, wie sie sollten. Hier bilden wir ein Ganzes …
- und wo ist hier?
- Hier ist weit weg … Und nah. Es ist irgendwo im Nebel.
- bist du … ich meine, seid ihr … Die Weißen Schatten?
- Ah … Ich sehe, Dein Besuch bei den Mitgliedern der Chowder hat etwas gebracht.
- so kann man das nicht sagen.
- Was würdest Du denn sonst sagen?
- es war schrecklich. Da waren nicht nur die Weißen Schatten … da waren auch andere. ein typ, der sich vilbois nannte.
- Vilbois hat zu Dir gesprochen?
- Ah … du weißt also nicht alles? freut mich zu hören!
- Natürlich nicht, wie sollte ich? Ich bin ein Kind zwischen zwei Welten … Ich bin nicht Gott. Und auch nicht der Teufel …
- ja vilbois hat mit mir gesprochen; oder nein … eher: er hat nur seinen namen geschrieben. oder sonst jm. er hat nichts gesagt außer seinem namen … hatte keine gelegenheit dazu.
- Wie kam das?
- die andern haben ihn nicht gelassen
- Interessant … Du hast also auch Macht …
- wie das? und warum auch? Von wem sprichst du?
- Laville ist kein Ort wie alle anderen.
- yeah hab ich gemerkt
- Es ist ein Ort, der … Mächte erweckt. Verborgene Mächte … Ich habe Dir gesagt, dass Du Laville-Saint-Jour ge-

hörst. Ich habe mich nicht geirrt … Bist Du noch da, Bastien? Du antwortest nicht mehr …

– ja
– Was wirst Du unternehmen wegen Mama? Man muss ihr helfen.
– ja …
– Glaubst Du, Du bist dazu in der Lage?
– kA. kA was ich tun soll.
– Hast Du ihre neuen Gemälde gesehen?
– nein
– Ich habe sie gesehen. Und ich glaube, Du solltest sie auch sehen.
– wie sind sie?
– Schön … und seltsam. Anders. Sie sind ein Weg, glaube ich.
– ein weg? wohin?
– Zu einer Möglichkeit, ihr zu helfen. Und wenn Du sie gesehen hast, selbst wenn Du nicht alles verstanden hast – lass Dich führen. Schau hin … Hör zu. Es wird zu Dir kommen.
– was denn?
– Die Wahrheit … Lass Dich treiben. Lass diejenigen, die Dich begleiten können, auf Dich zukommen. In der Schule zum Beispiel.
– saint-ex?
– Ja … Saint-Ex. Es gibt dort Menschen, die die Dinge verstehen.
– sag mal, jules?
– Ja, Bastien?
– du redest mit mir über alles … mama, das haus … saint-ex und all das. aber du fragst mich nie, wie es papa geht …?

Der Schrei, den er ausstieß, weckte ihn: »Papa …« Oder vielleicht hatte er auch diesen Schrei nur geträumt, während sein Chat mit *julesmoreau* im Schlaf vor seinem geistigen Auge vorbeizog.

Bastien streckte den Arm aus, um Licht zu machen, und ließ sich dann in die Kissen zurücksinken. Hörte das denn nie auf? Jedes Mal, wenn der Nebel in seinem Kopf einen Sonnenstrahl hindurchließ, schien die Nacht sofort wieder hereinzubrechen. Zunächst einmal waren da Patoches Enthüllungen bezüglich seiner Mutter … Dann Opale, die online blieb, ohne ihm zu antworten. Und schließlich *julesmoreau*. Jules, der alles sah … alles wusste. Mit dem er von nun an eine furchterregende Vertrautheit teilte.

Jules, der das Gespräch ganz plötzlich abgebrochen hatte, als Bastien seinen Vater erwähnt hatte. Warum?

Fragen. Er ertrank in Fragen. Sie würden ihn unter sich begraben. Bis zum Wahnsinn.

Er begriff, dass er nicht mehr würde schlafen können. Zumindest nicht sofort. Indem er seine Angst überwand, die seit dem Beginn der Albträume eine ständige Begleiterin geworden war, stand er auf, um sich in der Küche etwas zu trinken zu holen – schaltete im Vorbeigehen alles ein, auch wenn er an der Macht des Lichts, die – *Gespenster?* – verjagen zu können, zweifelte. Ja, Gespenster, so nannte man sie schließlich.

In der Küche goss er sich ein Glas Milch ein und trank, wobei er es vermied, zum Fenster zu blicken – überhaupt keine Lust, den Nebel zu sehen, überhaupt keine Lust, den Kopf eines sechzehn Monate alten Babys zu entdecken, halb überfahren von einem blauen Mercedes, das dort langsam auftauchte wie bei einer

Levitation; seine Augen blitzend von einer bösartigen Urintelligenz, sein kleines Händchen mit den abgerissenen Fingern zum Gruß erhoben.

Sein Blick fiel auf die Hakenleiste, an der alle möglichen Sachen hingen, dekorative oder nützliche: eine Taschenlampe, ein Feder-»Dingsda«, ein Korkenzieher, ein …

Schlüsselbund! Oder eher: die Schlüssel! Die Schlüssel seiner Mutter, das bedeutete, die Schlüssel zum Schuppen.

Die Bilder waren zum Greifen nahe. Hier. Jetzt oder nie.

Er blickte kurz zum Fenster: Er würde den Garten durchqueren müssen. Mitten in der Nacht. Aber er hatte keine Wahl, er *musste* diese Gemälde sehen. Wegen seiner Mutter und sogar, das konnte er spüren, sich selbst wegen.

Ohne nachzudenken, ging er in sein Zimmer zurück, zog sich ein Sweatshirt über und steckte die Füße in dicke, plüschartige Hausschuhe. In der Küche griff er nach den Schlüsseln und stellte sich dann vor die Eingangstür. Er atmete tief durch und öffnete sie weit.

Der Nebel war dichter, als er ihn je gesehen hatte, vor allem am Boden, als ob der Garten in einem Ozean aus leuchtender Watte versank, der jedes Licht verschluckte. Er zögerte – würde er wirklich … da hindurchlaufen?

Bastien starrte auf den schwarzen Würfel des Schuppens, der sich hinten im Garten abzeichnete. So weit war es schließlich nicht. Er hatte sowieso keine Wahl.

In dem Moment, in dem er sich entschloss, löste sich ein Nebelarm aus der Masse und schlängelte sich um seine Füße. Fast angeekelt wich er zurück.

Mit dem Fuß stieß er ihn von sich – eine vollkommen irrationale Bewegung, die er nicht hatte zurückhalten können. Sein Bein durchstieß den Fangarm. Das Ding zerfiel sanft, bevor es von der Luft aufgesaugt wurde.

Er ging die vier Eingangsstufen hinunter, und die weiße, verschwommene Matratze verschluckte die Plüschtiere an seinen Füßen – es konnte alles Mögliche darunter sein ... absolut alles Mögliche! Er machte sich daran, so schnell er konnte, den Garten zu durchqueren, ohne zu rennen, und ignorierte dabei die Schaukel und sämtliche Formen, die sich, als er vorbeilief, vom Boden erhoben. Mit jedem Schritt kamen ihm wider Willen, wie jedes Mal, wenn er in diesen letzten Stunden allein war, wieder die Bilder der *Chowder* in den Sinn: die verrückt gewordenen Buchstabenvierecke, die Wörter, die sie gebildet, die Schreie, die sie ausgestoßen hatten. Ja, es waren tatsächlich Schreie gewesen! Wenn nicht gar ein Gebrüll des Schreckens, der Wut, der Rache!

Die weißen Schatten ...

Die Diiiiinge ...

Laville-Saint-Jour will dich ...

Er erreichte den Schuppen außer Atem wie nach einem Hundertmeterlauf, suchte nach den Schlüsseln und verfluchte sich dafür, seine Sache nicht besser vorbereitet zu haben, das heißt, vor dem Rausgehen den richtigen Schlüssel rausgesucht zu haben. Während er vor der Tür in einem blassen Halbdunkel einen nach dem anderen ausprobierte, stellte er sich vor, wie der Nebel hinter seinem Rücken Seufzer ausstieß – er konnte ihn fast murmeln hören: Bassstien ... Bassstien. In seinem Kopf hatte der Nebel die sanfte Stimme einer Frau, die einen in den Schlaf wiegte.

Die Panik überrumpelte ihn: das kleine Mädchen ... das kleine Mädchen auf der Schaukel! Da ... hinter ihm ... Sie kommt näher ...

Nicht hinschauen ... Er musste ...

Plumps!

Der Schlüsselbund war mit einem leisen erstickten Geräusch in eine Gischt aus Nebel gefallen. Bestürzt suchte Bastien die Stelle ab, an der die Schlüssel liegen mussten. Unmöglich, sie zu finden. Der Nebel war zu dicht. Mit Schweiß auf der Stirn, trotz der feuchten Kälte, ging er in die Hocke, tauchte die Hand in die Suppe – *absolut alles Mögliche konnte darunter sein!* – und tastete mit der Hand über die unsichtbare Welt auf dem Boden: feuchter Rasen ... kleine Zweige ... aufgeweichtes Laub ... Kies ... ein klebriges Tier, das seine Finger berührte ... Schlüssel!

Endlich! Er hatte sie!

Er wollte sich gerade aufrichten, als sein Blick für eine kurze Sekunde in Richtung Schaukel abglitt ...

... NICHT HINSCHAU ...

Sie war da.

Ein bleiches Wesen aus undeutlichen Konturen, ihre Haare so zart wie eine Mähne aus Rauch, das verschwommene Gesicht einer Skizze, durchbrochen von zwei Löchern, zwei leeren Höhlen im Nebel, die Hände um das jeweilige Seil geschlungen, ihr Kleidchen aus Nebel, das beim geringsten Lufthauch erzitterte.

Ergriffen blieb er reglos stehen. Diesmal hatte sie nichts von einer Täuschung! Sie war ... real!

Langsam drehte sie sich zu ihm um und schenkte ihm ein Lächeln – ein unbestimmter Strich, der sich in ihrem Nebelgesicht verzog. Und sprang von der Schaukel.

Angst, die tief aus seinem Bauch kam, überfiel Bastien, richtete sämtliche Haare seines Körpers auf und hätte fast dafür gesorgt, dass er die Kontrolle über seine Körperfunktionen verlor.

Mit einem Blick schätzte er die Möglichkeiten ab, zum Haus zurückkehren und dabei dem ... Ding ausweichen zu können.

Gleich null.

Blieb ihm nur noch der Schuppen.

Er richtete sich auf, die Augen immer noch auf die Erscheinung gerichtet, die Hände um die Schlüssel gekrallt.

Mit der Weichheit einer Wirbellosen kam das kleine Mädchen näher, und er begriff, dass er ihr niemals den Rücken zudrehen konnte. Ihr den Rücken zudrehen, das bedeutete zu sterben. Gegen die Tür gedrückt, blieb er wie erstarrt stehen, während sie ihren Weg fortsetzte.

Dann nahm er plötzlich den Garten um sie herum wahr. Bis dahin hatte der Nebel schwebend in der Luft gehangen, nun pochte er, brodelte an manchen Stellen. Als ob sie seine Gedanken gelesen hätte, blieb das kleine Mädchen stehen, schaute nach rechts, nach links, und er hatte den furchtbaren Eindruck, als ob der Kopf sich von ihrem Hals aus Dunst lösen und wie ein Ball davonfliegen könnte. Um sie herum verstärkte sich das Pochen, schwoll an ... und der Körper aus Dunst erhob sich vom Boden und richtete sich mit ätherischer Anmut auf. Noch ein Junge. Und da, direkt hinter dem Baum: ein ganz kleines Mädchen! Und dann noch ein Kind, alle anders, alle gleich.

Die weißen Schatten! Das Erwachen der weißen

Schatten im Nebel. Nein! Die weißen Schatten *waren aus* Nebel!

Ein Baby, oder eher ein Kleinkind, dessen runder Kopf die Oberfläche durchbrach, um darüber zu schwimmen ...

Jules?!

Es war dieser Gedanke, der Bastien aus dem entsetzten Trancezustand riss, in den er abgetaucht war.

In einer Sekunde, wenn sie vollzählig sein würden, würden sie alle auf ihn zukommen. Woher er das wusste? Keine Ahnung. Aber der Nebel wurde hier und da von heftigen »Plops« geschüttelt, und da, weitere Zuckungen! Und jeder weiße Schatten würde einer nach dem anderen zum Vorschein kommen und sich aufrichten. Eine wahre Armee ... die aber noch unvollständig war!

Von einem mächtigen Überlebensinstinkt angetrieben und einem Adrenalinstoß geschüttelt, drehte Bastien ihnen den Rücken zu, um den richtigen Schlüssel zu suchen. Es gab sechs insgesamt. Einige wenige Sekunden, um sie alle auszuprobieren – mehr als nötig!

Und was, wenn der richtige Schlüssel nicht dabei war? War es wenigstens der richtige Schlüsselbund?

Er warf einen Blick hinter sich. In seinem Garten zählte er sieben oder acht Wesen, die sich in Zeitlupe schüttelten. Ihre geschlossenen Augen begannen sich zu öffnen und brachten schwarze, seelenlose Höhlen zum Vorschein.

Ein Schlüssel! Zwei Schlüssel!

Hinter ihm war das Mädchen von der Schaukel nur noch wenige Meter entfernt und streckte einen Arm nach ihm aus. Die anderen setzten sich gelassen mit nebelhafter Langsamkeit in Bewegung, das Baby eingeschlossen.

Drei Schlüssel! Vier ... Klick.

Ja! Das war der Richtige.

Er öffnete die Tür weit, stürzte in den Raum, wobei er in der Dunkelheit gegen ein Möbelstück stieß, drehte sich um, um die Tür hinter sich zuzuschlagen und ihnen zu entkommen und ... nichts. Draußen ruhte der Nebel still wie ein weißer Moosteppich. Der Garten war noch nie so ruhig gewesen. Selbst die Schaukel pendelte nicht mehr.

Die weißen Schatten waren wieder im Bauch des Nebels untergetaucht.

Wenn sie ihn überhaupt je verlassen hatten.

47

»Segnen Sie mich, Vater ...«

In der flüchtig bewussten Trägheit, die Pater Cartelot übermannte, und der süßen Lust des Alkohols, an dem er geduldig im Laufe des Abends genippt hatte, nahm die Stimme eine hohle, tiefe Resonanz an, als ob das Echo der hundert Male, tausend Male, die er sie gehört hatte, gegen die unendlichen Wände einer Grotte widerhallte ... Heute Abend saß er wie an den vorangegangenen Abenden – den Kopf leicht geneigt, bereit vornüberzufallen, den Mund halb geöffnet – vor einem vorsintflutlichen Fernseher mit groben Kontrasten, dessen Farben die einzige Lichtquelle in dem kleinen Wohnzimmer darstellten. Nur führte die Stimme heute nirgendwohin – oder doch, zu einer Art Paradies oder Hölle, die Pater Cartelot sich folgendermaßen vorstellte: ein dunkles Zimmer, in dem eine Flasche Gin auf einem großen Konzertflügel stand, die von dem grellen Licht eines Scheinwerfers durchflutet wurde, dessen Schein mit den funkelnden Reflexen eines Diamanten durch die Flüssigkeit fiel.

»Segnen Sie mich, Vater ... Ich glaube, ich habe es gefunden.«

»Was denn?«

»Das Kind ...in Paris. Es ist aus Paris. Es ist vielleicht noch dort ... Ich werde seine Spur zurückverfolgen.«

Suzy Belair war heute Abend vorbeigekommen, sehr spät wie immer. Er erkannte sie an ihrem Gang, diese Art, sich gleitend fortzubewegen, als ob sie schwebte. Jedes Mal, wenn er den faden Duft ihrer Blässe im Beichtstuhl einatmete, wurde er von dem heftigen Verlangen gepackt, sich in das Zimmer zu flüchten, in das die Stimme ihn führte.

Sie dachte, sie habe das Kind gefunden. Sie hatte also *wirklich* gesucht. Sie glaubte also noch daran. Sie, die Astrologin, *glaubte*! An ihre Macht, an ihrer beider Fähigkeit, sich den Kräften, die am Werk waren, entgegenzustellen. Und sie gab vor zu denken, dass er ebenfalls daran glaubte.

An jedem beliebigen anderen Ort hätte Pater Cartelot sie bestimmt ermutigt, unterstützt, ihr geholfen bis zur Erschöpfung. Schließlich war er, als das Bistum ihn hierher nach Laville-Saint-Jour geschickt hatte, ein junger Priester voll mystischem Eifer gewesen. Er hatte nicht nur *geglaubt*, sondern sogar eine traditionelle – einige würden sagen: strenge – Ausübung des Glaubens propagiert und sich für eine Mission begeistert, der er sich mit Leib und Seele hatte widmen wollen.

Ja, woanders würde er noch daran glauben. Aber nicht hier ... Nicht in Laville-Saint-Jour. Nicht mit diesen ... Kreaturen auf dem Frontgiebel seiner Kirche. Nicht bei dem, was er gewusst, gehört, gesehen hatte. Jeder beliebige andere Priester würde bestimmt davon träumen, seinen Glauben eher an der Kraft der Mächte des Bösen auf die Probe zu stellen als an der Mittelmäßigkeit des Alltags. Wie viele konnten letztendlich den Kampf gewinnen?

Er hatte ihn verloren. Er und andere. Während Suzy Belair und in geringerem Maße Odile Le Garrec durchgehalten hatten, waren die anderen einer nach dem anderen Jahr für Jahr abgesprungen. Bestimmt hatten nach der Talcot-Affäre, dem Medienrummel und den Prozessen alle geglaubt, es sei vorbei. Dem war natürlich nicht so, und eine Zeit lang hatte er selbst gekämpft, gehofft ... Odile Le Garrec, zum Beispiel, hatte einen kleinen Sieg dargestellt - er konnte sich an sie erinnern, an ihre Verwirrung, als sie noch unter dem Schock all dieser Gräueltaten stand. An die Stunden, die er mit ihr damit verbracht hatte zu beten, zu bereuen, ihr Leben wieder neu aufzubauen. Aber es hatte nur eine einzige Odile Le Garrec gegeben. Eine einzige in dreißig Jahren!

Segnen Sie mich, Vater ...

Ein Geräusch in der kleinen Eingangshalle unten ließ ihn kurz ein Auge halb öffnen - seine kleine Zweizimmerwohnung über der Sakristei war stets auf diese Weise von den Geräuschen der Kirche durchdrungen, hohle Geräusche von sehr alten Dingen, die ihre Anwesenheit den Lebenden zum Ausdruck bringen wollten.

Pater Cartelot ließ seine Augen wieder zufallen und

die Brille auf seiner Nase dem Buch folgen, das ihm eine Viertelstunde zuvor von den Knien gerutscht war. Er befand sich an genau dem Punkt, an dem sein Bewusstsein in einer gewissen Benommenheit feststeckte, aber der Schlaf noch nicht sicher war, ob er ihn ohne Traum übermannen würde, sodass er als Alkoholiker mit Erfahrung beschloss, noch ein paar Minuten zu warten, um sich den Gnadenstoß zu geben und …

… unten ein weiteres Geräusch. Nein, nicht unten … auf der Treppe. Knackendes Holz. Ein winziges, aber erkennbares Geräusch: das der letzten Stufe, die zu seiner Wohnung führte.

In der flüssigen Verwirrung seiner Gedanken tauchte eine Frage auf: Warum sollte diese Stufe anfangen, von allein zu knacken? Das hatte sie zuvor doch noch nie getan, oder? Oder war es etwa ein anderes Stück Holz irgendwo auf der Treppe? Das Geländer, das über eine berechtigte Ermüdung klagte?

Er öffnete die Augen. Der Raum stellte sich ihm in unförmigen Proportionen dar, und er begriff nach ein paar Sekunden, dass er immer noch seine Lesebrille aufhatte und dass der Fernseher ein flackerndes, bläuliches Licht erzeugte. Mit einer müden Geste nahm er die Brille ab, passte seine Sicht an und hatte den vagen Eindruck, als ob das Wohnzimmer gerade im Rhythmus des Bildschirms torkelte.

Er lauschte. Madame Moussonet kam natürlich nie um diese Uhrzeit vorbei, und vor allem nicht, ohne Bescheid zu sagen. Allerdings war Madame Moussonet die Einzige, die die Schlüssel hatte – die Einzige auch, die alles über ihn wusste, das Schlimmste mit eingeschlossen.

Er lauschte. Der Ton des Fernsehers war ausgeschaltet, das Ding diente in erster Linie als Lampe.

Nein, es musste sein Gehirn gewesen sein, das geknackt hatte, es gab überhaupt keinen Grund dafür, dass ...

Erneutes Knacken. Unmittelbar vor der Tür.

Pater Cartelot zuckte zusammen und zwang sich, gegen die Gefühllosigkeit seiner Glieder anzukämpfen, um aufzustehen.

Er befand sich in einem unsicheren Gleichgewicht, die Arme noch auf die Sessellehne gestützt, als er sah, wie sich der Türknauf drehte. Eine Sekunde später zeichnete sich ein breiter, hoher Schatten im Türrahmen ab.

Einige Sekunden lang betrachtete Pater Cartelot das Wesen ohne jegliche Furcht. Dabei wusste er, um wen es sich handelte - nicht genau eigentlich, denn zu diesem Zeitpunkt war seine Identität noch konfus, aber es musste ein Kind aus Laville sein, dessen Absichten kaum liebenswürdig waren. Er hatte auf jeden Fall immer gewusst, dass die Dinge so enden würden. Das war genau der Moment, in dem er normalerweise sein Kruzifix ziehen und sein Weihwasser vergießen oder ein göttliches Licht das Zimmer durchfluten müsste, wenn das Leben einem Roman ähnelte ...

Trotzdem fand gegen seinen Willen die Angst im Alkoholdunst, mitten in der nüchternen Logik und der Gewissheit über sein Schicksal ihren Weg. Und als das Ding sich auf einen Schlag die Haut vom Gesicht riss, durchzuckte den Pfarrer der Saint-Michel-Kirche die kurze Hoffnung, die Kraft zu finden, Suzy Belair die Zeit zu lassen, ihre Pläne zu einem guten Ende zu bringen, und die Gewissheit: Gott würde ihm niemals vergeben.

48

Bastien befand sich seit mehreren Minuten in dem Schuppen. Dreimal hatte er die Tür einen Spaltbreit geöffnet, um einen Blick in den Garten zu wagen: nichts, keine Seele, lebend oder tot, immateriell oder real. Nur die milchige Ruhe des Nebels - er schien nun sogar etwas dünner zu sein.

Sein Abenteuer mit den weißen Schatten hatte ihn von seiner Aufgabe abgelenkt, und er wartete dort - auf was, wusste er nicht; wahrscheinlich darauf, dass seine Angst schwand (aber verschwand sie denn überhaupt je vollkommen?). Ohne auf die Ausstattung zu achten, die er nie zuvor gesehen hatte - das kleine Sofa mit den Kissen, das wer weiß woher kam, ein Durcheinander an Farben, Töpfen, Tuben, die einen alten Holztisch bedeckten, in jeder Ecke Blumen in Vasen -, fragte, wiederholte er sich ständig: Was habe ich wirklich gesehen? Was ist wirklich passiert?

Er verstand es nicht. Er dachte an jene jungen Mädchen, die zum Zeitpunkt ihrer Regel eine solche Energie produzieren konnten, dass sie in der Lage waren, in einem Wutanfall Gläser oder Glühbirnen zerspringen zu lassen. An jene Mütter, die Lkws hochheben konnten, wenn ihre Kinder darunter gefangen waren. Hatte er selbst diese ... Dinger geschaffen? War das Energie, die im Nebel Gestalt angenommen hatte? Und falls das nicht der Fall war, was war es dann?

Er war immer noch verwirrt. Fragen ... Fragen ...

Ein letztes Mal öffnete er die Tür einen Spalt. Der Garten war weiterhin in eine grüne Ruhe getaucht.

Sanft schloss er die Tür.

Die Gemälde waren da. Vier Bilder: Drei lehnten gegen die Wand, eins stand auf der Staffelei. Sie waren umgedreht (außer demjenigen auf der Staffelei, das mit einem Tuch bedeckt war), aber er war sich sicher, dass es sich um Gemälde handelte, die er noch nie gesehen hatte, denn seine Mutter war noch nie so vorgegangen – ihre Bilder verstecken.

Vorsichtig, als ob er jemanden aufwecken könnte, trat er näher.

Er legte die Hand auf das erste Gemälde. Zögerte. Es schien ihm, als ob er gerade im Begriff war, eine vollkommen verbotene Tat zu begehen – etwas Schreckliches.

Er drehte es um.

Was Bastien erwartet hatte, wusste er nicht. Auf jeden Fall nicht das: ein bläulicher, fast idyllischer Hintergrund wie ein Sommerhimmel, harmonisch, leuchtend ... wunderschön. Es war das perfekteste Blau, das seine Mutter je gefunden hatte. Es wurde hier und da von Lichtern durchsetzt, die aus dem Gemälde hervorzuspringen schienen, als ob es ihr gelungen wäre, die Kraft des Sonnenscheins einzufangen, der durch einen feinen Wolkenschleier gefiltert wurde.

Warum verbarg sie dieses Gemälde vor ihnen?

Er trat zurück. Er kannte den Ablauf. Man musste die Flecken suchen, ihnen einen Sinn geben. Das war eher schwierig bei einfarbigen Gemälden – denn schließlich brachte kein einziges Bild seiner Mutter je nur eine einzige Farbe hervor ... Manchmal verwässerte sie Flecken unterschiedlicher Farbtöne untereinander, und auch wenn die Konturen verschwommen blieben, bekamen die Formen schneller einen Sinn, als wenn diese Ton in Ton zusammengestellt waren.

Er konzentrierte sich, kniff die Augen zusammen. Ein Baum? Da war ein Baum – ein knorriger Stamm zumindest. Die Form war ungewöhnlich, als ob es sich um eine Art lebenden Baum, ein Tier han ...

Ein Paar, das sich küsste? Der Eindruck war flüchtig gewesen; er hatte einen Augenblick eine Linie verfolgt, und es war ihm ins Auge gesprungen. Dann war das Bild verschwunden – das war die ebenso faszinierende wie ärgerliche Seite an der Arbeit seiner Mutter.

Moment, wo war es doch gleich? Ja, da! So, jetzt hatte er es ... Nun sah er nur noch das: Er hatte zunächst die beiden aneinandergeschmiegten Körper mit einem Baumstamm verwechselt.

Oder war es etwa die Erinnerung an Opales Kuss, die ihn unweigerlich dahin zurückbrachte?

Nein, er war sich sicher. Der Kuss war nicht das, was er sehen wollte, sondern das, was sie hatte verstecken wollen. Und das Paar war nackt ... aufrecht stehend, wie wenn man sich auf der Straße küsste, aber nackt, wie um miteinander zu schlafen.

Er blieb noch einige Augenblicke so stehen und betrachtete das Werk – es war gewiss das schönste der Sammlung, ein Bild, das einen Ehrenplatz im Haus verdient hätte, so sehr strahlte die heitere Kraft dieses Blautons Liebe aus.

Er war erleichtert, und eine verrückte Hoffnung erfüllte ihn plötzlich: Wollte sie sie überraschen? War es einfach die Perfektion ihrer Arbeit, die sie derart in Anspruch nahm?

Ohne zu zögern enthüllte er das zweite Gemälde, da er es nun kaum erwarten konnte, seine Hoffnungen bestätigt zu sehen.

Entsetzt wich er zurück.

Der Hintergrund war grau - ein geschwärztes, dunkles Anthrazitgrau ... Das sich mit einer Art purpurroter Aura vermischte, deren Mitte intensiver wurde bis zum Scharlachrot. Das Gemälde war nicht hässlich, nein! Aber ... es sah seiner Mutter nicht mehr ähnlich. Wenn der Stil nicht gewesen wäre, hätte man die beiden Bilder nie mit demselben Schöpfer in Verbindung gebracht, so gegensätzlich erschienen die Gefühle bei diesen Farben, die einen Ungewöhnliches verspüren ließen. Es waren Farbtöne, die er kannte: Er hatte gesehen, wie sie über seinem Kopf den Himmel glutrot gefärbt hatten, an dem Tag, an dem Jules gestorben war.

Er schloss einen Augenblick die Augen - wollte er diesen Flecken wirklich Form geben?

Als er sie wieder öffnete, erschien es ihm ganz deutlich: In der Mitte des Bildes, dort, wo das Rot so intensiv war, dass es zu brennen schien, zeichnete sich der Körper eines ganz kleinen Kindes ab. Ein Kind, das offen war wie eine klaffende Wunde, aus der das Blut floss. Als er dem Weg einer Linie folgte, die sich vom Rot zum Purpur erstreckte, um mit dem Grau zu verschmelzen, erahnte er die Spitze eines Messers. Ein verhältnismäßig großes Messer in Bezug auf die Größe des Kindes, das eigentlich fast noch ein Baby war.

Ein ungeheures Mitleid schnürte ihm die Kehle zu. Sie hat das gemalt - meine Mutter!

Er stellte das Bild ab und drehte es wieder zur Wand. Hatte er genug davon gesehen?, fragte er sich. Nein, entschied er. Er hatte die Wahrheit sehen wollen. Er würde es bis zum Ende durchziehen.

Mit einer sicheren Geste drehte er das dritte Bild um.

Der erste Gedanke, der ihm in den Sinn kam: Feuer ... Ein schmelzendes Gemälde. Ebenso wie das Azurblau, welches das erste Gemälde hatte erstrahlen lassen, wurde dieses hier von einer Kombination aus Rot-, Gelb- und Orangetönen entflammt. Ein weiteres Mal war Bastien erstaunt über die rohe Heftigkeit des Talents seiner Mutter – ein Talent, das er an ihr entdeckte, als ob der Maler, den er immer gekannt hatte, plötzlich von einem Genie besessen wäre. So nahm er es zumindest mit seinen zwölf Jahren wahr. Vor seinen Augen schienen Flammen zu tanzen – außer dass Caroline Moreau natürlich keine Flammen, sondern Wolken malte. Es erforderte eine sehr besondere Technik, um Wolken zum Glühen zu bringen.

Dieses Gemälde widersetzte sich ihm. Unmöglich, ihm einen Sinn zu geben. Falls es einen gab, schien auch er von den Flammen verzehrt worden zu sein – oder war das vielleicht die Grundidee. Was sich dort hätte befinden müssen, war zerstört worden und konnte nicht mehr dargestellt werden?

Es war verworren. Bastien wurde hier mit Ideen und Vorstellungen konfrontiert, die mehr Reife erfordert hätten, auch wenn er sich noch nie so »groß« gefühlt hatte wie in diesem Augenblick. Er hatte geraucht, sich mit den Toten unterhalten, ein Mädchen geküsst, war den weißen Schatten entkommen und mitten in der Nacht in einem kleinen Schuppen, versunken im Nebel von Laville-Saint-Jour, widerrechtlich zu der Arbeit seiner Mutter vorgedrungen.

Er drehte sich um. Blieb das letzte Gemälde. Das auf der Staffelei. Das, von dem er kurz schwarzes Gekleckse wahrgenommen hatte, das auf nichts Glückliches schließen ließ.

Widerwillig trat er näher und hob vorsichtig, falls es noch nicht getrocknet sein sollte, das Tuch hoch und legte das Bild frei.

Mit klopfendem Herzen betrachtete er es lange, die Lippen trocken und die Kehle wie zugeschnürt.

Im Gegensatz zu dem, was er angenommen hatte, stellte das Schwarz nicht die vorherrschende Farbe dar – im Grunde vereinigten sich Schwarz- und Weißtöne, ohne sich zu vermischen und auch ohne ein Grau zu erzeugen (eine Meisterleistung, die Bastien bestimmt erstaunt hätte, wenn nicht die Gefühlsregung gewesen wäre, die ihn gerade gepackt hatte). Auf den ersten Blick dachte er an eine Darstellung des Nebels. Der Nebel in der Nacht. Natürlich verbarg sich aber etwas anderes dahinter: ein Gesicht, oder zumindest eine Annäherung an ein Gesicht, das von wütenden roten Strichen durchzogen war – Striche, die ungewöhnlich waren für Caroline Moreau, die nie je auch nur die geringste gerade Linie gezeichnet oder gemalt hatte. Eher ein Maul als ein Gesicht. Ein verzerrtes, bleiches und zugleich finsteres Maul, eine Theatermaske, in einem Schrei erfasst … Ein Gesicht ohne Lippen und ohne Nase, als ob man Haut über einen Schädel geklebt hätte. Von Hass oder Schmerz verzerrt.

Ein Maul, das Bastien gut kannte. Es erschien ihm in fast allen seinen Albträumen.

Das Gesicht des Todes.

Dritter Teil

Eines Tages im Grauen ...

48

Dr. Lieberman lag in dem Kingsize-Bett eines großen Zimmers mit Hightech-Ausstattung, umgeben von einem Wirrwarr von Schläuchen und Stromkabeln. Neben ihm erzeugte ein Beatmungsgerät ein unangenehmes Sauggeräusch, während offensichtlich ein hochentwickelter Computer in seiner Reichweite installiert war. Einer seiner Arme zeigte die Anzeichen schwacher Bewegungsfähigkeit, wie Bertegui bemerkte, als er ihn seine Maske abnehmen sah. Ein bleiches Gesicht, ein zu einer Grimasse verzerrter Mundwinkel und die lederne Haut eines Schwerkranken kam zum Vorschein.

»Sie sind ein Frühaufsteher, Kommissar«, flüsterte der Doktor als Begrüßung mit leicht pfeifender Stimme. »Das letzte Mal, als mich die Polizei um sieben Uhr morgens angerufen hat, sollte ich die ersten Untersuchungen an einer Leiche durchführen, aber ich bezweifle, dass der Grund für Ihren Besuch irgendetwas mit meinen beruflichen Fachkenntnissen zu tun hat.«

»Nicht direkt, nein«, bestätigte Bertegui und wunderte sich über den eher lebhaften Empfang, der im Gegensatz zur Erscheinung des Mannes stand.

Was hatte Clément doch gleich über Lieberman gesagt? Ein ehemaliger Gerichtsmediziner, der nur noch vor sich hinvegetierte. Wenn man dem Lieutenant Glauben schenkte, verbrachte er seine Tage mit dem Studium der Geschichte der Stadt und hatte sich als eine Art Experte in Sachen Hexenkunst einen Namen gemacht. Unter diesen Umständen entzückte Bertegui das Treffen kaum. Dennoch hatte es sich ihm heute Morgen aufgedrängt. Er hatte keine Wahl.

Letzte Nacht hatte ein schrecklicher Albtraum seinen Schlaf mit Blut getränkt: Madame Menirond, eine Lampe an einer Schirmmütze befestigt und eine Axt in der Hand, verfolgte Jenny durch den ganzen Parkwald, wobei sie das Gebrüll einer Wahnsinnigen ausstieß, während er selbst aus dem Park ausgesperrt war, unfähig, seiner Tochter zu Hilfe zu eilen. In der raum-zeitlichen Verwirrung seines Albtraums war Jenny plötzlich vor seinen Augen oben auf dem Gitter aufgespießt, und vor ihr stand eine Gruppe Schaulustiger, aus der sich Odile Le Garrec langsam löste, um bis zu ihm zu laufen und mit der Stimme einer Toten zu murmeln: »Das ist wie bei dem Sohn von Romy Schneider ...«

Er war zu folgendem Schluss gekommen: Der Fall wurde zur Besessenheit - und Meryls finstere, ungewöhnlich besorgte Miene beim Aufwachen hatte ihn noch mehr niedergedrückt. Er war fast so weit, dass er sich ... eine Leiche wünschte. Eine richtige! Ein ordnungsgemäßes Mordopfer. Etwas Greifbares, um sich nicht weiterhin auf unsicherem Grund voranzutasten und die Art des Feindes identifizieren zu müssen. Denn das war gerade das Problem: Der Feind hatte kein Gesicht und kein offensichtliches Motiv. Es fehlte ihm an einer ernst zu nehmenden Spur und der Möglichkeit, Le Garrec in Gewahrsam zu nehmen, um ihm die Einzelheiten zu entreißen, die er hartnäckig verschwieg –

Schlüsselinformationen, da war er sich sicher. Daher hatte Bertegui sich nun dazu entschlossen, so unangenehm die Aussicht auf ein Gespräch über Rituale, Stierherzen und schwarz gekleidete Schatten auch sein mochte, den Arzt bereits früh morgens anzurufen.

Mit einer winzigen Kopfbewegung wies ihm der ehemalige Gerichtsmediziner einen Sessel aus Leder und Metall zu, in dem das Wildschwein ungeschickt Platz nahm - das Objekt war bestimmt schön, aber offensichtlich nicht für das Format normaler, das heißt, unvollkommener Menschen geschaffen.

»Clément schickt Sie, wenn ich recht verstanden habe ...«

»Genau. Er ist einer meiner Lieutenants.«

»Ja, ja ... Ich habe Clément damals gekannt. Ein sehr aufrichtiger Junge, glaube ich. Also, was kann ich für Sie tun?«

Bertegui rutschte unbehaglich in dem Sessel hin und her. Die Art seiner Anfrage sowie der Ort - dieses große leere Zimmer mit dem Licht, das durch senkrechte Jalousien fiel - störten ihn.

»Es hat etwas mit der Talcot-Affäre zu tun, nehme ich an«, ermunterte ihn Lieberman.

»Indirekt, ja ...«

Auf dem erstarrten Gesicht die Andeutung eines Lächelns.

»Das habe ich mir gedacht. Ich höre ...«

»Lieutenant Clément hat zu verstehen gegeben, dass Sie bestimmte Riten der ... Hexenkunst oder dieser Art von Dingen beherrschen.«

»Beherrschen ist nicht das richtige Wort - man beherrscht nur, was man praktiziert, Kommissar. Das Studium ist nichts ohne die Praxis, nicht wahr? Sagen wir, ich habe versucht zu verstehen, was mit mir passiert ist.«

Mit einem kurzen Blick überflog Bertegui die Mumie, die da vor ihm lag – unmöglich zu begreifen, was Liebermans letzter Satz bedeutete. Er beschloss, sofort zur Sache zu kommen.

»Ein Stier ist getötet worden, und man hat ihm das Herz herausgerissen. Ich meine, entnommen. Ich muss wissen, ob diese Handlung eine besondere Bedeutung hat. Außerdem hätte ich gerne, dass Sie mir ein wenig erklären, wie die Rituale und diese Sachen organisiert werden.«

»Das ist im Rahmen einer Ermittlung, nehme ich an?«

Bertegui nickte.

»Eine Ermittlung, die selbstverständlich über den Fall des Stiers hinausgeht?«

Der Doktor richtete einen scharfen, neugierigen Blick auf seinen Besucher, weit von dem dahinvegetierenden Wesen entfernt, das ihm Clément angekündigt hatte. Selbst seine Stimme hatte sich nach einem anfänglichen Zögern gefestigt.

»Sagen Sie mir, was passiert ist?«

»Ich kann nicht.«

»Natürlich nicht. Erklären Sie mir nur: Gab es eine Entführung? Ein verschwundenes Kind? Ein junges Mädchen?«

»Nein, überhaupt nicht.«

»Das kommt noch. Es ist unvermeidlich.«

Der Satz war gefallen wie ein Urteilsspruch.

»Sie sind neu in der Stadt, Kommissar, oder irre ich mich?«, fragte Lieberman.

»Das stimmt.«

»Gut. Ich weiß nicht genau, wonach Sie suchen, aber ich kann Ihnen Folgendes sagen: Um zu verstehen, was hier am Werk ist, was in Laville-Saint-Jour vor sich geht, müssen Sie verstehen, was Laville-Saint-Jour ist.«

»Was es ist?«

»Ja, das, was an seinem Ursprung steht. Und das Nachfolgende beeinflusst alles, wenn man das so sagen kann. Laville-Saint-Jour befindet sich am Zusammenfluss zweier Welten ... Es ist eine Brücke zwischen zwei Ufern. Und ein Zufluchtsort.«

Bertegui wollte protestieren, den Doktor unterbrechen und ihn auffordern, nicht vom Thema abzuschweifen, aber Letzterer fuhr fort:

»Am Anfang war Laville nur ein Ort, der einen Flurnamen trug, der noch nicht einmal auf eine gallisch-römische Vergangenheit zurückging, im Gegensatz zu mehreren der Orte ringsumher. Wahrscheinlich wegen des Klimas, wie Sie sich vorstellen können. Wer hat schon Lust, in einem Loch zu leben, das von einer solchen Waschküche getrübt wird? Selbst die Weinberge waren jahrelang völlig unerschlossen. Dennoch besitzt Laville seine Besonderheit. Kennen Sie die *Grandes Compagnies*? Die *Écorcheurs*?«

Bertegui schüttelte mit gerunzelter Stirn den Kopf, in der Hoffnung, seine Ungeduld zum Ausdruck zu bringen.

»Die *Grandes Compagnies* sind Horden von Straßenräubern, die im Mittelalter einen Großteil Frankreichs mit Blut befleckt haben ... Eine der berühmtesten waren die *Écorcheurs* – die Halsabschneider –, und sie waren in Burgund aktiv. Eine Gruppe von Übeltätern, wenn Sie so wollen, die die Besonderheit hatte, dass sie nicht nur aus Söldnern bestand. Adlige, häufig ehemalige Kriegsherren standen an ihrer Spitze ... Und sie waren mächtig. Sie gingen sogar so weit, die Herzöge von Burgund zu erpressen, damit sie unbehelligt reisen konnten ...«

Falls Dr. Lieberman am Trommeln von Berteguis Fingern auf dessen Schenkel und dem Quietschen seiner Lammlederjacke, wenn er sich in dem Sessel bewegte, die Ungeduld seines Gesprächspartners erkannte, so ließ er sich nichts anmerken.

»Die *Écorcheurs* genossen natürlich keine rechtliche, dafür aber eine tatsächliche Straffreiheit. Sie waren nicht zu fassen. Nun sind die *Écorcheurs*, Kommissar, aber die ersten Einwohner von Laville-Saint-Jour. Sie sind es, die die ersten Häuser gebaut, die ersten Straßen angelegt, die ersten Pläne gezeichnet haben. Von allen unbemerkt, oder fast. Das ist es, was die Geschichte dieser Stadt so besonders macht. Sie hat von Anfang an außerhalb jeglicher Gesetzlichkeit existiert, am Rande der übrigen Welt. Mehr als jede andere Stadt wurde sie auf Blut errichtet ... und mit gestohlenem, erpresstem, geplündertem Geld ...

Andererseits aber handelte es sich im fünfzehnten Jahrhundert nur um ein im Nebel verlorenes Dorf, dessen Existenz geheimgehalten wurde - auch wenn das Geheimnis durch das blaue Blut der Männer an der Spitze der *Écorcheurs* gelüftet wurde. Was uns zur Vauderie d'Arras führt ...«

»Zur Vauderie d'Arras?«, wiederholte Bertegui, dessen Interesse gegen seinen Willen langsam geweckt wurde.

»Einer der größten Hexenprozesse der Geschichte ... Im Grunde ein Machtkampf zwischen den Herzögen von Burgund und Ludwig XI. Sie wissen bestimmt, dass es im Mittelalter Zeiten gegeben hat, in der die Hexenjagd gewütet hat. Aber der Hexenprozess von Arras ist besonders, denn die Verfolgungen betrafen nicht nur Außenseiter wie anderswo, sondern auch Großbürger, wohlhabende Kaufleute. Deshalb beschränkt sich die Vauderie d'Arras nicht auf eine Anekdote aus dem Mittelalter. Es handelt sich um die Gegenüberstellung zweier Mächte im Amt, die sich auf gerichtlichem Gebiet abgespielt und die Notabeln der Stadt als Geiseln genommen hat: Richter, Ritter, Steuereintreiber und so weiter und so fort, die man dazu gebracht hat, unter der Folter die unwahrscheinlichsten Dinge zu gestehen – eigentlich habe ich mit Interesse den Pädophilenprozess von Outreau verfolgt. Die Affäre ähnelt einer modernen Version der Vauderie ...

Kurzum, es gab diejenigen, die geschnappt, eingesperrt, manchmal hingerichtet wurden. Und es gab die anderen, die geflohen sind. Und genau hier haben sie Zuflucht gefunden. In Laville-Saint-Jour ... Bei den *Écorcheurs*.«

Lieberman wartete auf eine Reaktion.

»Verstehen Sie nun die Besonderheit?«, bohrte er nach. »Laville-Saint-Jour ist ein Zufluchtsort. Ein Zufluchtsort für Söldner, die von Adligen und Kriegern angeführt werden. Und eine Zuflucht für gestürzte, aber noch sehr reiche Notabeln. Auf diese Weise hat die Stadt ab dem fünfzehnten Jahrhundert dank all dieses Geldes, das in Strömen floss, einen so raschen und, das muss man sagen, blühenden Aufstieg erlebt.«

»Was hat das mit den jüngsten Ereignissen zu tun?«

»Genau da liegt das Problem. Ich habe die Parallele

mit Outreau absichtlich gezogen. Sehen Sie, fast alle Angeklagten von Outreau sind unschuldig. Fast, denn die Eltern hingegen sind sehr wohl schuldig. Wie bei Outreau, wenn man das so sagen kann, ist die Vauderie d'Arras nicht von null ausgegangen. Es hat sehr wohl ... Aktivitäten gegeben.«

Lieberman schwieg, wie um Bertegui die Zeit zu lassen, auch wirklich zu begreifen, was er mit Aktivität meinte.

»Sie müssen verstehen, dass sich in Laville-Saint-Jour im Laufe der Jahrhunderte ... grauenhafte Dinge abgespielt haben. Sehen Sie, es besteht kein Zweifel daran, dass die Flüchtlinge aus Arras in ihrem Hass und ihrer Wut die *Écorcheurs* in ihre Praktiken eingeweiht haben. Genau deswegen ist Laville-Saint-Jour einzigartig. Es ist ein Ort, an dem die Barbarei von Wegelagerern auf den Wahnsinn von Teufelsanbetern traf. Beide Gruppen ausgestoßen vom Rest des Landes, und dazu auch noch reich. Im Grunde ist es die einzige *Gemeinschaft* von Anhängern schwarzer Messen auf der Welt.«

Bertegui erinnerte sich plötzlich daran, was er gedacht hatte, als er sich mit Gionelli über Vilbois unterhalten hatte: die Mafia-Version der Schwarzen Messe. Das verwies genau auf Liebermans Worte. Der Zusammenschluss der *Écorcheurs* und der Überlebenden des Hexenprozesses.

»Wenn Sie genau darauf achten, hat die Stadt übrigens eine sehr besondere Form: Sie ist angelegt wie ein Pentagramm.«

»Ich hatte geglaubt, vier Spitzen zu sehen und nicht fünf.«

»Nein, da irren Sie sich. Das ist der Eindruck, den

man bekommt, wenn man sich auf die Stadt von heute bezieht. Aber damals war sie ein recht großer Marktflecken, dessen fünfte Zacke genau auf die Saint-Michel-Kirche fällt.«

»Die Wasserspeier ...«, murmelte Bertegui.

»Ja, genau, die Kirche mit den Wasserspeiern. Andere Details der Architektur bestätigen den besonderen Charakter dieser Stadt. Einige sehr alte Häuser, zum Beispiel, haben noch Zugang zu unterirdischen Gängen. Sehen Sie, der Legende nach begaben sich die Hexen auf einem Besen zu den Sabbats, aber es ist natürlich viel weniger poetisch. Anscheinend hat man sich damals durch diese Tunnel fortbewegt. Die auch zu dem Zweck angelegt worden waren, im Fall eines Problems flüchten zu können – es sind schließlich Gesetzlose, die das alles geschaffen haben.«

»Aber ich nehme an, dass die Stadt nicht lange in der Anonymität bleiben konnte.«

»O nein, natürlich nicht! Die beiden Gemeinschaften haben sich gegenseitig unterstützt. Die *Écorcheurs* haben die Bürger von Arras und ihre Güter empfangen im Austausch gegen ihren Schutz. Und die Neuankömmlinge haben der Stadt im Bau Geld zur Verfügung gestellt und in gewisser Weise ihre Gastgeber zivilisiert. Was dazu führte, dass, sobald Gras über die Sache von Arras gewachsen war – man hatte für die Rehabilitierungen ungefähr dreißig Jahre warten müssen –, die Stadt sich in einen Mantel der Ehrenhaftigkeit gehüllt hat. Eine Generation hat im Grunde dafür ausgereicht.«

»Aber wenn ich Ihnen recht folge, dann haben die ... Rituale weiterhin stattgefunden?«

Lieberman deutete ein Lächeln an, machte sich daran zu antworten, bevor er von einem Hustenanfall unterbrochen wurde. Je mehr er sprach, umso pfeifender wurde seine Stimme, war Bertegui aufgefallen, und er wurde etwas kurzatmig, trotz der offensichtlichen Begeisterung, sein Wissen übermitteln zu können. Wenn er nicht sprach, schien der Mann an der Schwelle des Todes zu sein. Ein Tod, der aushöhlte, auszehrte, entstellte und sich Zeit nahm.

»Die Rituale, wie Sie sagen, haben weiterhin stattgefunden. Es war ein Zeitalter, in dem die Sterblichkeit hoch war, in der Kinder leicht verschwanden. Ich denke, es gab mindestens vier getötete Kinder pro Jahr – das entspricht den vier großen jährlichen Sabbats, einer pro Beginn einer Jahreszeit. Aber es waren vielleicht wesentlich mehr. Im Übrigen wusste jeder in der Gegend, dass sich *etwas* abspielte. Aber die Herzöge von Burgund und später die Krone haben die Laviller nie behelligt, da sie ihre okkulte Macht fürchteten.«

»Ich verstehe«, sagte der Kommissar mit finsterer Miene. »Was hat das mit ... sagen wir, der Talcot-Affäre zu tun? Das alles liegt doch fünf Jahrhunderte zurück.«

»Es hat direkt damit zu tun, denn die Hexenkunst ist wie die Neurose: erblich.«

Bertegui zuckte fast zusammen.

»Wie kann das sein?«

»Es gibt zwei Aufnahmemethoden bei den Ritualen: die Initiation und die Erbschaft. Es ist eine Form des Wissens – und des Glaubens –, die durch Übergangsriten, eine Art Einführung, überliefert wird, aber vor allem von Generation zu Generation. Die Riten vollziehen sich nach strengen Richtlinien. Oh, natürlich haben sich die Dinge im Laufe der Zeit zwangsläufig weiterentwickelt: Laville-Saint-Jour ist aufgeblüht, sein Wein hat Weltruf erlangt. Das ändert aber nichts daran, dass hier unwahrscheinliche Verbrechen stattgefunden haben ... Und Bräuche aufrechterhalten wurden. Sie haben unter den Lavillern mehrere Familien, an deren Händen Blut klebt, und das seit eh und je. Kinder waren bei ... alldem anwesend und haben das Unerträgliche gesehen, diese Szenen miterlebt. Sie sind von ihren Eltern initiiert worden.«

»Wollen Sie mir damit sagen, dass jeder Laviller ein potenzieller Krimineller ist?! Dass man hier seit fünf Jahrhunderten - wie soll ich es nennen? - Menschenopfer darbringt?«

»Nein, aber einige von ihnen haben das Unaussprechliche durchgemacht. Und davon sind Spuren zurückgeblieben. Der alteingesessene Laviller hat einen ... anderen Bezug zur Welt und den Dingen. Das alles hat - wie soll ich sagen? - Energie erzeugt.«

Bertegui starrte den Doktor misstrauisch an.

»Energie? Wie soll ich das verstehen?«

»Es werden hier immer ... außergewöhnliche Dinge passieren. Hier hat der Tod öfter zugeschlagen als anderswo. Die ganze Stadt vibriert von dieser Energie.«

Nun war Liebermans Stimme nur noch ein heiseres Murmeln; aber mehr noch als das gelehrte Interesse eines Akademikers erkannte Bertegui den Eifer eines Gläubigen.

»Sie meinen, übernatürliche Dinge?«

»Wenn Ihnen das lieber ist. Dieser ganze Hass, diese vielen Rituale haben Spuren hinterlassen. Davon bleibt zwangsläufig etwas übrig. Denn in gewisser Weise hat sich die Stadt dank der Mächte des Bösen aufgebaut. Diese Energie kann niemand wirklich erklären oder begreifen. Sie können beschließen, sie zu ignorieren. Aber sie ist da. Wissen Sie, was die Legende erzählt? Der Nebel bestehe aus Schatten ... weißen Schatten. Die geopferten Kinder von Laville-Saint-Jour. Deswegen ist er im Laufe der Jahrhunderte auch immer dichter geworden ...«

Bertegui konnte ein Hüsteln nicht unterdrücken, was Lieberman wieder etwas zu beruhigen schien.

»Im Übrigen hat die Stadt ihr Quantum an bekannten Verbrechern hervorgebracht - ich spreche natürlich nicht von den Talcots. Sie sind die Auffälligsten, aber da war auch D'Anton de Villeneuve im achtzehnten Jahrhundert, berühmt dafür, in Paris Prostituierte gefoltert zu haben - eine Art vorzeitiger Jack the Ripper ... Ende des neunzehnten Jahrhunderts gab es Frédéric Outremont, den man den Menschenfresser der Provence nannte, da er dort nicht nur Kinder getötet, sondern sie auch gegessen hat ... In jüngerer Zeit Pierre Andremi ...«

»Andremi?«, fragte Bertegui verwundert und erinnerte sich an den Prozess, der ein paar Jahre zuvor die Öffentlichkeit in Atem gehalten hatte: mehrere von einem »gut aussehenden unauffälligen jungen Mann« missbrauchte und massakrierte Kinder in der Pariser Region.

»Ja, Andremi, der sogar direkt mit den Talcots in Verbindung steht, da seine Mutter, Mathilde Andremi, eine Verbündete der Talcots, aktiv in die Affäre verwickelt war und noch immer gesucht wird. Andremi und andere ... Sie sind alle miteinander verwandt. Alles Kinder aus Laville-Saint-Jour, auch wenn einige ausgewandert sind. Verstehen Sie jetzt? Sie können den Begriff der ... *Energie* ablehnen, die fünf Jahrhunderte

Gräueltaten hervorgebracht hat. Aber Sie können nicht die Auswirkung und das Trauma für die Kinder leugnen, die daran beteiligt waren. Ich werde Ihnen nicht erklären müssen, wie man einen Verbrecher ›herstellt‹, oder?«

Bertegui schwieg.

»Sie haben sogar heute in dieser Stadt Menschen, *junge* Menschen, die an den von den Talcots organisierten ... Treffen teilgenommen haben. Was soll aus diesen Jugendlichen werden?«

»Opfer des Lebens«, murmelte Bertegui.

»Genau. Opfer des Lebens ... oder Henker.«

Sie schwiegen alle beide. Einige Augenblicke lang entzog sich Bertegui dem kühlen, deutlichen Rahmen von Liebermans Zimmer, um in den wirren Ozean seiner Gedanken einzutauchen. Langsam entstand eine Hypothese. Und plötzlich verstand er, warum der Feind kein Gesicht hatte. Der Feind war die Stadt selbst. Der Schatten, den man dreimal dort gesehen hatte, wo in den vergangenen Tagen der Tod zugeschlagen hatte, war nicht zufällig dort gewesen: Es war ein Kind aus Laville-Saint-Jour, das der Stadt gehorchte, dem Schicksal folgte, das sie für es vorgezeichnet hatte.

Ein Kind aus Laville-Saint-Jour, das in die Heimat zurückgekehrt ist ... Alles führte ihn immer wieder zu Le Garrec zurück!

»Kürzlich ist Blut von Madeleine Talcot gefunden worden«, brachte er murmelnd hervor, als sei es ein beschämendes Geständnis. »Auf einer Spiegelscherbe.«

»Am Schauplatz eines Verbrechens?«

»Nicht genau. Aber in der Tat nicht weit von einer ...

einer Leiche entfernt«, antwortete der Kommissar und verjagte dabei das flüchtige Bild eines vierzehnjährigen Jungen, aufgespießt in acht Metern Höhe.

»Ist sie beim Parkwald gefunden worden?«, erkundigte sich der Doktor.

Bertegui blinzelte erstaunt.

»Ja ...«

»Jemand versucht, Kontakt zu ihr aufzunehmen.«

»Wie bitte?«

»Ich habe Ihnen gesagt, dass die Stadt mit Energie geladen ist. Genauer gesagt, innerhalb der fünf Sternzacken des Pentagramms. Sie glauben nicht daran, aber ... diejenigen, die versuchen, Kontakt zu ihr aufzunehmen, sind davon überzeugt.«

»Warum ... *sie*?«

»Weil sie die letzte große aktive Hexe war. Man bittet sie um ... ihre Kraft. Ihre Unterstützung.«

Bertegui schloss die Augen. Die Elemente entsprachen sich gegenseitig, wobei sie gleichzeitig durcheinandergerieten: Die Übermittlung der »Mächte«, alle miteinander verwandt, die Energie in der Mitte des Pentagramms ... Wie sollte man diese Worte – die letzte große Hexe – ohne in Gelächter auszubrechen?

»Sie haben mir von einem Stier erzählt,«, sagte Lieberman.

»Ja, das stimmt. Sein Herz ist gestohlen worden.«

»Zahlreiche Riten sind im Grunde aus dem römischen Altertum überliefert worden. Das Opfern von Kindern zum Beispiel geht auf den Baal-Kult zurück – man verbrannte damals Dutzende von Kindern in einem Flammenmeer, um diesen phönizischen Gott anzubeten. Dann haben mit der Einführung der katholischen Riten Veränderungen stattgefunden. Die Kinder wurden nicht mehr verbrannt, sondern man schnitt ihnen die Kehle durch. Dasselbe gilt für den Stier. Seine Bedeutung ist reich und vielfältig; er kann während eines Sabbats geopfert werden ...«

»Das ist nicht der Fall, denke ich, denn man hat ihn auf einer Wiese gefunden. Keine weitere Spur von ... Misshandlung als dem, was ich Ihnen beschrieben habe. Man hat ihn nicht ausbluten lassen.«

»In diesem Fall ist es eine Strafe. Der Stier als Symbol des Kalbs ... Und der Fortpflanzung. Also des Kindes.«

»Und das gestohlene Herz?«

»Angezündet verurteilt es den Besitzer des Stiers zur Verdammnis. Ansonsten ist es eine Warnung für denjenigen, der es erhält.«

Erneut musste Bertegui an die Mafia denken, die denjenigen Zungen schickte, die eventuell mit der Polizei reden könnten.

»Oh, stimmt schon, wenn man das so sagt, klingt es vollkommen lächerlich. Aber hier ... hier würde ich diese Dinge sehr ernst nehmen. Ich weiß, wovon ich spreche«, fügte Lieberman mit kaum hörbarer Stimme hinzu.

Bertegui betrachtete das aschfahle Gesicht des ehemaligen Gerichtsmediziners.

»Was ist mit Ihnen passiert?«, fragte er.

Lieberman hüstelte, versuchte sich zu räuspern, aber als er das Wort ergriff, war seine Stimme heiser, vor Aufregung oder Müdigkeit.

»Niemand weiß es. Auf jeden Fall kein Arzt. Ich habe zweimal in meinem Leben mit den Talcots zu tun gehabt. Das letzte Mal geht auf die Zeit zurück, als die Affäre ans Tageslicht gekommen ist. Ich habe ... sozusagen für sie eine Bedrohung dargestellt.«

Bertegui wartete auf die Fortsetzung.

»Einige Ärzte haben einen Schlaganfall diagnostiziert, um die Lähmung zu erklären, aber ... aber wie soll man die dreiunddreißig spontanen Brüche verstehen?«

Bertegui unterdrückte eine Reaktion.

»Sie haben mich mehr schlecht als recht wieder zusammengeflickt – ich habe das Sprechvermögen wiedererlangt, wie Sie hören können –, und ob Sie es glauben oder nicht, das ist innerhalb der ersten Minuten nach Madeleine Talcots Tod passiert. Aber ich habe noch Schwierigkeiten beim Atmen und den Großteil meiner Bewegungsfunktionen verloren. Natürlich kann selbst bei einer CT ein Schlaganfall unbemerkt bleiben, aber ich bin Arzt. Und ich weiß, dass das, was mit mir passiert ist, medizinisch gesehen unmöglich ist ...«

»Warum sind Sie hiergeblieben?«, fragte Bertegui nach einem kurzen Schweigen.

Ein schwaches, bitteres Lächeln. Bertegui verstand, dass die Antwort sich nicht in Worte fassen ließ beziehungsweise dass sich eine komplexe Wirklichkeit hinter ihr verbergen musste: Das Bedürfnis zu verstehen ... Es gibt keinen Ort, wo ich hingehen könnte ... Die Hoffnung, der Polizei helfen zu können, wie ich es soeben getan habe ... Ich bin bereits tot ... Das geht Sie nichts an. Hinter Liebermans scheinbarer Beherrschung steckte ein menschliches Drama. Man hatte ihm sein Leben gestohlen. Oder zumindest war er davon überzeugt, was auf das Gleiche herauskam.

Der Blick des zur Mumie gewordenen Arztes verlor sich in Richtung Fenster, wo das Grau der Straße durch die Lamellen der Jalousien fiel. Bertegui dachte, dass es an der Zeit war, sich zu verabschieden. Er stand auf und erinnerte sich an eine Frage, die ihm während Liebermans Ausführungen in den Sinn gekommen war.

»Warum das alles, Doktor? Die Opfer ... Die Rituale?«

Den Kopf immer noch in die Kissen gedrückt, wandte sich Lieberman ihm in einer fast unmerklichen Bewegung zu und sah ihn an. Bertegui erkannte an seinem Blick, dass er damit zufrieden war, das Gespräch nicht mit einer persönlichen und trübsinnigen Note zu beenden.

»Ursprünglich war es eine Reaktion gegen die Macht im Amt. Gegen die Verbote der Kirche. Oder den Psychologen zufolge, um sich von einem erdrückenden Über-Ich zu befreien und anhand von Praktiken Triebe zu befriedigen. Die Lust, die den Wahnsinn mit sich bringt. Das sind auch die Grundlagen der Hexerei.

Anschließend, weil man keine Wahl hat, oder daran Gefallen findet. Auf jeden Fall gilt: Was die Stadt will, bekommt sie auch. Um jeden Preis. Und die Stadt will nur eines: Blut. Aus Blut schöpft sie ihre Kraft.«

Ohne Bertegui anzusehen, schloss er mit folgenden Worten:

»Es gibt nicht ein Haus in dieser Stadt, in dem nicht im Laufe der Jahrhunderte mindestens ein Kind verschwunden ist ... So ist Laville-Saint-Jour entstanden. Es wird Jahrhunderte dauern, um das auszulöschen, was hier passiert ist. Und was weiterhin hier passieren wird ...«

49

Nicolas parkte den Mini etwa dreißig Meter vom Haupteingangstor von Saint-Exupéry entfernt, unmittelbar an der Einfahrt zum Cours du Parc. Das Auto fiel in der Allee ein wenig auf – zwar fuhren dort noch andere Minis, aber keiner protzte mit schwarz-weiß karierten Streifen im Rallye-Stil oder funkelnden Felgen, die auf dicke Reifen montiert waren. Er hätte sich dennoch nicht vorstellen können, ein Fahrzeug zu dem alleinigen Zweck zu mieten, Wache zu halten, denn genau darum ging es. Im Übrigen parkte der Mini unmittelbar an einer Ausbuchtung des Cours unter einem Baum. Wer würde ihn bei den vielen Wagen, die die Schüler hier abstellten, bemerken? Den Motor abgestellt, ließ er die Scheibe herunter, schlug den Kragen hoch – die Temperatur am frühen Morgen hörte nicht auf zu fallen, je dichter der Nebel wurde. Die unveränderliche Geschichte von Laville-Saint-Jour.

Sein zweiter Besuch in Saint-Ex seit seiner Rückkehr – die zweite in zwanzig Jahren. Bei seinem letzten Besuch hatte man ihm den Tod seiner Mutter mitgeteilt, ein Kind hatte einen Schrei des Entsetzens ausgestoßen, und er war von einem Phänomen überrumpelt worden, vor dem er sich seit seiner Begegnung mit Cléance ein Vierteljahrhundert zuvor geschützt glaubte: der Liebe auf den ersten Blick.

Seltsam, dachte er, als er sich an die heftige und unerklärliche Anziehung erinnerte, die er sofort für Audrey empfunden hatte; seltsam, dass er die Tore von Saint-Ex hatte passieren müssen, um die Tür der Liebe aufzustoßen.

War er denn eigentlich in Audrey verliebt? Die Frage war gegenstandslos. Gewiss hatte er ... *Lust*, sie zu lieben. Wahnsinnige Lust. Die Geringste ihrer Gesten löste bei ihm Anfälle von Verlangen aus: ihre Art, die Haare nach hinten zu werfen; ihre Haltung, wenn sie die Beine übereinanderschlug; ihre Lippen, die sich um eine Zigarette schlossen; ihr lachender, intelligenter Blick ... *Wahnsinnige* Lust, sie zu lieben. Aber was hatte das schon für eine Bedeutung? Es war ihm verboten. So wie er es ihr anvertraut hatte, war das nicht der richtige Moment – eigentlich konnte man sogar keinen schlimmeren finden, um von Amors Pfeil getroffen zu werden. Er hatte natürlich nicht mehr erklären können. Es ist nicht der richtige Moment ... *Du würdest in Gefahr geraten.*

Das war eine Wahrheit von unendlicher Traurigkeit: An wie viele Frauen konnte ein erwachsener Mann im Laufe seines Lebens bei den ersten Worten, dem ersten Lächeln das Herz verlieren? Wie viele Frauen hatten wirklich in ihm dieses sofortige Verlangen ausgelöst, das nicht nur rein sexuell war, sondern weit darüber hinausging wie ein plötzlicher Lebenstrieb, der zu pochen anfing und eine heftige Sehnsucht nach dem anderen Menschen auslöste? Das Verlangen, sie zu entdecken, zu beschützen, zu besitzen?

Das Problem war allerdings: Audrey *war* vielleicht bereits in Gefahr. Sie hatte ihm im Einzelnen die Trennungsszene mit Antoine geschildert, und vor allem ihre Zweifel, was seine Rolle bezüglich ihres Schülers Bastien Moreau betraf ... »Ich glaube, Antoine stand heute Abend unten an meinem Fenster.«

Natürlich konnte es Antoine gewesen sein. Es hätte auch irgendwer sein können. Ihr Exmann zum Beispiel – weswegen war er eigentlich *genau* dieses Jahr nach Laville-Saint-Jour gekommen? (Sie hatte auf die Frage mit einem kurzen »Joce ist wirklich der letzte Mensch auf der Welt, über den ich jetzt Lust habe zu sprechen …« geantwortet.) Es konnte auch ein Nachbar sein … Oder wirklich irgendwer.

Oder auch nicht.

Und war sie denn im Übrigen nicht auf jeden Fall in Gefahr, selbst wenn es sich *nur* um Antoine handelte? Welche Rolle spielte er? Und Cléance? »Die Hecticon Labors decken ihn. Sie zahlen das Haus der Familie … und Bastiens Schulgebühren … Warum … Ich verstehe es nicht …« Er begriff auch nicht mehr als Audrey (oder floh er ein weiteres Mal vor der Offensichtlichkeit?). War Bastien Moreau »das Kind«, das Suzy Belair, die Astrologin, suchte?

Er sah auf die Uhr. Es war fast acht Uhr. Wenn Bastien sich gezeigt hatte, dann hatte er ihn verfehlt. Nicolas war nicht hergekommen, um mit ihm zu reden – bestimmt nicht, um ihm das … Unwahrscheinliche zu erzählen! Er wollte ihn nur sehen. Ihn anschauen. Sich zumindest versichern, dass er in der Lage war, ihn wiederzuerkennen. Er war sich nicht sicher. Während des Vortrags war alles so schnell gegangen. Der Schrei, der Anruf …

Er richtete seine Aufmerksamkeit auf das Gittertor der Schule – ein Gittertor, das ebenso majestätisch war wie dasjenige, das ihm gegenüberlag, der Eingang zum Parkwald, und auf dem merkwürdige gedrehte Spitzen saßen – golden, barock, altmodisch. Die bunte Masse der Schüler, Eltern und Chauffeure begann sich aufzulösen. Allmählich begannen Erinnerungen, die von weither kamen, diejenigen an die letzte Nacht in den

Hintergrund zu drängen. Nichts hatte sich wirklich verändert, auch wenn die Schüler diese lächerlichen Schuluniformen nach englischer Art aufgegeben hatten, die sie zur Zeit von Antoines Vorgänger getragen hatten.

Ein Zeitsprung. Er sah sich selbst, wie er die ersten beiden Jahre hier entlanggeschlurft war - oder eher gefahren. Er war immer mit dem Fahrrad zur Schule gefahren, denn er hätte sich zu Tode geschämt, gemeinsam mit seiner Mutter anzukommen; er, dessen Anwesenheit an diesem Ort allein durch die Arbeit gerechtfertigt wurde, die sie dort ausübte. Anschließend hatte er es kaum erwarten können, die Bande wiederzutreffen, die von der *Chowder*, und Cléance, die ihre Uniform mit der distanzierten und sicheren Gelassenheit eines Mädchens trug, das im Designerkleid zum Unterricht hätte kommen können. Cléance und ihr perfekter Körper voller fester Kurven, mit dieser Kopfhaltung, die den schönsten aller Erfolge versprach: Hollywoodstar, Prinzessin in Monaco, Botschafterin in den USA - auf jeden Fall etwas anderes als ... Ehefrau in Laville-Saint-Jour.

Nach und nach verblasste das Gittertor von Saint-Ex, und weitere Bilder nahmen Gestalt an: Antoine, der auf dem Sportplatz alle anderen überholte, sein Draufgängerlächeln auf den Lippen, erfüllt vom Ungestüm der Rocheforts, bevor sein Vater beschlossen hatte ... aufzugeben. Floriane auf einer Party, schon damals ein vertrockneter Zweig, die jedes Mal, wenn sie seinem Blick begegnete, die Augen aufriss und sich dabei mit der Miene eines kleines Mädchens die Haare um den Finger wickelte. Gilles Camerlin, der während einer Séance in der *Chowder* von einer Art hysterischer

Trance geschüttelt wurde, weil er zu viel von dem seltsamen Trank zu sich genommen hatte, den Florence Noblet ihnen gebraut hatte. Mit einer kehligen, tiefen Stimme, die von irgendwoher aus dem Innersten zu kommen schien, hatte er unzusammenhängende Worte ausgesprochen, die Cléance nüchtern zusammengefasst hatte mit: »Das ist die Stimme der Macht. Umgedrehtes Latein ...«

Er erinnerte sich auch an einen Winter im Eis – ja, im Eis, und nicht im Nebel: In jenem Jahr war dieser vom Schnee verjagt worden (das Jahr darauf hatte sich ein zorniger und entfesselter Nebel gerächt; man hatte an manchen Tagen nicht einmal zehn Schritte weit sehen können!), sodass die Stadt in einer Art kreidigem Weiß erstarrt gewesen war. Wie konnte er diesen ergreifenden Anblick der Saint-Michel-Kirche vergessen, die auf dem Platz wie ein riesiges, im Eis gefangenes Geisterschiff hervortrat? Ihre kristallisierten Wasserspeier am Bug, die in dem eisigen Sonnenschein funkelten, der allen die bleichen Mienen von Vampiren verlieh? Der Winter, in dem alles umgeschlagen war ... in dem alles zu Ende gegangen war.

Er begriff, dass er allmählich in eine morbide, düstere Schwermut abglitt, und schüttelte sich. Vor der Schule war wieder Ruhe eingekehrt. Er hatte Bastien Moreau verpasst. Oder der Junge hatte heute Morgen nicht so früh Unterricht. Oder er hatte ihn nicht sehen wollen. Oder er hatte ihn ganz einfach nicht wiedererkannt.

Verwirrt und verstört wollte er gerade den Motor anlassen, wobei er sich fragte, ob er eine Stunde später oder die darauffolgende Stunde noch einmal wiederkommen sollte – oder heute Abend oder am folgenden Tag –, als er im Innenrückspiegel die energiegeladene

Gestalt eines kleinen schwarzen Flecks wahrnahm, der auf Skates fuhr. Ein Nachzügler, sagte er sich mit einem belustigten Lächeln. Wie er im selben Alter.

Die Gestalt füllte den Innenrückspiegel aus, verlagerte sich dann auf den Außenrückspiegel, zog an ihm vorüber. Der Jugendliche bremste abrupt in einer Drehung von atemberaubender Eleganz ab, warf seine Sachen auf eine Bank, die zehn Meter von seinem Auto entfernt war, und begann, seine Inlineskates auszuziehen.

Nicolas beobachtete ihn einen Augenblick lang – ein Gesicht mit blassem Teint, Augenringe, eine finstere Miene unter einer schief getragenen Schirmmütze, die in Saint Ex überhaupt keinen Platz hatte, genauso wenig wie seine Hose, die weit genug war, um einen Elefanten darin unterzubringen. Und es packte ihn plötzlich wie eine ergreifende, schwindelerregende Bildverzerrung: Es war er selbst, den er da gerade auf der Bank beobachtete. Eher mit dem Fahrrad als auf Inlineskates, die es damals noch nicht gab; in Uniform anstatt mit MTV-Baggys, aber ... ja, das war er! Derselbe finstere Blick, die besorgte, abwesende Miene, als ob das Leben ihm unlösbar kompliziert erschien und die Kindheit ein Gefängnis war, aus dem man um jeden Preis entkommen musste ... Er, dessen Platz weder an Saint-Ex noch in Laville-Saint-Jour war – aber Nicolas hatte anschließend entdeckt, dass man, wenn man nicht der Stadt seiner Kindheit angehörte, für immer ein Mensch von nirgendwo blieb.

Einen Augenblick erstarrte der Teenager und wandte plötzlich den Kopf mit der Anmut eines Damhirsches, der den Jäger hinter dem Baum witterte. Der Schriftsteller und er wechselten einen langen Blick – Nicolas war sich allerdings nicht sicher, denn vielleicht verbargen die Spiegelungen der Windschutzscheibe sein eigenes Gesicht. War das Bastien Moreau? Doch das war nicht mehr wichtig. Alle Antworten gingen von nun an von dieser Offensichtlichkeit aus. Es war er selbst, den er da gerade auf dieser kleinen Bank vor Saint-Ex beobachtete. Es war er selbst, den er soeben wiedererkannt hatte.

Er selbst, aber nicht nur.

50

Du hast noch geschlafen ... Ich wollte Dich nicht wecken ... Danke für diese wundervolle Nacht. Audrey drehte die Notiz herum, die auf dem Kopfkissen lag, gekritzelt in einer engen Handschrift, die eher einem Arzt zu gehören schien als einem Schriftsteller (oder eher dem irrationalen Bild, das sie sich von diesem machte: elegante Grund- und Haarstriche, die Seiten für Seiten von Manuskripten bedeckten und mit der Feder und bei Kerzenschein niedergeschrieben wurden).

Eine wundervolle Nacht ... Das war sie tatsächlich in gewisser Hinsicht gewesen, bis die Erinnerung an Antoine sich zwischen sie geschoben hatte. An Antoine und auch an Bastien. Audrey hatte Nicolas schließlich alles erzählt, immer noch in seine Arme gekuschelt. Er hatte geschwiegen. Nicht das Schweigen von jemandem, der zuhörte, sondern das Schweigen von jemandem, der still war.

Im Übrigen war er es gewesen, der dem Gespräch auf die drängendste aller Arten ein Ende gesetzt hatte, und als die durch ihren Wortwechsel entstandene Unruhe sich gelegt hatte, hatte sie sich ihm mit derselben Leidenschaft hingegeben wie eine Stunde zuvor. Ihre beiden Körper hatten die Zweifel verjagt, die Fragen, den Verdacht, die Rocheforts, die Moreaus, Joce und den Rest der Welt ... Ohne dass sie hätte sagen können, wie, berührte Nicolas sie in einer Weise, dass sie sich diese unwahrscheinliche Frage gestellt hatte, die sich allein eine feinfühlige und von Hormonen überschwemmte Frau in der Verschwiegenheit ihres Kleinmädchenherzens über einen Mann stellen konnte, den sie kaum kannte: Könnte er David ein guter Vater sein?

Dennoch war es ihr lange nicht gelungen einzuschlafen. Antoine und Bastien und der Mercedes und *julesmoreau* hatten ihr keine Ruhe gelassen, als ob sämtliche mit Nicolas verbachten Momente in Klammern und gefolgt von Auslassungspunkten geschrieben würden: Genuss und Unausgesprochenes; Gelächter und Fragen ohne Antwort; Momente des Glücks und Schweigen.

Beim Aufwachen also diese Notiz – *eine wundervolle Nacht* –, aber kein Vorschlag, eine zweite Nacht zu erleben. Und die Härte der Wirklichkeit gewann wieder die Oberhand.

Verdrießlich, romantisch und auf unerklärliche Weise verängstigt, ließ sie sich in die Kissen zurücksinken, die Notiz in der Hand, die sie zusammenknüllte und in ihrer Faust festhielt.

Danke für diese wundervolle Nacht ...

Das ist nicht der richtige Moment ...

Eines Tages werden schreckliche Dinge ...

Das Gespräch vom Vorabend kam ihr wieder in den Sinn, Nicolas' Erregung, als sie Bastien und *den* Satz erwähnt hatte. Mehr noch als Antoine war es eigentlich Bastien gewesen, der einen schwarzen Schleier über den Abend geworfen hatte. Oder noch eher der Schlusssatz seines Fragebogens, dieser Zufall, dieses Unglück: Nicolas' Buch trug einen Titel, dessen Worte bereits auf diesem Bogen standen. Bastien, mit Nicolas durch ein unerklärliches Band verknüpft, das in knapp eine Zeile passte.

Durch einen Impuls angetrieben, schlug sie die Bettdecke zurück und sprang aus dem Bett, schlüpfte in einen Morgenrock, um in das kleine Arbeits- und Gästezimmer hinüberzugehen, ohne überhaupt im Bad haltzumachen. Sie griff nach einem dicken grünen Ordner auf einem billigen Ikea-Regal, schlug im Daumenregister unter FRAGEBOGEN nach und suchte den Bogen ihres Schülers heraus. Als sie ihn gefunden hatte, zog sie ihn hervor, überflog die nervöse, ziemlich reife Handschrift, die eher die eines selbstsicheren Jugendlichen war als die eines Teenagers, der gerade erst der Kindheit entwuchs.

Hast Du noch Geschwister? JA ... NEIN

Wie lautet Dein Motto? Eines Tages werden schreckliche Dinge geschehen, und von diesem Tag an wird nichts je wieder so sein wie zuvor.

Es war fehlerlos und mit einwandfreier Zeichensetzung geschrieben. Hatte Bastien diese ... Prophezeiung schon einmal irgendwo *gelesen*? Gab er sie originalgetreu wieder?

Ohne sich ihre Reaktion zu erklären, faltete sie Nicolas' Notiz daneben auseinander und verglich sie miteinander. Und plötzlich wusste sie es: Man musste das »Geheimnis Moreau« aufklären. Jetzt, sofort, so schnell wie möglich. In erster Linie für Bastien, ihren leidenden Schüler, der ... sie ständig beschäftigte. Für Bastien, aber nicht nur: Auch für sie – ein Albtraum, die paar Zeilen des MSN-Chats und natürlich dieses »Motto« waren ausreichend gewesen, um aus der Sache eine persönliche Angelegenheit zu machen, die sich wie Gift verbreitete. Und schließlich für Nicolas selbst, oder eher: für Nicolas und sie. Um den Klammern und Auslassungspunkten den Zusammenhang eines Satzes zu verleihen.

Mit einer heftigen Handbewegung schloss sie den Ordner und eilte, von neuer, entschlossener Energie erfüllt, ins Badezimmer.

Wie vorgehen?, fragte sie sich. Die Eltern. Sie hatte zunächst die Idee, sie von diesem *julesmoreau* auf MSN in Kenntnis zu setzen, beiseitegeschoben, weil sie sich unfähig gefühlt hatte, ihnen eine derart morbide Wahrheit zu verkünden wie »Jemand, der sich für Ihr Baby ausgibt, nimmt im Internet Kontakt zu Bastien auf«.

Nun waren die Karten neu gemischt. Sie hatte die Angst, die Wut und die Bedrohung in Antoines Augen gelesen, als sie Bastiens Anmeldung in Saint-Ex angesprochen hatte. Ob er es nun war oder nicht, die Eltern mussten Bescheid wissen. Oder nein, nicht beide Eltern. Ein herzzerreißender Kummer ging immer noch von Caroline Moreau aus! Daniel Moreau hingegen zeigte sich als solider Mann, der seine Frau ebenso liebte, wie er um das seelische Gleichgewicht seines Sohnes besorgt war. Und an genau ihn würde sie sich wenden. Sie würde also nicht bei ihnen zu Hause anrufen, denn sie konnte sich nicht vorstellen, einfach aufzulegen, falls Caroline Moreau abnahm, sondern in seinem Büro bei den Hecticon Labors.

Audrey ließ das Handtuch los, mit dem sie sich die Hände abgetrocknet hatte, und zog sich ins Schlafzimmer zurück. Auf dem Bett sitzend, fragte sie die Auskunft nach der Telefonnummer des Labors, bevor sie verbunden wurde.

Die Telefonistin, die ihr antwortete, hatte die sanftmetallische Stimme eines Wesens, das das Schillern einer Welt verkündete, deren Devise »strahlende Jugend und Schönheit« lautete.

»Daniel Moreau, bitte!«

Am anderen Ende der Leitung herrschte Schweigen – lange genug, um verdächtig zu sein.

»Und Sie sind …?«

»Audrey Miller. Ich bin eine Lehrerin seines Sohnes.«

»Ich … Bleiben Sie am Apparat, bitte.«

Audrey wartete. Eine Minute, zwei. Schließlich hörte sie Freizeichen in ihrem Hörer. Die *Veela* hatte ihren Anruf auf eine Leitung umgelegt. Beim vierten Piepton wurde abgenommen. Eine weitere Frauenstimme, autoritär, wirkungsvoll und weltgewandt, kündigte sich an und ließ Audrey auf der Stelle in ein Loch fallen, in dem sie jegliche Reaktionsfähigkeit verlor.

»Madame Miller, guten Morgen … Cléance Rochefort am Apparat. Könnten Sie mir ein bisschen Zeit opfern? Ich würde Sie gerne schnellstens treffen. Jetzt, zum Beispiel, wenn Sie keinen Unterricht haben.«

51

Es wird Jahrhunderte dauern, um das auszulöschen, was hier passiert ist ...

Alle miteinander verwandt ...

Die raue Stimme des alten Gerichtsmediziners verfolgte Bertegui während seiner Fahrt zum Kommissariat. Nach diesem Gespräch durch Laville-Saint-Jour zu fahren hatte etwas Unwirkliches an sich. Bei jedem Gesicht, das ihm auf dem Weg begegnete, kämpfte er darum, nicht an die inoffizielle Geschichte der Stadt denken zu müssen – eine Geschichte, die das Fremdenverkehrsamt außer Acht ließ, wenn es das Schmuckstück von Burgund vorstellte. Alle miteinander verwandt ... Also alle potenzielle Kriminelle ... oder Söhne von ... oder Opfer von ... Er würde noch einmal bei null anfangen müssen. Das heißt, seit der Talcot-Affäre. Falls man die »Alte« tatsächlich *anrief* – und wenn man recht darüber nachdachte, auch wenn die Vorstellung noch so verrückt erschien, was sollte man sonst mitten in einem Park mit einer Spiegelscherbe anstellen, die die Blutspuren einer Frau trug, die seit über sieben Jahren tot war? Wenn man sie also anrief, dann vielleicht, weil *man* ihr nahestand. Durch Blutsbande eben. Oder, wie Lieberman erklärt hatte, die Bande der Initiation.

Ja, genauso musste er von nun an denken. Wie ein Kind aus Laville-Saint-Jour. Diese Untersuchung mit der Logik eines Skeptikers leiten zu wollen, das würde zu nichts führen.

Verärgert fuhr er das Auto auf den reservierten Parkplatz – die Aussicht, das strenge Kostüm eines waschechten Lavillers überzuziehen, hatte nichts Erfreuliches – und durchquerte das Kommissariat mit abwesend-mürrischen Grußworten. In dem Gang, der zu seinem Büro im zweiten Stock führte, hörte er im Vorbeigehen an einer offenen Tür die Wortfetzen eines Telefongesprächs.

»Ich kann mir schon vorstellen, dass der Pfarrer im Prinzip *immer* da ist, aber hat es einen Einbruch gegeben? Ist etwas zerbrochen?«

Bertegui kehrte um, steckte den Kopf in den gelblichen, abstellkammerartigen Raum, in dem Lieutenant Keller arbeitete. Letzterer saß mit seiner angeborenen mürrischen Miene auf dem Tisch und hatte den müden Gesichtsausdruck eines Polizisten, der an die Panikanfälle alter Damen und Strafanzeigen unter Nachbarn gewöhnt war, die sich wegen dreier Apfelbaumzweige stritten.

»Und Sie haben nichts Ungewöhnliches bemerkt? Also, hören Sie, der Pfarrer ist vielleicht heute Morgen schon sehr früh aus dem Haus gegangen ...«

Der Lieutenant spürte, dass Berteguis Blick auf ihn gerichtet war.

»... Okay, ich bin mir sicher, dass er Ihnen normalerweise Bescheid sagt, aber jetzt ist es noch zu früh, um ein Verschwinden zu melden. Und erst recht, um jemanden vorbeizuschicken. Wenn Sie bis morgen nichts von ihm gehört haben, werden wir sehen, was wir tun können.«

Der Mann legte mit einem genervten Seufzer auf, ohne ein »Auf Wiederhören« oder »Gern geschehen«. Bertegui versprach sich, ihn zu einem späteren Zeitpunkt daran zu erinnern, dass die der Gerichtsbarkeit Unterworfenen, auch die verrückten und auch am Ende des

Tages (was nicht der Fall war), Anrecht auf den Respekt der Menschen hatten, die ihnen zu Diensten waren.

»Wer war das?«, erkundigte er sich.

»Die Haushälterin von einem Pfarrer.«

Bertegui runzelte die Stirn.

»Ich meine, ich weiß nicht so genau, ob es die Haushälterin ist, aber Sie wissen schon, diese Art Frömmlerinnen, die sich um die Pfaffen in den Kirchen kümmern.«

Der Kommissar ignorierte die Verachtung in Kellers Antwort.

»Und wessen Verschwinden wollte sie melden?«

»Die vom Pfarrer von Saint-Michel.«

Saint-Michel. Dort, wohin laut Lieberman eine Zacke des Pentagramms fiel, das die Innenstadt bildete.

Wie sie denken …

»Er war heute Morgen nicht da, und ihr zufolge ist er jeden Morgen da. Sie schien eine Heidenangst zu haben, aber …«

»Du wirst ihr einen kleinen Besuch abstatten.«

Erstaunte Miene – insofern ein Pitbull etwas anderes ausdrücken konnte als einen Angriffstrieb.

»Mit Clément«, erklärte Bertegui, der sich nicht vorstellen konnte, dass Keller allein etwas anderes gewährleisten konnte als die Überwachung eines Kaufhauses. »Wo steckt Clément eigentlich?«

» Ist gerade 'nen Kaffee holen.«

»Du schickst ihn zu mir, sobald er zurück ist, und wenn ich ihn dir wiedergebe, flitzt ihr beide zu Saint-Michel.«

»Aber …«

Bertegui hatte bereits das Büro verlassen und hörte den Protest seines Untergebenen nicht mehr.

Tatsache 1: Nicolas Le Garrec hält Informationen zurück und zeigt sich nicht neugierig, die Urheber der Tat zu kennen, die vielleicht seine Mutter das Leben gekostet hat.
Tatsache 2: Odile Le Garrec war die Geliebte eines Mannes – Vilbois – der, wenn man einem Zeugen Glauben schenkt, Komplize der Talcots war oder ihnen zu Diensten stand.
Tatsache 3: Vilbois ist vor über zwanzig Jahren von der Bildfläche verschwunden.
Tatsache 4: Schatten an dem Abend von Odile Le Garrecs Herzanfall wahrgenommen.
Tatsache 5: Spiegel/Talcot an dem Ort eines »Unfalls« im Parkwald gefunden.
Tatsache 6: Schatten auch am Unfallort wahrgenommen.
Tatsache 7: Spuren von Seidenstrümpfen auf dem Spiegel festgestellt.
Tatsache 8: Ein Stier auf einer Weide »geopfert«. Herz gestohlen.
Tatsache 9: Die Besitzerin des Stiers scheint jemanden gesehen zu haben, der »zurück« ist.
Tatsache 10: Identische Spuren von Seide auf dem Stier.

»Was sagst du dazu?«, fragte Bertegui.

Clément hielt das ausgedruckte Blatt Papier in der Hand, das Bertegui soeben getippt hatte.

»Dass Sie recht haben ... Da muss eine Verbindung bestehen.«

»Genau«, bestätigte das Wildschwein. »Man findet systematisch ein Element, das sich mit einem anderen verbindet ... Wenn nicht gar mit zwei anderen.«

»Man kann im Grunde noch ein paar Einzelheiten hinzufügen«, bemerkte die Bohnenstange.

»Zum Beispiel?«

Clément rutschte auf seinem Stuhl hin und her.

»Nun ja ... Ich habe es heute Morgen erfahren, da Sie mich ja gebeten hatten, ein bisschen nachzuforschen. Die Hecticon Labors haben vor zwei Jahren die Talcotière gekauft. Ursprünglich, um einen neuen Hauptsitz zu bauen, so ein ultramodernes Ding, Sie wissen schon, aber sie haben noch keine Baugenehmigung beantragt.«

»Zwei Jahre danach? Die haben es aber nicht gerade eilig«, brummte Bertegui. »Weißt du zufällig, wer das Labor leitet?«

»Ja, es war nicht schwierig zu erfahren, denn es ist, wie soll ich sagen, eine große Persönlichkeit der Stadt: Cléance Rochefort.«

»Rochefort? Wie der Direkt ...«

»Sie ist seine Frau.«

Bertegui schloss einen Augenblick die Augen. Was hatte der große Chef von Saint-Ex doch gleich gesagt? »Die Schule gehört meiner Frau ...«

Der Kreis wurde enger! Wie sehr, konnte Bertegui noch nicht genau sagen, das blieb weiterhin verworren; aber bei einem Fall wie diesem glaubte er nicht an den Zufall. Allmählich und mit Geduld würde sich ihm der Sinn der Dinge erschließen. Und mit ihm ein Name. Oder mehrere. Vielleicht einer der Namen, die auf diesem Blatt standen: Rochefort, Le Garrec, Vilbois, Belair (und plötzlich erinnerte er sich an Suzy Belairs späten Besuch in der Saint-Michel-Kirche ... wenige Tage vor dem Verschwinden des Pfarrers, falls es sich bestätigen sollte).

»Tut mir leid, mein Lieber, aber das bringt uns zur Talcot-Affäre zurück«, sagte Bertegui und warf dabei einen Blick auf drei oder vier Akten auf seinem Schreibtisch – das, was von einer Untersuchung übrig geblieben war, die über zwei Jahre gedauert hatte.

»Ich weiß ...«

»Deswegen habe ich dich heute Morgen kommen lassen. Ich werde das durchackern, was du mir gerade gebracht hast, aber ... vorher will ich, dass du mir erzählst, was du GENAU weißt. Namen, Fakten und keine Geschichten von wegen ›Wir haben alle ein Trauma und wollen vergessen‹.«

Ohne Überraschung errötete das lange Gemüse vor den Augen des Kommissars – so war Bertegui eben, ein »komischer Kerl« mit dem Kopf eines Lino Ventura, dem Oberkörper eines Catchers, Dackelbeinchen und *Vogue-Homme*-Anzügen ... Und dennoch: Seine ruhige Autorität hatte mehr Wirkung auf Clément und im Allgemeinen auf die gesamte örtliche Polizei als die seiner sämtlichen Vorgänger.

»Was wollen Sie wissen?«

»Alles. Namen, Orte ... Fangen wir bei den Schuldigen an.« Er nahm sich zusammen, als er begriff, dass er gerade Clément befragte, als sei er ein Verdächtiger und kein Kollege. »Wer ist eigentlich genau verhaftet worden? Wie viele?«

Clément nickte, als ob er sagen wollte: Ich bin bereit.

»Zwölf verhaftete Personen. Helios Talcot, Paule-Marie Talcot, Florence Noblet und ihr Mann, kurz: ein ganzer Haufen Talcots und verschiedene Verwandte eben. Françoise Meurisse, eine Grundschullehrerin ... Ich vergesse bestimmt welche. Das ist nicht so wichtig ...

Im Übrigen ist, soweit ich weiß, kein Talcot mehr am Leben. Zumindest nicht in der Region und auch nicht im Gefängnis.«

»Wie ist das möglich?«

»Abgesehen von Madeleine, die sich selbst verbrannt hat ...«

»Sie ist doch identifiziert worden?«

»Eindeutig! Deswegen ist ihre DNA ja auch in der Datei und ihr Name herausgekommen, als wir den Spiegel untersucht haben.«

»Erzähl weiter.«

»Abgesehen von Madeleine also, hat sich Helios Talcot im Vorhinein erhängt, zwei weitere Verwandte sind ebenfalls im ... im Gefängnis verbrannt worden.«

Bertegui starrte Clément an – dieser schien bei den Einzelheiten zu zögern, vielleicht wie es einen Deutschen der 1950er Jahre angewidert hätte, das Wort Nazi auszusprechen. Dennoch waren dem Wildschwein diese Informationen unbekannt. Als man ihn durch die Blume aufgefordert hatte, »wieder ein wenig Ordnung in dieses reizende Städtchen zu bringen«, hatte man ihm ebenfalls empfohlen, bei seiner Ankunft unvoreingenommen zu sein und die Vergangenheit zu ignorieren, um sich der Zukunft zu widmen. Von der Talcot-Affäre kannte er vor allem den Medienrummel, wenn überhaupt, denn er war damals ganz von seinem jungen Vaterglück eingenommen gewesen und hatte an den morbiden Einzelheiten von Kindesentführungen, Folterungen und den damit verbundenen Leichen kaum Gefallen gefunden.

»Im Gefängnis verbrannt?«, fragte er erstaunt.

»Ja.« Clément seufzte wie bei einem Geständnis. »Anscheinend ... na ja, keine Ahnung ... haben sie wohl ihre Zellengenossinnen überredet, ihnen dabei zu helfen.«

»Überredet?«

»Mehr oder weniger. Man hat die Mädchen im Schockzustand vorgefunden.«

»Erzähl weiter«, befahl Bertegui ohne Kommentar.

»Françoise Meurisse, eine Grundschullehrerin, die der Familie nahestand, ist zu einer Art ... Star geworden. Sie bekommt Post aus der ganzen Welt von Satansanbetern und anderen ... Spinnern.«

»Ich verstehe. Und was machten diese Leute konkret?«

»Wir haben es nicht wirklich herausfinden können ... Ich meine, wir wissen wohl, dass sie ... Kinder getötet haben, das ja. Aber die Nebentätigkeiten sind unklar. Da gab es den Wein, die offiziellen Geschäfte – sie besaßen die halbe Stadt. Und ansonsten ... Sie wurden von höchster Stelle gedeckt, wissen Sie, und ihr Netzwerk hatte Verbindungen in der ganzen Welt. Aber das ist *off*.«

»*Off*?«

Clément nickte.

»Es ist wie beim Fall Dutroux. Einige Journalisten und Ermittler sind davon überzeugt, dass er nur das Glied einer Kette war, aber die Richter haben jegliche Verbindung zu einem Netzwerk verworfen. Bei den Talcots ist es derselbe Kampf: Sie waren kein einzelnes Glied, sondern eher der dicke Stein am Ende der Kette, aber es ist alles zerstört worden. Zumindest alles im Haus der Talcotière. Feuer ist ausgebrochen, als Madeleine Talcot sich selbst verbrannt hat, wenige Minuten vor dem Eintreffen der Polizei. Wissen Sie, was der Hauptmann der Feuerwehr gesagt hat?«

Bertegui schüttelte den Kopf.

»Dass er noch nie ein Steinhaus, und dann noch eines von dieser Größe, gesehen hat, das so schnell abgebrannt ist. Als ob es eine natürliche Verbrennung gewesen wäre. Als ob die alte Talcot das Haus mit sich genommen hätte.«

Bertegui seufzte – unweigerlich kamen sie alle wieder darauf zurück. Zu den Schatten, den Geheimnissen des Jenseits, zu den ... Mächten des Bösen, und innerlich deklamierte er das Wort mit einer scharfen, hochtrabenden Ausdrucksweise.

»Warum genau sind die Talcots gefallen? Wenn sie so viel Schutz genossen, hätten sie eigentlich entkommen müssen.«

»Wegen der Andremis.«

»Der Andremis?«, wunderte sich Bertegui. »Die Familie des Pädophilen?«

»Wegen seiner Mutter, genauer gesagt. Die Organisation der Talcots war als Hierarchie strukturiert. Mit Madeleine Talcot an der Spitze. Neben ihr hielt auch Mathilde Andremi seit Jahren die Zügel in der Hand. Man weiß nicht genau, was zwischen ihnen passiert ist – wissen Sie, es war unmöglich, diejenigen, die wir geschnappt hatten, zum Reden zu bringen, unmöglich! –, aber anscheinend hat Mathilde Andremi die Organisation mehr oder weniger von innen heraus sabotiert.«

»Sie wird immer noch gesucht, nicht wahr?«

»Ja, sie und einige andere. Aber sie vor allem, denn sie scheint innerhalb der Gruppe Verantwortung getragen zu haben.«

Clément schwieg, Bertegui blieb ebenfalls still. Noch verworren, begann eine Hypothese langsam Gestalt anzunehmen, auch wenn ihm entscheidende Elemente fehlten, um ihr vollkommen Glauben zu schenken: eine Leiche, zum Beispiel. Die Leiche eines Kindes, geopfert auf dem Altar des Wahnsinns.

»Keine Spur, was Mathilde Andremi betrifft?«

»Keine. Wie ich Ihnen bereits gesagt habe, genossen all diese Leute Schutz von höchster Stelle. Diese Struktur ist ein wenig wie die Freimaurerei verkehrt herum. Mathilde Andremi ist zum Zeitpunkt des Brandes verschwunden und kann überall sein und von ihren Konten auf den Bahamas leben oder so etwas Verrücktes in der Art. Übrigens wird Mathilde Andremi zwar offiziell gesucht, aber es gab nur sehr wenige Gerüchte über ihre Teilnahme an der Affäre. Als ob sie sich, indem sie *uns* half, Immunität erkauft hätte. Aber das«, fügte Clément hinzu, »habe ich Ihnen natürlich nie gesagt.«

»Und der Rest der Familie Andremi?«

»Die engsten Verwandten haben Laville-Saint-Jour verlassen. Der Sohn ist tot, wie Sie wissen ...«

Es war in der Tat unmöglich, es nicht zu wissen. Nachdem er von dem Mord an sechs Kindern in der Pariser Region freigesprochen worden war, war Pierre Andremi auf frischer Tat dabei ertappt worden, wie er gerade einen siebten Mord beging. Er hatte es geschafft zu entkommen, bevor er seinen Selbstmord inszeniert hatte: eine gefilmte Selbstverbrennung (und seit kurzem hatte diese Aktion für Bertegui einen ganz anderen Sinn als die von einem gewöhnlichen psychisch Gestörten). Das Video war an die Fernsehsender geschickt worden, aber nicht alle hatten die Bilder dieses gut aussehenden jungen Mannes mit dem magnetischen Blick ausgestrahlt, der sich mit Benzin übergossen und, ohne mit der Wimper zu zucken, angezündet hatte. Es hatte eine Polemik sowohl bezüglich seiner Echtheit als auch wegen der Frage ausgelöst, ob es angemessen war, es den Zuschauern zuzumuten.

»Übrigens hat sie wahrscheinlich wegen des Todes ihres Sohnes die Organisation verlassen.«

»Wie ist das möglich?«

»Ach ... das ist nicht ganz klar, aber es gab da wohl so Geschichten wegen Erbschaft und – wie soll ich sagen? – Nachfolge. Diese Leute da« – Clément stieß es mit angeekelt verzogenem Gesicht hervor –, »glaubten sich, ich weiß nicht ... im Mittelalter. Zur Zeit der Könige ...«

Eine Nachfolge ... Die ganze Geschichte der Talcots entsprach der, die Lieberman ihm erzählt hatte. Oder eher der Geschichte von Laville-Saint-Jour, erzählt von dem alten Arzt. Die Hexenkunst, die durch Erbfolge weitergegeben wurde.

»Aber das sind alles Dinge, die nicht in den Akten stehen«, erklärte Clément und zeigte auf den bunten Stapel auf Berteguis Schreibtisch.

Fragender Blick von Bertegui.

»Das sind keine Zeugenaussagen, sondern Gerüchte. Niemand hat uns das innerhalb der vier Wände eines Büros erzählt. Und ganz bestimmt nicht die Beschuldigten. Aber Sie wissen ja, wie das läuft: Man plaudert mit einer alten Dame, die Mathilde Andremi gekannt hat, und sie vertraut einem zwei, drei kleine Geschichten an, während sie einem zur Teezeit einen Keks unterschiebt. Man trifft einen Antiquitätenhändler, von dem sich die Talcots beliefern ließen, und er flüstert einem zu, was er selbst gehört hat ... Wobei er erklärt, dass er über nichts Bescheid weiß.«

Bertegui nickte. Nach mehreren Monaten hier begann er langsam, das seltsame Laviller Kommunikationssystem zu entschlüsseln, eine Art Morsealphabet, das aus Seufzern, wissenden Blicken und hämischem Lächeln bestand.

»Da drin«, fuhr Clément fort, »haben Sie alles, was davon übrig bleibt: die Protokolle derer, die vor den Richter gekommen sind, die Kopien bestimmter offizieller Dokumente ...«

»Aber nicht die - wie viele? - fünfzig, hundert verhörten Personen.«

»Gut hundert«, räumte Clément lustlos ein. »Nein, nicht die hier ... Diejenigen, die ausgesagt haben, ohne vor den Richter zu kommen ... Nun ja, wie Sie ja wissen, weiß ich nicht, wo die Akten sind. Was diejenigen betrifft, die wir einfach zu Hause besucht haben ...«

Bertegui starrte auf die Akten - die Akten eines einfachen Netzwerks von Ecstasy-Importeuren wären dicker gewesen.

»Und kein Le Garrec da drin, nehme ich an ... Und auch kein Vilbois.«

»Nein.«

»Auch kein Rochefort.«

»Nicht, dass ich wüsste, aber ... woher wollen Sie wissen, wer seine Onkel und Tanten sind?«

Trotz der Stichhaltigkeit von Cléments Bemerkung konnte sich Bertegui ein kleines Lächeln nicht verkneifen. Clément hatte gerade seine Theorie des Laviller Morsealphabets veranschaulicht, indem er eine harmlose Bemerkung voller Verdacht gemacht hatte.

»Clément, ich will, dass mir von jedem ungewöhnlichen Ereignis berichtet wird«, sagte Bertegui. »Egal, was ... alles, was aus dem üblichen Rahmen fällt.«

»Wie der Pfarrer von Saint-Michel? Wollen Sie deswegen jemanden hinschicken?«

»Genau. Es ist vielleicht nichts, er kann einfach nur rausgegangen sein ... Aber es muss mir alles berichtet werden. Ich werde die Abteilung ein bisschen später treffen, um die Jungs zu informieren, aber bis dahin gibst du das schon mal weiter.«

»Ich verstehe«, sagte Clément. Er zögerte, dann: »Es stimmt schon, wenn man den Selbstmord noch mitzählt, dann sind das schon einige seltsame Ereignisse ...«

»Der Selbstmord? Welcher Selbstmord?«

Leichte Fleckenbildung auf den bartlosen Wangen, Vorraussetzung für den unvermeidlichen Farbenwechsel der Ohren des Lieutenants: rot, rosa, pink, violett, je nach Umgebungstemperatur und der Heftigkeit seiner Emotionen.

»Wissen Sie nicht mehr, vor einem Monat? Der Junge mit der Tüte auf dem Kopf?«

»Was hat das damit zu tun?«

»Die Eltern ... Ich kannte seine Eltern. Deswegen hatte ich damals gewollt, dass Sie mitkommen, um eine Untersuchung einzuleiten, falls nötig.«

»Die Eltern?«

»Ja ... Die sind zwar auch nicht in den Akten, aber ... es war knapp. Das weiß ich. Ich habe sie damals verhört.«

Er bedachte Bertegui mit einem langen Morse-Blick nach Laviller Art und stand dann auf, um sich zu verabschieden. Als er aus dem Büro trat, drehte er sich um und machte ganz nebenbei folgende Bemerkung, die scheinbar zusammenhanglos war:

»Ich frage mich ja, wo das Stierherz abgeblieben ist.«

52

Cléance Rocheforts Büro hatte trotz der beachtlichen Größe eher etwas von dem Boudoir einer eitlen Dame als von einem Direktorenzimmer, in dem Exportverträge und Gehaltsabrechnungen unterschrieben wurden: mit samtigem Stoff bezogene Sofas, großer Artdéco-Schreibtisch, Grünpflanzen und Blumenarrangements, das alles in einem Gebäude aus Quadersteinen, das weit von dem Hightech-Image der Marke entfernt war.

Frau Direktor war am Telefon, Brille auf der Nase, einen Prospekt in der Hand, und erklärte gerade einem Gesprächspartner, den Audrey sich am anderen Ende der Leitung vorstellte, ziemlich bestimmt, dass »... das Mädchen, das Sie mir da aufgetrieben haben, Pedro, eigentlich glücklich sein sollte, Re-Oliane zu verwenden, anstatt die Leser, die diese Werbung zu Gesicht bekommen, wie *Kotzbrocken* zu betrachten ...«

Während sie ihre Schimpfrede fortsetzte, wies sie Audrey mit einem kurzen Blick den Sessel ihr gegenüber.

Audrey hatte gezögert – war es wirklich eine gute Idee gewesen, herzukommen? Was wollte Antoines Frau? Warum hatte man ihr die Firmenchefin gegeben, als sie gebeten hatte, mit Daniel Moreau zu sprechen? War es der Name des gewünschten Gesprächspartners gewesen, der die Telefonistin alarmiert hatte, oder ... ihr eigener? Eigentlich schien es unglaublich, sich so schnell hier wiederzufinden. Von ihrem Bett zum Hauptsitz von Hecticon. In knapp dreißig Minuten. Wer konnte es besser?

Die junge Frau nahm Platz, wartete mit Unbehagen geduldig, wobei sie Frau Direktor bei der Arbeit beobachtete. Infolge von Nicolas' Enthüllungen zu ihrer gemeinsamen Vergangenheit und mit der Neugier von jemandem, der nach Jahren der Trennung eine alte Bekannte wiedertrifft, fragte sie sich, welche Spuren die Siebzehnjährige bei der Frau von heute hinterlassen hatte. Diejenige, welche Nicolas Le Garrec auf einem zwanzig Jahre alten Foto ein strahlendes Lächeln zuwarf, während ihre glänzende Schönheit vor der Kamera erstrahlte.

Nichts, entschied sie, absolut nichts. Mit ihrem naturfarbenen Kostüm, das ein Vermögen gekostet haben musste, ihren Haaren, die sorgfältig glatt gestrichen waren, um die Form ihrer aristokratischen Wangenknochen zu betonen, und der Dior-Brille auf der Nase hatte Cléance Rochefort entschieden jegliche Zerbrechlichkeit der Jugend verloren sowie den Schwung, der damit einherging. Frau-von, Tochter-von, Exgeliebte-von, reich und mächtig auf ihre Art, autoritär und in diesem Augenblick sogar schroff, weltgewandt, schön und hart. Im Klartext, schloss Audrey, ein Drache ...

»... dann suchen Sie mir eben eine in Kalifornien, wo sie lächeln können, verdammt noch mal! Ich will sie gesund ... Keinen Hungerhaken für irgendeine Underground-Fashion!«

Woraufhin sie auflegte. Ohne einen Blick für Audrey, warf sie den Prospekt auf den Tisch, setzte die Brille ab und stieß einen genervten Seufzer aus.

»Nun zu uns«, sagte sie schließlich mit einem leeren Lächeln – die Rochefort-Unterschrift –, das nichts Gutes verhieß. Audrey machte sich sofort Vorwürfe, dass sie so dasaß, aufs Geratewohl geschminkt, die

Haare unsinnig gebürstet, in Jeans und Boots, aber sie hatte kaum die Zeit gehabt, sich besser zurechtzumachen.

Auf geheimnisvolle Weise würde ein Kampf, dessen Regeln sie nicht kannte, zwischen ihnen beginnen, begriff sie. Ein Kampf, ahnte sie, den sie durch ein K.O. in der ersten Runde verlieren würde.

»Ich nehme an, dass Sie überrascht sind, Madame Miller«, griff Cléance Rochefort direkt an. »Ja, diese Vorgehensweise ist etwas ungewöhnlich, das gebe ich zu, aber wie Sie gerade gehört haben, bringen wir ein neues Produkt heraus, und das sind immer stressige Zeiten. In jedem Fall ist das, was ich Ihnen zu sagen habe, ohnehin kurz: Lassen Sie Antoine in Ruhe ...«

Der Befehl war in ein prächtiges Lächeln verpackt, aber mit genügend Unverfrorenheit hervorgebracht worden, um Audrey sprachlos zu machen – ein Handikap, jedes Mal wenn sie sich in Anwesenheit dieser Frau befand.

»Ich ... ich verstehe nicht, was Sie damit meinen«, stammelte sie. »Ich habe nicht versucht ...«

»Ich meine damit, dass Sie anscheinend glauben – eigentlich weiß ich nicht so genau, was –, dass mein Mann nicht den Sohn eines meiner Angestellten auf Kosten meines Labors hätte anmelden sollen, wenn ich recht verstanden habe ...«

Wollte Sie sich über Bastien unterhalten? Audrey hatte sich zwar schon vorgestellt, dass es um Antoine gehen würde, aber nicht in diesem Zusammenhang! Antoine hatte ihr also von ihrem Gespräch vor dem Eingang der Bibliothek erzählt. Aber zu welchem Zweck? Welche merkwürdige Beziehung unterhielten diese beiden, dass er seiner Frau die Einzelheiten der Trennung von einer Geliebten berichtete?

Auf jeden Fall war die Auseinandersetzung leichter als gedacht. Die Schule war ihr Gebiet. Und Bastien ihr Schüler.

»Die Zweifel, die ich bezüglich dieses Jungen hege, gehen weit über die Anmeldeformalitäten hinaus. Er ist ein Jugendlicher, der Probleme hat, und in dieser Hinsicht kümmere ich mich darum. Zu wissen, wer seine Schulgebühren bezahlt, ist im Endeffekt ziemlich nebensächlich« – sie zögerte –, »auch wenn ich in der Tat erstaunt darüber war, dass er der einzige Fall in der Schule ist, dem diese Behandlung zukommt.«

Cléance lächelte weiterhin.

»Audrey, es spricht ganz für Sie, dass Sie sich so in Ihre Arbeit einbringen, aber sehen Sie, es wäre doch schade, wenn sie mit meiner in Konflikt geraten würde.«

»Was soll das h ...«

»Die Hecticon Labors gehören mir. Ebenso wie die Lehranstalt, bei der Sie angestellt sind.«

Trotz ihrer Bemühungen spürte Audrey, wie ihr die Röte ins Gesicht stieg. Cléance Rochefort war nicht nur die Frau ihres kurzzeitigen Liebhabers, sondern auch in gewisser Weise ihre Chefin. Was dem Gespräch plötzlich einen ganz anderen Klang verlieh. Sie wurde zur Chefin gerufen für einen Rüffel.

»Wie ich Ihnen gesagt habe, finde ich es ... toll, dass Sie sich so für Ihre Arbeit begeistern, aber es ist dann doch meine Sache zu entscheiden, wen ich in meiner Schule aufnehmen möchte. Und zu welchen Bedingungen. Vor allem, wenn es sich um die Kinder meiner Angestellten handelt.«

Mein Mann ... *Meine* Lehranstalt ... *Mein* Labor ... *Meine* Schule ... *Meine* Angestellten ...

Audrey trotzte schweigend den porzellanblauen Augen, die sie ohne Wärme anstarrten. Und plötzlich hatte sie eine Eingebung: Die aufgesetzte Autorität, das Rochefort-Lächeln und der gebieterische Tonfall drückten in keiner Weise die Leichtigkeit aus, die man der Frau Direktor auf den ersten Blick unterstellte, sondern eine weit gewöhnlichere Tatsache: Cléance Rochefort war eine Frau ohne Liebe. Schlimmer noch, sie war betrogen worden, verhöhnt, wütend, verzweifelt vielleicht. Und gewiss Mitleid erregend. Genau das hatte das junge Mädchen auf dem Foto zerstört. Trotz all ihrer Vorzüge hatte die Liebe nicht an ihre Tür geklopft. Sie war des Wartens überdrüssig geworden und war ... *das* geworden.

»Es handelt sich in keiner Weise um eine Angelegenheit, die sich mit dem vergleichen lässt, was in schwierigen Vierteln passieren kann, Madame Rochefort«, begann sie mit einem höflichen Lächeln auf den Lippen. »Sie wissen es vielleicht nicht, aber sein jüngerer Bruder hatte einen tragischen Unfall, der ihn das Leben gekostet hat. Ein Autounfall vor Bastiens Augen. Ein etwas seltsamer Unfall, der *meinen* Schüler ziemlich durcheinanderbringt ...« Eine Pause, dann wagte sie sich vor: »Und von einem nachtblauen Mercedes verursacht wurde.«

Cléance Rochefort steckte den Schlag ein – zum ersten Mal sah Audrey für eine Sekunde lang, wie ihre Lippen sich versiegelten und die Fältchen über ihrem Mund sich rafften wie die Falten eines Fächers, bevor sie ihren natürlichen Rahmen um ein Lächeln herum wiederfanden.

»Ich kann verstehen, dass Ihnen all das Kummer bereitet, aber verlieren Sie doch nicht die Gründe für Ihre Anwesenheit in Saint-Ex aus den Augen, Audrey …«

»Die Gründe?«

»Sie haben dabei wesentlich mehr zu verlieren als zu gewinnen, verstehen Sie? Viel mehr zu verlieren …«

Überrumpelt blinzelte Audrey. Hatte sie die Andeutung richtig verstanden? Hatte Cléance Rochefort das *wirklich* gesagt? Durch die Blume auf den Kampf angespielt, den sie um ihren Sohn führte? Ihre Worte hatten den Unterton einer … einer Warnung, nein, einer Drohung. Aber das war doch unmöglich, oder? Denn Audrey hatte nie vor Antoine ihre »persönlichen Probleme« angesprochen, wie man sagte. Was sie Nicolas ganz natürlich auf der Terrasse der Rocheforts anvertraut hatte, hatte sie Antoine verschwiegen, auch im Bett, auch nach mehreren Wochen. Wie konnte Cléance Rochefort dann in diesem Fall Bescheid wissen? Irgendetwas stimmte nicht, fiel aus dem Rahmen.

Als ob sie ihre Gedanken erraten hätte, beendete Cléance Rochefort das Gespräch mit folgenden Worten, stehend und mit ausgestreckter Hand:

»Wirklich, Audrey, *wir* schätzen Ihr Engagement sehr, und Sie tun natürlich, was Sie für richtig halten, aber … denken Sie lieber an Ihren eigenen Sohn als an die Söhne *meiner* Angestellten.«

Stumm, wenn nicht gar sprachlos, nahm Audrey die Hand. Cléance Rochefort hatte gewonnen und sie soeben verabschiedet. Kleinlaut zog sie sich zurück, noch unter der Einwirkung ihrer Gefühlsverwirrungen und des Schocks dieses Gnadenstoßes. Auf halbem Weg gab ihr eine schwache Anwandlung von Stolz die Energie, einen letzten Punkt zu klären.

»Warum hat man mir Ihr Büro gegeben, als ich angerufen habe?«, fragte sie ohne Umschweife und drehte sich um – es schien ihr, als ob sie sowieso schon die Grenze überschritten hätte, jenseits derer Samthandschuhe überflüssig waren.

Cléance Rochefort hatte bereits ihre Brille wieder aufgesetzt und schrieb auf ihrem Computer. Sie hob den Kopf und musterte Audrey mit einem Blick von Kopf bis Fuß, um die Rechtmäßigkeit ihrer Angestellten zu beurteilen, eine solche Frage zu stellen.

»Daniel Moreau ist ... nicht erreichbar im Moment«, sagte sie schließlich. »Selbst uns gelingt es nicht. Alle seine Anrufe werden auf meinen Apparat umgeleitet ...«

Daniel Moreau ist nicht erreichbar ... Denken Sie an Ihren Sohn ... Die Worte verfolgten Audrey, während sie fast im Laufschritt vor dem seelenruhigen Blick der Telefonistin den Hauptsitz von Hecticon verließ und auf den Haussmann'schen Boulevard Carnot hinaustrat.

Wie hatten die Dinge sich so entwickeln können?, fragte sie sich, als sie sich in den Clio warf. Sie knallte sie Tür zu, überließ sich der relativen Stille des Wagens, zumindest zwang sie sich dazu, doch vergeblich. Sie war zu sehr vor den Kopf geschlagen, und obwohl die Geräusche der Außenwelt gedämpft zu ihr drangen, schwebte ihr der Verdacht im Kopf herum.

Es hatte ihr an Fingerspitzengefühl gefehlt, als sie eingewilligt hatte, Cléance Rochefort zu treffen.

Wer waren diese Leute? Was machten sie ... *genau*?

Und was sollte man zu der Drohung sagen? *Denken Sie an Ihren Sohn.* Woher hatten sie es gewusst? Hatte Antoine eine Überprüfung durchgeführt? Wenn sie darüber nachdachte, hatte sie seit ein paar Tagen das Gefühl, beobachtet zu werden. Seit wann eigentlich?

Einleuchtend und beängstigend, drängte sich ihr die Antwort auf: Seit dem Tag, an dem sie um Erklärungen zu den Anmeldeformalitäten gebeten und zum ersten Mal mit Antoine über Bastien gesprochen hatte.

Zu was war dieses seltsame ... und verfluchte Paar noch fähig?

Denken Sie an Ihren Sohn ...

Ihr Herz setzte plötzlich einen Schlag aus; sie spürte, wie es sich losmachte, als habe sie gerade einen Faustschlag mitten auf die Brust bekommen. Sie hatte soeben verstanden: Cléance Rochefort bezog sich nicht auf ihre Versuche, sich David zu nähern, sondern ... auf weit Schlimmeres!

David war in Gefahr! In wirklicher Gefahr!

Aber was sollte sie tun? Was konnte sie tun?

Sie kämpfte, um ihren Atem zu beruhigen, wartete noch eine Weile, um die Panik zu überwinden, die sie so plötzlich überfallen hatte, bevor sie beschloss, Nicolas Le Garrec anzurufen. Er hatte vielleicht eine Idee. Oder eine Erklärung.

Er kannte diese Frau schließlich.

Noch ein wenig wirr im Kopf, ließ sie den Motor an und schob eine CD ein. Sie wollte gerade losfahren, als ihr sozusagen der Todesstoß versetzt wurde. Eine hochgewachsene Gestalt war an der Ecke, an der Einfahrt zum Boulevard, in einem Schwall Nebel aufgetaucht. Silbriges Haar, ein schicker dunkler Mantel. Dreißig

Sekunden später stieß Joce, ihr Exmann, ebenfalls die Tür zu den Hecticon Labors auf.

53

Hattest du heute Morgen deinen Vater am Telefon?

Es war eine harmlose Frage, die seine Mutter in einem abwesenden Tonfall hervorgebracht hatte. Und dennoch: Seit den zwei Stunden, seitdem sie sie gestellt hatte, hörte Bastien nicht auf, sie in seinem Kopf zu drehen und zu wenden wie die Teile eines Geduldsspiels. Er hatte keine drei Sätze vom Geschichtsunterricht mitbekommen - es ging um das Byzantinische Reich unter Justinian - und noch weniger von den vierzig Minuten Mathe, die gerade unter allgemeinem Gähnen (und Naserümpfen, wenn Monsieur Dupuis näher kam mit seinen Rülpsern und seinem widerlichen Atem, der eine Invalidenrente verdient hätte) vergangen waren. *Es wundert mich, dass er nicht angerufen hat, wir hatten etwas zu besprechen*, hatte seine Mutter betont. Genau bei diesen Worten war die Unruhe ausgebrochen, sodass er nicht einmal versucht hatte, sie auf die Bilder anzusprechen, was eigentlich seine Absicht gewesen war, nachdem er eine kurze Nacht damit verbracht hatte, von purpurroten Himmeln zu träumen, unter denen ein bleiches, verschwommenes Gesicht ihm mit einem Messer in der Hand unhörbare Worte zuflüsterte. Sein Vater hätte anrufen *müssen*, vor allem nach dem Gespräch am Vorabend. Nur bisher: nichts ... Weder ein Anruf noch eine Antwort auf die SMS, die er ihm kurz vor dem Betreten des Klassenraums geschickt hatte.

Während er darauf achtete, Monsieur Dupuis' Blick zu meiden, der plötzlich von seinen lyrischen (und riechenden) Erläuterungen über Vielecke mitgerissen wurde, öffnete Bastien sein Federmäppchen und überprüfte das Display des Handys, das er dort versteckt hatte. Immer noch nichts. Weder sein Vater noch Opale, die heute Morgen nicht da war und genauso stumm blieb wie am Vorabend.

Eine stechende Einsamkeit erfasste ihn plötzlich, hier, mitten im Unterricht, umgeben von gut zwanzig Schülern. Patoche befand sich in Paris, sein Vater meldete sich nicht, Opale hatte sich in Luft aufgelöst. Und seine Mutter malte Meisterwerke und Horrorbilder in einem abgeschlossenen Schuppen. Nein, eigentlich war er nicht vollkommen allein: *julesmoreau* war auf seine Weise an seiner Seite.

Creepy …

»… und hat Monsieur Moreau die Augen geschlossen, um zu schlafen oder um sich ein gerades Prisma im Geiste vorzustellen, anstatt es in sein Heft zu zeichnen?«

Bastien öffnete die Augen, überrascht darüber, sie geschlossen zu haben. Wie viel Zeit hatte er so verbracht? Er trotzte den Blicken, die sich auf ihn richteten.

»Äh … Ich …«

Monsieur Dupuis kam näher. Bastien ignorierte das Lächeln der Spötter, die erheitert waren von der Bedrohung eines gewaltsamen Todes durch Ersticken, die auf ihm lastete.

Dupuis blieb neben ihm stehen.

»Können Sie uns noch einmal die Definition eines *Priiismas* nennen, Monsieur Moreau?«

Die Frage gelang in einem so starken Atemzug zu ihm, dass Bastien zum ersten Mal in seinem Leben glaubte zu sehen, wie ein Geruch Gestalt annahm - in Form einer kackbraunen Wolke. Gegen seinen Willen wandte er den Kopf in einem Selbstverteidigungsreflex zur Seite, um dem Giftgas zu entkommen, was in der Klasse Gekicher auslöste.

Dupuis wurde puterrot.

»Stört Sie etwas, Monsieur Moreau?«

Ohne eine Antwort abzuwarten trat er noch näher, um ihm fast vor seiner Nase zuzuflüstern, wobei er jede Silbe mit intensiven Ausdünstungen unterstrich:

»Ein Prisma ist ein Körper, der aus zwei parallelen Grundflächen in Form eines Vielecks besteht und dessen Kanten paarweise parallel sind.«

Ein hysterisches Gelächter wurde irgendwo in der Klasse laut, und Bastien glaubte, die Entenstimme eines der Peroneau-Zwillinge zu erkennen. Er spürte, wie die Spannung in ihm hochstieg, blickte zu Dupuis auf und begegnete dann zufällig César Mendels Blick - eine kurze Sekunde vollkommenen Einverständnisses zwischen Mitgefühl und Heiterkeit. Es stieg plötzlich in ihm hoch wie ein heftiger Schub, ein unwiderstehlicher Druck: ein Lachkrampf. Er brach so heftig hervor, dass er der gesamten Spannung freien Lauf ließ, die sich angestaut hatte, seitdem er die Treppe zur *Chowder* hinaufgestiegen war. Er lachte aus vollem Hals, von einem unerklärlichen Anfall gepackt, der ihm die Tränen über die Wangen laufen ließ, lachte noch mehr, als er die verdutzte Miene des Lehrers sah, und legte sich die Hände auf den Mund, um den Anfall zu unterdrücken.

»Es ... tut ... mir ... mir ...« Er bekam Schluckauf bei

seinem vergeblichen Entschuldigungsversuch. »Da ... ist ... jem ...«

Er wollte erklären, dass man ihm zum Lachen brachte und dass weder Dupuis noch sein legendärer Atem für ... all das verantwortlich waren! Vergeblich.

»SIE GEHEN SOFORT VOR DIE TÜR!«, zischte der Lehrer, während die Klasse es Bastien gleichtat.

Die Speicheltropfen explodierten in seinem Gesicht, und gegen seinen Willen kamen ihm in seinem Wahn die Worte *bakteriologischer Krieg* und *Chemiewaffe* in den Sinn. Sein Gelächter wurde zu dem Besorgnis erregenden Glucksen eines Hühnervogels, und die Welt vibrierte in einem aberwitzigen Klang - alles wurde auf fürchterliche, tragische Weise komisch.

Als er vor das Lehrerpult trat, reichte ihm Dupuis eine Notiz - Bastien senkte den Blick, unmöglich, irgendetwas oder irgendwen anzuschauen, ohne dessen *urkomische* Seite zu sehen. Ganz zu schweigen von dem Geruch, der ihn mitten ins Gesicht treffen würde, falls Dupuis den Mund aufmachen sollte - na ja, Mund ... wohl eher den Müllschlucker!

Lach nicht ... lach nicht ... lach ...

»Sie gehen sofort zu BN ... äh ... Monsieur Bonnet. Hiermit! Und Sie sagen ihm, dass ich persönlich vorbeikomme, um mit dem Direktor über Ihren Fall zu sprechen!«

Bastien rümpfte die Nase, nahm den zweifach gefalteten Zettel, schloss die Augen und flüchtete Hals über Kopf, bevor ein neuer Lachanfall ausbrechen konnte.

Er fand sich in der Stille des Schulhofs wieder, der ihm seine Arme öffnete. Die frische Morgenluft kühlte seine brennenden Wangen, und nach ein paar Sekunden Schluckauf war sein finsterer Lachkrampf nur noch eine Erinnerung. Er schaute auf Dupuis' Zettel in seiner Hand, seufzte ... und schob ihn in seine Schultasche. BN würde warten, es war ihm völlig egal. Alles war ihm völlig egal.

Er zog sein Handy aus dem Federmäppchen und überprüfte das Display. Sein Herz machte einen Sprung: ein Briefumschlag war angezeigt. Er warf einen Blick ringsumher, als ob er fürchtete, jemand könnte ihm beim Lesen über die Schulter schauen, und hängte sich die Tasche über die Schulter. Einfach so allein unter einer der Arkaden auf dem Schulhof zu bleiben war verboten.

Dicht an die Mauer gedrängt, in der Hoffnung, der Schatten der Gewölbe und der Morgennebel würden ihn der Sicht entziehen, lief er den gesamten Pausenhof entlang bis zu dem kleinen Garteninnenhof, der zur *Chowder* führte. Zurückgezogen in dem kleinen Vorraum, in dem sich die Toiletten befanden, atmete er tief ein – warum fürchtete er sich davor, diese Nachricht aufzumachen? – und entschloss sich.

HABE DEINE SMS BEK. HABE ABER ZU VIEL ZU TUN HEUTE MORGEN ... RÜCKKEHR UM 2 T. VERSCHOBEN. SAG DEINER MUTTER BESCHEID. BUSSI.

Mit trockener Kehle und Gänsehaut auf den Armen, starrte Bastien eine oder zwei Minuten auf das Display. Die Nachricht wahr sehr wohl vom Handy seines Vaters aus geschickt worden und entsprechend seiner Gewohnheit in Großbuchstaben geschrieben. Und trotzdem sah ihm dieser Text nicht wirklich ähnlich, wie eine Diskrepanz, eine leicht schiefe Stufe auf einer Treppe.

Ein Geräusch ließ ihn zusammenzucken. Wie ertappt drehte er sich um. Eine Gestalt erschien an der Toilettentür.

»Äh ... Was machst du denn hier?«

Jean-Robin starrte ihn ebenso erstaunt, sogar errötend an, wie es Bastien schien, während er sich mit einer leicht nervösen Handbewegung die Nase rieb.

»Ich bin aus dem Matheunterricht geflogen ...«

JR trat vor ins Licht – über dem schwarzen Kajalstrich zeugten seine mit roten Äderchen durchzogenen Augen von einer kurzen Nacht.

»Und du?«, fragte er.

»Ich ... ich bin heute zu früh gekommen. Wir haben nicht sofort Unterricht.«

Bastien spürte eine Befangenheit zwischen ihnen – wahrscheinlich wegen der Ereignisse vom Vortag.

»Hast du was von Opale gehört?«, fragte er.

JR hatte sich bereits seine Tasche umgehängt.

»Opale? War sie denn nicht im Unterricht?«

»Nein.«

»Ah ... Vielleicht ist sie krank. Hast du sie angerufen?«

»Sie geht nicht ran.«

»Bei ihr zu Hause auch nicht?«

»Ich hab die Nummer nicht.«

JR lächelte leicht. Ohne ein Wort wühlte er in seiner Tasche, zog sein Handy hervor und tätigte den Anruf.

»Guten Morgen, Madame, Jean-Robin du Mercelac am Apparat«, begann er, und Bastien dachte insgeheim, dass er sich wahrscheinlich nie so vorgestellt hätte, wenn er bei dem jungen Mädchen zu Hause angerufen hätte. »Könnte ich bitte mit Opale sprechen?« Schweigen, dann sah Bastien JR die Stirn runzeln. »Ich ... Nein, ich dachte, sie sei heute nicht da, aber wir ...

wir sind natürlich nicht in derselben Klasse. Ich danke Ihnen, Madame ...«

»Sie behauptet, Opale sei heute im Unterricht«, sagte er mit nachdenklicher Miene.

»Ja, aber ...«

»... und sie war komisch.«

»Komisch?«

»Ja ... Ich weiß auch nicht ... Na ja, sie wird schon irgendwann wieder auftauchen!«, rief er mit einer Heiterkeit, die Bastien gespielt vorkam.

»JR ... Falls es Opale nicht gut ginge und sie trotzdem hier in Saint-Ex wäre, wo wäre sie deiner Meinung nach?«

Der Junge hob den Blick zur Decke, bevor er ihn kurz zur »Schranktür« gleiten ließ.

»Ich darf eigentlich niemanden einfach so mit hinaufnehmen, ohne ... ohne den anderen Bescheid zu sagen«, sagte JR mit finsterer Miene.

»Nicht einmal für die Schwester von deinem Freund? Die Probleme haben könnte?«

Die beiden Jungen blieben einige Augenblicke auf der Schwelle des Dachbodens stehen. Es herrschte eine kalte Ruhe, und der hintere Teil des Raumes hinter den Holzbalken, Kleiderständern, staubigen Klamotten und Bühnenbildern aus Pappmaché wirkten finster, fast bedrohlich.

»O ... Opale?«, rief JR mit einer Stimme, die nicht sehr überzeugend und auch ein wenig zu hoch war.

Keine Antwort.

Bastien ging weiter, während ein zögernder JR hinter seinem Rücken murmelte:

»Ich ... ich glaube nicht, dass sie da ist.«

Bastien war sich da nicht sicher. Er spürte eine Präsenz. Oder nein, eher mehrere Präsenzen. Opale könnte eine von ihnen sein; sie könnte sich irgendwo ganz hinten in der *Chowder* zurückgezogen haben und paffen. Warum stellte er sie sich gerade in diesem Augenblick weinend vor, den Körper in einer Ecke zwischen zwei Wänden zusammengekauert?

Er bahnte sich einen Weg in Richtung Halbdunkel, dorthin, wo Generationen von Schülern neben der Matratze und den durchgesessenen Sesseln die Toten anrufen hatten. Dorthin, wo Jahrzehnte zuvor die Hand eines jungen Lavillers grob ein Pentagramm auf den Boden gemalt hatte.

»Opale, bist du da?«

Seine eigene Stimme ließ ihn zusammenzucken – er konnte sie kaum wiedererkennen.

Zehn Meter hinter ihm fragte JR:

»Und?«

Bastien antwortete nicht und drang weiter nach hinten ins Halbdunkel vor. Plötzlich blieb er stehen und atmete tief ein. O ja, sie waren da: die weißen Schatten. Das erste Mal hatte ihn die Stimmung auf dem Dachboden ein wenig gestört, ohne dass er hätte erklären können, warum – es war schließlich nichts weiter als ein alter verlassener Abstellraum. Nun konnte er sie spüren, konnte sie fast sehen, wie sie in der Luft schwebten, immaterielle Gestalten wie Wesen in einem Aquarium ... Auf jeden Fall konnte er sie sich vorstellen und ihre fernen, unhörbaren Klagen vernehmen.

»Und?«, drängte JR hinter seinem Rücken.

Bastien zuckte zusammen, die Täuschung verschwand. Er legte die letzten Meter zurück und bemerkte dabei, dass die Unordnung vom Vortag, die Spuren ihrer Séance, verschwunden waren. Man hatte gründlich aufgeräumt. Ganz hinten auf dem Dachboden entdeckte er das kleine improvisierte Wohnzimmer, den Kartontisch. Er betrachtete die Kerze, die noch flackerte, eine Coladose. Er legte die Hand darauf – sie war gut gekühlt und halb voll.

»Sie ist nicht da!«, rief er JR zu. »Aber ... aber ich glaube, sie ist vor nicht allzu langer Zeit hier gewesen.«

»Wie meinst du das?«

Die Schulglocke erklang und übertönte Bastiens Antwort.

»Wir müssen gehen!«, rief Jean-Robin.

Bastien drehte sich um und machte sich daran, sich ihm anzuschließen. Ein Detail erregte seine Aufmerksamkeit: kleine weiße Papierquadrate waren neu verteilt worden, neben ihnen stand ein Glas (und die Papierfetzen waren verschwunden). Deshalb war Opale hergekommen, schloss er, weil sie versuchen wollte, ihren Bruder zu treffen.

Allein.

»Beeil dich mal, verdammt!«, stieß Jean-Robin hervor.

Innerhalb einer Sekunde entschied er sich.

»Warte nicht auf mich ...«

»Was?«

»Ich bleibe hier ... Ich ... Sie kommt vielleicht wieder, und ...«

»Aber du kannst doch unten auf sie warten! Du kannst sowieso nicht hierbleiben! Das kommt gar nicht in Frage, und überhaupt hätte ich dich niemals ...«

»Ich komme nicht«, wiederholte Bastien.

Vom hinteren Teil des Dachbodens aus konnte er sehen, wie sich JRs androgynes Gesicht vor Wut verzerrte. Die beiden Jungen maßen einander mit Blicken. Bastien wusste, dass der junge Mann hilflos war. Seine einzige Wahl bestand darin, entweder bei ihm zu bleiben und seinen Unterricht zu verpassen. Oder ihn hier zurückzulassen.

Er entschied sich für die zweite Möglichkeit, wobei er die Tür zuknallte. Bastien blieb allein mit der abbrennenden Kerze, den Papierquadraten und dem Pentagramm unter dem Karton. Und den weißen Schatten, die träge um ihn herumschwebten.

54

Bertegui entschied auf den ersten Blick, dass die Leiterin der Hecticon Labors und der Saint-Exupéry-Schule und ihr Mann ein harmonisches Paar bildeten: dieselbe Fähigkeit zu lächeln, dieselbe Eleganz, die eher pariserisch als lavillisch-streng war, dieselben Ergebnisse bei einer Diät, die sie beide peinlich genau einhalten mussten, um einer wie der andere eine derart athletische Schlankheit an den Tag zu legen.

»Ich war damit einverstanden, Sie zu treffen, denn auch wenn ich nicht die geringste Vorstellung von dem Grund Ihres Besuchs habe, wäre ich hocherfreut, Ihnen helfen zu können. Ich werde allerdings in einer Konferenz erwartet, dann zum Lunch …«

Sie warf einen schnellen, beifälligen Blick auf seinen Trussardi-Mantel aus Lammleder und machte dann mit belustigter Miene auf seinem Gesicht halt, als fände sie die Verbindung zwischen beidem merkwürdig und unterhaltsam.

»Es wird nicht lange dauern, das versichere ich Ihnen. Ich wollte Ihnen nur ein paar Fragen stellen. Eine gewisse Anzahl recht … seltsamer Vorfälle sind in letzter Zeit passiert.«

»Ach? Davon weiß ich nichts. Aber gut, ich muss sagen, dass ich im Moment kaum die Zeit habe, auch nur irgendetwas zu tun. Wir bringen gerade unsere Produkte in den States auf den Markt, also … Kurz und gut – womit kann ich Ihnen behilflich sein?«

»Ich möchte wissen, warum Sie die Talcotière gekauft haben.«

Das Lächeln erstarrte, Cléance Rochefort blinzelte mit einem unterdrückt-schockierten Gesichtsausdruck, der eher zu einer Frage über ihr Sexualleben oder die Rasur ihrer Schamhaare gepasst hätte.

»Ich … ich verstehe nicht, inwiefern meine Gründe die Polizei etwas angehen. Und woher wissen Sie das? Diese Information ist nicht bekannt gegeben worden.«

»Wir haben ermittelt.«

»Aber aus welchem Grund?«

»Das habe ich Ihnen bereits gesagt: Vor kurzem sind ungewöhnliche Dinge passiert, Madame Rochefort. Dinge, die an Ereignisse erinnern, die noch gar nicht so lange zurückliegen.«

Er ließ ein Schweigen in der Luft hängen, um sich auch wirklich verständlich zu machen.

»Sie wissen ja bestimmt, dass die Talcotière der Schauplatz dramatischer Ereignisse war. Wir prüfen heute eingehend jede Spur, die uns dabei helfen könnte, die Urheber dieser jüngsten … Zwischenfälle zu identifizieren.«

Sie gab ein kleines trockenes Schnüffeln voller Verärgerung von sich.

»Die Labors haben die Talcotière aus einem einfachen Grund erstanden: das Panorama, die geografische Lage.«

»Wie meinen Sie das?«

»Bis vor ... wenigen Jahren«, erklärte Cléance Rochefort, wobei sie den Kommissar anstarrte, der kerzengerade in seinem Sessel saß, »war es ganz einfach das angesehenste Anwesen der Region, insbesondere wegen der Aussicht. Nun ist ›angesehen‹ aber genau die Bezeichnung, die zu den Hecticon Labors passt. Unser Ziel war – und ist es immer noch –, das Anwesen abzureißen und den Konzern dort anzusiedeln.« Sie hatte es gesagt, als handelte es sich um ein multinationales Unternehmen.

»Ich verstehe ... Wem haben Sie sie abgekauft?«

Cléance Rochefort starrte ihn weiterhin an – jetzt blitzte in ihren porzellanblauen Augen ein Schein der Herausforderung.

»Stand der Name denn nicht im Kataster?«

Die Spannung stieg noch mehr an. Unterschwellig und ohne offensichtlichen Grund wurde der Austausch zu einer gekünstelten Auseinandersetzung und entglitt Bertegui.

»Ich könnte nachsehen, aber Sie könnten mir Zeit ersparen. Ich stelle Ihnen meine Fragen zu keinem anderen Zweck. Sie sind in keinem Fall direkt betroffen, mein Besuch hat nichts Offizielles.«

Sie zuckte die Achseln.

»Wenn ich der Polizei helfen kann ... Es handelt sich um die Familie Mercelin.«

»Laviller?«

»Nein, Verwandte der Talcots. Ursprünglich aus Arras, glaube ich. Seit mehreren Generationen in den USA ansässig ...«

Arras ... War die verschlungene Geschichte, die Lieberman bezüglich der Entstehung der Stadt angesprochen hatte, in allen Punkten wahr?

»Ich verstehe. Und warum haben Sie Ihre Pläne nicht sofort umgesetzt?«

»Der Bau, den ich plane, ist keine Kleinigkeit. Es ist eine beachtliche Investition. Ein ... sehr teures Aushängeschild. Das braucht Zeit. Ohne diese Ruinen wäre die Stelle bestimmt viel schöner, denken Sie nicht?«

Bertegui antwortete auf ihre Provokation mit einem nachdenklichen Schweigen. Ihre Erklärungen, die perfekt eingefädelt und ohne Zögern hervorgebracht worden waren, hatten eine wahre Seite.

»Andererseits verstehe ich immer noch nicht den Sinn Ihrer Fragen. Inwiefern kann der Kauf dieses Hauses die Polizei interessieren?«

Bertegui entschied sich für eine gemäßigte Offenheit.

»Wir glauben, dass da jemand im Moment ... der Vergangenheit nachtrauert. Und dass dieses Haus ihn ganz besonders interessieren könnte.«

»Ich verstehe.«

Das Lächeln hatte die Herzlichkeit der vielseitigen Frau von Welt wiedergefunden.

»Nun gut, er wird wohl kaum Zeit haben, sich ernsthaft dafür zu interessieren. In wenigen Wochen, sobald die Werbekampagne in den USA läuft, werden wir eine Baugenehmigung beantragen ...«

Sie stand auf, um ihn zu verabschieden – mit derselben Gewandtheit wie ihr Mann bei seinem Besuch –, und der Ästhet Bertegui bewunderte wider Willen die fast einschüchternde Erscheinung, das perfekte Bleigrau des Kostüms. Er stand ebenfalls auf – sie überragte ihn um zehn Zentimeter. Während sie ihm die Hand reichte, fragte er, wobei er seinen Mantel zurechtzog, mit einer Gleichgültigkeit, die die Astrologin »das Columbo-Syndrom« genannt hätte:

»Sie waren zur gleichen Zeit an Saint-Ex wie Nicolas Le Garrec, wenn ich das recht verstanden habe?«

Sie nickte kurz.

»Ist Henri Vilbois ein Name, der Ihnen etwas sagt?«

Die ausgestreckte Hand erstarrte eine Sekunde in der Luft.

»Nicht dass ich wüsste. Was hat das mit der Talcotière zu tun?«

»Wir wissen es noch nicht, Madame Rochefort. Aber tausend Dank dafür, dass Sie mir Ihre Zeit gewidmet haben. Und es mir ermöglicht haben, welche zu sparen.«

Sie drückte seine Hand kräftig und autoritär und machte ein paar Schritte, wie um ihn zur Tür zu begleiten. Bertegui stand bereits auf der Schwelle, als eine Idee ihm von nirgendwoher in den Sinn kam.

»Ich habe vergessen, Sie zu fragen ...«

»Ja?«

»Eine letzte Sache: War Pierre Andremi zur gleichen Zeit wie Sie alle auch Schüler an Saint-Exupéry? Ich meine, wie Ihr Mann, Nicolas Le Garrec, Sie selbst ...«

Clémence Rochefort blieb unerschütterlich. Und trotzdem spürte Bertegui bereits vor dem Ende der Frage, wie sie ins Wanken geriet.

Für eine kurze Sekunde ein Riss im Panzer.

»Sie ...« Sie räusperte sich. »Sie sprechen von ... Ich meine ...«

»Von genau dem Pierre Andremi, in der Tat ... Er kam doch aus Laville-Saint-Jour, oder, und gehört etwa derselben Generation an, wenn ich mich nicht irre. Im Übrigen gehörten die Andremis zu jenen Familien, die ihre Kinder in Saint-Ex anmeldeten, nehme ich an ...«

Sie hatte sich immer noch nicht gerührt, keinen Zentimeter. Sie war steif wie eine Statue, atmete tief ein, und es kam Bertegui so vor, als ob sie Haltung annehmen wollte, als das Schweigen sich ein paar Sekunden zu lange hinzog. Dennoch nahm sie mit einer immer noch beherrschten, leicht ironischen Stimme das Gespräch wieder auf.

»Also, die Talcotière, die Andremis ... Sie werden ja fast beunruhigend, Kommissar. Nun ja, Sie haben recht. Er war tatsächlich zur selben Zeit an Saint-Ex wie wir ... und wie zahlreiche andere Laviller dieser Zeit übrigens auch. Aber ... er war seltsam, verstehen Sie. Wir hatten nicht wirklich Umgang mit ihm.«

»Das war in keiner Weise eine Frage, die ich Ihnen stellen wollte, Madame Rochefort«, sagte Bertegui ruhig. »Aber danke, dass Sie darauf geantwortet haben.«

55

Bastien hatte sich auf dem Dachboden nach hinten in einen ausgebeulten Sessel zurückgezogen, in den Schatten hinter dem Puppentheater, dort, wo die dicken Holzbalken zusammenliefen, um ein niedriges, erdrückendes Dach zu bilden. Er nippte an der Cola, oder vielmehr legte er seine Lippen an die Stelle, auf die Opale ihren Mund gedrückt hatte, wobei er sich bemühte, Ordnung in seine Gedanken zu bringen und sich für den Moment zu rüsten, in dem die weißen Schatten zu ihm kommen würden. Denn sie würden kommen, nicht wahr? Er zweifelte nicht daran. Sie wollten sprechen. Oder schreien. Oder weinen.

Ein plötzlicher kalter Luftzug ließ ihn erschauern und riss ihn aus seinen Gedanken. Die Stille im Hof erinnerte ihn daran, dass die Pause vorbei war und die Schüler wieder im Unterricht waren. Ohne ihn. Ein weiteres Mal schnürte ihm ein Gefühl von Einsamkeit die Luft ab. Noch nie hatte er sich je so ... anders gefühlt als die anderen.

Er atmete tief ein und stand auf, dachte darüber nach, wie er vorgehen würde. In Filmen waren die Leute, die sich mit Spiritismus beschäftigten, immer in einer Gruppe ... Aber was machte das schon für einen Unterschied? Am Vortag schien das Pentagramm besonders wichtig gewesen zu sein.

Er schob den Karton beiseite, um die Zeichnung auf dem Boden freizulegen, und sammelte die kleinen weißen Papierquadrate mit den Buchstaben ein. Er setzte sich im Schneidersitz vor das Pentagramm und verteilte die Buchstaben im Kreis herum, wie er es bei Anne-Cécile gesehen hatte, und stellte dann das Glas in die Mitte. So, das war doch eigentlich ganz einfach. Und jetzt?

Er legte einen Finger auf die Kante das Glases und berührte es leicht. Musste er die Augen schließen? Musste er sprechen, etwa diesen unwahrscheinlichen Satz sagen: »Geist, bist du da?« Er entschied sich dagegen. Er würde sehen, wenn sich ein Phänomen ereignen sollte. Im Augenblick würde er sich von seinem Instinkt leiten lassen.

Er schloss seine Augen, bemühte sich darum, sich zu konzentrieren und sich ganz fest vorzustellen, dass er mit Jules sprechen wollte, oder mit Opales Bruder oder irgendeinem anderen Wesen, das bereit wäre, ihn aufzuklären. Die ersten Minuten waren lang und ermüdend. Es gelang ihm nicht, seine Aufmerksamkeit zu konzentrieren, sein Knie zuckte vor Nervosität, ein seltsames Gekicher entfuhr ihm, als das Gesicht von Monsieur Dupuis, der ihm gerade die Definition eines Prismas wiederholte, seine Aufmerksamkeit durcheinanderbrachte, dann Patoches Stimme (*Du bist ja verrückt, Mann!*) ... Nach und nach jedoch wurde sein Kopf frei, und sein Atem nahm einen langsamen, trägen Rhythmus an.

Die Raumtemperatur fiel – Bastien wusste nicht, ob diese Abkühlung schrittweise oder plötzlich vor sich gegangen war, aber auf einmal spürte er, wie ihn eine schneidende Kälte umgab.

Er öffnete die Augen: Sein Atem bildete kleine Dampfwolken. Es stieg langsam auf ... Es kam: Etwas im Raum vibrierte.

Er schloss erneut die Augen, um sich nicht ablenken zu lassen. Die Temperatur fiel weiter ... Und das Glas bewegte sich.

Ein Zittern unter seinen klammen Fingern, dann noch mal. Ein Pulsieren von ... von Kristall. Und je kälter es wurde, umso wärmer wurde das Glas, als ob es jedes Grad Wärme auffing, um an Kraft zu gewinnen. Eine unangenehme, elektrische, knisternde Wärme.

Die Augen immer noch geschlossen, dachte Bastien: *Ist da jemand? Wer ist bei mir? Wer bist du?*

Er wartete. ... Keine Antwort. Das Glas begann sich zu bewegen, als ob ... das Ding darin nichts anderes wollte, als aus seinem Gefängnis zu entkommen.

Wer ist da? Ich weiß, dass du da bist. Du willst mit mir reden ...

Eine Bewegung irgendwo auf dem Dachboden ließ ihn zusammenzucken. Er öffnete die Augen. Sein Herz setzte einen Schlag aus und klopfte dann in der nächsten Sekunde bis zum Hals: Die weißen Schatten waren hier, bei ihm. Auf dem Dachboden. Überall. Langsame, kaum angedeutete Formen, sehnige, wogende Figuren, die in einer Art unbeweglicher Levitation in der Luft schwebten. Sie waren aus einem unwirklichen Nebel gesponnen, einem Nebel, der sich nicht auf dem Dachboden befinden *konnte*, da kein einziges Fenster offen war. Und trotzdem schwebten sie umher, und nach und nach konnte Bastien den Schleier eines Gesichts erkennen, dann noch eines, und noch eines. Kinder ... Die Kinder des Nebels waren bei seinem Anruf vom Boden aufgestiegen oder vom Himmel gefallen.

Unter seinem Finger wurde das Glas von einem fiebrigen Zittern geschüttelt, aber er ignorierte es. Während er seinen Atem anhielt, wartete er angsterfüllt, um zu verstehen, was die weißen Schatten wollten.

Ein erstes Wesen glitt sanft in seine Richtung – er kämpfte mit sich, um nicht zurückzuweichen, denn er wusste, dass es zwecklos war. Hier gab es keinen Ausweg, hier war keinerlei Flucht möglich. Das transparente, kaum sichtbare Ding bewegte sich durch die Hindernisse hindurch bis zu ihm. Es hielt vor ihm an, und Bastien spürte, wie er in eine unendliche Traurigkeit gehüllt wurde, als ob ein Leichentuch seine Schultern bedeckte. Ohne dass er verstand, warum, stiegen ihm Tränen in die Augen. Der Junge – es war doch ein kleiner Junge, oder? Er verharrte einige Augenblicke und setzte sich dann, sofern sich eine Wolke setzten konnte, neben Bastien. Letzterer gab keinen Ton von sich, starrte die Kreatur an, versuchte, ein Gesicht, einen Blick zu erfassen – vergeblich, die Gestalt bot nichts Greifbares, Festes, an dem man sich hätte festhalten können.

Eine anmutige Bewegung lenkte ihn ab, und er drehte sich zu den Schatten um, die im Hintergrund geblieben waren: eine weitere Gestalt glitt heran, eine dritte, eine vierte ... Jungen, Mädchen folgten der Ersten mit der Langsamkeit einer leisen Musik, in geschlossener Reihe und kamen zögernd näher. Bevor sie ihrerseits um das Pentagramm herum Platz nahmen.

Bastien strömten die Tränen über die Wangen; Tränen, die von nirgendwoher kamen, oder doch aus seinem Innersten, aus einem noch unerforschten Abgrund. Oder war die Tragödie der Kinder von Laville-Saint-Jour ansteckend, berührte sie all jene, die sich ihr näherten? Auf jeden Fall verstand er Folgendes: Er war nicht allein – überhaupt nicht allein sogar. Die Söhne und Töchter des Nebels waren hergekommen, um ihm zu helfen, ihm ihre Arme zu öffnen, ihn als einen der Ihren anzuerkennen. Nun konnte die Séance beginnen.

Bastien fiel auf, dass das Glas unter seinem Finger vor Ungeduld zitterte. Nach einem Schniefen, mit dem er die Tränen hinunterschluckte, sagte er laut:

»Geist, bist du da?«

Das Glas verschob sich.

JA

»Wer bist du?«

Das Glas bewegte sich auf die Buchstabengruppe zu, hätte fast bei P angehalten, dann ...

NEIN

Bastien hatte es gespürt: Wie beim letzten Mal war derjenige, der auf seinen Anruf geantwortet hatte, nicht allein. Eine weitere Präsenz war unter ihnen ... Ein Zensor.

Um den Kreis herum schien die dichtgedrängte Masse von einer Bö geschüttelt zu werden, und in der Verschwommenheit der Bewegung glaubte Bastien wutverzerrte Gesichter und wie zum Schrei oder Protest geöffnete Münder zu erhaschen. Er wandte sich wieder dem Glas zu.

»WER BIST DU?!«

Unter seinem Finger kämpfte das Glas zwischen zwei Kräften – eine, die ihn zu den Buchstaben zog, und die andere, die zum NEIN-Rechteck gelangen wollte.

Nun rührten sich die weißen Schatten. Die Wesen bildeten ein Ganzes, das sich empört hin und her bewegte. Und es geschah etwas Undenkbares: Die weißen Schatten schrien. Der Schrei einer einzigen Stimme, die aus Hunderten bestand, ein Grollen, das direkt in Bastiens Bauch, in seinen Kopf stieg ... Ein langer Schrei des Zorns, während die Kinder um das Glas und Bastien herumwirbelten, der weiter und weiter anstieg. Plötzlich, während eines der Wesen kämpfte, um das Glas endgültig vor dem NEIN zum Stehen zu bringen, flogen vier kleine Buchstabenquadrate allein durch die Luft, um in der Mitte des Pentagramms ein Wort zu bilden:

PAPA

Die Welt erstarrte um Bastien, das Glas zersprang,

die weißen Schatten rührten sich nicht von der Stelle, als ob sie sich nie davon wegbewegt hätten, und der Schrei wurde zu einer Klage, einer langen Klage, einem untröstlichen, warmen Seufzer des Mitleids. Dann herrschte Stille.

Bastien starrte auf die Buchstaben, unter die sich kleine Kristallscherben mischten – die weißen Quadrate hoben sich von dem roten Hintergrund ab, rot wie seine Aufregung, seine Verzweiflung, diese unerträgliche Wahrheit. In dem Moment, in dem er das Bewusstsein verlor, war es keine Stimme, die er in seinem Kopf hörte, sondern ein Gesicht, das sich über ihn beugte wie eine Fee über eine Wiege. Ein Gesicht ohne Haut, ohne Nase, ohne Lippen ... ein Brei weißen Fleisches, der ihm immer und immer wieder sagte:

»Eines Tages werden schreckliche Dinge geschehen ...«

56

Meinen Sohn zurückholen und gehen ... Meinen Sohn zurückholen und gehen ... Meinen So ...

HÖR AUF!

Audrey schloss für einen kurzen Augenblick die Augen und öffnete sie wieder, in dem Versuch, sich ein wenig zu beruhigen. Vergeblich. Seit ihrem Besuch bei Hecticon gelang es ihr nicht, einen anderen Gedanken zu fassen. Nachdem sie gesehen hatte, wie Joce nach ihr die Firma betreten und sie versucht hatte, einen rechtmäßigen Grund für seine Anwesenheit zu finden – konnte er auf ehrliche Weise juristische Aufgaben innerhalb des Unternehmens erledigen? –, hatte sich ihr schließlich eine etwas seltsame Logik aufgedrängt: Cléance Rochefort war bestens über Audreys Situation informiert; Cléance Rochefort hatte kaum verhüllte Drohungen ausgestoßen; Joce kannte Cléance Rochefort; Joce liebte seinen Sohn nicht; Joce war zu allem bereit, um ihr wehzutun; Joce oder Antoine oder beide oder jemand, der mit ihm/ihnen in Verbindung stand, befand(en) sich am Vorabend unter ihrem Küchenfenster und beobachtete(n) sie bereits seit einigen Tagen. Wie ließen sich diese allgemein gültigen Fakten miteinander verbinden, um nur noch eine einzige Tatsache zu bilden? Sie wusste es nicht, aber das war im Augenblick nicht sonderlich wichtig. All das ergab zwangsläufig einen Sinn. Während sie noch nach einem Ausweg suchte, nachdem sie in den Straßen von Laville umhergeirrt war und eine lakonische Nachricht auf Nicolas Le Garrecs Anrufbeantworter hinterlassen hatte, fand sie sich plötzlich vor Davids Schule wieder. Sie hatte keine Wahl. Trotz der juristischen Risiken musste sie David zurückholen. Ihn bei sich behalten. Ihn zumindest eine Zeit lang beschützen, bis sie etwas klarer sah.

Sie schaute in den Rückspiegel – zehn-, zwanzigmal hatte sie im Laufe des Vormittags schon nachgesehen. Niemand, zumindest soweit es der Nebel ihr ermöglichte, sich davon zu überzeugen.

Sie entschied, dass der Weg frei war, und verfluchte sich wegen dieser plötzlichen Paranoia, die sie nicht mehr kontrollieren konnte. Sie stieg aus dem Clio und ging unter dem in einem fröhlichen Blau angemalten Portal hindurch, über dem stand: *Les Mesanges, Grund- und Vorschule*. Sie betrat die Eingangshalle und dachte daran, dass sie David bei seinem ersten Schultag in

Laville-Saint-Jour nicht hatte hierherbegleiten können, dass sie noch nicht einmal das Gebäude von innen gesehen hatte, das mit Kinderzeichnungen und bunten Fächern tapeziert war.

Sie suchte das Sekretariat, wobei sie weiterhin gegen ihren unterdrückten Atem und diesen Handlungsbedarf ankämpfte, der jegliches Denkvermögen verschleierte. Sie atmete tief durch, bevor sie die Tür zum Sekretariat der *Mésanges* aufstieß, stellte sich dann freundlich und klar vor, um der Sekretärin mit größter Ruhe zu erklären, dass sie aufgrund einer Familienangelegenheit David vor dem Ende des Unterrichts mitnehmen müsse. Diese hörte höflich zu, und in ihrem Lächeln lag ein den Umständen angemessenes Verständnis und in ihrem Blick ein misstrauischer Schein. Sie verwies sie schließlich an den Schulleiter.

Letzterer, ein wohlgenährter Kerl mit kleinen Schweinsaugen, denen es an jeglicher Liebenswürdigkeit mangelte, empfing sie in einem Büro, das schlecht zu seinem Aussehen passte - ein Raum, der eher an ein Bühnenbild als an einen Ort erinnerte, der Verwaltungsaufgaben gewidmet war. Wie auch in der Eingangshalle erinnerte alles an die Kindheit - zahlreiche Zeichnungen, idyllische Poster, die Überreste des letzten Halloween-Fests, im Unterricht angefertigter Nippes, der auf Regalen aufgereiht lag ... Die Diskrepanz war fast pervers, sodass sie sich unwohl fühlte, sobald sie sich setzte.

»Dürfte ich fragen, was rechtfertigen könnte, dass David einen Tag Unterricht versäumt?«, fragte er, als sie ihre kurze Erklärung beendet hatte.

»Ich ...«

Darauf war sie nicht gefasst gewesen. Sie hatte

noch nicht einmal über eine wirklich stichhaltige Entschuldigung nachgedacht, da sie angenommen hatte, eine »dringende Familienangelegenheit« würde ausreichen.

»Meinem Bruder geht es sehr schlecht – ich meine, er liegt im Sterben. Er hat nur noch wenige Tage zu leben, vielleicht weniger, und ... ich will, dass David sich von ihm verabschiedet.«

Eine perfekte Lüge, die sie innerhalb einer Sekunde zurechtgesponnen hatte. Sie hatte sich dabei auf den Bericht einer Freundin in Paris gestützt, mit der sie noch ein- bis zweimal im Monat telefonierte und deren Bruder tatsächlich im Begriff war, an einem Krebsleiden zu sterben.

Der Mann faltete seine Wurstfinger über seinem Bauch.

»Ich verstehe. Leider habe ich ein Problem, Madame, was Ihren Sohn betrifft ... Ich meine, bezüglich Ihrer Bitte.«

»Ein Problem?«

»Ja. Sehen Sie, Jocelyn hat uns vor Ihrem möglichen Eintreffen in unserem Haus gewarnt ...«

Die Erregung ließ Audrey auf ihrem Stuhl ins Wanken geraten. Er hatte *Jocelyn* gesagt und nicht »Ihr Exmann« oder »Davids Vater«; er hatte auch *uns* gesagt und nicht »die Schule«, als ob sie eine Gruppe bildeten ...

»... er hat uns auch erklärt, dass er das Sorgerecht für David hat und sich Ihre Rechte auf jedes zweite Wochenende beschränken.«

Er wartete ab, ein kleines zufriedenes Lächeln über seinem bartlosen rosa Dreifachkinn.

»Sehen Sie, wir hatten vor zwei Jahren einen Fall

von Kindesentführung. Sie wissen schon, ein Vater, der die Trennung nicht verkraftet hat, so etwas in der Art. Und seitdem sind wir doppelt vorsichtig, wenn die Familiensituation ... kompliziert ist. Jocelyn hat zu Beginn des Schuljahres zu verstehen gegeben, dass wir mit dieser Art von Problemen konfrontiert werden könnten – selbstverständlich behaupte ich nicht, dass wir es hier mit einem solchen Fall zu tun haben.«

Sie sah ihn kaum – nur ein rundes Mondgesicht, einen Schweinekopf in einem Spielzeugladen, das mit den schwarzen Punkten vor ihren Augen bedeckt war, die von ihrem Wutanfall hervorgerufen wurden. Plötzlich fielen ihr Nicolas Le Garrecs Worte wieder ein: »Weswegen ist dein Mann eigentlich nach Laville-Saint-Jour gekommen?« Die Situation wuchs ihr über den Kopf, glitt ab in einen Albtraum. Ein Albtraum nach Art von *Rosemary's Baby,* mit ihr selbst in der Rolle von Mia Farrow.

»... aber wenn wir keinen bestätigenden Anruf von Jocelyn bekommen – oder natürlich eine Anordnung vom Richter, ha ha ha! –, dann kann ich Sie David nicht einfach so mitnehmen lassen ... Sie verstehen mich doch, hoffe ich?«

Die folgenden Minuten liefen wie in einer scharlachroten Verschwommenheit ab. Sie sah flüchtig, wie sie mit sanfter Autorität beim Arm gepackt und zur Tür zurückgebracht wurde; sie sah sich den Flur durchqueren und dabei darum kämpfen, nicht zu schwanken; dann bis zum Ausgang rennen, um den Kaffee und den Joghurt, die sie vor ihrem Treffen mit Cléance Rochefort zu schnell heruntergestürzt hatte, auf den Gehweg zu erbrechen.

Die Kälte holte sie wieder ins Leben zurück, und

der Anblick, der sich ihr bot, lenkte sie einen Augenblick von ihrem Schrecken ab: Während der fünfzehn Minuten, die sie bei den *Mésanges* verbracht hatte, hatte der Nebel die Straße vollkommen bedeckt. Die Welt, die sich vor ihren Augen erstreckte, war von einem surrealen Weiß wie von einer Wolke, einem dicken Wattebausch erstickt. Die Autos ratterten als undeutliche große Farbflecken vorüber, die Baumstämme zeichneten sich mit unbestimmten, beweglichen Linien ab, und die Häuser hatten das bedrohliche Aussehen von Riesen mit spitzen Hüten ...

Zweifelnd kehrte sie zu ihrem Auto zurück und bemerkte dabei, dass ihre Füße, vollkommen im Nebel verschwanden, der am Boden noch dichter war. Sie stieg in den Clio und hatte das furchtbare Gefühl, dass, während der Nebel sich gegen die Fenster drängte, wie um sie gefangen zu halten, sich etwas Schreckliches anbahnte – eine Ahnung, die sie unweigerlich zu Nicolas Le Garrec zurückbrachte. Sie nahm ihren ganzen Mut zusammen, griff nach ihrem Handy und wählte die Nummer. Als die Mailbox antwortete, hätte sie das Telefon fast vor Wut und Frustration gegen die Windschutzscheibe geworfen. Stattdessen sagte sie:

»Nicolas, ich weiß, ich habe dich heute Morgen schon angerufen, aber ... nur du kannst mir helfen. Es ist dringend, verstehst du ... Ich habe Cléance Rochefort getroffen. Ich ... ich glaube, es ist eine Frage von Leben und Tod. Es betrifft meinen Sohn David und ...«

Der Rest ging in Schluchzen unter, als sie den Namen ihres Sohnes aussprach.

57

Die Niete war nicht wieder aufgetaucht. Die Niete hatte mit ernsthaften Unannehmlichkeiten zu rechnen und sollte das wissen. Die Niete war also bereit, Nachsitzen, Verwarnungen, wenn nicht gar einen Schulverweis zu riskieren für ... für was? César Mendel hatte da so eine kleine Idee. Natürlich bedeutete das, alles auf eine Karte zu setzen - er hatte schließlich nicht vorausgesehen, dass Bastien Moreau mitten im Matheunterricht diesen Lachanfall bekommen würde (obwohl - wenn man Dupuis' Atem aus der Nähe eingeatmet hatte, musste man sich auf alles gefasst machen!). Und er kochte vor Wut darüber, dass er ihn aus den Augen verloren hatte. Dennoch war César voller Energie. Und heute Morgen war sein Leben an einem Wendepunkt angelangt: Er war reich, also frei, im Prinzip zumindest. Die Vorstellung, dass Moreau ihm diesen Tag-an-dem-alles-möglich-wird verderben könnte, war ... unerträglich.

Keine Wahl. Er musste Moreau schnappen.

»Hey, Cés, hast du den Nebel gesehen?«

César Mendel drehte sich um. Die 11-Uhr-50-Glocke hatte soeben geläutet, und die Schüler teilten sich in zwei Gruppen auf: diejenigen, die in Laville-Saint-Jour wohnten und zu Hause zu Mittag aßen, und diejenigen, die in die Schulkantine gingen. Philibert de Brysis gehörte wie César zur ersten Gruppe.

»Nein, nein, ich habe überhaupt nichts gesehen«, antwortete er ironisch.

De Brysis betrachtete ihn mit großen runden Augen bar jeglicher Intelligenz. Mendel war schon vor langer

Zeit zu dem Schluss gekommen, dass man tief im Inneren des Hirns seines Freundes ein Schubladenmöbel aus Metall mit einer einzigen Schublade finden musste, in der ein doppelt gefalteter, kleiner Zettel lag wie ein Todesurteil: IQ = 82 (höchstens).

»Ach, echt?«, wunderte sich das Genie.

Mendel zuckte die Achseln. Man hätte blind sein müssen, um es nicht zu sehen: Der Nebel war mit einem Mal während der letzten Unterrichtsstunde aufgezogen – ein Phänomen, das Geraschel und Getuschel im Klassenraum ausgelöst hatte. Es war einer dieser Tage – es gab vier oder fünf davon im Jahr –, an denen der Nebel anscheinend betrunken war und seine Wut erbrach, die Welt verblasste und unter dem weichen, feuchten Pulsieren eindöste, das an den Bauch einer Frau kurz vor der Entbindung erinnerte. Einer dieser Tage, an denen ... alles möglich wird.

»He, wo gehst du hin?«, erkundigte sich der Junge, während César sich entfernte. »Gehen wir denn nicht zusammen nach Hause?«

César drehte sich um und warf de Brysis einen langen Blick zu. Dieser trat den Rückzug an. César wusste nicht, wie er diese Wirkung erzielte, und dann auch noch im Nebel, aber bei schwachen Geistern funktionierte das immer: die Masche mit dem vernichtenden Blick. Er starrte seinen Freund an, der zurückwich, dann in der dunklen Masse der Schüler verschwand und mit ihnen vom Nebel verschluckt wurde. Er nahm seinen Weg zu dem zweiten Schulhof wieder auf, den mit dem kleinen Garten. Er glitt – eine lange, schlanke Gestalt, die von einem Kranz von Engelshaar überragt wurde – unter die kleine Überdachung vor den Toiletten. Und wartete. Falls Moreau sich noch irgendwo in der Schule befand, dann war das seine einzige Chance, ihn zu finden: hier, unten vor der *Chowder*.

Mit der perfekten Beherrschung eines Mannes, der alles unter Kontrolle hatte, zog er sein Handy hervor und überprüfte das Display: keine Nachricht. Er spürte, wie ihn ein Adrenalinstoß durchfuhr. War das also wirklich ... der-Tag-an-dem-alles-möglich-ist? Um sich davon zu überzeugen, tätigte er einen Anruf. Die Mailbox seines Vaters schaltete sich nach dem vierten Klingeln ein. Mendel lächelte mit klopfendem Herzen.

»Papa, ich bin erstaunt darüber, dass Sie mich nicht zurückgerufen haben ...«

Ich bin reich ...

»... das ist schon die vierte Nachricht, die ich Ihnen hinterlasse. Für alle Fälle sage ich es Ihnen noch einmal genau:«

Ich bin frei ...

»... können Sie, wenn Sie Zeit haben, am Flughafen schauen, ob Sie einen iDock für meinen iPod finden? Ich schicke Ihnen die Daten per SMS ...«

Du bist krepiert, du dreckiges Stück Scheiße, krepiert, krepiert, KREPIERT!!!

»... danke, Papa, und gute Reise ...«

Er legte auf und bemühte sich, die Freude im Zaum zu halten, die aus ihm hervorbrach. Gewissenhaft schrieb er seine SMS – mal ehrlich, wer würde schon einen dreizehnjährigen Jungen verdächtigen? Ha, ha, ha! Ein Geräusch unterbrach den Lauf seiner Finger auf der Tastatur. Er wandte den Kopf. Die Schranktür in der Wand gab ein leises Quietschen von sich. Eine Sekunde später kam Bastien Moreau zum Vorschein.

Die beiden Jungen starrten sich eine Weile an. Moreau, entschied Mendel, hatte die Visage von jemandem, der gerade gekotzt und anschließend seine Kotze wieder aufgefressen hatte.

»Alles okay?«, fragte César mit dem ganzen Mitleid, das die Jahre der Heuchelei ihn gelehrt hatten.

Moreau schloss die Tür, ohne sich bezüglich der Anwesenheit des Sitzenbleibers überrascht zu zeigen.

»Nein«, sagte er schlicht.

»Was ist los?«

Moreau kam näher und setzte sich seinen Rucksack mit der mechanischen Bewegung eines Zombies auf.

»Mein Vater ist gerade gestorben …«

Die Überraschung machte Mendel eine Sekunde sprachlos. Er wusste nicht, wie die Niete so etwas zwischen zehn Uhr und Mittag in seinem Schrank hatte erfahren können. Aber er wusste, auch wenn das Gefühle waren, die ihm vollkommen fremd waren, dass das für Moreau ein verhängnisvoller Schlag war.

»Meiner auch«, antwortete er. Vielleicht war es einfach das Bedürfnis, es zu sagen – wahrscheinlich, weil Moreau derselben Kraft erlegen war, auch wenn das im Augenblick die einzige Gemeinsamkeit war, die zwischen den beiden Jungen bestand.

Moreau starrte ihn überrascht an – Césars Enthüllung war schockierend genug, um ihn aus seiner Abgestumpftheit zu holen. Mendel bemühte sich, den Wirbelsturm der Gefühle zu verbergen, die ihn bewegten, und machte eine Miene zwischen Traurigkeit und geheimem Einverständnis.

Das genügte Moreau offensichtlich. Er stellte keine Fragen, lieferte keine Einzelheit. Weinte auch nicht.

»Du suchst *sie*, oder?«, fragte César, um das Schweigen zu brechen und die Hand noch etwas fester um den Hals seines Feindes zu legen.

Auch da keine Ausflüchte. Bastien nickte freiheraus, und dieser Mut rief bei Mendel gegen seinen Willen Bewunderung hervor. Er wartete ein wenig, bevor er ihm den Gnadenstoß versetzte.

»Ich glaube, ich weiß, wo sie sich befindet ...«

58

Suzy Belair legte den Telefonhörer auf. Bereits zum dritten Mal an diesem Tag gingen ihre Anrufe in Saint-Michel ins Leere. Und die Vorahnung, die sie letzte Nacht lange wachgehalten hatte, wurde stärker. Oh, gewiss nahm sie nun schon eine Distanzierung bei Pater Cartelot wahr. Sie ahnte, dass das Trinken oder das Alter oder die Angst stärker gewesen waren als seine Entschlossenheit, dass Odile Le Garrecs Tod ihm einen Schlag versetzt hatte und er den Kampf von vornherein als verloren betrachtete. Dennoch hätte Pater Cartelot zumindest einen ihrer Anrufe annehmen müssen. Er war kein Mann, der schwer zu erreichen war, und sie wollte ihn lediglich darüber informieren, dass sie nach Paris fuhr ... »nur für ein paar Tage, nichts Schlimmes ...«. Er hätte es verstanden. Hätte sie weder ermutigt noch davon abgebracht und am Telefon sowieso nicht das geringste kompromittierende Wort ausgesprochen. Und sie hatte gehofft, dass ihre eigene Entschlossenheit ihm wieder etwas Kraft gegeben hätte ...

Aber Pater Cartelot ging nicht ans Telefon. Und der Nebel hatte plötzlich, in weniger als dreißig Minuten, eine Art Deckel über Laville heruntergeklappt, sodass die Astrologin von dem Fenster ihres Häuschens aus kaum die Straße erkennen konnte.

Sie ließ den Vorhang vor dem Fenster wieder herunterfallen und begab sich in die Diele, wo sie ihren grauen Mantel anzog. Ein kleiner Koffer stand bereits vor der Tür, und sie griff danach, bevor sie hinausging. Draußen blieb sie eine Sekunde auf der Außentreppe stehen – wann war Laville das letzte Mal derart unter dem Nebel begraben gewesen?

Einmal den Schlüssel herumgedreht, die drei Stufen vorsichtig hinuntergestiegen, da das blasse Grau des Weges mit dem Nebel verschmolz ... Sie stellte sich unmittelbar vor das kleine Tor des Hauses, in Frieden. Was sie in Paris erwartete, wusste sie nicht, aber sie musste hinfahren – das war eine Tatsache und eine Gewissheit. Und Suzy Belair gehörte nicht zu denen, die entweder dem einen oder dem anderen widersprachen.

Ein Motorengeräusch durchbrach die dumpfe Stille der Straße und näherte sich ihr von der rechten Seite. Sie wandte den Kopf. Eine marineblaue Masse zerteilte den Nebel. Eine Befürchtung stieg plötzlich in ihr hoch wie eine Welle – sie konnte das kleine TAXI-Leuchtschild über dem Wagen nicht erkennen, und ...

... und Pater Cartelot ging nicht ans Telefon ...

... und der Nebel ...

... und eines Tages werden schreckliche Di ...

In ungefähr zehn Metern Entfernung bemerkte sie das kleine Licht des Taxis, und sie zuckte die Achseln.

Der Fahrer stieg aus, kommentierte den Nebel: »... anscheinend will die Präfektur die großen Zufahrtsstraßen dichtmachen, wenn sich das bis heute Abend nicht verzogen hat ...«, und bat sie, Platz zu nehmen.

Sie stieg ins Auto und hatte das seltsame Gefühl, im

Inneren des Fahrzeugs das Sehvermögen wiederzuerlangen, endlich klar zu sehen, als ob sie gerade eine Brille aufgesetzt hätte.

Während sie sich vom Haus weg in Richtung Bahnhof entfernten, bemerkte sie kaum das getarnte Polizeiauto, das, Bertegui an Bord, an ihr vorbeifuhr - sie konnte gerade so eben einen großen Kopf am Steuer erkennen. Ebenso wenig sah sie am anderen Ende den blauen Mercedes, der gerade in die Straße eingebogen war und auf ihr Haus zufuhr.

Schimpfend hielt Bertegui den Wagen an. In einem solchen Nebel zu fahren war reinster Selbstmord. Er hatte ihn noch nicht einmal aufziehen sehen, sodass er draußen, als er das Kommissariat verlassen hatte, davon überrumpelt worden war. Der Fall Andremi beschäftigte ihn wahrscheinlich zu sehr. Seit seinem Gespräch mit Cléance Rochefort quälte ihn dieser Riss, der eigentlich kaum ein Sprung war, der vage Eindruck, endlich auf einen Knopf gedrückt zu haben, der ihm eine Tür öffnete. Auch wenn alles noch aufzuklären blieb. Deswegen hatte er noch keinen Kontakt zu den Kollegen aufgenommen, die damals in Paris für den Fall Andremi zuständig gewesen waren. Das Wildschwein war sich darüber bewusst, dass jeglicher Fehltritt in dieser Angelegenheit die Büchse der Pandora öffnen und die alten Dämonen der Medien wiedererwecken könnte: Andremi, Talcot ... Aber es blieben natürlich noch die Laviller. Würden Suzy Belair, die Morizots und Le Garrec auch so unsicher werden, falls Bertegui ihnen den Namen zwischen zwei Fragen entgegenschleuderte? Waren die Andremis wirklich eine Spur, die man verfolgen sollte, oder nur eine

Sackgasse wie all jene, die sich seit mehreren Tagen durch den Nebel seiner Ermittlungen zogen?

Er stieg aus dem Wagen und lief auf das Haus zu. Kein Licht am Fenster - allerdings war Suzy Belairs Erdgeschoss recht dunkel, wie er bei seinem Besuch festgestellt hatte.

War sie ausgegangen? Verreist?

Er drückte auf die Klingel unmittelbar über dem in das Kupferschild gravierte, rätselhafte astrologische Zeichen. Wartete. Keine Antwort. Er klingelte noch einmal und kniff die Augen zusammen, um durch die Fensterscheiben zu spähen. Nichts.

Er streckte eine seiner großen Pranken durch das Gittertor und schob den Riegel zurück. Das Gitter sprang auf. Er lief den Weg entlang bis zu den drei Stufen, stolperte und wäre fast hingefallen. Fluchend richtete er sich auf, bevor er bis zur Haustür hinaufstieg. Abgeschlossen. Kein Licht. Keine Spur von einem Einbruch. Hatte er wirklich befürchtet, eine zu finden?

Ein Geräusch hinter seinem Rücken ließ ihn zusammenzucken, und er drehte sich abrupt um. In einer unbestimmten Entfernung - dreißig Meter vielleicht, der Nebel verzerrte ebenfalls die Dimensionen - sah er, wie sich eine blaue Masse entfernte. Die beiden roten Rücklichter erzeugten einen Lichthof in Form von zwei Bändern und verschwanden an der Straßenecke.

Bertegui wartete - die menschenleere Straße, die Bäume, die Stille, der Nebel. Sonst nichts ... Und trotzdem hatte er das unbestimmte Gefühl, beobachtet, ausspioniert zu werden ...

Er schaute nach allen Seiten, und da sah er sie plötzlich: die Bewegungen. Nicht die Bewegungen *des* Nebels, sondern *im* Nebel. Die Formen ... und sogar – aber nein, das war natürlich unmöglich! – die Gesichter. Er beobachtete das Phänomen und ... ja! In der Mitte des Nebels Schweife, Wirbel und ein Pulsieren, als seien sie mit eigenem Leben ausgestattet und ...

Der Eindruck verschwand. Ein alter Mann – der Wölbung seiner Schultern nach zu urteilen – war soeben aufgetaucht, einen kleinen schwarzen Pudel an der Leine. Eine einfache optische Täuschung also.

Bertegui schüttelte den Kopf, wütend auf sich selbst. Die Atmosphäre in dieser Stadt war entschieden ansteckend. Schädlich sogar!

Er kehrte zu seinem Wagen zurück und setzte sich ans Steuer. Die dreißig Sekunden Halluzination (er fand kein anderes Wort dafür) hatten ihn erschüttert, und sein erster Reflex war, seine Frau anzurufen.

»Alles okay, Liebling?«, fragte sie mit einem Hauch von Besorgnis in der Stimme. An dem Zittern seiner eigenen Stimme konnte Meryl seinen Gemütszustand erraten (Sie war eine dieser Frauen, die man unmöglich betrügen konnte, aber Bertegui hatte sowieso nie das geringste Verlangen danach verspürt.).

»Alles okay ... Ich wollte dir nur sagen, dass ich nicht zum Mittagessen nach Hause komme.«

»Immer noch dein Fall, nehme ich an?«

»Ja ... und ich denke auch, dass es in Anbetracht des Wetters nicht schlecht wäre, die Kleine heute Nachmittag nicht wieder in die Schule zu schicken.«

»Ja, daran habe ich auch gedacht ... Ich habe ein junges Mädchen gefunden, das heute Nachmittag auf sie aufpasst als Ersatz für ...«

Ihre Worte blieben in der Luft hängen. Bertegui verstand, dass die plötzliche Kündigung des Drachens, der sich seit ihrer Ankunft um ihr Haus gekümmert hatte, sie weiterhin belastete.

»Claudio ...?«

»Ja, mein Liebling?«

Eine Pause, ein Zögern. Er stellte sie sich vor, wie sie sich auf die Lippe biss, eine kindliche Angewohnheit, die jedes Mal auftrat, wenn sie zögerte und ihre Verlegenheit verriet.

»Ich liebe dich, Claudio ...«

Sie legte auf. Bertegui behielt das Telefon in der Hand, das Herz plötzlich von einem unerklärlichen Mantel der Angst umgeben. Warum ... dieser leicht tragische Hauch in ihrem Tonfall? Und was hatte sie wirklich sagen wollen, bevor sie sich selbst zensiert hatte?

59

Meryl Bertegui legte in dem Moment auf, als es an der Tür klingelte.

»Ich geh schon!«, rief eine Piepsstimme aus dem Wohnzimmer, gefolgt von dem Getrappel kleiner Füße. Meryl trat nach ihrer Tochter in die Diele. Die Tür war bereits offen, und in ihrem Rahmen zeichnete sich die etwas dickliche Gestalt eines jungen Mädchens im Lodenmantel ab.

»Kommen Sie rein, kommen Sie rein«, forderte Meryl sie auf.

Das Mädchen gehorchte, und im Licht kam ein rundes Gesicht unter einer zum Mantel passenden Baskenmütze im Stil »Klosterfräulein« zum Vorschein.

»Guten Tag, ich bin Saphir Argenson. Ich war es, mit der Sie vorhin am Telefon gesprochen hatten wegen heute Nachmittag.«

»Ja, natürlich, ich habe auf sie gewartet. Mein Kurs beginnt erst in einer guten Stunde, aber bei diesem Nebel fahre ich lieber sofort los, denke ich.«

Das junge Mädchen setzte ihre Kappe ab und brachte dabei Haare von einer Blondheit zum Vorschein, die Meryl als reine, gebürtige Kalifornierin typisch französisch fand: ein wenig glanzlos, ungekünstelt.

»Dann verbringe ich also mit dir den Tag!«, rief sie Jenny entgegen.

Diese nickte, ein breites, entzücktes Lächeln auf den Lippen, das im Gegensatz zu der mürrischen Miene stand, die sie normalerweise bei Madame Menirond aufgesetzt hatte.

»Ja, das ist Jenny ...«

»Eigentlich heiße ich Jennifer, aber niemand nennt mich so. Na ja, außer Mama, wenn sie wütend ist.«

Saphir drehte sich mit einem belustigten Lächeln zu Meryl um.

»Und - Saphir, ist das dein echter Vorname?«, fragte Jenny Bertegui, getreu ihrer Frageritis.

»Ja ... Bei uns in der Familie haben viele Mädchen Edelsteinvornamen. Eine meiner Cousinen heißt Perle, eine andere Opale ... aber sag mal, Jenny, hast du eine schöne Barbie-Sammlung? Ich liebe nämlich Barbies!«

Jenny Bertegui riss vor Glück die Augen auf.

»Ja, komm, ich zeig sie dir sofort!«

»He! Mademoiselle Bertegui«, unterbrach sie ihre Mutter, »geh schon mal Barbie und ihre Freunde für deinen neuen Gast vorbereiten, ich muss Saphir noch zwei, drei Sachen erklären ...«

Das Kind trottete in sein Zimmer, während Meryl dem jungen Mädchen das Haus zeigte.

»Im Prinzip brauche ich jemanden, der sie zweimal in der Woche von der Schule abholt und bis zum Abend betreut wegen meiner Kurse, aber heute ist es ein Sonderfall. Ich kann mir bei diesem Nebel einfach nicht vorstellen, sie zurück in den Unterricht zu schicken ...«

»Oh, Sie müssen wohl neu bei uns sein, aber Sie werden schon sehen, man gewöhnt sich sehr gut daran. Der Nebel verleiht der Stadt immer eine besondere Stimmung, und ehrlich gesagt sind Tage wie heute sehr außergewöhnlich ...«

Meryl antwortete nicht, erklärte das Fernsehen, die Hausaufgaben, den Nachmittagssnack ... Die Babysitterin hörte zu, nickte bei allem, stimmte mit Begeisterung den kleinen Regeln des Hauses zu, ohne das geringste Zeichen von Zweifel oder Gereiztheit zu zeigen.

Zu perfekt, dachte einen Augenblick lang Meryl Bertegui, die auf der Lauer war. Zu heiter, zu impulsiv, zu »Ja, Sie haben vollkommen recht, und überhaupt ist die Welt wunderbar, nicht wahr?«.

Der Zeitpunkt kam, um ihr ihre Tochter anzuvertrauen, und Saphir Argenson ging zu Jenny in deren Zimmer, in dem Mädchenrufe und ein leicht hysterisches Glucksen zu hören waren. Meryl schob eine Minute später den Kopf durch die Tür und fand sie dabei vor, wie sie gerade die Funktion jeder ihrer Puppen in der Sippe erklärte. Während Jenny auf ihre Mutter zulief, um sich eine Sekunde an ihren Hals zu klammern, fing diese einen kurzen schiefen Blick seitens der Babysitterin auf, und ein erschreckendes Bild kam ihr in den Sinn: das Klosterfräulein, das sofort seinen Gesichtsausdruck veränderte, kaum dass die Tür geschlossen war, und sich ins Wohnzimmer zurückzog, um sich einen Joint zu drehen und ihn vor den toten Augen der Puppen an Jenny weiterreichte.

Sie schloss die Tür hinter sich und ging zurück in die Diele, sprachlos durch die Heftigkeit der Vision. Dann zuckte sie die Achseln und verdrehte die Augen. Sie war ganz einfach durcheinander. Wegen der Szene mit Madame Menirond, wegen des Nebels ... und auch wegen dieses abscheulichen Stück Fleisches, das sie heute Morgen auf der Schaukel gefunden hatte. Fast hätte sie kurz zuvor Claudio am Telefon davon erzählt, aber da sie seine Besorgnis geahnt hatte, hatte sie sich gedacht, bis heute Abend zu warten.

Ja, durcheinander. Nichts weiter. Dieses junge Mädchen schien doch perfekt zu sein, nicht wahr?

Sie beschloss zu gehen, schlüpfte in ihren Mantel und ging auf ihren Wagen zu, wobei sie darauf achtete, den Mund geschlossen zu halten, als fürchtete sie, ein wenig Nebel zu schlucken. Als sie eine Minute später den Motor anließ, war sie so sehr auf die Straße konzentriert, dass sie darüber den Rückspiegel vergaß. Ansonsten wäre ihr bestimmt das Auto aufgefallen, das etwa zwanzig Meter hinter ihr eine Parkbucht verließ. Ansonsten wären die Dinge vielleicht vollkommen anders abgelaufen.

60

Papa ist tot.

Unmöglich, es ihr zu sagen. Bastien saß seiner Mutter, den Erbsen und einem Steak gegenüber. Im Gesicht hatte sie dieses abwesend-heitere Lächeln, das er während der ersten Wochen in Laville-Saint-Jour für ein Zeichen der Besserung gehalten hatte, bevor er entdeckte, dass es eine andere Bedeutung hatte. Und von nun an war Caroline Moreau Witwe, auch wenn Bastien der Einzige war, der es wusste. Oder, nein: Die weißen Schatten kannten die Wahrheit. Und ... und diejenigen, die ihn umgebracht hatten.

Denn darum handelte es sich doch, nicht wahr? Davon war er überzeugt.

Er hatte das Bewusstsein verloren, und bei seinem Erwachen war jede Spur der Séance verschwunden. Der Raum war aufgeräumt, und er selbst lag nicht ausgestreckt auf dem Boden, sondern »schlafend« auf dem Sofa, sodass für einen Augenblick eine verrückte Hoffnung den Schmerz verjagt hatte. Er war eingeschlafen und in einen Albtraum abgetaucht, wenn nicht gar gestolpert, nichts weiter. Sein Vater war am Leben, irgendwo bei einem »Seminar«, und er würde in einer, zwei oder drei Stunden anrufen!

Ja, er hatte daran geglaubt, bis er die Scherbe auf dem Boden gesehen hatte. Ein winziges Glitzern von Kristall am Fuß des Sofas. Also hatte er nach dem Glas gesucht – er war sich sicher, das Glas neben den kleinen weißen Quadraten gesehen zu haben, als er den Raum betreten hatte. Aber das Glas war tatsächlich kaputt. Sein Vater war wirklich tot. Er war es, der aus den Tiefen seiner Ruhe gekommen war, um in der *Chowder* mit ihm zu sprechen ...

Eine Stunde lang, vielleicht länger, hatte er vor dem Haufen kleiner weißer Buchstabenzettel, die zu seinen Füßen verstreut lagen, ohne Unterbrechung geweint. Eine Stunde lang waren ihm die Bilder in den Sinn gekommen; Bilder des sportlichen großen Blonden, der ihn sonntags zum Inlineskaten mitnahm und so verspielt war – »Ich lache gerne«, pflegte er nach einem harmlosen Sturz zu sagen und lachte umso lauter –, der ihn im Auto auf unbebautem Gelände auf die Knie nahm und das Lenkrad halten ließ. »Eines Tages bist du groß genug, um dich hierherzusetzen, und an dem Tag will ich, dass mein Sohn bereit ist«; und der ihm manchmal in einem vertraulichen Tonfall mit feuchten Augen zumurmelte: »Hast du gesehen, wie schön deine Mutter heute ist ...?«

Bastien hatte um seinen Vater geweint, und das war gut gewesen, denn der Kummer war zwar immer noch ungeheuer, unüberwindbar, so tief wie ein See in der Nacht, aber zumindest konnte er seiner Mutter ins Gesicht sehen, ohne in Tränen auszubrechen. Heute war seine Mutter Witwe; er wäre lieber gestorben, als sie mit dieser Wahrheit zu konfrontieren, auch wenn es eine abstrakte, fremde ... noch unvorstellbare Wahrheit war.

»Isst du denn nichts, mein Schatz?«

Bastien blinzelte, starrte sie an – unmöglich, es ihr zu sagen, unmöglich, es ihr nicht zu sagen; er musste jemandem ins Gesicht schreien: »Mein Vater ist tot! Mein Vater ist tot«, aber bei wem konnte er das schon? Opale ... O Himmel, er hatte das Gefühl, sein Herz würde zerspringen vor Schmerz, Kummer und Schweigen. Aber er würde Opale wiederfinden. Heute Nachmittag, also in wenigen Stunden.

Er hielt ihrem Blick stand. Sie hatte die Stirn gerunzelt, und er verstand, dass sie einen kurzen Ausflug in die Wirklichkeit machte und ihre Sorge greifbar war.

»Es ist der Nebel«, log er, »ich glaube, er verdirbt mir den Appetit.«

Sie drehten sich gemeinsam zum Fenster um. »Ja, hast du gesehen? Zauberhaft, nicht wahr?«, sagte sie, aber er hörte sie nicht. Sein Blick war gerade zu einem Gemälde seiner Mutter geglitten, oder vielmehr zu drei Bildern, die vor ihm aufgereiht waren, und plötzlich sprang es ihm ins Auge: Die Welt am Fenster ähnelte genau in diesem Augenblick einem Bild seiner Mutter, oder vielmehr einer traurigen Version ihrer Malerei.

»Mama?«, fragte er wider Willen mit zitternder Stimme, »du bist doch noch nie zuvor in Laville-Saint-Jour gewesen, oder?«

Sie blinzelte – er erriet ihre Bemühung, bei ihm zu bleiben und sich nicht in eine Ecke ihrer Träumereien zurückzuziehen.

»Warum fragst du mich das?«

Er zeigte mit dem Finger auf den Nebel.

»Das Fenster ... Es sieht fast so aus wie eines von deinen Bildern.«

Ihr Blick flog vom Fenster zu den Gemälden und wieder zurück.

Unerschütterlich antwortete sie:

»Nein, ich bin noch nie hier gewesen ... Aber du hast recht, das ist ein merkwürdiger Zufall. Ich meine, ich würde nie ein so graues Bild malen«, fügte sie hinzu.

Er nickte und hatte den vagen Eindruck, dass es

eine Lüge war und zugleich auch nicht, dass alles erstickt, abgeschwächt zu ihm drang, als ob er Gefangener in einer Blase wäre, die für die anderen unsichtbar war. Er konzentrierte sich weiter auf die Gemälde, denn alles war gut genug, um nicht an das kleine Wort zu denken, das die weißen Quadrate gebildet hatten - PAPA -.

PLING!

Ein MSN-Klingeln ertönte aus dem Arbeitszimmer. Bastien sprang vom Stuhl auf. Er war absichtlich online geblieben, in der Hoffnung, dass Opale sich melden würde, oder vielleicht Patoche oder sogar ... sein Vater. Auf jeden Fall aber wollte er fliehen, fliehen! Er lief zum Computer und stürzte sich auf den Bildschirm.

In einem kleinen MSN-Fenster hatte *julesmoreau* soeben diese einfachen Worte geschrieben:

– Jetzt weißt du es also ...

61

Der Mann auf dem Bildschirm war gut aussehend - vielleicht nicht im Sinne von Schönheit, aber er hatte diese düstere Präsenz, eine finstere, fast furchterregende Anziehungskraft, die selbstverständlich die Frauen faszinieren musste und Bertegui unweigerlich einen kleinen Seufzer des Neids entlockte. Das war die Art von Mann, die Meryl hätte heiraten sollen, falls Liebe und Schönheit sich stets der Symmetrie der Gegensätze anpassen würden: Mann/Frau, Sonne/Mond, Licht/Dämmerung ...

Ein Dreitagebart, der im Gegensatz zu den eingefallenen Wangen stand, zeichnete die langen Konturen eines kantigen, schmalen Gesichts nach, betonte aristokratische Wangenknochen und Augen von einem bodenlosen Schwarz. Vor einem Hintergrund gefilmt, der eine Lichtung sein musste - man konnte in dem verschwommenen Bildausschnitt den Rand eines Waldes erkennen -, stellte er sich vor:

»Guten Tag an alle. Die meisten von Ihnen kennen bereits mein Gesicht, da sie es anlässlich des berühmten Prozesses vom letzten Herbst in den Nachrichten gesehen haben. Für die, die es noch nicht wissen: Ich bin Pierre Andremi. Aller Wahrscheinlichkeit nach ist es das letzte Mal, dass Sie mich zu Gesicht bekommen. Aber ich bin mir sicher« - ein rätselhaftes Lächeln -, »dass Sie mich so schnell nicht vergessen werden. Die Stunde des Chaos wird bald schlagen, dann wird die Finsternis regieren. Ich werde nicht mehr da sein, um davon zu profitieren, aber verlassen Sie sich auf mich: Ich werde meinen Anteil an der Macht haben.«

Die Bildeinstellung veränderte sich zu einer Totalen - es handelte sich tatsächlich um eine Lichtung auf dem Land -, und es fiel der Kanister zu seinen Füßen auf. Pierre Andremi griff danach und goss sich mit offenen, unbewegten Augen den Inhalt über den Kopf, ohne dass ihn die klebrige Flüssigkeit, die ihm wie ein Shampoo über den Körper rann, zu stören schien. Jemand außerhalb des Bildausschnitts riss ein Streichholz an und warf es direkt auf ihn. Er fing Feuer wie ein Geysir, eine lebende Fackel, ohne zu schreien oder um sich zu schlagen, und Bertegui konnte klar die verrückte Entschlossenheit eines Wahnsinnigen erkennen. Einige Minuten lang hatte der Mann sich sogar noch in der Gewalt, dann erhob sich eine undeutliche Klage im Feuer, er schwankte, bevor er zusammenbrach – ein Haufen verbrannten Fleisches, eine lebende Wunde beziehungsweise eine tote gemäß den Experten, die bestätigten, dass der Körper eine solche Selbstverbrennung nicht überleben konnte. Die Kamera blieb einige Sekunden unbeweglich. Cut.

Bertegui stieß einen langen Seufzer aus. Er wurde sich bewusst, dass er während der letzten Bilder den Atem angehalten hatte, und schob sein Sandwich an eine Ecke des Schreibtischs. Er hatte das Video noch nie vollständig gesehen. Auf jeden Fall war es dank der Magie des Internets herunterladbar, und YouTube teilte ihm mit, dass es bereits 200 000 Snuff-Movie-Fans angeklickt hatten. Schlimmer noch: Als er den Namen bei Google eingegeben hatte, hatte er festgestellt, dass der Person Dutzende von Internetseiten gewidmet waren, die mal von einem selbsternannten Spezialisten für Serienkiller, mal von einem satanistischen Spinner ins Netz gestellt worden waren … Beunruhigende Tatsache: die Seiten, die der Talcot-Affäre gewidmet waren, stellten keine Verbindung zwischen den beiden Namen her – die Mutter des Killers, die sich mit der Frau zusammengetan hatte, die Laville-Saint-Jour unterjocht hatte. Allein die Seiten, die sich mit schwarzen Messen oder Okkultismus beschäftigten, betonten ihre gemeinsame Zugehörigkeit zu der burgundischen Kleinstadt, ohne jedoch weiter ins Detail zu gehen.

Ein Serienkiller war Andremi ohne Zweifel. Die sechs Verbrechen, die ihm in der Pariser Region zugeschrieben worden waren, die er geleugnet und von denen seine Anwältin ihn freigesprochen hatte – ein Fehler, denn ihre Karriere war danach ruiniert gewesen –, waren wahrlich sein Werk: Die Kinder waren gefoltert, missbraucht, einigen waren Körperteile amputiert worden. Im Übrigen verriet die gesamte Ansprache auf dem Bildschirm seine Natur, die für solch perverse Psychopathen typisch war: der Machthunger, der sich sowohl in seinem Schlusssatz als auch in dieser hochtrabendenden Art äußerte, mit der er die Kontrolle über sein Schicksal übernahm, sowie in dem Größenwahn der Inszenierung. Der Expertenbericht hatte ihn jedoch nicht als solchen erkannt, genauso wenig wie es seine persönliche Geschichte bestätigt hatte: Kein bekannter Missbrauch in der Kindheit; eine Mutter, die ihn anscheinend während des gesamten Prozesses unterstützt hatte; kein Zeuge, der erzählt hätte, wie er als Kind Tiere gequält hätte; genauso wenig wie Exfreundinnen, die die latente Gewalt ihres Lebensgefährten bezeugt hätten – eine Freundin hatte man im Übrigen nicht gefunden. Man hatte bei ihm auch keine, den Opfern gestohlene Fetische gefunden, mutmaßliche »Totems«, wie es bei dem Großteil dieser Art von Kriminellen der Fall war, um nachträglich ihre Triebe befriedigen zu können. Seine Hobbys waren die eines Mannes seines Alters: Sport, ein wenig Kultur. Letztendlich besaß er keines der typischen Merkmale, wie sie große Kriminelle manchmal haben: Aktivitäten am Rande der gesellschaftlichen Norm oder zweifelhafte Kontakte oder etwa einen Beruf, bei dem man viel unterwegs war, wie Lkw-Fahrer oder Handelsvertreter, der es ihm ermöglicht hätte, sein Jagdrevier zu erweitern …

Im Endeffekt war Pierre Andremi also freigesprochen worden aus Mangel an Beweisen, wahrscheinlich dank des Talents seiner Anwältin. Wäre er auch freigesprochen worden, wenn der Prozess *nach* der Talcot-Affäre stattgefunden hätte und nicht zwei Jahre zuvor, in Anbetracht der Entdeckungen, die man in Laville-Saint-Jour gemacht hatte, auch wenn die beiden Fälle nicht direkt miteinander in Verbindung standen? Hätte der Mann weiterhin seine Verbrechen verübt, wenn man ihn nicht kurz nach seiner Freisprechung auf frischer Tat ertappt hätte?

Man würde es nie erfahren. Wenige Wochen nach seiner Entlassung hatte Pierre Andremi seinen Trieben nachgegeben und ein kleines Mädchen entführt. Das Kind war in letzter Minute von einem Privatdetektiv gerettet worden, den einer der reichen Väter, dessen Sohn eines der mutmaßlichen Opfer des Killers gewesen war, auf den Freigesprochenen angesetzt hatte. Bertegui erinnerte sich an sämtliche Hypothesen, die im Umlauf gewesen waren, als die Kassette mit seinem Selbstmord in den Redaktionen aufgetaucht war: Andremi war rückfällig geworden und größere Risiken eingegangen – daher wurde er auch auf frischer Tat ertappt –, denn sein Freispruch hatte ihn glauben lassen, er sei allmächtig. Andere sprachen von einem »Ausgleichsphänomen« nach Jahren des Frusts, andere wiederum behaupteten, er habe absichtlich danach gestrebt, geschnappt zu werden, und erklärten somit seinen Selbstmord. Und dennoch wies in Anbetracht der Bilder, die Bertegui soeben gesehen hatte, nichts auf die geringste Reue oder den Willen hin, seiner mörderischen Laufbahn ein Ende zu setzen. Diese Handlung – sich selbst verbrennen – blieb eines der Rätsel, die oft die unergründliche Persönlichkeit ungewöhnlicher Verbrecher bildeten.

Ein Serienkiller also. Und das war genau das Problem: Verbrecher dieser Art handelten als einsame Jäger, ohne ein weiteres Motiv als das Streben nach Lust, oder genauer gesagt: der Befriedigung ihres Triebes. Und niemals, zumindest nicht nach Wissen des Kommissars, im Namen eines Ideals, sei es mystisch, geistig oder so wahnsinnig wie die Opferung von Kindern an den Teufel. Bertegui hatte im Übrigen zufällig bei seinem Umherirren im Web entdeckt, dass das Ritual das Opfer jungfräulicher, »unberührter« Kinder forderte (es war dann Sache des Teufels zu entscheiden, ob er sie verschlingen wollte; eine Behauptung, bei der man dem Polizisten zufolge Lust bekam, in Gelächter auszubrechen und sich gleichzeitig zu übergeben).

Wenn allerdings der Mann, den Bertegui suchte, tatsächlich aus Laville-Saint-Jour kam, dann ließ die ständige Erinnerung an die Talcot-Affäre in den letzten Tagen an einen Satansanbeter denken oder zumindest »so etwas in der Art«, wie es der Polizist zusammenfasste. Andremis Profil stimmte damit nicht überein. Falls der Killer an den Ort seiner Kindheit zurückgekehrt war, dann hätte man eine Kinderleiche im Park finden müssen und keine Spiegelscherbe. Und außerdem – wie hätte Andremi denn mit solchen Verletzungen überleben können? Und in welchem Zustand? Menschen mit schweren Verbrennungen mussten eine monatelange Behandlung in einem sterilen Raum über sich ergehen lassen, danach eventuell Hauttransplantationen. Wie hätte er sich ohne jemandes Wissen behandeln lassen können? Dennoch hatte die Ermittlung keinerlei Komplizenschaft nachweisen können. Die Leiche hatte man allerdings nicht gefunden.

Bertegui ließ sich seufzend gegen die Lehne seines Sessels fallen und bemühte sich, nüchtern zu überlegen, trotz des Grauens, das ihn dieser Fall so langsam einflößte - wer hätte gedacht, dass Laville-Saint-Jour für ihn eine solche Herausforderung bereithalten und er in die dunkle, klebrige Welt einer Geschichte eintauchen würde, die mit Blut geschrieben worden war? Dass er ein solches Unbehagen empfinden würde?

Er riss sich zusammen, zündete sich (mit einer Grimasse des Schuldgefühls) eine Zigarette an und wandte sich wieder dem Bildschirm zu. Klickte auf ein Foto, dann auf ein weiteres ... Überall dasselbe Gesicht mit dem distanzierten und charismatischen Ausdruck. Ein Gesicht, das nicht wirklich zu dem Charakter des Mannes passte. Und ein Name - zwei Wörter!, die genügt hatten, um eine Cléance Rochefort, die solider war als ein Tresor, ins Wanken zu bringen - Cléance Rochefort, die im Gegensatz zu allen anderen hier bei der Erwähnung der Talcots kaum mit der Wimper gezuckt hatte, aber fast in Ohnmacht gefallen wäre, als Bertegui der Name Pierre Andremi über die Lippen gekommen war. Ein Gesicht, das durch die überdachten Gänge von Saint-Exupéry gelaufen war, das also Cléance Rochefort, ihrem Mann und natürlich Nicolas Le Garrec vertraut war ... Wem sonst noch?

Ein Anruf unterbrach seine Gedanken. Bertegui überprüfte den Namen des Anrufers.

»Ja, Clément?«

»Wir sind in Saint-Michel. Ich kann nicht sagen, ob es ein Problem gibt, aber ...«

»Aber?«

»Na ja, hier ist alles tipptopp, keine sichtbare Spur eines Kampfes, aber es gibt da störende Elemente.«

»Welcher Art?«

»Ein halb ausgetrunkenes Schnapsglas, das noch auf dem Tisch steht, nicht weggeräumtes dreckiges Geschirr. Die Haushälterin behauptet, dass der Pfarrer morgens sehr früh aufsteht und dass das kleine Wohnzimmer aufgeräumt ist, wenn sie kommt – das heißt, dass alles in die Küche gestellt wurde ...«

»Was sonst noch?«

»Der Fernseher steht auf Stand-by. Normalerweise schaltet er ihn aus – das sagt zumindest Madame Moussonet –, um Strom zu sparen ...«

Wieder einmal dachte Bertegui: keine Leiche, sondern Details, Nichtigkeiten. Immer dieses unangenehme Gefühl einer Maschine, die nicht so funktionierte, wie sie sollte, bei der eines der Rädchen klemmte.

Und warum bloß, fragte er sich kopfschüttelnd, ungläubig, warum bloß sollten die Andremis den Pfarrer von Saint-Michel entführen?

62

Nicolas Le Garrec saß auf der überdachten Terrasse des *Clos Montdor*, einen Kaffee, der langsam kalt wurde, vor sich. Nachdenklich betrachtete er den Nebel, wie er sich in Schichten über Laville-Saint-Jour legte und es vollkommen verschluckte, als ob die Stadt in der grünen Kuhle versänke, in der Jahrhunderte zuvor die Verfluchten aus Arras die ersten Steine aufeinandergestellt hatten.

Ein kleines Auto tauchte weiter unten auf, an dem ein wenig Nebel hängen blieb wie ein Rauchfaden. Nicolas biss die Zähne zusammen. Die kommenden

Minuten würden vielleicht den Verlauf seines Lebens ändern – und nicht nur den seines eigenen Lebens. Es war ein verwirrender und schrecklicher Moment, von denen sich ein Schriftsteller manchmal fernhalten konnte, um sie zu untersuchen wie ein Diamant, anstatt sie über sich ergehen zu lassen. An diesem Tag jedoch gelang es ihm nicht, und er spürte, wie ihm der Puls bis zum Hals schlug, stärker noch, als er vorausgesehen hatte.

Die Frau, die das Restaurant betrat, hatte nichts mehr mit der sexy Kreatur gemein, die ihn in Saint-Ex und später zärtlich in den versteckten Winkeln ihres Körpers empfangen hatte. Unter ihren abstehenden Haaren zeugten gerötete Augen von der kurzen Nacht, die sie gemeinsam verbracht hatten, und den Tränen, die sie gerade vergossen hatte, und ihr bleicher Teint stand im Gegensatz zu der strahlenden, südländischen Miene der letzten Tage.

Audrey Miller suchte ihn, während ein Oberkellner, den sie nicht eine Sekunde lang bemerkt hatte, auf sie zukam. Ihre Erscheinung, die nicht zu einem Ort passte, an dessen wenigen besetzten Tischen Schmuck tragende Damen und Herren im Anzug saßen, hatten ihn offensichtlich in Panik versetzt. Sie sah Nicolas und ging auf ihn zu, wobei sie fast einen Kellner umgerannt hätte, ohne es zu bemerken. Die Blicke richteten sich auf sie, und die Gäste hielten den Atem an in Erwartung einer Szene, eines Schreis, einer Ohrfeige. Stattdessen warf Audrey ihre Tasche auf einen Stuhl und sagte, ohne sich zu setzen, mit der zitternden Stimme einer Frau am Rande des Nervenzusammenbruchs:

»Mein Sohn ist in Gefahr. Es hat was mit Bastien Moreau zu tun. Du musst mir helfen.«

Nicolas log nicht, versuchte nicht, ein Erstaunen vorzutäuschen oder sie zu fragen, warum sie glaubte, er könne ihr helfen, oder dass ihn das überhaupt betraf, da sie doch nichts anderes füreinander waren als zwei Fremde, die eine Nacht miteinander verbracht hatten. Er stand auf, machte einen Stuhl frei und forderte sie auf, sich zu setzen.

»Erklär mir, was passiert ist«, sagte er sanft, mit ruhiger Bestimmtheit.

Sie schaute auf den Stuhl, bemerkte plötzlich die auf sie gerichteten Blicke und verstand, dass ihr Verhalten tatsächlich ein wenig zusammenhanglos wirken könnte. Sie setzte sich, während ein erleichterter Kellner sich beeilte, die Bestellung aufzunehmen. Nicolas bestellte zwei Cognac.

Sie schloss die Augen, wie um sich zu konzentrieren und versuchte, den richtigen Anfang zu finden. Sie erzählte alles, wobei sie sich bemühte, jedes Mal die Stimme zu verändern, wenn sie spürte, dass diese lauter wurde oder brach, und kämpfte darum, nicht in Tränen auszubrechen: Bastiens Albtraum, das Verhalten der Rocheforts, das Rätsel der Anmeldung durch die Hecticon Labors, ihre Zweifel, was den Mercedes betraf, der Zufall mit dem Satz auf Bastiens Fragebogen und dem Titel seines Buchs, Cléances Drohungen wenige Stunden zuvor und schließlich ihr Sohn, der Gefangener seines Vaters war …

»Oh, du hättest das Verhalten des Schulleiters sehen sollen, diese Art und Weise, ›wir‹ zu sagen, als seien sie mehrere, und ›Jocelyn‹, als ob … als ob er meinen Mann kennen würde. Als ob er ein Komplize wäre! Aber Komplize von was denn, Himmel! Ich verstehe überhaupt nichts …«

Sie schwieg schließlich und betrachtete niedergeschlagen ihr volles Glas.

»Ich ... ich habe den Eindruck, ich bin in einem Film«, sagte sie, »dass ... dass alle Welt um mich herum dabei ist, sich zu verschwören, und dass ich verrückt geworden bin und an Verfolgungswahn leide, als ob diese Stadt irgendwas mit mir angestellt hätte und ...«

Plötzlich schaute sie ihn an und sah Angst in seinen Augen aufblitzen. Sie brachte sie mit *ihnen* in Verbindung.

»Wer seid ihr genau, Nicolas?«, stieß sie in einem Atemzug hervor. »Diese ... Ehemaligen von Saint-Ex? Was ... was hat das mit mir zu tun? Mit Bastien?«

Er starrte sie lange an. Und es traf ihn wie ein Stromschlag: Er war verliebt in diese Frau. Bis über beide Ohren. Er liebte alles an ihr: ihre Kraft, ihre Entschlossenheit, ihre fast brutale Offenheit, ihre Kühnheit und auch ihre verwirrte Miene eines kleinen Mädchens, ihre ein wenig zwielichtige Vergangenheit, ihre Liebe für ihren Sohn. Ja, er liebte Audrey Miller, und das war eine Tatsache, die ihn ein wenig schockierte. Er gehörte nämlich zu jenen Männern, die ihre Gefühle kontrollierten, die ihnen misstrauten und glaubten, dass die Liebe nicht wie ein Blitz einschlug, sondern sich Tag für Tag, Nacht für Nacht einschlich und dabei durch die Prüfung des Alltags geschaffen wurde.

»Ich weiß nicht, wer wir sind«, sagte er. »Ich meine, ich weiß nicht, wie ich dir antworten soll. Wir sind nichts weiter als Kinder ... Kinder ohne Licht.«

»Versuch nicht, mich mit deinem Schreiberling-Geschwafel einzuwickeln! Woher kennt Bastien Moreau diesen Satz? Entweder du sagst es mir, oder es bleibt mir nichts anderes übrig, als zur Polizei zu gehen, in der Hoffnung, dass sie mich nicht für verrückt halten!«

Er atmete tief ein.

»Ich bin mir nicht sicher«, sagte er. »Ich habe da so eine Idee, aber ... aber auf jeden Fall glaube ich, dass du recht hast. Die Rocheforts sind darin verwickelt. Und andere bestimmt auch. Die Camerlins vielleicht, auch wenn sie, glaube ich, im Moment auf Reisen sind.«

Sie blinzelte.

»Opales Eltern?«

»Und zwangsläufig noch andere. Dein ... dein Mann auch. Vielleicht. Bestimmt.«

Sie warf ihm einen wütenden Blick zu. In dem Moment, als sie den Mund aufmachte, um zu schreien und von ihm die klaren Antworten zu fordern, von denen er spürte, dass er unfähig war, sie zu formulieren, schob er das Manuskript, das vor ihm lag und das ihr nicht aufgefallen war, zu ihr hinüber.

»Die Wahrheit, oder zumindest ein Teil von ihr, befindet sich da drin. Ein kleines Stück meiner Geschichte – unser aller Geschichte. Der Geschichte von Laville ...«

Sie drehte den Umschlag um und schaute lange auf das Vorsatzblatt, auf dem die Worte standen:

NICOLAS LE GARREC

TOTENDÄMMERUNG

oder

Eines Tages werden schreckliche Dinge ...

Roman

63

Jenny Bertegui wusste, dass etwas nicht stimmte, sogar überhaupt nicht. Als ihre Mutter ihr Saphir vorgestellt hatte, hatte sie sich einen köstlichen Nachmittag »unter Mädels« vorgestellt, und dann noch mit einer »Großen« - eine wahre Erholung, die umso beachtlicher war, da sie ja eigentlich hätte in der Schule sein müssen, anstatt mit ihren Barbies zu spielen.

Nun hatte sich Saphir aber, kaum dass sich die Tür hinter ihrer Mutter geschlossen hatte, ans Fenster ihres Zimmers gestürzt, wie um etwas nachzuprüfen. Was? Zuerst hatte Jenny es nicht verstanden, aber jetzt hatte sie eine Idee: Die Babysitterin wollte sichergehen, dass ihre Mutter auch wirklich weg war, damit sie aufhören konnte, »eine Rolle zu spielen«, wie die Erwachsenen sagten. Denn seitdem ihre Mutter weg war, hatte Saphir sozusagen nicht einmal das Wort an sie gerichtet, lief mit ihrem Handy in der Hand durchs Haus, wobei sie ungeduldig, wenn nicht gar panisch die Augen verdrehte.

Für Jenny Bertegui, deren logischer Verstand ihre Eltern sowie ihre Lehrer wahnsinnig machte, stellte sich das Problem folgendermaßen: 1. Saphir verhielt sich merkwürdig; 2. Sie hatte sich in Gegenwart ihrer Mutter vollkommen anders verhalten; 3. Sie war ja nun nicht so dumm, dass sie sich vorstellte, Jenny würde ihren Eltern nichts davon sagen.

Daher die Frage: Warum war die Babysitterin gerade heute gekommen, da sie ja anscheinend keine Lust hatte, ihre Stelle zu behalten (da Jenny es ihren Eltern erzählen würde, die daraufhin auf ihre Dienste verzichten würden)? Es war diese Art von Schlussfolgerung, zu der Jenny Berteguis sämtliche Überlegungen unweigerlich führten – was sie letztendlich auch wahnsinnig machte.

»Willst du Monopoly spielen?«, wagte Jenny einen Versuch.

Sie war gerade aus ihrem Zimmer gegangen und beobachtete seit zwei Minuten die Babysitterin, wie sie sich in der Diele die Nägel abkaute.

Diese erstarrte, und Jenny war überrascht von ihrem harten, fast wilden Gesichtsausdruck.

»Was willst du?«, spie sie hervor, als habe sie die Frage nicht gehört.

Das kleine Mädchen wich zurück.

»Stimmt ... was nicht?«, fragte sie, da sie nicht wusste, was sie antworten sollte.

»Geh rauf in dein Zimmer, sofort ... Es ist zu früh!«

»Zu früh? Zu früh für was?«, fragte Jenny (die sich hütete zu bemerken, dass ihr Zimmer sich nicht im oberen Stockwerk befand).

Saphir Argenson blinzelte nervös.

»Zu früh für ... für eine Partie Monopoly. Geh rauf in dein Zimmer!«, befahl sie noch einmal.

Jenny Bertegui entschied, dass es besser war, den Rückzug anzutreten. Weil ... weil ihr die Babysitterin echt ein bisschen gestört vorkam. Und beunruhigend.

In ihr Zimmer zurückgezogen, zwang sie sich, die Situation zusammenzufassen. Sie steckte fest mit einem Mädchen, das ... offensichtlich nicht in seinem normalen Zustand war. Draußen war der Nebel – Blick zum Fenster –, auch überhaupt nicht normal. Ihre Mutter war wegen ihrer Kurse nach Dijon gefahren und würde daher erst einmal für einige Zeit weg sein, vor allem bei diesem Nebel. Blieb ihr Vater. Ja, sie musste ihren Vater anrufen, denn da stimmte entschieden was überhaupt nicht.

Jenny stand vom Bett auf und ging ganz leise auf Socken durch den Flur zum Schlafzimmer ihrer Eltern, wo das zweite Festnetztelefon des Hauses angeschlossen war.

Die Nummer ihres Vaters war eingespeichert, es genügte, die 2 und ENTER zu drücken (die 1 war die Nummer ihrer Mutter), und sie würde ganz leise am Telefon mit ihm sprechen, nur um ihn zu bitten, so schnell wie möglich herzukommen. Sie hob den Hörer ab und hielt ihn ans Ohr, ohne auf die schwere blaue Form zu achten, die gerade vor der Außentreppe ihres Hauses angehalten hatte – ein Mercedes.

Nichts. Kein Freizeichen. Sie drückte ein-, zweimal auf die Gabel, überrascht, dann immer beunruhigter.

»Suchst du was?«, fragte eine Stimme im Apparat.

Jenny ließ mit einem Schrei das Telefon fallen. Die Babysitterin war am anderen Ende der Leitung, am Telefon im Wohnzimmer!

In genau diesem Moment klingelte es an der Tür, und Jenny glaubte, sie sei gerettet – denn ihre Logik gab ihr ganz klar an, dass sie in Gefahr war. Sie stürzte in die Diele, in der Hoffnung, vor der ... der Schlampe anzukommen. Gewonnen! Sie öffnete die Tür weit, unmittelbar vor dem Mädchen, das aus dem Wohnzimmer herbeigelaufen kam.

Die Gestalt, die sich gegen den Nebel abzeichnete, war die eines großen und schlanken Mannes. Und ...

... und irgendwas stimmt nicht mit seinem Gesicht unter der Schirmmütze.

Jenny wich zurück und hatte das seltsame Gefühl,

dass man ihr nachlaufen würde, falls sie wegrannte. Sie hatte wahrscheinlich recht, da der Mann eintrat und auf sie zukam und ...

O Himmel! Nein, jetzt im Licht stimmte ABSOLUT überhaupt nichts. Nichts war normal, auch wenn Jenny nicht sagen konnte, inwiefern genau nichts normal war und ...

Jenny stieß gegen die Babysitterin hinter ihrem Rücken und zuckte mit einem kleinen Schrei zusammen.

Der Mann drehte sich um und schloss die Tür hinter sich. Alles in seinem Verhalten drückte Ruhe und Entschlossenheit aus. Jenny begriff instinktiv, dass es unnötig war, die Drohungen gegen ihn auszusprechen, die manchmal bei bestimmten Jungen in der Schule ihre Wirkung erzielten, wie: »Mein Vater ist Polizist, und der macht keine Witze, also lass mich in Ruhe und pass bloß auf!«

Er wandte seine Aufmerksamkeit ihr zu und sagte mit einer tiefen, fast erstickten Stimme, als ob ihm das Atmen schwer fiele oder der Klang von weither käme:

»Dein Vater war nicht sehr nett zu mir, das weißt du doch, junge Lady? Dabei habe ich versucht, ihm eine formgerechte Botschaft zu schicken. Sie ist aber offensichtlich nicht wahrgenommen worden. Also werden du und ich versuchen, ihm die Dinge etwas verständlicher zu machen. Wir beide, okay?«

Als sich der Mann die Haut vom Gesicht zog, wusste Jenny Bertegui, dass der Beruf ihres Vaters weit schlimmer sein konnte als alles, was sie jemals im Fernsehen gesehen hatte. Und auch, dass schreckliche Dinge mit ihr geschehen würden.

64

Der Bauernhof der Morizots befand sich an der Grenze des Nebelteppichs, der über der Stadt lag, gewissermaßen wie an einer Wasserlinie, aber das war ein Detail, das Bertegui nicht auffiel, als er den Weg hinaufging. Er warf kaum einen Blick auf die Weide, die ein wenig tiefer lag, wo noch wenige Wochen zuvor der Stolz der Familie – der Stier José – in aller Ruhe gegrast hatte.

Die Tür des massiven Gebäudes öffnete sich als er näher kam, und der kleine Junge – derjenige, der beim Anblick eines Revolvergriffs glänzende Augen bekommen hatte –, tauchte auf, um ihn zu empfangen. Ihm folgte unmittelbar die knochige Gestalt seiner »Omama«, die auf der Türschwelle stehen blieb.

»Also, kommst du noch mal wegen José?«, fragte ihn der Junge, der den Polizisten freudig begrüßte.

Er geleitete Bertegui auf dem Weg zum Haus. Letzterer blieb wenige Meter davor stehen, als wartete er auf eine Aufforderung der Morizot einzutreten.

»Sie sind zurückgekommen«, sagte sie schlicht als Begrüßung – eine Feststellung, die jeglicher Überraschung entbehrte.

»Ich habe nur ein, zwei Dinge mit Ihnen zu besprechen …«

Sie nickte, das kantige Gesicht ausdruckslos, und betrat dann das Haus. Bertegui folgte ihr, immer noch in Begleitung von Gérard, den seine Großmutter bat, nachzusehen, ob sein Opapa auch wirklich bei den Kühen war. Das Kind protestierte nicht, auch wenn es erriet, dass es nur ein Vorwand war, um die Großen allein zu lassen.

»Und dass du mir ja nicht herumtrödelst, ist das klar?«

»Haben Sie Angst um ihn?«, fragte Bertegui und setzte sich auf einen Stuhl mit abgenutzter Strohsitzfläche.

Madame Morizot drehte ihm den Rücken zu und war damit beschäftigt, auf dem großen Ofen der rustikalen Wohnküche Kaffee zu kochen.

»Oh, bei dem Nebel weiß man nie, was passieren kann«, sagte sie mit trübseliger Stimme. »Und dann verliert man sie in dem Alter schnell.«

Sie servierte Bertegui eine dampfende Tasse, ohne ihm einen Blick zu schenken, bevor sie sich setzte.

»Sie wissen, warum man Ihnen den Stier genommen hat, nicht wahr?«

»Ich spüre, Sie werden es mir gleich sagen«, meinte sie ironisch.

»Sie haben gesehen, was Sie nicht hätten sehen dürfen.«

Sie wandte einen Augenblick den Kopf zur Tür, um sicherzugehen, dass niemand eintrat.

»Wen haben Sie gesehen? Und wann eigentlich?«

Sie verschanzte sich hinter einer trotzigen Haltung – vorgerecktes Kinn, gerunzelte Stirn.

»Ich habe schon verstanden, dass Sie nicht wollen, dass Fremde in Ihre Geschichten verwickelt werden«, betonte Bertegui. »Sie hatten bereits vor ein paar Jahren genug davon, nicht wahr? Nur ist es jetzt leider zu spät, Madame Morizot – jetzt ist es zu spät. Da ... ist etwas, das sich hier in der Gegend herumtreibt. Ich muss wissen, wer oder was. Und wie viele es sind. Ich werden Ihnen ja nicht sagen müssen, dass es eine Frage von Leben und Tod ist, nicht wahr?«

Starrer Blick auf Berteguis Kaffeebecher.

»Vor ein paar Jahren hatte ich einen Unfall«, sagte sie schließlich. »Einen schlimmen Unfall. Ich hätte fast dran glauben müssen ...«

»Ja«, sagte Bertegui, »ich habe gehört, dass Sie eine Nahtoderfahrung hatten.«

»Ich weiß nicht, was es war«, sagte sie mit monotoner Stimme. »Auf jeden Fall war es nicht so, wie die Leute im Fernsehen sagen.«

»Wie meinen Sie das?«

»Ich habe zwar meinen Körper gesehen ... Ich meine, so, wie sie sagen. Ich habe mich schweben sehen. Und dann war da der Tunnel ... mit dem Licht. Aber bei mir war das nicht so wie bei den anderen. Ich wollte dort nicht hin.«

Bertegui schwieg, versuchte, eine Gefühlsregung auf dem trockenen, mit Furchen durchzogenen Gesicht dieser Frau zu erkennen, die an der frischen Luft lebte und nichts von Hecticon-Produkten wusste. Er verstand, dass die Augen der Morizot erneut in den Tunnel eintauchten.

»Das Licht war nicht weiß, es war rot – rot wie Blut.

Ich wollte dort nicht hin, aber *man* hat mich geschubst. Ich meine, ich hab was gespürt, was mich geschubst hat. *Man* hat mich bis an den Rand des Tunnels gestoßen. Als ob *man* wollte, das ich reinfalle. Kurz vorm Rand hat es aufgehört. Und da hab ich's gesehen.«

»Was haben Sie gesehen?«

»Die Stadt ... Laville-Saint-Jour, wie wenn Sie es sich von oben anschauen – nun ja, nicht genau, aber so, als ob ich mich zwanzig Meter über der Innenstadt befinden würde – ach ja, genau, als ob ich ein Wasserspeier wäre. Und ganz unten, da waren die Kinder. Die Kinder, die ihre Arme zu mir emporstreckten. Kinder, die lebendig, aber zugleich tot waren, ohne Haut, und die dabei waren, in einem Blutbad zu ertrinken. Es sah aus wie ein Gemälde. Außer, dass sie sich bewegt haben und ihre Hände geöffnet haben, als ob ich sie retten könnte ...

Ich weiß nicht, wie lange ich so da geblieben bin und geschaut habe. Ich dachte mir: Mein Gott, diese vielen Kinder! Wie viele sind es denn? Wie viele haben sie umgebracht? Auf einmal habe ich gespürt, dass die Kraft hinter meinem Rücken nicht mehr da war – oder ich habe es geglaubt. Und ich bin geflohen ... Ich bin gerannt und den Tunnel wieder zurückgelaufen. Ich hatte den Eindruck, als würde *man* mich verfolgen oder als würden die Kinder über den Rand klettern, damit auch sie den Tunnel in die richtige Richtung zurücklaufen können, aber ich habe mich nicht umgedreht. Am anderen Ende war der Unfall. Ich habe wieder meinen Körper und die Feuerwehrleute gesehen – genau so, als ob sie unter mir wären. Und ich hab nicht weiter nachgedacht: Ich habe mich in die Luft gestürzt.

Unten habe ich plötzlich das Bewusstsein wiedererlangt – sie hatten mir gerade eine Spritze ins Herz verpasst, in einem Krankenwagen, der noch nicht einmal losgefahren war.

Oft frage ich mich, was passiert wäre, wenn der Krankenpfleger nicht daran gedacht hätte, mir die Spritze zu geben ... Oder falls er sie mir eine Minute später gegeben hätte.«

Bertegui ahnte, dass die Geschichte noch nicht zu Ende war, und wartete auf die Fortsetzung.

»Danach war alles anders. Zuerst habe ich Dinge im Nebel wahrgenommen. Und gehört. Und ich habe festgestellt, dass, wenn ich jemanden berührt habe, der Schmerzen hatte und ihm dabei Gutes gewünscht habe, es dann eintrat ...«

»Und dann war da die Talcot-Affäre«, unterbrach er sie.

Keine Antwort.

»Sie kannten sie, nehme ich an.«

Unmerkliches Kopfnicken.

»Sie kannten sie sogar gut. Deswegen war das Licht bei Ihnen auch anders. Das haben Sie am Tag Ihres Unfalls begriffen. Sie haben die Hölle gesehen, die Sie erwartete.«

»*Wir* haben nie Kinder weggeholt«, protestierte sie schwach.

»Aber Sie wussten Bescheid. Und Sie haben nichts getan ... nichts gesagt.«

Sie schloss einen Augenblick die Augen.

»Danach haben Sie sich distanziert ... von ihnen und von allen anderen.«

»Ich habe getan, was ich konnte, um zu helfen. Um es wiedergutzumachen«, plädierte sie mit belegter Stimme.

»Und vor kurzem haben Sie begriffen, dass sich erneut etwas ... ereignet.«

Seufzer.

»Diesmal können Sie vielleicht etwas tun, bevor es zu spät ist. Sie können den Kindern vielleicht noch entkommen ...«

Es gelang ihr immer noch nicht, Bertegui in die Augen zu sehen.

»Ich habe Licht gesehen ... da oben in der Talcotière. Nicht lange, aber ... Ich habe sehr wohl gespürt, dass da etwas vor sich ging. Das war wenige Tage vor dem dicken Nebel – das passiert ohnehin immer, wenn der Nebel sehr stark ist. Oder bei Sonnenwenden. Ich habe angefangen, misstrauisch zu werden und Gérard aus der Nähe zu überwachen ... Und ich habe ihn gesehen.«

»Den Geist«, sagte Bertegui, ohne mit der Wimper zu zucken.

»Den Schatten«, berichtigte sie.

»Ein ehemaliger Bewohner von Laville?«

»Ich denke, ja.«

»Pierre Andremi?«

Sie zuckte zusammen, als habe er sie soeben beleidigt.

»Ich weiß nicht ... Ich bin mir nicht sicher. Da war etwas, das nicht stimmte, verstehen Sie. Mit ... mit seiner Haut. Ich konnte ihn nicht erkennen.«

»Hatte er Verbrennungen?«

»Ich weiß nicht. Es war dunkel ... Ich habe nur gesehen, dass etwas nicht ... normal war.«

»Hätte es Pierre Andremi sein können?«, bohrte das Wildschwein nach.

»Ja. Groß, schlank. Und dann dieser Blick ...«

»Haben Sie ihn gut gekannt?«

»Jeder kannte ihn. Er war eine Persönlichkeit. Er trieb sich überall herum – mit den Reichen, aber auch mit den weniger Reichen. Mit den Talcots ebenso wie mit ihren Dienstmädchen. Ja, er war es vielleicht, den ich gesehen habe. Aber ich bin mir nicht sicher ...«

»Haben Sie eine Ahnung, was er hier in der Gegend gemacht hat?«

Schmerz verzerrte die Züge der Bäuerin.

»Es ist schon sehr lange her, da ... hatte er was mit meiner Tochter.«

»Wie meinen Sie das?«

»Sie ... sie hat ihm Tiere beschafft.«

Bertegui hielt den Atem an – er wollte sich nicht die Gründe für einen solchen Handel vorstellen.

»Er hatte ... so ein gewisses Etwas. Schon als Jugendlicher machte er, was er wollte. Ich meine, er wusste, wie man Leute manipulierte. Meine Tochter war verrückt nach ihm. Sie waren alle verrückt nach ihm. Das war fast nicht normal. Es sind mehrere Köpfe verschwunden. Am Anfang haben wir nicht verstanden, warum Köpfe von unseren Tieren verschwanden, aber ...«

In ihre Stimme schlich sich ein sanfter, melancholischer Ton.

»Sie ist kurz nach ihm weggegangen. Einmal haben wir sie wiedergesehen. Ein einziges Mal. An dem Tag, an dem sie uns Gérard gebracht hat. Er muss zwei oder drei Wochen alt gewesen sein.«

Sie kam dem Polizisten plötzlich sehr alt und erschöpft vor.

»Deswegen hat er den Stier getötet«, fuhr sie fort. »Um uns vorzuwarnen, dass wir kein Wort sagen sollen ... Ansonsten würden die schlimmsten Gefahren auf uns lauern.

Ja ... Aber Philippe hat es nicht verstanden. Philippe hat nie etwas sehen oder glauben wollen. Er hat nicht auf mich gehört, als ich ihm gesagt habe, dass ich Licht in der Talcotière gesehen habe. Ansonsten ... ansonsten hätten Sie nie von Josés Tod erfahren. Wir ... wir wollen mit alldem nichts zu tun haben.«

»Und Sie würden immer noch am Rande des Tunnels stehen und die Kinder unten beobachten, wie sie zu Ihren Füßen ertrinken ...«

Bertegui nahm einen Schluck kalten Kaffee, verzog das Gesicht.

»Aber vielleicht war es ja gar nicht Pierre Andremi«, schlug er vor, um sie in die Enge zu treiben. »Henri Vilbois zum Beispiel.«

»Vilbois«, wiederholte sie verträumt. »O nein, das glaube ich nicht. Vilbois wäre heute zu alt. Und dann war er auch um einiges kleiner. Gedrungen sogar.«

»Haben Sie ihn auch gekannt?«, fragte er verwundert.

Sie drehte sich zu ihm um und blickte ihn schließlich überrascht an, als sei die Frage vollkommen absurd.

»Natürlich. Die beiden trieben sich manchmal zusammen hier in der Gegend herum. Oft sogar.«

»Wollen Sie damit sagen, dass sie befreundet waren?«

»Befreundet weiß ich nicht. Haben solche Leute überhaupt Freunde? Aber sie standen sich nahe, ja.«

Bertegui ballte unauffällig die Faust: das Bindeglied zwischen Andremi und Odile Le Garrec. Er stand auf, von neuer Energie angetrieben.

»Sie haben mir nicht gesagt, was er Ihrer Meinung nach in der Gegend gemacht hat«, sagte er, im Begriff, sich zu verabschieden.

Sie blickte zu ihm auf.

»Dasselbe wie alle anderen ...«

Auf Berteguis fragendes Schweigen hin schloss sie mit den Worten:

»Er suchte ein Kind.«

65

6. Kapitel
TÖTUNG

Der Parkwald macht nicht die Geräusche, die man dort manchmal hört. Im Nebel scheint der Wald von einem Leben erfüllt zu sein, das ihm eigen ist, als ob die Natur hier ihren eigenen Regeln gehorchte. Heute Nacht ist es anders. Alles ist anders: Es hat eine Woche lang ununterbrochen geschneit, und es ist der erste Abend, an dem der Schneefall nachgelassen hat. Der Wald ist wie die übrige Stadt: erstarrt. Gefangener einer pulverigen oder kristallenen Schutzhülle, die unregelmäßige Formen zeichnet, je nachdem, ob sie einen Baum, einen Strauch, eine Bank oder einen kleinen Zierfelsen umschließt …

Ich blicke zu dem Gittertor auf und denke an die Jugendlichen, die vor etwa zehn Jahren dort hinaufgeklettert sind. Sie sind heute alle tot – eine unglaubliche Geschichte von Drogen und Überdosis, eines dieser Kids, das wahnsinnig geworden ist und seine Kameraden umgebracht hat. Es war das letzte Mal, dass jemand widerrechtlich in den Park eingedrungen ist – aber man weiß wirklich nichts von Laville-Saint-Jour, wenn man ihn betritt, ohne dazu aufgefordert worden zu sein.

Wir haben es nicht nötig, derartige Risiken einzugehen. Pierre hat die Schlüssel. Wie er an sie gekommen ist? Wer sie ihm gegeben hat? Das ist vollkommen unwichtig. Pierre hat ohnehin die Schlüssel zur Welt.

»Warum dieser Treffpunkt hier?«, fragt Cléance.

Ich drehe mich zu ihr um. Cléance anzusehen ist eine schmerzhafte Entzückung, oder ein köstliches Leid, je nachdem. Unter ihrer dicken Tschapka, unter der ein paar rebellische Haarsträhnen hervorschauen, erwidert sie meinen Blick nicht. Seit einigen Wochen sieht Cléance mich nicht mehr an.

Sie hatte sich mir fast zwei Monate lang hingegeben – ich war eine Art Auserwählter. Es war nicht das erste Mal, aber für ein paar Wochen habe ich daran geglaubt.

Cléance sieht mich also nicht an. Ihr Blick ist auf Pierre gerichtet. Wie unser aller Blick natürlich, aber ihrer noch ein wenig mehr. Deswegen beneiden wir alle Pierre – deswegen und noch aus hundert anderen Gründen. Seine Anziehungskraft … und auch seine Macht … Auch wenn damals keiner von uns die Faszination, die er auf uns ausübte, in Worte fassen konnte.

»Das ist eine Überraschung. Heute Abend biete ich euch ein Fest, ein richtiges!«

In seinen Augen glänzt ein harter Schein. Man hat uns schon für Brüder gehalten, ihn und mich, wahrscheinlich wegen unserer schwarzen Haare, die unseren blassen Teint betonen. Unsere Augen sind jedoch anders. Ich habe die Augen meiner Mutter. Er hat die Augen des Teufels.

»Es ist eine Überraschung für dich, Johnny …«

So nennt er mich. Es ist ein Spitzname, von dem ich glaube, dass er herzlich gemeint ist – aber ich weiß, dass Pierre auch nur zur geringsten Zuneigung unfähig ist. Er ist ein Monster, dem man nicht widerstehen kann.

Keiner von uns will ihm im Übrigen widerstehen. Wir wissen alle, dass er ein Erbe ist. Madeleine Talcot hat keinen Erben. Falls eines Tages jemand über die Stadt herrschen soll, dann er und er ganz allein.

»… und es ist ein Test für euch. Es ist Zeit, dass wir erwachsen werden, oder? Und dann habe ich es euch ja immer gesagt: Eines Tages werden schreckliche Dinge geschehen …«

»… und von diesem Tag an wird nichts je wieder so sein wie zuvor!«, stimmt Antoine an. »Ja, kennen wir.«

Pierres feurige Augen richten sich auf ihn, und er schweigt sofort. Antoine gehört zu der Sorte »gut in Sport, große Klappe.« Der Einzige, der ihm mit einem Blick Ruhe gebietet, ist Pierre. Und er lässt es sich nicht nehmen.

Letzterer stößt das Gittertor auf, und wir folgen ihm: Cléance, Antoine, Floriane, Gilles Camerlin, ich …

»Warum hast du nicht die ganze *Chowder* versammelt?«, fragt Floriane.

Wir drehen uns alle zu ihr um. Floriane spricht Pierre selten an, das heißt, sie stellt ihm selten eine direkte Frage. In der Regel redet sie um den heißen Brei herum, mit ausweichendem Blick und affektiertem Schmollmund und einer Strähne blonder Haare, die sie sich um den Finger wickelt, wie andere rauchen: um sicherer zu wirken.

»Ich brauche nur fünf von euch«, antwortet er, ohne sie anzusehen, immer noch an der Spitze der Gruppe.

Gilles Camerlin und ich wechseln einen Blick – Gilles hat Augen von einem etwas faden Blau, das in den Reflexen des Mondscheins auf dem Schnee fast weiß wirkt. Ich ahne seine Befürchtungen, aber auch das ganze inbrünstige Vertrauen, das er Pierre entgegenbringt.

Fünf von uns … wie die fünf Zacken eines Sterns. Es ist das erste Mal, dass eine inoffizielle Versammlung der Chowder im Freien stattfindet. Und nachts …

Wir dringen tiefer in den Wald vor. Trotz des Halbdunkels kann man klar sehen, und trotz der Kälte staunen wir über die Stille und den Anblick des Parks, der aussieht wie die Kulisse für ein Märchen – alle sechs in Skianoraks und mit dicken Schuhen an den Füßen, die frische, tiefe Spuren im Schnee hinterlassen. Weihnachten ist in vier Tagen, aber hier, im Gegensatz zu Laville, das für die Gelegenheit übertrieben geschmückt ist, befindet sich keine Beleuchtung, die daran erinnern könnte.

Noch etwa zwanzig Minuten, dann bleibt Pierre stehen.

»Wisst ihr, wo wir sind?«

Antoine setzt bereits zu einer witzigen Bemerkung an, besinnt sich dann aber eines Besseren.

»In der Mitte des Waldes«, verkündet Cléance. »Dort, wo alles angefangen hat …«

Pierre sieht sie kaum an. Er mag es, sie auf diese Weise zu quälen, mit einer verächtlichen Bemerkung über sie hinwegzugehen. Ich weiß heute, auch wenn mir das damals nicht klar war, dass das der Grund ist, weshalb sie mir mehr von ihrer Gunst gewährt hat als den anderen: Sie hoffte wahrscheinlich, seine Eifersucht anzustacheln, indem sie sich demjenigen aus der Bande hingab, dem er das größte Interesse entgegenbrachte. Derjenige aus der Bande, der niemals wirklich dazugehören wird.

Ich sehe mich um – nichts weist darauf hin, dass diese Stelle besonders ist, zumindest nicht auf den ersten Blick. Zwar gibt es zwei Pfade, die sich kreuzen – seit damals sind die Pfade zu zwei asphaltierten Wegen geworden –, aber nichts weiter. Dann bemerke ich den Baum, unter dem wir stehen geblieben sind. Er ist höher und massiger als die anderen, und seine Zweige erstrecken sich so weit, dass sie, durch den Winter erstarrt, fast eine Art Höhle aus vereister Spitze über unseren Köpfen bilden.

»Heute Abend«, murmelt Pierre, »werdet ihr zu Männern und Frauen … und zu Lavillern. Und zwar zu vollberechtigten … Und du, Johnny«, fügt er hinzu, wobei er sich zu mir umdreht, »du wirst heute Abend der Freieste von uns sein. Ich mache dir ein einzigartiges Geschenk für die Wintersonnenwende deiner sechzehn Jahre … und für deinen ersten richtigen Sabbat.«

Die fünf Augenpaare sind auf mich gerichtet … Ich bin für sie ein Fremder und bin es immer gewesen. Ich weiß nicht genau, was sie mit ihren Eltern machen, woran sie … teilnehmen. Ich weiß seit einiger Zeit besser, was meine eigenen Eltern machen – vor allem mein Stiefvater. Heute Abend bin ich eine Art Gast, ein Nichteingeweihter – ich verdanke meine Anwesenheit unter ihnen nur meiner Begegnung mit Cléance und auch meiner … Freundschaft mit Pierre. Ich habe mir nie etwas so sehr gewünscht, wie einer von ihnen zu sein. Ganz gleich um welchen Preis.

»Du weißt, wie die Dinge hier laufen, Johnny. Es gibt die Lebenden und die Toten, die Henker und die Opfer. Und es gibt den Teufel und nur ihn. Wenn du nicht auf seiner Seite bist, dann bist du nirgendwo. Du hast nur eine einfache Gnadenfrist.«

Die Ansprache des Chefs wundert mich nicht. Pierre glaubt nicht an den Teufel. Auch nicht an Gott. Seit kurzem habe ich begriffen, dass es für ihn darum geht, von seinem Einfluss Gebrauch zu machen, und alle Mittel sind recht, um sein Ziel zu erreichen, nämlich seine Lust zu befriedigen. Von dieser Ansprache also lässt weder er, noch lasse ich mich täuschen. Sie dient lediglich dazu, seine Macht über die anderen noch ein bisschen mehr auszubauen. Und de facto auch über mich. Er weiß, dass ich, wenn ich jetzt einen Rückzieher mache, mich für immer ausschließe. Und dass ich mich vielleicht sogar in Gefahr begebe.

»ER ist heute Abend bei uns«, murmelt Gilles Camerlin in einem Tonfall, der von hochtrabender Verehrung geprägt ist. (Gilles ist von einer außergewöhnlichen Inbrunst erfüllt, die es ihm ermöglicht, bei unseren Séancen in der *Chowder* erstaunliche Dinge hervorzubringen. Er glaubt an die Mächte der Finsternis – und das, was ich in seiner Gesellschaft sehen konnte, hat mich fast überzeugt.)

Cléance hat dieses geheimnisvolle, etwas überlegene kleine Lächeln auf den Lippen – bis wohin geht *ihre* Skepsis? Das ist eine gegenstandslose Frage. Cléance würde auf einem Besen reiten, wenn Pierre ihr gesagt hätte, er könne nur einen Vogel lieben.

»Ihr werdet einen Kreis bilden … da … und da … und da … Ich darf euch nicht mehr sehen … Weder sehen, noch hören.«

Mir fällt auf, dass fünf Bäume die Stelle einrahmen, an der sich Pierre befindet: fünf Verstecke. Wir stellen uns so auf, dass wir nicht mehr zu sehen sind, wie er es von uns verlangt hat. Wir leisten keinen Widerstand – heute noch stelle ich mir Fragen über die Kraft, die Macht dieses Jungen. Pierre wühlt in seiner Tasche und zieht eine Fackel hervor, die er anzündet. Er wartet, und wir mit ihm, in der weißen, dumpfen, dicken Stille dieser Nacht der Sonnenwende.

Seit fast zehn Minuten schlottere ich in der Hocke sitzend und gegen den Stamm meines Baums gelehnt, als ich das knirschende Geräusch von Schritten im Schnee höre, die von einem etwas heiseren Keuchen begleitet werden. Ich zucke zusammen. Das kann doch nicht er sein, oder?

Dreißig Sekunden später taucht mein Stiefvater in der Nacht auf, unmittelbar an der Biegung eines der beiden Wege. Ironie des Schicksals: Er ist in ungefähr vier Meter Entfernung an mir vorbeigelaufen, ohne mich zu bemerken. Es ist fast Mitternacht. Mein Stiefvater ist bereits ein wenig betrunken. Vilbois hat die Fackel und Pierres Gesicht gesehen …

»Meine Güte, was ist denn los?«, fragt er. »In welche Scheiße hast du dich gesetzt?«

Mir stockt der Atem vor Überraschung, ich vergesse die eisige Luft, die Minute für Minute durch meine Kleidung dringt. Ich wusste nicht, dass die beiden sich kennen – zumindest nicht so gut, dass sie so miteinander sprechen! Natürlich sind sie sich unweigerlich bei den Talcots begegnet, aber ich hätte nie gedacht, dass sie vertraulich miteinander sind. Vilbois steht in der Mitte des Kreises, auf gleicher Höhe mit Pierre.

»Es ist die Nacht der Sonnenwende«, verkündet Pierre allen Ernstes.

»Ja, und?«

»In der Nacht der Sonnenwende muss jemand sterben. Ein Unschuldiger oder ein Schuldiger.«

»Wen haste denn um die Ecke gebracht?«, fragt mein Stiefvater kaltblütig mit dieser Mafia-Spottlust, die etwa zehn Jahre zuvor meine Mutter betört hat.

Meine Überraschung wird immer größer: Vilbois kennt Pierre, aber vor allem scheint Vilbois als Verstärkung für eine niedere Aufgabe herbeigerufen worden zu sein.

»Noch niemanden, aber ich brauche dich heute Abend«, antwortet Pierre.

Er hat seine Mütze und seine Handschuhe ausgezogen, und die Flamme erzeugt ein fast rotes Licht auf seinem Aristokratengesicht. Er ist noch keine sechzehn, aber er überragt Vilbois um mindestens zehn Zentimeter. Zum ersten Mal in meinem Leben kommt mir mein Stiefvater in sich zusammengesunken und geduckt vor – wegen der Situation, Pierres Anwesenheit, der Falle, die er ihm gestellt hat. Oder etwa mir?, frage ich mich eine Sekunde lang, aber die Emotionen sind zu stark, und ich bin nicht in der Lage nachzudenken.

»Verdammt noch mal, Pierre, was für einen Schwachsinn machst du schon wieder? Seit wann interessierst du dich für die Nächte der Sonnenwende? Ich dachte, du wolltest dich nur amüsieren und nichts weiter. Wie ich«, fügt Vilbois hinzu – und der Hass, der meine Kindheit, all meine Jugendjahre vergiftet hat, der wie ein loderndes Feuer gebrannt und stundenlange Hoffnungen auf Rache genährt hat, mein ganzer Hass implodiert in genau diesem Augenblick. Ich kann es fast hören, das erstickte Geräusch eines Kraters, der sich in meinem Körper öffnet und die Lava meines Grolls freisetzt. Es ist jetzt heiß, sehr heiß in dem Park, und ich bekomme keine Luft mehr unter meinem Schal.

»Ich mache keinen Schwachsinn«, stößt Pierre verächtlich hervor. »Jede meiner Handlungen hat einen Sinn, hast du das nicht verstanden? Auf jeden Fall, ob du willst oder nicht, ist es zu spät: Du bist darin verwickelt.«

Von meinem Beobachtungsposten aus kann ich Vilbois' Gesicht nicht erkennen, aber ich höre ihn empört fragen:

»Was soll das heißen?«

Pierre hebt die Fackel hoch und ruft:

»Jetzt!«

Schüchtern kommen wir aus unseren jeweiligen Verstecken hervor – die Bewegung stört die reglose Ordnung der Natur, und ein vereistes Pulver fällt von den Zweigen.

»Was …«

»Bleibt alle da, wo ihr seid!«, ruft Pierre – und in dem Moment bin ich von seiner Ausstrahlung überwältigt.

Wir erstarren, Vilbois mustert uns einen nach dem anderen – er erkennt sie natürlich wieder, denn er beschützt die Talcots und nebenbei die Andremis –, und er muss die Eltern meiner Waffenbrüder an dem einen oder anderen

Abend gesehen haben. Dann dreht er sich um und entdeckt mich. Wir wechseln einen Blick, in dem sich unsere gegenseitige Abneigung ausdrückt, aber er sagt keinen Ton. Nicht einmal ein überraschtes »Du?«. Er und ich haben niemals, NIEMALS, wie meine Mutter sagen würde, miteinander gesprochen. Ich weiß nicht einmal, wie sich das Wort »Nicolas« aus seinem Mund anhört.

»Noch sind wir Unschuldige, weißt du«, flüstert Pierre in einem mitfühlenden Ton.

»Unschuldige?«, höhnt Vilbois freudlos.

Pierre ignoriert ihn.

»In den Sonnenwendnächten muss man das Blut der Unschuldigen nehmen … und es beschmutzen. Aber nur Schuldige können einen Unschuldigen beschmutzen, nicht wahr? Und wir sind nicht schuldig – noch nicht«, fährt Pierre fort.

Vilbois ist stehen geblieben. Wir sind alle Gefangene der Verblüffung und des Schreckens. Und auch der gierigen Ungeduld hungriger junger Wölfe. Keine einzige Regel der Welt ist hier mehr gültig.

Die Zeit steht still. Pierre fährt mit ruhiger Stimme mit seiner Ansprache fort:

»Du wirst an genau dem Ort sterben, wo alles angefangen hat. Wo ER zum ersten Mal Guillaume de Chabannes erschienen ist – nicht dem Urahn der Talcots, sondern dem der Andremis beziehungsweise dem meiner Mutter, Mathilde de Chabannes. Er ist es, der die Tür geöffnet hat und …«

»VORSICHT!«

Cléance hat soeben den Revolver bemerkt, den Vilbois mit einer raschen Handbewegung vor Pierres Gesicht gezogen hat, der von seinem Familienepos mitgerissen wurde. Der Chef fängt sich sofort wieder: Bevor mein Stiefvater überhaupt Zeit hat, auf ihn zu zielen, knallt die brennende Fackel mit voller Wucht gegen seine Schläfe.

Vilbois liegt am Boden. Seine Wange ist verbrannt, von Asche beschmutzt. Ein dickflüssiges Rinnsal Blut fließt heraus und folgt den Spuren im Schnee. Im Mondschein hat es im phosphoreszierenden Licht des Schnees dieselbe zähflüssige Beschaffenheit wie Erdöl.

Es ist ganz genau Mitternacht. In vier Tagen ist Weihnachten. Und in einer Minute wird tatsächlich nichts je wieder so sein wie zuvor: Ich werde einen Mord begehen. Mit ihnen. Ohne mit der Wimper zu zucken.

66

Audrey hob den Blick – einen feuchten Blick, trotz der widersprüchlichen Gefühle in ihr: Abscheu, Entsetzen, Mitleid ...

»Diese Leute ...«, sagte sie schließlich.

»Ja, das sind sie«, antwortete Nicolas. »Floriane de Morsan ist heute mit einem Mendel verheiratet – er gehörte nicht zur *Chowder*«, fügte Nicolas hinzu. »Gilles Camerlin ist immer noch in Laville-Saint-Jour und ...«

»Ich kenne diese Namen«, sagte sie. »Ich kenne sie sogar persönlich ... Sie sind die Eltern einiger meiner Schüler«, fügte sie schockiert hinzu. »Und Pierre ...?«

»Ja, das ist er. Pierre Andremi ...«

Audrey zuckte zusammen.

»Ich verstehe nicht«, gab sie mit belegter, matter Stimme zu.

Nicolas zog eine Zigarette hervor, zündete sie an und nahm einen tiefen Zug.

»Du bist an einen besonderen Ort geraten, Audrey.

Die Talcots, die Affäre, von der du gehört hast, ist nur die Spitze des Eisbergs.«

»Was meinst du damit?«

»Die Stadt hat eine lange Tradition an ... an Übernatürlichem. Eine sehr, sehr alte, mehr oder weniger brutale Geschichte. Ich meine, recht brutal. Natürlich sind nicht alle Laviller potenzielle Mörder, aber dieser Ort ist ... ist anders.«

Sie fing langsam an zu begreifen. Das erste Kapitel des Romans hatte mit der Versammlung eines Geheimbunds begonnen, der *Chowder Society*. Es ging um Tote, Erscheinungen, fliegende Gegenstände und Gesichter im Nebel, und sie hätte fast ihre Lektüre unterbrochen. Warum, zum Teufel, sollte ihr Nicolas in einem solchen Moment ein Märchen zu lesen geben? Erst später, beim autobiografischen Unterton des Romans, hatte die Erkenntnis sie geleitet. Die finstere Erkenntnis der Wahrheit.

»Ich habe Pierre in Saint-Ex kennengelernt, durch Cléance. Wie du wohl verstanden hast, war sie sehr in ihn verliebt.«

Audrey schloss einen Moment die Augen und erinnerte sich an das Bild, das sie auf Cléance Rocheforts Kommode gesehen hatte.

»Das eingerahmte Foto bei den Rocheforts.«

»Ja, er hat die Aufnahme gemacht.«

Sie erschauerte.

»Pierre war ein ... einzigartiger Junge. Der Intelligenteste von uns. Der Reifste. Er hatte diese Selbstsicherheit und auch dieses Selbstvertrauen, das uns kleiner und jünger wirken ließ.«

»Das schlechte Genie«, murmelte sie.

»Ja und zugleich nein. Du musst verstehen, dass all

diese Leute besondere Eltern hatten. Dass sie besonders grauenhafte Dinge mit angesehen haben«, fügte er hinzu.

Schweigen. Sie hatte nicht die geringste Lust, mehr zu erfahren.

»Das nehme ich zumindest an. Wir haben nie darüber gesprochen, auch wenn das heute in Anbetracht dessen, was ich weiß, klar auf der Hand liegt. Alle haben ihre Unschuld in einem Alter verloren, in dem sie das höchste Gut darstellt. Sie waren bereits verdorben – weniger als Pierre, aber ...« Seine Worte erstarben.

»Und du?«, fragte sie.

»Ich nicht. Na ja, meine Mutter hatte diese eigenartige Liebesgeschichte mit Vilbois. Aber sie hat mich immer von bestimmten Praktiken ferngehalten. Deswegen hat Pierre auch ihn als Opfer ausgewählt.«

»Ich verstehe nicht.«

»Pierre hatte die ganze Bande in der Hand. Wie alle Mörder dieses Typs, das heißt Sexualmörder, bezieht er seine Lust vor allem aus der Macht, die er auf andere ausübt. Er übte sie vollkommen auf *sie* aus, aber nicht auf mich. Und was er über alles liebte, ist ...«

»Jemanden zu verderben«, fasste sie zusammen.

»Genau. Aber ich war anders. Ich gehörte nicht zu ihrer Welt. Einer Welt, in der Dinge geschehen, die moralisch verwerflich sind, während einige Laviller sie als ein notweniges Übel für den Wohlstand der Stadt auffassen. Sie ... ich meine, die anderen, waren ... bereit für einen Mord.«

Audrey starrte ihn an, und plötzlich begriff sie.

»Er hat also den einzigen Menschen ausgewählt, dem

du den Tod gewünscht hast, um dich vollkommen auf ihre Seite zu ziehen.«

Nicolas sah sie nicht an. Mit einem bitteren Lächeln auf den Lippen folgte er nachdenklich einer Bewegung des Nebels hinter der Fensterscheibe, und plötzlich zeichneten sich die Konturen eines Bildes ab, eine Szene erschien: die Beerdigung seines Vaters. Das fünfjährige Kind, das er damals gewesen war, behielt eine Erinnerung zurück, die seltsam klar und deutlich war. Besonders das Gesicht seiner Mutter hinter dem Hutschleier, ihren Ausdruck zwischen Schmerz und Schrecken ... und etwas, das er später als Vergnügen aufgefasst hatte. Sie hatte Vilbois damals bereits geliebt. Oder nein: Sie war ihm hörig gewesen, wie man sagte. Eine sexuelle und verzehrende Leidenschaft. Und eine zerstörerische.

Der Nebel führte weitere Erinnerungen mit sich: Das Gemurmel, das aus dem Keller gekommen war – was war wirklich dort geschehen? Auch das hatte er nie gewusst, hatte es auch nicht wissen wollen. Und auch die Schreie ... ihre Streitereien ... die Gewalttätigkeiten ... die Nächte der Glücksspiele und Besäufnisse. Die langen Blicke seiner Mutter und ihr Schweigen, die von erdrückenden Schuldgefühlen geprägt gewesen waren: Indem sie sich Vilbois ausgeliefert hatte, hatte sie ihm auch in gewisser Weise ihr Kind ausgeliefert. So wie er es eines Tages in einem Buch über eine seiner Figuren geschrieben hatte: »Ihre Lust hatte einen Preis: die Kindheit ihres Sohnes.« Odile Le Garrec hatte es gewusst. Und diese Wahrheit hatte sie gequält, hatte ihre Beziehung zueinander unmöglich gemacht und – die Zukunft hatte es gezeigt – war nicht wiedergutzumachen gewesen.

»Dieser Mord hat mich gerettet, weißt du das?«, sagte er schließlich mit gebrochener Stimme und richtete seine von Bitterkeit feuchten, schwarzgrauen Augen auf sie. »Das ist die Ironie des Schicksals. Pierre hatte aus mir einen Mörder machen wollen, er wollte mich mit sich ziehen. Doch das Gegenteil ist passiert: Wenn ich meinen Stiefvater nicht getötet hätte, hätte ich ... hätte ich mich schlecht entwickelt. Ich wäre weiter von Hass und Groll zerfressen aufgewachsen, und diese ganze Gewalt hätte sich irgendwann gegen mich selbst oder andere gerichtet.«

Er hüstelte und spürte plötzlich, wie sich in ihm etwas erhob. Er atmete tief ein. Warum jetzt?, fragte er sich. Warum sie? Er beschloss, dass die Antwort später kommen würde. Bestimmt. Im Moment war es an der Zeit, alles zu sagen, alles zu verraten. Ohne etwas auszulassen.

»Wir haben ihn im Park getötet. An genau der Stelle, wo der Legende nach der erste Baum dieses Parks gepflanzt worden war. Wir haben eine Art Ritual befolgt, von dem ich nicht viel verstanden habe – die anderen waren mit diesen Praktiken vertraut, für mich waren sie vollkommen fremd. Ich weiß nur, dass ich es war, der ihm den Todesstoß versetzt hat. Mitten ins Herz. Während er noch bewusstlos war. Anschließend« – er atmete tief ein und wich dabei ihrem Blick aus –, »anschließend hat Pierre ihm das Herz herausgerissen. Und wir haben seine Leiche in einen der Stollen gebracht.«

»Einen Stollen?«

»Ja, es gibt ein paar Katakomben in der Stadt, die bestimmte Viertel miteinander verbinden. Mehrere davon führen unter dem Parkwald hindurch. Man muss nur wissen, wie man dorthin gelangt ... oder zu den Eingängen kommt, durch die man hinabsteigen kann.

Wir haben ihn verbrannt. Erst dann habe ich, glaube ich, begriffen, was wir soeben getan hatten - was *ich* soeben getan hatte. Als der Wahnsinn und die Wildheit, die von uns Besitz ergriffen hatten, wieder abgeflaut waren, während wir im Kreis herumstanden und dabei zusahen, wie der Mann, der mein Stiefvater gewesen war, zäh wurde wie ... wie ein Stück Fleisch.«

Er seufzte und spürte, wie ihn eine ungeheure Müdigkeit erfasste.

»Dann, ja, dann sind wir nach Hause gegangen - Pierre hatte uns gesagt, dass wir uns um nichts zu kümmern brauchen, er übernehme alles. Ich habe niemals erfahren, was er mit der Leiche gemacht hatte.

Als ich in jener Nacht nach Hause kam, war meine Mutter noch wach. Ich habe ihr nur gesagt: ›Es ist vorbei ... Er kommt nicht mehr zurück. Er ist fort ...‹ Sie hat nichts gefragt, hat nicht ein Wort gesagt. Sie ist raufgegangen, um ins Bett zu gehen, und das Leben hat weiter seinen Lauf genommen, als hätten wir die letzten zehn Jahre in einer Art Trugbild verbracht, von dem nichts mehr übrig blieb außer ein wenig Zauberpulver: ein bestimmter Geruch im Haus, Gegenstände, einige Kleidungsstücke ... Die Polizei hat nicht ermittelt, niemand hat wirklich versucht zu erfahren, was aus ihm geworden war. Er war ein Handlanger, einer unter vielen ... ohne die geringste Bedeutung.

In der Schule bin ich den anderen aus dem Weg gegangen. Ich habe weiterhin von Cléance geträumt, aber aus der Ferne ... Eigentlich war es nicht sie, die ich geliebt habe, sondern die Erinnerung an sie. Ich wollte das Bild des jungen Mädchens bewahren und nicht die

Wirklichkeit – ihr von der Grausamkeit einer Wahnsinnigen verzerrtes Prinzessinnengesicht, während sie das blutige Messer in ihrer Faust hielt. Und die anderen habe ich höflich und kühl gegrüßt – es lag zwischen uns fast so etwas wie die Befangenheit zufälliger Liebender, verstehst du?«

Sie verstand, ja. Diese Barriere, die sich manchmal morgens errichtete, wenn zwei Menschen, die nichts miteinander gemein hatten, nach einer Nacht ohne Reiz und ohne Folgen aufstanden.

»Aber er hat nicht aufgegeben«, murmelte sie. »Ich meine ... Andremi.«

»Nein. Von Zeit zu Zeit fand ich eine Notiz in meinem Fach – wir hatten damals noch Fächer.«

»Der berühmte Satz ...«

»Ja ... Und eines Tages hat er am Schulausgang auf mich gewartet. Um mir zu sagen ...«

Er schloss einen Augenblick die Augen, und die Erinnerung an Pierres Gemurmel und das Glühen in seinem Blick ließ ihn erschaudern.

»›Dein Stiefvater kommt uns in der *Chowder* besuchen ... Er verlangt nach dir ... Du musst mit uns kommen ...‹

Ich bin nie mitgekommen. Ich habe mich abgesondert und schweigend abgewartet. Ich konnte es kaum erwarten, mein Abi zu machen und wegzugehen. Ich war noch keine achtzehn, als ich durch die Tür des Hauses trat, in dem ich aufgewachsen bin ... Ich bin bis zum Tod meiner Mutter nie mehr zurückgekommen. Ich habe Laville-Saint-Jour aus meinem Gedächtnis gestrichen. Ich bin *mit Leib und Seele* Pariser geworden und habe alles getan, um zu vergessen. Es ist mir ganz gut gelungen, auch wenn ich mir im Klaren darü ber bin, dass in jedem meiner Bücher ein bisschen etwas von dieser Geschichte steckt ...«

Er schwieg, und sie brachte es nicht übers Herz, das Schweigen zu brechen, unfähig, ihre Gefühle zu benennen. War der Mann ihr gegenüber ein Mörder? War der Mann ihr gegenüber ein unglückliches Kind? War der Mann ihr gegenüber ein Verehrer, der dabei war, ihr sein Herz auf einem Tablett darzubieten?

»Warum bist du zurückgekommen?«

»Vor einem Monat habe ich eine Notiz erhalten ... Diesen Satz. Ich war nicht weiter überrascht. Ich wusste, dass er am Leben ist. Daran habe ich nie gezweifelt. Als er damals geschnappt wurde, habe ich mich über seine Neigungen gewundert. Lange Zeit habe ich Pierre Andremi eher für einen Intellektuellen gehalten, und ... dann habe ich entdeckt, dass er ein Mensch war, der tötet, um sich Lust zu verschaffen, körperliche Lust. Dagegen habe ich in Anbetracht dessen, was sein Fall zutage gefördert hat, niemals daran gezweifelt, dass ... dass er die Verbrennung überstanden hat.«

»Warum?«

»Weil er das Böse ist, ganz einfach. Als ob die Stadt ihre größten Hoffnungen in ihn gesetzt hätte, als ob die Feen, die sie regieren, sich über seine Wiege gebeugt hätten. Ihr schönster Erfolg. Ihre Verkörperung schlechthin. Nun streckt man das Böse aber nicht einfach so nieder ... Nicht einmal mit einem Benzinkanister und live im Fernsehen. Das Gleiche gilt für die Talcot-Affäre. Sie hat einen Teil der Praktiken offengelegt, die hier im Laufe der Jahrhunderte gültig waren, aber ... es wird immer Talcots geben. Hier oder anderswo ... Mit diesem Namen oder einem anderen.«

Sie blinzelte, entsetzt darüber, was seine Worte bedeueten, und über die Gefahr, die sie für David vorausahnte.

»Andremi ist ... ist hier?«, murmelte sie und wurde sich plötzlich darüber bewusst, dass nichts von dem, was sie bisher gehört hatte, der Fantasie eines Romanschriftstellers entsprang. Sie befanden sich tatsächlich in dem schicken und menschenleeren Restaurant eines Hotels und waren dabei, diese Worte über das Böse, Rituale und Opfergaben auszutauschen ...

Das war die Welt, in der sie sich in diesem Moment bewegte. Das war die wahre Farbe des Nebels von Laville-Saint-Jour: blutrot.

»Ich habe allen Grund, das anzunehmen. Und ... und dein Exmann ist vielleicht bei ihm.«

»Was meinst du damit? Was ... was machen sie? Warum? Ich ... ich verstehe nicht ...«

»Ich habe das erst heute Morgen begriffen«, sagte er. »Ich meine, ich vermute, ich habe es begriffen. Meine Mutter hingegen kannte die Wahrheit, glaube ich.«

»Wie kann das sein?«

Er lächelte sie an und nahm ihre Hand, wie um sie zu beruhigen. Sie verkrampfte sich, akzeptierte aber seine Berührung - sie war vielleicht zu schockiert, um abzulehnen. Er blickte auf einen Umschlag, der vor ihm lag - sie hatte ihm bisher nicht die geringste Aufmerksamkeit geschenkt.

»Sie hat mir vor ihrem Tod diesen Brief geschrieben. Ich ... ich konnte ihn noch nicht lesen. Noch nicht.«

Er legte die Hand auf den Umschlag und schob ihn sachte zu ihr hinüber. Sie zögerte und näherte ihre Hand, als handelte es sich um eine Falle, griff danach. Sie warf ihm einen Blick zu - er ermunterte sie mit einem unmerklichen Kopfnicken. Sie öffnete den Umschlag, zog die Blätter heraus. Ein letzter Blick zu ihm. Sie entfaltete den Brief, las die erste Zeile.

»Laut ...«, bat er sie.

Sie gehorchte.

»Mein Liebling, diesen Brief hätte ich bestimmt schon vor langer Zeit schreiben sollen ... Eigentlich sind es sogar Worte, die ich Dir Auge in Auge, Herz an Herz sagen sollte. Du und ich haben uns verpasst ... Oder eher: Ich habe mein Kind verfehlt ...«

Nicolas schloss die Augen und spürte die Tränen aufsteigen. Die Stimme, die zu ihm drang, war nicht Audreys Stimme. Sie gehörte einer Frau mit Augen in einer Farbe zwischen Grau und Schwarz, gesäumt von dicken Wimpern, die einen abwesenden Blick zwischen Rätsel und Nostalgie umrahmten ... Eine kokette und sinnliche Frau, die das Schicksal dazu verdammt hatte, die bösen Männer zu lieben, und die ihr Herz an den schlimmsten von ihnen verloren hatte.

»Es ist schrecklich für eine Mutter, ihr Kind zu verfehlen, weißt Du das? Auf jeden Fall war es schrecklich für mich ... Und ich weiß, für Dich auch. Ein verpfuschtes Leben – denn was gibt es Schlimmeres, als den Menschen, den man am meisten liebt auf der Welt, nicht glücklich machen zu können?

Was wir erlebt haben, was ich Dich habe miterleben lassen, hat uns für immer voneinander entfernt, und ich bitte Gott, wie ich Dich bitte, mir für all den Schmerz zu verzeihen, den ich Dir zugefügt habe, den ich uns zugefügt habe ...

Du solltest wissen, Nicolas, mein Liebling, dass Du es warst, der mich gerettet hat, und dafür werde ich Dir auf ewig dankbar sein. Du hast mich aus einem langen, aus einem schrecklichen Schlaf voller Albträume geweckt, über die ich jegliche Kontrolle verloren hatte.«

Endlich flossen die Tränen. Zum ersten Mal seit dem Tod seiner Mutter konnte Nicolas weinen, um sich selbst und auch um sie. Es spürte weder Verzweiflung noch Groll, es waren einfach Tränen des Verzeihens. Endlich konnte er seiner Mutter verzeihen … Endlich konnte er sich selbst verzeihen.

Audrey schwieg, wartete. Nahm seine Hand, um ihm dabei zu helfen, diese schwer zu überwindende Brücke zwischen Hass und Frieden zu überqueren. Sie drückte sie wie die Hand eines Kindes, das man durch die Dunkelheit führte, und spürte, wie sie von einem Gefühl der Liebe überrascht wurde.

Als die Tränen versiegt waren, lächelte er sie an – ein Lächeln voller Dankbarkeit – und gab ihr ein Zeichen fortzufahren.

Gemeinsam würden sie die Wahrheit herausfinden.

67

Bastien versuchte, seinen Blick in die Ferne zu richten – unmöglich. Vom Gittertor aus erinnerte der Parkwald im Nebel und zu dieser Stunde, in der das Tageslicht bereits langsam nachließ, an ein riesiges Aquarium mit trübem Wasser, in dem Pflanzen hin und her wogten.

»Bist du sicher, dass sie da drin ist?«, fragte er.

Mendel drehte sich zu ihm um und blickte ihn aus blauen Augen an.

»Ich bin mir überhaupt nicht sicher. Aber ich denke schon …«

»Verstehe ich nicht.«

Aber was hatte das schon für eine Bedeutung? Er konnte nicht mehr tatenlos zusehen, hilflos und Gefangener der Ungewissheit sein. War sein Vater wirklich tot? Er wusste es nicht. Je mehr Zeit verging, umso öfter wurde er von Hoffnung erfüllt. Wie konnte er letztendlich sicher sein, dass es sich wirklich um seinen Vater handelte? *julesmoreau* hatte ihm nichts bestätigt. Und zwar aus gutem Grund: *julesmoreau* hatte ihm lediglich diese rätselhafte Nachricht geschickt: *Jetzt weißt du es also … Die Wahrheit ist in Deiner Reichweite … Am Ende des Weges*. Deshalb hatte er nicht den Schulschluss abgewartet, um Mendel zu folgen. Deswegen befand er sich hier. Misstrauisch, aber entschlossen. Vorsichtig und eigensinnig. Und falls er eine Expedition unternehmen musste, dann doch gleich mit einem Jungen, der ihm, ohne sich zu verstellen, verkündet hatte: »Mein Vater ist auch tot …« Ob er es wollte oder nicht, dieser Satz schaffte zwischen ihnen eine schmerzhafte, stumme Nähe.

»Du kennst sie noch nicht so lange«, betonte Mendel mit dieser Ruhe eines Erwachsenen, die Bastien verwirrte. »Sie und ich sind vielleicht keine Freunde, aber … aber wir waren zusammen in der Grundschule. Wir sind aus Laville-Saint-Jour. Wenn Opale weder in Saint-Ex noch bei sich zu Hause ist, dann stehen die Chancen gut, dass sie hier ist …«

»Warum hier?«

»Weil es ein besonderer Ort ist, den man manchmal aufsucht, wenn es einem nicht gut geht. Und wenn Opale nirgendwo ist, dann ... dann geht es ihr nicht gut. Der Parkwald ist ein magischer Ort. Ich nehme an, das ist dir schon aufgefallen. Und diese Magie ... brauchen die Laviller manchmal.«

Bastien nickte. Mendel schien sich seiner Sache sicher zu sein. Und wider Willen fielen ihm wieder *julesmoreau*s Worte ein:

Lass diejenigen, die Dich begleiten können, auf Dich zukommen. In der Schule zum Beispiel.

»Gehen wir nun oder nicht?«, fragte Mendel – eine einfache Frage, ohne Ungeduld in der Stimme.

Das war es vielleicht, was Bastien im Grunde dazu bewegt hatte. Die Gelassenheit seines improvisierten Kameraden. Wenn es eine Falle oder ein schlechter Scherz gewesen wäre, wäre Mendel dann derart gleichgültig gewesen?

Als Antwort ging Bastien auf das offene Gittertor zu und betrat den menschenleeren Park. Auf César Mendels Gesicht lag ein Lächeln des Triumphs.

Sie drangen schweigend tiefer in den Parkwald ein; Bastien hinter Mendel, der den Weg zu kennen schien. Er selbst hingegen war desorientiert, aber im Grunde war das nicht weiter wichtig. Das Leben bestand von nun an aus dieser Gleichung: handeln oder sterben, an Angst oder an Kummer.

Nach etwa zehn Minuten blieb Mendel stehen und hielt einen Augenblick inne. Bastien kniff die Augen zusammen und versuchte, sich zu orientieren – vergeblich. Sie befanden sich an einer Kreuzung mehrerer Wege unter einem Baum, dessen überladene Zweige ein Gewölbe, fast eine kleine Höhle über ihren Köpfen bildeten. Bastien fiel auf, dass sie noch keiner Menschenseele begegnet waren.

»Hier entlang«, sasgte Mendel und nahm den Weg nach links, ein Pfad, der grau war in dem Weiß des Nebels, das von nackten Zweigen durchzogen wurde wie von Algenarmen.

Bastien folgte ihm auf dem Fuß, und da fielen sie ihm auf: die Formen im Nebel. Andeutungen, Fasern. Eine Armee von Kindern: Versteckt hinter den verschwommenen Baumstämmen, zeichneten sich die Gestalten ab, bevor sie mit dem Nebel verschmolzen, als ob sie Katz und Maus mit ihnen spielten. Bastien empfand keinerlei Furcht, im Gegenteil, die weißen Schatten, das wusste er, waren ihm nicht feindlich gesinnt.

»Siehst du manchmal etwas im Nebel?«, fragte er.

Mendel warf ihm einen unergründlichen schiefen Blick zu.

»Was zum Beispiel?«

»So was wie ... Schatten?«

Mendel blieb plötzlich stehen und ließ seinen blauen Laserblick über den Park gleiten.

»Gespenster, meinst du?«

Bastien konnte keine Ironie heraushören.

»Ich weiß nicht«, log er jedoch vorsichtshalber. »Manchmal ... hatte ich nachts den Eindruck, als ob ich ein- oder zweimal was gesehen hätte.«

Langes Schweigen seitens Mendel, der schließlich murmelte:

»Mit dem Nebel ist das wie mit den Wolken. Du siehst, was du sehen willst.« Er bemerkte das Gesicht von Bastien nicht, der wie vor den Kopf geschlagen war. »Einige sehen manchmal Kinder ... Das wird zumindest erzählt. Und was ich sehe ... behalte ich für mich. Darüber zu sprechen« – erneuter schiefer Blick, hämisches Lächeln – »bringt Unglück.«

Aber der Effekt, den Mendel, der wieder weiterging, erzielen wollte, kam nicht an. Bastien hörte ihm nicht mehr zu. *Du siehst, was du sehen willst* ... Der Satz seiner Mutter bezüglich ihrer Bilder. Bilder, die sich gegenseitig antworteten, ihre Geschichte erzählten. Unweigerlich kam er darauf zurück, als ob letztendlich alles zu der in diesen Gemälden enthaltenen Wahrheit führte: das blaue Gemälde, das sich umarmende Paar, das Bild der Flammen, das Messer, das Gesicht des Todes ... Es fehlten noch Elemente, da war er sich sicher. Er kannte allerdings dieses Gesicht, und deswegen bevölkerte es seine Albträume. War das auch der Grund, weshalb die Gemälde seiner Mutter Laville-Saint-Jour ähnelten? Einem Laville-Saint-Jour, das heiter und bunt, aber nicht zu begreifen war?

Wieder einmal entglitt ihm die Antwort. Diesmal allerdings empfand er deswegen keinen Groll. Es kam ihm in genau diesem Augenblick so vor, als sei er auf dem Weg zur Wahrheit, was allerdings auf keiner rationalen Analyse beruhte, aber hier war ohnehin nichts rational. Die Wahrheit am Ende des Weges. Und Opale.

Als ob Mendel ihn gehört hätte, verkündete er:

»Wir sind da ...«

Bastien folgte seinem Blick und bemerkte einen großen Felsen, in den man eine Art künstliche Grotte gehauen hatte, aus der sich ein Miniwasserfall in einen Teich ergoss. Einer der Spazierwege führte sogar darüber hinweg, sodass man, da die Grotte vollkommen mit der Umgebung verschmolz, kaum darauf achtete, vor allem nicht im Nebel.

»Hier?«, fragte er.

»Ja … komm mit.«

Mendel ging auf den Wasserfall zu und glitt dahinter, indem er sich eng gegen den Felsen drückte. Gerade als Bastien ihm folgen wollte, nahm er ein leises, ironisches Gelächter wahr. Er drehte sich um und erblickte die Silhouette eines kleinen Jungen, der prustete vor Lachen. Vielleicht fünf oder sechs Jahre alt – hatten die weißen Schatten denn überhaupt ein Alter? Die Erscheinung »begegnete« seinem Blick und verschwand sogleich wieder mit einem undeutlichen »Plop«.

»Hast du das gehört?«, fragte er, wobei er um den kleinen Wasserfall herumging, um zu Mendel zu stoßen.

»Was denn? Bei dem Wasser hört man nichts, es hallt … So, hier geht's lang …«

Bastien erblickte eine Art Loch in einem Winkel des Felsens. Man musste sich nur bücken, um hineinzuschlüpfen, und die Höhle wirkte vollkommen düster.

»Da drin?«, fragte Bastien verwundert. »Bist du sicher, dass Opale da drin …«

Aber Mendel war bereits hineingekrochen und abgetaucht.

Bastien ließ sich hinabgleiten – es war einfacher, als es aussah. Eine dichte Dunkelheit, ein Geruch nach Moos und Erde … und noch etwas anderes, wie ein entfernter Gestank nach verfaultem Fleisch. Irgendwo ganz hinten ein blasses, rötliches Licht. Anziehend und beunruhigend zugleich.

»Wo bist du?«, fragte Bastien desorientiert. Er befand sich irgendwo zwischen dem vom Park kommenden Schimmer des abnehmenden Tageslichts und dem Lichtschein in der Ferne.

Ein Gesicht wie aus einem Albtraum kam einen Meter von ihm entfernt zum Vorschein, und er schreckte auf. Mendel, von unten angeleuchtet, drehte die Taschenlampe um, und Bastien erkannte ihn wieder.

»Ich bin's, du Banane!«

Er schien sich zu amüsieren, und das war sowohl beruhigend als auch irritierend.

Bastiens Augen begannen sich an die Dunkelheit zu gewöhnen, und er betrachtete die Details: Er befand sich in einem felsigen Gang, etwa zwei Meter fünfzig hoch, mit grob behauenen Wänden.

»Gehen wir da lang?«, fragte er und zeigte auf das Licht am Ende dessen, was einem natürlichen Tunnel ähnelte.

»Genau.«

Mendel begann selbstsicher voranzugehen, die Lampe nach vorn gerichtet, damit sie nicht in die Pfützen auf dem Boden aus gestampfter Erde traten.

»Komischer Ort«, bemerkte Bastien. »Man könnte meinen, das sei gegraben worden.«

»Das ist ja auch der Fall. Die alten Laviller gingen hier manchmal hindurch«, antwortete Mendel, und seine Stimme dehnte sich mit einem hohlen, feuchten Echo.

»Wozu?«

»Damit sie jederzeit in den Park gehen konnten, ohne gesehen zu werden. Neben dem Baum ...«

Bastien schwieg – er hatte keine große Lust zu erfahren, was die Laviller im Parkwald taten.

In eisiger Stille und inmitten der Gerüche des steinigen Erdinneren drangen sie tiefer in den Tunnel vor, und ihre Sportschuhe quietschten auf der feuchten, mit Kies gespickten Erde. Auf halbem Weg drehte Bastien sich um. Die Nacht war dabei, über Laville-Saint-Jour hereinzubrechen. Durch das Loch, durch das sie geschlüpft waren, drängten sich Nebelschwaden.

Nach ein paar Minuten gelangten sie zu einer Tür. Das Licht unmittelbar dahinter glühte rot – es fiel unter der Tür hindurch, als ob etwas dahinter flackerte.

Bastien überholte Mendel und trat näher. Die Tür war sehr alt, das Holz an manchen Stellen durch Feuchtigkeit verschimmelt, aber die dicken Nägel hielten stand. Kein Griff, kein Vorhängeschloss. Nur ein großes Türschloss aus Kupfer.

Er wollte sich gerade umdrehen, als Mendel hinter seinem Rücken ihm plötzlich die Frage stellte:

»Wie hast du das mit deinem Vater erfahren? Und ... und an was ist er gestorben?«

Bastien erstarrte. Sie hatten kein Wort mehr zu ihren jeweiligen Geschichten gewechselt. Was sollte er darauf antworten? Die Wahrheit, beschloss er. Die Wahrheit am Ende des Weges ...

»Die weißen Schatten«, antwortete er, und seine Stimme verlor sich in dem Tunnel. »Die weißen Schatten haben es mir gesagt.«

Schweigen. Er fragte sich, was Mendel in dem Augenblick wohl für ein Gesicht machte, ob sein Ruf als »komischer Typ« ihm nun definitiv auf die Stirn geschrieben stand.

»Und ich weiß nicht, wie er gestorben ist. Ich weiß nur, dass er tot ist, das ist alles.«

Und während er es formulierte, verstand er, dass es von nun an eine unumstößliche Tatsache war.

»Und du?«, fragte er, die Kehle wie zugeschnürt.

Immer noch Schweigen. Er wartete – ein Augenblick, der in der Luft hing, hier in diesem Tunnel, vor dieser Tür, die die Laviller benutzten, um ... ja, um was eigentlich zu tun? Er nahm seinen Mut zusammen und drehte sich um.

Mendel stand vor ihm – oder vielmehr etwas, das einmal César Mendel gewesen war, sah ihn an, denn der wilde Ausdruck, den Bastien in seinen toten, seelenlosen blauen Augen entdeckte, ähnelte in keiner Weise mehr dem Jungen, der ihn seit dreißig Minuten geleitet hatte.

Mit einer tiefen, fast dumpfen Stimme sagte das Wesen die unglaublichen Worte:

»Weil ich es bin, der ihn getötet hat.«

Mit einer plötzlichen Handbewegung hob er die Taschenlampe und schlug damit Bastien auf den Kopf.

68

Bertegui bog in den Weg ein, über dem die verkohlten Bäume ein dunkles, abgezehrtes Gewölbe bildeten, das von blassen Lichtstrahlen durchbrochen wurde. Plötzlich wurde er von einem Gefühl der Leere gepackt – das Landgut der Talcotière war in Grabesstille getaucht. Kein Vogel, nicht einmal das Krächzen eines Raben, nicht das geringste Blättergeraschel. Der Ort schien zu einem ewigen Winter verdammt zu sein.

Das Anwesen erhob sich unmittelbar hinter einer Kurve wie eine böse Überraschung am Ende eines

Weges, der durch den Grundbesitz führte, der von nun an Hecticon gehörte. Bertegui stellte sein Auto auf dem ab, was einmal ein kleiner Parkplatz für die Bewohner gewesen sein musste.

Das Haus war groß. Handelte es sich um ein Schloss? Um einen Herrensitz? Unmöglich zu sagen, denn es blieben nur noch verfallene Steine übrig, an denen große rußige Flammen emporgezüngelt hatten, sichtbare Eisenträger, eingestürzte Überdachungen und gekappte Säulengänge, die sich gegen den Himmel abhoben. Die Parallele zu Pierre Andremi drängte sich seinem Verstand auf: Der ehemalige Stolz von Laville hatte wahrscheinlich heute dasselbe verwüstete Aussehen wie der verfluchte Sohn der Stadt. War Andremi wirklich hierhergekommen?, fragte er sich. Andremi oder jemand anderes ... Die Morizot hatte Licht gesehen. Er musste sich selbst davon überzeugen. Im Übrigen gehörte das Anwesen Cléance Rochefort. Dieses einfache Detail genügte von nun an, um Misstrauen hervorzurufen. Es war noch gar nicht so lange her, da wäre es ihm unwahrscheinlich vorgekommen, dass Odile Le Garrecs Tod in irgendeiner Weise mit der Vergangenheit dieses Hauses verbunden sein könnte. Doch nun war er für sämtliche Erklärungen, sämtliche Hypothesen offen.

Er lief die letzten Meter des kleinen Weges hoch, eine Taschenlampe in der einen Hand, die andere an seinem Holster. Das Geräusch seiner Schritte auf dem Kies irritierte ihn, einziges Anzeichen einer menschlichen oder gar tierischen Gegenwart, und er war sich der Gefahr bewusst, im Alleingang hergekommen zu sein. Er hatte allerdings nicht wirklich eine Wahl gehabt. Bereits als er Cléance Rochefort verlassen hatte, war ihm ein Bild durch den Kopf gegangen – die Direktorin, die eine Telefonnummer wählte, kaum dass sich die Tür hinter ihm geschlossen hatte, um flüsternd diejenigen zu warnen, die der Besuch des Polizisten stören könnte. Außerdem war er dabei, widerrechtlich in ein privates Anwesen einzudringen, da kein einziges konkretes Element ein solches Eingreifen rechtfertigte ... und da beim gegenwärtigen Zustand der Dinge kein Richter ihm die notwendigen Genehmigungen ausgestellt hätte. Es kam also nicht in Frage, mit Verstärkung hier hereinzustürmen.

Die Tür war aufgebrochen – Bertegui warf einen Blick durch einen Spalt und hielt den Durchgang für frei. Gerade als er das Haus betreten wollte, erregte ein Dröhnen in der Ferne seine Aufmerksamkeit. Bertegui lauschte. Der Ton schien aus dem hinteren Teil des Hauses zu kommen, und er beschloss, vor seiner Besichtigung außen herumzugehen. Links entdeckte er Laville-Saint-Jour – das war also die Fassade, die man von bestimmten Stellen der Stadt aus sehen konnte – und Nebelsäulen, die wie Angreifer die Hügel hinunterströmten, um die Bodentruppen zu verstärken ... Dann erblickte er etwa hundert Meter vom Haus entfernt ein kleineres Bauwerk wie eine Jagdhütte, die halb von dichter Vegetation verdeckt wurde. Handelte es sich um ein Nebengebäude? Auf jeden Fall kam das Geräusch aus dieser Richtung, und Bertegui entschied, dass das Haus warten konnte.

Er kehrte zum Auto zurück und hielt vierzig Sekunden später vor einer Art kleinem Tempel oder einer Kapelle, er hätte es nicht sagen können. Er war ebenso vom Feuer beschädigt, aber nur teilweise – wesentlich weniger auf jeden Fall als das Anwesen, zu dem es gehörte. Hier dröhnte das Motorengeräusch mit mehr Kraft.

Die Tür war nicht verschlossen, er stieß sie auf. Und es traf ihn mit voller Wucht: der Tod ... der Tod war überall. Hier, in diesem großen Bogenzimmer, in dessen hinterem Teil eine Art Altar errichtet war, hatte der Tod gewütet. Oh, sicher hatte das Feuer mit einem Reinigungsprozess begonnen - die kleinen Bänke zum Beispiel waren verkohlt, die Statuen zerstört und auf einen Scherbenhaufen reduziert, die großen, breiten Bodenfliesen aus grauem, unebenem Stein von Staub überzogen und verkohlte Reste unidentifizierbarer Gegenstände lagen herum. Dennoch hatte er keinen Zweifel: Unter diesem gewaltigen umgedrehten Kreuz, das man direkt aus der Wand gehauen hatte wie eine riesige Blasphemie, war das Grauen durchgesickert und das Blut geflossen.

Er ging auf den Mittelgang zu, den Revolver im Anschlag. Gegen seinen Willen formten sich Szenen vor seinem geistigen Auge: maskierte oder Kapuzen tragende Menschen in langen, dunklen Mänteln; Kinder, die man zur Schlachtbank führte; von einer hasserfüllten und empörenden Lust verzerrte Gesichter; Körper, die sich albtraumhaften Bacchanalen hingaben ... Himmel, wie sehr brauchte er Meryl und Jenny und einen Abend fern von einer Welt, die die finstersten Zeitalter der Geschichte durchquert hatte, um intakt - oder fast - bei der Talcot-Affäre anzukommen.

Gründlich inspizierte er jeden Winkel, wobei er gegen den Widerwillen, die Empörung, den Ekel ankämpfte, die in ihm aufstiegen - keine Spur von einer Präsenz, machiavellistisch oder auf gemeine Weise menschlich.

Er überlegte, ging um den Steinaltar herum - mit Grauen fiel ihm auf, dass eine Art dicke, verrostete, an einer Kette befestigte Handschelle übriggeblieben war - und entdeckte den hinteren Teil des Tempels, der zu einer Art Sakristei gehören musste, die hinter Wandteppichen verborgen war. Er stieß eine Tür auf, fand tatsächlich einen kleinen leeren Vorraum vor, der so finster war wie ein Kohlenschacht. Dem Zustand des Raumes nach zu urteilen, war das Feuer dort ausgebrochen. Aber es musste weitere Zugänge geben. Man hatte die Opfer wohl kaum durch den Haupteingang gebracht.

In der Dunkelheit leuchtete er jede Wand sorgfältig mit der Taschenlampe ab ... und fand tatsächlich einen Durchgang - eine schmale Tür, die an den geschwärzten Wänden kaum erkennbar war. Ein Vorhängeschloss, das neu glänzte.

Sein Herz machte einen Satz. Er dachte nach. Das Vorhängeschloss war von außen verschlossen. Niemand konnte sich hinter dieser Tür befinden. Zumindest nicht freiwillig, berichtigte er im Geiste. Er konnte daher versuchen, es mit der großen Zange aufzubrechen, die im Kofferraum seines Autos lag und die bereits dazu gedient hatte, Odile Le Garrecs Keller aufzubrechen.

Er kehrte zum Auto zurück. Bertegui widmete der harmonischen Farbkombination seiner Kleidung mehr Aufmerksamkeit als der Instandhaltung seines Wagens, und er musste suchen, um die Zangen zwischen einer Kühlbox, verschiedenen Werkzeugen und schmutzigen Lappen wiederzufinden.

Er ging erneut hinauf zur »Kapelle«, als ihn ein Rascheln hinter seinem Rücken alarmierte. Er drehte sich um, hielt den Atem an. Die Bäume, die einen Teil des Anwesens verdeckten, blieben reglos und dicht trotz des fehlenden Laubs. Unten zog der Nebel in weichen Wellen über Laville-Saint-Jour, das vollkommen verschluckt wurde. Er richtete seine Taschenlampe nach vorn. Der Lichtstrahl zerriss am Netz der Zweige und Sträucher, verlor sich in der Ferne am Horizont. Nichts.

Er kehrte zur Sakristei zurück – erneut hüllte ihn eine tödliche Kälte ein, als er den Hauptraum durchquerte – und schlüpfte unter dem in den Stein gehauenen, umgedrehten Kreuz vorbei, fand die kleine Tür und brach nach mehreren Versuchen das Vorhängeschloss auf. Er entdeckte eine Wendeltreppe mit unregelmäßigen Stufen, die in den ersten Stock zu einem dunklen Schlupfwinkel hinaufführten. Ein Lichtschalter ... Bertegui betätigte ihn, und das Licht einer nackten Glühbirne erhellte die Treppe. Er begriff, dass das Dröhnen von einem Stromaggregat stammte.

Er zog den Revolver, den er, während er das Schloss aufgebrochen hatte, weggesteckt hatte, und begann die Treppe hinaufzusteigen. Sie war eng und steil ... Unmöglich zu sehen, wo sie endete und ob ihn jemand bei der Ankunft erwartete. Er begriff, dass er es mit der Angst zu tun bekam – dass er im Grunde schon seit Jahren nicht mehr eine solche Gefahr verspürt hatte wie hier, wenige Meter von dem Raum entfernt, in dem die Talcots Kinder abgeschlachtet hatten, in diesem Bauwerk, in dem jeder Stein noch von der Erinnerung an die Gräueltaten triefte. Er erklomm das, was ihm eine unabsehbare Anzahl an Stufen zu sein schien, sich immer wieder umdrehend, um eine böse

Überraschung zu vermeiden, bis zum ersten Stock, der sich im Licht als dunkles Dreieck abzeichnete, von dem das Surren eines Gebläses ausging. Immer noch in Alarmbereitschaft wegen einer möglichen Präsenz hinter ihm, knipste er die Taschenlampe an und leuchtete das Zimmer ab, bevor er es betrat. Er konnte eine Matratze, ein Bett, einen Tisch erkennen ... und das, was eine Reihe Flachbildschirme und die Dioden einer großen Festplatte oder eines Computers zu sein schien. Er entschied, dass der Weg frei war, und ging weiter, um das Licht zu suchen. Auch hier funktionierte der Schalter. Er entdeckte ein holzverkleidetes, unversehrtes Zimmer, das seinen Eindruck bestätigte: Das Feuer war unten ausgebrochen, wahrscheinlich im Untergeschoss, und hatte auf halbem Wege angehalten.

Die Umgebung war schlicht, so wie er es bereits in der Dunkelheit gesehen hatte – das notdürftig gemachte Bett, ein Schreibtisch und eine lange Konsole, auf der sich tatsächlich Bildschirme (er zählte acht) aneinanderreihten, die durch ein Kabelgewirr mit einem großen Rechner verbunden waren.

Bertegui zog sich Gummihandschuhe an, bevor er alles inspizierte, trat auf das Bett zu, schlug die Decken zurück: ein menschlicher Geruch stieg ihm in die Nase, es roch nach Schlaf ... Man hatte hier geschlafen, vermutlich in der letzten Nacht. Das Zimmer trug die undefinierbaren Spuren des Lebens. Andremi? Er erschauerte.

Er ging auf die Bildschirme zu und schaltete einen beliebigen ein. Ein Bild erschien: ein leeres Wohnzimmer mit abgerundeten, verzerrten Ecken. Eine Überwachungskamera, begriff er. Was spionierte man hier aus? Der Übertragungsqualität nach zu urteilen, handelte es sich nicht um eine Webcam, sondern um eine hochentwickelte Ausrüstung. Er konnte sogar Bilder an den Wänden sehen, einige Einrichtungsdetails wie die Kissen, die sich auf dem Diwan türmten, die leichte Diskrepanz zwischen der einfachen Einrichtung des Zimmers und seinem luxuriösen Charakter.

Ein zweiter Bildschirm: Eine malende Frau in einer Art Atelier, das schloss Bertegui zumindest aus den hier und da aufgestellten Bildern. Und im Übrigen, nein, sie malte nicht. Sie ... betrachtete ein Werk (ihr Werk?). Bertegui fragte sich, ob man zoomen konnte, ob gar der Ton übertragen wurde. Vergeblich. Er musste sich mit dieser Entfernung begnügen – offensichtlich war die Kamera irgendwo oben angebracht worden. Unmöglich, das Gesicht der Frau richtig erkennen zu können. Er konnte regelmäßige Züge, lange, glatte schwarze Haare und einen merkwürdigen Ausdruck erahnen, oder zumindest etwas Undefinierbares, das ihn störte, als ob die erstarrte Haltung vor dem Gemälde nicht normal wäre.

Am anderen Ende des Bildschirms musste man sie gerufen oder an der Tür geklingelt haben: Bertegui sah, wie sie sich umdrehte, anscheinend zögerte ... dann den Kittel ablegte, den sie sich über eine Latzhose gezogen hatte. Sie verließ den Bildausschnitt der Kamera.

Bertegui schaltete einen dritten Bildschirm ein – ein Eingangsraum, schwarz-weiß gefliest nach alter Art. Die Frau kam zum Vorschein, und Bertegui begriff, dass die Kameras im selben Haus angebracht waren. Vom Positionierungswinkel aus konnte er den Rücken der Frau sehen, ihre langen Haare. Die Kamera war so aufgestellt worden, dass sie das Kommen und Gehen im Flur gegenüber der Eingangstür überwachen konnte.

Die Mieterin des Hauses öffnete die Tür, unterhielt sich einen Augenblick. Dann trat sie zur Seite, um ihre Besucher hereinzulassen. Eine weitere Frau erschien im Flur, und er hatte den vagen Eindruck, sie schon einmal gesehen zu haben. Er begriff, dass er diese Silhouette kannte, sie gehörte der jungen Frau, die er in der Cafeteria von Saint-Ex auf ihrem Laptop hatte tippen sehen. Und unmittelbar hinter ihr stand …

… *Nicolas Le Garrec!*

Mein Güte, was war denn hier los? Warum schon wieder Le Garrec? Was machte er bei dieser Frau? Und wer war sie? Warum spionierte man ihr von der Talcotière aus nach?

Bertegui verfolgte die Aktivitäten auf dem Monitor: Le Garrec und die junge Frau aus der Cafeteria gingen hinüber ins Wohnzimmer, setzten sich nicht einmal, unterhielten sich eine Minute – oder vielmehr bewegten sie sich hin und her, während die Malerin unerschütterlich blieb, ungerührt, als wäre sie nicht im Raum. Schließlich begleitete sie sie hinaus. Hier war der Film zu Ende. Sobald die beiden Gäste gegangen waren, durchquerte die Malerin den Flur … und verschwand von den Bildschirmen.

Bertegui schaltete einen an, dann noch einen: das Zimmer eines Jugendlichen, ein kleiner Schreibtisch … das ganze Haus war gespickt mit Kameras!

Eine weitere Kamera. Szenenwechsel, und Bertegui erstarrte: die Kapelle der Talcotière, von außerhalb gefilmt, beziehungsweise nur der Eingang. Er konnte sogar eine Ecke der Motorhaube seines Autos erkennen.

Diese Kamera, begriff er, war nicht zum Ausspionieren bestimmt, sondern zum Überwachen. Er schluckte und hatte das irrationale Gefühl, sich in die Höhle des Löwen gewagt zu haben ...

Es blieb ein letzter Bildschirm. Leicht zögernd drückte er auf den Knopf: Das Zimmer, in dem er sich befand, war zu sehen, er selbst vor der Konsole mit den Bildschirmen, von oben gefilmt. Und unmittelbar hinter ihm die Gestalt eines Mannes, der näher trat.

Bertegui drehte sich mit einer plötzlichen Bewegung um, als der Mann gerade einen großen Hammer hochhob. Ohne zu überlegen schoss er – eine Sekunde, bevor ihn der Gegenstand auf dem Kopf getroffen hätte.

Die Augen des Mannes rundeten sich vor Überraschung, während er die Hand zur Brust hob und den Hammer fallen ließ, mitgerissen von dem Schwung, mit dem er ausgeholt hatte. Schließlich brach er zusammen.

»Scheiße!«, keuchte Bertegui.

Noch unter Schock, wiederholte er es flüsternd mehrere Male. Bevor er den Zustand seines Opfers überprüfte, lief er zum Fenster und zog einen der dunklen Vorhänge auf, um die Umgebung zu beobachten und sicherzugehen, dass keine Komplizen da waren, dann ging er zurück zur Tür und zur Treppe ...

Niemand, entschied er. Der Mann war allein gekommen – auf jeden Fall befand sich niemand in unmittelbarer Nähe. Bertegui ging in die Hocke und fühlte den Puls. Tot. Scheiße und noch mal Scheiße! Er hatte zwar in Notwehr gehandelt, aber ...

Die Kamera!

Bertegui begriff plötzlich, dass überhaupt keinerlei

Interesse daran bestehen konnte, sich selbst auszuspionieren. Dass diese Kamera dort, die er versteckt hinter einer Klappe in der Höhe vermutete, nur von Nutzen war, wenn …

… wenn man die Bewegungen in diesem Zimmer von einem anderen Ort aus verfolgte!

War man dabei, ihn zu beobachten?!!

Als Antwort vibrierte sein Handy in der Hosentasche. Er überprüfte den Namen des Anrufers: Meryl. Das war seltsam, denn Meryl müsste zu dieser Stunde eigentlich im Kurs sein. Wahrscheinlich hatte sie abgesagt wegen des Nebels. Es war nicht der beste Moment, um mit ihr zu sprechen, aber andererseits könnte die Stimme seiner Frau, und sei es nur für ein paar Sekunden, ihn aufheitern und sein Herz beruhigen, das in heftigen, dumpfen Schlägen pochte.

»Ja, Liebling?«

Die Stimme des Mannes, die ihm antwortete, war tief und ein wenig schmerzerfüllt, pfeifend, als ob er sich anstrengen musste. Sie begann mit diesen Worten:

»Der Mann, den Sie soeben erschossen haben, wird der Gemeinschaft sehr fehlen, Kommissar Bertegui. Er war ein ausgezeichneter Gärtner …«

69

»Was macht er gerade?«, fragte Pierre Andremi am Telefon.

Am anderen Ende der Leitung antwortete ihm Cléance:

»Nichts … Ich meine, er hat ein paar Minuten lang

dort gesessen, und jetzt ist er gerade zu seinem Wagen zurückgegangen.«

»Hat er niemanden angerufen?«

»Nein.«

»Bist du dir da sicher? Du hast ihn nicht eine Sekunde von den Bildschirmen verloren?«

»Nein«, wiederholte sie verärgert. »Er hat sich aufs Bett gesetzt, im Schockzustand, wie du dir vorstellen kannst ... Er ist dort sitzen geblieben und anschließend zu seinem Auto gelaufen.«

»Wie war er?«

»Ich habe keine genaue Großaufnahme, Pierre! Er war wie jemand, dem man gerade verkündet hat, dass seine Frau und seine Tochter als ... als Geiseln festgehalten werden und dass er keinen Finger rühren darf, bis man sie ihm zurückgibt. Das nehme ich zumindest an ...«

Im rötlichen Halbdunkel des Untergeschosses legte Pierre Andremi die Stirn in Falten. Er spürte, wie die Haut seines Gesichts sich spannte, fast zerriss, und er wurde von einem plötzlichen Anfall von Hass auf Cléance erfasst, die ihn dazu zwang, sich an den Horror des Feuers zu erinnern. Ihre Geschichte war immer schon so abgelaufen: Auf seine Verachtung antwortete sie mit ihrer Liebe, auf seine Forderungen mit ihrer Verehrung. Cléance war masochistisch; auf diese Weise hatte er sie in der Hand, hatte er sie schon immer in der Hand gehabt, und als allmächtiger Herr ertrug er die Abfuhr seiner Sklavin nicht. Er legte ohne Kommentar auf.

»Bist du sicher, dass deine Exfrau die Botschaft verstanden hat?«, fragte er.

Seine Stimme verlor sich unter dem Gewölbe aus

nackten Steinen. Von hinten aus der Krypta trat ein eleganter Mann mit silberdurchzogenem Haar ein wenig mehr ins Licht. Jocelyn Hersaut sagte:

»Audrey würde für ihren Sohn alles tun. Nachdem sie heute Morgen in der Schule vorbeigegangen ist, weiß ich, dass sie sich von nun an unauffällig verhalten wird.«

»Sie wird bestimmt versuchen, ihn mit allen Mitteln zurückzuholen«, bemerkte Andremi.

»Daran zweifle ich nicht. Aber es ist zu spät ... Das Kind ist an einem sicheren Ort.«

Die Andeutung eines Lächelns verzog das Antlitz des Mannes ohne Gesicht. Jocelyn war unfähig, seinen Sohn anders zu nennen als »das Kind« oder »Audreys Sohn«. Das war ein Phänomen, das Pierre Andremi bereits bei manchen Vätern angetroffen hatte, die ihm in der Vergangenheit ihr »Kind« anvertraut hatten. Was Audrey betraf – nun, Antoine hätte sie niemals einstellen dürfen. Sie hatte ihren Mädchennamen wieder angenommen, und Rochefort hatte nicht sofort die Verbindung hergestellt. Dennoch hätte er seine Erkundigungen mit mehr Gewissenhaftigkeit einholen können, vor allem, bevor er ihr Bastiens Klasse zugeteilt hatte. Man konnte jedoch von Antoine keinen Pflichteifer erwarten. Ebenso wie sich Cléance Jahre zuvor Pierre ausgeliefert hatte, so hatte sich Antoine Cléance ausgeliefert – oder vielmehr der Bankrott seiner Familie und seine Unfähigkeit zu arbeiten hatten ihn an Cléance gekettet. Er war daher Sklave des Bankkontos seiner Frau ebenso wie seiner Hormone. Genau deswegen hatte ihm nicht viel daran gelegen, Audrey Miller unter irgendeinem Vorwand zu entlassen, sie von Laville-Saint-Jour und Bastien fernzuhalten. Um sie flachlegen zu können, ganz einfach.

»Wo ist *DEIN* Sohn?«, fragte Pierre Andremi und genoss das Zusammenzucken, das er bei seinem Verbündeten wahrnahm, als er das Possessivpronomen benutzte.

»An einem sicheren Ort«, sagte er. »Saphir ist bei ihm ... Er schätzt Saphir. Sie weiß mit ihnen umzugehen.«

Mit *ihnen* ... den Kindern. Pierre Andremi vertiefte sich einen Augenblick in die Betrachtung von Audreys Exmann. Ein neuer Verbündeter, der sich ihrer Sache angeschlossen hatte – die beiden Männer hatten sich in Paris und nicht in Laville-Saint-Jour bei Treffen undurchsichtiger und verbotener Kreise kennengelernt, wo Pierre bereits als Autorität galt –, dessen Beweggründe sich Pierre zunächst entzogen hatten. Wer, abgesehen von einem Laviller, konnte Laville ... *dienen* wollen? Schließlich hatte er begriffen: Der Hass, den Jocelyn gegen seinen Sohn hegte, war nur mit demjenigen zu vergleichen, den er seiner Exfrau entgegenbrachte. Alle Mittel waren recht, um sie zu zerstören, und mit ihr das Objekt seines Grolls, den Ursprung ihrer beider Qualen. Und welcher Ort konnte sich dafür besser eignen als Laville-Saint-Jour? Mehr als nirgendwo sonst war hier alles möglich. Vor Blicken sicher.

»Ja, er ist an einem sicheren Ort«, wiederholte Jocelyn. »Aber ich frage mich doch, ob du nicht die Ereignisse ein wenig überstürzt hast.«

Pierre Andremi antwortete nicht. Es gab Dinge, die nur ein Laviller verstehen konnte. Wenn überhaupt: Sein Lebensweg blieb einzigartig in der Geschichte der burgundischen Stadt, auch wenn der Rest seines Verstandes, den sein Größenwahn noch nicht angegriffen hatte, ihm zuflüsterte, dass im Grunde die Geschichte all derer, die über diesen Ort geherrscht hatten, einzigartig war. Er allerdings war *wirklich* anders, denn er hatte niemals ... *geglaubt*. Seine Mutter schon ... Mathilde Andremi, die treue Verbündete – zumindest bis zu einem gewissen Grad – der Talcots. Sie hatte an die Mächte des Bösen geglaubt, an die Bestimmung von Laville-Saint-Jour, über die geheime Welt derer zu herrschen, die IHM dienten. Und sie hatte gehofft, dass derjenige, der das Ruder übernehmen, der Laville den einzigartigen Platz zurückgeben würde, den es jahrhundertelang innegehabt hatte, bevor der Rationalismus und die Wissenschaft das geistige Bewusstsein der Welt geschwächt hatten, dass derjenige also, der Laville-Saint-Jour in der Hand halten würde, ihr Sohn sein würde. Zu diesem Zweck hatte Pierre mit ihr Undenkbares durchgemacht und erlebt, einen Weg jenseits der Finsternis. Er war von dort nicht voller Inbrunst zurückgekehrt, sondern lediglich genusssüchtig. Ein unlöschbarer, unkontrollierbarer Durst, der ihn von den Gassen von Laville zu den Prachtstraßen von Paris, von den Katakomben, die unter dem Parkwald verliefen, bis zu den Kindergärten der Hauptstadt geführt hatte, wo er seine Opfer gefunden hatte ... Dann war er gefasst und entgegen aller Erwartungen freigesprochen worden. Und seine Dämonen – und auf keinen Fall diejenigen seiner Mutter – hatten ihn überwältigt. Anschließend ... das Feuer. Es hatte sich ihm aufgedrängt, da die Erinnerung einen letztendlich immer einholte, die Macht der Eltern einen schließlich steuerte, wenn nicht gar verdammte. In Laville-Saint-Jour verbrannte man sich selbst, wie die Samurais zu ihrer Zeit Harakiri begingen. Pierre war ganz natürlich dem Weg seiner Vorfahren gefolgt.

Das war der Moment, in dem alles umgeschlagen war. Seine Selbstverbrennung war auf keinen Fall eine Inszenierung gewesen. Aber er hatte überlebt. Wie und warum? Pierre Andremi meinte, weil seine Mutter ganz einfach recht gehabt hatte. Weit über die Lust hinaus gab es Kräfte, die ihn unter allen anderen ausgewählt hatten. Den Sohn von Laville-Saint-Jour. Ihr Erbe ...

Die Genesung war furchtbar gewesen, seine Schmerzen der Leidensweg eines Märtyrers. Er hatte aber den Vorteil gehabt, sich auf ein Netzwerk stützen zu können – das solide Netzwerk, das seine Mutter, die Talcots und andere vor ihnen über das ganze Land und sogar über Meere und Grenzen hinweg aufgebaut hatten. Ärzte, die zu ihnen gehörten, hatten sich um ihn gekümmert, er war in die Schweiz transportiert und monatelang in einem sterilen Zimmer untergebracht worden. Es waren Pflege, Rehabilitation, ein Leben im Untergrund und eine neue Identität gefolgt. Er hatte damals das Ausmaß der okkulten Bewegung erkannt, der er angehörte, sowie ihre finanzielle Macht, aber auch ihr Waisendasein: Ohne die Talcots, ohne diesen Sammelpunkt, diesen Leitstern, der Laville-Saint-Jour gewesen war, spaltete sie sich ... Also hatte Pierre *geglaubt*. An sich selbst, an sie. Und an IHN. Und er war auf der Suche nach dem Schicksal, das seine Mutter für ihn vorgezeichnet hatte, nach Laville-Saint-Jour zurückgekehrt. *Eines Tages werden schreckliche Dinge ...* Dieser Satz stammte von seiner Mutter, die ihn wiederholt hatte, wie man ein Wiegenlied singt, und Pierre hatte seine Tragweite nie gefürchtet, bis zu dem

Tag, an dem er die Rückkehr zu den Seinen beschlossen hatte. *Eines Tages wirst du den Platz einnehmen, der dir zusteht ... Hier, auf dem Gipfel von Laville-Saint-Jour und daher in gewisser Weise auf dem Gipfel der Welt.* Nein, er hatte ihn nicht verstanden, aber im Grunde, hatte er später begriffen, hatte er seinen Sinn erraten. Deswegen hatte er aus diesem Satz seinen Versammlungsruf gemacht.

Der Plan war vorbereitet, durchdacht und sowohl von innerhalb als auch von außerhalb finanziert worden. Dennoch – und das machte ihn wahnsinnig – hatte er nicht alles kontrollieren können. Zunächst einmal hatte sich der Bulle als scharfsinniger herausgestellt als erwartet. Pierre hatte angenommen, dass die Ernennung eines Infarkt-Überlebenden, und dann auch noch eines auswärtigen, an die Spitze der örtlichen Polizeieinheit ihm allzu gründliche Ermittlungen ersparen würde. Bertegui war ein ernst zu nehmender Gegner, auch wenn, das musste man zugeben, der Zufall ihm geholfen hatte. Odile Le Garrec zum Beispiel hätte nicht sterben dürfen. Ursprünglich hatte Pierre keinen anderen Plan gehabt, als von ihr die Namen derer zu erpressen, die sich ihm in den Weg zu stellen drohten – eine Liste, von der er wusste, dass sie selbst darauf stand, da ein plötzlicher christlicher Glaube sie entflammt hatte.

Dann war da der »Audrey-Unfall« gewesen, dieser erbärmliche Pflichteifer einer kleinen Lehrerin, mitten in einem messianischen Wahn mit ihrem Schüler ... Oder auch dieser junge Skater, der ihn im Parkwald überrascht hatte.

Schließlich war die Wahl der Talcotière als sein Hauptquartier nicht sehr klug gewesen, auch wenn

Pierre Andremi sich niemals, wirklich niemals vorgestellt hatte, dass Bertegui feinsinnig genug war, um Cléance zu seinen Zeugen zu zählen und noch weniger ihn selbst als potenziellen Verdächtigen anzusehen. Dabei schien ihm die Talcotière zunächst eine gute Idee gewesen zu sein: Oberhalb von Laville gelegen, war sie ein Ort, an dem er nicht nur in ihre einzigartige Atmosphäre eintauchen konnte, sondern der sich auch für die Besinnung und die Einsamkeit eignete, zu der er verurteilt war. Sein Gesicht ließ sich nämlich nicht leicht verbergen. Oh, natürlich gab es diese ... Masken. Er hatte die Idee während seiner Genesung gehabt, als er sich einen Gangsterfilm angesehen hatte. Während eines Angriffs hatten zwei Typen Strumpfhosen über ihren Gesichtern getragen, und Pierre war aufgefallen, dass die Züge nicht mehr erkennbar gewesen waren. Die platt gedrückte Nase und der verzerrte Mund hatten ihren Gesichtern ein groteskes Aussehen verliehen. Wenn man allerdings eine Öffnung für die Nase hineinschnitt - obwohl Pierres Nase nur noch ein Knorpel mit zwei Löchern war - und einen Strich für die Lippen anbrachte, dann bot das feine Netz unter einem Hut oder einer Schirmmütze und im Halbdunkel den täuschenden Eindruck einer geriffelten und ein wenig dunkleren Haut als der Brei weißen Fleisches, der sein Gesicht in Wirklichkeit war. Wenn jedoch sein Aussehen mit der Dunkelheit in den Großstädten verschmelzen konnte, so musste es in einer Stadt von knapp dreißigtausend Einwohnern, in der das Tragen eines orangefarbenen Pullovers genügte, um die Blicke auf sich zu ziehen, zwangsläufig Interesse hervorrufen.

Die Talcotière war also ein Fehler gewesen, aber das

war nicht weiter wichtig. Mit der Gelassenheit eines inbrünstigen Gläubigen wusste Pierre, dass er weitere Fehler machen würde, dass sein Weg von Versuchungen gepflastert war: die unbewusste Versuchung des Scheiterns, die der große Bärtige da oben ihm zuflüstern würde.

MAN half ihm aber auch: der Junge aus Bastiens Klasse, zum Beispiel, von dem ihm der Gärtner Bernard erzählt hatte! Ein verdammter Glücksfall ... Vor allem, als er die Identität seiner Mutter herausgefunden hatte: Floriane, eine alte Verbündete, die nicht auf seine Appelle reagiert hatte, genauso wenig übrigens wie die Camerlins - Ironie des Schicksals. Er hatte geplant, ihnen auf die eine oder andere Weise ihre Kinder zu rauben, den Ehemaligen der *Chowder*, die ihm den Rücken zugekehrt hatten, die den samtigen Komfort rechtschaffener Laviller dem leidenschaftlichen Abenteuer seiner neuen Armee vorgezogen und seine Rückkehr ignoriert hatten. Die Kinder also: Alle vereint durch die zwiespältigen Bande der Pubertät. So einfach in die Falle zu locken.

Und letzte Nacht: der Nebel. Als waschechtem Laviller waren Pierre am Vortag seine besondere Beschaffenheit, seine Dichte aufgefallen. Er kündigte einen dieser Tage reinster Waschküche an, an denen die Einwohner sich zu Hause verkrochen, wie man es bei einem Sturm tat. Ein Tag, an dem alles möglich war. Deswegen hatte er gestern, als er beobachtet hatte, wie der Nebel dichter geworden war, gewusst, dass der Moment gekommen war, um den Priester zu besuchen und von ihm die Namen derer zu erpressen, die sich im Schatten und in der Stille darum bemühten, sich IHM entgegenzustellen. Und eben deswegen hatte er beschlossen, »die Ereignisse zu überstürzen«, wie Jocelyn es gerade zusammengefasst hatte. Bereits heute Morgen hatte Bertegui Cléance einen Besuch abgestattet und seinen Namen ausgesprochen, was der Beweis dafür war, dass er dringend handeln musste. Was den Priester betraf, so hatte er schließlich nach Stunden des Widerstands Suzy Belairs Namen preisgegeben - die wiederum zur Stunde unauffindbar war. Ja, das war der Moment zu handeln. Jetzt oder nie. Denn der Nebel befahl es. Der Nebel war ein Verbündeter, bei dem man jedes Zeichen deuten musste.

Pierre Andremi hielt es jedoch nicht für nötig, sich gegenüber Jocelyn rechtfertigen zu müssen. Jocelyn gehörte nicht zu Laville und würde niemals wissen, wie der Nebel funktionierte, die Botschaften, die er an einen richtete ... Anstatt einer Antwort und um den Eindringling hinauszukomplimentieren, sagte er:

»In etwas weniger als einem Monat ist die Wintersonnenwende ...«

»Ich weiß.«

»Dann ist der Zeitpunkt für dich und ... *DEINEN* Sohn gekommen, euer Engagement zu beweisen.«

Jocelyn Hersaut nickte nur.

»Ich werde bereit sein.«

70

Nicolas knallte die Autotür zu.

»Das ist ihr Haus«, sagte er.

Audrey stieg ebenfalls ein, auf der Beifahrerseite.

»Was meinst du damit?«

»Das Haus, in dem dein Schüler wohnt ... Es ist das

Haus, in dem Pierre aufgewachsen ist. Er und seine Mutter und seine Schwester ... Ich habe sogar die Schaukel gesehen, auf der seine Schwester gewöhnlich Stunden verbracht hat.«

Audrey drehte sich fröstelnd zu dem schönen bürgerlichen Anwesen um. Die Dunkelheit war nun fast hereingebrochen, aber kein Lichtschimmer drang von den Fenstern aus durch den Nebel. Wo war Caroline Moreau? Hatte sie sich hinten in den Garten zurückgezogen, wo sie malte, wie sie von Bastien erfahren hatte? Wenige Meter neben der Schaukel?

Odile Le Garrecs Brief an ihren Sohn kam ihr plötzlich wieder in den Sinn: *Nicolas, Du kennst die Geschichte von Laville-Saint-Jour. Sie ist unveränderlich, und früher oder später wird er zurückkommen, werden sie zurückkommen, um die Tradition fortzuführen und ein neues Netzwerk aufzubauen, das nie vollkommen aufgehört hat zu existieren. Und auch wenn ich weiß, dass all diese Regeln sich Dir entziehen, so weißt Du doch, dass er dafür ein Kind braucht. Finde das Kind ... Es ist der einzige Weg.*

»Was machen wir?«, fragte Audrey.

Nicolas seufzte.

»Sie weiß es«, sagte er.

»Ich ... ich bin mir da nicht sicher. Sie war merkwürdig, da gebe ich dir recht, aber ...«

Nicolas gab keinen Ton von sich. Natürlich wusste Caroline Moreau es. Wie hätte es anders sein können? Sie war einfach überfordert, verstört, dachte Nicolas. Alles an ihr brachte dies zum Ausdruck: ihre aufgelöste Schönheit, ihr starrer Blick, der abwesende, noch nicht einmal überraschte Gesichtsausdruck, als sie sie gefragt hatten, ob sie Pierre Andremi kenne ...

»Um wie viel Uhr kommt dein Sohn aus der Schule?«

»Siebzehn Uhr dreißig. Und Bastien hat bis achtzehn Uhr Unterricht. Ich habe in Saint-Ex angerufen, um den Stundenplan seiner Klasse zu bekommen ...«

Nicolas schaute auf die Uhr auf dem Armaturenbrett.

»Gehen wir deinen Sohn abholen ... Es bleiben uns zwanzig Minuten. Danach fahren wir nach Saint-Ex ...«

Sie fuhren schweigend durch die gepflasterten Straßen von Laville-Saint-Jour, wobei die beiden Scheinwerfer Leuchtkegel in den Nebel schnitten. Audrey hatte noch nie zuvor ein solches Phänomen gesehen, aber die Stimmung eignete sich kaum für poetische Betrachtungen.

»Seine Schwester«, sagte sie, um von der Angst abzulenken, die ihr die Brust einschnürte. »Von ihr hast du mir nichts erzählt. Dabei hatte ich geglaubt zu verstehen, dass hinter ...« Sie suchte nach einem Wort, fand es nicht. »Dass hinter all dem der Wunsch einer Familie, eine Erbschaftsgeschichte steckt.«

»Sie ist tot«, stieß Nicolas hervor. »Glaube ich zumindest ...«

»Wie das?«

»Ich weiß nicht, was genau passiert ist ... Pierre hat nur einmal darüber gesprochen. Ich glaube, es ist passiert, als er ein Kind war, als er klein war. Sie selbst war ein paar Jahre jünger als er ... Mehr weiß ich nicht.«

Audrey schlug automatisch den Kragen ihrer Jacke hoch, wie um dem Unbehagen zu entkommen, das die

Schaukel bei ihrem ersten Besuch bei ihr ausgelöst hatte.

»Woher weißt du das mit der Schaukel? Ich meine, dass sie Stunden darauf verbracht hat ...«

»Das kommt von Pierre. Eines Tages, als ich mal bei ihm war, sagte er: ›Ich habe gerne hier gestanden und ihr zugesehen ... Sie konnte stundenlang ganz sanft hin und her schaukeln ...‹ Mehr hat er nicht gesagt, aber ich kann mich noch gut an seine Worte erinnern, denn es kam mir damals komisch vor, mir dieses kleine Mädchen vorzustellen, wie es lange so hin und her schwingt vor den Augen seines Bruders. Es ist sogar ein Bild, das ich in einer Novelle wieder aufgegriffen habe ...«

Schweigen trennte sie voneinander, und Audrey kämpfte erneut gegen die morbide Vorstellung eines Jungen an, eines zukünftigen Killers, der heimlich von diesem Haus aus, in dem die Moreaus jetzt wohnten, seine kleine Schwester beobachtete und – o Himmel! – vielleicht sogar von dem Zimmer aus, das Bastien bewohnte!

Als hätte er ihre Gedanken gelesen, rief Nicolas, als sie sich Davids Schule näherten, aus:

»Mein Gott! Wie erklärst du dir, dass es *ihr* Haus ist, und was ist, falls wir uns irren?«

Sie erklärte es sich nicht. Hatte im Übrigen nicht einmal Lust dazu. Alles, was sie in diesem Augenblick wollte, war, ihren Sohn in die Arme zu schließen und zu fliehen ...

»Ich weiß, dass du recht hast«, murmelte sie schließlich finster. »Bloß ...«

Sie schwieg und spürte, wie Nicolas' Hand den Schalthebel losließ und sich auf ihre legte. Konnte man sich eine schlimmere Situation für eine Begegnung vorstellen?

»Es ist dort rechts«, sagte sie.

Er wendete und bog in den kleinen Weg ein. Vor dem Portal warteten Tagesmütter und Eltern bereits auf ihren Nachwuchs – die meisten arbeiteten vermutlich und hatten die Kinder trotz dieses außergewöhnlichen Nebels nicht abholen können.

Während Nicolas parkte, hielt Audrey nach dem BMW ihres Ex Ausschau, entdeckte ihn nicht. Umso besser, dachte sie. Falls er nur die Babysitterin geschickt hatte, würde es leichter gehen. Sie stieg aus dem Auto, und das Herz klopfte ihr bis zum Hals.

»Ich komme mit«, sagte Nicolas.

Ohne eine Antwort abzuwarten, sprang er aus dem Mini und folgte ihr bis zum Portal.

Die Schüler kamen fünf Minuten nach ihrer Ankunft langsam auf den Hof. Audrey ignorierte die Wiedersehensfreude der anderen und suchte das Gesicht ihres Sohnes in der kleinen Menschenmenge im Nebel. Wenige Minuten später hatte das Sträßchen die Ruhe seiner Laviller Abende ohne Schülergeschrei wiedergefunden.

Audrey ging noch einmal auf den Torbogen zu, reckte den Hals und drehte sich mit angstverzerrtem Gesicht zu Nicolas um.

»Ich ... ich kann ihn nicht sehen«, stieß sie außer Atem hervor. »Ich kann ihn nicht sehen, aber ... es muss ihm gut gehen. Er hätte sonst angerufen, wenn es ein Problem gäbe und ...«

Während sie auf den Ausgang zuging, erkannte sie plötzlich die Sekretärin wieder, die sie am Vormittag empfangen hatte.

»Ich bin die Mutter von David Hersaut«, sagte sie, wobei sie die Frau fast ansprang. »Wir haben uns heute Morgen gesehen und ...«

»Ja, ich weiß sehr wohl, wer Sie sind«, antwortete die Frau schroff. »Wenn Sie gekommen sind, um David abzuholen, dann fürchte ich, dass es zu spät ist ...« Sie ließ ein paar Sekunden verstreichen. »Sein Vater hat ihn am frühen Nachmittag abgeholt. Verstehen Sie, bei diesem Nebel ist es manchen Eltern lieber, ihre Kinder zu Hause im Warmen zu wissen ...«

71

Opale war noch nicht einmal erschrocken. Ein noch klarsichtiger Winkel ihres Bewusstseins sagte ihr, dass sie es eigentlich sein müsste: allein, irgendwo in einem verschlossenen Keller mit der Flamme einer Fackel als einziger Lichtquelle. Ein Keller, den sie kannte – zumindest erinnerte er an die Untergeschosse und Räume, die sie in dem Film gesehen hatte, die ihr ... »Bruder« ihr freundlicherweise übers Internet geschickt hatte. Dennoch hatte sie genügend Gründe, Angst zu haben. Heute Morgen hatte sie die Anweisungen des »MSN-Gespensts« befolgt. Sie hatte sich zur *Chowder* begeben. Allein, so wie man es ihr befohlen hatte. Natürlich verstand sie nun ihren Wahnsinn: Aus welchem Grund, wenn nicht aus einem schlechten, hätte ihr »Bruder« sie dorthin geschickt, während er doch anscheinend keinerlei Schwierigkeit hatte, sich durch, sagen wir mal, technologische Mittel Gehör zu verschaffen?

Heute Morgen allerdings war Opale unfähig gewesen zu denken – genauso wenig wie letzte Nacht, eine durchwachte Nacht voller grauenhafter Visionen: ihre Eltern – IHRE ELTERN! –, die sich ... dem Undenkbaren hingaben. Sie war kaum überrascht gewesen, als Monsieur Rochefort plötzlich in der *Chowder* aufgetaucht war ... und auch nicht, als er sie aufgefordert hatte, ihm in die Untergeschosse der Schule zu folgen, und zwar durch einen Gang, von dem sie noch nicht einmal gewusst hatte, dass es ihn gab, hinter dem Hof der Kantinenküche, unmittelbar unterhalb des kleinen Fahrradparkplatzes. Sie war kaum mehr überrascht gewesen, als sie hier mit einem vagen Gefühl von Trunkenheit und dem Geruch eines Medikaments in der Nase aufgewacht war. Sie war also nicht überrascht, denn nun war nichts mehr von Bedeutung. Alles was Opale wollte, war zu sterben ... den Spuren ihres Bruders zu folgen, diesen Albtraum zu vergessen. Wie sollte sie denn noch dem Blick ihrer Tante standhalten? Ganz zu schweigen von den Blicken ihrer Eltern. Sterben, die einzige Lösung. Es sei denn, Bastien hätte ihr eine andere anzubieten. Allein der Gedanke an den Jungen spendete ihr ein wenig Trost.

Geräusche von Schritten lösten sie aus der Erstarrung, in der sie sich befand. Apathisch dachte sie nicht einmal daran aufzustehen – sie waren so freundlich gewesen, ihr eine Matratze auf den nackten Boden aus gestampfter Erde zu werfen –, als sich der Schlüssel im Schloss drehte. Die Tür öffnete sich, und eine anonyme Hand forderte eine bekannte Gestalt auf, den Kerker zu betreten.

Opale blinzelte, während sich die Tür hinter dem Gast schloss.

»César?«, stammelte sie. »Was machst du denn hier?«

César Mendel ging wortlos auf Opale zu.

»Was machst du hier?«, wiederholte sie. Der Ton ihrer eigenen Stimme sowie die Anwesenheit ihres Klassenkameraden katapultierten sie plötzlich in die Wirklichkeit zurück, der sie sich bemühte zu entkommen.

Ein metallischer Glanz schoss ihr in die Augen, und sie erblickte den Gegenstand in Césars Hand ... Dann seine andere Hand, die - o mein Gott! - mit der er sich zwischen den Beinen berührte!

Sie richtete ihre Aufmerksamkeit auf das Gesicht des Jungen, der soeben eingetreten war, und begriff, dass *das überhaupt nicht César Mendel war!* Natürlich erkannte sie das lange Gesicht wieder, die germanische Blondheit, das scharfe Blau seiner Augen ... Aber das Ding vor ihr hatte überhaupt keinen menschlichen Ausdruck. Das Ding war eine Kopie von César Mendel, eine Kopie mit einem teuflischen Gesichtsausdruck, irren, hervortretenden Augen und einem zuckenden Mund, so hässlich wie die Gefühlsregungen, die die Kopie steuerten ...

Die Angst überrumpelte sie, eine tierische, instinktive Angst, die in ihr hochstieg und sie durchflutete wie ein Lavastrom. In dem Moment, als die Kreatur, die einmal ein Klassenkamerad gewesen war, langsam auf sie zuging, begriff sie, dass sie sich geirrt hatte: Nicht eine Minute, nicht eine Sekunde lang hatte sie wirklich sterben wollen. Vor allem nicht hier auf diese Weise. Durch César Mendel ...

72

Aaaah ...

Bastien öffnete die Augen. Ein Schrei ... dann Stille. Hatte er ihn wirklich gehört, oder entsprang er seiner Vorstellungskraft? In der wattigen Bewusstlosigkeit, in der er ruhte, löste sich alles auf: das Echo des Schreis in dem Hohlraum, der sich unter dem Parkwald entlangschlängelte, Césars raue Stimme – »Weil ich es bin, der ihn getötet hat« –, seine irren, gierigen Augen, als er Bastien mit der Lampe niedergeschlagen hatte ... Wie lange hatte er hier so gelegen, zwischen Bewusstlosigkeit und Wachzustand?

Die feuchte Erde, deren Kälte langsam durch seine Kleidung drang, und der Schmerz, der in seinem Kopf pochte, brachten ihn endgültig zu sich zurück. Immer noch ausgestreckt, fasste er sich mit der Hand an die Stirn: Ein wenig Blut war an der Stelle geronnen, an der Mendel ihn getroffen hatte.

César ... Wo trieb er sich jetzt herum? Nun, er würde später noch Zeit haben, sich um den Fall Mendel zu kümmern.

Bastien richtete sich mühsam auf. Eine steinerne Dunkelheit hüllte ihn ein zwischen der Tür, deren Kanten immer noch rot glühten, und dem, was er für den Ausgang hielt – eine etwa hundert Meter entfernte Spalte, durch welche Bänder leuchtenden Nebels eindrangen.

Er rieb sich die Augen und machte sich daran aufzustehen. Er wurde von einem kurzen Schwindel erfasst und hielt sich an der Wand fest. Das Unwohlsein verschwand nach wenigen Augenblicken, und gegen seinen Willen bewegte ihn die Frage: Warum hatte César Mendel ihn hierhergebracht? Zu welchem Zweck?

... aaaaaaah ...

Ein weiterer Schrei aus der Ferne! Er erstreckte sich wie ein Band durch die unterirdischen Gänge und ließ Bastien die Haare zu Berge stehen. Es war ein Schrei absoluten Grauens!

Opale! Da war er sich sicher. Das war vielleicht ein vollkommen irrationaler Gedanke, schließlich ähnelte nichts so sehr einem Schrei wie ein anderer Schrei, aber ... so sehr im Grunde genommen doch nicht. Mendel hatte ihn hierhergebracht - zu welchem Zweck, das blieb noch zu entdecken, dennoch ... gab es einen Grund. War der Vorwand Opale gewesen ... Opale, die seit gestern Abend unerreichbar und unsichtbar war?

Bastiens Herz begann heftig zu klopfen. Zehn Sekunden zuvor war er noch bereit gewesen umzukehren, sobald er wieder fest auf seinen Beinen stand. Aber Opale war hier irgendwo ... und vielleicht war César ja bei ihr! Nur wo?

Vor ihm sah er die Türkanten. Ohne zu überlegen stieß Bastien die Tür auf. Sie gab widerstandslos nach. Hatte Mendel sie geöffnet? Jemand anderes? Das war nicht wichtig, er ging weiter, erstarrte. Der Raum, in den er gerade eingedrungen war, war gewölbt und weniger alt oder auf jeden Fall stärker ausgearbeitet als der Gang, aus dem er kam. Der Boden war mit alten Naturfliesen ausgelegt, Fackeln brannten, die an der Wand und an den Säulen von denen er durchzogen war, befestigt waren. Lichtpunkte, deren Anzahl ausreichend war, um von außen diesen Eindruck eines pulsierenden, flackernden Lichts zu vermitteln.

Er hätte sich genauso gut in einem geheimen Gang von Saint-Exupéry oder der Krypta eines Schlosses befinden können. Der Saal erinnerte an einen Korridor, zwei Korridore zweigten vor ihm ab und einer hinter seinem Rücken.

Es war eine Art Treffpunkt dieser drei Tunnel – Gänge, die anders waren als derjenige, der direkt vom Parkwald herführte, obwohl auch sie mit Fliesen ausgelegt waren, auf denen der Widerschein der Fackeln rot glühte.

Welchen sollte er nehmen? Wo führten sie hin? Was sollte er tun? Und die Fackeln ... Wer hatte sie eigentlich angezündet? Das war keine Frage, auf die er sich eine Antwort erhoffte. Je weniger er wusste, umso besser konnte er gegen die Angst ankämpfen, die gerade in ihm hochstieg. Angst vor César Mendel ... Angst, einem bleichen Jungen mit geröteten Augen zu begegnen, da, direkt hinter einer Steinsäule ... Angst vor der Wahrheit.

Er lauschte, bemühte sich, einen Laut, eine Stimme zu erhaschen, einen Schrei, der ihn leiten konnte.

Es ist der Tunnel rechts.

Bastien zuckte zusammen. Er hatte tatsächlich etwas gehört. In seinem Kopf. Eine Stimme. Dieselbe, die auch schreckliche Dinge vorhersagte ...

Ja, der Tunnel rechts.

Er zögerte nicht, sondern nahm den Weg, den die Stimme (sein Gewissen? Seine Intuition?) ihm vorschrieb. Dabei hatte er das Gefühl, in eine Art Geisterbahn eingestiegen zu sein, eine neue Disney-Attraktion, die mit dem Besuch eines riesigen bewaldeten Parks begann, der von Wesen bewohnt war, die so leicht waren wie ein Rauchfaden, um dann in labyrinthartigen, mit Fallen gespickten Untergeschossen weitergeführt zu werden ...

Der Tunnel rechts, der mit den Zeichen ...

Bastien betrat den Gang, in dem auf einer der Wände seltsame Zeichen einen endlosen Satz zu schreiben schienen.

Dort habe ich mir meine Ecke eingerichtet ... Ich fühle mich wohl dort. Ich mag sowohl die Höhen als auch die Tiefen ... Der einzige Ort, an dem ich mich unwohl fühle, ist die Oberfläche, mitten unter den anderen.

Eine plötzliche Übelkeit drehte ihm den Magen um. Die Stimme hörte nicht auf, zu ihm zu sprechen; eine Stimme, die von nun an deutlicher war, ein wenig rau und mit einem leicht pfeifenden, schweren, fast schmerzlichen Atem. Eine Stimme, die er seit eh und je kannte, ohne zu wissen, woher ...

Der Tunnel biegt irgendwann fast rechtwinklig ab und da – nun ja, er führt zu unserem Haus. Auf halbem Weg befindet sich eine Tür. Es ist eine Tür mit eingeschnitzten Schlangen, die miteinander tanzen, in der linken Wand ...

Bastien hätte sich am liebsten die Hände auf die Ohren gedrückt, um die Stimme nicht mehr zu hören, aber das war unmöglich. In gewisser Weise war er schon einmal hier gewesen, wie auch an anderen Orten der Stadt. Und, meine Güte, wo war bloß Opale? Wer hatte geschrien? Er ging weiter den Tunnel entlang, rannte auf ein unbekanntes Ziel zu, trunken vor Fragen und Befürchtungen.

Die Tür tauchte genau an der Stelle auf, die die Stimme angegeben hatte, unmittelbar nach einer Ausbuchtung. Bastien blieb abrupt stehen und bemerkte die Verrenkungen der in das wurmstichige Holz geschnitzten Reptilien, das Fehlen eines Türgriffs. Jenseits davon ging der Tunnel weiter, aber genau hier musste er stehen bleiben. In einer Sekunde würde er die Tür aufstoßen …

Und du wirst sehen, sie wird für dich geöffnet sein. Denn genau dort werden wir uns treffen, dort werde ich auf dich warten. Dort oder eben nirgendwo …

Er atmete tief ein, drückte die Hand gegen das Holz und hatte das erstaunliche Gefühl eisiger Haut auf seiner Handfläche, als ob die Schlangen bei seiner Berührung zusammengezuckt wären. Die Tür gab nach.

Bastien drang langsam in das Zimmer ein – nichts weiter als ein Kellerraum, ein flüchtig eingerichtetes Erdloch, das in groben Zügen an die *Chowder* erinnerte. Zwei Fackeln brannten an der Wand, die nicht hell genug waren, um etwas anderes zu erzeugen als orangefarbene, flackernde Lichtkreise.

Der Mann saß in einer Art altem Sessel, an dem die Füße fehlten, und sein Profil – oder vielmehr das Fehlen seines Profils – zeichnete sich gegen das Feuer einer der beiden Fackeln ab. Ruhig drehte er sein Monstergesicht zu Bastien um, und so schrecklich dieses Gesicht auch war, Bastien empfand keinerlei Furcht, sondern eher Erleichterung, den schmerzlichen Trost eines lang erwarteten, vorprogrammierten Wiedersehens. Mit der Stimme, die stets in seinem Inneren gemurmelt hatte. Mit dem Gesicht auf dem Bild. Und in gewisser Weise mit sich selbst …

Der Mann und das Kind betrachteten sich eine ganze Weile, ohne ein Wort zu sagen. Schließlich sagte der Mann die einfachen Worte:

»Ich habe auf dich gewartet, mein Sohn …«

73

Der Hintergrund war in ein verschwommenes, kräftiges und zugleich dunkles Orange getaucht. Warum hatte Caroline Moreau diese Farbe gewählt? Sie wusste es nicht. Wahrscheinlich stellte sie sich Pierre für immer vom Feuer gezeichnet vor, auch wenn es sich nach all den Jahren um ein gedämpftes, beruhigtes ... sterbendes Feuer handeln musste. Auf den ersten Blick konnte man sich in der Unruhe von Schatten und Farben, die in dem blassen Licht dieses Hintergrunds verschwammen, hundert Dinge vorstellen: einen Hafen bei Sonnenuntergang oder den Glockenturm einer Dorfkirche, die sich gegen den roten Morgenhimmel abhob ... Wenn man allerdings das Bild lange betrachtete, wenn man wie ihr Sohn die Fähigkeit besaß, in das Bild einzudringen oder, etwas sachlicher ausgedrückt, seine Sicht auf Alphawellen umzustellen, dann konnte man in diesem orangefarbenen Halbschatten zwei Silhouetten erkennen: Die hohe, um nicht zu sagen hochmütige Gestalt eines Mannes und die untersetzte eines Kindes. Die beiden standen sich gegenüber - und an einer Geste, einer kaum angedeuteten Handbewegung, konnte man sich sogar das Wiedersehen vorstellen, die von einer langen Abwesenheit ausgelöste Befangenheit ...

Caroline Moreau betrachtete ihr Gemälde, das ihrer Sammlung noch gefehlt hatte. Das Letzte, das sie jemals malen würde. Sie weinte. Nicht weil es ihr schönstes Werk war, sondern weil es ein verpfuschtes Leben zusammenfasste - ihrer aller verpfuschtes, zerstörtes, verdammtes Leben. Durch sie. Und weil es ein

Drama abschloss, das Jahre zuvor begonnen hatte, ein Geheimnis, das sie in den versteckten Winkeln ihrer Schuldgefühle und ihres Schmerzes gehütet und verschlossen hatte. Pierre Andremi. Die falsche Begegnung, der falsche Zeitpunkt, der falsche Ort ...

Es war an einem Samstag passiert, zu einer Zeit, als Caroline nur für die Malerei gelebt und sich für eine Zukunft als geniale Künstlerin bestimmt gesehen hatte, eine Camille Claudel des ausgehenden Jahrhunderts.

Verflucht war sie gewesen, als sie sich umgedreht hatte, um den Mann zu suchen, der hinter ihrem Rücken diese Worte gesprochen hatte, während sie gerade ihre Staffelei am Seineufer aufgestellt hatte: »Das ist merkwürdig ... Man könnte meinen, Sie malen meine Stadt, falls sie fröhlich und bunt wäre ...« Caroline hatte das aristokratische Gesicht eines Dunkelhaarigen mit glühendem Blick entdeckt – so hatte sie ihn zumindest damals wahrgenommen mit ihrer naiven Romantik eines jungen Mädchens, das noch nicht einmal zwanzig war.

»Und wo liegt Ihre Stadt?«

Rätselhaftes Lächeln, raubtierhafter Zug um den Mund ...

»Weit weg ... Anderswo auf jeden Fall« – und er hatte gelacht, als er diese Worte ausgesprochen hatte. »Aber ... Ihr Gemälde ähnelt meiner Stadt. Ich meine, es würde ihr ähneln, wenn Sie sich für Weiß und Grau entschieden hätten anstatt für all diese Blautöne ... Ach übrigens, was malen Sie eigentlich genau? Stellt es etwas dar?«

Sie hatten sich geliebt. Eine unmögliche Leidenschaft – seinetwegen. Wer war er? Sie wusste es nicht ...

Was tat er? Das war ebenfalls unklar, aber er hatte Geld. Er lud sie manchmal in teure Restaurants ein und machte ihr auf ein wenig altmodische Weise den Hof. Dann forderte er sie dazu auf, sich ihm hinzugeben, was sie mit Leib und Seele getan hatte, mit einem verzehrenden Hunger und umso größerer Begeisterung, als er ihr entkam, verschwand und dabei eine dunkle, Unheil bringende, magnetische Aura hinter sich zurückließ, die von seinen Warnungen verfinstert wurde: »Wir dürfen uns nicht lieben ... Ich meine, du darfst mich nicht lieben. Eines Tages ... Eines Tages werden schreckliche Dinge geschehen, Caroline. Du würdest mich nicht kennen wollen. Du würdest dir sogar wünschen, mir niemals begegnet zu sein.« Jedes Verschwinden war auf diese Weise von ihren Qualen begleitet gewesen. Jedes Wiedersehen hungriger als das vorangegangene ...

Wenn er sich ihr geöffnet hatte – die seltenen Male, an denen er sich hatte gehen lassen –, hatte er ihr von einer Stadt erzählt, in der seltsame Dinge geschahen. »Dieser Ort ist anders ... Niemand kehrt unversehrt von dort zurück, und er prägt dich für immer ...« Er hatte auch von seiner Mutter gesprochen und einmal in Erinnerung an seine Schwester geweint ...

Dann war er eines Tages verschwunden. Ein Monat war vergangen, zwei. Wochen, während derer sie nicht mehr gemalt hatte, bevor sie ihrer Verzweiflung in feuer- und blutroten Farben freien Lauf gelassen hatte, um letztlich alles zu zerstören.

Drei Monate waren vergangen, bevor sie ihn wiedersah: auf der Titelseite der Zeitungen, im Fernsehen. Das Gesicht ihres Liebhabers, des nicht fassbaren Mannes ihres Lebens, ihr Liebesgespenst, das ... der schlimmsten Gräueltaten beschuldigt wurde. Seine Warnungen waren ihr daraufhin wieder eingefallen, und sie hatte jeden Moment damit gerechnet, von der Polizei verhört zu werden. Doch nie hätten sie sie gefunden. Niemand hatte etwas gewusst. Bestimmt, hatte sie anschließend begriffen, hatte er sämtliche Spuren ihres Abenteuers beseitigt - hatte er denn überhaupt welche hinterlassen? Sie selbst besaß kein einziges Foto außer denen, die in den Zeitungen veröffentlicht worden waren.

Sie hatte Daniel anderthalb Jahre später kennengelernt - achtzehn Monate, von denen sie nur eine entfernte und finstere Erinnerung zurückbehielt, so als hätte sie sie in einem Schrank eingesperrt verbracht. Im Gegensatz zu Pierre war es nicht Liebe auf den ersten Blick gewesen - er war in gewisser Weise sein Gegenpol: Anstelle von Pierres finsterer Verführungskraft hatte er einen sonnigen, gesunden ... und ein wenig faden Charme zur Schau gestellt, aber war das im Grunde nicht das, was sie brauchte? Um ein neues Leben zu beginnen, wie man sagte.

Als Pierre freigesprochen worden war, lebte sie bereits seit sechs Monaten mit Daniel zusammen - ein friedliches, erholsames Glück, das sie von dem Fall ferngehalten hatte, auch wenn Daniel sie während der zwei Wochen des Prozesses merkwürdig gefunden hatte. Sie malte wieder - Gemälde, die so waren wie sie beide, wie es ihr schien: charmant und glanzlos. Das Urteil war schließlich gefallen, und ein Schatten war endlich in ihr verschwunden: Er war unschuldig. »Das alles« - die Anschuldigungen, die hysterischen Medien, die makaberen Spitznamen - war aus der Luft gegriffen und nur ein schlechter Zufall gewesen, ein vom Schicksal inszenierter Schlag. Ja, sie hatte das Urteil mit enormer Erleichterung aufgenommen, sodass sie darüber Pierres Warnungen vergaß, seinen gequälten Gesichtsausdruck, wenn sie allein waren, seine Launen, seine Geheimnisse ...

Er hatte eine Woche später angerufen. Wie er sie gefunden hatte? Sie wusste es nicht. Sie stand nicht im Telefonbuch – es lief ohnehin alles auf Daniels Namen.

Sie hatte ihn gesehen – ein Treffen, von dem sie nicht vorausgesehen hatte, dass es auf diese Weise enden würde: In einer Umarmung, die so leidenschaftlich war, als wären nicht zwei Jahre seit den Anfängen ihrer Liebschaft vergangen. Und sie hatte in demselben Augenblick, als sie in dem kleinen Café dem Mann mit Schirmmütze und Sonnenbrille gegenüber Platz genommen hatte, und während sie über das Leben, vor allem über seines, gesprochen hatten, an die verfluchten Liebenden aus dem Truffaut-Film *Die Frau nebenan* gedacht.

Nach dem Liebesakt hatte er zu ihr gesagt: »Es ist das letzte Mal ... Ich muss gehen. Ich kann nicht hierbleiben. Mein Gesicht ist zu bekannt ...«

Sie hatte nichts geantwortet, nichts gefragt. Pierre gehörte ihrer Vergangenheit an, einer Vergangenheit, von der sie nie jemandem erzählt hatte – wie hätte sie den Mut finden können, zu irgendjemandem zu sagen: Ach, wissen Sie, Pierre Andremi, der Mann, der des Mordes an Kindern beschuldigt wird, nun ja, ich war seine geheime Geliebte.

Drei Tage später erfuhr sie das Undenkbare: Er war auf frischer Tat ertappt worden, unmittelbar bevor er entkommen war. Sie hatte die folgende Woche damit verbracht, sich zu übergeben, hin und her gerissen zwischen dem Entsetzen, ein Monster geliebt zu haben, und der Furcht, er könnte wieder auftauchen. Auf seine Weise war das genau das, was er getan hatte: ein weiteres Mal im Fernsehen während dieser makaberen Inszenierung. Als sie die Bilder gesehen hatte, hatte Caroline sich die Lippen blutig gebissen, um nicht zu schreien, ohne recht zu wissen, wonach und warum sie schrie: wegen der Grauenhaftigkeit der Szene, ihre Jugendliebe und im Endeffekt die einzige ihres Lebens, sich vor ihren Augen selbst verbrennen zu sehen? Wegen des Grauens, das er ihr einflößte? Das sie von nun an sich selbst einflößte?

Am darauffolgenden Tag stellte sie fest, sie war schwanger.

Sie hatte bereits vor der Geburt gewusst, dass das Kind von Pierre war. Daniel und sie hatten schon seit einiger Zeit über ein Baby gesprochen, aber ihre Versuche waren erfolglos geblieben. Als Bastien geboren wurde, hatte sich niemand trotz der Blondheit seines Vaters über seine braunen Augen gewundert. »Oh, wie sehr er seiner Mutter ähnlich sieht!«, hatte man ausgerufen. Doch sie allein wusste: Diese Art natürlicher Anmut, das etwas längliche Gesicht, die Form seiner Augen, als er größer wurde, waren gezeichnet. Sie liebte Bastien nicht weniger, als wenn Daniel sein Vater gewesen wäre, vielleicht sogar noch mehr, so wie man ein Geheimnis liebte, und verspürte dabei dieses dumpfe Schuldgefühl: Der Vater, den sie für ihren Sohn ausgesucht hatte, war ein Monster.

Sie hatte nie wieder etwas von Pierre gehört, und er war in ihrem Herzen wie eine giftige Blume zurückgeblieben, eine Blume, die mit der Zeit verwelkt war

... Anschließend war Jules auf die Welt gekommen und hatte die letzten Blütenblätter hinweggefegt. Bevor der Unfall alles verbrannt hatte ...

Als Daniel den Umzug nach Laville-Saint-Jour angesprochen hatte, hatte sich die Blume in ihrem Herzen erneut geöffnet, da sie im Laufe des Prozesses erfahren hatte, dass Pierre in Laville-Saint-Jour aufgewachsen war. Da lag sie also, »die verschwommene Welt, die deinen Bildern ähnelt ...« Sie war unfähig gewesen, sich dem Umzug zu widersetzen, sie war zu müde, zu leer. Und wie hätte sie Daniel gegenüber diese Weigerung rechtfertigen können, da man ihm doch diese Stelle zu unverhofft günstigen Bedingungen angeboten hatte?

Drei Wochen nach ihrer Ankunft hatte sie eine Notiz erhalten – eine einfache Karte, die man unter der Tür hindurchgeschoben hatte. »Eines Tages werden schreckliche Dinge geschehen ...« Sie hatte geglaubt zu sterben, als sie diese Zeile gelesen hatte, bevor sie dem Verfolgungswahn nachgegeben hatte. Ein schlechter Scherz! Oder eine Erpressung! Aber wie hatte man es erfahren? Und wer? Sie hatte sich geirrt. Der Mann, der wenige Tage später angerufen hatte, war tatsächlich ihr ehemaliger Liebhaber gewesen, auch wenn sie am Telefon das raue Timbre und die pfeifende Stimme nicht wiedererkannt und er Dinge gesagt hatte, die im Gegensatz zu der magnetischen Romantik standen, an die sie sich erinnerte: »Es ist für mich die Zeit gekommen zu holen, was mir gehört, Caroline ... Er gehört Laville-Saint-Jour. Er gehört uns ...«

Wie hatte er sie gefunden? Und woher wusste er, dass Bastien sein Sohn war?

Sie hatte keine Antwort darauf, hatte auch nicht danach gesucht. Sie hatte begriffen, das jegliche Flucht zwecklos war. Wenn Pierre einen Weg gefunden hatte, sie nach so vielen Jahren hierherzuholen, so konnte er sie auch bis ans Ende der Welt verfolgen. Sie hatte ohnehin keine Kraft mehr. Blutleer ... Sie hatte sich ins Atelier eingeschlossen und die Gemälde gemalt, die ihre wahre Geschichte erzählten. Bis zu diesem hier, das sie nicht mehr sah, da der Tränenschleier vor ihren Augen sie blind machte.

Es ist alles aus, wiederholte sie sich. Es ist alles aus. Jules war tot – und das waren sie gewesen, nicht wahr? Daniel ... Sie wusste nicht, wo er sich befand, ob er noch am Leben war, ob Pierre ihn ... genommen hatte. Ja, bestimmt. Und Bastien ...

Sie wischte sich die Augen ab und sah das Bild plötzlich in der Klarheit eines Films – sie konnte ihrer beider Gesichter fast *sehen*. Ein Sprung öffnete sich in ihr, ein Riss, und sie spürte, wie die Schuldgefühle, die an ihr genagt hatten, sich ausbreiteten, sie durchströmten, überschwemmten. Sie stieß einen Schrei der Wut, der Verzweiflung aus; den Schrei einer Frau, die alles verloren hatte, die aufgegeben, ihre Familie verdammt hatte ... Sie schluchzte, und als ihre Tränen versiegt waren, stand sie auf und ging ins Haus. Dort hängte sie mit hysterischer Energie nach und nach die Gemälde ab, trug sie in den Schuppen, kehrte wieder zurück, hängte weitere Bilder ab. Als alles aufgestapelt war, als keine einzige Wand im Haus mehr Spuren ihrer Werke trug, griff sie nach einem Benzinkanister, den Daniel immer aufbewahrte, und übergoss damit die letzten fünfzehn Jahre Arbeit, die dort lagen. Sie blieb einige Augenblicke reglos wie unter Schock vor dem triefenden Haufen stehen. Dann griff sie neben dem kleinen Gaskocher, auf dem sie ihren Tee zubereitete, nach einer Streichholzschachtel, riss eines an. Sie beobachtete, wie die Flamme das Stäbchen emporkroch, und warf es fort, kurz bevor sie sich verbrannte. Eine Sekunde später gingen die Gemälde mit einer solchen Heftigkeit in Flammen auf, dass sie kaum Zeit hatte zurückzuweichen, um dem Hauch des Feuers zu entkommen. Als sie hinausging, ließ sie die Tür offen – alles, alles, ALLES säubern, verbrennen, ausleeren! – und kehrte ins Haus zurück. Mit peinlicher Sorgfalt, als handelte es sich um hundertmal wiederholte Gesten, begab sie sich ins Wohnzimmer und griff nach einer Flasche Whisky, bevor sie sich ins Badezimmer zurückzog. Aus ihrem Kulturbeutel nahm sie sämtliche Schachteln mit Barbituraten, die sie im Laufe ihrer ... Krankheit angesammelt hatte: Stilnox, Temesta, Doxepin, Prozac. Sie schluckte ungefähr zweihundert Tabletten sämtlicher Formen und Farben und spülte sie mit dem Whisky hinunter.

Als drei Minuten später die kleine Gasflasche des Kochers im Schuppen explodierte, hatte sie bereits das Bewusstsein verloren.

74

Suzy Belair blickte auf – ein kleines helles Gebäude, eine dieser Wohnanlagen, die bestimmten Gegenden des 19. Arrondissements von Paris die erfrischende Atmosphäre provinzieller Ruhe verliehen.

Selbstverständlich genügte es hier nicht zu klingeln. Man musste den Zugangscode eingeben, um überhaupt zur Gegensprechanlage zu gelangen. In Paris war alles komplizierter, deswegen hatte es ihr immer in Laville-Saint-Jour gefallen: das Gute, das Böse; der äußere Anschein, die Wahrheit - und der Nebel. Die Dinge waren einfach und klar.

War das der richtige Ort? Die richtige Adresse? Sie zweifelte nicht daran. Ein Netzwerk bestand aus Maschen, und manchmal gab eine Masche nach ... Sollte man einem anonymen Anrufer Glauben schenken? Im Prinzip nicht. Aber Suzy Belair glaubte, die Stimme am Telefon erkannt zu haben. Antoine Rochefort ... Obwohl, sie konnte sich auch geirrt haben. Das war nicht weiter wichtig: Falls sie Zweifel gehabt hatte, so hatte der Anruf bei der Nummer, die ihr der Denunziant freundlicherweise mitgeteilt hatte, die Gültigkeit der Information bestätigt. Hier konnte sie die Spur zurückverfolgen, die zu dem Kind führte. Der hysterische, spöttische Protest der Frau am Telefon - »Aber nein, ich kenne niemanden in Laville-Saint-Jour!« - hatte sich falsch angehört. Und Suzy Belair war keine Frau, die ihre Beute laufen ließ.

Sie musste nun nur noch ins Gebäude gelangen und die richtige Wohnung finden.

Sie stand noch keine zwei Minuten vor der Tür, als sie einen Teenager erblickte, der auf sie zukam, einen Tischtennisschläger in der Hand, schlaksig und mit einem weichen Gesicht. Suzy Belair griff in ihre Tasche, zog ein Adressbuch hervor und tat so, als suche sie eine Nummer. Der Jugendliche kam näher, tippte den Code ein, lächelte sie abwesend an und hielt ihr die Tür auf, um sie vorbeizulassen.

Suzy Belair ging die Namen auf den Briefkästen durch und beschloss dann, sich an ihn zu wenden.

»Entschuldigen Sie, junger Mann, wissen Sie, wo ich

Madame« – ein Blick in das Adressbuch – »Madame Radet finden kann?«

Patoche drehte sich abrupt um und betrachtete die »Dame«, die ihn gerade angesprochen hatte. Er kannte Laville-Saint-Jour nicht, aber er wusste genug darüber, um zu entscheiden, dass, falls die Stadt einem Menschen ähnelte, diese Dame, die so ... durchsichtig war wie ein Gespenst, sie nicht besser darstellen konnte.

»Dann haben Sie also kürzlich abends angerufen, oder?«, fragte er ohne Aggressivität.

Etwas glitt kurz über das Gesicht der »Dame« – ein Schleier der Überraschung, oder zumindest einer Gefühlsregung –, dann festigte sich ihr Blick, und sie antwortete ihm mit einem Lächeln von äußerster Höflichkeit:

»Genau ... und Sie hatte ich als Erstes am Apparat, nehme ich an?«

75

Nicolas wartete ungeduldig im Auto. Audrey hatte vor fünf Minuten Saint-Ex betreten. Sie mussten Bastien Moreau vor ... vor ihnen finden, vor Pierre. Und sie mussten sich eine Möglichkeit überlegen, um Audreys Sohn zurückzuholen.

Er erblickte plötzlich eine in der Dunkelheit und im Nebel laufende Gestalt. Er schaltete die Scheinwerfer ein, und Audreys Silhouette zeigte sich im Lichtstrahl, ihr Mantel flatterte wie eine Fahne im Wind. Zehn Sekunden später sprang sie ins Auto.

»Er ist nicht da!«, rief sie mit vor Panik drängender Stimme. »Er wurde in der Sechzehn-Uhr-Stunde als abwesend gemeldet. Monsieur BN – das ist der Oberaufseher – hat mir sogar gesagt, dass er heute Morgen vom Unterricht ausgeschlossen wurde und im Laufe des Vormittags verschwunden ist. Er wurde am frühen Nachmittag gesehen, und BN dachte daran, ihn zu sich zu bestellen, als er davon Wind bekommen hat, aber er war entwischt. Sie haben sich nichts dabei gedacht wegen des Nebels. Viele Schüler waren als fehlend eingetragen, und einige sind im Laufe des Tages nach Hause gegangen und ...«

»Audrey, so beruhige dich doch ...«

»Ich soll mich beruhigen?!«, explodierte sie. »Meine Güte, Nicolas, das wagst du mir zu sagen?! Mein Sohn ist bei ihnen! Bei ihnen!«, schrie sie. »Und das deinetwegen! Du hast geschwiegen! Du hast der Polizei kein Wort über deine Zweifel wegen Andremi gesagt! Das haben wir jetzt davon. Was sollen wir jetzt machen? Was kannst du machen?«

Nicolas gab kein Wort von sich. Was hätte er sagen sollen? Sie war zwangsläufig zu demselben Schluss gekommen wie er. Er war verantwortlich, denn nichts zu tun bedeutete in gewisser Weise, bereits zu handeln.

Die Worte seiner Mutter gingen ihm ununterbrochen im Kopf herum: *Er braucht einen Erben, verstehst Du? Ohne Erbe ist er nichts. So funktionieren die Dinge hier ... Auf diese Weise können sie anderen ihre Macht aufzwingen. Finde das Kind. Ohne das Kind können sie nichts ... kann er nichts ...*

Warum hatte er nichts getan? Weil er nicht die Kraft gefunden hatte, sich mit der Vergangenheit auseinanderzusetzen. Die Kraft, sich mit *ihr* auseinanderzusetzen ... sogar nach zwanzig Jahren. Sogar jetzt, da sie tot war. Weil er Audrey gebraucht hatte, um ihm die Hand zu halten, den Umschlag zu öffnen, den Worten eine Stimme zu verleihen. Und auch, weil er sich nie einen solchen ... Wahnsinn vorgestellt hätte. Ein Erbe, ein ... Kult, der von Generation zu Generation weitervererbt wurde, dessen Oberhaupt diesen Platz nur einnehmen konnte, wenn er die Nachkommenschaft gesichert hatte.

Er machte sich Vorwürfe. Nein, weitaus schlimmer als das! Er war nach Laville-Saint-Jour gekommen, um mit seinem Gewissen ins Reine zu kommen und sie vielleicht wiederzusehen, alle, und die Nacht der Wintersonnenwende als Sechzehnjähriger zu exorzieren. Aber nicht eine Sekunde hatte er vorgehabt, den Verfechter der Gerechtigkeit zu spielen. Nur seine Rolle: beobachten, aufnehmen, sich ernähren, alles auf Papier erbrechen. Ein Vampir, unfähig, das Gewicht seiner Handlungen und die Tatsache der Bindung zu akzeptieren, die ihn für immer an diese Stadt kettete.

»Er ist es, nicht wahr?«, fragte sie kühl. »Jetzt habe ich keinen Zweifel mehr. Es handelt sich tatsächlich um Bastien ...«

Er nickte. Er war sich nicht sicher, aber ... wie konnte man daran zweifeln? Die Ähnlichkeit war frappierend - vielleicht nicht mit dem erwachsenen Pierre, dessen Bild er in den grauenvollen Fernsehreportagen gesehen hatte, sondern mit dem Schüler von Saint-Ex, mit dem er die ersten Jahre seiner Jugendzeit geteilt hatte. Dieselbe Feinheit der Züge, dieselbe Reife im Gesichtsausdruck, auch wenn der Junge, den er heute Morgen gesehen hatte, in den Augen noch eine jugendliche - und so war es ihm vorgekommen, eine ein wenig furchtsame - Frische besaß, während Pierre im selben Alter einen durchdringenden, fast filtrierenden Blick auf die Welt gerichtet hatte.

»Ja, er ist es.«

»Wir müssen die Polizei anrufen. Ich muss das Kidnapping meines Sohnes melden!«

»Nein«, seufzte er.

Sie erstarrte.

»Weil du ihnen nicht die Wahrheit sagen kannst?«, fragte sie kühl. »Weil du ihnen nicht verraten willst, dass der berühmte Schriftsteller seinen Stiefvater getötet – niedergemetzelt – hat? Ist es das?«

Die flammende Wut in ihrem Blick – eine Mutter, die ihr Kind verteidigte und die bereit war, zu beißen, zu kratzen, zu verletzen. Er hätte es ihr übel nehmen können, aber die Situation gab ihr sämtliche Rechte.

»Nein, das hat damit nichts zu tun. Mein Ruf und meine Geschichte sind nichts im Vergleich zu den Gefahren, die den beiden Kindern drohen. Du verstehst einfach nicht: Andremi handelt nicht allein! Er ist von Leuten umgeben. Er hat deinen Mann angeworben, Gott weiß, wie. Die Rocheforts sind an seiner Seite ... Wer sonst noch? Wer von der Bande hilft ihm hier? Ich weiß es nicht ... Aber die Talcots hatten sich ein paar Polizisten in die Tasche gesteckt. Wer weiß, wie es mit Andremi aussieht?«

Audreys Augen wurden immer größer.

»Aber was sollen wir denn machen?! Was können wir tun, wenn wir uns nicht einmal auf sie verlassen können?«

Nicolas schob die Hand in seinen Blouson und holte seinen Geldbeutel hervor, aus dem er eine Karte zog.

»Er kann uns helfen«, sagte er. »Er zumindest, da

bin ich mir sicher, steckt nicht mit ihnen unter einer Decke.«

76

Das Vorhängeschloss gab mit einem kurzen, heftigen Knacken nach, und Bertegui klappte die Falltür zurück. Die Treppe führte in ein schwarzes Loch hinunter: Odile Le Garrecs Keller. Bertegui schaltete die Taschenlampe ein und leuchtete die Höhle ab: Das Lichtbündel holte nichts Anormales zutage. Er machte sich gerade daran, hinunterzusteigen, als sein Handy in der Tasche vibrierte.

Das Wildschwein überprüfte die Nummer auf dem Display. Unbekannt. Seit einer guten Stunde hatte sein Telefon nicht aufgehört zu klingeln: das Hauptkommissariat, Clément, ganz zu schweigen von den Anrufen in seinem Auto. Er hatte auf keinen Einzigen geantwortet - er hatte eben fünf Minuten zuvor seine Nachrichten abgehört: Es war um Verkehrsprobleme, Unfälle, gesperrte Straßen gegangen, ein Haus in der Nähe vom Cours du Parc, das von einer Explosion fortgeblasen worden war ... Nichts betraf ihn. Und niemand war da, der ihm hätte helfen können. Nachdem die ersten Minuten des Hasses, der Wut und der Verzweiflung verstrichen waren, hatte er, während sein Auto mit einer unwahrscheinlichen Geschwindigkeit durch den Nebel zurück nach Laville-Saint-Jour fuhr, Bilanz gezogen. Er war dabei langsam und mühsam vorgegangen, als ob auf diese Weise über die Situation nachzudenken weiterhin die beste Möglichkeit war, um sich ihr zu entziehen, sie nicht zu erleben. Er war dabei zu mehreren Schlussfolgerungen gelangt: 1. Andremi war ein gewichtiger Gegner, denn er hatte alles getan, um keine Ermittlung auszulösen, und ohne Odile Le Garrecs Unfall wäre es ihm fast gelungen. 2. Er wurde überwacht; man wusste, wohin er ging, wen er traf und vor allem, wen er verdächtigte. 3. Cléance Rochefort war ebenfalls darin verwickelt. 4. Sie hatten seine Frau und seine Tochter. 5. Sie würden sie ihm wohl nicht zurückgeben, denn wie könnte Cléance Rochefort sonst darauf hoffen, davonzukommen? 6. Sie würden auch ihn töten müssen. 7. Sie verfügten über beachtliche Mittel – der Beweis dafür war das hochentwickelte Netzwerk, das sie errichtet hatten. 8. Sie hatten auch Komplizen, denn wie hätten sie sich sonst an mehreren Orten zugleich befinden können, seine Frau auf der Landstraße entführen und seine Tochter zu Hause, und ihn über Kameras bewachen? Und schließlich 9. war Andremi vollkommen irre – Bertegui würde nach dem zuerst höflichen Ton seines Gesprächspartners nicht so schnell seine plötzliche Wut vergessen: »DU WIRST TUN, WAS ICH DIR SAGE, DU DRECKIGES STÜCK BULLENSCHEISSE, ODER ICH LASS DIE BEIDEN SCHLAMPEN KREPIEREN UND SCHICKE DIR JEDES JAHR AN WEIHNACHTEN EIN STÜCK!«

Daraus ging hervor, dass 1. Bertegui nur auf sich selbst zählen konnte, denn es kam nicht in Frage, auch nur irgendeinem in dieser Stadt zu trauen. 2. Er musste schnell handeln. 3. Er konnte nicht weiter untätig bleiben, denn weder er noch die beiden würden es überleben, und es war ohnehin der einzige Weg, um dem Wahnsinn zu entkommen, der ihn bedrohte. Er hatte zuerst daran gedacht, Le Garrec eins aufs Maul zu geben, damit er alles ausspuckte, was er wusste, bevor er seine Meinung änderte. Die Rolle des Schriftstellers in dieser Angelegenheit erschien mehr als unklar. Sollte Bertegui ihn nach dem Ende ihres ... Gesprächs umgebracht haben, um ihm keine Gelegenheit zu lassen, auch nur irgendjemanden zu benachrichtigen, so drohte er in dieser Waschküche und ohne jegliche Unterstützung wichtige Stunden mit seiner Suche nach ihm zu verlieren. Dann war ihm der Keller eingefallen. Eine der wenigen unerforschten Spuren – das Geheimnis der Wand aufdecken. Wohin würde sie führen? Bertegui wusste es nicht, und falls ihn bei der Ankunft nur ein Haufen Asche oder ein Skelett erwartete, der Vater oder Stiefvater oder drei Kinder – bei den Verrückten in dieser Stadt konnte man ja nie wissen –, hätte er noch Zeit genug, um die Topografie des Ortes zu studieren und zu versuchen, Andremi mit Hilfe dieser Geschichten von Pentagrammen, Sternspitzen und diesem ganzen ... QUATSCH zu lokalisieren!

Kaum war er zu Hause gewesen, da war er mehrere Male ums Haus herumgelaufen, um sicherzugehen, dass kein Auto zur Überwachung davorstand. Anschließend war er sofort wieder mit einer großen Sporttasche voller Werkzeuge und Munition herausgekommen und applaudierte fast dem irren Nebelsturm, der gerade hereinbrach. Er war gewiss ein Handikap für ihn. Er war aber auch eines für *sie*, denn es war fast unmöglich geworden, ihn zu verfolgen.

Nun also das Telefon. Unbekannter Teilnehmer. Das konnte irgendwer sein. Es konnten *sie* sein. Er hatte keine Wahl, er musste das Gespräch annehmen.

»Bertegui«, sagte er.

Im Laufe der drei oder vier folgenden Minuten hörte er dem etwas unzusammenhängenden Bericht Le Garrecs zu, in dem es um eine Lehrerin ging, deren Mann ihr Kind entführt hatte, um Pierre Andremis Sohn und den Stiefvater, den er und Andremi gemeinsam zwanzig Jahre zuvor um die Ecke gebracht hatten.

Als Le Garrec sich endlich entschlossen hatte, durchzuatmen, sagte ihm der Kommissar folgende Worte:

»Ich kann nichts für Sie tun, Mann, ich kann Ihnen nur Folgendes sagen: Wenn ich meine Frau und meine Tochter nicht lebend wiederfinde, bringe ich Sie eigenhändig um.«

Er legte auf, griff nach dem schweren Holzhammer, den er mitgebracht hatte, richtete die Taschenlampe auf die Treppe und machte sich daran, hinunterzusteigen. In diesem Augenblick war der Mann, der einmal Claudio Bertegui gewesen war, nur noch ein kompakter Block aus Wut und Angst, der im Wirbelsturm eines wahnsinnig gewordenen Nebels gefangen war.

77

Es war ein unbeweglicher Augenblick, als ob die Zeit stillstünde. Vater und Sohn standen sich in diesem gewölbten Kellerloch gegenüber, in welches Generationen von Lavillern gekommen waren, entweder um Schutz zu suchen oder um Missetaten zu begehen. Bastien schwieg; Pierre ebenfalls, der plötzlich von Gefühlen überwältigt wurde, die ihn überrumpelten. Gewiss erlebte er nun einen Moment, den er seit Jahren vorausgesehen hatte, aber die Wirklichkeit hier in seiner Höhle nahm zwangsläufig eine andere Färbung an als seine Fantasien. Er hatte zum Beispiel nicht vorausgesehen, dass Bastien seiner eigenen Schwester so ähnlich sehen würde. Die Fotos hatten nicht das Staunen eines jungen Hundes in seinem Blick zum Ausdruck gebracht, ebenso wenig wie die noch prägnanten Spuren der Kindheit, dieselben, die ihn so sehr bei Sophie gerührt hatten, wenn er sie beim sanften Schaukeln in der bleichen Luft des Gartens beobachtet hatte.

Er hatte auf den schlechten Aufnahmen, die den Fotos der Skandalpresse ähnelten, auch nicht die frappierende Ähnlichkeit mit Caroline, seiner Mutter, wahrgenommen, und gegen seinen Willen war seine Kehle wie zugeschnürt. Er hatte mit Caroline die einzigen »normalen« Augenblicke seines Lebens genossen, Anwandlungen eines Glücks, von dem er sich manchmal, wenn er eine Sekunde lang davon hatte Abstand gewinnen können, gesagt hatte: »Erinnere dich für immer daran, denn du bist gerade dabei, einen Augenblick Leben zu kosten, der so rein ist wie ein Diamant …«

Das war natürlich falsch. Reinheit war nicht seine Sache und war es auch niemals gewesen, und die Momente, die er mit Caroline geteilt hatte, verströmten den süßlich-bitteren Duft der Illusion. In ihren Armen aber, während dieser der Wirklichkeit gestohlenen Momente, hatte er daran geglaubt – an die erlösende Macht der Liebe, an ihren Sieg über die Dämonen, die ihn quälten, und er war überrascht gewesen. Bis zu seiner Begegnung mit der jungen Malerin am Seineufer hatte Pierre niemals auch nur das geringste Mitgefühl für seinen Nächsten empfunden. Er verstand andere Menschen gemäß eines rein geistigen Mechanismus, aber er war unfähig, sie zu spüren. Und noch weniger, sie zu lieben. Bei Caroline war das anders gewesen. Vielleicht hatte er beim Anblick ihrer Gemälde den Fluch der Künstlerin wahrgenommen – sie war also verflucht wie er, auf ihre Weise. Was er nicht gewusst hatte: Caroline sollte die einzige Frau bleiben, die er je geliebt hatte, die Einzige sogar, die er je hatte besitzen können. Pierre konnte sich nicht daran erinnern, vor ihr jemals sexuelle Lust empfunden zu haben, außer bei Bildern von Tod und Blut ... Aber im Endeffekt war nichts davon übrig geblieben: Der Zauber verflog letztendlich doch immer, und die Wirklichkeit gewann die Oberhand. Nun war die Wirklichkeit aber eben das: Pierre Andremi war für die einen ein Monster, für die anderen ein König. Doch weder Monster noch Könige kannten Ruhe. Ihr Leben war Leiden, und es wurde erst dann erträglich, wenn sie der Resignation nachgaben. *Eines Tages werden schreckliche Dinge ...* Dann sollte doch zumindest er derjenige sein, der sie anordnete.

Der Junge ihm gegenüber gab keinen Ton von sich – Pierre konnte den von starken Emotionen ausgelösten, schnellen, heftigen Atem wahrnehmen. Er hatte sich ihm nackt gezeigt – beziehungsweise ohne eine Haut aus Seide, um seine Hässlichkeit zu verdecken – und er schätzte die Entschlossenheit des Jugendlichen, der den Blick nicht senkte. Oh, natürlich ... Bastien kannte sein Gesicht, aber konnte er sich daran erinnern? Vielleicht war es ihm in seinen Träumen erschienen ... oder seinen Albträumen. Auf jeden Fall schien er nicht entsetzt zu sein bei dem Anblick eines von Flammen gezeichneten Mannes, der ihm soeben verkündet hatte, dass sein Leben auf einer Lüge aufgebaut war.

Ein hohles Geräusch schallte zu ihnen hinüber – es gab immer welche in den unterirdischen Gängen –, und der Junge, der so sehr Caroline und seiner eigenen Schwester und wahrscheinlich seinem ... Vater ähnelte, zuckte zusammen. Mit zitternder Stimme, als habe er sich gerade aus seiner Abgestumpftheit gerissen, sagte er:

»Wo ist Opale?«

Das war die letzte Reaktion, mit der Pierre Andremi gerechnet hatte, und ein anderes Gesicht drängte sich plötzlich seinem Verstand auf, wie von einem Theatervorhang enthüllt. Das Gesicht eines Konformisten, eines Wohltäters: Nicolas Le Garrec.

78

Nicolas legte auf, noch unter dem Schock von Berteguis Enthüllungen und Drohungen. Er begegnete Audreys Blick – eine zitternde Audrey am Rande des Nervenzusammenbruchs. Dann steckte er ohne zu überlegen eine Hand ins Handschuhfach und holte einen Revolver hervor, von dem er gehofft hatte, ihn nicht benutzen zu müssen. Seit dem gewaltsamen Ende seines Stiefvaters hatte Nicolas nur noch auf den Seiten seiner Bücher Kontakt mit dem Tod gehabt.

Audrey starrte auf die Waffe und richtete dann einen entsetzten Blick auf ihn, während er das Auto anließ.

»Was machst du?«, hauchte sie.

»Wir sind allein«, sagte er und gab Vollgas. »Vollkommen allein.«

»Was soll das heißen?«

Nicolas fuhr los, konzentriert auf die Straße blickend, die vom Nebel verschluckt wurde, der dabei war, die Sarabande eines Wahnsinnigen zu tanzen.

»Sie haben seine Familie.«

»O mein Gott. Was sind das nur für Leute? WAS SIND DAS FÜR LEUTE?!«

Sie unterdrückte einen Schluchzer, fing sich dann wieder.

»Warum kann er uns nicht helfen?«

»Weil er blind ist vor Zorn«, wich Nicolas aus.

Sie blinzelte, sah ihn an und begriff plötzlich, dass sie fuhren.

»Wo fahren wir hin? Was hast du ... damit vor?«

»Ich werde sie finden und versuchen, deinen Sohn zurückzuholen. Ja, vielleicht hätten wir die Zeit gehabt, zur Polizei zu gehen; ich, um einen befreundeten Lieutenant anzurufen, ein gerichtliches Verfahren und eine richterliche Anordnung für deinen Ex einzuleiten ... Aber wir haben keine Zeit. Wir haben keine Zeit mehr, verstehst du?«, wiederholte er mit sanfter Stimme, um sie zu beruhigen.

»Aber weißt du, wo ... wo sie sich verstecken? Wo sie sich befinden?«

»Ich bin mir nicht sicher, aber ich habe da so eine Idee.«

Er bremste ruckartig. Audrey warf einen Blick aus dem Fenster: der hintere Teil von Saint-Exupéry, die Seite der Kantinenküche. Sie waren einfach nur um das Gebäude herumgefahren.

»Sie ... sie sind da drin?«, fragte sie.

»Nicht genau, aber irgendwo dort ... ja«, erwiderte er. »Es ist ein Weg, der mich zu ihnen führen kann.«

Sie sah noch einmal hin – sie hatte diesen Eingang

und die finstere, schwarze, strenge Form des Gebäudes noch nie nachts gesehen.

»Ich verstehe überhaupt nichts, Nicolas, aber ich komme mit.«

»NEIN!«

Sie richtete sich in ihrem Sitz auf.

»Du kommst nicht mit, Audrey. Es geht um deinen Sohn, aber es geht auch um einen ehemaligen ... Freund. Ich weiß, wo ich hingehen muss. Ich weiß, wie man mit ihm sprechen muss. Und wir brauchen jemanden draußen, verstehst du? Um Druck auszuüben, um ihm zu verstehen zu geben, dass, wenn ich nicht in so und so vielen Minuten zurück bin, du die gesamte Justizmaschinerie gegen sie in Bewegung setzt. Dass wir wissen, wo sie sich verstecken. Wer sie sind. Was sie tun ... Du musst hierbleiben und auf mich warten. Und sogar etwas weiter entfernt parken. In Sicherheit. Nimm die Schlüssel, schließ dich ein. Rutsche tiefer in deinen Sitz und mach niemandem auf. Du wartest auf mich. Ich komme wieder. Und ... und ich liebe dich.«

Er schlug die Wagentür zu und ließ sie allein, entsetzt und schockiert zurück. Sie beobachtete die energische, geschmeidige Gestalt, dann wurde er unmittelbar in dem Moment von einer Nebelbö verschluckt, als er durch das kleine Portal ging, das zu den Küchen der Schule führte, und ließ sie mit der Gewissheit zurück, dass sie ihn nie wiedersehen würde.

Er hatte es fast geschafft. Die Wand war kurz davor, nachzugeben. Für die Zerstörung hatte er nur wenige Minuten gebraucht, denn Bertegui hatte seinen gesamten Zorn in die Schläge gelegt. Er hatte mit einer Kraft zugeschlagen, von der er nicht gedacht hätte, dass er sie besaß, während immer schrecklichere Bilder auf ihn eingestürmt waren: sein Kind gefoltert ... seine Frau vergewaltigt. Was machten sie gerade mit ihnen, um Himmels willen! Er wusste, zu was sie fähig waren! Er hatte die Talcotière gesehen! Den Tod gerochen!

BUMM!

Der ganze Keller erzitterte unter der Heftigkeit des Schlags ... Und noch einer! Und noch einer!

Das Geräusch stürzender Backsteine lockte ihm ein hämisches Lächeln auf die Lippen: ein Loch im Panzer. Bertegui beugte sich vor und richtete den Strahl der Lampe auf das unregelmäßige Loch: Auf den ersten Blick sah er einen kleinen Raum. Auf jeden Fall hatte er recht gehabt: diese versiegelte Wand barg tatsächlich ein Geheimnis.

Die Entdeckung machte ihn euphorisch, und er richtete sich auf, um sein Werk mit noch mehr Energie zu vollenden, in fast vollkommener Finsternis, gleichgültig gegenüber dem Schweiß, der ihm über die Stirn lief. Sind sie noch am Leben? SIND SIE NOCH AM LEBEN?

BUMM! BUMM!

Ein Teil der Wand brach so weit zusammen, dass er hindurchsteigen konnte. Bertegui verschnaufte eine Sekunde, warf den Holzhammer fort, ersetzte ihn durch den Revolver. Erneuter Blick: ein kleiner bedrückender, wenn nicht gar erstickender Raum, der einen Geruch nach feuchter Erde und Kanalisation verströmte.

Keine Menschenseele hier ... Wie hätte es anders sein können?

Er stieg über die Reste des Mäuerchens und achtete darauf, sich nicht an den Ziegelsteinen zu verletzen, die hier und da hervorstanden wie Teile eines Bauspiels. Er leuchtete mit der Lampe die Wände, die Decke, den Boden ab: nackte, alte Steine, die mit Kerzenleuchtern verziert waren, ein in die Wand gemeißeltes, umgedrehtes Kreuz wie in der Talcotière, Fliesen, in die man ein großes Pentagramm geritzt hatte, und – er zuckte fast zusammen – eine Tür.

Bertegui trat näher. Die Tür war verriegelt und wurde von einem dieser großen Schlösser gehalten, wie man sie früher angefertigt hatte. Kein Vorhängeschloss, das man aufbrechen musste … Er hatte keine Wahl. Er ging in den Keller zurück, suchte mit der Lampe nach einem Kissen und sah eine Daunendecke, die ihren Zweck erfüllte. Er postierte sich wieder vor dem Schloss, rollte die Daunendecke zusammen und hielt den Lauf seiner Waffe dagegen. Ohne zu zögern, schoss er – der von der Decke erstickte Lärm dürfte nicht ausreichen, um Alarm auszulösen. Er warf die Daunendecke fort, die mit einem federleichten Seufzer in einer Ecke zusammensackte, und überprüfte das Ergebnis. Das Schloss war geschwärzt und kaputt.

Bertegui legte die Hand auf den Türgriff, atmete tief ein, wobei er seine Waffe hochhob, griff nach der Taschenlampe und zog einmal heftig. Dahinter: absolute Schwärze, Leere.

Er richtete die Lampe nach vorn, entdeckte eine Art Korridor, einen unterirdischen Gang. Doktor Liebermans Worte kamen ihm wieder in den Sinn: *Bestimmte alte Häuser haben noch Zugänge zum Inneren der Stadt …*

Der Keller der Le Garrecs führte nicht nur zu einer Vampirhöhle, sondern auch zu einem Durchgang, der zwangsläufig irgendwohin führte. Zu seiner Frau? Zu seiner Tochter?

Er überlegte nicht länger und bog in den unterirdischen Gang ein.

79

Die Frau vor ihr, in einen alterslosen rosa Morgenrock gehüllt, saß in einem alten Sessel unter einem schmutzigen Licht - doch sitzen war nicht das richtige Wort, bemerkte Suzy Belair. Eher gestrandet ... gestrandet wie ein großes Meerestier. Ganz bestimmt eine Neptunierin, Fische oder Aszendent Fische. Neptun brachte manchmal Genies oder große Mystiker hervor und zählte unter seinen Protagonisten auch Opfer einer Neurose, die zu Exzessen führte: die Flucht vor der Wirklichkeit.

»Er kam nachmittags«, sagte sie schließlich, »wenn ich auf das Kind aufgepasst habe ...«

Suzy Belair gab keinen Ton von sich. Die Frau hatte kaum Widerstand geleistet, sie hatte zunächst große Augen gemacht, als ihr Sohn die Tür geöffnet und den Eindringling vorgestellt hatte, bevor sie, besiegt, ohne überhaupt gekämpft zu haben, in sich zusammengesackt war. Dennoch hatte Suzy Belair das Gefühl, dass zu viel Übereifer zu nichts Gutem geführt hätte.

»Er hatte niemals geglaubt, dass er ein Kind haben würde«, fuhr sie mit belegter Stimme und einem starren, wässrigen Blick fort, ihre Hängebacken von unendlicher Lustlosigkeit schwer geworden. »Natürlich interessierte er sich kaum für Mädchen. Zumindest nicht so wie andere.

Ich kenne ihn seit eh und je. Meine Mutter hat bei ihnen die Hausarbeit gemacht – sie war so eine Art Haushälterin –, denn das waren keine Leute, die einfach nur eine Putzfrau haben. Ja, ich kenne ihn seit jeher. Ihn … und seine Mutter und seine Schwester. Aber die Schwester …«

Sie ließ die Worte in der Luft hängen, und ein Schauder bewegte das Fett unter ihrem Kinn.

»Als er nach Paris gegangen ist, hat er mich gebeten, mit ihm zu kommen. Er brauchte jemanden, der ihm diente. Jemanden aus Laville-Saint-Jour, der ihn kannte, der die Stadt kannte, der wusste, wie die Dinge vor sich gehen. Ich habe immer gewusst, wer er wirklich war.

Er war es, der mich gebeten hat, auf die Malcrin aufzupassen. Denn am Anfang war da natürlich nur sie, das Kind war noch nicht auf der Welt. Auf sie aufpassen, aus der Ferne. Auch als der Prozess und … und das alles war. Ich habe getan, was er mir gesagt hat.«

Die Frau auf dem Sofa schwieg und starrte auf die Flasche. Suzy Belair blieb still. O ja, definitiv eine Neptunierin: Die durch Neptuns Unterwasserwelt ausgelöste Verwirrung konnte die Verirrten auch manchmal in die Arme von Mentoren oder Gurus treiben. War es Liebe gewesen, die sie an ihren Chef gebunden hatte? Krankhafte Unterwürfigkeit? Das war nicht weiter wichtig. Suzy Belair war nicht hier, um zu urteilen.

»Ich habe mich ihr genähert, und als sie mit ihrem Mann hier eingezogen ist, bin ich ihr gefolgt. Hierher – zwei Etagen von ihrer Wohnung entfernt. Und ich habe gewartet.

Er ist etwa anderthalb Jahre nach dem … na ja, nach dem Feuer wieder aufgetaucht. Ich wusste, dass er zurückkommen würde, denn ich hatte ihn wissen lassen, dass es da ein Kind gab und dass das Kind nicht den richtigen Vater hatte. Da war ich mir sicher. Ich kannte die Familie zu gut: Das Kind war Pierres Schwester wie aus dem Gesicht geschnitten, als sie ein Baby war.«

Nun kamen die Worte ganz von allein, ohne Mühe, und die schleppende, klebrige Stimme gewann an Festigkeit.

»Ich habe auf das Kind aufgepasst, da sie beide gearbeitet haben, und dann malte sie auch noch, dafür brauchte sie Zeit. Also kam er, sooft er konnte. Er hatte einen Schlüssel für das Parkhaus, er ließ sich immer absetzen. Er ging über die Treppe hoch - er nahm nicht den Fahrstuhl; in Gebäuden wie unserem ist nie jemand im Treppenhaus. Und er blieb bei dem Kind. Er sprach mit ihm. Stundenlang ... Ich habe noch nie einen Mann, über die Wiege gebeugt, so lang mit seinem Sohn sprechen hören. Oh, natürlich war er anders als andere Väter. Und nicht nur sein Gesicht ... Er wickelte ihn nicht, solche Dinge machte er nicht. Aber er sprach mit ihm: Er erzählte ihm von Laville-Saint-Jour ... Er erzählte ihm von der Kirche Saint-Michel ... und von Saint-Exupéry ... und vom Nebel ... und vom Parkwald. Und er sagte ihm, dass sie sich eines Tages wieder treffen würden. Dass das ihr Schicksal sei. Dass er ein Erbe sei - und dass auch er - Bastien - ein Erbe sei. Sein Erbe. Ja, sie mussten sich eines Tages wiedersehen, das war ihrer beider Schicksal, ein Schicksal, das besiegelt war ... Und dann würde das Kind erfahren, wer sein wirklicher Vater sei, und es würde verstehen, warum er es hatte zurückholen müssen, das heißt, es auf den Weg seines Schicksals zurückbringen. Das würde einen Preis haben, sagte er, viel Leiden, dass es ihnen schlecht gehen und das Kind unglücklich sein würde, den Mann verloren zu haben, den es für seinen Vater gehalten hatte, aber dass er es mit der Zeit verstehen würde. O ja, er sprach und sprach mit ihm, ganze Nachmittage lang, und er nahm das Händchen des Kindes und fuhr damit über sein Gesicht, so, als wollte er, dass es sich daran gewöhnte.

Es hat zwei Jahre gedauert ... Zwei Jahre lang ist er zwei, drei, viermal die Woche gekommen, um sich mit seinem Sohn zu unterhalten. Selbst wenn das Kind schlief, hörte er nicht auf. ›Laville-Saint-Jour wartet auf dich ... Laville-Saint-Jour wird dich aufnehmen.‹ Nein, er hörte nie auf ...«

Ein Seufzer ... Den Blick immer noch starr, schloss die Frau in dem Sessel die Augen, und Suzy Belair fragte sich, ob sie den Bildern entkommen wollte, die zurückkehrten, um sie zu verfolgen, oder um sich einer krankhaften Wehmut hinzugeben. Bestimmt ein wenig von beidem. Neptun empfing gern in seinem Palast ebenso Engel wie Teufel, Henker wie Opfermärtyrer ... Zuhälter wie Huren.

»Eines Tages war das Kind alt genug, um in die Vorschule zu gehen, und er hat keine Lösung gefunden, um die Bindung aufrechtzuerhalten. Also ist er wieder verschwunden. Am letzten Tag hat er zu mir gesagt: ›Du wirst von uns hören ... Wir vergessen dich nicht. Aber es wird Jahre dauern ... Ja, nach der Talcot-Affäre wird es Jahre dauern, um sich wieder etwas aufzubauen. Aber ich werde zurückkommen. Wir werden zurückkommen ...‹

Von diesem Tag an habe ich ihn nie wiedergesehen.«

Ein langes, dickes, feuchtes Schweigen. Die Frau in

dem Sessel weinte, stumme Tränen liefen ihr über die Säuferwangen.

Suzy Belair stand auf - unnötig, noch länger zu bleiben. Sie hatte die Namen. Sie hatte die Antworten. Blieb nur noch, nach Laville-Saint-Jour zurückzukehren, die Eltern des Kindes - beziehungsweise den Vater - zu kontaktieren und eventuell Antoine Rochefort. Sollte sich der Mann letztendlich auf ihre Seite geschlagen haben? Er war es doch gewesen, der ihr Bastiens Spur am Telefon zugeflüstert hatte ...

Ja, im Grunde würde es recht einfach sein. Sobald man das Kind Andremi erst mal entzogen hatte, konnte er nichts mehr tun. Zumindest würde man das denken, wenn man nicht wusste, was sich gerade in Burgund ereignete ...

80

Nicolas bog in den Tunnel ein - unglaublich!, dachte er, Antoine hatte ihn nicht zumauern lassen. Oh, der Zugang funktionierte nicht mehr so einfach wie in der Vergangenheit. Man musste hinter den Kantinenküchen durch eine Art verstecktes Kellerfenster am Fuße eines kleinen bemoosten Mäuerchens schlüpfen. Aber letztendlich führte in Saint-Ex immer noch eine Tür ins Innerste.

In diesem Fall war das Innerste, so verstand Nicolas, sobald er weiterging, nicht menschenleer. Die ersten Meter waren zwar in fast vollkommene Finsternis getaucht, aber er konnte an einer Kurve in etwa hundert Meter Entfernung einen Lichtschein erkennen. Falls es Licht gab, dann hatte sich jemand die Zeit genommen, es anzuzünden. Ja, irgendwo im Innern des großen Pentagramms, auf dem die Stadt errichtet worden war, brannten Fackeln.

Nicolas ging weiter und beglückwünschte sich dafür, alte Sportschuhe zu tragen, die so leise waren wie Pantoffeln. Er hielt seinen Revolver in beiden Händen, so wie er es beim Schießtraining gelernt hatte. Er dachte über die Situation nach, bemühte sich, sie abzuschätzen. Am Ende dieses Ganges konnte sich alles Mögliche befinden: Bastien Moreau ... oder Pierres Waffenbrüder ... oder Pierre selbst. Was genau würde er tun? Er hatte keine Ahnung. Diesmal beherrschte er das Drehbuch nicht.

Automatisch drehte er sich um, um zu überprüfen, ob er verfolgt wurde. Dann beobachtete er das Phänomen: Der Nebel schien in den Tunnel einzudringen und ihm zu folgen! Er erschauerte. Er wusste, was man über den Nebel sagte. Gewiss fürchtete kein Laviller tagsüber die Weißen Schatten. Allein, nachts, tief in den Tunneln, die durch Jahrhunderte des Grauens erlebt hatten, war das eine andere Sache. Und selbst wenn man noch nie wirklich Kinder im Nebel *gesehen* hatte, konnte man unter bestimmten Umständen die Befürchtung nicht ignorieren, anlässlich eines Nebelgestöbers die Gestalt eines kleinen Kindes mit leeren Augen zu erkennen, das um ein wenig Frieden bettelte ...

Nicolas blieb ein paar Sekunden stehen, um das Phänomen zu beobachten. Tatsächlich, der Nebel floss in die Keller hinunter. Er glitt hinab, als ob sich unerschrockene Wesen vom Schwarm lösten, sich einschleusten, über den Boden liefen. Gerade eben hatte er eine weiße Schärpe entdeckt, die zum Licht ... hinschwamm! Er machte sich daran, ihr zu folgen.

Zwei oder drei Minuten lief er so, die Pistole haltend, den Rücken einer der Wände zugekehrt. Kein Geräusch drang zu ihm herüber, keinerlei Spur von Leben – nur dieser Nebel, der wie von einer Strömung angezogen wurde. Während Nicolas weiterging, dachte er einen Augenblick an Audrey und fragte sich, ob es richtig gewesen war, sie allein zu lassen, ob sie nicht vielleicht eine Dummheit machen würde. Dann wurde das Licht an der Ecke heller und verjagte seine Zweifel. Er legte die letzten Meter fast im Laufschritt zurück, postierte sich vor der Ecke, wagte einen Blick: Man hatte zwar tatsächlich Fackeln angezündet, aber anscheinend war der Weg frei. Der lange Gang, der sich vor ihm erstreckte, war menschenleer, und Nicolas wusste sofort, wohin er führte: zu einem von Pierres Verstecken, als er ein Teenager gewesen war.

Ein Teil von Bastien hörte zu, während ihm das Monster eine Geschichte erzählte, die er bereits kannte – zumindest in groben Zügen. Ein anderer Teil beobachtete die Szene aus der Ferne mit dem Gefühl, sie schon einmal erlebt zu haben: Sie beide hier, in einem von Fackeln erhellten Raum, in den unterirdischen Gängen einer Stadt, die vom Nebel verschluckt wurde. Der Mann hatte ihm gesagt, dass er sein Vater sei, und Bastien hatte ihm geglaubt, hatte nicht eine Sekunde daran gezweifelt, obwohl es ein Wissen war, das keine besondere Gefühlsregung in ihm auslöste, außer einer gewissen Gleichgültigkeit. Der Mann hatte ihm von den langen Stunden erzählt, die sie gemeinsam verbracht hatten, als er ein Baby gewesen war, und der nüchterne Teil von ihm selbst, der die Szene analysierte, fand trotz seines jungen Alters darin vage die Gründe für seine Albträume, seine Visionen, die Bilder im Schuppen, die Stimme in seinem Kopf. Der Mann ließ ihn schließlich wissen, dass er Andremi hieß – ein Name, der nicht vollkommen unbekannt war, allerdings aus anderen Gründen, wie es Bastien schien, und dass er, oder dass vielmehr *sie beide,* einer langen Ahnenreihe von Kreaturen angehörten, die dazu bestimmt waren, über eine Unterwelt zu herrschen. Bastien konnte sich diese Welt noch nicht besonders gut vorstellen, und sie erinnerte ihn an eine Armee von Vampiren, die mit okkulten Mächten und einem ewigen Leben ausgestattet waren.

Der Mann war ein Monster. Der Mann war wahnsinnig. Seine Seele musste seinem Gesicht ähneln oder umgekehrt, das heißt, nichts Menschlichem. Auch das waren klare Tatsachen, an denen Bastien nicht eine Sekunde zweifelte. Er war ebenfalls der Mörder seines Vaters – des einzigen, wahren Vaters in seinem Herzen –, und kurz kam ihm sogar die Idee in den Sinn, dass der Mann auch Jules getötet hatte und der Verfasser der Internetnachrichten war, die mit dem Namen seines Bruders unterzeichnet worden waren. Schließlich kannte der Mann César Mendel und war auf eine Weise, die zur Stunde noch unklar war, in das rätselhafte Verschwinden von Opale verwickelt.

Und schließlich brannte der Mann – wenn man das so sagen konnte – vor Verlangen danach, ihn wiederzufinden, ihn zu holen, ihn bei sich zu behalten. De facto war der Mann äußerst gefährlich, und das allein zählte. Später, das wusste Bastien, würde er noch Zeit haben, zu weinen, zu verstehen. Vielleicht würde er mit dem Alter und der Erfahrung letztendlich entdecken, dass die Haltung, die er an jenem Abend gegenüber seinem Monstervater einnahm, im Grunde vollkommen normal war: die Anregungen, Stimulierungen, die Stunden erzählter Geschichten neben der Wiege, die zu früh vernommenen Enthüllungen hatten bei ihm ein außergewöhnliches Bewusstsein und eine ebensolche Wahrnehmung entwickelt. Auf seine Weise war er das geworden, was man ein frühreifes Kind nannte, ohne es zu wissen, ohne dass es irgendjemand jemals bemerkt hätte. Vielleicht weil seine wahre Natur erst genau in dem Augenblick vollständig zum Ausdruck kommen konnte, als die einzelnen Teile von ihm selbst sich zu einem logischen Ganzen zusammengefügt hatten, als der Mann ihm verkündet hatte: »Ich habe auf dich gewartet, mein Sohn ...«

Zur Stunde stellte Bastien sich überhaupt keine Frage zu sich selbst oder seinen Fähigkeiten, seine Gefühle unter Kontrolle zu behalten. Es zählten allein die Möglichkeiten, aus diesem Wespennest zu entkommen. Und Opale wiederzufinden.

Nun hatte der Mann aber bezüglich Opale nicht geantwortet. Nur: »Das erkläre ich dir später.«

»Du sagst ja gar nichts«, sagte der Mann plötzlich zu Bastien.

Der Junge überlegte. Man durfte ihn nicht provozieren, aber man musste ihn ein wenig aus der Fassung bringen, Zeit gewinnen. Ihn dazu bringen, dass er noch mehr redete.

»Warum hast du mich nicht besucht? Warum hast du an Jules' Stelle geschrieben?«

Etwas blitzte in den Augen des Mannes auf – sein Gesicht brachte nur das Grauen zum Ausdruck, das ihm zugefügt worden war, aber seine Augen sagten viel aus.

»Ich hatte keine Wahl«, murmelte der Mann mit einem unverständlichen Hauch von Bedauern in der Stimme. »Ich bin nicht … von dieser Welt. Ich gehöre nicht zu ihr. Und du übrigens auch nicht. Ich habe dich dort gelassen, weil ich keine Wahl hatte. Was mit mir passiert ist« – er berührte sein Gesicht –, »was mit mir passiert ist, braucht Zeit.«

Bastien stimmte mit einem Kopfnicken zu. Und in genau dem Moment sah er ihn: den Nebel. Langsam, fast unbemerkt, begannen weißliche Fäden wie die Seide eines Spinnennetzes unter der Tür hindurchzuschlüpfen und ein durchsichtiges, bewegliches Netz zu ihren Füßen zu spinnen. *Die Weißen Schatten!*, rief er innerlich. Seine Verbündeten … oder die Verbündeten des Mannes? Oder ihrer beider Verbündete? Immerhin floss dasselbe Blut in ihren Adern.

»Was Jules betrifft … Ich bin Jules. Ich habe dich nicht angelogen. Jules lebt in mir … Jules und andere. Die Kinder ohne Licht leben in mir. Diejenigen, die zu früh gestorben sind. Und eines Tages werden sie auch in dir leben. Eines Tages wirst du Jules wiedertreffen und …«

»KEINE BEWEGUNG, PIERRE!«

Bastien zuckte ebenso zusammen wie der Mann. Alle beide drehten sich zur Tür um, und Bastien entdeckte dort etwas vollkommen Verblüffendes: der Schriftsteller, der den Vortrag gehalten hatte, zielte mit einem Revolver auf seinen »Vater«!

Pierre Andremi betrachtete seinen ehemaligen Freund – ja, das war der Ausdruck: Freund. So wie Caroline seine einzige Liebe gewesen war, so war Nicolas Le Garrec der einzige Junge gewesen, zu dem Pierre keine Verbindung mehr hatte aufnehmen können. Wahrscheinlich stellte Nicolas das dar, was er in einem anderen Leben gerne gewesen wäre, das heißt, in gewisser Weise: normal ... oder anders, je nachdem, ob man sich auf die Seite von Laville-Saint-Jour stellte oder auf die der übrigen Welt. Auch unschuldig und in gewisser Weise beschützt. Beschützt von seiner Mutter, die, so beschwerlich es auch für sie gewesen sein mochte, ihn verschont hatte. Deswegen hatte Pierre ihm auch den Kopf seines Stiefvaters dargeboten, deswegen hatte er auch versucht, Nicolas zu ihnen auf ihre Seite zu ziehen. Man konnte nicht reinigen, was einmal beschmutzt worden war. Das Gegenteil hingegen war möglich. Und köstlich.

Aber Nicolas hatte widerstanden - und Pierre hatte ihn noch mehr beneidet und noch mehr gehasst. Nicolas blieb ein Misserfolg. Als er ihn nun betrachtete, sein unversehrtes, gut aussehendes Gesicht, seine Haare, die so schwarz waren wie die von Bastien und wie er selbst sie gehabt hatte, während sich heute auf seinem Schädel nur noch weißliches, sich schälendes Fleisch befand, so war es doch das Bitterste von allem: Er hatte immer geglaubt, dass, falls Nicolas die Grenze überschritten hätte, der Weg anders verlaufen wäre. Seinen Freund verdammen, um sich selbst zu retten, so ließ sich die Gleichung zusammenfassen. Und in gewisser Hinsicht blieb sie auch heute noch wahr. Eben deswegen hatte er nicht aufgegeben, eben deswegen hatte er ihm seine Rückkehr angekündigt, und eben deswegen wurde ihm eine plötzliche Wahrheit bewusst: Derjenige von ihnen beiden, der von nun an Bastiens wahrer Vater werden würde, war Nicolas. Der Mann ihm gegenüber stellte das idealisierte Double dar, das sein Unterbewusstsein auf ihn projizierte. Derjenige, der er hätte sein sollen, wenn Laville-Saint-Jour ihm kein anderes Schicksal auferlegt hätte …

»Du hast uns gerade noch gefehlt, Nicolas. Ich dachte, du seiest mit Schreiben beschäftigt. Schriftsteller werden eigentlich nicht aktiv, oder irre ich mich? Sie sind doch eher von der Sorte, die die Dinge über sich ergehen lässt.«

Nicolas starrte das gesichtslose Monster an – der Anblick ging über das normal Schockierende hinaus, und einen kurzen Augenblick wurde ihm traurig ums Herz. Das war also aus Pierre geworden. Das war also von seiner Jugendzeit in Laville-Saint-Jour übrig geblieben …

81

Cléance Rochefort parkte das Auto unmittelbar vor den Küchen von Saint-Ex, stieg aus, wobei sie den Kragen ihres Pelzmantels hochschlug, und tastete in ihrer Tasche nach der kleinen Waffe, die sie immer bei sich trug.

Sie lief entschlossenen Schrittes auf das Portal zu, gleichgültig gegenüber dem Nebel, wobei ihre Absätze ihre gesamte Wut auf das Kopfsteinpflaster klopften. Pierre hatte am Telefon einfach aufgelegt – ein Verhalten, das sie wahnsinnig machte vor Zorn, zumal sie sich für immer an ihn gekettet hatte, sie, deren Wünsche man stets befriedigt hatte, der niemand widerstand. Seitdem war er unerreichbar. Warum? Sie hatte nicht die geringste Ahnung. Im Prinzip funktionierte sein Satellitentelefon unter allen Umständen, also hatte er es vielleicht ausgeschaltet ... oder aber der Nebel von Laville-Saint-Jour erzeugte Störungen (Sie war nicht abergläubisch, oder zumindest weniger als die meisten Laviller, aber die Kraft der Weißen Schatten durfte man auf keinen Fall unterschätzen, nicht wahr?).

Das war nicht weiter wichtig, denn sie musste ihn warnen. Zunächst einmal war das Haus der Moreaus – oder vielmehr Pierres Haus! – kurz zuvor von einer Explosion hinweggefegt worden. Dann – und vor allem! – hatte die Mutter der Rotznase, kurz bevor sie ihre Klecksereien in Brand gesteckt hatte, Besuch von der Lehrerin in Begleitung von Nicolas gehabt. Audrey Miller hatte also anscheinend mit Hilfe des ... des Verräters! ... die Spur bis zu Bastien zurückverfolgt. Wo steckten die beiden nun? Cléance wusste es nicht – die Kameras, die ihr zur Verfügung standen, deckten nur die Talcotière und das ehemalige Haus der Andremis ab. Pierre musste auf jeden Fall schnellstens informiert werden, da die Drohungen gegenüber Audrey, sie offenbar nicht abgeschreckt hatten, gegen ihre Interessen zu handeln.

Oh, natürlich hätte sie Antoine anrufen können, damit er die Nachricht an ihrer Stelle übermittelte – schließlich musste er sich noch irgendwo in der Gegend befinden –, aber sie brachte ihm kein Vertrauen mehr entgegen. Sein Fehltritt, einer unter vielen, mit der Lehrerin zeugte von seiner geringen Verbundenheit mit ihrer Sache. Also hatte sie beschlossen, so schnell wie möglich herbeizueilen, auch wenn sie den Serviceeingang seit fast zwanzig Jahren nicht mehr benutzt hatte und sich nicht vorstellen konnte, wie sie ins Innerste des Pentagramms schlüpfen würde.

In dem Moment, als sie durch das Portal ging, erregte ein Geräusch hinter ihrem Rücken ihre Aufmerksamkeit. Sie drehte sich um, suchte die Straße mit einem Blick ab. Unmöglich, auch nur irgendetwas erkennen zu können. Der Nebel führte den den Straßenlaternen gestohlenen Lichterglanz und verschluckte Lebensbruchstücke mit sich.

Sie erstarrte für einige Augenblicke, zuckte die Achseln und betrat Saint-Ex, wobei sie der Kantinengeruch störte, der aus den Lüftungsschächten entkam. Die Schule schien menschenleer zu sein, und der kleine Innenhof der Küchen wurde nur noch von den blassen Buchstaben der Notausgänge beleuchtet. Sie ging um den Speisesaal herum und an den Küchen vorbei, um bis zu dem kleinen Mäuerchen zu gelangen und das Kellerfenster zu suchen. Überrascht fand sie es offen vor (Wie würde sie nur dort hindurchklettern können?), beugte sich hinab, um die schwarze Öffnung zu untersuchen, und zuckte zusammen, als sie folgendes Phänomen entdeckte: Nebelfäden lösten sich aus der Masse, um in das Loch abzutauchen und in den Tunnel zu schlüpfen wie Aale.

»Wo ist mein Sohn?«

Cléance Rochefort erstarrte. Sie kannte diese Stimme. Natürlich, wer sonst? Sie waren also hergekommen … Auch sie. Wie kam es, dass sie nicht daran gedacht hatte?

Ruhig schob sie ihre Hand in ihre Tasche, umklammerte den Griff des winzigen Revolvers – eine Spielerei, fast ein Spielzeug. Das aber sehr wehtun konnte.

Sie drehte sich langsam um und richtete ihren Blick auf die verstörten Augen Audrey Millers. Das Geräusch hinter ihrem Rücken war also sie gewesen. Sie musste bereits geparkt haben, als Cléance angekommen war, und ihr gefolgt sein. Allein. Sie hielt in der Hand etwas, das aussah wie eine Schaufel, die sie auf dem Weg aufgehoben haben musste – die Faktoten von Saint-Ex ließen in diesem Teil der Schule, der dem Service vorbehalten war, immer alle möglichen Werkzeuge herumliegen.

Cléance schätzte schnell die Situation ab, die Zeit, die notwendig war, um den Revolver aus der Tasche zu holen (Da sie wenig Erfahrung hatte, fragte sie sich plötzlich, ob sie ihn entsichert hatte.). Sie beschloss, auf Nummer sicher zu gehen und Zeit zu gewinnen.

»Ich weiß es nicht«, sagte sie. »Das geht mich nichts an.«

»O doch, das geht Sie sehr wohl etwas an ... Sie haben mir heute Morgen die Gefahr erklärt, die meinem Sohn meinetwegen droht! Sie wissen besser als jeder andere, wo er sich befindet.«

»Ich wiederhole es Ihnen noch einmal, Audrey, ich weiß nicht, wo er ist. Ich kümmere mich nicht um ... diese Dinge.«

Cléance Rochefort sah überschäumende Wut in den Augen ihrer Feindin aufblitzen.

»Es ist mir scheißegal, ob Sie Befehle erteilen oder sie ausführen! Mein Mistkerl von Ehemann ist auf Ihrer Seite, mit Andremi! Wie glauben Sie denn, wie Sie sich aus der Affäre ziehen können?! Wir wissen, wer Sie sind. WIR WISSEN, WER SIE SIND! Die Polizei ist bereits benachrichtigt, es ist nur noch eine Frage von Minuten, wann sie hier eintreffen! Wir kennen die Orte, die Namen, alles!«

Cléance Rochefort erblickte eine Gestalt, die sich hinter dem Rücken der Lehrerin abzeichnete und auf sie beide zukam – eine Gestalt, die sie selbst im Nebel wiedererkannte –, und ein Lächeln des Triumphs huschte über ihr Gesicht.

»Sie armselige kleine Schlampe!«, fauchte sie, »Sie haben niemanden benachrichtigt, und Sie haben nichts getan. Sie wissen es, und ich weiß es. Und wenn Sie die Wahrheit hören wollen: Ihr Sohn ist verloren! VERLOREN, hören Sie mich?! Jocelyn hat ihn uns anvertraut, Jocelyn hat ihn uns geschenkt. Und bei der nächsten Sonnenwende werden wir ihn weiterschenken. Und Sie sollten sich geschmeichelt fühlen! Ja, geschmeichelt durch die Ehre, die man Ihnen erweist, die Pierre Ihnen erweist!«

Sie sah, wie die Augen der Lehrerin bei der Heftigkeit des Schocks immer größer wurden. Dann stieß Audrey Miller einen Schrei aus und hob die Schaufel mit einer Kraft hoch, die erstaunlich war für eine so zarte Person. Cléance Rochefort wich zurück, stolperte, spürte, wie ein Absatz an einem Pflasterstein zerbrach, und sah sich bereits hier in einer Sekunde niedergeschlagen, in ihrer alten Schule, zehn Meter von den Mülltonnen entfernt und ...

PLOP.

Die Unauffälligkeit des Geräuschs entsprach dem Schmerz, der in Audreys Rücken explodierte, unmittelbar über den Nieren. Ihre Bewegung erstarrte, die Schaufel entglitt ihr, und sie spürte, wie ein wesentlicher Teil ihrer selbst unter dem Schuss nachgab. Ihr Körper brach in einem Nebelspritzer zusammen, und eine warme Flüssigkeit bahnte sich einen Weg auf den Boden. Dann verschwand der Schmerz, und die Welt wurde weiß. Es fiel ihr nicht auf, dass sie Blut spuckte, ebenso wenig wie sie bemerkte, dass der Nebel über den Boden und an ihrem Körper vorbeiglitt, um in das

Kellerfenster hinabzutauchen. Sie konnte Antoines Gesicht erkennen, der sich über sie beugte, seine Stimme, die ihr kühle Entschuldigungen ins Ohr flüsterte. Sie schloss die Augen, um ihm zu entkommen, und Bilder gingen ihr durch den Kopf und begleiteten sie in Richtung Tod: Die Liebe, die sie bei der Geburt ihres Sohnes durchströmt hatte; sein kleiner Mund, der »Mama ...« aussprach; der blaue Blouson, den sie ihm eine Woche zuvor gekauft hatte, um für die Kälte von Laville gerüstet zu sein; und seine Hand, die ihr Gesicht streichelte, wenn sie ihn vor dem Schlafengehen zudeckte ... Kurz bevor sie das Bewusstsein verlor, schickte sie ein allerletztes Gebet an Nicolas: *Rette ihn ... Finde meinen Sohn und rette ihn ...*

Cléance Rochefort richtete auf ihren Mann einen Blick zwischen Kälte und Erstaunen.

»Ein Schalldämpfer?«, bemerkte sie und starrte auf den Lauf seiner Waffe. »Ich wusste ja gar nicht, dass du so gut ausgestattet bist ...«

Antoine Rochefort kniete neben Audrey, um ihren Zustand zu überprüfen. Zufrieden stand er auf. Cléance fiel auf, dass er Handschuhe trug, was bei ihm ungewöhnlich war.

»Es gibt vieles, das du nicht weißt.«

Sie nickte – er hatte nicht unrecht. Es gab auch vieles, das sie lieber nicht gewusst hätte. Während er die Schaufel aufhob, fragte sie ihn in einem verärgert-scharfen Tonfall:

»So, und was machen wir jetzt?«

Anstatt einer Antwort drehte Antoine sich um und versetzte ihr einen Schlag mit der Schaufel auf den Kopf. Sie hatte noch nicht einmal die Zeit, Schmerz zu empfinden, und brach wenige Meter von dem Körper seiner ehemaligen Geliebten entfernt zusammen. Wie er es auch bei Letzterer getan hatte, überprüfte er ihren Puls. Seine Frau lebte noch, würde aber bestimmt für mehrere Minuten außer Gefecht gesetzt sein. Perfekt ...

Er schätzte den Winkel ab, der die beiden Frauen voneinander trennte, und arrangierte die Szene – die Position, die die Schaufel gehabt haben müsste, falls Audrey die Verursacherin des Schlags gewesen wäre, und den Körper seiner Gattin –, so, wie er sie in der Sekunde geplant hatte, als er die beiden Frauen sich gegenüberstehen gesehen hatte. Die Gelegenheit war einfach zu schön gewesen.

Er drückte Cléance seinen Revolver in die Hand und zog aus ihrer Tasche das Spielzeug, das sie zum Spaß mit sich herumtrug. Gut, nun hatte er alles auf eine Karte gesetzt. Im schlimmsten Fall würde ihre Aussage gegen seine stehen. Im Endeffekt, falls das Glück nicht auf sich warten ließ, würde er die Kontrolle über die Schule, die Labors und den Rest übernehmen ... So lauteten die Vereinbarungen, die sie vor langer Zeit getroffen hatten, ein Pakt vor dem Notar, der die Weiterführung der Geschäfte sichern sollte, falls einer von ihnen nicht mehr dazu in der Lage wäre. Cléance hatte darin wahrscheinlich eine Möglichkeit gesehen, Pierres Werk fortzuführen ... an Pierres Seite. Was auch immer mit ihr geschehen mochte. Wie er ihr allerdings gesagt hatte, wusste seine Frau, da sie sich innerlich einem anderen gewidmet und sich in gewisser Weise geschützt hatte, nichts vom wahren Wesen ihres Mannes.

Er zog sein Handy aus der Manteltasche und wählte

die Nummer der Polizei. Genau in diesem Augenblick entkam das Echo von drei Schüssen aus dem Kellerfenster, und ihm fiel auf, dass der Nebel sich wie ein Wasserfall dort hinunterstürzte ...

82

Bertegui ging auf das Licht zu, dorthin, wo aus der Ferne das Echo eines undeutlichen Stimmengewirrs zu kommen schien. Seit wann lief er nun schon durch das finstere Labyrinth? Er wusste es nicht. Die Zeit hatte keine Gültigkeit mehr ... Der Vortag, das Lächeln seiner Frau, das Gelächter seiner Tochter gehörten einem anderen Leben an.

»...ier!«

Ein laute Stimme ertönte! Bertegui erstarrte: Sie waren da ... Irgendwo, in seiner Reichweite. Da war er sich sicher!

... im Herzen des Pentagramms ...

... die Tunnel, um sich zu den Ritualen zu begeben ...

Er musste denken wie sie! Denken wie sie!

Er beschleunigte seine Schritte und erreichte die letzten Meter, die ihn von den flackernden Lichtern trennten.

Er drückte sich gegen die Wand und wartete, hörte immer noch in der Ferne die Stimmen. Er warf einen Blick in den Raum: eine Art Eingangshalle, von der mehrere Korridore abgingen, die in das flackernde Licht von an den Wänden befestigten Fackeln gehüllt wurden. Ein wahres Vorzimmer eines Gruselkabinetts. Der Ort schien menschenleer und war es im Grunde doch nicht. Das Wildschwein beobachtete, wie der

Nebel, der über den Boden glitt, sogar zwischen den Wänden anschwoll, als wollte er sie überdecken. Wie konnte der Nebel bis hierher gelangen? Und dann sogar - aber ja! - fast seine Schuhe verdecken. Er folgte der Bewegung des Nebels, der sich in schwindelerregenden Zuckungen dahinschlängelte, und ihm fiel auf, dass er sich in eine einzige Richtung bewegte, wie von einer Flut geleitet.

Bertegui zögerte nicht - dem Nebel zu folgen war ein irrationales Verhalten, aber seit zwei Stunden waren diese Art von Überlegungen sinnlos geworden. Er bog in den Gang ein, erstarrte erneut, als er ein weiteres Echo hörte. Le Garrec? Erkannte er die Stimme des Schriftstellers wieder?

Sie waren hier! Sie waren hier, er hatte es gewusst! Und Le Garrec hatte es auch gewusst! Und dieser Dreckskerl hatte ihm nichts gesagt! Und dieser Dreckskerl war vollkom ...

Eine Bewegung hinter ihm. Bertegui drehte sich um – gerade noch rechtzeitig, nicht um dem Schlag auszuweichen, aber um ihn abzuwenden. Die Waffe traf seinen Schenkel. Er schwankte unter dem Schmerz, ließ seine Pistole fallen und hob den Kopf, um seinen Angreifer anzusehen. Ein albtraumhafter Anblick bot sich ihm: ein Jugendlicher, so blond wie ein kleines Kind, bis zu den Lippen mit Blut beschmiert, von dem Bertegui ahnte, dass es nicht seines war, seine besessen blickenden Augen von einem fast durchsichtigen Blau, die blind waren vor Wahnsinn und Hass.

Die beiden Gegner forderten sich mit den Blicken heraus, und Bertegui wurde von einem Schwindel, einer Art Verzerrung ergriffen: Was er hier gerade erlebte, war nicht real. Er konnte sich nicht hier in einem gefliesten, von Fackeln erhellten Tunnel befinden, dieser Kreatur gegenüber, die direkt aus einem Horrorfilm zu stammen schien, in einem Nebel, der weiterhin über den Boden kroch und an den Wänden hochstieg.

Der Teenager bewegte sich, seine Waffe immer noch in der Hand, der Schmerz schoss Bertegui plötzlich höher in den Schenkel, und er begriff, dass er schnell handeln musste. In einer Sekunde würde sich der Junge auf ihn werfen. In einer Sekunde konnte der Schmerz ihn gelähmt haben - unmöglich zu wissen, ob die Oberschenkelarterie getroffen war. Er suchte seine Pistole - sie lag etwa zehn Meter entfernt. Falls sein Angreifer in diesem Moment nicht einen Raptus gehabt hätte, hätte er sie bestimmt bemerkt und entfernt oder aufgehoben. Aber der Junge sah nichts anderes als seine Beute, und ein Frösteln des Grauens schüttelte Bertegui bei dieser Erkenntnis.

Er atmete tief ein und kämpfte darum, trotz des Schmerzes nicht ein Knie auf den Boden zu setzen. In dem Augenblick, als sich der blonde Todesengel auf ihn stürzte, nahm Bertegui seine gesamte Energie zusammen, um sich auf die Pistole zu werfen. Er fiel hin wie ein Sack, und der Schmerz in seinem Schenkel entriss ihm einen Schrei, aber er griff nach der Pistole. Gerade noch rechtzeitig, um sich umzudrehen und drei Schüsse auf das Gesicht des Zombies abzugeben, der sich erneut auf ihn stürzte, um ihn abzustechen wie ein Schwein.

Nicolas hielt immer noch den Revolver in der Hand und ging auf Andremis offensichtliche Erheiterung nicht ein.

»Geh weg von Bastien, Pierre ...«

Eine bleiche Grimasse zeigte sich auf Andremis Gesicht - ein Lächeln, begriff Nicolas.

»Du kannst nichts tun, Nicolas, sogar mit einer Waffe, sogar mit zehn Waffen. Wenn du mich tötest, wirst du niemals - NIEMALS! - erfahren, wo sich das Kind deiner Freundin befindet. Denn sie ist doch deine Freundin, oder?«

Nicolas zuckte zurück. An diesen Aspekt der Dinge hatte er nicht gedacht, und das war ein Fehler. Er kannte Pierres Entschlossenheit gut genug, um zu wissen, dass die Angst zu sterben ihn nicht würde beugen können. Nur die Angst zu verlieren hatte diese Wirkung. Und um keine Niederlage zu riskieren, hatte Andremi gewiss alles vorher bedacht.

»Du siehst überrascht aus, Nicolas, aber ... denk doch mal nach. Ich bin in dieser Angelegenheit nicht allein, und trotzdem ... hast du jemanden gesehen? Ich meine, hast du irgendwo einen Schutz gesehen? Nein, niemanden. Und weißt du, warum? Es ist unnötig. Ich wollte, dass dieses Treffen mit meinem Sohn einzigartig und privat ist ... und hier stattfindet. Denn hier fängt alles an und hört alles auf. Und ich brauche niemanden, um meinen Schutz zu gewährleisten, denn niemand von euch hat eine Wahl: Mich zu töten würde nur dazu dienen, den Untergang eurer Angehörigen voranzutreiben. Mich einzusperren hätte dieselbe Wirkung. Begreifst du?«

Nicolas sagte kein Wort, und ein plötzliches Gefühl von Hilflosigkeit lastete schwer auf den Händen, die die Waffe hielten. Er warf einen Blick auf Bastien - der Junge trug diese benommene Ruhe von Menschen im Schockzustand zur Schau, die den aktuellen Augenblick nicht erlebten, sondern sich von ihm lösten, um ihn ertragen zu können. Dann erblickte er plötzlich die seltsamen Bewegungen an den Wänden von Pierres Zufluchtsort. Der Nebel, wunderte er sich. Der Nebel war bis hierher, bis zu ihnen gekommen, und ... er kroch an den Wänden empor. Hatte Pierre das gesehen?

Man musste Zeit gewinnen.

»Warum hast du mir geschrieben, Pierre?«, fragte er. »Was hast du dir davon erhofft?«

Ein seltsamer Schein blitzte in den Augen des gesichtslosen Mannes auf. Bedauern?, fragte sich Nicolas. Er wollte gerade antworten, als wenige Meter von ihnen entfernt drei Schüsse ertönten. Nicolas zuckte zusammen und drehte sich um.

»Vorsicht!«, brüllte Bastien.

Eine Sekunde später warf sich Pierre Andremi mit seinem ganzen Gewicht auf Nicolas.

Die Männer rollten auf dem Boden. Bastien suchte nach dem Revolver - die Waffe musste irgendwo hingefallen sein. Er entdeckte sie unter dem kleinen Tisch aus wurmstichigem Holz, vor dem Sessel. Er wollte sich gerade darauf stürzen, um sie aufzuheben - ohne im Übrigen genau zu wissen, was er damit anstellen sollte -, als der Körper seines »Vaters« heranrollte und ihm zuvorkam.

Pierre Andremi richtete sich mit einem Sprung auf und packte den Revolver.

»Keine Bewegung mehr!«, befahl er Le Garrec.

Bastien erstarrte, drehte sich zu dem Schriftsteller um, der ziemlich zugerichtet war und ein blutiges Gesicht hatte.

»Da du deine Seele nicht verlieren wolltest, Nicolas, wirst du wohl dein Leben verlieren. Schau, ich war noch nicht einmal bewaffnet. Ich habe mir noch nicht einmal vorgestellt, dass du bis hierherkommen würdest. Als ich erfahren habe, das du unserem Freund dem Kommissar nichts gesagt hast, habe ich in gewisser Weise gedacht, dass du definitiv aus dem Spiel seist. Ich hatte unrecht, aber ich glaube, der Moment ist gekommen, um ...«

Pierre Andremi erstarrte. Bastien folgten seinem Blick: Die Wände ... *bewegten sich*. Der Nebel ...

»Bastien, komm mit mir mit.«

Der Jugendliche starrte seinen Vater an – der Brei, der sein Gesicht war, war unfähig, auch das geringste Erstaunen hervorzubringen, aber die Unsicherheit in seiner Stimme war zu hören.

»Bastien, du kommst mit mir mit.«

Bastien bewegte sich nicht. Seine Augen glitten von seinem Vater ... zu den Wänden. Das Gestein war nicht mehr sichtbar, sondern vollkommen von dem Nebel bedeckt. Ein Nebel, dessen Zuckungen er kannte. Er hatte das Phänomen bereits in seinem Garten gesehen, in der Nacht mit dem Mädchen auf der Schaukel.

Er richtete seine Aufmerksamkeit auf Andremi, forderte ihn mit dem Blick heraus. Der Verbrecher beugte den Kopf wie ein erstaunter Hund und wiederholte mit zusammengebissenen Zähnen, wobei er jede Silbe einzeln betonte:

»DU – KOMMST – MIT –MIR –MIT!«

Bastien blieb reglos. Er hatte begriffen, dass Andremi ihn aus irgendwelchen Gründen brauchte und ihm nichts antun würde – zumindest nichts Schlimmes.

»DU KOMMST MIT MIR MIT, DU DRECKIGES KLEI-

NES STÜCK SCHEISSE, ODER ICH MACHE IHN HIER VOR DIR KALT UND LASS DICH SEIN HERZ FRESSEN!«, brüllte er und fuchtelte dabei mit der Waffe vor dem Schriftsteller herum.

Bastien zuckte zusammen und warf Le Garrec einen Blick zu: Ein Blitz des Einverständnisses durchfuhr sie. Andremi hatte ihnen soeben sein wahres Gesicht gezeigt.

Er wandte sich wieder den Wänden zu. Das Pulsieren begann langsam durch die Oberfläche des Nebels zu dringen, der die Steinwände bedeckte. Andremi hatte es auch gesehen, und Bastien ahnte seine Befürchtungen. Dann kamen ihm plötzlich Bilder in den Sinn: Harry Potter und seine *Patronus* ... und Carrie, die Gegenstände kommandierte ... und das Feuerkind Charlie, das das Feuer kontrollierte ... und die Akteure von *Heroes*, der Serie, die er sich im Internet herunterlud. Er war der Herr des Nebels. Er konnte ihn leiten ... ihm befehlen. Die Weißen Schatten würden ihm helfen. Sie waren seinetwegen gekommen.

Ohne die geringste Furcht, ohne das geringste Zögern, was seine ... Macht betraf, schloss er die Augen.

Nehmt ihn

Nehmt ihn

NEHMT IHN

Er wartete, kämpfte darum, seine Augen geschlossen zu halten. Die Stille erschien ihm erdrückend, und kurze Bilder störten seine Gedanken: Andremi, der von dieser Verhaltensänderung zunächst überrascht war und auf ihn zuging; der Schriftsteller, der vielleicht gerade über den Boden kroch, um einen Gegenschlag vorzubereiten oder zu fliehen. Er wies sie zurück, konzentrierte sich. Nicht die Augen öffnen ... Den Geist von jedem weiteren Gedanken befreien. Die Weißen Schatten würden erscheinen, müssten jetzt Gestalt annehmen. Ich befehle ihnen! Ich befehle ihnen! Und ich sehe sie ganz klar in meinem Kopf ... Die Armee der Opfer von Laville-Saint-Jour, blind vor Rache! Die geopferten Kinder, die dorthin zurückgekehrt waren, wo alles angefangen hatte, und die sich von den Wänden und der Decke lösten, und ...

... und es kam. Zunächst nur ein kleines elektrisches Kribbeln, dann richteten sich die Haare und der Flaum auf seinem Körper auf. Die Energie ... die Energie floss in ihm. Ein Strom, der an Stärke gewann. Eine Kraft, die vom Zorn, vom Hass und einer unerbittlichen Entschlossenheit befehligt wurde. Ein Wille, der so hartnäckig war, dass Bastien für einen Augenblick die Idee in den Sinn kam, dass er ihn auszehren und blutleer, vielleicht sogar tot zurücklassen würde. Doch das war überhaupt nicht wichtig. Man musste ... Andremi *zerstören,* das Böse zerstören. Auch er war ein *Hero*! Auch er schrie seine Wut heraus!

Er hörte, wie Pierre Andremi die Überraschung unterdrückte.

»Ja aber, was ...?«

Er hielt die Augen geschlossen, obwohl er eine plötzliche Bewegung in seine Richtung wahrnahm. So laut er einen inneren Schrei ausstoßen konnte, brüllte er: NEEEHMT IIIIHN!!!!!!!!

Der Nebel ... grollte. Bastien konnte es deutlich hören – in seinem Kopf eher als mit den Ohren, aber er konnte die dumpfen Schreie wahrnehmen, wie bei seiner Séance mit den Weißen Schatten in der *Chowder*. Andremi stieß einen kleinen Schrei aus, und Bastien wusste, dass er die Augen öffnen konnte.

Der Raum war vollkommen weiß, wie verräuchert. Im Zentrum des Magmas zwei dunkle Gestalten: eine, die sich langsam vom Boden erhob, und eine andere, die sich gegen etwas zu wehren versuchte, das ein kompakter, weißer Fangarm zu sein schien.

»WAS HAST DU GETAN?«, schrie Andremi.

Aber Bastien hörte nicht auf ihn. Er ignorierte auch den Schriftsteller, der auf ihn zukam, konzentrierte sich auf die Gestalten, die aus den Wänden hervorbrachen, die nebelhaften Körper, die sich aus dem Gestein lösten wie die Wasserspeier von Saint-Michel, um anzuschwellen und die Energie im Raum noch zu verstärken.

NEHMT IHN!, brüllte er in seinem Kopf. NEHMT IHN!!

Langsam teilte sich ein langer Fangarm, der seinen Erzeuger einschnürte. Bastien glaubte in dem wattigen Chaos die Silhouetten zweier Kinder zu erkennen, die über Andremis Schädel schwebten wie zwei spöttische Teufel. Er drehte sich um. Von allen Seiten nahmen weitere Körper Gestalt an. Er konnte zähnefletschende Münder sehen, die schwarzen, zornigen Höhlen ihrer Augen, die Händchen, die sich dem Feind entgegenstreckten. Mit der ätherischen Langsamkeit, die typisch für sie war, umgaben die Weißen Schatten nun Andremi, versuchten, ihn zu verschlingen, ihn zu erdrücken. Dann verschmolzen die Körper erneut zu einem wütenden Ganzen, und der Raum war plötzlich nicht mehr zu erkennen, erfüllt von einer wirbelnden Wolke aus kompaktem, dickem, fast materiellem Weiß, die die wenigen Gegenstände im Raum anhob.

Pierre Andremi stieß einen weiteren Schrei des Zorns aus, aber Bastien hörte ihn kaum, betäubt durch den

Lärm des Tumults, erdrückt durch das Gefühl, dass es ihm selbst an Sauerstoff und an Leben mangelte, als ob sich der Nebel von ihm ernährte, aus seiner Lebenskraft schöpfte, um noch weiter an Stärke zu gewinnen.

Ein Schuss explodierte, und der Junge spürte die Kugel an seinem Ohr vorbeipfeifen, dann flog der Revolver durch die Luft. Pierre Andremi war begraben – eine Gestalt, die in den Geräuschen herumfliegender Gegenstände tastend gegen okkulte Kräfte ankämpfte.

Bastien spürte plötzlich, wie eine Hand seinen Arm berührte. Nicolas Le Garrecs Stimme gelangte zu ihm:

»Wir müssen gehen ... Komm, lauf, lauf!«

Der Mann war nicht mehr deutlich zu erkennen, aber er spürte, wie sein Griff fester wurde.

»Wo ist die Tür?«, rief Le Garrec. »Wo ist die Tür?«

Bastien wusste es nicht. Er konnte nichts mehr sehen, weder seinen Vater noch den Schriftsteller noch den Ausgang. Er konnte nicht einmal seinen eigenen Körper wahrnehmen, die Welt kam hinter dem undurchsichtigen Vorhang, der tobte wie ein Ozean, nicht mehr zum Vorschein. Er verstand, dass er Kräfte in Gang gesetzt hatte, die sich seiner Kontrolle entzogen, wie bei seiner Séance in der *Chowder Society.* Aber diesmal würden sie sterben, denn JR war nicht da, um ihm einen Faustschlag zu versetzen und die wahnsinnig gewordenen Weißen Schatten aufzuhalten. Er glitt bereits in eine fast schläfrige Trance ab, sodass er weder den Schuss wahrnahm noch Pierre Andremis unverständliche Beschwörungsformeln in einer unbekannten Sprache.

»Nimm meine Hand!«, brüllte der Schriftsteller.

Bastien zuckte zusammen. Er spürte, wie eine feuchte Handfläche seinen Arm bis zu seiner Hand hinuntergriff. Er drückte sie und klammerte sich an ihr fest, um nicht das Gleichgewicht zu verlieren. Ein erneuter Schrei riss ihn aus seiner Abgestumpftheit, und wenige Sekunden lang konnte er die Konturen von Andremis Gestalt in der Mitte des Raumes entdecken, als ob es dem Mann gelungen wäre, seine Angreifer abzuwehren. Kurz darauf, während die entfesselten Schatten sich erneut verdichteten und dort verschmolzen, wo der Mörder stand, eilte etwas wenige Zentimeter von ihm entfernt vorbei, durchquerte das Zimmer, dann hallte Fußgetrappel zu ihnen hinüber. Andremi war bereits draußen.

Eine Kraft zog heftig an ihm - der Schriftsteller hatte ebenfalls den Ausgang entdeckt. Bastien vertraute ihm, ließ sich mitreißen. In dem Moment, als er glaubte, durch die Tür zu gehen, drehte er sich um. Er konnte einen Sessel in herumwirbelnder Levitation wahrnehmen, und inmitten des Chaos erkannte er deutlich die Gestalt eines kleinen Mädchens - ihr Kleid flatterte um sie herum, ihr Haar in ätherischen Strähnen ausgebreitet -, das einen kleinen fröhlichen, komplizenhaften Gruß an ihn richtete.

83

Lieutenant Clément beobachtete die Frau, die ihm gegenübersaß und mit einer unerschütterlichen Kühle, die angesichts der Umstände Respekt hervorrief, die Wand anstarrte. Auf jeden Fall gab es in Kleinstädten oft Namen, Menschen, bei denen man mit Überraschung feststellte, dass sie Macht über einen ausübten und ihre Bekanntheit ihnen Einfluss verlieh. Das war gewiss der Fall bei Cléance Rochefort, auch wenn sie aller nur möglicher Verbrechen angeklagt wurde, selbst ungeschminkt und geschwollen infolge einer Rauferei, deren Umstände noch aufzuklären waren – das war selbstverständlich nicht das geringste der Rätsel, die Laville-Saint-Jour überrascht hatten.

»Ich frage Sie noch einmal, Madame Rochefort: Wo befindet sich Pierre Andremi …?«

Cléance Rochefort bewegte sich keinen Millimeter von der Stelle; sie ließ lediglich ihren Blick bis zu dem Lieutenant gleiten, dem es gelang, nicht zu erröten. Nach mehreren Stunden Verhör hatte er sich schließlich an den verächtlichen Ausdruck gewöhnt, mit dem sie ihn bedachte, an diesen Schatten eines Lächelns, wenn ihr Blick auf seinen Ohren verweilte.

»Und ich wiederhole es noch einmal: Ich – weiß – es – nicht.«

Clément seufzte.

»Sie halten mich zum Narren, also fangen wir noch mal von vorn an«, sagt er und warf dabei einen Blick auf den Stapel Notizen vor ihm.

»Ihr Büro ist mit einem Überwachungssystem ausgestattet, das mit Kameras verbunden ist, die einen Teil der Talcotière beobachten – deren Besitzerin Sie sind –, und die ebenfalls ein Haus beobachten, das Ihnen gehört, welches explodiert ist, nachdem die derzeitige Mieterin ihrem Leben ein Ende gesetzt hat. Caroline« – Clément beugte sich über seine Notizen – »Moreau war die Ehefrau von Daniel Moreau, einem ihrer Angestellten, von dem wir keine Spur gefunden haben – der Mann scheint seit mehreren Tagen verschwunden zu sein. Das Gleiche gilt für ihren Sohn, der in einer Schule angemeldet ist, die ebenfalls Ihnen gehört. Bei seinem Besuch in der Talcotière hat Kommissar Bertegui entdeckt, dass er durch die Kameras überwacht wurde und vor allem, dass seine Frau und seine Tochter von Pierre Andremi gekidnappt worden waren ...«

»Haben Sie Beweise?«, fragte Cléance Rochefort ruhig.

»Wofür?«

»Dass es sich um Pierre Andremi handelt.«

»Wir warten auf die Laborergebnisse ... Wir werden ebenso wenig überrascht sein wie Sie, wenn wir entdecken, dass die Proben, die aus dem Bett des kleinen Büros in der Kapelle entnommen wurden, uns seine Anwesenheit auf ihrem Grundstück und vor ihren Kameras bestätigen.«

Ein leichtes Verkrampfen der Kiefermuskeln war Cléance Rocheforts einzige Antwort.

»Anschließend finden wir Sie in Saint-Exupéry, etwa hundert Meter von Kommissar Bertegui entfernt – genauer gesagt neben einer ... Öffnung, die zu Tunneln führt, die unter dem Parkwald und einem Teil dieser Stadt entlanglaufen. Dort, wo man ebenfalls Audrey Miller entdeckt hat, schwer verletzt durch eine Kugel, die von einem Revolver abgegeben wurde, auf dem man Ihre Fingerabdrücke findet. Madame Miller ist im Übrigen auch noch zufällig die Geliebte Ihres Mannes ... und, Ironie des Schicksals, Bastien Moreaus Französischlehrerein. Also, meine Güte, werden Sie mir jetzt endlich sagen, was das für ein Durcheinander ist!«

Clément schlug mit der Faust auf den Tisch – ein

leerer Kaffeebecher und zwei Stifte fielen zu Boden. Cléance Rochefort zuckte mit keiner Wimper.

Clément atmete tief ein und versuchte es mit der sanften Methode – indem er und seine Kollegen sich gegenseitig ablösten, wechselten sie die Befragungsmethoden ab – ohne den geringsten Erfolg.

»Ich weiß nicht, ob Sie begreifen, dass Sie ganz schön in der Patsche sitzen«, sagte er. »Sie werden sich ... ach, was weiß ich wie viele Jahre einfangen.« Er wedelte mit der Hand. »Die einzige Möglichkeit für Sie, Ihre Strafe zu mildern, ist, mit uns zu kooperieren, verstehen Sie? Verdammt, es geht um die Frau und die Tochter eines Polizeikommissars! Wenn wir sie mit Ihrer Hilfe lebend wiederfinden, wenn Sie uns Andremi liefern, werden die Richter das berücksichtigen. Man wird verstehen, dass ... dass er Ihre Jugendliebe war, dass Sie ihn immer noch lieben, dass er Sie in seinen Bann gezogen hat. Wir wissen, wer er ist, Madame Rochefort. Wir wissen hier, welchen ... Einfluss er hatte. Aber lassen Sie uns Ihnen helfen.«

Cléance Rochefort reagierte – ein Seufzer, eine Klage. Clément wusste sofort, was ihn ausgelöst hatte: die Anspielung auf ihre Zuneigung für diesen Dreckskerl von Kindermörder. Das Wildschwein hatte also recht gehabt: Sie hatte all das (und er wusste nicht ganz genau, was »das« bedeutete, schaffte es noch nicht einmal, dessen Ausmaß abzuschätzen) aus Liebe getan. Ja, Bertegui hatte recht gehabt. Aber Bertegui konnte sie nicht verhören, denn als er sich ihr genähert hatte, hatte er schlicht und einfach versucht, sie zu erwürgen. Obwohl Bertegui in diesem Moment hinter dem Spionspiegel stand, dann nur dank der Anwesenheit der Kameras, der Kollegen und der vier oder fünf Temesta-Tabletten, der er im Laufe der letzten Stunden geschluckt haben musste.

»Sie haben meinen Mann verhört, nehme ich an ...«

Clément zuckte die Achseln.

»Ja ... Und wir verhören ihn weiterhin. Auf jeden Fall hat er ein Alibi für die Stunde, in der Audrey Miller angegriffen wurde ...«

Das war das Einzige, was sie bisher versucht hatte: den Ehemann belasten. Vergeblich. Es war im Übrigen ein Wunder, dass Audrey Miller ihrer Verletzung nicht erlegen war; sie lag zur Stunde im Koma. Mit ein wenig Pech würde der Mordversuch ganz einfach in Mord umgewandelt werden.

Die Hausdurchsuchung hatte nichts ergeben. In ihrem Büro in den Labors allerdings war das Überwachungssystem belastend gewesen und hatte sie direkt in die Sache verwickelt. Es war sogar eigentlich der wichtigste Beweis. Sie hatten den Schauplatz des Verbrechens noch nicht rekonstruiert, aber sobald er vor Ort eingetroffen war, hatte Clément eine Inszenierung vermutet: Etwas stimmte nicht mit dem, was sie vor Augen hatten, und mit der Eintrittsstelle der Kugel, die die Französischlehrerein verletzt hatte. Aber das war im Moment nicht weiter wichtig: Das Dringendste war, Andremi zu finden. Und die Familie des Wildschweins. Und dieses Miststück da vor ihm gab in keiner Weise nach. Eine Mauer!

»Mein Mann – ein Alibi?«, fragte Cléance Rochefort verwundert. »Welches Alibi?«

Und da kam sie wieder auf den Mann zurück – typisch für diese Geschichten von Affektverbrechen, die dreihändig begangen wurden.

»Das geht Sie nichts an, Sie werden das mit dem Richter besprechen ... Madame Rochefort, ich frage Sie ein letztes Mal: Wo befindet sich Pierre Andremi?«

Cléance Rochefort wandte den Blick ab – ein Anflug von Hoffnung durchfuhr Clément, denn er sah, wie sich ihr Gesicht verzerrte, als würde sie jeden Moment anfangen zu weinen. Er sah, wie sie mit ihrem Gewissen kämpfte, dann senkte sie den Blick und sackte zusammen.

»Ich weiß es nicht. Ich habe Pierre Andremi seit über zwanzig Jahren nicht mehr gesehen.«

Clément kam aus dem Befragungsraum, und sogleich wurde er von einem Kollegen abgelöst. Er ging auf Bertegui zu, der auf einem Stuhl zusammengesunken war, geschwächt von den Tabletten und der Verzweiflung.

»Ich kapier's nicht«, sagte er schlicht. »Ich weiß nicht, was sie dabei zu gewinnen hat. Ich kann nicht verstehen, warum sie sich abmüht, einen Typen zu decken, der aussehen muss wie ein Vulkankrater ...«

Bertegui richtete sich auf und sah seinen Kollegen durchdringend an. Himmel, dachte Clément, er ist in zwei Tagen um zehn Jahre gealtert.

»Keine Spur von Le Garrec?«, fragte er.

Clément schüttelte bedauernd den Kopf. In den Stunden, die dem Anruf gefolgt waren, der sie über einen Mord in Saint-Ex informiert hatte, hatte größte Desorganisation geherrscht. Zunächst einmal war da der Nebel gewesen. Ein Unwetter, wie Clément es noch nie gesehen hatte, wie noch kein lebender Laviller sich erinnerte, es schon einmal erlebt zu haben. Es war umso seltsamer, da mehrere Zeugen, die in der Umgebung von Saint-Ex wohnten, von dem Phänomen eines Nebelstroms berichtet hatten, der ins Innere der Schule geflossen sei. Dieselbe Anomalie war in der Nähe des Parkwalds beobachtet worden und, verwirrende Tatsache, bei Odile Le Garrecs Haus, dort, wohin sich Bertegui begeben hatte, um in die Katakomben einzudringen. Jedenfalls hatte sich das Eintreffen der Rettungsmannschaft wegen der Explosion des Hauses und der unmöglichen Sicht verzögert ... Anschließend hatte man sich mit Cléance Rochefort auseinandersetzen müssen, dann mit dem hysterischen, um nicht zu sagen verrückten Bericht eines Bertegui, der gerade dabei gewesen war zu verbluten, und zwar nicht weit von dem Kellerfenster entfernt, wo Audrey Miller zwischen Leben und Tod geschwebt hatte. Es war um das Kidnapping seiner Familie gegangen, um die Talcotière, Pierre Andremi, den Nebel, der ihn in den unterirdischen Gängen ... angegriffen habe, kurz nachdem er einen Jugendlichen kaltgemacht habe (als César Mendel identifiziert, in dessen Computer bei der ersten Durchsuchung Dinge zutage gefördert wurden, die zumindest beunruhigend waren), welcher versucht habe, ihn zu töten, während er selbst Andremi verfolgte. Laut Bertegui sei Andremi direkt an ihm vorbeigelaufen – das blieb noch zu bestätigen, denn er hatte sein Gesicht nicht gesehen. »Du kapierst es nicht«, hatte er zu Clément gesagt, »man konnte NICHTS sehen, absolut nichts! Nicht einmal seine Hand vor Augen. Aber ich habe GESPÜRT, wie er an mir vorbeigerannt ist ... Er lief, als wäre ihm der Teufel auf den Fersen!« (Nur dass Clément sich gesagt hatte, der Teufel ist ohnehin er selbst.)

Dann hatte man diesen ganzen Strang entwirren müssen, dessen Fäden sie in der Hand hielten. Zu diesen Fäden musste man noch den von Bertegui getöteten Jungen und eine weitere Leiche hinzufügen, die in diesen Katakomben gefunden worden war, die einer Geisterbahn ähnelten: die eines jungen Mädchens, das man Unbeschreibliches hatte erleiden lassen – anscheinend war der Mörder kein anderer als Berteguis Angreifer. Ein junges Mädchen, das Clément indirekt kannte, denn es war die Schwester des Selbstmörders fünf Wochen zuvor ... die Tochter der Camerlins, die er selbst Jahre zuvor verhört hatte. Schließlich waren die drei Kids – der Selbstmörder, das massakrierte Mädchen und der junge Mörder – in derselben Klasse ... Und hatten Audrey Miller als Französischlehrerin ...

Unter diesen verblüffenden Umständen – und Clément machte sich keine Illusionen: Dieses Rätsel würde sich zu den zahlreichen anderen gesellen, die Laville-Saint-Jours geheime Legende bildeten; eines von denen, das man sich nachts erzählte, um sich Angst einzujagen –, unter diesen Umständen also hatte die Fahndung nach Le Garrec keine Priorität gehabt, und sie hatten Zeit verloren, bevor sie sie gestartet hatten. Im Endeffekt blieb ihnen nur noch Cléance Rochefort, die Hoffnung, dass Audrey Miller aus dem Koma erwachen würde, um sie aufzuklären, und dieser merkwürdige Eindruck, dass die Stadt wie in Vollmondnächten an diesem »Vollnebelabend« von Wahnsinn gepackt worden war.

»Da steckt ein Netzwerk dahinter«, sagte Bertegui. »Es muss ein Untergrundnetzwerk geben, das während all der Jahre für Andremi gesorgt hat. Ein Netzwerk, in dem Le Garrec bis zum Hals drinsteckt. Wir müssen ihn finden. Mensch, Clément, ein entstellter Typ und ein berühmter Schriftsteller, SO WAS FINDET MAN DOCH, VERDAMMT NOCH MAL!!!«

Clément sah, wie in die Augen seines Chefs Tränen traten, und legte ihm die Hand auf die Schulter, da das alles war, was er tun konnte. Niemand, dachte er, niemand konnte sich von solch einem schrecklichen Unglück erholen.

»Ich weiß, dass es ein Netzwerk gibt«, sagte Clément. »Wir werden sie finden, Sie werden sehen ...«

Aber Clément glaubte nicht daran. Genau wie bei der Talcot-Affäre, als es ihnen gelungen war, einige der sichtbaren Elemente zu erwischen, würde ihnen dieser Fall – denn all diese Toten und Verschwundenen gehörten doch zu derselben Geschichte, oder? – nur wenige Köpfe liefern. Vielleicht sogar nur einen Einzigen, der auf seine Weise symbolisch wäre, wie es der von Madeleine Talcot gewesen war. Warum?, fragte sich Clément. Er wusste keine Antwort. Vielleicht hatten diejenigen, die sie zu fassen bekamen, Angst zu reden – im Übrigen wurden sie nie besonders alt, auch im Gefängnis nicht. Oder aber ... oder aber es kam ihm manchmal so vor, als ob der Nebel seine Angelegenheiten selbst regelte, als ob er diejenigen heraushielt, die nicht darin verwickelt waren. Ja, der Nebel von Laville-Saint-Jour: Schuldiger und Racheengel ...

84

»... ich Harry Potter wäre, dann könnte ich sie gesund machen ... Dann hätte ich eine Formel ...«

»Ja, David, aber das wahre Leben ist nicht so ...«

»Muss sie sterben?«

Ihr Sohn ... David sprach mit Joce. Warum drangen die Stimmen wie durch einen langen Flur oder eine Wand zu ihr? Um wen ging es hier? Wen wollte David gesund machen?

Audrey öffnete leicht die Lider und hatte das seltsame Gefühl, nach einer Sternenreise in warme Tiefen in ihren Körper zurückzukehren. Sie schloss sie sofort wieder – das grelle Licht bohrte sich in ihr Hirn, obwohl sie noch in einem Kokon glückseliger Bewusstlosigkeit schwebte. Einen Moment lang bemühte sie sich, Kontakt zu ihrem Körper aufzunehmen, etwas zu empfinden, aber eine ungeheure Müdigkeit betäubte jegliches körperliche Empfinden. Sie spürte die schwerfällige Schlaffheit ihrer Glieder, und eine Unbequemlichkeit am Arm und auch unten am Rücken ... Warum fühlte sie sich so müde, so *herrlich* erschöpft? Hatte sie Drogen genommen? Aber was? Wie?

Von Neuem ließ sie einen Lichtstrahl durch ihre Lider eindringen, gewöhnte sich daran. Sie konnte weiße Laken erkennen, die undeutliche Form eines schwarzen Kastens, der von einem Arm gehalten wurde, der aus der Wand ragte ... Ein Fernseher? Ein ... ein Krankenhausfernseher? Aber was fehlte ihr denn?

Sie öffnete die Augen noch ein wenig mehr. Die Vorhänge mussten zugezogen sein, aber sie konnte eine schöne Frühlingssonne erahnen – welches Datum hatten wir eigentlich? Sie wandte unmerklich den Kopf. Joce saß da und las eine Zeitschrift, und es war merkwürdig, da Joce älter aussah, als in ihrer Erinnerung, seine Haare waren grauer. Neben ihm ließ David die Beine baumeln, auf einem Sessel der zu hoch war für ihn, und ... und David war auch größer! Irgendetwas stimmte nicht, gar nicht sogar, die Bilder gerieten in ihrem Gedächtnis durcheinander, die Erinnerung an einen Schmerz und die tief sitzende Angst vor einer Gefahr für David und ...

»Mama!«

David sprang vom Sessel auf und lief auf sie zu.

»Mama, du bist ja wach!«

»David, sei vorsichtig mit deiner Mutter!«

Das Kind erstarrte auf halbem Weg, als es die autoritäre Stimme seines Vaters hörte, und für wenige Sekunden legte sich ein Schweigen über das Zimmer, das nur von dem elektronischen Piepen gestört wurde. Sie sah den feindlichen Ausdruck auf Joces Gesicht, das offensichtliche Unbehagen ihres Sohnes, und plötzlich trieb sie ein heftiger Erinnerungsschub in die Wirklichkeit zurück: Laville-Saint-Jour ... Nicolas Le Garrec ... die Entführung ihres Sohnes ... Saint-Ex ... Cléance Rochefort mit Schaum vorm Mund ... der Schmerz, der in ihrem Rücken explodiert war ... der Albtraum! Sie war benommen durch die Macht ihrer Emotionen, der Verwirrung wegen der Schwerfälligkeit ihrer Wahrnehmungen, da sie noch unfähig war, klar zu sehen, alles zu begreifen ...

David kam auf sie zu, und sie wurde von dem unbändigen Verlangen erfasst, ihn in die Arme zu nehmen und in Tränen des Glücks und der Erleichterung auszubrechen – trotz des Grauens, das sie bei Joces Anwesenheit in diesem Raum und bei seiner Nähe zu ihrem Sohn verspürte.

»Alles okay, Mama? Bist du wieder wach? Ich hab ganz schön Angst gehabt, weißt du!«

Ihr Sohn drückte ihr einen Kuss auf die Wange, sie wollte sich bewegen und wurde sich des Katheters in ihrem Arm bewusst, der Elektroden, der Spannung in der Nierengegend.

»David, willst du zum Büro gehen und einer Krankenschwester Bescheid sagen?«

Audrey zuckte zusammen. Fast hätte sie ihrem Sohn zugerufen, sie nicht mit seinem Vater allein zu lassen, aber die Worte erstarben ihr im Hals. Ihre Gedanken waren immer noch verwirrt, aber sie begriff, dass ihr im Moment keine Gefahr drohte: Joce würde nichts tun, während David die Ärzteschaft von ihrem Erwachen benachrichtigte – da sie offensichtlich lange geschlafen hatte, hatte man sogar bei ihr Wache gehalten.

David drehte sich zu seinem Vater um, überrascht über die Verantwortung, die man ihm übertrug, und offensichtlich enttäuscht darüber, das Wiedersehen mit seiner Mutter verkürzen zu müssen.

»Weißt du«, beharrte sein Vater, »du gehst Jacqueline holen, das ist die blonde Dame, die deiner Mutter vor zehn Minuten eine Spritze gegeben hat ...«

Widerwillig schlurfte der Junge zur Tür. Gerade als er sie öffnete, drehte er sich um und schüttelte mit misstrauischer Miene seinen Kopf, denn auch er spürte, dass ... *etwas* nicht stimmte. Schließlich ging er hinaus, wobei er dem vor der Tür postierten Polizisten verkündete, es gehe seiner Mama »viel besser« und das sei super!

Ein Schweigen sonderte sie erneut in dem undeutlichen Alkoholgeruch, der den Raum erfüllte, voneinander ab. Audrey wollte sich räuspern, hüstelte und wurde von einem kurzen Schwindel erfasst. Dann nahm die Umgebung wieder ihren Platz ein.

»Du hast Glück gehabt«, verkündete ihr Joce.

Sie schluckte und hatte den unangenehmen Eindruck eines Knäuels im Hals, dazu weiterhin das langsame Aufsteigen des Schmerzes in der Nierengegend.

»Viel Glück«, fuhr er fort. »Du hättest dabei draufgehen können. Du hättest sogar dabei draufgehen müssen«, korrigierte er. »Die Polizei wäre niemals benachrichtigt worden, wenn wir gewusst hätten, dass du davonkommen könntest.«

Sie schloss die Augen. War ihr Exmann, der, den sie am meisten geliebt hatte, wirklich gerade dabei, ihr das zu sagen? War er es gewesen, der sie verletzt hatte? Sie wusste es nicht ... Sie wusste ja noch nicht einmal, was ihr fehlte.

»Der Arzt versichert, dass es ein Wunder sei. Und offensichtlich ist es noch eines mehr, wenn man berücksichtigt, dass dein Koma nur drei Tage gedauert hat ... Ich kann dich beruhigen, die Operation war ein Erfolg. Es bleibt dir eine Niere in bestem Zustand. Und die Bluttransfusion hat dir das Leben gerettet. Was das Gehirn betrifft, so haben die paar Minuten, in denen man dich für tot gehalten hat, keine Folgen hinterlassen. Dies zu den guten Nachrichten.«

Der Druck unten am Rücken pulsierte in warmen, fast glühend heißen Wellen, aber das war nichts im Vergleich zu der Verzweiflung, die sie verspürte.

Joce erhob sich, und sie zuckte zusammen. Er trat

auf das Bett zu – gerade Statur, graumeliertes Haar, ein harter Blick in einem Netz aus Fältchen: Es war dieselbe Entschlossenheit, diese metallische Kraft, die sie in seine Arme getrieben hatte.

»Du wirst nichts sagen, Audrey«, sagte er und setzte sich aufs Bett. »Nicht ein Wort. Oder zumindest nicht ein Wort, das du nicht zuvor mit mir wiederholt hast. Angefangen bei deinem Angreifer: Es handelt sich um Cléance Rochefort, und ihr hattet diese Auseinandersetzung wegen Antoine und Nicolas Le Garrec. Schließlich warst du die Geliebte der beiden Lieben ihres Lebens, das rechtfertigt ein wenig ihre Wut. Zu allem anderen: kein Wort. Du weißt von nichts ... Und natürlich darf David nie beschuldigt werden. Das Gleiche gilt selbstverständlich für mich.«

Sie wollte sprechen, protestieren, ihn um Erklärungen bitten, aber die Worte kamen nicht heraus, erstickt von der Trockenheit im Hals, und ihre Zunge schien nicht antworten zu wollen.

»Du wirst nichts sagen, das ist die einzige Bedingung, damit du weiterhin David sehen kannst ... und ihn beschützen kannst. Das ist die einzige Bedingung, damit er ... lebt, Audrey. Verstehst du?«

Sie schloss kurz die Augen. Ja, sie verstand. Ihr Schweigen gegen das Leben ihres Sohnes. Diese Erpressung war widerlich, aber sie hätte jeden Handel akzeptiert.

»Wir sind zahlreich, Audrey, und mächtig. Nichts ist vorbei ... Es fängt alles gerade erst an. Wende dich gegen mich, und dein Leben wird sofort zur Hölle. *Dein* Sohn ist unversehrt. Im Moment. Die Entscheidung liegt bei dir. Du solltest wissen, dass, selbst wenn es dir gelingen würde, mich in dieser Angelegenheit zu beschuldigen, sie dich finden werden - wohin immer du auch gehst.«

Tausend Fragen bestürmten sie: Nicolas Le Garrec? Was war aus ihm geworden? War er am Leben? Bastien Moreau? Und wie werde ich diese Lüge organisieren, um kein Misstrauen zu erregen? Was genau soll ich der Polizei sagen?

Oh, wie sehr sie Nicolas' Anwesenheit vermisste ... seine Wärme ... seinen samtigen, finsteren und zugleich guten Blick ... und diese Offensichtlichkeit, dass sie zueinander gehörten, dass ihre Leben durch das Schicksal miteinander verbunden waren ...

Als habe er ihre Gedanken erraten, fuhr Joce fort:

»Ob du willst oder nicht, du bist von nun an an uns gebunden. Und im Grunde ist das perfekt, denn so hätte es von Anfang an sein sollen.«

Audrey starrte ihn an und sah in seinen Augen einen kalten Hass und eine brennende Liebe aufleuchten - oder umgekehrt. Unter großen Schmerzen fragte sie:

»Warum?«

Das war der Augenblick, den die Krankenschwester Jacqueline gewählt hatte, um das Zimmer zu betreten, gefolgt von David.

»Ja, Sie haben uns ja einen Schrecken eingejagt«, rief die blonde Matrone aus. »Doktor Maltos kommt in einer Sekunde, aber wir sind wirklich froh, Sie wieder bei uns zu wissen ...«, fuhr sie fort und machte sich dabei um die Katheter, Schläuche und den Tropf herum zu schaffen. »Ihr Mann hat Ihnen die Situation erklärt?«

Sie blieb plötzlich stehen, während sie den Blutdruckmesser überprüfte, und drehte sich mit einem strahlenden Lächeln zu Audrey um.

»Auf jeden Fall haben Sie ein verdammtes Glück, einen solchen Mann zu haben«, sagte sie in vertraulichem Tonfall. »Er ist Ihnen sozusagen nicht von der Seite gewichen, seitdem Sie hier eingeliefert wurden …«

Audrey gab ihr einen Blick voller kalter Wut zurück – einen Blick, den die Matrone noch bei keinem erwachenden Komapatienten erlebt hatte, und der sie fast zurückweichen ließ. Sie erstarrte, schaute den Mann, die Frau, das Kind an. Begriff vage ein Unbehagen, bevor sie den Blick senkte. Sie hörte, wie die Patientin mit schwacher Stimme, aber einem entschlossenen Tonfall äußerte:

»Zu einer Bedingung … Ich bekomme David zurück. Und das ist nicht verhandelbar.«

85

Claudio Bertegui kam hinkend aus dem Kommissariat – torkelnd fast, denn wenn die Tabletten auch nichts gegen den Schmerz ausrichten konnten, so war er doch gezwungen, sie zu schlucken, um nicht vor Angst zu schreien, außerdem riefen sie ein ständiges Schwindelgefühl hervor. Draußen schien eine blendende Sonne, aber Bertegui spürte weder ihre Wärme noch ihr Leuchten. Er hatte eine Sonnenbrille aufgesetzt und wollte diese Sonne ohnehin nicht sehen. Während er am Vortag im Krankenhaus auf eine Behandlung gewartet hatte, hatte eine alte Verrückte ihn freundlich angepöbelt: »Das ist immer so«, hatte sie geflüstert. »Immer so nach dem ›Vollnebel‹. Man könnte meinen, er … nimmt sich Leute, und dann ist er beruhigt. Ja ... deswegen ist auch schönes Wetter, die Stadt ist zufrieden.« Es war ihm bewusst geworden, dass es seine Frau und seine Tochter waren, die die Kleinstadt aufgeheitert hatten. Der Preis, den es für diesen schönen Sonnenschein zu zahlen galt, waren Bilder von Folterungen, die ihn verfolgten und sich mit denjenigen der tausend kleinen Glücksmomente abwechselten, die er an ihrer Seite erlebt hatte: Jennys Gelächter, ihre ständigen Fragen, der zärtliche Blick seiner Frau, wenn sie ihre Tochter ansah, und den verliebten Blick, wenn sie von ihrem Wildschwein sprach ... Und er hatte im Krankenhaus geweint, dann bei sich zu Hause, im Kommissariat, überall, es hörte nie auf, nie ... Daher die Sonnenbrille, um seinen Schmerz nicht zur Schau zu stellen und um diese Scheißsonne nicht zu sehen!

Er riss sich zusammen. Fast wäre er schon wieder zusammengebrochen, hier, fünfzig Meter von der Arbeit und drei von seinem Auto entfernt. Aber es würde aufhören. Es war nur eine Frage der Zeit, von Tagen. Die Zeit, um sich zusammenzunehmen ... die Zeit, um die Tabletten abzusetzen und die Ermittlung wiederaufzunehmen. Oh, er würde nichts Offizielles tun. Er hatte das Verhör von Clément und den anderen gesehen. Weichlinge! Schlimmer noch: wie die Belgier, als sie Dutroux verhörten! Und Dutroux' Netzwerk hatte man nach zehn Jahren aufgehört zu suchen, oder?

Er würde allein handeln. Und er würde erbarmungslos sein. Antoine Rochefort hatte ein Alibi. Man würde ja sehen, ob er es auch noch mit einer Knarre vor der Nase bestätigen würde. Er und andere. Die Namen, die Rochefort ihm liefern würde. Ja, er würde die Spur zurückverfolgen. Egal, wohin. Ans andere Ende der

Welt. Was konnte er ohnehin denn anderes tun? Sie aufgeben?

Er öffnete seine Wagentür, als man ihn rief.

»Kommissar Bertegui?«

Er drehte sich um und passte seine Sicht hinter der Brille an, denn, ja, meine Güte, seine Augen waren schon wieder feucht geworden. Eine weiße Mähne, ein durchscheinendes Gesicht.

Die Astrologin.

»Ich wollte mit Ihnen sprechen, Kommissar ...«

Bertegui zögerte, nahm schließlich die Brille ab.

»Worüber?«, fragte er bellend.

Suzy Belair schien sich daran nicht zu stoßen.

»Ich ... ich habe erfahren, was Ihnen passiert ist.«

Bertegui nickte. War sie gekommen, um ihm ihr Beileid auszusprechen? Schon?!

»Ich ... ich denke, ich hätte früher mit Ihnen sprechen sollen«, sagte sie mit einem schwachen Lächeln und einer betrübten Miene, die dem unerschütterlichen Gespenst, das ihn das erste Mal empfangen hatte, nicht ähnlich sah. »Ich weiß nicht, ob ich Ihnen dabei helfen kann, denjenigen zu finden, den Sie suchen, aber ... ich kann Ihnen auf jeden Fall dabei helfen, zu verstehen, was geschehen ist. Wollen Sie nicht, dass wir uns irgendwo setzen?«

Epilog

Eines Tages am Meer …

Nicolas hörte ein Stöhnen und verließ sofort den Computer, an dem er gerade gearbeitet hatte.

Er stand auf, durchquerte die kleine Hütte und betrat das Zimmer. Unter dem großen Ventilator warf sich Bastien in seinem Bett hin und her. Nicolas trat näher, rief ihn sanft – behutsam, ansonsten würde der Junge schreiend aus dem Schlaf hochschrecken. Bastien wachte nicht auf, daher setzte er sich auf die Matratzen und legte ihm eine Hand auf die kochend heiße Stirn.

»Bastien«, murmelte er noch einmal. »Bastien, wach auf ... Alles in Ordnung, es ist nur ein Albtraum ... Nur ein Albtr ...«

Bastien öffnete die Augen und schnappte nach Luft. Einige Sekunden lang starrte er den Schriftsteller an, ohne ihn zu sehen, und ließ dann verwirrt seinen Blick durchs Zimmer gleiten: das spärliche, exotische Mobiliar, die hellen Vorhänge, die im warmen Wind flatterten, den Bambus ... Draußen erfrischte das Rauschen eines beruhigten Ozeans die Tropenluft, und es war dieses Geräusch, das Bastien aus seiner Abgestumpftheit holte.

Die beiden Leidensgenossen wechselten einen Blick. Nicolas lächelte. Er hatte Bastiens Hand festgehalten, um ihn im Nebel durch den Gang zu leiten ... Er hatte ihn auch getragen, als er das Bewusstsein verloren hatte, hatte ihn beruhigt, als der Junge einen Nervenzusammenbruch erlitten hatte, kaum dass sie den Keller verlassen hatten - eine Nervenkrise, bei der er sich wütend die Haut vom Gesicht kratzen wollte. Dann war auch er es gewesen, der ihm versprochen hatte, ihn niemals - niemals! - im Stich zu lassen. Ihn weder der Polizei noch dem Jugendamt, noch Laville-Saint-Jour zu überlassen ... und natürlich auch nicht Andremi. Er hatte Wort gehalten, und er würde bis zum Ende Wort halten.

»Alles okay«, sagte Bastien.

Seit einiger Zeit war seine Stimme von dem ersten Quäken des Stimmbruchs verändert worden, und der Junge erinnerte ihn immer mehr an den Teenager, der er selbst gewesen war - ein Jugendlicher, der Albträume hatte und dazu verurteilt war, Unüberwindliches zu überwinden. Mit Wangen, die zu hohl waren für sein Alter, mit dunklen Augenringen unter der Sonnenbräune. Im Übrigen hielt man sie überall, wohin sie gingen - von Strand zu Strand, von Inseln zu Buchten -, für Vater und Sohn. Das war gut so, auch wenn die ersten Monate des Flüchtlingslebens anstrengend gewesen waren - die falschen Papiere, die vielen Flugzeuge.

»Ist er fertig?«

Nicolas fragte nicht, um was es sich handelte. Er wusste es: sein neuer Roman ...

»Gerade eben fertiggeworden. Ich habe ihn soeben beendet. Die letzten Sätze - der Epilog.«

»Gut«, sagte Bastien. »Vielleicht hast du dann ja jetzt die Zeit, um mit mir Beachball zu spielen.«

Das war ironisch gemeint, aber wider Willen stiegen Nicolas Tränen in die Augen. Zu einem normalen Leben zurückzufinden war jeden Tag eine Prüfung. Selbst in der Sonne, am Meer, brachten ihn der plötzliche Einbruch des Alltags, die kleinen, einfachen Glücksmomente des Lebens zu Laville-Saint-Jour und Audrey zurück. Aber Bastien hatte recht. Nun würden sie die Zeit haben, am Strand Beachball zu spielen und Muscheln zu sammeln, in der Bucht fischen zu gehen, eine Art künstliche, traurige, azurblaue Glückseligkeit zu teilen, die auch reich an Hoffnung war, den Kampf irgendwann wiederaufnehmen zu können. Sie beide allein hatten nicht die Macht dazu, es organisierte sich allerdings der Widerstand ...

»Ja, jetzt werde ich viel Zeit haben.«

Im Halbdunkel fielen Bastien Nicolas' tränenfeuchte Augen nicht auf, und das war auch gut so.

»Wirst du sie herkommen lassen?«, fragte er nach einer Weile.

Nicolas lächelte. Sie sprachen fast nie über die Angelegenheit – die Bilder verfolgten sie beide, und es waren wahrscheinlich auch nicht dieselben Bilder, denn sie hatten nicht dasselbe gesehen. Obwohl Nicolas wusste, dass das Phänomen, das sie vor Andremi gerettet hatte, übernatürlich oder zumindest unerklärlich gewesen war, so hatte er doch keine Gestalten im Nebel erkennen können und auch kein Klagen oder Grollen vernommen, das heißt, keine der Erscheinungen, von denen Bastien berichtet hatte. Was war wirklich im Innersten von Laville-Saint-Jour geschehen? Nicolas wusste es nicht und war zu dem Schluss gekommen, dass an den Toren zur Hölle ohnehin alles möglich war.

Sie hatten vieles zu bewältigen – das Trauma und der Verlust seiner Eltern und Opales für Bastien, für ihn war es das Gefängnis, in dem Audrey von ihrem Mann festgehalten wurde. Es gab auch so vieles wiederaufzubauen und Gefahren zu meiden, um zu versuchen, das Unmögliche in Worte, in Theorien zu fassen ...

»Dazu dient doch das Buch, oder?«, hakte Bastien nach. »Du hast es doch schließlich nicht nur für deinen Verleger geschrieben ...«

Seine Zuneigung für den Jungen überraschte Nicolas. Jeden Tag erstaunte ihn Bastien durch seine Reife, seinen Scharfblick. Und auch durch seine Stärke. Wie hatte der Jugendliche begriffen, dass das Buch nicht nur ein Mittel war, ihnen für Jahre den Lebensunterhalt zu sichern? Es bestand kein Zweifel daran, dass seine Version der Angelegenheit - eine Affäre, die die Medien monatelang mobilisiert hatte - die Leserschaft begeistern würde, aber tatsächlich dienten diese langen Stunden fieberhaften, zwanghaften Schreibens auch anderen Absichten.

»Ja, du hast recht«, sagte er. »Das Buch wird auch und vor allem dazu dienen ... Und ich denke, wir werden es schaffen. Ich werde sie herkommen lassen. Und auch sie wird Beachball spielen, oder wir bringen es ihr bei ...«

»Volleyball vielleicht auch ... Mädchen mögen gerne Volleyball.«

Nicolas lachte. Dieses Gespräch war vollkommen absurd. Und wie konnte Bastien Audrey ein »Mädchen« nennen? Er stellte sich Audreys gebräunte Silhouette vor, wie sie im Sand hochsprang, um den Ball zu fangen, ihr Gelächter, wenn sie ihn verfehlte ...

»Und ich bin sicher, sie wird die Langusten lieben«, fügte er hinzu.

»Okay, cool«, sagte Bastien. »Na ja, du kannst ruhig gehen und das Wort ENDE daruntersetzen. Es geht mir schon besser.«

Nicolas nickte und zerzauste ihm das Haar. Mit neuer Energie erfüllt, kehrte er zu seinem Computer zurück, um den Brief für den wahren Adressaten des Romans zu schreiben.

Zweiundvierzig Tage später lag Claudio Bertegui ausgestreckt auf seinem Bett in einer kleinen Pariser Zweizimmerwohnung, die er unter einem falschen Namen bewohnte, und schloss das Manuskript wieder, das ihm zehn Stunden zuvor von einem geheimnisvollen Kurier gebracht worden war. Er hatte es in einem Zug gelesen und sich dabei bemüht, nicht eine Seite zu überblättern, obwohl er vor Ungeduld brannte. Lange blieb er still, vergraben in seinem Schmerz, wie er es nun schon seit sieben Monaten war, fernab von der Welt, obwohl er sich nur einen Katzensprung vom Place de la République entfernt eingerichtet hatte, fern sogar des Ermittlungsverfahrens. Seit langem hatte er Cléance Rocheforts Schweigen begriffen, das für immer von einem Geheimnis jenseits der Worte versiegelt war. Von Meryl und Jenny blieben nur noch Erinnerungen im Mantel seines Schmerzes. Er hatte alles gegeben, den Rest abgeworfen. Sieben Monate also, um seinerseits zu verschwinden. Sieben Monate, in denen er Audrey Miller gefolgt war und versucht hatte, ihr Geheimnis zu lüften. Nun verstand er.

Mit einem Seufzer – der Erleichterung, des Überdrusses, eine unterdrückte Klage?, er wusste es nicht – legte er das Manuskript zurück auf den Nachttisch und griff nach dem Brief, der darauf lag. Zum sechsten oder siebten Mal, seitdem das Paket abgeliefert worden war, überflog er die enge, nervöse Handschrift. Es war dieselbe, die noch immer eine kleine Visitenkarte zierte, die man ihm an einem Bistrotisch gegeben hatte – in einem anderen Leben, wie es ihm schien.

Lieber Kommissar,

auf diese Erklärungen haben Sie schon seit langem gewartet – zu lange, und dafür bin in erster Linie ich verantwortlich. Ich weiß, wie groß mein Fehler war, mich Ihnen nicht geöffnet, anvertraut zu haben, als noch Zeit dafür war. Ich trage in mir diese Schuld für immer – diese enorme Schuld.

Mein Name steht heute auf den Titelseiten der Zeitungen – mein Name und der Ihre, vor allem, um Ihr rätselhaftes Verschwinden anzusprechen. Sie zu finden war keine leichte Angelegenheit, aber glauben Sie mir, wenn es mir gelungen ist, dann wird es auch anderen gelingen.

Steckt irgendeine Wahrheit in den übersinnlichen Theorien, die im Augenblick bezüglich der Ereignisse kursieren? Ehrlich gesagt, ich weiß es nicht ... Vielleicht haben Sie ja eine Theorie. Während ich den Fall in der Presse verfolgt habe, habe ich begriffen, dass Sie sich nur wenige Dutzend Meter von dem Ort entfernt befunden hatten, an dem unser dreier Zusammentreffen stattgefunden hatte ... Auch Sie waren im Nebelsturm gefangen gewesen ...

Sie sollten auf jeden Fall verstehen, dass mein Weggang niemals zum Ziel hatte, mich meiner Verantwortung zu entziehen, der Justiz zu entkommen. Denn schuldig, wie ich es Ihnen bereits gesagt habe, bin ich nur zu sehr. Was ich allerdings getan habe, habe ich vor allem getan, um ein Kind zu schützen, das keinen Frieden finden wird, solange Pierre Andremi nicht gefasst ist. Der Mann hat, wie Sie wahrscheinlich vermuten, Verbindungen in der ganzen Welt. Und Bastien bleibt für ihn eine Priorität, da bin ich mir sicher. Eben deswegen, Kommissar, werden Sie keine Absenderadresse auf diesem Manuskript finden – und zu Ihrer Information: Es ist durch mehrere Länder gegangen, bevor es bis zu Ihnen kam. Wir sind heute nicht allein. Ich kann Bastien nicht dazu zwingen, wie ein gehetztes Tier zu leben, und nach und nach organisiert sich mit der Zeit der Widerstand, um seinen Schutz zu gewährleisten – fernab von Laville-Saint-Jour selbstverständlich. Und mit der ganzen Hilfe, der wir im Laufe unserer Rundreise begegnen.

Hier nun mein Zeugnis: die Dinge, so, wie ich sie erlebt habe … Meine Geschichte … und leider auch die Ihre, die von Audrey Miller, von Bastien Moreau. Dieses Zeugnis schuldete ich vor allem Ihnen. Später, wenn alles vorbei ist, ist es Zeit, es der Leserschaft preiszugeben.

Während Sie diese Zeilen lesen, haben Sie sich bestimmt Fragen zur Haltung Audrey Millers gestellt, zu ihrem Schweigen, zu ihren ein wenig widersprüchlichen Äußerungen seit ihrer Entlassung aus dem Krankenhaus. Ich glaube, Sie haben nun den Schlüssel dazu. Audrey ist auf ihre Weise eine Gefangene. Sie haben die Macht, sie zu befreien. Sie haben auch die Macht, sich zu rächen, falls Sie das wünschen. Ich weiß nicht, ob diese Aussicht in der Lage ist, einen fortwährenden Schmerz zu mindern, aber sollte das der Fall sein, biete ich Ihnen die Möglichkeit an, sich uns anzuschließen. Ich dachte nicht daran, Sie um Ihre Hilfe zu bitten – mit welchem Recht hätte ich daran denken können? –, aber Suzy Belair hat mich vom Gegenteil überzeugt. Sie sagte folgende Worte: »Er hat seine Frau und seine Tochter verloren … Und er wird keine Frau und kein Kind in der Gefangenschaft dieser Monster lassen …« Kennt sie Sie so gut? Ich wage es zu hoffen …

In wenigen Tagen wird man Kontakt zu Ihnen aufnehmen … Eine der zahlreichen Mittelspersonen auf einem langen Weg, der Sie zu mir, zu uns führen wird. Es steht Ihnen frei, ihn einzuschlagen. Ihre Hilfe in dieser Sache ist mehr als wertvoll, sie ist berechtigt.

Wir verlassen uns auf Sie.

Verzeihen Sie mir,
Nicolas Le Garrec

Claudio Bertegui las den Brief noch mehrere Male, als ob ihm irgendeine verschlüsselte Botschaft im Wasserzeichen erscheinen könnte. Schließlich legte er das Papier zur Seite, nahm die Brille ab und ließ seinen Kopf auf dem Kopfkissen ruhen, die Augen geschlossen. Bilder kamen ihm in den Sinn – er weinte – und danach noch weitere: die Bilder einer Frau, die er kurz an einem kühlen Nebelmorgen in der Cafeteria von Saint-Exupéry gesehen hatte und der er nun seit Monaten folgte; die ihren Sohn mit verzweifelter Zuneigung küsste, sobald sie sich bei ihm befand, und in deren finsterem Blick ein wehmütiger Schein aufblitzte, wenn sie ihn auf das Kind richtete … Andere Bilder von einer geträumten Auseinandersetzung mit einem schwarzgekleideten Mann ohne Gesicht, einem Schatten im Nebel. Er erinnerte sich an Suzy Belairs Stärke, ihre beständige Unterstützung, als sie zehn Tage nach dem Nebelsturm die beiden massakrierten, gesichtslosen Leichen - eine Frau, ein kleines Mädchen - in den Wäldern gefunden hatten, die die Talcotière umgaben.

Bei ihr, an ihrer Seite, hatte er seinen Schmerz ausleben können ... Durch sie hatte er verstanden, warum Andremi sie ihm genommen und nie zurückgegeben hatte: »*Er konnte nichts anderes tun*«, hatte ihm die Astrologin erklärt. »*Nur Blut belebt ihn, und wenn er seine Triebe kontrollieren konnte, solange er in der Umgebung war, um keine Aufmerksamkeit zu erregen, so haben ihn die wilden Kräfte, die ihm innewohnen, besiegt, wie sie ihn immer besiegen werden. Er hat sie gekidnappt, um Sie zum Schweigen zu bringen. Er hat sie geopfert, da sie ihm die Kraft geliefert haben zu entkommen, als alles um ihn herum dabei war zusammenzubrechen. Er ist ein Vampir ... Wir stehen einem Vampir gegenüber ...*« Sie hatte natürlich recht, und das Verstehen hatte Berteguis Kummer in keiner Weise gemildert; die Wahrheit hatte ihm lediglich die Kraft gegeben zu überleben.

Die Bilder verblassten, und er dachte darüber nach, wie man vorgehen musste, um die Mutter und das Kind herauszulösen. Es würde kompliziert, aber nicht unmöglich sein, wenn man auf ein solides Netzwerk und ein paar Kollegen zählen konnte, die über die Art und Weise empört waren, in der die Untersuchung geleitet worden war. Und dann schließlich, eines Tages, vielleicht nicht die Heilung, aber letztendlich eine gewisse Linderung, die er nur in dem Blut finden würde, das er vergießen würde ... Das Blut von Andremi und all derer, die ihm geholfen hatten. Le Garrec hatte ihm bereits die Namen geliefert, die ihm gefehlt hatten, und er würde weitere erhalten. Hatte Bertegui im Übrigen überhaupt eine Wahl?

Er öffnete wieder die Augen, griff nach dem Handy auf dem Nachttisch und wählte eine Nummer, die nur er allein kannte. Nach dem dritten Klingeln meldete sich eine ruhige, ungerührte Stimme. Bertegui sagte lediglich:

»Sie hatten recht, Suzy. Es ist ein furchtbares Schicksal … Aber ich nehme es an. Ja, Suzy, ich nehme es an.«

Anmerkungen

1 Graf Gilles de Montmorency-Laval, Baron de Rais (1404–1440) war ein französischer Heerführer, Marschall und Serienmörder des 15. Jahrhunderts (Anm. d. Ü.).

2 Als Pieds-noirs (»Schwarzfüße«) bezeichnete man in Frankreich seit den 1950er Jahren die weißen französischen Siedler in Algerien (Anm. d. Ü.).

3 Valéry Giscard d'Estaing, ehemaliger französischer Präsident (Anm. d. Ü.)

4 Bernard-Henri Lévy, französischer Philosoph (Anm. d. Ü.)

5 = Star Academy, populäre Castingshow (Anm. d. Ü.)

6 Hergés Comic-Held Tim aus *Tim und Struppi* heißt im französischen Original Tintin (Anm. d. Ü.).

7 Elite-Wirtschaftshochschule in Paris (Anm. d. Ü.)